मेरे आका

(उपन्यास)

मेरे आका

तहमीना दुर्रानी
विलियम और मैरिलिन हॉफ़र के साथ

अनुवाद
मोज़ेज़ माइकेल

वाणी प्रकाशन

वाणी प्रकाशन

4695, 21-ए, दरियागंज, नयी दिल्ली 110 002

फ़ोन : +911123273167 फ़ैक्स : +911123275710

शाखाएँ

अशोक राजपथ, पटना 800 004, बिहार

कॉफ़ी हाउस कैम्पस, महात्मा गांधी मार्ग, इलाहाबाद 211 001, उत्तर प्रदेश

महात्मा गांधी अन्तरराष्ट्रीय हिन्दी विश्वविद्यालय, वर्धा 442 001, महाराष्ट्र

सुल्तानिया रोड, मोतिया पार्क, भोपाल 462 001, मध्य प्रदेश

www.vaniprakashan.in

marketing@vaniprakashan.in

sales@vaniprakashan.in

MERE AAKA

by Tehmina Durrani

Translated by Mozez Michel

ISBN : 978-81-7055-986-3

Novel

संस्करण 2002, 2004, 2008, 2014

आवृत्ति 2019

मूल्य : ₹ 295

सिटी प्रेस, दिल्ली-110 095 में मुद्रित

वाणी प्रकाशन का लोगो मक़बूल फ़िदा हुसेन की कूची से

अपनी बात

सामंत की कल्पना एक विदेशी लंबे काले और सुंदर व्यक्ति से की जाती है, जिसकी आँखें चमकीली हों तथा जिसकी रगों में क्रोधित जिप्सी का खून हो। ये सोचकर कि वह शूरवीर योद्धाओं के अंदर तलवार पार कर देता है और सायंकाल में अपने काले घोड़े पर दौड़ा चला जाता है। अनेक किशोर हृदय उद्वेलित हो उठते हैं, उसे उत्साहित स्त्रियों का प्रिय पुरुष माना जाता है, एक अपरिष्कृत हीरा समझा जाता है, वह पुरुषवादी मनुष्य का प्रारूप माना जाता है, जो स्त्रियों को खुद को प्यार करने को बाध्य कर देता है चाहे वह उनके साथ कैसा ही व्यवहार करे।

परंतु कल्पना वास्तविकता से कोसों दूर होती है और मेरे देश पाकिस्तान को यदि वह उन्नति करना चाहता है, समृद्धि चाहता है, तो वास्तविकता का सामना करना ही होगा।

जब मैंने इस पुस्तक को लिखने का फैसला किया उस समय मैं उन खतरों से अवगत थी, जो मेरे सामने अपनी निजी जिंदगी के विवरण पुरुष प्रधान मुस्लिम समाज के सामने रखने थे, परंतु मुझे समाज की अधिकतम भलाई के लिए अपने व्यक्तिगत हित और विचार दूर रखने पड़े। सामंतवादी मूल्य व्यवस्था में अभाव की जड़ें बहुत गहरी हैं, इसके निदान से पहले इसका विश्लेषण (आलोड़न) आवश्यक है।

—तहमीना दुर्रानी

मैं यह पुस्तक समर्पित करती हूँ—

पाकिस्तान की अवाम को जिन्होंने हर दफा नेताओं पर विश्वास किया और उन्हें समर्थन दिया है—उन नेताओं को जिन्होंने भूखे, उत्पीड़ित, दयनीय जनमानस का अपने व्यक्तिगत हितों के लिए भरभूर उपयोग किया है। मैं चाहती हूँ कि मेरे देश के लोग वाक्पटुता के पीछे छिपी हुई सच्चाई को समझें, जिससे वे आवरण के परे देखना सीख सकें।

मुस्तफा खर की पाँच पूर्व पत्नियों, जिन्होंने चुपचाप पीड़ा और अपमान को सहा, जबकि वह बिना किसी आत्म हानि के मुक्त हो गया, उसकी छठी पत्नी के रूप में मैं उसको उत्तरदायी ठहरा रही हूँ।

स्वयं मुस्तफा खर के लिए मैं चाहती हूँ कि ये पुस्तक दर्पण का काम कर सके जिसे वह अपने रूपों का मनुष्य पति, पिता, नेता और मित्र प्रतिबिंब देख सके।

अपने प्यारे बच्चों को, जिन्हें हमारे संकीर्ण समाज में एक अनावृत परिवार के कष्टों को झेलना पड़ेगा। मुझे विश्वास है कि यह पुस्तक उन्हें हादसों का सामना करने के लिए पर्याप्त शक्ति और साहस जुटाने में मदद करेगी। मैं चाहती हूँ कि वे हर गलत का बहिष्कार करें और सही का समर्थन। मैं आशा और प्रार्थना करती हूँ कि वे मूल इस्लाम के सच्चे सिद्धांतों पर टिके हों, विकृत स्वार्थपरक व्याख्याओं पर नहीं। ईश्वर करे कि मातृभूमि के लिए उनका प्यार और सम्मान उनसे हर गलत समझौते को अस्वीकार करवा दे। मेरे बेटे कभी भी दुर्बल को उत्पीड़ित न करें और मेरी बेटियाँ उत्पीड़न से लड़ना सीख सकें। अंततः अपनी दादी को जिनसे बेहतर मेरी कहानी को और कोई नहीं समझ सकता था, उनकी आत्मा जहाँ कहीं भी हो, पा न सके कि मेरी जिंदगी अभी शेष है।

मेरी कहानी : इनके लिए

चार विशेष व्यक्तियों ने इस पुस्तक के लगभग असहाय लेखन कार्य में मेरी सहायता की। वे स्पष्टवादिता के संकीर्ण समाज के निषेधों को तोड़ने के जोखिमों को समझें, फिर भी इस योजना का उन्होंने सफल होने तक साथ दिया। एक महत्त्वपूर्ण पुरुष तथा दो स्त्रियों ने मुझे पिछली चोटों से उभरने में सहायता की। एक चौथे व्यक्ति ने सुरक्षा के ऐसे ही प्रतिबंधों के अंतर्गत पांडुलिपि का टंकण किया। मैं उनके नामों की उद्घोषणा के प्रति उत्तरदायी नहीं हो सकती, पर उन सब के प्रति आभारी (ऋणी) हूँ।

मैं बनार्ड फिक्सट और एन्टाइन ऑडवर्ड के प्रति इस कहानी को संसार तक पहुँचाने के लिए हार्दिक आभार व्यक्त करती हूँ। जॉन सूजा को मानचित्र बनाने के लिए धन्यवाद।

अनुक्रम

पाकिस्तान का नक्शा 13

भाग एक : शेर-ए-पंजाब 15

भाग दो : जंगल की शेरनी 113

भाग तीन : शेरनी 243

उपसंहार 355

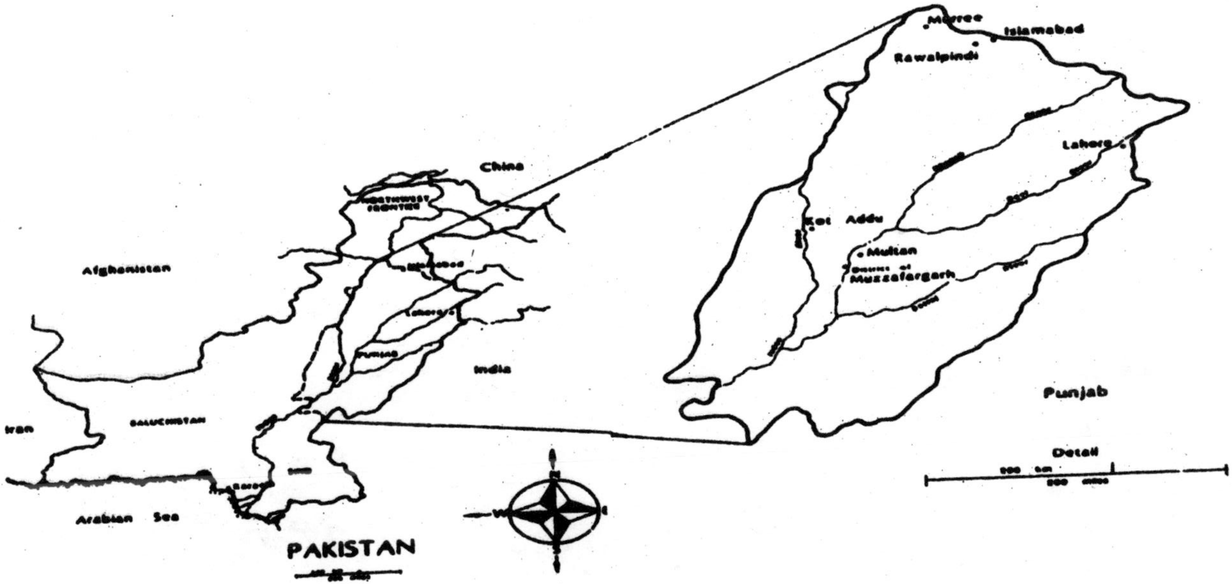
Murree
Islamabad
Rawalpindi
Lahore
Kot Addu
Multan
Muzzafargarh
Punjab
Detail
China
NORTHWEST FRONTIER
Afghanistan
India
BALUCHISTAN
Iran
Arabian Sea
PAKISTAN

भाग एक

शेर-ए-पंजाब

1

मैं हल्के हरे रंग की शिफौन की साड़ी पहने थी और मेरे चलने-फिरने से उसमें हल्की-सी सरसराहट हो रही थी। चोटियों में गुँथे मेरे सुनहरे-भूरे बाल मेरे घुटनों तक पहुँच रहे थे। मेरे गले में मेरी बालियों से मेल खाती हीरों की एक लड़ी थी। मैंने अपने आपको आदमकद आईने में देखा तो अपनी ही खुशी में मेरा चेहरा लाज से सुर्ख़ हो गया।

यह पाकिस्तान के दूसरे सबसे बड़े शहर लाहौर की बात है। 1974 का वसंत था। स्वागत समारोह पंजाब क्लब के खास हाल में हो रहा था। स्पेन के मानद वाणिज्य दूत के बुलावे पर लाहौर के खूबसूरत लोग वहाँ स्पेन का राष्ट्रीय दिवस मना रहे थे। मेरे अंकल ने मुझे और मेरे शौहर अनीस को अपने साथ वहाँ चलने की दावत दी थी। लाहौर में हम अभी पिछले हफ़्ते ही आए थे और शहर के कुलीन लोगों से मिलने का हमारा यह पहला मौका था। अनीस तो यह निमंत्रण पाकर गद्गद थे और खुद को शामिल किए जाने पर खुश भी। वह सरकारी नेशनल शिपिंग कॉरपोरेशन में एक जूनियर अधिकारी ही तो थे। बस उन्हें लगा कि इन लोगों से तो उन्हें जरूर मिलना चाहिए। और जहाँ तक मेरा सवाल है तो क्या मुझे इस बात का कोई आभास हो सकता था कि मेरी जिंदगी की सबसे अहम मुलाकात मेरा इंतजार कर रही थी?

अनीस तो अपने अकेले ही इधर-उधर घूम फिर कर संपर्क बनाते रहे और इधर मैं अचानक ही अकेली हो गई। मैं इक्कीस साल की एक औरत अपने से बड़ी उम्र के लोगों की इस भीड़ में बहुत झेंपी-सी महसूस कर रही थी जबकि ये सारे लोग इतने आत्म-विश्वास से भरे लग रहे थे। अपने आस-पास, पंजाब क्लब के बड़े हालों और छायादार आँगनों में, मुझे उस अँग्रेजी राज का माहौल साफ दिखाई दे रहा था जो सत्ताइस साल पहले उस समय खत्म हो गया था जब आजादी आई थी और अँग्रेजी राज का भारत दो अलग-अलग राज्यों में बँट गया था। यह मेरा

देश था, यानी पाकिस्तान। और लाहौर के ठीक बाहर सीमा पार हमारा दबंग पड़ोसी भारत था। काफी हद तक समान संस्कृति, भाषा और पारिवारिक बंधनों की एक साझी विरासत वाले ये दोनों देश प्यार और नफरत के एक अभागे रिश्ते में जकड़े हैं जो कभी-कभी खूनी भी हो जाता है। मुझे बैठने की जगह मिल गई। तभी एक बैरे ने मुझे एक गिलास थमा दिया। वेटरों को यहाँ बैरा ही कहा जाता है। इन बैरों को यह सिखाया जाता है कि पलक झपकते ही इस प्रतिष्ठित क्लब के पूर्व उपनिवेशी, और वर्तमान में स्वदेशी, सदस्यों की जरूरतों को कैसे पूरा करना है। फूली पतलूनों के ऊपर गले से लेकर बिलकुल नीचे तक बटनों से भरे अपने लंबे सफ़ेद कोटों और मोर की तरह सजी अपनी कड़क कलफदार पगड़ियों में ये बैरे हमारे साम्राज्यवादी अतीत के साये ही लग रहे थे। मैंने इधर-उधर देखा और मेरी बगल में बैठी महिला और मैं एक-दूसरे की तरफ औपचारिकतावश मुस्करा दिए। उस महिला ने मुझसे बात करने की कोशिश की तो मुझे खुशी हुई कि चलो शाम के लिए कोई दोस्त तो मिला। उसका नाम डॉ. शाहिदा अमजद था। वह फिजीशियन थी और उसे इस बात की बहुत अच्छी जानकारी थी कि कौन क्या है। मैंने उसे बताया कि मैं लाहौर में नई-नई आई हूँ और अपने आपको खोया-सा महसूस कर रही हूँ। वह बहुत तमीज वाली महिला थी, उसने वहाँ मौजूद लोगों की तरफ उँगली न उठाकर बस आँख के इशारे से ही मुझे उनके बारे में बहुत छिटपुट जानकारियाँ दे डालीं।

लाहौर अपने आपको घमंड से पाकिस्तान की सांस्कृतिक राजधानी कहता है। बीस साल पहले तक भी यह शहर अपनी इस प्रतिष्ठा के अनुरूप शान बिखेरने की स्थिति में था। इसके मध्य में भीड़-भाड़ वाले बाजारों और इसकी खस्ताहाल लेकिन शानदार खानदानी हवेलियों, पुराने पेड़ों की कतारों के बीच बहती चौड़ी नहरों, और छायादार मार्गों वाले शताब्दियों पुराने दीवार-घिरे शहर को गाड़ियों की बढ़ती ही जा रही भीड़ ने अभी प्रदूषित नहीं किया था। मुगल बादशाहों ने सदियों पहले जो विधिवत् बाग बनवाए थे वे सार्वजनिक पार्क तो बन गए थे लेकिन वहाँ अभी भी हर समय हजारों की तादाद में लोग नहीं रहते थे। शहर का मुख्य मार्ग 'माल' था, जिसके किनारे-किनारे पुराने उपनिवेश काल यानी अंग्रेजों को जमाने की शानदार इमारते थीं। जैसे : गवर्नर्स हाउस, ऐचिसन कॉलेज, हाई कोर्ट, पंजाब क्लब। यही वह जगह थी जहाँ लाहौर के कुलीन तबके के तमीजदार और काफी पढ़े-लिखे लोग इस शाम इकट्ठे हुए थे। पुरुष लोग रेशमी या सबसे बढ़िया किस्म के ऊनी कपड़े की बनी काली या सफेद पारंपरिक अचकनें या फिर पश्चिमी ढंग से सूट पहने थे। ह्विस्की-सोडा और जिन-टॉनिक जैसी शराबें खुल्लमखुल्ला परोसी और पी जा रही थीं। (आजकल पश्चिमी पतन के पापमय चिह्न मान कर इन पर पाबंदी लगा दी गई है।) महिलाएँ अलग झुंडों में बड़ी विनीत होकर बतिया रही थीं, लेकिन वे जमात से कटी हुई नहीं थीं। इन महिलाओं ने बड़े शालीन अंदाज में साड़ियाँ पहन रखी थीं, और

हरेक साड़ी छः मीटर की, रंगीन, और अधिकतर सोने की कढ़ाई वाले रेशमी कपड़े या फिर शिफौन की थीं (आजकल, इस सुरुचिपूर्ण पहनावे का चलन बेहद कम हो गया है, इसे 'हिंदुस्तानी' बता कर त्याग दिया गया है)।

शाहिदा बोले ही जा रही थी कि तभी मेरी नजर काला सूट पहने एक लंबे, दबे रंग के, आकर्षक मर्द पर ठहर गई। वह कलफदार सफेद कमीज के साथ बरगंडी टाई और उससे मेल खाता रूमाल लगाए हुए था। मेरे दिमाग में यही बात आई कि यह कोई लंपट और आकर्षक किस्म का शैतान व्यक्ति है। उसके आसपास औरतों का झुंड इकट्ठा हो गया था और ऐसा लग रहा था कि वे उसकी कही हर बात पर बड़ा ध्यान दे रही थीं। लेकिन धीमी-धीमी बातचीत, बर्फ के टुकड़ों के गिलासों से टकराने की आवाज और बहुत सलीक़े की हँसी के बीच उनकी बात मैं सुन नहीं पाई। मैंने अपनी नई दोस्त से पूछा कि यह कौन साहब हैं।

''वह? तुम्हारा मतलब है तुम उसे नहीं जानतीं?'' शाहिदा के स्वर में आश्चर्य था।

मेरे चेहरे पर जरूर उत्सुकता के भाव आ गए होंगे, क्योंकि उसने फौरन ही समझाया, ''वह मुस्तफा खर है।'' उसने दोनों शब्दों को एक साथ मिलाकर बोला था : 'मुस्त-फा-खर।'

''ओह,'' मैंने जवाब दिया।

उसके डेविडॉफ सिगार की राख झड़ कर महँगे गलीचे पर गिरने ही वाली थी, लेकिन उसे जैसे इस बात की कोई परवाह ही नहीं थी। उसने बड़ी अदाओं में धीरे से स्कॉच का एक गिलास उठाया और उसे अपने मुँह तक ले गया। लेकिन उसे पीने के बजाय उसने गिलास को अपनी करीने से तराशी गई मूँछों के नीचे अपने होठों पर छुआया। उसकी आँखें फन मारने को तैयार किसी नाग की आँखों की तरह चमक रही थीं। जाहिर था, उसे इन कुलीन औरतों को वश में करने की अपनी क्षमता में मजा आ रहा था।

तभी नारंगी रंग की शिफौन की साड़ी पहने एक जवान औरत हमारे पास से निकली। उसकी चाल में भी किसी महत्त्वपूर्ण व्यक्ति वाला आत्मविश्वास था। मैंने शाहिदा से पूछा कि यह कौन है।

''यह शहरजाद है,'' मेरी दोस्त ने जवाब दिया। ''शेरी। मुस्तफ़ा खर की बीवी।''

''ओह।'' मैंने सोचा : मुस्त-फा-खर की बीवी तो बहुत खूबसूरत है।

मैंने शाहिदा से इस आदमी के बारे में और भी जानना चाहा तो उसने बताया कि उसने अभी-अभी पंजाब के मुख्यमंत्री पद से इस्तीफा दिया था। इससे मुझे बहुत-कुछ मालूम हो गया। पंजाब देश का सबसे बड़ा प्रांत है। इस प्रांत का राज-काज कमोबेश उन सामंती सरदारों की सनक पर चलता रहा जिनके कब्जे में बड़ी-बड़ी जमीनें थीं और जिनके नौकर-चाकर उनके आदेश पर ही वोट देते थे। संघीय सरकार

में पंजाब के पास बहुत राजनीतिक शक्ति थी। इसलिए, इसके मुख्यमंत्री को महत्त्वपूर्ण व्यक्ति होना ही था।

शाहिदा ने मुझे बताया कि यह मुस्तफा खर यहाँ बेहद लोकप्रिय था। लोग उसे 'पंजाब का शेर' कहकर बुलाते थे, और कुछ का तो कहना था कि वह पूरे पाकिस्तान में, प्रधानमंत्री जुल्फिकार अली भुट्टो के बाद, सबसे ज्यादा सशक्त नेता हुआ करता था। लेकिन अब वह स्थिति नहीं रही थी। उसके गुरु भुट्टो को उससे साफ तौर पर खतरा होने लगा था, इसलिए वह उससे नाराज हो गए थे। मुस्तफा खर एक ऐसे राजनीतिक मंच के लिए प्रतिबद्ध था जिसका काम उन असंख्य सामाजिक समस्याओं का समाधान करना था जिनसे गरीबी और अशिक्षा में जी रहे पंजाब के लाखों आम लोग त्रस्त थे। पाकिस्तान की राजनीति के इतिहास में, राष्ट्र के नेता के लिए हमेशा ही यह जरूरी रहा कि वह पंजाब के नेता को दबा कर रखे ताकि यह न हो कि उसके समर्थकों का संख्या बल ही उसे सबसे श्रेष्ठ बना दे।

शाहिदा को पता था कि मेरी उत्सुकता जाग गई थी, "आओ," वह बोली, "तुम्हें शेरी से मिलवाऊँ। तुम्हें अच्छी लगेगी वह।"

बस हम उस प्रगाढ़ भीड़ में से रास्ता बनाते हुए शेरी के पास पहुँचे। शाहिदा ने शेरी से मेरा परिचय करवाया और हमारी बातचीत स्वाभाविक तौर पर हमारे खानदानों पर आ गई। जब शेरी को यह पता चला कि मेरे अब्बाजान शकीरुल्लाह दुर्रानी हैं तो उसने मजाक में पूछ लिया कि क्या तुम मेरे शौहर से मिलना पसंद करोगी। मैंने कहा, हाँ। भुट्टो ने जब मेरे अब्बाजान को जेल भेजा था तो उस समय मुस्तफा खर उनका दाहिना हाथ था। मैंने शेरी को बताया कि मैं इस नाइंसाफी के लिए भुट्टो से नफरत करती थी, लेकिन निश्चय ही उसके शौहर की तरफ से मुझे कोई शिकायत नहीं थी।

कुछ ही पलों में शेरी मुझे ख़ुद 'शेर' से मिलवा रही थी, उसे मेरे अब्बाजान का नाम बता रही थी।

"मैं उम्मीद करता हूँ कि तुम्हारे वालिदैन ठीक-ठाक हैं," मुस्तफा ने शालीनता से कहा। "सियासत में बेइंसाफी हो सकती है। तुम्हारे अब्बाजान के साथ जो भी हुआ उसमें जाती कुछ भी नहीं था। अब वे लोग कहाँ हैं?"

"ठीक-ठाक हैं," मैंने कहा। मैंने उसे बताया कि जेल से छूटने और बेकसूर ठहराए जाने के बाद मेरे अब्बाजान ने न्यूयॉर्क सिटी के एक बैंक में नौकरी कर ली थी और एक साल बाद लंदन में एक दूसरे बैंक में चले गए थे। मेरे वालिदैन (माँ-बाप), छोटा भाई और तीन छोटी बहनें अब वहीं रह रही थीं (एक बड़ी बहन की शादी हो गई थी)।

तभी अचानक अनीस मेरी बगल में आकर खड़े हो गए, और उनका भी परिचय करवाया गया। अनीस ने मुझे इशारा करते हुए कहा कि उन्होंने मेजबान पर अच्छा

प्रभाव जमा लिया है और उन्होंने हमसे डिनर के लिए रुकने को भी कहा है।

मुस्तफा खर इस किस्म का आदमी था कि खाने की मेज पर जहाँ चाहे बैठ सकता था, और उसने ठीक मेरे सामने वाली सीट चुनी। हम नमकदानियों से सजी मेज के पार से एक-दूसरे से छोटी-मोटी बातें करते रहे। उसने एक बार फिर मेरे वालिदैन के बारे में पूछा कि वे लोग कैसे थे, कहाँ थे, और क्या कर रहे थे। उसकी बातें मुझे नहीं रिझा पा रही थीं, लेकिन उसकी आँखों ने तो जैसे मुझे बाँध लिया था।

उनमें चमक आ गई थी। वे कुछ जल्दी-जल्दी ही चमक और झपक रही थीं। वे मेज के उस पार से मुझे सम्मोहित कर रही थीं। वे जो कुछ कहना चाह रही थीं वह गूढ़ तो बिलकुल नहीं था। शायद मुझे डर जाना चाहिए था। लेकिन मैं तो शमा की तरफ किसी पतंगे की तरह खिंची चली गई।

खाने के बाद हम कॉन्यक और सुरा के दौर के लिए एक बैठक में चले गए। वहाँ मर्द लोग सिगरेट वगैरह पीने लगे, और उनके साथ कुछ औरतें भी। मुस्तफा साफ तौर पर इस जमात का नेता था और बाकी के हम सब आम लोग थे। जैसे ही उसने अपनी नेपोलियन ब्रांडी का आखिरी घूँट भरा, तीन लोग झट से उसे भरने के लिए आगे आ गए। उसने अपने सधे हाथों में सिगार घुमा कर जैसे ही उसे अपने होठों की तरफ बढ़ाया कि सिगार कटर हाजिर हो गया। और जब यह कतर कर पीने के लिए तैयार हो गया तो छः लाइटर इसे सुलगाने के लिए जल उठे।

मुस्तफा इस मान-सम्मान को बड़ी सहजता से ले रहा था।

मैं इसका रस ले रही थी।

मैं पक्की शिकार थी।

लाहौर में मेरे घर की दीवार पर एक पेंटिंग टँगी है, जिसमें एक बेहद खूबसूरत औरत को मरकती हरे रंग की साड़ी में दिखाया गया है। उसका एक-एक अंग बेहद मनभावन है। मानो चित्रकार ने कोई दिवा-स्वप्न देखा हो और फिर एक काल्पनिक आदर्श को चित्रांकित कर दिया हो। भारी-भारी पलकों और लंबी-लंबी बरौनियों वाली उसकी बादामी रंग की बड़ी-बड़ी हिरनी-आँखें, उसकी पराभासी, मोतिया रंगत को और निखार रही हैं। छः बच्चों की माँ होने के बावजूद उसकी कमर बहुत पतली है, और उसके चेहरे पर अभी भी सुकुमारता और मासूमियत है, जिससे उसकी दबंग शख्सियत छिपी हुई है। फिर भी यह चित्र इस औरत के साथ पूरा न्याय नहीं कर पा रहा। मैं यह बात कह सकती हूँ, क्योंकि पेंटिंग की यह औरत कोई और नहीं मेरी माँ समीना है।

माँ खट्टर क़बीले के हयात खानदान से थी, जो उत्तर-पश्चिमी सीमांत प्रांत

(नॉर्थ वेस्ट फ्रंटियर प्रॉविंस) की सीमा के पास पंजाब के उत्तरी अंचल पर वाह में बस गया था। सम्राट की शाही खिदमत करने के एवज में अँग्रेजी हुक्मरानों ने इस खानदान को बड़ी-बड़ी जमीनें दे दी थीं। हयात लोगों ने स्पेन में मूरों के साथ मिल कर लड़ाई लड़ी थी, और उनका दावा था कि खानदान के लोगों की चर्चित खूबसूरती स्पेन की औरतों के साथ उनके मर्दों की शादी का ही नतीजा थी।

मेरी माँ का अँग्रेजियत में रँगा परिवार उन रजवाड़ों की राजनीति में सक्रिय रूप से लिप्त रहा था जो आजादी से पहले पूरे हिंदुस्तान में बिखरे हुए थे। बँटवारे से पहले उसके अब्बा नवाब सर लियाकत हयात खाँ पटियाला राज्य के प्रधानमंत्री, और उसके अंकल सर सिकंदर हयात खाँ उस समय के अविभाजित पंजाब के गवर्नर रहे थे। उसके दोनों भाइयों को नाइट का ओहदा मिला था। माँ के बचपन के घर में अँग्रेजों के तौर-तरीकों की नकल गुलामों की तरह होती थी। हयात परिवार के मर्द आरामतलब अमीरों के शौक करते थे। अपने पुराने चलन के सिले कपड़ों में वे शानदार पहनावे की कोशिश करते, पोलो खेलते, तमाम नए-से-नए नाच सीखते, शिकार पर जाते और बड़ी-बड़ी दावतें करते थे। परिवार की खूबसूरत औरतें पूरब की पोशाकें पहनती थीं, लेकिन फिर भी उनके बोलचाल और व्यवहार में अँग्रेजियत होती थी। और, इस तरह, 'देसी' लोग उन्हें 'नए जमाने की' और 'तेज' मानते थे। वे 'परदे के बाहर आ गईं' थीं।

यह बात मुझे बाद में ही समझ में आई कि मैं माँ के लिए कितनी सदमा पहुँचाने वाली थी। माँ साफ रंगत वाली खूबसूरत महिला थी और उसे इस पर नाज भी था। उसके परिवार के लोग साफ रंगत वाले थे और इस वजह से यह परिवार अपने आपको आला मानता था। यहाँ किसी दबी रंगत वाले बच्चे को उपेक्षा का शिकार होना पड़ता था। और फिर भी मैं दबी रंगत लिए ही 1953 में इस दुनिया में आ गई। माँ के रुख से यह साफ लगता था कि वह मुझे बदसूरत समझती थी और दोस्तों और रिश्तेदारों के सामने मुझे पेश करते हुए उसे शर्म आती थी। जब मैं छोटी ही थी तभी मुझे अपनी इस कमी का एहसास हो चला था। मेरे आसपास का माहौल मेरे रूप-रंग के प्रति बैरी दिखता था। इसलिए, बहुत जल्दी ही मैंने अपने आपको एक एकाकी, 'प्रकृति के हाथों अभिशप्त' वाले कोष्ठ में डाल दिया। मुझे नहीं याद आता कि बचपन में माँ ने कभी मुझे गले से लगाया या चूमा था।

हालाँकि मेरे अंदर ग्रंथियाँ बढ़ रही थीं और गहरे जड़ जमा रही थीं, फिर भी बाहरी लोगों को मेरा बचपन निश्चय ही बेहद आरामदेह लगता होगा। हमारा घर बेदाग और हमेशा करीने से सजा रहता था, मानो फोटो लिए जाने को तैयार हो। हमारा परिवार एक आदर्श परिवार था, जिसके बच्चों का उल्लेख दूसरे शैतान बच्चों के सामने शालीनता के उदाहरण के रूप नें किया जाता है। हमें हर तरह का आराम और सुख-सुविधाएँ हासिल थीं और हम दुनिया की सैर करते थे।

मेरे अब्बाजान पठान हैं। वह अफगानिस्तान के अहमद शाह दुर्रानी के वंशज हैं। माँ से उनकी मुलाकात तब हुई थी जब टाँक के नवाब के सबसे बड़े लड़के से उसका तलाक हो चुका था। जब उनकी मुलाकात हुई तब वह सेना में कप्तान और पश्चिमी पाकिस्तान के गवर्नर के सहायक थे। फील्ड मार्शल अय्यूब के शासन के दौरान उन्होंने पाकिस्तान के पहले निवेश निगम (आई सी पी) की शुरुआत और उसका विकास किया। तब वह सेना छोड़ चुके थे। फिर, 1967 में उन्हें हमारी राष्ट्रीय विमान सेवा पी आई ए का प्रबंध निदेशक नियुक्त किया गया। बाद में जब जनरल याह्या खाँ मार्शल लॉ लगाकर पाकिस्तान के राष्ट्रपति बन गए तो अब्बाजान को पाकिस्तानी स्टेट बैंक का गवर्नर बना दिया गया।

मैं अपने अब्बाजान को प्यार करती थी। छः फुट लंबे अब्बाजान कोई फिल्म स्टार लगते थे। मेरी माँ जितनी खूबसूरत थी वह उतने ही आकर्षक थे। उनकी जोड़ी खूब जमने वाली थी, हालाँकि हावी मेरी माँ ही रहती थी और हर बात में फैसला उन्हीं का चलता था। अब्बाजान जज्बात के स्तर पर मुझसे दूरी बनाए रखते थे। वह अपने लाड़-प्यार को काबू में रखते थे। उन्हें जब भी मौका मिलता वह मुझसे कहते थे कि मैं तुम्हें अपने बच्चों में सबसे ज़्यादा प्यार करता हूँ। लेकिन ऐसे मौके बहुत कम आते थे। सच में तो मुझे कभी समझ में ही नहीं आया कि वह अपने प्यार को दिखा या जता क्यों नहीं पाते थे। अब मुझे यकीन हो गया है कि माँ ही यह बात पसंद नहीं करती थी कि वह मुझे कतई लाड़ दिखाएँ, क्योंकि मैं उनकी सबसे बड़ी संतान थी और माँ रूबीना को लेकर असुरक्षित महसूस करती थी जो उसकी पहली शादी से पैदा हुई मेरी सौतेली बहन थी।

मेरे अब्बाजान हर रोज जब काम से घर लौटते तो खुशी और जिंदादिली से भरे होते थे। दरअसल, एक नन्ही बिटिया के लिए तो वह अपने पुराने ढर्रे के सूटों और महीन धारियों वाली कमीजों में अतिमानव ही थे। लेकिन महत्त्वपूर्ण पदों पर होने के बावजूद, घर में घुसते ही जैसे वह सिकुड़ जाते थे। वह माँ को अपने दिन भर के कामकाज की जानकारी छोटे-छोटे और तेजी से बोले गए अँग्रेजी जुमलों में देते थे, मानो उसकी सहमति चाह रहे हों। उस समय उनका व्यवहार गंभीर हो जाता था। अगर वह कोई मजाक करते थे तो माँ के होंठ बंद हो जाते थे। अब्बाजान को मेरी माँ के नियमों पर चलना होता था। घर में किसी भी बात में उनकी कोई दखलंदाजी नहीं होती थी। घर के सारे फैसले माँ ही लिया करती थी।

पाकिस्तान के दक्षिणी छोर पर कराची के विशाल महानगर के हमारे सामाजिक दायरे में माँ अपने टीम-टाम वाले जलसों के लिए मशहूर थी। इन जलसों में शायर लोग अपना कलाम सुनाते और दूसरे बुद्धिजीवी अपनी रचनाएँ पढ़ते थे। यह अनुमान लगाने में वह बहुत शातिर थी कि कौन अब चलन में आने वाला है। मेहमानों की छँटाई 'सोशल रजिस्टर' के पाकिस्तानी संस्करण से होती थी। बेशक, हम बच्चे इन

जलसों में भाग नहीं लेते थे। हमें तो बस और नौकरों के साथ घर में तैयार किए गए सहायकों की भूमिका निभानी होती थी। हमें यह सीखने को मिलता था कि किसी औपचारिक डिनर पार्टी के लिए चाँदी के काँटे-चम्मचों को किस तरह सजाया जाता है। हमें बताया जाता था कि रोजनथाल या वेजवुड के बर्तनों में पाँच कोर्स का खाना कैसे परोसा जाता है। हमें यह जानने को मिला कि हाथ धोने के कटोरे में रखे गुनगुने पानी में गुलाब की पंखुड़ियाँ छिड़कने का सही तरीका क्या है। और हमें इसमें नीबू डालना नहीं भूलना होता था। हमें बताया गया था कि खाने वालों के लिए उनकी नमकदानियों और मसालेदानियों और तमाम तरह के मसालों को किस तरतीब में रखना होता है।

मेरी माँ अपने हुक्म का पूरी तरह से पालन चाहती थी और मैं उसका आदेश हर समय मानती भी थी। लेकिन फिर भी उसे मेरे हाव-भाव और शारीरिक मुद्राओं में विद्रोह के प्रारंभिक चिह्न दिखाई दे गए थे। मैं हुक्म तो मानती थी लेकिन मेरा जुर्म यह था कि मैं हुक्म मानने वाली दिखती नहीं थी। मैं बदमिजाज थी और मेरी नाराजगी पर वह नाराज होती थी। वैसे, हम दोनों ही इस बारे में खुल कर कभी नहीं बोलती थीं। जब उसे कोई बात पसंद नहीं आती थी तो उसके होंठ भिंच जाते थे और वह ऐसी कड़ी नजर से घूरती थी कि मैं तो क्या कोई भी सहम कर उसके आगे फौरन ही समर्पण कर देता था। माँ जब कुछ कहती थी तो वह उसका हुक्म होता था और हमें चुपचाप उसे मानना होता था।

शाम को हमारा खाना वालिदैन के साथ कभी-कभी ही हो पाता था। या तो वे बाहर खाना खाने जा रहे होते या मेहमानों की खातिरदारी कर रहे होते थे, और ऐसे में हमें शामिल नहीं किया जाता था। लेकिन, दोपहर के खाने के मौकों पर, जब अब्बाजान अपने दफ्तर गए होते थे, तो माँ के और तमाम हुक्मों का दौर चलता था। साफ-सुथरी और खूब करीने से कपड़े पहने मेज पर बैठी माँ धीमी आवाज में औपचारिक भाषण पिलाती थी। जब वह चुप हो जाती तो खाना चाँदी के चम्मच-काँटो के उम्दा बोन चाइना से टकराने से पैदा होने वाली एक खामोश स्वरलहरी बन जाता था। और इस संगीत को गति-लय देती थी दादा की घड़ी। घर में कोई खेल-कूद नहीं होता था और हँसी भी बहुत कम सुनाई देती थी, और अगर कोई बच्चा जोश में कोई हरकत कर बैठता था तो माँ की त्यौरियाँ चढ़ जाती थीं। फूहड़पन तो जुर्म ही माना जाता था।

माँ जो चाहती थी उसे करवाने के लिए वह कभी हम पर हाथ नहीं उठाती थी। अगर कभी हम कोई गलत व्यवहार कर देते थे तो हमें कड़ा भाषण पिलाया जाता था, जिसका न हम पलटकर जवाब दे सकते थे और न ही विरोध कर सकते थे। वह हम बच्चों को एक-दूसरे के खिलाफ इस्तेमाल करने में उस्ताद थी, और उसने हम सबको छोटे-छोटे जासूस बना दिया था। "मैं हर बात पता कर सकती

हूँ," वह डींग मारते हुए कहती थी। उसने मैकियावेली की किताब दि प्रिंस तो नहीं पढ़ी थी, लेकिन उसने बड़ी होशियारी से फूट डालो और जीतो की नीति बनाई हुई थी और इससे हम सभी घबराए रहते थे।

सबक बिलकुल साफ था और मैंने इसे अच्छी तरह सीख भी लिया था। यानी, माँ की नजरों में अच्छा बनना है तो उसकी बातों को आँख मूँद कर चुपचाप मानते जाओ। अगर आपने अपनी मर्जी की तो आपको भर्त्सना ही मिलनी थी। मैं जब मैं नहीं होती थी तभी मैं माँ के लिए मान्य होती थी, अब चाहे वह मेरा कोई भी रूप हो, क्योंकि मैं तब समर्पण का स्वांग करती होती थी। मैंने एक ऐसी शख्सियत बना ली थी जो मेरे असली स्वभाव के विपरीत थी, लेकिन माँ के स्वभाव के अनुरूप। अंदर-ही-अंदर मैं इस बात को लेकर भ्रमित और कभी-कभी शर्मिंदा भी होती थी कि मुझे वास्तव में जैसा होना था वह गलत और अमान्य था।

माँ तरफदारी करने में भी होशियार नहीं थी। उसकी बोली लगभग हरेक बात और उसकी हरेक हरकत से यह साफ झलक जाता था कि वह अपने गोरी चमड़ी वाले बच्चों, अपने बेटे आसिम और अपनी बेटियों मीनू और खासकर छोटी आदिला को ज्यादा पसंद करती थी। दबे रंग वाली बेटियों, यानी सबीना, जरमीना और मुझसे उन्हें कभी खुशी नहीं हुई। जरमीना के मामले में तो यह समझना और भी कठिन था, जो सबसे सुंदर, सबसे समझदार और प्यारी बच्ची थी।

मेरी नानी शमशाद यह बात अच्छी तरह से जानती थीं कि काले होने के साथ कैसा कलंक जुड़ा होता है। उन्होंने भी मेरी माँ को उसकी बहन समर से ज्यादा चाहा था जो दबे रंग की थी। फिर भी मेरी नानी जरमीना और मुझको इतना ज्यादा प्यार करती थीं कि वह लगातार हमें साँवले रंग के अभिशाप से मुक्त करने की जुगत करती रहती थीं। खीरे का रस, नीबू, ताजा मलाई और अमेक्स नाम का एक तीखी गंध वाला गोरेपन का रसायन हमारे मिट्टी के रंग वाले चेहरों पर मला जाता था।

जब हम थोड़ी बड़ी हुईं तो कुदरत ने हमें हमारी चमड़ी की रंग-कोशिकाओं के साफ होने का लाभ दिया और हयात परिवार में स्वीकार्य होने के लिए यह आवश्यक भी था। यह तो ऐसे हुआ मानो मैं अपनी साँवली चमड़ी का खोल छोड़ कर समाज को स्वीकार्य किसी तितली की तरह निकल आई थी। कभी-कभी तो मैं यह सोच कर हैरान होती थी कि यह कायाकल्प नानी के नुस्खों की बदौलत हुआ था या उनकी दुआओं का कमाल था। लेकिन माँ ने इस बदलाव पर गौर नहीं किया। या फिर, अगर उसने गौर किया भी तो उसके रुख में इस हकीकत से कोई फर्क नहीं पड़ा था।

हमारी बड़ी सौतेली बहन रुबीना को छोटी तीन लड़कियों की देखभाल का जिम्मा दिया गया था, ताकि जब उसकी अपनी शादी और बच्चे हों तो यह ट्रेनिंग

उसके काम आए। बारह साल की उम्र में मुझे कपड़ों की अलमारी सँभालने का काम दिया गया। मेरा काम था माँ के सोने के कमरे को दुरुस्त रखना और उसकी ढेरों कपड़ों वाली अलमारी को हर समय तरतीब में रखना। हालाँकि हमारा रहन-सहन आधुनिक किस्म का था, फिर भी माँ को पश्चिमी तरीके का पहनना-ओढ़ना पसंद नहीं आता था, और उसका यह आग्रह रहता था कि हमारा पूरा परिवार पूरब के फैशन को ही अपनाए। हर रोज स्कूल जाने से पहले मैं माँ के सुबह पहनने के कपड़े लगाती थी और उनसे मेल खाते जूते और दीगर चीजें भी रख देती थी। माँ को सूती साड़ियाँ या सीने पर शिफौन के पल्लू अच्छे लगते थे। मुझे उनके महँगे और बेहतरीन गहनों में से बड़ी होशियारी से चुनाव करता होता था कि कहीं ये उसके कपड़ों और दूसरी चीजों के साथ बेमेल न हो जाएँ। उसके साज-सिंगार की सारी चीजें निकालकर रख देने के बाद ही मैं स्कूल जाने के लिए आजाद हो पाती थी।

स्कूल से लौटने के बाद, हमें माँ के डिनर के कपड़ों वगैरह के लिए भी यही कवायद दोहरानी होती थी। माँ तो कभी कपड़ों वगैरह की अलमारियों को हाथ लगाती नहीं थी। वह तो बस हाथ बढ़ा देती थी, और मुझे उसकी जरूरत की चीज तैयार रखनी होती थी। यह इसलिए कि वह अपना सारा ध्यान अपने लंबे बालों की चोटी गूँथने, आँखों में काजल आँजने और गालों में सुर्खी जमाने में लगा सके। मैं उसके पीछे चुपचाप खड़ी रहती थी। और सारा साज-सिंगार पूरा हो जाने के बाद जब वह अपने सोने के कमरे से निकल जाती थी तो मैं राहत की साँस लेती और उसके रात के कपड़े पलँग पर सजा देती थी और उसकी चप्पलें उसी जगह पर रख देती थी जहाँ वह उनको ढूंढ़ती थी। फिर मैं गुसलखाने और सिंगारकक्ष को ठीक करती थी। नौकर चादरें बदल देता और पलँग के पास रखे लैंप जला देता और पानी का जग और गिलासों को रख कर परदे खींच देता था।

मेरी गर्दन और कंधों की मांसपेशियों पर मैं उस तनाव को अभी भी महसूस करती हूँ जो हमेशा मौजूद रहने वाले इस डर से पैदा होता था कि कहीं मुझसे कोई चीज खो न जाए या कहीं मौके पर उसकी अलमारी या गहनों के डब्बे की चाबियाँ ही न मिलें। अगर ऐसा हो जाता तो मैं उसकी नजरों में नाकारा ठहरती और ऐसा गुस्सा भड़कता कि मैं आसान-से दिखने वाले कामों को लेकर भी बदहवास हो जाती। एक जबरदस्त डर मुझे जकड़ लेता और मेरे दिमाग में और तमाम बातों के ऊपर यह ख्याल रहता कि चाबियाँ कहाँ रखी हैं। इसके मुकाबले स्कूल का काम और दूसरी जिम्मेदारियाँ गौण रहतीं।

मुझे माँ के जिस प्यार की याद है वह मुझे अपनी माँ की माँ से मिला। वह मुझ पर इतना लाड़ उँड़ेलतीं कि मेरी उनसे झकझक हो जाती—क्योंकि मैं इतनी पतली-दुबली थी कि वह हर समय मुझे जबरदस्ती कुछ-न-कुछ खिलाने की कोशिश करती रहती थीं। मेरे रूप-रंग पर उनका जो जोर रहता था उसकी मेरे अंदर बहुत

खराब प्रतिक्रिया होती थी। "माँ-बाप सुंदर बच्चों को पसंद करते हैं," नानी कहती थीं, "अगर तुम अच्छी दिखोगी तो तुम्हारी माँ तुम्हें और भी ज्यादा प्यार करेगी।" मुझे सुंदर बनाने के लिए वह जो तरकीबें सोच कर रखती थीं, मैं जब उन्हें टुकरा देती थी तो निराशा में हाथ हिलाते हुए वह कहती थीं, "अपने बालों को अपने कानों के ऊपर रखा करो। ये इस तरह अच्छे लगते हैं।" या, "अपनी आँखों में थोड़ा काजल लगाया करो। इस तरह ये और बड़ी लगती हैं।" बेचारी नानी यह कभी नहीं समझ पाईं कि बदसूरत होने की ग्रंथि कितने गहरे पैठ रही थी—और यह मेरी जिंदगी को कितना प्रभावित करने वाली थी।

नानी को एक और दिमागी खलल था, क्योंकि मुझे चित्रकारी का शौक था। उनके दिमाग में यह बात बैठी हुई थी कि चित्रकार तो सनकी होते हैं और आखिर में पागल हो जाते हैं। वह मेरे रंग छिपा देतीं, ताकि मैं वह काम न कर पाऊँ जिससे मैं पागल हो सकती थी।

तेरह साल की उम्र में मुझे गर्दन तोड़ बुखार हो गया। यह कानाफूसी होने लगी कि नानी और अब्बाजान इसकी वजह उस तनाव को बता रहे थे जो माँ के कपड़े वगैरह सँभालने के काम के कारण पैदा हुआ था। मेरे बचने की उम्मीद नहीं थी। डॉक्टरों का कहना था कि अगर मैं बच भी गई थी तो मुझे लकवा मार सकता है या फिर मेरे दिमाग को नुकसान पहुँच सकता है। अब्बाजान ने चौबीसों घंटे मेरी तीमारदारी करने के लिए नर्सें लगा दीं और हमारा मेहमानखाना किसी अस्पताल के वार्ड में तब्दील हो गया। छः महीने तक जिन्दगी और मौत का एक अजीब घेरा हमारे घर पर बना रहा। जब यह पक्का हो गया कि मैं बच जाऊँगी, उसके बाद भी मेरे अब्बाजान और माँ मुझे बीमार और कुछ-कुछ डाँवाडोल ही समझते रहे।

इसी दौरान मेरी नन्ही बहन आदिला का जन्म हुआ।

मेरे अब्बाजान, भाई और कुछ नजदीकी रिश्तेदारों के सिवाय, मर्द लोग मेरे लिए पराए थे, और शुरुआती क्षणों से ही मुझे मर्दों से दूर रहना सिखाया गया था। मेरे बचपन में ऐसी हिदायतों की फेहरिस्त बहुत लंबी थी कि मुझे क्या-क्या नहीं करना है, और इन सबका ही मकसद मेरे और मर्दों की दुनिया के बीच एक अलंघनीय दूरी बनाए रखना था जैसे, क्रीम-पाउडर या नेलपॉलिश का इस्तेमाल मत करो। लड़कों की तरफ मत देखो। नए जमाने की सहेलियाँ मत बनाओ और ऐसी किसी भी लड़की से दोस्ती मत करो जिसका कोई बड़ा भाई है। बिना खास इजाजत के लिए या अपनी आया के बगैर किसी दोस्त के घर मत जाओ। कभी फोन मत उठाओ। ड्राइवर के साथ कभी अकेली बाहर मत जाओ। नौकरों के साथ कभी रसोई में खड़ी मत रहो।

और, फिर भी, यह बात बहुत साफ थी कि किसी पाकिस्तानी लड़की को

जो भविष्य उपलब्ध था वह मर्द के रूप में ही था। जिंदगी में मेरा काम यही था कि शादी करूँ और अच्छे ढंग से शादी करूँ। माँ के दिमाग में हम सभी के लिए एक आदर्श पुरुष था। हमें हमारे शौहरों के अलावा और किसी मर्द के आगे नहीं खुलना था। इसमें कोई ताज्जुब नहीं था कि उनमें पूरबी और पश्चिमी खूबियाँ अपेक्षित थीं। उन्हें अच्छे और संभ्रांत परिवार का और खूब पढ़ा-लिखा होना था, ऑक्सफर्ड या कैंब्रिज के पढ़े हों तो और भी अच्छा। हमारी शादियाँ ऐसी जगह की जानी थीं जिनसे हमारे वालिदैन की हैसियत में चार चाँद लग जाएँ। जाती खुशी तो सोने पे सुहागा ही होती। माँ ने हमें यकीन दे रखा था कि अगर हम किसी मर्द को अपनी तरफ से शादी के लिए पसंद कर लेंगी तो वह उसकी मुखालफत नहीं करेगी, और ऐसा करने के पीछे उसका मकसद यह था कि हम लड़कियाँ उससे कोई राज छिपा कर नहीं रखें और उसे हमारी हर चाल का पता रहे। लेकिन उसकी यह भी शर्त थी कि हमें अपने ऐसे किसी फैसले के बारे में उसे तुरंत बताना होगा। इस हकीकत के बावजूद कि हमारी माँ ने अपने पहले शौहर को तलाक दे दिया था, उसने हमें यही सिखाया था कि निकाह एक पाक और अटूट संस्था है। अगर शौहर वहशी निकले तो बीवी का यह फर्ज हो जाता है कि वह अपनी लगन से अपने शौहर का चरित्र बदल दे। शादी का टूटना औरत की कमजोरी की ही निशानी होती है।

मेरी माँ की शादी घर वालों की मर्जी से महज पंद्रह साल की उम्र में टाँक के नवाब के सबसे बड़े बेटे और वारिस हेबात खाँ से कर दी गई थी। टाँक दूरदराज के कबीलाई इलाके में था जहाँ औरतों को सख्त परदे में रखा जाता था। मेरी माँ अपने शौहर को बहुत कम ही देख पाती थी। वह केवल रात में घर के अंदर आते थे। नवाब के सातों लड़कों की पढ़ाई-लिखाई विदेश में हुई थी, वे क्रोकिट खेलते थे, और अपने खुद के छोटे जहाज उड़ाते थे। बहरहाल, जब मेरी माँ गर्भवती हुई तो उसकी देखभाल करने वाली ननों ने उसे बताया कि ऐसा विश्वास किया जाता है कि नवाब के खानदान में लड़कियों को पैदा होते ही मार दिया जाता है—उनके यहाँ कोई जीवित कन्या संतान नहीं थी, और उन दिनों दूर-दराज के कबीलों में यह कोई असामान्य बात नहीं थी। माँ अपने बच्चे को जन्म देने अपने परिवारवालों के यहाँ लाहौर आ गई। यह भी सामान्य बात थी—बीवी अपने शौहर से चालीस दिन तक नहीं मिलती थी ताकि उसकी अच्छी देखभाल हो सके और वह खूब स्वस्थ होकर उसके पास वापस आने लायक हो जाए।

मेरी माँ ने अपने बच्चे यानी मेरी सौतेली बहन रुबीना को जन्म देने के बाद तलाक की माँग कर दी; उसके अब्बाजान की मौत हो चुकी थी और उसकी माँ उस पर पड़ने वाले दबाव को समझ रही थी। हालाँकि तलाक सदमा पहुँचाने वाला था, फिर भी माँ के परिवार ने इसे मंजूर कर लिया क्योंकि वे तो उसे पिछड़े टाँक परिवार के हाथों सचमुच गँवा ही चुके थे। उस पर तलाक-शुदा होने का ठप्पा लग

गया, और यह बात उस प्रतिक्रिया से सामने आ गई जो मेरे अब्बाजान के परिवार ने उससे शादी करने के अब्बाजान के फैसले पर व्यक्त की। माँ के बारे में अब्बाजान के घरवालों का कहना था कि वह तलाकशुदा है, उसके एक बेटी है और वह पंजाबी है। हालाँकि पैसों और सामाजिक हैसियत के मामले में मेरे अब्बाजान का परिवार माँ के परिवार के मुकाबले कमतर ही था, फिर भी वे अब्बाजान के फैसले से नाखुश थे।

अब मैं पीछे मुड़ कर देखती हूँ तो मुझे एहसास होता है कि हमें इस तरह पाला-पोसा जा रहा था कि हम खंडित मानसिकता वाले (स्किजोफ्रेनिक) बनें। हमारे यहाँ सहज भावनाओं के मुकाबले एकदम चाक-चौबंद दिखने को ज्यादा अहमियत दी जाती थी। अपने आपको तलाशने का तो कोई सवाल ही पैदा नहीं होता था। अस्मिता और निजता को कुचल दिया जाता था। शख्सियत बन ही नहीं पाती थी। मेरा दिमाग तो जैसे इस घर से भाग निकलने के गुप्त ख्यालों का अभयारण्य बन गया। इसके सिवाय, जिंदगी में शादी करने के अलावा और कोई मकसद ही नहीं था।

सन् 1968 में केवल सत्रह साल की उम्र में मेरी बहन रुबीना की शादी कर दी गई। अभी वह स्कूल में पढ़ ही रही थी। उसकी शादी उसके अब्बा यानी मेरी माँ के पहले शौहर की रजामंदी से एक व्यावसायिक विमान सेवा के पायलट से हुई। हालाँकि माँ इस शादी से बहुत हतप्रभ और परेशान भी हुई लेकिन सभी ने बहुत जल्दी और चुपचाप इस हालत से समझौता कर लिया कि कहीं कोई बदनामी न हो।

सोलह की होते-होते कुदरत ने मुझे एक खूबसूरत नवयुवती का रूप दे दिया था। मुझे लोगों के मुँह से यह सुन कर रोमांच होता था कि मैं सुंदर हूँ, लेकिन हमारे घर में तो यह दुधारी तलवार थी। लगभग हमेशा ही ऐसा होता था कि इस तरह की कोई तारीफ इस कथन की शक्ल में आती थी, "तुम बिलकुल अपनी माँ की तरह दिखती हो।" इस तरह की तुलना से मुझे बस आधी खुशी होती थी। मेरी माँ तो गजब की सुंदर थी, फिर भी मैं अपने तरीके से सुंदर होना चाहती थी। मैं नहीं चाहती थी कि मेरी तुलना उससे की जाए। जब भी मेरी तुलना उससे होती, मैं अपने आपको दूसरे दर्जे पर पाती थी। मुझे यह विश्वास था कि मैं उसके साथ कोई मुकाबला नहीं कर सकती। इसलिए, यह तुलना इस तारीफ को हमेशा हल्का कर देती थी—'वह बिलकुल अपनी माँ की तरह दिखती है—लेकिन, नहीं, वह उतनी अच्छी नहीं है!' माँ भी अंदर-ही-अंदर इस तुलना से चिढ़ती थी। वह तो मुझे एक बदसूरत बच्ची की तरह ही याद करती थी और चाहती थी कि वह खुद खानदान की खूबसूरती की अलमबरदार बनी रहे।

फिर भी, मेरी तरफ लोगों का ध्यान बढ़ता ही गया। शादी-ब्याह या सामाजिक

जलसों के मौके विवाह की ऐसी महिमामंडित मंडियाँ होती थीं जहाँ औरतें अपनी बेटियों के भविष्य की सौदेबाजी करती थीं। माँ, शादी लायक पाँच बेटियों वाली किसी भी पाकिस्तानी औरत की तरह, इस खेल में सक्रिय भूमिका निभाती थी। मुझे और मेरी बहनों को केवल आँखों-आँखों में बात करने की इजाजत थी।

हम एक बार हवाई जहाज से उत्तर में पड़ने वाले लाहौर में एक शादी में शरीक होने गए थे और वहीं मेरी मुलाकात सत्ताइस साल के अनीस खाँ से हुई। उसकी माँ ने पहले मुझे जाँचा-परखा था और उसने जरूर अपनी सहमति दे दी होगी, क्योंकि अनीस ने मेरे पास आकर मुझसे पूछा था, ''क्या तुम अभी पढ़ रही हो?''

''हाँ,'' मैंने जवाब दिया था।

''कहाँ?''

''मुर्री में। कॉन्वेंट में।''

''ओह।''

उसने पूछा, ''किस क्लास में हो?''

''सीनियर कैम्ब्रिज कर रही हूँ,'' मैंने कहा था।

फिर मैं मुर्री के अपने रोमन कैथोलिक बोर्डिंग स्कूल में वापस आ गई और अनीस के बारे में मेरे मन में और कोई ख्याल नहीं आया—मुर्री का यह कस्बा गरमियों की एक पहाड़ी सैरगाह है। तभी एक इतवार को मुझे और मेरी सहपाठिनों को बाजार में घूमने की इजाजत मिली। हम चौकन्नी थीं। हमें पता था कि बाजार में सड़कछाप मजनूँ हम जैसों के फायदे के लिए ही मटरगश्ती करते रहते हैं। हम उन्हें होशियारी से देखतीं और आपस में हँसती-खिलखिलाती रहीं। फिर मुझे यह देख कर हैरानी हुई कि अनीस भी उस भीड़ में था। तब तो मैं और भी हक्का-बक्का रह गई जब वह हमारे पास आया।

अनीस ने मुझे और मेरी दोस्तों को मुर्री के मशहूर रेस्टोरेंट 'सैम्स' में चाय पीने की दावत दी। मैंने और मेरी दोस्तों ने एक-दूसरे को घबराकर देखा। बोर्डिंग स्कूल की किसी भी लड़की के सपने सैम्स के केक और पेस्ट्रियों से बुने होते हैं, और हमने भी अपने पेट की बात मानी। हम मजेदार चॉकलेट एक्लेयर्स खाती जा रही थीं और घबराई हुई घड़ी को भी देखती जा रही थीं। फिर हम शिष्टाचार को धता बताती हुईं जल्दी ही वहाँ से भाग खड़ी हुईं। अनीस ने हाथ हिलाकर मुझे विदा कहा और बोला कि अगले दिन मैं कराची जा रहा हूँ।

लेकिन वह गया नहीं। अगले दिन मैं एक बार और हक्का-बक्का रह गई जब मैंने उसे स्कूल के फाटक के बाहर घूमते देखा। मैं बस इतना ही सोच पाई। उसे यह तो जरूर पता होना चाहिए कि हमें लड़कों के साथ बातचीत करने की इजाजत नहीं है। उसने मुझसे सीधे बात करने की कोशिश तो नहीं की, लेकिन घर से पढ़ने आने वाली एक लड़की के हाथों चोरी-छिपे एक खत भिजवा दिया। उसने

लिखा था—'मैं कराची अपने काम पर वापस नहीं जा रहा क्योंकि मैं तुम्हारे नजदीक होना चाहता हूँ। मैं मुर्री में अभी और रुकूँगा। कम-से-कम यहाँ मैं तुम्हारी एक झलक तो पा सकता हूँ।'

मुझे प्यार हो गया था।

अगले पंद्रह दिनों तक हर रोज अनीस मुझे चोरी छिपे एक खत भिजवाता रहा और मैं उन्हें सँजो कर रखती रही। जब गरमियों की छुट्टियाँ बिताने के लिए घर जाने का समय आया तो मेरे पास उसके वे खत थे और मन में संकल्प था कि जाकर माँ से कहूँगी कि मैं इस आदमी से शादी करना चाहती हूँ। अनीस और मैं एक ही विमान से आए, लेकिन हमारी साथ बैठने या एक-दूसरे से बात करने की हिम्मत नहीं हुई।

उधर जब मैं करांची में अपने घर पहुँची तो मेरा संकल्प डोलने लगा। मेरी हिम्मत ही नहीं हुई कि माँ से आमने-सामने बात करूँ। इसलिए मैंने उन्हें खत लिखा कि एक आदमी मुझे मिला है जो मुझसे शादी करना चाहता है। यह खत मैंने माँ कि तकिए के नीचे रख दिया। फिर मैंने अल्लाह से दुआ की (कैथोलिक स्कूल में पढ़ने से किसी विद्यार्थी की इस्लाम के साथ प्रतिबद्धता में कोई बदलाव नहीं आता)। नमाज पढ़ते समय मैंने अल्लाह के साथ जाती रिश्ता कायम किया। मैंने अल्लाह के आगे सबकुछ कबूल दिया और उससे गुजारिश की कि वह मेरी माँ के दिल को नरम करे।

उस दिन माँ ने मेरी दुआ में खलल डाल दी। वह धड़धड़ाती हुई मेरे कमरे में चली आई। वह आग-बबूला थी और मेरे खत को लहरा रही थी। वह मुझसे तमाम 'सनसनीखेज' बातें जानना माँग रही थी। मैंने उससे कहा कि ऐसी कोई बातें नहीं थीं, बस चिट्ठियाँ थीं। उसने चिट्ठियाँ माँगीं तो मैंने उसे चिट्ठियाँ पकड़ा दीं। वह खतों को पढ़ने लगी तो मैं वहीं सिर झुकाकर उसके सामने बैठ गई। शर्म से मेरा चेहरा लाल हो रहा था।

माँ ने रुखाई से मुझे बताया कि अनीस की माँ पहले ही शादी की बात चला चुकी थी, लेकिन उसने मेरी कमसिनी की बात कहकर उन्हें मना कर दिया था। लेकिन असली वजह यह थी कि उसके ख्याल से अनीस मेरे—या उसके—लायक नहीं था, उसका खानदान बहुत खाता-पीता या मशहूर नहीं था, और वह एक जूनियर अधिकारी ही तो था जिसकी तनख्वाह केवल 800 रुपए माहवार ही थी। इस जानकारी के आधार पर माँ ने उसे लोफरों के खाने में डाल दिया था।

थोड़ी देर बाद माँ ने धमकाते हुए मुझसे कहा कि वह अनीस और उसकी माँ से बात करेगी और एक बार फिर उन्हें बता देगी कि यह शादी होने का सवाल ही नहीं पैदा होता।

मैं लज्जा, मोहभंग और निराशा के गर्त में रह गई। मेरी आजादी की एक

किरन इतनी जल्दी धुँधली पड़ गई थी। छुट्टियों के उस एक महीने मैं घर में कैदी की तरह रही। मुझे बाहर जाने की मनाही थी। फोन उठाने की मनाही थी। माँ मुझसे बहुत कम- बोलती थी, और जब बोलती थी, तो मुझे यह एहसास करवा देती थी कि मैं नापाक हूँ।

जब मैं वापस स्कूल गई तो माँ भी मेरे साथ थी। उसने वहाँ की ननों से बात की और उन्हें हिदायत दी कि मुझ पर और ठीक से निगरानी रखें। उसने उन पर दबाव डाला कि मेरी चिट्ठियों पर नजर रखें। मैं बहुत निराश हो गई, और मैंने अपनी अंतिम परीक्षाओं की तैयारी में ध्यान लगाने की कोशिश की, लेकिन मैं तो उन गोपनीय चिट्ठियों के लिए जी रही थी जिन्हें अनीस अभी भी जैसे-तैसे करके मुझ तक भिजवा रहा था। मैं इस आदमी को खोने के ख्याल से भी आतंकित थी जिसे प्यार ने इतना अंधा कर रखा था कि अब वह मुझे कोई बेहद खूबसूरत हसीना समझता था। मेरे अंदर आत्म-सम्मान की जो कमी थी उसके चलते मुझे यह विश्वास था और डर भी कि शायद यह भूल मेरी जिंदगी में फिर कभी नहीं होगी। और किसी भी आदमी के लिए मुझे प्यार करना कभी मुमकिन नहीं होगा।

मेरा मन रोमांस की डगर पर चला गया और मैं चीड़ की खुशबू में, और ठिठुरती रात में टिन की छत पर पड़ती बारिश की टपाटप में अनीस के निशान खोजने लगी। मैं अपने आपको उसके साथ पहाड़ों में, सँकरी और चक्करदार कच्ची सड़कों पर टहलते देखती। मुर्री तो स्विट्जरलैंड की तरह था, और मैं यहाँ इम्तिहान में बैठने के बजाय हनीमून मनाना चाहती थी।

अनीस ने अपनी जद्दोजहद नहीं छोड़ी। उसकी माँ ने मेरी माँ से कई मौकों पर बात की। फिर, अनीस भी माँ के पास आने लगा। वह उन्हें घंटों इंतजार करवाती, और जब उनसे मिलती भी तो बड़े गरूर से पेश आती। फिर भी वे बड़े धैर्य और शालीनता के साथ उसके इस व्यवहार को बरदाश्त कर लेते।

मैंने अपनी अंतिम परीक्षा पास कर ली और एक शानदार शादी के लिए जरूरी शैक्षिक योग्यता लेकर वापस घर आ गई। अब तक अनीस अट्ठाइस का हो चुका था और मैं सत्रह की। हम असल में अजनबी थे, लेकिन हम दोनों को ही यह विश्वास था कि हमें एक-दूसरे से बेहद प्यार हो गया था। मेरे लिए दूसरे लड़कों के रिश्ते भी आए अैर उनमें से कई तो माँ को बहुत ज्यादा पसंद थे, लेकिन मैं पहली बार अंदर-ही-अंदर जिद्दी और खुले तौर पर बागी हो गई। अनीस मुझसे प्यार करने वाला पहला मर्द था, और न जाने क्यों मुझे लगता था कि खुशी और तुरत-फुरत पलायन का वह मेरा इकलौता मौका था। मैंने माँ से कह दिया कि अगर अनीस से मेरी शादी नहीं हुई तो फिर मैं किसी से भी शादी नहीं करूँगी। कुछ समय तक तो मनमुटाव में कड़वाहट रही।

लेकिन माँ दुविधा में थी। मेरे अब्बाजान का पुराने ख्यालों का परिवार इस

बात को लेकर परेशान था कि मैं अनब्याही ही रह जाऊँगी। सत्रह साल की उम्र में तो मेरी सगाई हो जानी चाहिए थी। किसी पाकिस्तानी औरत के लिए इससे ज्यादा शर्मनाक बात और कुछ नहीं हो सकती थी। मेरी माँ के परिवार की अपेक्षा मेरे अब्बाजान का परिवार मेरे रंग को लेकर और भी ज्यादा बेरुख था। पठान तो बहुत गोरी नस्ल के होते हैं—मेरे जैसी दबे रंग की पठान तो बहुत ही कम देखने में आती है। दरअसल, मैं अलग ही दिखाई दे जाती थी, और हालाँकि मेरा रंग 'हल्का' हो गया था फिर भी मैं पारंपरिक मानदंडों के हिसाब से हसीन नहीं थी। लेकिन विमान सेवा के प्रमुख के नाते मेरे अब्बाजान की हैसियत की वजह से यह तो बिलकुल पक्का था कि कोई-न-कोई मुझसे जरूर शादी कर लेगा, और यह जरूरी था कि उनके इस ओहदे पर रहते-रहते इसका फायदा उठा लिया जाता।

माँ को बदनामी का ख्याल आया और वह इस किस्म के किसी कलंक की संभावना को झेल नहीं पाई। एक बार जब मैं उसकी सिंगार मेज को ठीक कर रही थी तो मुझे माँ और उसकी सबसे अच्छी दोस्त के बीच होने वाली बातचीत सुनाई दी। उसकी दोस्त कह रही थी, "समीना, वह तुम्हारी सबसे खूबसूरत लड़की नहीं है। उसे अनीस जैसा कोई लड़का मिलना इतना आसान नहीं होगा जो उसे इतना प्यारे करेगा। मैं तो यही सलाह दूँगी कि तुम इस रिश्ते को कबूल कर लो। तुम्हारे पास अभी तीन लड़कियाँ और हैं जिनके लिए तुम्हारी स्थिति और भी मजबूत होगी।" मैंने माँ का जवाब नहीं सुना। अनीस के प्यार और उसकी बेइंतहा तारीफों ने मेरे मन में खूबसूरती का थोड़ा-सा ख्याल आ जाने दिया था, जो अब अचानक ही काफूर हो गया। मैंने फैसला सुन लिया था। यह क्रूर तो था लेकिन मुझे यह भी विश्वास था कि यह सही था। जब मैंने माँ की सिंगार मेज के ऊपर आईने में देखा तो मुझे वहाँ किसी हंस के उभरने का कोई चिह्न नहीं दिखाई दिया।

और इस तरह माँ अनीस से मेरी शादी करने को राजी हो गई, और यह फैसला करते ही वह होने वाली दुल्हन की माँ बन कर चहकने लगी। एस. यू. दुर्रानी की बेटी की सगाई का स्वागत समारोह बड़ी धूमधाम से हुआ। दोस्तों और रिश्तेदारों को मिठाई के टोकरे भेजे गए। माँ ने लेबनान से एक सजावट करने वाले को बुलाया।

मेरे अब्बाजान को पाकिस्तानी स्टेट बैंक का गवर्नर नियुक्त किया गया था और वह इस ओहदे को बहुत सम्मान देते थे क्योंकि इसने उन्हें उनके बैंकिंग कैरियर के सबसे प्रतिष्ठित स्थान पर पहुँचा दिया था। लेकिन फिर पाकिस्तानी राजनीति ने हमारी जिंदगियों में दखल दिया। 1971 में, जब देश विप्लव के केंद्र में था और हिंदुस्तान के साथ लड़ाई होने ही वाली थी, तब भुट्टो ने अब्बाजान के सामने एक प्रस्ताव रखा। उस समय पाकिस्तान पूर्वी और पश्चिमी पाकिस्तान के दो क्षेत्रों में बँटा था और इनके बीच हिंदुस्तान का एक हजार मील का हिस्सा था, और पूर्वी पाकिस्तान अलग होकर बांग्ला देश का स्वाधीन राष्ट्र बनाने की कोशिश कर रहा

था। अब्बाजान क्योंकि स्टेट बैंक के गवर्नर थे इसलिए उनका एक अहम मुकाम था। भुट्टो पीपुल्स पार्टी के नेता थे, और अब वह पश्चिमी पाकिस्तान की महत्ता के लिए संघर्ष करने को प्रतिबद्ध थे। उन्होंने मेरे अब्बाजान से गुपचुप तरीके से यह कहा कि वह पूर्वी पाकिस्तान से सरकारी मालमत्ता निकाल लें। अब्बाजान को उनसे हमदर्दी तो थी लेकिन उन्होंने ऐसा कोई भी अनैतिक काम करने से इनकार कर दिया। भुट्टो ने इस झिड़की को टुच्चेपन से लिया। उसी साल दिसंबर में आखिरकार हिंदुस्तान ने पूर्वी पाकिस्तान पर चढ़ाई कर दी। जनरल याह्या खान ने हार और पाकिस्तान के टूटने की जिम्मेदारी लेते हुए इस्तीफा दे दिया। और भुट्टो हमारे देश के उस बचे-खुचे हिस्से के निर्विवाद नेता हो गए--जो कभी पश्चिमी पाकिस्तान हुआ करता था।

जब स्थितियाँ सामान्य हुई और भुट्टो राष्ट्रपति बन गए तो उन्होंने सबसे पहले एक काम यह किया कि अब्बाजान को स्टेट बैंक के गवर्नर पद से हटा दिया। उन्होंने अब्बाजान को गिरफ्तार करवा के तिलचट्टों से भरी जेल की एक कोठरी में डलवा दिया। उन पर यह झूठा इल्जाम लगाया गया कि वह सी आई ए के एजेंट थे।

अब्बाजान का जेल जाना हमारे परिवार के लिए बहुत बड़ा सदमा था। मेरी माँ ने बहुत शान के साथ इस सदमे को सहा, हालाँकि अंदर-ही-अंदर वह टूट गई थी। वह इन इल्जामों पर शर्मिंदा थी। सच तो यह था कि वह इस ख़्याल को ही नहीं पचा पा रही थी कि उसके शौहर पेशे के स्तर पर दागदार भी थे। (यह सब कुछ अकेले होने पर होता था--सबके सामने तो वह हिम्मत और ताकत ही दिखाती थी।) मेरे अब्बाजान और माँ दोनों के ही घरवालों ने उनका बहुत साथ दिया। ऐसे ही कुछ दोस्त भी थे, जैसे बी सी सी आई के आगा हसन आबिदी जिन्होंने अपनी कार माँ को दे रखी थी।

हमें अपना सरकारी मकान छोड़ रुबीना और कमाल के घर जाना पड़ा। माँ जब अकेली या घर वालों के साथ होती तो शोक करती थी। लगातार दुआएँ की जातीं, और महिला रिश्तेदार और दोस्त कुरान पढ़तीं। घर का लगभग हरेक सदस्य अब्बाजान के छुटकारे और सेहत के लिए पाँच बार 'नमाज' की दुआ पढ़ता था।

मुझे याद है, मैं रात में अक्सर अब्बाजान के लिए रोती थी। दिन का समय संजीदगी और तनाव का होता था : हँसी-मजाक का कोई सवाल ही नहीं था। मेरे वालिदैन लज्जित थे। कामयाबी, खूबसूरती और शिष्टता की वह मुकम्मिल छवि बदकिस्मती से चूर-चूर हो गई थी, ऐसा हमारा विश्वास था।

पैसों की तरफ से उनकी क्या चिंताएँ थीं, इसकी मुझे कोई जानकारी नहीं थी। मुझे तो बस इतना पता था कि अब हमारे पास सरकारी मकान और उसकी ढेरों सुविधाएँ नहीं थीं। हम जो रुबीना के यहाँ या लाहौर में अंकल असद या आंटी समर के पास रह रहे थे, इससे मुझे यह इल्म तो हो गया था कि हमारा नैतिक

पतन हो चुका था।

मैं जानती थी कि मेरे अब्बाजान और माँ के लिए सरकारी सत्ता के बिना ज़िंदगी की नई शुरुआत करना कठिन होगा, और उन्हें आम लोगों की तरह जीना होगा। हमारा अपना मकान एक जापानी कंपनी के पास किराए पर था, इसलिए उन्हें अपने रहने के लिए किराए का मकान लेना होगा। लेकिन तसल्ली देने वाले इस एहसास ने मुझे उनकी भविष्य की योजनाओं से थोड़ा अलग रखा कि मेरी तो शादी होने वाली है।

केवल मेरी माँ, रुबीना और मेरे अब्बाजान के भाई लोग ही उनसे जेल में मिलने जाते थे। हम बच्चों को वहाँ नहीं ले जाया जाता था। इसकी वजह शायद यह थी कि हम गंभीर मामलों पर होने वाली चर्चाओं में कोई योगदान नहीं कर सकते थे। मुझे अब्बाजान की बहुत याद आती थी, और मेरी नन्ही बहनों और असिम को भी।

छः महीने गुजर गए, और फिर सुनवाई में अब्बाजान को उन आरोपों से बरी कर दिया गया और वह जेल से छूट गए। भुट्टो ने सुलह-सफाई करने की कोशिश भी की, लेकिन विरक्ति और अपमान से पीड़ित अब्बाजान ने देश छोड़ने का फैसला किया। उन्होंने अमरीका के फ़र्स्ट नेशनल सिटी बैंक के उपाध्यक्ष का पद सँभाल लिया। मुझे इस बात से राहत मिली कि उनकी अभी भी वकत थी और वह पाकिस्तान में और आगे समझौता किए बगैर अपने कैरियर को चालू रखने की शुरुआत कर सकते थे।

अब्बाजान और माँ ने न्यूयॉर्क के वॉल्डॉर्फ ऐस्टोरिया (होटल) के एक स्वीट में जाने की तैयारी शुरू कर दी, लेकिन वे मेरा क्या करते? माँ ने फैसला किया कि सहूलियत तो इसी में होगी कि जल्दी से सादगी भरे समारोह में मेरे हाथ पीले कर दिए जाएँ। पहले तो मुझे बहुत राहत महसूस हुई कि मैं जिस शहर और देश में रहूँगी, वहाँ माँ नहीं होगी। उनके जाने के ख्याल से ही मैं खुद को आजाद महसूस करने लगी। अब तक मेरी ज़िंदगी में उनका सबसे ऊपर स्थान था, हालांकि उनकी तरफ मैंने कभी वह प्यार महसूस नहीं किया था जैसा अब्बाजान के लिए। घर के बाकी लोगों से जुदा होने का दर्द भी घुल गया था।

तब हकीकत से मेरा सामना हुआ। शादी से तीन दिन पहले मुझे यह लगने लगा कि अनीस के साथ बहुत सीमित संपर्क होने के बावजूद मैं उससे ऊब चुकी थी। मैं उससे ज्यादा प्यार नहीं करती थी और यह तो बिलकुल तय था कि मैं उससे शादी नहीं करना चाहती थी। अचानक मुझे एक दूसरा रास्ता सूझा। अगर मैं अपने वालिदैन के साथ अमरीका चली जाऊँ तो मुझे यह जानने की और ज्यादा आजादी, और ज्यादा मौका मिल सकता था कि मैं असल में चाहती क्या हूँ। मैंने अपने आपको कमरे में बंद कर लिया और निराशा में रोने-दहाड़ने लगी। नानी दरवाजे के बाहर

खड़ी मुझसे खाना खा लेने की गुजारिश करती रहीं।

धीरे-धीरे, मैंने अपने आपको सँभाला और फैसला किया कि जो कुछ भी किया जाना है उसका मैं सामना करूँगी। मैंने फोन पर अनीस से बात की और उसे अपने दिल की बात बताई, "शायद मैं तुमसे प्यार नहीं करती। मैं तो बस प्यार के ख्याल से प्यार करती थी। मैं अपने घर वालों से भागना चाहती थी।"

अनीस परेशान हो गया लेकिन उसने मुझे यह विश्वास दिलाने की कोशिश की कि मुझे दुल्हन बनने की वजह से घबराहट हो रही थी। "सब कुछ ठीक-ठाक हो जाएगा," उसने कहा, "तुम बस घबरा रही हो।"

अब्बाजान ने भी मुझे यही सब कह कर दिलासा दी । मैं उनके कंधे पर सिर रखकर रोने लगी तो वह चुपचाप समझाने लगे—बेटियों को अपना घर छोड़ कर पराए माहौल में जाना ही पड़ता है। उन्होंने कहा कि शादी तो दुख-सुख का मेल होता है। वह समझते थे कि उनसे अलग होकर मुझे पीड़ा और दुविधा हो रही थी, लेकिन मुझे अपना भविष्य भी देखना था।

मैं समझ गई कि अब बहुत देर हो चुकी थी। किसी को विश्वास नहीं हो रहा था कि मैं शादी नहीं करना चाहती थी। सब लोग इसे आखिरी पलों में होने वाली घबराहट ही बता रहे थे।

तीन दिन बाद मैं दुल्हन बनी तो अत्यधिक भ्रमित थी।

ढाई साल गुजर गए। अनीस से मेरी शादी नीरसता के पठार पर पहुँच गई। मैं यह तो जानती थी कि कहीं कोई चीज छूट रही थी, लेकिन मैं यह नहीं समझ पा रही थी कि यह चीज थी क्या ? हालाँकि अब मेरे ससुराल वालों से मुझे बेहद तारीफ और प्यार मिल रहा था, फिर भी मेरा दिमाग अभी भी मेरे बचपन को लेकर परेशान था और मुझे पता नहीं था कि मैं किस तरह इससे पार पाऊँ—मुझे तो यह भी पता नहीं था कि मुझे पार किससे पाना था। एक उपेक्षिता होने, और आत्म-सम्मान की कमी का एहसास मेरा पीछा नहीं छोड़ रहा था। जब माँ ही मुझे पसंद और प्यार नहीं करती थी तो फिर अनीस और उसके नीची हैसियत के घर वालों की कमजोर राय क्या मायने रखती थी।

जब मेरी बेटी तान्या का जन्मा हुआ तो मैं इस बात पर न केवल हैरान हुई बल्कि चकराई भी कि मैं माँ बन गई थी। जिस औरत का रूप मैं ले रही रही थी, उसकी रत्ती भर भी समझ मुझे नहीं थी। जज्बात के स्तर पर मैं बिलकुल अपरिपक्व थी। और इसी स्थिति में मैं माँ और बेटी के बेहद सुखद रिश्ते से दो-चार होने की जद्दोजहद कर रही थी। मैं तान्या से देहद प्यार करती थी, लेकिन फिर भी एक बच्चे और बेटी के रूप में मैं अपने आपको अभी भी बहुत अधूरा महसूस करती

थी। माँ का प्यार पाने की मेरी चाहत अभी भी बनी हुई थी और मेरे मन को व्याकुल किए थी। मैंने तान्या के जरिए इसकी भरपाई करने की कोशिश की। मैं उसके साथ खेलती, उसके कपड़े बदलती और उसे प्यार करती, मानो वह मैं थी और मैं मेरी माँ।

मैं तान्या के लिए बुनाई और कढ़ाई करती। उसके लिए आया रखी हुई थी लेकिन मैं उसे हमेशा अपने साथ ले जाती थी, हालाँकि हमारा जाना बस मेरे ससुरालियों के घर ही होता था। मैं हमेशा उसके खाने के बारे में चिंतित रहती, उसे केले और आलू मसल कर खिलाती—और, वह जितनी ज्यादा मोटी होती जाती मैं उतनी ही ज्यादा खुश होती थी।

अनीस को मैं फिर भी प्यार नहीं करती थी। अगर ऐसा हुआ होता तो फिर मुस्तफा खर मुझे इतना रोमांचक और इतना उत्तेजक न लगा होता।

2

यह तो मैं शुरू से जानती थी कि मुस्तफा अधिकार जमाने वाला, दकियानूस और दबंग है लेकिन उसकी इन्हीं खूबियों ने तो मुझे उसकी तरफ इस कदर खींचा था। दरअसल यह बात मुझे मानसिक तौर पर पीड़ित किए हुए थी कि हमारे परिवार में मेरे अब्बाजान की भूमिका एक कमजोर मर्द की थी। और अब मुझे एक ऐसा आदमी मिला था जिसकी शख्सियत बिलकुल अलग थी।

खर्रल कबीले के मर्दों के बारे में यह मशहूर है कि वे औसत से ज्यादा लंबे, और तीखे नाक-नक्श वाले होते हैं। उनमें गजब का जोश और सहन शक्ति होती है। एक विद्वान के अनुसार वे 'शादी-ब्याह के मामले में फिजूलखर्च, राहगीरों की आवभगत करने वाले और चोरी में रुझान रखने वाले होते हैं, खेती-बाड़ी में उनकी कोई दिलचस्पी नहीं होती'। फारसी की एक कहावत है कि ये 'बागी होते हैं और इन्हें मार देना चाहिए।'

ये लोग हिंदुस्तान के नेली बाड़ क्षेत्र में कमलिया के पास के मूल-निवासी हैं, लेकिन जब इन्होंने जजिया देने से मना कर दिया तो अँग्रेज हुक्मरानों से इनका झगड़ा हो गया। कई खूनी मुठभेड़ों के बाद ये पश्चिम की ओर निकल गए। इन्होंने अपनी औरतों और बच्चों को मार डाला जिससे कि इनके सफर में कोई रुकावट न खड़ी हो, और फिर अपने पास जमा ढेरों सोना लेकर पंजाब आ गए। वहाँ वे सिंधु नदी के किनारे बस गए।

खर्रल घराने की एक शाखा ने अपने नाम को काट-छाँटकर 'खर' क्यों कर लिया इसको लेकर कई तरह की बातें सुनने में आती हैं। कुछ लोग कहते हैं कि यह नाम इन्हें इनकी लूटपाट के शिकार एक व्यक्ति ने गुस्से में आकर दिया था, क्योंकि फारसी में खर का मतलब 'गधा' होता है। लेकिन अधिक संभव तो यही लगता है कि इनकी धार्मिक आस्थाओं ने इन्हें इनके धर्मगुरु पीर चिश्तियान शरीफ के प्रति आदर भाव के कारण इन्हें पूरा नाम चलाने नहीं दिया क्योंकि पीर खुद खर्रल

थे। सच जो भी हो, खर अपने आपको उन लोगों से श्रेष्ठ मानते हैं जो पुराना नाम ही चला रहे हैं।

कबीलाई सरदारों की बेटियों से बाकायदा शादी करके मुस्तफा के दादा मलिक गुलाम आखिरकार पंजाब के मुजफ्फरगढ़ जिले के एक सबसे बड़े जमींदार बन गए थे। सामंती व्यवस्था में पैसों की अहमियत इज्जत और ताकत के बराबर होती है। इस तरह 1940 में मुस्तफा के वालिद मोहम्मद यार खर को ब्रिटिश हुकूमत ने खान साहब के खिताब से नवाजा।

मोहम्मद यार खर ने चौंसठ साल की उम्र में तीसरी शादी मुल्तान की एक षोडशी से की जो मुस्तफा की माँ बनी। कुल मिलाकर खान साहब के सोलह बच्चे हुए। मुस्तफा की माँ से उनको सात बेटे और एक बेटी हुई। सातों बेटों की परवरिश कोट अद्दू के अलग-थलग गाँव में हुई। बूढ़े बाप और दब्बू माँ का उन पर कोई अंकुश नहीं रहा। अपने भाइयों की तरह मुस्तफा की भी परिवरिश दो दाइयों ने की। उन्होंने मुस्तफा के पैदा होने के छह साल बाद तक उसे अपना दूध पिलाया। इन औरतों के खाने-पीने का खास ख्याल रखा जाता था और इस दौरान उन्हें कड़ी निगरानी में ही उनके आदमियों से मिलने दिया जाता था कि कहीं वे गर्भवती न हो जाएँ। खर बंधु अपने दमखम का श्रेय बचपन की इस खिलाई-पिलाई को देते हैं।

युवा सामंती सरदारों की हैसियत में मुस्तफा और उसके भाइयों को कानूनी या समाजी पाबंदियों को लेकर बहुत चिंताएँ नहीं थीं। सामंती व्यवस्था तो उस दौर का विस्तार है जब समूचे दक्षिण मध्य एशिया पर अँग्रेजों का राज हुआ करता था। कुछ 'वफादार' व्यक्तियों को जमीन और निरंकुश अधिकार देकर 'गोरे मालिकान' ने यह सामर्थ्य प्राप्त कर ली थी कि वे अब कम कोशिश करके ही देश की जनता पर काबू कर सकते थे। जैसे-जैसे समय बीतता गया इन चंद खास लोगों ने काश्तकारी और मनमाना लगान की सामंती व्यवस्थाएँ लागू करके अपने जखीरे में बेतहाशा बढ़ोतरी कर ली। सामंतवाद तो जैसे लूटमार, बलात्कार और हत्या तक करने का खुला लाइसेंस था। इस तरह, अमीर तो और अमीर होते गए और गरीब निराश।

जिन इलाकों को मिला कर बाद में पाकिस्तान बना, वहाँ कुछ सामंती परिवारों ने नियंत्रण के लिए इस्लाम को ही हथियार बना लिया। उनके मुखिया श्रद्धा के पात्र और पवित्र जन हो गए जो अल्लाह से बातें करते थे। और, सचमुच ही, किसी गुजरे जमाने में कई तो पवित्र और धार्मिक थे। लेकिन धीरे-धीरे अधिकार बड़े बेटों के पास आ गए जो न तो पवित्र ही थे और न ही खास तौर पर नैतिक। फिर भी, इलाके के अनपढ़ लोग उन्हें श्रद्धेय और 'अल्लाह के दूत' मानते थे। उन्हें जो अधिकार हासिल था उसका इस्तेमाल करते हुए वे कुरान की अपने ढंग से और अपनी सहूलियत के अनुसार व्याख्या करके अपने हरेक काम को सही ठहरा देते थे। एक सामंती सरदार एक निरंकुश शासक होता था जो किसी भी कृत्य को सही

ठहरा सकता था।

जब 1947 में अँग्रेजी राज का खात्मा हुआ तो कम-से-कम आधी सदी तक अफरा-तफरी के लिए मंच तैयार था। राष्ट्रकुल के कब्जे वाले विशाल क्षेत्रों का धर्म के आधार पर बँटवारा कर दिया गया। हिंदुओं का गढ़ हिंदुस्तान हो गया। मुस्लिम पाकिस्तान दुनिया में अपनी तरह का अकेला मुल्क बना जिसके दो हिस्सों के बीच हिंदुस्तान का विशाल क्षेत्र बाधा बन कर रहा।

हिंदुस्तान में लोकतंत्र कायम हो गया और सामंती व्यवस्था का खात्मा हो गया। लेकिन पाकिस्तान में हालाँकि लोकतांत्रिक सिद्धांतों की बातें तो खूब की गईं, फिर भी सामंती सरदारों का कब्ज़ा बना रहा। यह फैसला उन्हीं का होता था कि नेशनल एसेंबली में कौन बैठेगा और प्रधान मंत्री के निवास में कौन रहेगा।

खर परिवार के सयानों को राजनीति में कोई दिलचस्पी नहीं थी। मुस्तफा और उसके भाई शिकार के लिए जीते थे। कभी-कभी तो वे कई-कई दिनों तक घर से बाहर रहते थे और अधिकतर घोड़ों पर, तो कभी-कभी पैदल ही शिकार का पीछा करते थे। जैसे ही उन्हें कामयाबी मिलती वे अपने शिकार का मजा लेने में देरी नहीं करते थे। उन्हें खुद पकाने में मजा आता था और वे गोश्त को अधपका ही खाते थे। शिकार ने मुस्तफा को साहस, सहनशीलता और धैर्य सिखाया। और शिकार के जरिए ही उसने रणनीति और चालबाजी की अहमियत समझी। उसने सीखा कि ललचाया, लुभाया और फँसाया कैसे जाता है।

मुस्तफा ने एक बार मुझे बताया कि जब वह मुश्किल से सत्रह साल का ही था तो अपने वालिद के हुक्म पर उसे अपनी अनपढ़ चचेरी बहन से शादी करनी पड़ी थी जो उम्र में उससे कई साल बड़ी थी। उसे फौरन ही गर्भ ठहर गया था। मुस्तफा अपने गाँव और अपनी तकदीर छोड़ कर भाग आया था। पहले वह भाग कर मुल्तान और फिर लाहौर महानगर पहुँचा था। यहाँ उसने फैशनेबुल बालों वाली एक औरत को बड़े इत्मीनान के साथ एक चमचमाती कार स्टीयरिंग ह्वील पर बैठे देखा। इस तरह के रहस्य भरे नजारे देख कर वह चमत्कृत रह गया। उसमें इतनी हिम्मत नहीं थी कि ऐसी किसी लड़की के पास जाए; उस समय तो वह बस दूर से ही ललचा सकता था।

मुर्री की पहाड़ी सैरगाह में मुस्तफा को ऐसी औरतें मिलीं जो पैसे लेकर अपनी खूबसूरती का व्यापार करती थीं। मुस्तफा ने देखा कि इन पेशेवर औरतों के साथ उसे अड़चन नहीं होती। वह बाजार में घूम कर माल टटोलता और पैसों की एवज में कुछ समय के लिए उन्हें ले लेता। जहाँ तक उन औरतों का सवाल है तो वे इस पैसे वाले जवान सामंती सरदार से चमत्कृत थीं जो अपनी जबरिया शादी के बारे में दुखी होकर बताता था।

उधर गाँव में वजीर चुपचाप सब कुछ सह रही थी। उसकी जिल्लत उस समय

और भी बढ़ गई जब घर के सयानों ने मुस्तफा के साथ उसकी शादी को रद्द करके उससे और भी छोटे देवर को उसे पकड़ा दिया। लेकिन इस तरह कम से कम वह तलाकशुदा होने का ठप्पा लेकर अपने मायके वापस जाने से तो बच गई—जो सामंती व्यवस्था में घोर बदनसीबी होती है। उसने मुस्तफा के पहले बेटे अब्दुर्रहमान को जन्म दिया।

इस बीच, मुर्री में मुस्तफा की दोस्ती एक आदमी से हो गई जिसकी एक सुंदर और थोड़ी पढ़ी-लिखी प्रेमिका थी—फिरदौस। जब फिरदौस को पता चला कि वह गर्भवती हो गई है तो वह आदमी उसे छोड़ कर भाग गया, और तब मुस्तफा ने उसे सहारा दिया। मुस्तफा की नजरों में पतिता फिरदौस समाज की शिकार थी। उसने भावावेश में आकर फिरदौस से शादी कर ली। समय आने पर उसके एक लड़का हुआ जिसे मुस्तफा ने अपना कुलनाम दिया। और एक साल के अंदर ही फिरदौस ने एक और बेटे, बिल्लू को जन्म दिया। मुस्तफा को यह सारी जिम्मेदारी भारी पड़ी और अब उसे लगने लगा कि उसने गलती से हमदर्दी को प्यार समझ लिया था। अभी फिरदौस अस्पताल में बिल्लू की पैदाइश के बाद स्वास्थ्य लाभ कर ही रही थी कि मुस्तफा ने उसके पास तलाक के कागजात भिजवा दिए।

अब मुस्तफा थोड़ा सुधर गया और वापस अपने गाँव जा पहुँचा जहाँ—ठेठ सामंती अंदाज में—उसके बड़े-बूढ़ों ने उसे माफ कर दिया।

खर परिवार के मर्द अपने अलग-थलग राज्य से संतुष्ट थे और उन्हें कोई कारण नहीं दिखाई देता था कि वे अपने दर्शन के दायरे को बढ़ाएँ। लेकिन फिर अरसे से चली आ रही सत्ता पूजा की शैली ने उन्हें एक झटका दिया। मुश्ताक अहमद गुरमानी पंजाब के गवर्नर बन गए। गुरमानी कबीला पड़ोस के ही एक इलाके में रहता था, और जब उसका एक आदमी इतने महत्त्वपूर्ण पद पर बैठ गया तो उन्होंने अपना रौब दिखाना शुरू कर दिया। कुछ ही समय में, अफसरशाही के अंदाज में, स्थानीय अधिकारियों की निष्ठा भी पलट गई। खर परिवार के लोगों के खिलाफ गुरमानी कबीले के जुर्मों की तरफ से पुलिस ने भी आँखें बंद कर लीं। कीमती पानी की आपूर्ति भी फेर दी गई। इससे भी खराब बात तो शायद यह रही कि किसानों ने अपने पुराने आकाओं के मुकाबले इन नए सियासी लीडरान को ज्यादा तवज्जो देनी शुरू कर दी। 1962 में जाकर खर परिवार को यह बात समझ में आई कि उनका सामंती राज्य अब राजनीतिक सत्ता के बिना नहीं चल सकता। केवल राजनीति ही उन्हें वैधता, ताकत और संरक्षण दिलवा सकती थी।

मुस्तफा ने चौबीस साल की उम्र में नेशनल एसेंबली का चुनाव लड़ा। राजनीति की दुनिया में वह भले ही नौसिखिया था लेकिन उसमें जोश था। उसने धैर्य से काम

लिया और अपने इलाके के एक-एक परिवार में जाकर यह समझाने की कोशिश की कि वह इस इलाके में अपने कबीले की पुराने समय से बनी हुई सत्ता में सेंध लगने से चिंतित है। उसे यह जान कर खुशी हुई कि लेधारियों का ताकतवर सामंती कबीला भी प्रतिद्वंद्वी गुरमानी कबीले के इस राजनीतिक अतिक्रमण से उतना ही चिंतित था। बस उसने लेधारी कबीले के साथ मजबूत गठजोड़ कर लिया और चुनाव जीत गया। मुस्तफा प्रतिष्ठित नेशनल एसेंबली में पहुँचने वाला खर कबीले का पहला सदस्य था।

मुस्तफा की जीत से उसके अब्बा बेहद खुश हुए और उन्होंने अपने बेटे को ढेर सारा पैसा दिया। इस पैसे को मुस्तफा ने कई चमचमाती नई अमरीकी कारें खरीदने में उड़ा दिया। कभी-कभी तो जब वह अपने इन नए खिलौनों में से किसी एक पर सवार होकर पार्लियामेंट जाता तो ड्राइवरों को उसकी हिदायत रहती थी कि वे उसकी बाकी कारें लेकर उसके पीछे-पीछे चलें। इस तरह से एक देखने लायक काफिला बन जाता था।

नेशनल एसेंबली के अंदर मुस्तफा चुप रहता था। उसे अपने देहाती नौसिखिया होने का एहसास था। लेकिन वह वहाँ होने वाली हर बात को ध्यान से सुनता और हर चीज को देखता-समझता था। संयोग से उसकी बगल में गुलाम मुस्तफा खान जटोई की सीट थी। जटोई उससे उम्र में थोड़े बड़े थे और कुछ अलग ही दिखते थे। जटोई पश्चिमी पाकिस्तान के दक्षिणी आधे हिस्से में स्थित सिंध प्रांत के एक सबसे बड़े और धनी सामंती परिवार से थे। मुस्तफा को जटोई में एक नया महत्त्वपूर्ण दोस्त मिल गया। उनका यह संबंध छब्बीस साल तक चला और जटोई के साथ मुस्तफा खर का राजनीतिक भाग्य गहराई से जुड़ा रहा।

जटोई ने मुस्तफा को ओजस्वी विदेशी मंत्री जुल्फिकार अली भुट्टो से मिलवाया, और इन दोनों के बीच जो जटिल संबंधों का सूत्रपात हुआ वह इंतिहाई प्यार और नफरत के बीच झूलता रहा। उस समय के अनेक युवाओं की तरह मुस्तफा पर भी भुट्टो का चुम्बकीय जादू चल गया। मेहनती वामपंथी राजनीतिज्ञ भुट्टो सामाजिक न्याय की आवाज उठा रहे थे। उन्हें मुस्तफा में एक सच्चे भूमि पुत्र की संभावनाएँ दिखाई दीं और वह इससे प्रभावित हुए। मुस्तफा में जनता की आकांक्षाओं की समझ और उसके मुद्दों को उठाने की काबिलियत थी।

सन् 1966 में ताशकंद समझौता होने के साथ भारत-पाकिस्तान के बीच दूसरी लड़ाई खत्म हुई। भुट्टो का मानना था कि राष्ट्रपति अय्यूब खान ने लड़ाई तो जीत ली थी लेकिन समझौते की मेज पर हार गए। और उन्होंने विदेश मंत्री पद से इस्तीफा दे दिया। इस्तीफा देते ही राजनीतिक लोगों के लिए वह अछूत हो गए। और जब उन्होंने अपने घर कराची लौटने के लिए ट्रेन पकड़ने की तैयारी की तो उन्हें विदा करने कोई भी नहीं आया—एक मुस्तफा खर को छोड़ कर। इस जवान राजनीतिज्ञ

ने व्यवस्था और पंजाबी के सामंती गवर्नर नवाब कालाबाग की हमदर्दी को धता बताते हुए यह कदम उठाया, और यह मुस्तफा के व्यवस्था विरोधी राजनीतिक कैरियर का संकेत था। भुट्टो एक शातिर और चालाक राजनीतिज्ञ थे; उन्होंने फौरन समझ लिया कि मुस्तफा अमरीकी कारों के जुलूस में पार्लियामेंट आने वाला महज एक चौबीस साला नादान छोकरा ही नहीं, इसके आलवा और कुछ भी था। उन्होंने मुस्तफा के हिम्मत दिखाने पर टिप्पणी की, और मुस्तफा ने अपने प्रिय रहस्मय जुमले में जवाब दिया—'वक्त बताएगा।'

औरतें मुस्तफा की जिंदगी में तेजी से आतीं और उसी तेजी से चली भी जाती थीं। नेशनल एसेंबली का यह युवा सदस्य अभी भी किसी आदर्श औरत की तलाश में था, लेकिन उसमें इतना आत्मविश्वास नहीं था कि वह कुलीन समाज की औरतों से प्रणय निवेदन करता। इस तरह, कुछ समय तक वह निचले तबके की औरतों में ही अपनी साथी बनाता रहा।

उसे अक्सर ही पार्लियामेंट की बैठकों के लिए पूर्वी पाकिस्तान जाना पड़ता था। ऐसी ही एक विमान यात्रा के दौरान वह हरी पोशाक में लिपटी एक विमान परिचारिका का दीवाना हो गया। यह परिचारिका विमान में उसे खाना देने आई थी। उसका नाम साफिया था और वह निम्न मध्यवर्गीय परिवार से थी। उसने अपने घरवालों की मदद के लिए यह नौकरी की थी। एक सामंती सरदार को ऐसी 'आजाद' औरत और कहाँ मिल सकती थी। साफिया में रोमांच फूटा पड़ता था। दोनों ने अगले दो दिन साथ बिताए और फिर शादी भी कर ली।

शादी के फौरन बाद ही मुस्तफा अपनी सामंती विरासत की ठसक में लौट आया। उसने साफिया को आसमान से तोड़ कर एक पिंजरे में बंद कर दिया। पहले नए जमाने की उसकी यह दुल्हन परदे में चली गई। उसे मुस्तफा के पुश्तैनी गाँव कोट अद्दू की गुमनामी में पहुँचा दिया गया जहाँ उसका काम बस यह रह गया कि कभी-कभार आने वाले अपने शौहर की आस में जिए। उस समय कोट अद्दू में न बिजली थी और न पानी के नल। परिवार की औरतें बाहरी दुनिया से पूरी तौर पर कटी हुई थीं। यहाँ आसमान के नाम पर सोफिया को अपने इस नए घर के बाड़े के ऊपर का थोड़ा-सा हिस्सा ही दिखाई देता था। यहाँ की दीवारें काफी ऊँची थीं और यहाँ उसके ससुर और देवरों के अलावा और कोई मर्द दाखिल नहीं हो सकता था। वह रेगिस्तान की जिंदगी की आदी हो चली और जनानखाने का एक अंग बन गई जहाँ मर्द हर मायने में राजा होता है और औरत उसकी बाँदी। रेगिस्तान का यह इलाका अपनी वीरानी और सूखी गरमी के लिए जाना जाता था।

यहीं साफिया को मुस्तफा से एक बेटा हुआ जिसका नाम बिलाल रखा गया।

उनके एक लड़की भी हुई लेकिन वह इलाज की सुविधा न होने के कारण पेचिश से मर गई।

इसी समय मुस्तफा को जिरगा प्रथा के तहत एक खास जिम्मेदारी सौंपी गई। इस प्रथा के अनुसार सामंती सरदार अपने नौकर-चाकरों के झगड़ों को अदालत से बाहर निपटाने के लिए पंच और सरपंच की भूमिका निभाता है। इसमें सजा सबकी राय से या फिर केवल सरदार के हुक्म से तय होती है। मुस्तफा के सामने दो प्रेमियों का मुकदमा लाया गया था और उसने उनके खिलाफ लगे अभियोगों को बड़े ध्यान से सुना। प्रेमिका आयशा करीब पच्चीस साल की एक सुंदर औरत थी जो अमरीकी फिल्म अभिनेत्री अवा गार्डनर की तरह दिखती थी। वह लंबी थी और देखने में शाही थी। उसकी चमकदार साँवली त्वचा और गहरी काली आँखें थीं। कोट अद्दू में आयशा अपने शरारती और जिंदादिल स्वभाव के लिए जानी जाती थी और इसीलिए लोग उसे 'तेज' समझने लगे थे। स्पष्ट था कि वह गाँव के जवान लड़कों पर डोरे डालती और बराबर उनका ध्यान अपनी तरफ खींचने की कोशिश करती थी। उसका पक्ष कमजोर था। वह एक शादीशुदा औरत थी जो एक पराए मर्द से प्यार करने लगी थी। यह मर्द भी शादीशुदा ही था। ये लोग रवायत और मजहब को धता बताते हुए भावावेश में घर से भाग गए थे, और अब उनकी सजा तय करने की जिम्मेदारी मुस्तफा की थी। मुस्तफा के लिए यह आसान-सा फैसला था। उसने यह माना कि आयशा अपने शौहर की कानूनी मिल्कियत थी, और यह आदेश दिया कि उसे उसके पति को लौटा दिया जाए।

इन प्रेमियों ने भाग कर मुल्तान के पास एक पवित्र स्थली में शरण ली थी, लेकिन उन्हें पकड़ लिया गया और मुस्तफा के सामने पेश किया गया। आयशा ने विनती की कि उसे जबरन उसके शौहर के पास वापस ने भेजा जाए। इसकी जगह उसने मुस्तफा और उसके परिवार के लिए काम करने की पेशकश की। अपना हुक्म न मानने का दुस्साहस करने के जुर्म में मुस्तफा ने आयशा के प्रेमी को पागल खाने में भेज दिया जहाँ वह जल्दी ही सचमुच पागल हो गया और वहीं उसकी मौत हो गई। लेकिन आयशा को बिलाल की दाई बनाकर रख लिया गया। मुस्तफा इस बात पर राजी हो गया कि वह आयशा के घर वालों को हर साल एक हिस्सा गेहूँ देगा, लेकिन इसके अलावा उसे कोई तनख्वाह नहीं मिलेगी। इस तरह वह दाई आयशा के नाम से मशहूर हो गई और कई दूसरों की तरह एक घरेलू दासी बन कर रह गई।

मुस्तफा भुट्टो का पिट्ठू बन गया। उसने साफिया को गाँव में ही छोड़ दिया और खुद 70 क्लिफ्टन, कराची में भुट्टो के निवास पर रहने चला आया। यहाँ वह कई साल रहा और यहीं उसकी सियासी और समाजी शिक्षा सही मायने में शुरू हुई।

यहाँ उसे यह सिखाया गया कि शानदार रहन-सहन और राजनीतिक महत्वाकांक्षाओं को किस तरह मिलाया जाता है। भुट्टो का एक आदर्श जननायक इंडोनेशिया का राष्ट्रपति सुकर्णो था, जिसे यह समझ थी कि तीसरी दुनिया की जनता भावुक और अनपढ़ है, और उसे नेताओं के प्रति वफादार रखने के लिए मामूली नारे ही काफी होते हैं। इस नजरिए से, आम जनता रंगीन मिजाज नेताओं की तरफ आकृष्ट होती है और वह इन नेताओं के रोमांस के किस्सों को अनदेखा ही नहीं करती, उनकी अपेक्षा भी करती है। इस दर्शन के चलते सुकर्णो के लिए रूमानी रहस्य से भरी जिंदगी जीना संभव हुआ। भुट्टो भी व्यभिचार करने की छूट को सत्ताधारियों का विशेषाधिकार मानते थे, और उनके चेले ने यह सबक अच्छी तरह से सीखा। सुकर्णो का उद्धरण देते हुए भुट्टो कहते थे कि असाधारण पुरुषों की बीवियाँ भी असाधारण होनी चाहिए जो अपने शौहरों की ऊटपटाँग हरकतों से सहानुभूति रखते हुए उनसे समझौता कर सकें। मिसाल के तौर पर वह इवा ब्राउन के साथ एडोल्फ हिटलर के गुप्त संबंधों की बात करते थे।

भुट्टो को ईरानी मूल की नुसरत के रूप में सचमुच एक असाधारण पत्नी मिली थी। सालों तक नुसरत को इस खुले रहस्य की जानकारी होते हुए भी भुट्टो का साथ निभाना पड़ा कि उनका खूबसूरत और जिंदादिल हुस्ना शेख के साथ चक्कर चल रहा था। हुस्ना तलाक शुदा थी। भुट्टो उससे जी-जान से प्यार करते थे, लेकिन उस समय हुस्ना ने भुट्टो की दिलफेंक आदतों से सशंकित होते हुए अपने आपको आसानी से उनके हत्थे नहीं चढ़ने दिया था। तब मुस्तफा उनका हमराज बन गया और वह भुट्टो को अक्सर हुस्ना के साथ होने वाली उनकी गुप्त मुलाकातों पर ले जाने लगा।

भुट्टो फारसी और चीनी गलीचों के भी दीवाने थे, और उनकी नजर में जो कालीन चढ़ जाता था उसकी वह कोई भी कीमत देने को तैयार रहते थे। अगर कभी उन्हें अपने किसी दोस्त का गलीचा पसंद आ जाता था तो वह तब तक उसके घर से हिलते नहीं थे जब तक उसका सौदा नहीं हो जाता था। और हिंदुस्तान के प्रधानमंत्री नेहरू की तरह भुट्टो को भी गुलाबों से प्यार था और उन्होंने अपने बगीचों में तरह-तरह के गुलाब लगा रखे थे। इस उस्ताद ने अपने शागिर्द को अपने कीमती गुलाबों की तरह ही बहुत होशियारी से निखारा। उन्होंने मुस्तफा को राजनीतिक और व्यक्तिगत दोनों तरह के आचरण के बारे में सिखाया। उन्होंने मुस्तफा को कपड़ों की अहमियत के बारे में बताया। जहाँ तक भुट्टो का सवाल है उनके कपड़े स्टाइलिश ही होते थे। जल्दी ही मुस्तफा भी वैसे ही सेविल रो के सूटों और टर्नबुल ऐंड ऐसर की कमीजों में नजर आने लगा जो उसके उस्ताद पहनते थे। भुट्टो की लाइब्रेरी एशिया

की एक सबसे बढ़िया लाइब्रेरी थी और इसमें उनकी सबसे कीमती और प्रिय निधि थी नेपोलियन बोनापार्ट पर लिखी किताबों का संग्रह। वह इस कोर्सिकावासी से बेहद प्रभावित थे जो अपनी दिलेरी के बल पर फ्रांस का सम्राट बन गया था। भुट्टो ने मुस्तफा को किताबें की एक फेहरिस्त बना कर दी थी कि उसे इन किताबों को पढ़ना चाहिए और बाद में वह उससे पूछते थे कि उसने इनमें से क्या-क्या पढ़ा।

मुस्तफा ने पूरी तौर पर भुट्टो के आगे समर्पण नहीं कर दिया बल्कि अपनी पहचान और व्यावहारिकता को बचा कर रखने की कोशिश की। उनकी जोड़ी बेमेल थी। मसलन, नाश्ते में भुट्टो तले अंडे और पकी सेम लेते थे जबकि खानपान की अपनी विरासत पर गर्व करने वाला मुस्तफा पंजाब के देहातों के पारंपरिक व्यंजनों पर जोर देता था। वह लस्सी, पराँठा और हरी मिर्च-टमाटर वाला आमलेट पसंद करता था।

यह आपसी फायदे वाली दोस्ती थी। भुट्टो को मुस्तफा में तेज दिमाग और आदिम चालाकी दिखाई देती थी हालाँकि इन्हें तराशा नहीं गया था। मुस्तफा अनपढ़, गरीब जनसाधारण की बदहाली को समझता था। ये दोनों ही हालाँकि सत्ता और प्रतिष्ठा को भोग रहे थे, फिर भी उनमें यह दर्द था कि पाकिस्तान को बीसवीं सदी में कैसे आगे बढ़ाया जाए। मुस्तफा को अपने इस राजनीतिक लक्ष्य की विडंबना समझ में आ गई थी क्योंकि सच्चा लोकतंत्र और समानता और प्रगति लाने के लिए उन्हें उस पुरानी सामंती व्यवस्था को नष्ट करने का ही कोई तरीका ढूँढ़ना था। अगर उन्हें अपनी राजनीतिक महत्वाकांक्षाओं को पूरा करना था तो उन्हें अपने ही सत्ता-आधार को खत्म करना होगा।

मुस्तफा ने अपने बढ़िया रहन-सहन को नहीं छोड़ा, और वह भुट्टो की शानदार दावतों में शरीक होता रहा। ऐसी हर दावत पाकिस्तान के सामाजिक और सांस्कृतिक भद्रलोक की एक बड़ी घटना होती थी। भुट्टो पाक कला के माहिर थे और दावतों में व्यंजनों का फैसला उन्हीं का होता था। उन्हें फ्रांसीसी खाना पसंद था और वह अच्छी शराब के पारखी थे और उनका चुनाव बड़ी होशियारी से करते थे। खाने के बर्तनों और छुरी-काँटों का चुनाव वह खुद ही करते थे। वह नौकरों की पोशाक और उनके तौर-तरीकों पर निगाह रखते थे। यहाँ तक कि फूलों की सजावट भी वही सुझाते थे।

सन् 1967 में मुस्तफा भुट्टो की पाकिस्तान पीपुल्स पार्टी का एक संस्थापक सदस्य बन गया। उनकी यह पार्टी उदारवादी उद्देश्यों को समर्पित थी। आम आदमी के लिए इसका संदेश सशक्त था, लेकिन कई साल तक इस नई समाजवादी पार्टी को जूझना पड़ा। इसके नेताओं ने देश के दूर-दराज के इलाकों का दौरा किया और उन लोगों से संपर्क साधा जो उनके विचार में असली ताकत थे। भुट्टो का जोश और खरोश लगभग हर जगह बिखरा और बहुत जल्दी ही उनकी कड़ी मेहनत ने

पीपुल्स पार्टी को एक बड़े सुधारवादी संगठन के रूप में स्थापित कर दिया। मुस्तफा उस पल का इंतजार करने लगा जब घटनाएँ उसके लिए सत्ता का मार्ग प्रशस्त करेंगी।

पाकिस्तान एक ऐसा राष्ट्र था जो संक्रमण के दौर से गुजर रहा था, और उसके राजनीतिक जीवन में उथल-पुथल चल रही थी। 1970 के चुनावों में पीपुल्स पार्टी ने पश्चिमी पाकिस्तान में भारी जीत दर्ज की, लेकिन पूर्वी पाकिस्तान में छह सूत्री अलगाववादी कार्यक्रम लेकर चुनाव लड़ने वाली अवामी लीग ने दो को छोड़ बाकी सभी सीटों पर कब्जा कर लिया। इस स्थिति ने राष्ट्र को एक गहरे और विभाजनकारी संकट में ला पटका। पूर्वी पाकिस्तान में दंगे भड़क उठे, जिनका लक्ष्य पश्चिमी पाकिस्तान से आजादी पाना था।

पीपुल्स पार्टी की क्षेत्रीय जीत ने मुस्तफा को महत्त्वपूर्ण बना दिया। अचानक सत्ता चाहने वाले उसे लुभाने की कोशिशें करने लगे। उनमें से कुछ ने तो ऐसी शानदार लेकिन घटिया दावतें भी कीं जहाँ खाने के साथ औरतें भी परोसी गईं। ऐसी ही एक दावत में मुस्तफा की मुलाकात नौबहार से हुई। नौबहार एक पेशेवर नर्तकी थी। उसने अपने चेहरे और जिस्म का इस्तेमाल इस नौजवान नेता को फाँसने के लिए किया। मुस्तफा ने लाहौर में एक मकान किराए पर ले लिया और नौबहार को अपनी रखैल बना कर उसमें रख दिया। फिर उसने नौबहार से शादी कर ली, जबकि कोट अद्दू में उसकी एक बीवी उसका इंतजार कर रही थी। (कुरान एक आदमी को चार बीवियाँ रखने की इजाजत देता है, लेकिन इसमें यह लगभग असंभव शर्त भी लगाता है कि वह सभी को बराबर प्यार दे।) मुस्तफा ने नौबहार से यह वादा करवा लिया कि वह इस शादी को राज ही रखेगी।

एक साल के भीतर, खासकर हिंदुस्तान और इंगलैंड कें मुखालिफ अखबारों से हवा पाकर बांग्लादेश की आजादी की लड़ाई शुरू हो चुकी थी। परिश्चम में शायद पूर्वी पाकिस्तान के अवाम की बदहाली का गलत कयास लगाया गया था। पश्चिम पाकिस्तान तो भारत सरकार की इस देश को तोड़ने की कार्रवाई को रोकने की कोशिश कर रहा था, लेकिन इसे इस तरह से पेश किया गया मानो हम अपना हक और आजादी माँगने वाले एक अवाम को स्वायत्तता न देकर खलनायकी कर रहे थे। दिसंबर 1971 में हिंदुस्तानी फौजों ने इस स्थिति का फायदा उठाया और वे शरणार्थियों की रक्षा करने का बहाना लेकर पूर्वी पाकिस्तान में घुस आईं। 1948-49 और 1965 की पिछली दो भारत-पाक लड़ाइयाँ किसी नतीजे पर पहुँचे बिना खत्म हो गई थीं, लेकिन इस बार भारतीय सशस्त्र बलों ने (पूर्वी पाकिस्तान के साथ अपनी साझी सरहद और स्थानीय बाशिंदों के समर्थन का फायदा उठाते हुए) लड़ाई जीत ली। पाकिस्तानी फौज और वायु सेना का भारी नुकसान हुआ। बांग्लादेश आजाद हो गया।

सन् 1971 के खत्म होते-होते पश्चिमी पाकिस्तान फकत और बेचारा पाकिस्तान होकर रह गया था। हमने बांग्लादेश को एक देश के रूप में मान्यता कुछ समय

बाद दी। इस बीच फौजियों के एक गठबंधन ने यह तय पाया कि इस झटके से उबरने के लिए एक नए नेतृत्व को लाने का यही सही समय था। उन्होंने भुट्टो को राष्ट्रपति और मार्शल लॉ का प्रमुख प्रशासक बना दिया। नए पाकिस्तान की राजधानी इस्लामाबाद में अपने सत्ता केंद्र से कार्रवाई करते हुए भुट्टो ने अपनी काबिलियत का सबूत देते हुए जल्दी-जल्दी कुछ ऐसे कारगर कदम उठाए जिससे पाकिस्तान और बांग्लादेश के बीच का तनाव खत्म हो गया और 93,000 पाकिस्तानी युद्धबंदियों को भी हिंदुस्तानियों ने छोड़ दिया। फिर, यह जानते हुए कि उन्हें यह सत्ता सेना की बदौलत मिली थी और उन्हें उन जनरलों की मांगों को हमेशा मानना पड़ेगा जिन्होंने उन्हें इस पद पर बैठाया था, भुट्टो ने उन पर दबाव डालकर उनके इस्तीफे ले लिए और उनकी जगह अपने वफादार आदमियों को बैठा दिया।

भुट्टो ने अपने नौजवान पिट्ठू को पंजाब का गवर्नर और मार्शल लॉ प्रशासक बना दिया। पंजाब पाकिस्तान के बाकी बचे प्रांतों में सबसे ज्यादा ताकतवर था। लेकिन यहाँ विडंबना यह हुई कि जीत के इस महान क्षण ने नौबहार के साथ मुस्तफा की गुप्त शादी को उजागर कर दिया। मुस्तफा की इस बड़ी उपलब्धि की खबर मिलते ही पंजाब की नर्तकियाँ खुशी में शहर की पुरानी सँकरी गलियों में निकल आईं। उनके इस तरह सरेआम जश्न मनाने से यह बात सामने आ गई कि उनमें से एक नये गवर्नर की बीवी थी! शपथ ग्रहण समारोह के बाद मुस्तफा एक सरकारी लिमोजिन कार में नौबहार से मिलने उसके खानदानी घर में गया। जब उसकी कार टेढ़े-मेढ़े रास्तों से होती हुई उस बदनाम बस्ती में पहुँची तो उसके प्रशंसकों ने उसे घेर लिया।

जब भुट्टो को इस बात का पता चला तो उन्होंने मुस्तफा को बुला कर चेतावनी दी कि उसे अपने ओहदे की इस तरह सरेआम नुमाइश नहीं करनी चाहिए। पंजाब का गवर्नर किसी मामूली रक्कासा को अपनी बीवी बनाकर नहीं रख सकता। उन्होंने मुस्तफा से कहा कि वह फौरन इस गलती को सुधार ले। मुस्तफा ने नौबहार को तलाक दे दिया। साफिया को कोट अद्दू की जलावतनी से निकाल कर जायज और सम्माननीय बीवी के रूप में गवर्नर्स हाउस में जगह दी गई। लेकिन यह भ्रम भी बहुत जल्दी टूट गया। मुस्तफा के भाई उसके पास आकर बोले—"अब तुम गवर्नर हो, तुम्हारी इज्जत दाँव पर है। तुम्हारी बीवी के तुम्हारे छोटे भाई गुलाम मुर्तजा के साथ नाजायज ताल्लुकात रहे हैं। हम इस सच्चाई को तुमसे अब और ज्यादा नहीं छुपा सकते।"

इस बात की कोई अहमियत नहीं थी कि मुस्तफा ने साफिया की जिंदगी बर्बाद की थी, कि उसने नौबाहा से शादी करके उसकी जिंदगी भी बर्बाद की थी, कि उसने साफिया से अपनी शादी के सात सालों के दौरान वह उससे महज कुछ ही घंटे मिला था, कि वह उससे प्यार भी नहीं करता था। सामंती कानून एक मर्द को तो यह सब करने की इजाजत देता है, लेकिन कोई बीवी अगर अपने शौहर के साथ विश्वासघात

कर देती है तो उससे बड़ा कोई पाप ही नहीं हो सकता। मुस्तफा की दुनिया ही बिखर गई। वह एक कुलटा का पति था, दबी जबान उसका मजाक उड़ाया जा रहा था।

वह तसल्ली लेने विमान पकड़कर अपने गुरु के पास इस्लामाबाद पहुँचा। वहाँ पाकिस्तान के राष्ट्रपति और पंजाब के गवर्नर ने देर रात तक शराब पी और उनकी बातचीत ने दार्शनिक रंग ले लिया। मुस्तफा अपनी बेचारगी की बातें करने लगा। उसने भुट्टो से कहा कि उसका मन कर रहा है कि इस्तीफा दे दें, अब उससे राज-काज पर ध्यान नहीं लगाया जा रहा। इस बेवफाई ने उसके आत्म-सम्मान को चूर-चूर कर दिया था; उसका खुद पर से यकीन उठ गया था।

भुट्टो ने मुस्तफा के कंधे पर हाथ रखा और नशे में कहा—'मैं सोचता हूँ हम दोनों को ही इस्तीफा दे देना चाहिए। हमें इस सरकार को ही छोड़ देना चाहिए। जिंदगी में दर्द और बेवफाई के सिवाय और कुछ भी नहीं है। अगर तुम इस्तीफा देते हो तो मैं भी इस्तीफा दे दूँगा। मैं अकेले काम नहीं कर सकता। मैंने भी तुम्हारा दर्द सहा है। चलो हम कहीं निकल चलते हैं—इस सबसे कहीं दूर।'

लेकिन सुबह की रोशनी में नशा उतर जाने पर भुट्टो ने मुस्तफा को ऊँच-नीच समझाई और उससे कहा कि वह बेवकूफ न बने और जज्बात की रौ में न बहे। उनकी तकदीर बहुत दमदार थी। वे चुने हुए लोग थे। उन्हें पाकिस्तान में बदलाव लाना था। अगर उन्होंने कमजोरी दिखाई और वह भी महज एक औरत के लिए, तो इतिहास उन्हें कभी माफ नहीं करेगा। भुट्टो संजीदा हो गए और उन्होंने पूरी ईमानदारी से सुझाव दिया, "मैं तो कहता हूँ, तुम उस औरत को खत्म क्यों नहीं कर देते?"

मुस्तफा ने इस सुझाव पर कोई गौर नहीं किया। जहाँ तक उसके सामंती नैतिक मूल्यों का सवाल था तो इस्लामी कानून एक मर्द को यह छूट तो देता है कि वह तैश में आकर अपनी बीवी को मार दे, लेकिन वह जान-बूझ कर बदले की भावना से उसे नहीं मार सकता। इसलिए मुस्तफा ने साफिया को बस तलाक दे दिया और अपने कसूरवार छोटे भाई को ब्रिटेन भेज दिया। (यही वह समय था जब मैंने अनीस से शादी की थी।)

भुट्टो चाहते थे कि मुस्तफा फिर शादी करे। बस जल्दी ही एक ऐसी नए जमाने की महिला की तलाश शुरू हो गई जो गवर्नर्स हाउस की आदर्श मेजबान बन सके। भुट्टो पाकिस्तान के राष्ट्रपति की हैसियत से अमरीका के अपने पहले दौरे पर जाने की तैयारी कर ही रहे थे कि मुस्तफा की मुलाकात शहरजाद से हुई जो भुट्टो के शिक्षा मंत्री की ससुराल की तरफ से भतीजी थी। शेरी बेहद खूबसूरत और पश्चिमी रंग में रँगी थी। इन मामलों में मुस्तफा ने हमेशा दबाव में फैसला लिया था। इस बार भी उसे भुट्टो के साथ अमरीका जाना था और उसे इस बात की हड़बड़ी थी कि जब वह व्हाइट हाउस में जाए तो उसकी बगल में एक सुंदर, तहजीब वाली और

धाँसू औरत हो।

भुट्टो इस शादी के खिलाफ थे। शेरी एक तरक्की करते हुए अँग्रेजियत वाले मध्यवर्गीय परिवार से थी, और भुट्टो की दलील थी कि वह मुस्तफा की सामंती पृष्ठभूमि से तालमेल नहीं कर पाएगी। लेकिन मुस्तफा ने यह साफ जता दिया कि वह अंधा होकर भुट्टो के पीछे नहीं चलेगा। यह एक और संकेत था कि वह अब या आइंदा अपनी जाती जिंदगी के बारे में कोई हिदायत नहीं लेगा। यह उसके चरित्र का एक बड़ा विरोधाभास बन गया। उसने भुट्टो के एतराज को दरकिनार करते हुए शेरी से शादी की पेशकश कर दी। शेरी राजी हो गई। और नौ दिन बाद राष्ट्रपति की मौजूदगी में वह मुस्तफा की पाँचवीं बीवी बन गई।

मुस्तफा एक साल तक गवर्नर के ओहदे पर रहा। 1973 में जब एक नया संविधान लागू हुआ तो भुट्टो प्रधानमंत्री बन गए और मुस्तफा को पंजाब के मुख्यमंत्री का पद मिला। उसने एक प्रभावी प्रशासक के रूप में अपनी प्रतिष्ठा बना ली। भुट्टो के साथ उसके नजदीकी संबंध होने के कारण उसके पास किसी भी विरोध को कुचलने के लिए वास्तविक और कल्पित दोनों तरह के अधिकार थे। माहौल में एक नई, जनता की सरकार का उन्माद छाया हुआ था। मुस्तफा पार्टी के इस नारे में सचमुच विश्वास करता था—'सत्ता का स्रोत जनता है।' जब पुलिस वालों ने हड़ताल कर दी तो मुस्तफा ने उसे गदर करार दिया और जनता से अपील की कि वह कानून-व्यवस्था का काम अपने हाथों में लें, पुलिस चौकियों पर तैनात हो जाएँ और यातायात को भी नियंत्रित करें। उसका यह कदम कारगर साबित हुआ और मुस्तफा की यह चेतावनी काम कर गई कि जो भी पुलिस वाला चौबीस घंटे के अंदर काम पर नहीं लौटेगा उसे नौकरी से निकाल दिया जाएगा। सारे पुलिस वाले काम पर लौट आए।

इसी दौरान भुट्टो ने मुस्तफा को अपने सबसे भरोसेमंद दूत की हैसियत से राष्ट्रपति निक्सन से मिलने और उन्हें एक खास संदेश देने के लिए वाशिंगटन भेजा।

मुस्तफा ने अपनी आदिम चतुराई दिखाते हुए अपने ओहदे से मिले अधिकारों का फायदा उठाया और अपनी आर्थिक स्थिति फिर से मजबूत कर ली। पिछले सालों में उसने अपनी काफी जमीन-जायदाद अपनी राजनीतिक महत्वाकांक्षाओं को पूरा करने के चक्कर में बेच दी थी। जब उसने गवर्नर का ओहदा सँभाला उस समय उसके पास कोट अद्दू का एक छोटा-सा क्षेत्र ही था। लेकिन अब हालत यह हो गई कि जिन लोगों ने उसकी जमीन खरीदी थी उन्हें झूठे अभियोग लगा कर पुलिस परेशान करने लगी और उन पर दबाव डालने लगी कि वे मुस्तफा की जमीन लौटा दें। जल्दी ही, मुस्तफा ने अपनी लगभग सारी-की-सारी जमीन-जायदाद वापस हथिया ली थी।

मुस्तफा ने अपने विरोधियों को एक सामंती सरदार की बेरहमी के साथ कुचला। जब पंजाब यूनिवर्सिटी के छात्रों ने हड़ताल कर दी और उसे बंद करके हुड़दंग पर उतर आए तो मुस्तफा ने कथित तौर पर उन्हें नंगा करके सड़कों पर घुमवाया था। कहा तो यह भी जाता है कि कुछ राजनीतिक नेताओं और विरोधियों के साथ जेल में कुकर्म भी किया गया। मुस्तफा की तुलना पिछले गवर्नर नवाब कालाबाग से की जाने लगी कि उसमें नवाब की प्रशासनिक योग्यताओं वाली खूबी भी थी और उसके बेरहम तौर-तरीकों वाली बुराई भी। दूसरी तरफ आलम यह था कि गवर्नर्स हाउस और बाद में मुख्यमंत्री निवास के दरवाजे हर शुक्रवार को उसके क्षेत्र के लोगों के लिए खुले रहते थे। वह अपने चुनाव क्षेत्र की जनता को प्राथमिकता देता था और उनकी समस्याओं का सबसे पहले समाधान करता था।

लेकिन धीरे-धीरे भुट्टो और मुस्तफा के रिश्तों में खटास आने लगी। पंजाब का मुख्यमंत्री अब अपने आप में एक राजनीतिज्ञ था, जो अपने उस्ताद की छाया से उभरकर निकला था। भुट्टो जानते थे कि सबसे बड़ा प्रांत होने के नाते पंजाब तो पाकिस्तान का वोट बैंक था, और इस तरह पीपुल्स पार्टी की रीढ़ भी। भुट्टो इसे अपने ही बनाए शैतान के हाथों नहीं गँवाना चाहते थे। मुस्तफा जहाँ कहीं भी जाता उसका स्वागत शेर-ए-पंजाब (पंजाब का शेर) के नारे के साथ किया जाता, और वह पाकिस्तान के दूसरे सबसे बड़े नेता की तरह व्यवहार करता, जो कि वह था भी। भुट्टो को यह चिंता सताने लगी कि मुस्तफा का बढ़ा हुआ अहं कहीं उसे राजनीति में अपनी अलग राह पकड़ने को न प्रेरित कर दे—और, अगर वह अपने आपको दूसरा सबसे बड़ा नेता मानता था तो वह बस एक ही काम का ख्वाहिशमंद हो सकता था।

सचमुच, भुट्‍टो की चिंता अकारण ही नहीं थी। उनके कई दुश्मन थे। अपना उल्लू साधने की फिराक में रहने वाले लोग उनके इस्लामी समाजवाद के सिद्धांतों को अभिशाप मानते थे। उन्हें बखूबी पता था कि अगर पंजाब को भुट्टो के कब्जे से निकाल लिया जाए तो उनका पतन हो जाएगा। बस इन लोगों ने भुट्टो और मुस्तफा के बीच फूट डालनी शुरू कर दी। मुस्तफा ने भी प्रधानमंत्री से पहले इजाजत लिए बिना महत्त्वपूर्ण फैसले लेने शुरू कर दिए। नीतिगत मसलों और व्यक्तिगत भेंटों दोनों ही मामलों में उन दोनों के बीच असहमति उभरने लगी। अगर मुस्तफा के नामजदों को भुट्टो नामंजूर कर देते तो मुस्तफा रूठ जाता था और भुट्टो के बताए विकल्पों को वह ठुकरा देता था। उसने अपनी खुद की एक मजबूत सियासी शख्सियत बना ली। इस्लामाबाद में उसकी अतिशय महत्वाकांक्षा के किस्से आम हो गए—यह अफवाह थी कि उसने कहा कि अगला प्रधानमंत्री वह खुद होगा; पंजाब के लोग उसे सत्ता में पहुँचा देंगे। भुट्टो के सलाहकारों ने उनसे कहा कि एक म्यान में दो तलवारें नहीं रह सकतीं।

भुट्टो तो मुस्तफा को अपने बेटे की तरह प्यार करते थे। उन्होंने एक बाप की तरह ही मुस्तफा को समझाने की कोशिश की। बदले में, मुस्तफा ने अपनी दलील पेश की। उसने कहा कि अगर वह अपने आप में नेता बन कर उभरता है तो उससे भुट्टो के राज की ही बेहतरी होगी। किसी प्रधानमंत्री से यह उम्मीद नहीं की जा सकती कि वह हर बात पर निगाह रख लेगा। पीपुल्स पार्टी को दूसरी पंक्ति के एक मजबूत नेतृत्व की जरूरत थी। कई मौकों पर मुस्तफा ने भुट्टो और पार्टी दोनों के ही प्रति अपनी निष्ठा और समर्थन को पुष्ट किया, लेकिन उसकी कोई भी शपथ काम नहीं आई। वह अपने आपको भुट्टो का शॉक-ऐब्जॉर्वर कहता था। "मैं सारी गोलीबारी और नुक्ताचीनी को अपने ऊपर ले लेता हूँ," उसने कहा था, "मैं इन्हें आपकी तरफ नहीं भेजता।" लेकिन भुट्टो को पता था कि मुस्तफा उनके जनाधार में सेंध लगा रहा था।

मुस्तफा को मुख्यमंत्री बने ज्यादा अरसा नहीं हुआ था कि उसके और भुट्टो के बीच मनमुटाव शुरू हो गया। कराची में हुई मंत्रिमंडल की एक बैठक में यह तनाव फूट ही पड़ा। हुआ यह कि मुस्तफा के आदेश पर एक पंजाबी अफसरशाह ने एक पर्चा पेश किया जिसमें पंजाब के जल संसाधनों के संरक्षण की हिमायत की गई थी। भुट्टो ने उसे बीच में ही टोक दिया और भड़क कर बोले, "कोई मुझे यह नहीं समझा सकता कि देश के सूबों के बीच संसाधनों का बँटवारा किस तरह किया जाना है। अगर मैं चाहूँ तो मैं हरेक चीज को लरकाना (दक्षिण में सिंधु नदी के पास का एक गाँव) की तरफ मोड़ सकता हूँ। मुझे जनादेश मिला हुआ है।"

"यह सही नहीं है, हुजूर," मुस्तफा ने जवाब दिया। "आपको जनादेश इस समूचे देश की जनता की खिदमत करने का मिला है। महज आपके गाँव लरकाना की नहीं। जब तक मैं पंजाब का मुख्यमंत्री हूँ, मैं पंजाब के हितों की रक्षा करूँगा।"

भुट्टो ने अपने कागज मेज पर फेंक दिए और यह बड़बड़ाते हुए कमरे से निकल गए, "या तो मैं पाकिस्तान का प्रधानमंत्री रहूँगा या फिर तुम प्रधानमंत्री बन जाओगे।"

मुस्तफा के साथी उसके पास जमा हो गए और उन्होंने उसे आगाह किया कि वह अपनी अधिकार-सीमा से बाहर जा रहा है। उन्होंने उससे यह भी इसरार किया कि वह भुट्टो से माफी माँग ले। मुस्तफा ने फौरन ही भुट्टो के कमरे में जाकर उनसे माफी माँगी। भुट्टो ने उसे माफ तो कर दिया लेकिन साथ ही यह भी कहा, "तुम आपे से बाहर जा रहे हो। मैं आइंदा सबके सामने इस तरह की बदतमीजी बरदाश्त नहीं करूँगा। अगली बार मुझसे अकेले में बात करना।"

इस घटना के बाद दोनों के बीच का तनाव बरदाश्त की हद को पार कर गया। मुस्तफा के कई साथी ऐसे थे जो इस बात से जलते थे कि भुट्टो उस पर इतना भरोसा करते हैं और उन दोनों के रिश्ते इतने मधुर हैं। दूसरी तरफ, भुट्टो इस बात को लेकर परेशान थे कि एक पंजाबी नेता उनके हाथ से सत्ता छीन रहा

था। 1974 में पंजाब में एक इस्लामी शिखर सम्मेलन का आयोजन हुआ जिसमें सऊदी अरब के शाह फैजल, लीबिया के कर्नल गद्दाफी, फिलिस्तीनी मुक्ति संगठन के यासर अराफात, इदी अमीन और कई अन्य महत्त्वपूर्ण अरब नेताओं ने हिस्सा लिया। मुस्तफा ने भुट्टो के सान्निध्य में इस शिखर सम्मेलन की अध्यक्षता की। सम्मेलन में शेख मुजीबुर रहमान भी मौजूद थे, जो अब (यह किताब लिखे जाते समय) बांग्लादेश के राष्ट्रपति हैं। इसी सम्मेलन में पाकिस्तान ने आखिरकार पूर्वी पकिस्तान की आजादी को माना। इस सम्मेलन के बाद मुस्तफा ने इस्तीफा दे दिया और मुख्यमंत्री निवास छोड़ एक किराए के मकान में रहने लगा।

इसके तुरंत बाद ही लाहौर के पंजाब क्लब में मेरी उससे मुलाकात हुई।

3

पंजाब क्लब की उस पार्टी की अगली सुबह हमारे पास मुस्तफा खर के एक दोस्त का फोन आया। उसने हमें, यानी मुझे और अनीस को दोपहर के खाने पर दावत दी थी। अनीस का पहले से ही कोई कार्यक्रम तय था, वह बहुत निराश हो गया। "कोई परेशानी नहीं है," फोन करने वाले ने आग्रह के साथ कहा। "हम रात का खाना साथ खाएँगे।"

उस शाम अनीस और मैं उस माया मंडली के सदस्य बन गए। हमारी इस नई मित्र मंडली में एक चीज साझी थी—मुस्तफा खर। पंजाब का शेर हमारी जिंदगियों में दाखिल हो चुका था, और अब हम मियाँ-बीवी उसका चक्कर काटने वाले कई उपग्रहों में शामिल हो गए थे। अब लगभग रोज ही हमारी यह मित्र मंडली दोपहर या रात के खाने पर मिलने लगी।

इन बैठकों में बात जब राजनीति पर होती तो मुस्तफा आवेश में भर जाता था। वह एक समाजवादी था और पाकिस्तान में प्रगति की बाधक सामंती व्यवस्था को खत्म करना चाहता था—हालाँकि वह खुद भी इसी व्यवस्था का एक हिस्सा था।

"मुझे ऊँचे वर्ग के लोगों से चिढ़ होती है," वह तैश में कहता था, "उनके लिए मेरे पास बिलकुल भी वक्त नहीं है। उनकी मान्यता में मेरी कोई दिलचस्पी नहीं है। वे तो बस अँग्रेज पिट्ठुओं के पिल्ले हैं।" वह यह उपदेश देता था कि पाकिस्तान उन लोगों के लिए बना है जो इस दुनिया में आगे बढ़ना चाहते हैं, जो अब कुछ पाने की उम्मीद कर रहे हैं क्योंकि सत्ता के ढाँचे को अब हिंदुओं और सामंती भद्रजनों से आजाद कर लिया गया है। "जिन लोगों के पास सत्ता होनी चाहिए वे हैं रिक्शा खींचने वाले, किसान, कल-कारखानों के मजदूर।" गरीबों और मजलूमों के पसीने की गंध उसके नथुनों में होती थी और उसने अपने आपको उनका नेता बना लिया था।

उसकी दलील थी कि पैसों की बेतहाशा जमाखोरी की इजाजत नहीं होनी

चाहिए। वह अमीरों से लेकर गरीबों को देना चाहता था। और यह काम एक ऐसी व्यवस्था में होना था जहाँ अवसरों की अधिक समानता होगी और जहाँ संसाधनों का अधिक बराबरी से बँटवारा होगा। वह पूँजीवादियों पर रोक लगाने के लिए मजदूर यूनियनों और दूसरी बराबर की ताकतों की हिमायत करता था। यह कहते हुए वह काफी मुखर हो जाता था, ''सर्वहारा तो उद्योगपतियों की जिम्मेदारी है। उनके बच्चों की पढ़ाई का जिम्मा उद्योगपतियों को लेना ही होगा। कामकाजी माँओं के लिए बच्चों की देखभाल के केंद्र, दवा-दारू की सहूलियतें, कल्याणकारी प्रावधान और नौकरी की सुरक्षा होनी ही चाहिए। कम लागत वाले मकानों का इंतजाम होना चाहिए। बड़े-बड़े औद्योगिक घरानों को स्कूल, कॉलेज, अस्पताल और अनाथालय खोल कर समाज में योगदान देना चाहिए। उन्हें हर समय अपना घर भरने के बजाय पाकिस्तान की तरफ अपना कर्ज अदा करना चाहिए।''

मुझे ये सारी बातें बड़ी मजेदार और रोमांचक लगती थीं। यह वह व्यक्ति था जिसे मेरे वालिदैन जैसे लोग बहुत खतरनाक किस्म का आदमी मानते थे। इस तरह के इंकलाबी सोच वालों को नफरत के उपदेशक माना जाता था। जो झूठी उम्मीदों की सौदागरी करते थे और अमीरों और गरीबों के बीच जो खाई चली आ रही है उसे और भी चौड़ा करते थे। इस तरह के लोगों ने बढ़ती उम्मीदों के जिन को बोतल से आजाद हो जाने दिया था। मुस्तफा जिन विचारों को रखता था ये वही विचार थे जो बचपन से ही मेरे दिमाग में कुलबुला रहे थे। मैं सत्ता और विशेषाधिकार भोगने वाले वर्ग में पैदा हुई थी, लेकिन मैं अपने माहौल में बिलकुल मेल नहीं खाती थी। मैं इस जोश को समझती थी क्योंकि मैं खुद एक बागी थी जिसे एक मकसद की तलाश थी। मुस्तफा खर ने मेरे लिए इस मकसद का खाका पेश किया। जिंदगी में पहली बार मुझे लगा कि खाली वजूद के अलावा भी जिंदगी का कोई मकसद है। मुस्तफा ने मेरी दिलचस्पी देखी तो फिर उसके बाद से वह किसी-न-किसी बहाने बातचीत को राजनीति की तरफ मोड़ने लगा। उसने भाँप लिया था कि मैं फँस चुकी हूँ।

हमारी इस मित्र मंडली में जो औरतें थीं उनके साथ मुस्तफा का व्यवहार एक भद्र पुरुष का रहता था। उनके प्रति वह सम्मान, विनम्रता और श्रद्धा का प्रदर्शन ही करता था। जब कोई महिला कमरे में आती तो वह खड़ा हो जाता था और उसे बैठने के लिए कहता था। उसके इस निर्दोष व्यवहार में कहीं कोई असहजता नहीं दिखाई देती थी। मैंने लोगों को दबी जबान यह कहते सुना था कि वह उजड्ड और बदतमीज था। लेकिन मुझे उसमें ऐसी कोई बात नहीं दिखाई दी। मुझे तो वह भलामानुस ही दिखाई दिया।

मैं अंदर-ही-अंदर उसकी तरफ खिंची महसूस कर रही थी। जैसे कोई चुंबक मुझे उसकी तरफ खींच रहा था। अचानक ही अनीस के साथ मेरी शादी मुझे नीरस

लगने लगी। मेरे दिल में अब उसके लिए प्यार नहीं रह गया था। फिर भी मुस्तफा एक खूबसूरत औरत का शौहर था जो उसके प्रति समर्पित भी दिखती थी। वह बयालीस साल का था, यानी मुझसे बीस साल बड़ा। वह परिपक्व था, और मैं अपने आपको एक स्कूली लड़की ही पाती थी जिसकी रूमानियत में कोई सुधार संभव नहीं दिखता था।

एक के बाद एक डिनर पार्टी होती गई और भयानक, लुभाऊ ख्याल मुझे सताने लगे। मैं जानती थी कि नाजायज रिश्ते हमारे समाज में चलते थे, हालांकि सरेआम कोई इन्हें कभी भी नहीं कबूल करता था—लेकिन एक तो मैं मुसलमान थी और दूसरे मेरी पढ़ाई कैथोलिक स्कूल में हुई थी जिसकी वजह से मेरे लिए तो ये बिलकुल ही निषिद्ध थे।

मेरा मानना था कि अनेकता में ही सुरक्षा थी। हमारे नए दोस्तों की भीड़ में जो कोई भी सामाजिक समारोहों में शामिल होता था वह अपने जीवन साथी को लेकर ही आता था। वहाँ कोई कुँआरा नहीं आता था और किसी को अपनी महिला मित्र को लाने की भी इजाजत नहीं थी।

मर्द लोग जब राजनीति के विषय से हट जाते थे तो शिकार के बारे में बातचीत करने लगते थे। तब शिकार की तैयारियों की बातें होती थीं या फिर बड़े-बड़े शिकारों की अपनी मनपसंद कहानियाँ कही जाती थीं। औरतें इन तमाम बातों को अभिमान के साथ सुनती थीं और उनमें ऊबने का नामोनिशान भी नहीं दिखाई देता था। अनीस शिकारी नहीं था। और मुझे यह जानकर ताज्जुब हुआ कि मैंने इस भीड़ में भी अकेलापन ढूँढ़ लिया था। अनीस और मैं इन चर्चाओं में हिस्सा नहीं ले सकते थे इसलिए हम अच्छे श्रोता बनने की पूरी कोशिश करते थे।

कभी-कभी बातचीत का लहजा बहुत घटिया स्तर पर उतर आता था। मर्द लोग अपनी बीवियों की मौजूदगी को भुला कर मुजरों जैसे कामुक नाचों के बारे में खूब मजे ले-लेकर बातें करते थे। यह रिवायत मुगल बादशाहों के जमाने से चली आ रही थी, जब तवायफें बहुत तमीज और तहजीब वाली औरतें होती थीं, जिन्हें नाचना, गाना और मर्दों को खुश करना सिखाया जाता था। नवाब और कुलीन जन अपने किशोर बेटों को मनोरंजन और तमीज सीखने के लिए इन तवायफों के पास भेजते थे। अक्षत कन्याएँ भारी रकम लेती थीं। आज के जमाने में भी यह रिवायत कायम है लेकिन बहुत घटिया दर्जे की हो गई है। अब तो ये औरतें नीचे खानदान की किसान लड़कियाँ होती हैं जिन्हें बस कामुक अंदाज में नाचना ही आता है। इनके पाँवों में बँधे घुँघरुओं की झनकार से मस्त होकर मर्द लोग इनके पाँवों में नोट फेंकते हैं। हमारी इस नई समाजी मंडली के मर्द लोग फर्श पर और बिस्तर में इन रक्कासाओं की हरकतों के पेचों के बारे में चटखारे ले-लेकर बातें करते थे, और खुले आम यह बताते थे कि कौन-सी रक्कासा एक रात के कितने पैसे लेती है। बीवियाँ इन बातों

को मर्दों की निरापद कल्पनाएँ मानने का दिखावा करतीं और अपने जज्बात को दबा लेती थीं। मेरे लिए ये बिलकुल नई तरह की बातें थीं, और मैंने यह मान लिया था कि कुलीन जन काफी परिष्कृत होते हैं और वे ऐसे अश्लील विषयों पर खुल कर बातचीत करने में मर्यादा निभा सकते हैं। उस समय यह बात मेरी समझ में नहीं आ पाई थी कि इन मर्दों के लिए यह शिकार की चर्चा का ही एक और रूप था।

हमारे कुछ पुराने दोस्तों ने अनीस को आगाह किया कि मुस्तफा चरित्र का अच्छा नहीं है। उन्होंने कहा—'वह लौंडियाबाज है, दिलफेंक है। वह खराब आदमी है। वह तुम्हें नुकसान पहुँचाएगा।' लेकिन अनीस पर इसका कोई असर नहीं हुआ। मुस्तफा उसका नया और असरदार दोस्त था, और अनीस को यकीन था कि इस समाजी रिश्ते से उसे जाती और पेशेवर दोनों स्तरों पर काफी फायदा होगा। वह मुस्तफा से इतना ज्यादा मुग्ध था और अपनी इस नई-नई मिली हैसियत को भोगने में इतना व्यस्त था कि उसके लिए अपनी कमसिन बीवी की चिंता करना संभव ही नहीं था।

मुस्तफा ने सीधा-सीधा मुझे कोई इशारा नहीं किया। उसने मुझसे ऐसा कुछ भी नहीं कहा जिसे कहीं दूर से भी फ्लर्ट करना समझा जा सकता हो। लेकिन उसकी आँखें बेशक कुछ कहती रहीं। उसकी औपचारिकता में रुखाई नहीं होती थी, और उसकी मिलनसारी में भी एक सतर्क दूरी होती थी। उसने मुझे अकेला पाने के लिए कभी कोई चाल नहीं चली। इस तरह से शायद वह अपनी बदनामी के दाग को धोने को लिए अतिरिक्त सावधानी बरत रहा था। उसकी हरकतें यही एलान कर रही थीं—मैं गंदा आदमी नहीं हूँ, बस लोग मुझे गलत समझते हैं।

अगर कोई अधिक संवेदनशील पति होता तो शायद इन इशारों को समझता। लेकिन अनीस को कोई संदेह नहीं हुआ, उनके स्वभाव की इत्मीनानी और बेपरवाही से मुझे खीज होने लगी। मैं दुआ करने लगी की काश वह इस पर गौर करें। काश वह मुझे गर्त में जाने से रोक लें।

मैं खतरे को समझती थी, लेकिन गर्त मुझे बेरहमी से लुभा रहा था। मैं जानती थी कि मैं जरूर गिर ही जाऊँगी।

मुस्तफा की वैवाहिक जिंदगी किस हाल में थी इसका पहला संकेत मुझे उसके गंदे, चीकट और बेतरतीब घर से मिला। बरामदे में रखी कुर्सियों में से कुछ टूटी हुई थीं, उनका रोगन उखड़ रहा था, और उनकी गद्दियाँ वगैरह तार-तार हो रही थीं। बैठक की हर चीज फिरोजी रंग के सोफों से मेल खा रही थी -लैंप, पेंटिंग्स, गलीचे और राखदानियाँ। यहाँ तक कि वहाँ रखी एक रद्दी की टोकरी भी—फिरोजी रंग की

थी! शुक्र है खुदा का, दीवारों पर लगी कालीन और दीवारें तो सफेद थीं। यह एक मुकम्मिल सेटिंग के तौर पर चुना गया फर्नीचर का शोरूम लग रहा था।

बाकी घर बेतरतीब पड़ा था। रसोई में पकते खाने और बासी फलों की गंध फैली हुई थी। शेरी इस बेतरतीबी में इस तरह आ-जा रही थी मानो कुछ हुआ ही न हो और मेरा दिमाग था कि इस मकान को अपनी रुचि के मुताबिक फिर से सजा रहा था। मैं सोच रही थी—मैं खाना बचाऊँगी ही नहीं कि उनमें मक्खियाँ गिरने का खतरा पैदा हो। शेरी यह सब कैसे बरदाश्त करती है? फूल कहाँ हैं? क्या उसने घरेलू पौधों के बारे नहीं सुना? यहाँ औरत की छाप कहाँ है?

मुस्तफा को इस तरह से रहने में कोई एतराज नहीं था। यह उसकी प्राथमिकता नहीं थी। लेकिन अगर उसने यह उम्मीद की थी कि शेरी उसके घर को थोड़ा-बहुत आरामदेह और बेहतरीन बनाएगी तो उसे निराशा ही हाथ लगी थी। हो सकता है कि मुस्तफा को ठीक-ठीक पता ही न हो कि वह किस तरह का घर चाहता है, लेकिन यहाँ तो उसकी उम्मीद का पासंग भी नहीं था। उसने आँखों-ही-आँखों में मुझे देख कर अपनी शिकायत दर्ज की। मैंने भी आँखों-ही-आँखों में उसका जवाब दिया।

एक बार अनीस और मैं मुस्तफा और शेरी से मिलने गए तो वे मुर्री जाने की तैयारी कर रहे थे। शेरी एक बड़े-से संफरी संदूक के ऊपर झुकी हुई उसमें मुस्तफा के कपड़े ठूँस रही थी—मलमल का एक कुर्ता, एक ओवरकोट जो पहले विश्व युद्ध के जमाने का ज्यादा लगता था, टी-शर्ट्स, सफारी सूट्स, कलफ लगी कमीजें, धारीदार कमीजें, चारखाने वाली कमीजें, वेलिंगटन से लेकर क्रोकोडाइल किस्म तक के जूते-चप्पलें, हर किस्म की पतलूनें, और हर किस्म के सूट।

मैंने पूछा, "काफी दिनों के लिए जा रहे हो?"

"नहीं," शेरी ने सरसरी तौर पर जवाब दिया। उसने मुझे नजर उठा कर भी नहीं देखा। फिर वह दूसरी बड़ी-सी लकड़ी की पेटी की तरफ ध्यान देने लगी। उसने इसमें रखी चीजों की फेहरिस्त बनाई—फार्मटोन, मल्टी-विटामिन, खाँसी की पीने वाली दवाई, मछली के तेल के कैप्सूल, लिस्ट्रीन, गले में लगाने की दवाई, आयोडीन, लिट्रोसेन, अल्का-सेल्ट्जर, ब्लड प्रेशर की गोलियाँ, कई तरह की ऐस्पिरीन, पट्टियाँ, बैंडएड, कैंची, आँख में डालने की दवाई, नाक में डालने की दवाई, एक थर्मामीटर।

"मुस्तफा इतने बीमार हैं?" मैंने हैरान होकर पूछा।

शेरी ने नजर उठा कर मुझे देखा और बड़े गूढ़ अंदाज में कहा, "नहीं। लेकिन पता नहीं उन्हें कब किस चीज की जरूरत पड़ जाए।"

मुझे जितना ज्यादा मालूम होता गया उतनी ही ज्यादा मुझे एक स्थिर वैवाहिक जिंदगी बनाए रखने की मुस्तफा की असमर्थता समझ में आती गई। मैंने दलील देनी शुरू की कि अगर मुस्तफा को सही समय पर सही औरत मिल गई होती तो वह एक अच्छे शौहर के तौर पर जम गया होता। लेकिन शादी करने की उसकी वजहें

हर बार गलत रहीं। उसने प्यार की वजह से नहीं बल्कि अनिवार्यता के कारण और दबाव के चलते शादियाँ कीं। लगता है उसने संक्रमण के दौर में शादी की। उसकी सियासी जिंदगी ने उसे एक असीम सत्ता वाली दुनिया में ला खड़ा किया था। वह सारा समय बदल रहा था, बढ़ रहा था और इस तरह वह अपनी औरतों से ऊपर निकलता चला गया।

मैं शेरी के साथ उसके ताल्लुकात को लेकर उत्सुक हो गई। ये असंतुलन की हालत में दिखाई दे रहे थे। मुस्तफा की बीवी होने के नाते शेरी का कद बढ़ना चाहिए था, लेकिन मुस्तफा के सरपरस्ती वाले व्यवहार ने उसे दासी बनाकर रख दिया। मुस्तफा ही आका था, दिमाग था, और आत्मा भी। शेरी में उसके लिए भय मिश्रित सम्मान था, और वह शायद ही कभी कोई ऐसी बात कहती हो जो मुस्तफा के विचारों में पगा न हो। उसकी इतनी हिम्मत नहीं होती थी कि मुस्तफा से अलग विचार रख सके। वह लगातार सहमति के लिए मुस्तफा की तरफ देखती थी। मुस्तफा की शख्सियत ने शेरी को इस हद तक दबा दिया था कि अब उसका वजूद केवल मुस्तफा की रोशनी के अक्स में ही था। शेरी ने अपनी इच्छा को मुस्तफा के हवाले कर दिया था और मैं इसे शेरी की नाकामयाबी मानती थी।

शेरी का बस अपने शौहर के साथ उसके ताल्लुकात के मामले में तो चलता नहीं था, इसलिए वह कहीं और अपना कस बल आजमाती थी। वह नौकरों के साथ बेजा और खराब व्यवहार करती थी। और, उसका सात साला सौतेला बेटा बिलाल उसका खास निशाना होता था। कभी-कभी तो यह लगता था कि वह लीक से बाहर जाकर उस बच्चे के लिए मुश्किल खड़ी करती थी। शायद इसमें उसकी यही कोशिश रहती थी कि वह अपने ऊपर उतरने वाले मुस्तफा के गुस्से को किसी और निशाने की तरफ मोड़ दे। इस परिवार के कार्यकलापों में मुझे मजा आता था, फिर भी मेरा यही मानना रहा कि नाकाम शेरी थी, मुस्तफा नहीं। वह इस करिश्माई, रोबीले आदमी लायक औरत थी ही नहीं।

एक बार अनीस और मैं शेरी को कार में बैठा कर एक फर्नीचर की दुकान पर ले गए थे। घर लौटते वक्त मैं रुक कर कुछ खाने के लिए लेना चाहती थी। लेकिन शेरी घबरा रही थी। उसने अपने साथ साए की तरह हमेशा रहने वाली दाई आयशा की तरफ कनखियों से देखा, जो नौकरानी से ज्यादा भेदिए का काम करती थी, और बोली, "मैं यहाँ नहीं रुक सकती।"

"क्यों नहीं रुक सकती?" मैंने पूछा।

"क्योंकि मैंने मुस्तफा को नहीं बताया है कि मैं यहाँ खाना लेने के लिए रुकूँगी।"

"तो क्या हुआ?"

"मैं नहीं रुक सकती," शेरी ने अड़ते हुए कहा, "मैंने उनकी इजाजत नहीं ली है। वह बहुत गुस्सा होंगे।"

मैंने कहा, "उनसे कह देना कि अचानक ही मैंने यह प्रोग्राम बना लिया था।"

"नहीं, वह बहुत गुस्सा होंगे। वह मुझे मारेंगे। अगर मैं उनकी इजाजत बिना कोई काम करती हूँ तो वह मुझे मारते हैं।"

"तो फिर उन्हें बताना ही नहीं," मैंने कहा।

"यह मुमकिन नहीं है," उसने दाई की तरफ इशारा करते हुए जवाब दिया। "यह बता देगी।"

इस तरह हम खाना लेने नहीं रुके।

सब लोगों के सामने मुस्तफा शेरी की बेइज्जती करता रहता था। बातचीत के दौरान, शेरी की मौजूदगी में ही, वह बराबर कहता रहता था कि शेरी उसके लायक बीवी नहीं थीं। वह यह भी खुलेआम कहता था कि उसे एक मुकम्मिल बीवी की तलाश है। "मैंने एक और गलती कर दी है," वह कहता था, "मुझे दोबारा शादी करनी होगी।" शेरी इन बातों को हँस कर टाल देती थी और यह मुगालता बनाए रखती और उम्मीद भी करती थी कि वह मजाक कर रहा है। लेकिन अंदर से उसे पता था कि मुस्तफा की नजर भटकने लगी है, और उसे यह भी यकीन नहीं था कि उसमें मुस्तफा को बाँध कर रखने लायक सम्मोहन या मक्कारी है।

शेरी जब मुझ पर ज्यादा भरोसा करने लगी तो उसने मुस्तफा के चरित्र के और भी पहलुओं को बारे में मुझे बताया। उसे अपने मायके जाने की इजाजत नहीं थी। शेरी की माँ अपनी नातिन आमना के लिए साझा दोस्तों के हाथों चोरी-छिपे कपड़े भिजवाया करती थी। जब मैंने उससे पूछा कि उसे अपने वालिदैन से मिलने की मनाही क्यों थी तो शेरी ने जवाब दिया, "वह कहते हैं कि मेरे घरवाले उनके साथ रिश्तेदारी का नाजायज फायदा उठाते हैं। वे लोगों से यह कह कर अपने काम करवाते हैं कि उनका दामाद गवर्नर है।"

इस तरह का व्यवहार पाकिस्तान में आम था। प्रभावशाली आदमियों के मौकापरस्त रिश्तेदार पैदा हो जाते हैं। और शेरी एक ऐसे परिवार से थी जो इस ऊँचाई तक पहुँचने की आकांक्षा भी नहीं कर सकता था जहाँ उसका पति था। लेकिन शेरी की बातें सुनने में इतनी अजीब लगती थीं कि उन पर विश्वास ही नहीं होता था और मैं हैरानी में सोचती थी कि कहीं वह बढ़ा-चढ़ा कर तो नहीं बोल रही। जिस मुस्तफा को मैं जान रही थी वह तो एक शालीन और समझदार आदमी था। मैं उसके सामने अपने मन की बातें कह लेती थी। मैं उसे किसी खास मुद्दे पर अपने विचार बता देती थी। और मुझे इस बात की खुशी होती थी कि वह मेरे विचारों पर ध्यान देता था और अक्सर उन्हें स्वीकार भी करता था। मुझे यकीन था कि मुस्तफा को एक ऐसे साथी की बेताबी से तलाश थी जो उसकी सनक में रंगने के बजाय उसे ललकार सके। मैं दूसरों की गलतफहमी के शिकार इस आदमी के बारे में और अधिक सोचने लगी जो तमाम गलत औरतों के साथ फँस गया था। मैं अपने

आपको ही वह छलिया साथी समझने लगी जिसकी वह इतनी बेताबी से तलाश कर रहा था।

मेरी माँ की विरासत का जोर मेरी रोजमर्रा की जिंदगी में उभर रहा था। इससे वास्तव में अनजान, मैं उसके राज में सीखी कई बातों की नकल कर रही थी। मैं माँ की तरह कपड़े पहनती। मैं उसी की तरह बाल बनाती और तो और अनीस के साथ मेरे ताल्लुकात में भी माँ की ही आवाज गूँजती थी।

मुझे अपनी शादी से पहले जो अंदेशा हुआ था वह सही निकला। अब मुझे मेरा आदमी बेमानी लगने लगा था। मैंने बहुत कोशिश कर ली मगर न तो अनीस की काबिलियतों पर मुझे भरोसा हुआ और न ही उनकी अक्लमंदी के लिए मेरे मन में कोई इज्जत बनी। मुझे लगता था कि उनमें अपने कैरियर को आगे बढ़ाने के लिए जरूरी उत्साह और महत्वाकांक्षा भी नहीं थी। और मैं लगातार उन्हें टोकती रहती थी और उनके फैसलों पर सवाल-जवाब करती थी। और इस पर भी मैं नहीं चाहती थी कि हमारी वैवाहिक जिंदगी हमारे वालिदैन जैसी हो। मैं एक ऐसा मजबूत आदमी चाहती थी जिसे अपनी पेशेवर जिंदगी को चलाने के लिए मेरी दखलंदाजी की जरूरत न पड़े। मैं यह भी सोच रही थी कि मैं अपनी माँ की नजरों में कितनी अक्षम साबित हो रही थी--उन नजरों में जो मेरे लिए पूरी दुनिया की प्रतीक थीं। मैं अनीस के साथ अपने जुड़ाव की वजह से कमजोर हो गई थी, क्योंकि वह इतने रुतबे वाले ही नहीं थे कि मैं मजबूत होती। माँ जिस हिकारत से मुझ अकेले के साथ बर्ताव करती थी अब उसी हिकारत के साथ हम दोनों के साथ बर्ताव करने लगी थी।

मेरे दिमाग में उथल-पुथल मची रहती थी। मैं यह कल्पना करने लगी कि अनीस तो शेरी जैसी औरत के लिए ज्यादा ठीक रहेंगे। मैं यह भी सोचती थी कि मुस्तफा और मेरे मिलने से जो प्रतिक्रिया होगी उसे रोकना असंभव होगा।

हम कुछ नहीं बोलते थे, लेकिन हमारे बीच एक खिंचाव स्पष्ट था। मुस्तफा मुझ पर नज़र रख रहा था और यह यकीन कर लेना चाहता था कि इस बार उसकी पसंद सही थी। कभी-कभी तो मुझे परेशानी और हैरानी हो जाती थी कि वह खुल कर मुझमें दिलचस्पी नहीं दिखाता। मैं घबरा जाती थी और खुद को थोड़ा कसूरवार भी मानने लग जाती थी। उस तरह की स्थिति को मैं कैसे सहन कर सकती थी? क्या किसी ने गौर किया था कि मैं क्या महसूस कर रही थी? क्या अनीस को पता था? क्या मुस्तफा को मालूम भी था?

हमारी मित्र मंडली में जो औरतें थीं उन्हें तो जैसे अपनी उठी नाकों के परे कुछ दिखाई ही नहीं देता था। वे तो बस बिना रुके अपने सरकश नौकरों, कपड़ों, गहनों और घर की सजावट के बारे में ही बातें करती रहती थीं। कभी-कभार वे अपने बच्चों के बारे में भी बातें कर लिया करती थीं कि पाकिस्तान में स्कूलों की

हालत बहुत खराब थी और वे अपने बेटे-बेटियों को 'सही' तालीम के लिए देश से बाहर भेजने की तमन्ना रखती थीं। इन औरतों की जिंदगी के कई दिन तो इस बाबत बात करने में निकलते थे कि उस शाम उन्हें क्या पहनना चाहिए।

मैं भी उनसे कोई अलग नहीं थी। अब मैं मुस्तफा के लिए पहनती-ओढ़ती थी। मेरी परवरिश में इस उसूल पर चलना सिखाया गया था कि सबसे ज्यादा अहमियत इस बात की होती है कि कोई कैसा दिखता है। मैंने अपने कपड़ों की अलमारी से वे सारे कपड़े छाँट लिए जिनमें कब से धूल जम रही थी। सबसे ज्यादा इस्तेमाल मैंने फ्रांसीसी शिफौन की साड़ियों का किया। जब मुस्तफा मेरे कपड़ों को देखता था तो मैं गद्‌गद हो जाती थी, और जब वह इनकी अनदेखी कर देता था तो मैं परेशान हो जाती थी।

पिकनिकें और शिकार हमारी जिंदगी का एक हिस्सा बन गए। लाहौर के बाह्यांचल में हिंदुस्तान की सरहद के पास एक उपजाऊ शिकारगाह है। हम अपने सफर के लिए जीपों में ढेरों खाने-पीने की चीजें भर लेते, और फिर एक चौरस और साफ जगह देख कर उस पर अपने तंबू गाड़ देते और आग जला लेते। हम औरतें तो आग के पास घेरा डाल कर बैठ जातीं और आदमी लोग शिकार पर निकल जाते। उनके साथ स्थानीय हाँका करने वाले भी रहते जो रावी नदी के साहिल पर खड़ी लंबी-लंबी घास से तीतरों को बाहर निकालने के लिए चिड़ियों की तेज आवाजें निकालते थे। मच्छर, मक्खियाँ और तमाम तरह के दीगर कीड़े इस अफरा-तफरी में और इजाफा कर देते थे। इस इलाके में बाहर से आनेवाली बत्तखें, जल मुर्गाबियाँ, तीतर और बटेरें खूब मिलती थीं। यहाँ जंगली सुअर भी पाया जाता था जिसे खाना इस्लाम में हराम है। इन्हें बेचने के लिए स्थानीय लोगों को ही दे दिया जाता था। रात में जलती आग खतरनाक कीड़ों-मकोड़ों और ठंड को भी दूर रखती थी, इलाकाई मरासी ढोलकी की थापों पर गाते थे। औरतें तो संगीत का मजा लेती थीं और मर्द लोग अपने दिन भर के शिकार के किस्से सुनते-सुनाते थे।

इस माहौल में, मुस्तफा जैसे हमेशा मुझको ही प्रभावित करने के चक्कर में रहता था। लेकिन उसका लुभाने का काम बड़ी बारीकी से होता था। जब वह शिकार से लौटता तो मेरी प्रशंसा पाने के लिए अपने थैले की नुमाइश करता था। उसकी खाकी पतलून उसके गम बूटों में टँकी होती, एक हाथ में रायफल और सिर पर माओ टोपी होती। इस भेष में वह बहुत आकर्षक लगता था। एक दिन अलस्सुबह वह एक झील के पानी में झुक कर अपनी मारी एक जंगली बत्तख निकाल रहा था कि अचानक मेरा वहाँ से निकलना हुआ। सूरज की पहली किरनें उसकी आकृति उकेर रही थीं। उसने नजर उठाई और सीधे मुझे देखा। मेरा दिल धक् से रह गया।

मुस्तफा खाना बनाने में उस्ताद था। गोश्त बूढ़े जानवर का नहीं होना चाहिए, और इसे बहुत ज्यादा पकाना नहीं चाहिए नहीं तो इसका स्वाद और इसके पोषक

तत्त्व खत्म हो जाते हैं। अपने हुनर में वह माहिर था। उसने बड़ी सफाई से एक तीतर पकाया था।

मैं सोचा करती थी कि इस बहुरंगी भीड़ में मुस्तफा और मैं एक-दूसरे में उलझी दो आत्माएँ थे। हम दोनों ही अकेले थे और अपने आपको गलतफहमियों का शिकार समझते थे। मैंने तय पाया कि हमारी आत्माएँ कलात्मक थीं जो ऐसे किसी मकसद की तलाश में जूझ रही थीं जिसे हम अपना सब-कुछ दे सकें। हम दोनों ही ऐसे किसी इंसान की तलाश में थे जो हमारे दिलो-दिमाग की उथल-पुथल को समझ सके। पता नहीं क्यों मुझे लग रहा था कि हम एक-दूसरे के लिए ही पैदा हुए थे। मैं बेरहमी और क्रूरता के उस मुखौटे को गिराने में उसकी मदद करना चाहती थी जो उन लोगों के सतही नजरिए ने बना दिया था जो असली मुस्तफा खर को नहीं जानते थे।

मुझे उसकी एक बात पर बेहद ताज्जुब होता था और इसे मैं सबसे ज्यादा काबिलेतारीफ भी पाती थी, और वह थी लोगों की राय की एकदम अनदेखी करना। यह खास तौर पर इसलिए था क्योंकि छवि और लोगों की राय की हमारे परिवार में हमेशा ही बहुत अहमियत रही थी। अगर उसे लगता था कि उसकी बात सही है तो वह उद्दंड होने का साहस भी कर बैठता था। मुस्तफा रिवायत की रत्ती भर भी परवाह नहीं करता था, और मेरा मानना था कि केवल असाधारण आदमियों में ही ऐसी खूबी होती है। वह एक नैसर्गिक नेता था जो किसी काम का मन बना लेने पर उस दिशा में एक नई राह गढ़ देता था। राजनेताओं का यह नियम होता है कि वे खासकर अपनी जाती जिंदगी के मामले में बड़े सतर्क रहते हैं। लेकिन मुस्तफा की शादियों और तलाकों के किस्से तो देहातों के गली-बाजारों में आम थे और वह फिर भी परवाह नहीं करता था। उस पर जो भी कीचड़ उछाली जाती थी वह बह जाती थी। लोगों ने शायद उसकी सियासी काबिलियत और उसके रूमानी किस्सों में बराबरी करके देख ली थी और यह तय पाया था कि उसकी सियासी काबिलियत ज्यादा अहमियत रखती थी।

हम लाखों तारों की छाँव में एक-दूसरे को प्यार कर बैठे। हम दोनों ने ही इसे समझ लिया था लेकिन मुस्तफा ही असली पल को आगे बढ़ाता और उससे पहले के खेल को लंबा खींचता जा रहा था। कब वह इजहार करेगा? मैं हैरानी में सोचती थी। वह ऐसा करेगा भी?

ईद की बात है। रमजान के रोजे खत्म हो ही चुके थे। हम रात के खाने पर थे। दावत का इंतजाम अँग्रेजों की हुकूमत के दौरान बनी एक पुरानी हवेली में किया गया था। इसका नाचने का कमरा शानदार था, फर्श तड़का हुआ था और यहाँ रंगीन काँच के पुराने झाड़फानूस लटके थे। नाच की मेजबानी बदरशा के खान बहादुर

का बेटा कर रहा था। अनीस और मैं मुस्तफा की टोली में गए थे। मैंने इस मौके के लिए खास कपड़े पहने थे।

मुस्तफा नपे-तुले और संकल्प भरे कदमों से मेरे पास आया। वह जिस्मानी हाव-भाव में यकीन करता था। वह जानता था कि मर्दानगी के साथ अगर आत्मविश्वास भी हो तो अधिकतर को ढेर किया जा सकता है। उसने इस हुनर में महारत हासिल की हुई थी। वह अपनी अदा के बूते पर ही अपनी मर्जी पूरी करवा लेता था। उस रात सिलेटी रंग के सूट में वह बहुत चुस्त-दुरुस्त लग रहा था। उसने हलके नीले रंग की कमीज और काले क्रोकोडाइल जूते पहन रखे थे। उसने मुझसे अपने साथ नाचने को कहा। मेरी आँखों ने एतराज किया : अनीस क्या सोचेंगे? तभी अचानक मुस्तफा ने शेरी को हुक्म दिया कि वह अनीस के साथ नाचे। अनीस तो इस बात पर गद्गद हो गए कि एक सामंती सरदार ने अपनी बीवी को एक पराए मर्द के साथ नाचने की इजाजत दी। वह शेरी को नाच के लिए ले गए और मुझे इशारा कर गए कि मैं मुस्तफा को इनकार न करूँ।

मैं आठ महीने से इस पल का इंतजार कर रही थी। मेरी उम्मीद खामोशी से एक सनसनाती अनिश्चिंतता में घुल गई। मुझे पक्का पता था कि मेरे माथे पर झूलता हीरे का टिक्का कुछ ज्यादा ही चमक रहा था।

बैंड पर 'स्ट्रेंजर्स इन दि नाइट' की धुन बज रही थी। मुस्तफा ने बहुत आत्म-विश्वास के साथ हद को पार किया था, और मैं उसे रोक पाने में खुद को असमर्थ और अनिच्छुक पा रही थी। कुछ ही पल बाद वह मुझे कोने में ले गया और बिना किसी लाग-लपेट के मेरे कानों में धीमे से बोला, "मुझसे शादी करोगी?"

इस अचानक की पेशकश से मैं सकते में आ गई और अटकते हुए बोली, "लेकिन-लेकिन—मैं तो पहले ही शादीशुदा हूँ।"

"सब खुदा पर छोड़ दो," वह बोला।

जल्दी ही मैं कमरे में मौजूद दूसरे जोड़ों के बारे में चौकन्नी हो गई और मुझे लगा कि सभी ने हमारी इस बातचीत को सुन लिया है। मुझे शर्म आ गई। मैंने नाच के बीच में ही अपने आप को मुस्तफा की गिरफ्त से छुड़ाया और सुस्ताने लगी। वह मुझे वापस मेरी कुर्सी तक लेकर आया। वह भी घबराया हुआ दिख रहा था लेकिन उसे यह राहत भी थी कि आखिर उसने अपने मन का बोझ हलका कर दिया है।

अब मैंने लाख कोशिश की, लेकिन मुस्तफा का जादू पूरी तौर पर मुझ पर चल चुका था। वह मुझे फोन करता और मैं घंटों फोन पर उससे बातें करती रहती। मुझे यकीन हो चला था कि मेरा भविष्य मुस्तफा के साथ है, और अनीस के साथ मेरा रिश्ता खत्म हो चुका था। हम मौका मिलते ही मुलाकात करते। अक्सर हमारा मिलना उस बड़े-से मकान के बाड़े के अंदर पहले से तैयार एक कमरे में होता था

जिसे वह बनवा रहा था। मुस्तफा उस कमरे का इस्तेमाल अपने अड्डे के तौर पर करता था, यानी अपने दुराचार के अड्डे के तौर पर। आम समझ भी सावधानी, नैतिकता और शालीनता के साथ गायब हो गई : मेरे जज्बात ने मुझे अपने कब्जे में ले लिया।

उसूलन, हदूद के आदेश के तहत पाकिस्तान में व्यभिचार करने पर किसी भी औरत को पत्थरों से मारा जा सकता है। लेकिन हकीकत यह नहीं है। कुरान कहता है कि असली हरकत के समय चार गवाहों का होना जरूरी है, या व्यभिचार करने वाले एक व्यक्ति को सबके सामने इसे कबूल करना चाहिए। जो भी हो, मुझे अपनी जिंदगी की फिक्र नहीं थी। अपनी चरम भावनात्मक स्थिति में मुझे लगता था कि इसकी तो अभी शुरुआत ही हुई थी।

भुट्टो और मुस्तफा दोस्ती का जामा पहने हुए थे, हालाँकि उनके रिश्ते में न गरमजोशी रही थी और न ही बेतकल्लुफी। बारीकी से देखने वालों ने उनके बीच की खाई को देख लिया था, लेकिन कई और लोग यही मानते रहे कि भुट्टो का मुस्तफा से मनमुटाव बस दिखावा था। इसे वे नूरा कुश्ती बताते थे। इसका नतीजा यह हुआ कि मुस्तफा के अनुयायी उसके प्रति वफादार बने रहे, और पंजाब के नए मुख्यमंत्री हनीफ रामे के लिए वहाँ के लोगों का समर्थन पाना मुश्किल हो गया।

रामे ने मुस्तफा पर हमला शुरू कर दिया। वह अखबार वालों को भूतपूर्व गवर्नर के दुराचार के मनगढ़ंत किस्से देने लगा। मसलन, उन्होंने अपहरण के एक मामले में मुस्तफा के हस्तक्षेप की भूमिका को तोड़-मरोड़ कर पेश किया और इस घटना के सहारे उसे एक बदमाश साबित करने की कोशिश की। पंजाब की बहू-बेटियों से कहा गया कि वे "उस वक्त से डरें जब मुस्तफा खर वापस आएगा।"

और सचमुच वह वापस आया भी। सियासी बियाबान में कुछ वक्त काटने के बाद मुस्तफा को 1975 में फिर से पंजाब का गवर्नर बना दिया गया, लेकिन मुख्यमंत्री का अधिक प्रभावशाली पद रामे के पास ही रहा—कम-से-कम फिलहाल। भुट्टो ने मुस्तफा को तीन महीने के लिए इस ओहदे पर रखा। अगर वह भुट्टो की मर्जी पर चलेगा तो उसे फिर से मुख्यमंत्री बना दिया जाएगा। मुस्तफा यह ऐलान करता हुआ फिर से सत्ता में आ गया कि अगर उसके खिलाफ लगने वाले लांछन सही होते तो भुट्टो कभी भी उसे वापस नहीं लाते।

मैं और अनीस गवर्नर्स हाउस के विशाल फाटक पर कार से पहुँचे। यहीं मुस्तफा को शपथ दिलाई जानी थी। फाटक पर सफेद वर्दी पहने हथियारबंद सुरक्षाकर्मी तैनात थे। उनकी ऊँची-ऊँची, कलफ लगी पगड़ियाँ अँग्रेजी हुकूमत के कभी न खत्म होने वाले दबदबे की गवाही दे रही थीं। हमारी पहचान पक्की कर लेने और हमारे निमंत्रण पत्रों की खूब अच्छी तरह से जाँच कर लेने के बाद हमें इशारे से अंदर जाने को

कहा गया।

कार एक बड़े-से ड्राइववे में मुड़ी, जिसके सामने अँग्रेजों के जमाने की एक शानदार इमारत खड़ी थी। इस सफेद इमारत का डिजाइन एक भूतपूर्व गवर्नर सर रॉबर्ट मौंटगोमरी ने तैयार किया था, मानो वह अँग्रेजी राज की इमारती निर्माण संबंधी इच्छा को लाहौर पर थोपना चाह रहा था। यह इमारत 300 एकड़ में फैले बगीचों के बीच बनी थी। यहाँ एक झील, नम्रा के पेड़, पक्षीघर और सरु के पेड़ों की कतारों के बीच बनी पगडंडियाँ थीं जिन्हें हिंदुस्तानी आकाओं की मौज-मस्ती के लिए बनाया गया था। इस इमारत में ऊँची छतों और सागौन की दीवार-पट्टियों वाले दर्जनों स्वीट मेहमानों के लिए बने थे।

मैं और अनीस इसके मशहूर दरबार हाल में गए। यह शानदार कमरा इस हवेली का केंद्रीय भाग था। इसमें 500 से भी ज्यादा मेहमान बैठ सकते थे। इसकी दीवारों पर पंजाब के उन सरदारों और आकाओं की तसवीरें टँगी थीं, जिनके जरा-से इशारे पर लाखों लोगों की किस्मत टिकी थी।

इमारत के चारों ओर छज्जे थे जहाँ एक स्कॉटिश मशकबीन बजाने वाला स्कॉटलैंड के दूर-दराज के इलाकों की धुनें बजाता इधर से उधर आ-जा रहा था। वहाँ मौजूद ढेरों लोग शेरी को मुबारकबाद दे रहे थे। तभी नए गवर्नर और सुप्रीम कोर्ट के चीफ जस्टिस ने कमरे में कदम रखा और हम सब चुप हो गए। मैं दीवानी हो रही थी। मुस्तफा ने जब अपने ओहदे की शपथ लेने के लिए कुरान पर हाथ रखा तो हमारी आँखें चार हुईं। उसने मेरी अड़चन और मेरी असुरक्षा की भावना को समझा। बाद में उसी दिन उसने मुझसे कहा कि कोई भी सरकारी ओहदा मेरे लिए उसके प्यार को कम नहीं कर सकता था।

अपनी इस बात को उसने अपनी हरकतों से भी साबित कर दिया। मुस्तफा एक बेपरवाह प्रेमी था—वह तो जैसे यही चाहता था कि शेरी, अनीस, बल्कि पूरी दुनिया को ही हमारे बारे में पता चल जाए। उसने एक दिन मुझे फोन करके कहा कि वह मुझसे फौरन मिलना चाहता है और मेरे पास आ रहा है। ‘‘लेकिन यह कैसे हो सकता है?’’ मैंने उससे कहा, ‘‘अनीस घर पर हैं।’’

‘‘उसकी तुम फिक्र मत करो,’’ उसने मुझे आश्वस्त किया।

दो मिनट बाद ही फोन की घंटी फिर बजी। इस बार फोन अनीस ने उठाया और गौर से सुनते रहे। फोन रखने के बाद वह मुस्कराते हुए मुझसे बोले, ‘‘मुझे गवर्नर्स हाउस जाना है। मुस्तफा मुझसे मिलना चाहते हैं। गवर्नर मुझसे बात करना चाहते हैं!’’ और फिर वह फौरन ही घर से निकल गए।

अनीस जब गवर्नर्स हाउस पहुँचे तो मुस्तफा ने उनसे कहा कि उसे फौरन ही किसी जरूरी काम से बाहर जाना है, और तब तक वह स्वीमिंग पूल में तैरे और उसका इंतजार करे। मुस्तफा के दोस्त रऊफ खान ने अनीस को स्वीमिंग सूट दे

दिया और उनके साथ ही स्वीमिंग पूल में बना रहा। दरअसल वह नादान शिकार की चौकसी कर रहा था।

मैं और मुस्तफा साथ ही थे कि गवर्नर्स हाउस से रऊफ ने फोन करके कहा, "हुजूर, हम उसे और ज्यादा पानी में नहीं रख सकते। वह थककर बेहोश हो जाएगा। वह ठंडा पड़ रहा है और परेशान भी है।"

"पाँच मिनट में उसे बाहर निकाल लेना," मुस्तफा ने कहा, "उससे कहना कि अभी-अभी मेरा फोन आया था। मैं पंद्रह मिनट में वहाँ पहुँच रहा हूँ।" मुस्तफा ने फोन रख दिया और हम खुशी में भर कर ढेर हो गए।

यह सही है कि अंदर-ही-अंदर मैं अपने आपको कुसूरवार महसूस कर रही थी। किसी आदमी को धोखा देना मेरे लिए सहज बात नहीं थी। अनीस अच्छे स्वभाव के और मासूम थे—मुझे अक्सर ही उनकी तरफ से अफसोस होता था। लेकिन, इस बार मैं एक नए दौर में प्रवेश कर रही थी, और मैं अपने भविष्य को जिस तरीके से देख रही थी अनीस उससे दूर होते जा रहे थे।

फिर राज-काज का दौर शुरू हो गया। मुस्तफा तो भुट्टो के साथ पंजाब के दौरे पर निकल गया और मैं अनीस के साथ लाहौर में घुटने को रह गई।

ये दोनों नेता जहाँ भी जाते उनका स्वागत 'मुस्तफा खर जिंदाबाद' और 'शेर-ए-पंजाब जिंदाबाद' जैसे बैनरों से होता। एक बार जब ये दोनों संत दाता सिंह बख्श के पवित्र स्थल पर आए तो वहाँ जमा लोगों की भारी भीड़ ने मुस्तफा को घेर लिया। मुस्तफा ने देखा कि भुट्टो का चेहरा यह देख कर पीला पड़ गया। भुट्टो दरअसल झल्ला रहे थे और उन्हें देख कर यह साफ पता चल रहा था।

इस बीच मैंने मौके का फायदा उठाते हुए अपनी परेशान और दोहरी जिंदगी पर दोबारा गौर किया। मैंने फैसला किया कि मैं तान्या को लेकर इस तमाम साजिश से दूर पंजाब के कासोवाल में अपने एक रिश्तेदार के यहाँ चली जाऊँगी। मैं ऐसी जगह जाना चाहती थी जहाँ मुस्तफा न पहुँच पाए, क्योंकि मैं देखना चाहती थी कि मैं उसके बगैर रह सकती हूँ या नहीं। और कासोवाल इस लिहाज से सही जगह थी। वहाँ न टेलीफोन था और न ही बिजली। मेरा एक हिस्सा मुस्तफा को और मुझे प्यार करने के उसके करार को चुनौती भी देना चाहता था। क्या उसे मेरी कमी अखरेगी? क्या वह मेरे पीछे-पीछे आएगा?

मुस्तफा जब लाहौर लौटा तो यह जान कर बहुत निराश हुआ कि मैं वहाँ नहीं थी। उसने फुर्ती से काम करते हुए एक ड्राइवर को हुक्म दिया कि वह उसकी सरकारी मर्सिडीज लेकर ओकरा पहुँचे और वहाँ उसके जहाज के पहुँचने का इंतजार करे। उसने रऊफ को एक पोशीदा काम पर लगा दिया : उसे एक अति गोपनीय

चिट्ठी लेने के 'टॉप सीक्रेट मिशन' पर अनीस को पेशावर भेजना था। रऊफ का काम था कि वह अनीस को हवाई अड्डे ले जाए और यह पक्का हो जाने के बाद ही वहाँ से हटे कि अनीस ने पेशावर जाने वाला जहाज पकड़ लिया है और जहाज हवाई अड्डे से चला गया है। अनीस से कहा गया था कि वह यह चिट्ठी तैयार होने तक पेशावर में ही रुके। ये हिदायतें देने के बाद मुस्तफा ने अपने जहाज के चालक से कहा कि उसे ओकरा ले चले। ओकरा में उतरते ही उसने अपनी मर्सिडीज ली और मुझसे मिलने कासोवाल दौड़ पड़ा।

इस उपेक्षित गाँव के गरीब बाशिंदे तो उस समय हैरान और प्रभावित होकर रह गए जब पंजाब का गवर्नर बिना बताए उनके यहाँ आ धमका। चकित आँखें लिए लोग गाँव के तंग रास्तों और गलियों में जमा हो गए। मैं अपने रिश्तेदार के घर में ही थी जब मैंने सायरन बजने और कार के आने की आवाज सुनी। कुछ ही पल बाद इस छोटे-से घर के सामने वाले दरवाजे पर पड़ी चिक उठी और सफारी सूट और माओ कैप पहने मुस्तफा का साया रोशनी में दिखाई दिया। उसके होठों पर शरारत भरी हँसी थी।

वह घर के अंदर आकर बोला, "तुम्हें वापस लाहौर चलना होगा इसी समय। मैं तुम्हारे बिना नहीं रह सकता।"

मैं उसके इस तरह आ धमकने से सकते की हालत में आ गई—हालाँकि मन-ही-मन मैं यही चाहती रही थी। मुस्तफा के साथ अपने नाजायज ताल्लुकात की बात छिपाने के लिए मैंने बहाने बना दिए—बाद में मैंने इस बारे में सोचा तो ये अविश्वसनीय लगे। मैंने अपने रिश्तेदारों से यही बताया कि पंजाब के गवर्नर मेरे शौहर के दोस्त हैं और अनीस ने ही गुजारिश करके उन्हें यहाँ भेजा है कि मुझे घर ले आएँ। यह साफ-साफ झूठ था, लेकिन ये लोग गवर्नर के अपने यहाँ आने से इतने गौरवान्वित थे कि उन्होंने कोई शक नहीं जताया।

मैं ऐसे ही उठकर तो भाग नहीं सकती थी। यह गाँव था, जहाँ इज्जतदार औरतें पर्दे में रहती हैं। मैंने एक सफेद चादर से कामचलाऊ पर्दा बनाया और इसे अपने सिर और चेहरे पर लपेट लिया। बस मेरी आँखें दिखाई दे रही थीं। फिर मैं अपनी बच्ची और उसकी आया को लेकर मुस्तफा के साथ उसकी मर्सिडीज में बैठ गई। मुस्तफा कार चलाने में माहिर था। ओकरा पहुँचने तक तो वह 100 मील प्रति घंटा तक की रफ्तार से गाड़ी दौड़ाता रहा। फिर हम जहाज पकड़ कर वापस लाहौर चले गए।

जैसा कि हमने जहाज में ही तय कर लिया था, लाहौर पहुँचकर मुस्तफा तो एक सरकारी कार में बैठ गया और मैं तान्या और उसकी आया के साथ दूसरी कार में बैठ गए। हमारी कार की खिड़कियों के शीशे काले थे। हमारी गाड़ियों के आगे सायरन बजाती मोटर साइकिलों का काफिला चल रहा था। इस तरह हम गवर्नर्स

हाउस पहुँचे।

कौमी अखबारों ने मुस्तफा के अचानक कासोवाल पहुँचने की खबर छापी और लिखा कि गवर्नर एक उदार जनसेवक हैं जो दूर-दराज के गाँवों में रहने वालों की तरफ अपनी फिक्र जताने को उत्सुक रहते हैं। यह किसी को नहीं पता था कि मुस्तफा तो बस एक औरत के पीछे था।

मुझे, तान्या और उसकी आया को गवर्नर्स हाउस के प्रेसीडेंशल स्वीट में ठहराया गया। मुस्तफा रात के खाने पर हमारे साथ बैठा। उसके होठों पर शैतानी मुस्कान थी। लेकिन मैं घबरा रही थी। अनीस तो खैर पेशावर में इंतजार कर रहे थे, लेकिन अगर शेरी को पता चल गया कि मैं उसी के घर में मौजूद हूँ तो क्या होगा? लेकिन मुस्तफा बोला कि घबराने की कोई बात नहीं है। उसने शेरी से कह दिया था कि वह नीचे उलेमा के साथ था। वहाँ किसी औरत के मौजूद होने का तो कोई सवाल ही नहीं था, इसलिए शेरी जनानखाने में ही रहेगी।

बाद में, उस रात जब मुझे छोड़कर मुस्तफा अपनी बीवी के पास चला गया तो मैं चैन से सो नहीं पाई।

मैं जल्दी ही उठ गई। आया ने तान्या को कपड़े पहना दिए और हम घर चल दिए।

हमारे जाने के कुछ ही देर बाद शेरी ने देखा कि पिछले दिन कुछ ज्यादा ही दूध खर्च हुआ था। उसने नौकरों पर गड़बड़ी का इलजाम लगाया। लेकिन नौकरों ने अपने आपको बेकसूर बताते हुए सफाई दी कि दूध तो छोटी बच्ची ने पिया था।

"किसकी बच्ची?" शेरी ने पूछा।

नौकर मेरा नाम तो जानते नहीं थे, लेकिन उनके एक जुमले ने मेरी जिंदगी का रुख ही मोड़ दिया। "लंबे भूरे बालों वाली बेगम साहिबा की बच्ची ने," उन्होंने कहा।

अब तो शेरी को पता चल गया।

उसने मुस्तफा से इस बारे में पूछा तो उसने चुपचाप मान लिया कि वह मुझे प्यार करता है।

4

कुछ भी नहीं बदला।

सब कुछ बदल गया।

मुस्तफा और शेरी पंजाब के गवर्नर और प्रथम महिला बने रहे। हमारी मुलाकातें बढ़ती गईं, और हमारी बेहयाई भी। कामुक भावनाएँ तो आदमी को बिलकुल ही बेपरवाह होने के लिए उत्साहित करती हैं, और उनकी लहर मुझे बहाए ले जा रही थी। लेकिन साथ ही मुझे एक नेक आदमी की बेवफा बीवी होना बिलकुल अच्छा नहीं लग रहा था। लेकिन इस सब में जो कुछ भी गलत था उसे मुस्तफा के रोमांस और शख्सियत ने धोकर रख दिया था, और सभी कुछ एक मुकम्मिल रिश्ते की उम्मीद में रंग गया था। इस सबसे मुझे बेहद मानसिक क्लेश हो रहा था क्योंकि मैं एक आदमी से बँध कर रहने वाली औरत थी और खुद की नजरों में गंदी हो गई थी। मुस्तफा रोज तीन-चार बार मुझे फोन करता था और अगर दिन में कम-से-कम एक बार मुझसे मिल नहीं लेता था तो उसे दुख होता था। मैंने भी घर से बाहर निकलने के बहाने ढूँढ़ लिए थे।

रोमांस के मामले में मुस्तफा लाइलाज था। एक बार रात में तीन बजे फोन की घंटी ने मुझे जगा दिया। अनीस मेरी बगल में गहरी नींद में सो रहे थे। मैं समझ गई कि यह किसका फोन हो सकता है। मैं जल्दी से पलँग से उतरी और बेडरूम के बाहर ही रखे फोन को उठा लिया।

"टीना, मैं तुमसे मिलने को मरा जा रहा हूँ," मुस्तफा ने कहा।

"लेकिन तुम इस समय नहीं मिल सकते," मैंने धीरे से कहा, "मैं इस समय तुमसे नहीं मिल सकती।"

"मैं तुम्हारे बिना जिंदा नहीं रह सकता। मैं सब-कुछ छोड़-छाड़कर तुम्हारे पास आ जाना चाहता हूँ।"

"मुस्तफा, काफी देर हो चुकी है। मैं तुमसे बात नहीं कर सकती। अनीस—"

"फोन मत रखना," उसने बीच में ही टोकते हुए कहा। "मैं दस मिनट में तुम्हारे घर के पास से अपनी कार में निकल रहा हूँ। अपनी खिड़की पर जाओ औ वहीं खड़ी रहना। बस एक मिनट। मैं तुम्हें देखना चाहता हूँ।"

मैंने चुपचाप रिसीवर रख दिया और दबे पाँव सोने के कमरे में वापस अ गई। अनीस ने करवट ली तो मैंने उन्हें बता दिया कि गलत नंबर मिल गया था कुछ ही पल में वह वापस नींद में चले गए और मैं चुपके से कमरे से निकल आई।

मैं सोने के कपड़ों में ही खिड़की पर आकर खड़ी हो गई। कुछ ही देर बाद मर्सिडीज की बत्तियाँ चमकीं, और मैंने अँधेरे में मुस्कराकर पर्दे खींच दिए।

हमारे रिश्तों में थोड़ी कड़वाहट आ गई थी, क्योंकि मैं एक शादीशुदा औरत थी। अनीस का अगर कहीं नाम आ जाता तो मुस्तफा भुनभुनाने लगता था। हालाँकि वह खुलकर कभी तलाक की बात नहीं करता था, फिर भी वह मुझे उसी तरफ धकेल रहा था। वह चाहता था कि मैं फैसला करूँ—और इस तरह उसकी तरफ मेरे प्यार का सबूत दूँ। लेकिन मैं डाँवाडोल रही। मैं अनीस का दिल नहीं दुखाना चाहती थी। और मुझे इस बात की भी फिक्र थी कि इस सबका समाजी अंजाम मेरे वालिदैन, कुँआरी बहनों और मेरे भाई की इज्ज़त के हक में क्या होगा ? और मैं अनीस और उसके घरवालों की बेइज्जती के बारे में भी सोचती थी।

पार्टियों वगैरह में मुस्तफा का उत्तेजक ढंग से देखना और बोलना और भी ज्यादा खुलकर, और भी ज्यादा खुल्लम-खुल्ला ढंग से होने लगा। अनीस तो इन इशारों को नजरअंदाज कर देते थे लेकिन हमारी टोली की औरतें खा जाने वाली नजरों से मुझे घूरती थीं। मुझे लगता जैसे अचानक ठिठुरन आ गई हो। मेरी कोशिश यही रहती थी कि मैं ऐसे में अपने को सँभाले रखूँ, क्योंकि नहीं तो अफवाह को सच समझ लिया जाता। मैं खुश थी कि मेरे वालिदैन लंदन में रह रहे थे और इस तरह मेरी माँ इन अफवाहों को नहीं सुन सकती थी कि उसकी बेटी व्यभिचारिणी हो गई है।

शेरी की अगुवाई में इन औरतों ने यह सोच लिया था कि खामोश रह कर वे मुझे ज्यादा आहत नहीं कर सकतीं, इसलिए वे मुझ पर छींटाकशी करने लगीं। यह जानते हुए कि मुझे उनकी बातें सुनाई दे रही हैं, वे जोर-जोर से किसी काल्पनिक औरत के बारे में बातें करतीं जो एक शादीशुदा मर्द से फँसी हुई थी। अपनी नजरों और अपनी तल्ख जबानों से वे हदूद के इन हुक्मों को लागू करती थीं, और प्रतीक रूप में मुझ पर पथराव की सिफारिश करती थीं।

कुछ दिनों के लिए तो मैंने और अनीस ने दावतों में जाना ही बंद कर दिया। अनीस को पता था कि हमारी दोस्ती अब जम चुकी थी, और इसलिए मैं न जाने के जो भी बहाने बनाती उन्हें वह मान लेते थे। लेकिन इन पार्टियों से हमारी गैरहाजिरी को जल्दी ही ताड़ लिया गया। एक दिन मुस्तफा ने फोन करके मुझसे पूछ ही लिया, "क्या परेशानी है? तुम आ क्यों नहीं रहीं?"

मैंने उससे कह दिया कि अफवाहें और ताने बेहद लज्जित करने वाले हो गए हैं और मेरा जमीर 'दूसरी औरत' होने की मेरी स्थिति को सही नहीं ठहराता। मैंने उससे कहा कि मैं अब इस स्थिति को और ज्यादा नहीं झेल सकती।

मुस्तफा सनक गया। वह इन लोगों से पूरी वफादारी चाहता था। इन लोगों को शेरी की हिमायत करने का कोई हक नहीं था। वह उनसे यह उम्मीद करता था कि वे बिना कोई सवाल किए उसी की पसंदों और फैसलों का सम्मान करेंगे। "मैं सब ठीक कर लूँगा," वह बोला, "सब ठीक हो जाएगा।"

उसके दूसरे ही दिन शेरी को अपने दरवाजे पर देखकर मैं चौंक गई। उसके साथ उसकी दोस्त कुक्कू थी। मैंने उन्हें अपने सोने के कमरे की तन्हाई में बुलाया, लेकिन हम तीनों ही साफ तौर पर अचकचा रहे थे। एक-दूसरे से आँख मिलाना मुश्किल हो रहा था। शेरी उखड़ी हुई थी, लेकिन उसने रटी-रटाई लाइनें बोल दीं। "मुझे तुम्हारे बारे में पता है," वह बोली, "मुझे यह मंजूर है। मैं जानती हूँ कि मेरे शौहर और तुम एक-दूसरे को प्यार करते हो। वह चाहते हैं कि तुम हमारे यहाँ रात के खानों पर आओ। मैं तुम्हारे आने पर नाराज नहीं होऊँगी। न ही दूसरी औरतें नाराज होंगी।" कुक्कू ने सिर हिलाकर इसकी पुष्टि की।

मुझे बड़ी उलझन हुई और मैं सोच नहीं पाई कि क्या जवाब दूँ। मुझे लगा मैं छिनाल हूँ।

मुस्तफा ने शेरी को जैसा हुक्म दिया था शेरी ने वैसा ही बोल दिया था, लेकिन अब उसने भावावेश में बोलना शुरू किया। "सुनो," उसने जोर देते हुए कहा, "मैं यहाँ इसलिए आई हूँ क्योंकि मुझे मुस्तफा ने भेजा है लेकिन मैं यहाँ दबाव में आई हूँ। मैं अपने घर को बचाना चाहती हूँ। मैं चाहती हूँ कि तुम उनसे फिर कभी न मिलो। अगर तुम उनसे मिलोगी तो मेरे पास—मेरे पास खुदकुशी करने के अलावा और कोई रास्ता नहीं होगा।" उसने विनती की, "मेरी जिंदगी से चली जाओ! उनकी जिंदगी से चली जाओ! वह बहुत टेढ़े आदमी हैं। मैं उन्हें जानती हूँ। तुम उन्हें नहीं जानतीं। वह तुम्हारे लिए ठीक नहीं हैं। जैसे उन्होंने मेरी जिंदगी बर्बाद की है, तुम्हारी भी कर देंगे।" उसने मुझे यह समझाने की कोशिश की कि मुस्तफा मार-पीट करने वाला और खतरनाक आदमी है। उसने दावा किया कि मुस्तफा उसे छोटी-छोटी बात पर बुरी तरह से पीटता है। जैसे अगर कभी वह नौकरों से गरम पानी चलाने के लिए कहना भूल जाए; कोई चीज कहीं रखकर भूल जाए या उसके कपड़ों पर इस्त्री करने में देर कर दे।

ये कहानियाँ ऊटपटाँग थीं, और जाहिर था मैं इन पर यकीन नहीं कर सकती थी। और शेरी को मेरी आँखों में अविश्वास साफ दिखाई दे रहा था। मैं तो इन कहानियों से परे एक बहुत ही गैर-मामूली और आकर्षक मर्द को देख रही थी जिसे गलत समझा गया था। शायद मुझे रेत में अपना सिर गाड़ना पसंद आया था। मैं

उसकी अनगिनत शादियों के लिए दलील ढूँढ़ रही थी। मुझे तो मुस्तफा प्यार करने वाला, शरीफ और इन सबसे भी बढ़कर विवेकशील लगता था। फिर भी मैं जानती थी कि इस तरह की बातें हमारे समाज में हमारी जानकारी से कहीं ज्यादा होती थीं। मैं जानती थी कि यह तो आम ढर्रा था अधिकतर सामंती सरदारों का अपनी औरतों के साथ बर्ताव करने का। बातचीत का सबसे विचलित करने वाला हिस्सा यह था कि मुझे शेरी से हमदर्दी हो रही थी और मैं समझ रही थी कि उसे इन सच्चे-झूठे रहस्योद्घाटनों से कैसी पीड़ा हो रही होगी।

मैंने जवाब में उससे पूछा कि अगर मुस्तफा इतना ही शैतान था तो फिर वह उसके लिए इतना झगड़ा क्यों कर रही थी।

''मैंने पक्का इरादा किया हुआ है कि मैं उनके साथ अपने इस रिश्ते को बनाए रखूँगी,'' उसका जवाब था। ''मैं यह कर सकती हूँ। मुझे जिंदा रहना है। अगर मैं उन्हें छोड़ने की कोशिश करूँगी तो वह मेरी बेटी को मुझसे ले लेंगे। मैं अपनी बेटी के बगैर रह नहीं सकती और न ही उसे मुस्तफा के हवाले कर सकती हूँ। मैं तो अब उनकी जिंदगी के साथ तालमेल कर चुकी हूँ, मैं जम जाना चाहती हूँ। मुस्तफा के बगैर मेरी जिंदगी बेमानी है। वह मेरी जिंदगी में रच-बस गया है। तुम्हें मेरी मदद करनी ही होगी—इसके लिए तुम्हें उनकी जिंदगी से निकलना होगा। मुझ पर यह मेहरबानी होगी।''

उसकी यह बात भी सही लगती थी। एक पाकिस्तानी औरत अपनी शादीशुदा जिंदगी को बचाने के लिए कुछ भी सहने को तैयार रहती है। हमारे समाज में शादी 'परगेटरी' हो सकती है, लेकिन तलाक तो नर्क होता है। मुस्तफा को मैं प्यार करती थी, फिर भी मुझे लगा मैं डाँवाडोल हो रही हूँ। शेरी उसे प्यार करती थी, और फिर भी वह उससे नफरत करती थी; यह मेरा सोचना था।

मैं अपने जमीर से जूझती रही। मैं बहुत चाहती थी कि मुझे ऐसा कुछ करना चाहिए जिसमें इज्जत हो। उस देर रात मैंने फैसला कर लिया—इसे खत्म करना होगा। मैं अब मुस्तफा से कभी नहीं मिलूँगी। मैं उसे निछावर कर दूँगी। लेकिन साथ ही साथ, मेरे अंदर से एक खामोश, और भी दमदार आवाज मेरा मखौल उड़ा रही थी। यह आवाज कह रही थी—मैं चाहती हूँ कि वह मुझे ही चुने।

मैंने मुस्तफा को फोन करके उससे कह दिया कि मैं इस रिश्ते को खत्म करना चाहती हूँ। ''हमारी वजह से बहुत सारे लोगों को दुख पहुँचेगा'', मैंने उससे कहा, उस समय वह सियासी काम-काज में लगा था और उसका ध्यान कहीं और था, लेकिन उसने मुझसे यही कहा कि वह जल्दी ही मुझसे बात करेगा। अगले कुछ दिन मैं डाँवाडोल रही। मैंने तो सही काम किया था। फिर मैं इतनी दुखी क्यों थी?

इस तरह चार दिन निकल गए। फिर मुस्तफा मेरे यहाँ आया। शेरी उसके साथ थी। वह जरूर टूटी और पिटी होगी लेकिन उसने बात पूरे दम से कही—वह

मुझसे दरख्वास्त कर रही थी कि मैं उनके समाजी माहौल में लौट आऊँ।

मुस्तफा अपनी माशूका से प्रणय निवेदन करने के लिए अपनी बीवी को इस्तेमाल कर रहा था! क्या यह इस बात की निशानी थी कि वह मुझे बहुत गहराई से प्यार करता था या यह इसके उस विकृत व्यवहार की बानगी थी जिसके बारे में शेरी ने मुझे चेताने की कोशिश की थी? मैंने अपने अंदर उठते संदेहों को दरकिनार कर दिया और मेरा शैतानी, खुदगर्ज हिस्सा अंदर-ही-अंदर इस जीत पर मुस्करा दिया।

इस तरह मैं और अनीस उस समाजी माहौल में फिर दाखिल हो गए। मेरी तरफ जो उनका दुश्मनी वाला भाव था वह खुलकर बातचीत में तो नहीं आता था लेकिन अभी भी उसकी झलक मौजूद थी। यह शाम के उन अनिवार्य पलों में तो खासकर दिखाई देती थी जब औरतें मर्दों से अलग हो जाती थीं। ऐसे मौकों पर शेरी अक्सर दरबार करती थी। वह मुस्तफा के साथ अपने 'मुकम्मिल' रिश्तों की बात करते हुए बीच-बीच में वह इस तरह की तानाकशी भी करती जाती थी—'मुस्तफा कहते हैं कि जो औरतें शादीशुदा मर्दों के साथ चक्कर चलाती हैं वे छिनाल होती हैं।' उसकी इस तरह की बातों पर बाकी औरतें मुँह दबा कर हँसतीं और एक-दूसरे को कोहनी मारती थीं। और, उनका इशारा मेरी तरफ होता था।

एक बार रात के खाने पर पाकिस्तान के दो बड़े उद्योगपतियों की बीवियों ने कुछ ऐसी जली-कटी बातें कह दीं कि अपमान के मारे मेरे आँसू निकल आए। जब मुस्तफा को मैंने यह बात बताई तो वह बहुत गुस्सा हुआ और उसने मुझसे वादा किया कि वह उनको सबक सिखाकर रहेगा। फिर अगले ही दिन उसने उन दोनों औरतों के पतियों को गवर्नर्स हाउस में तलब कर लिया। उसने उनसे कहा, "अपनी बीवियों से कहो कि तहमीना के पास जाएँ और उससे माफी माँगे। आज ही। अगर उन्होंने ऐसा नहीं किया तो मैं इसे हलके तौर पर नहीं लूँगा। उन्होंने जो बेइज्जती की है उसकी कीमत तुम्हें चुकानी पड़ेगी। अब तुम जा सकते हो।" फिर तो कुछ ही घंटे के अंदर दोनों औरतें मेरे घर आईं और उन्होंने मुझसे माफी माँगी।

इन सब बातों से शेरी और भी परेशान हो गई और उसने उमरा (तीर्थयात्रा) के लिए मक्का जाने का फैसला किया। मैंने और मुस्तफा ने इस मौके का फायदा उठाया और अपना ज्यादा-से-ज्यादा वक्त एक-दूसरे के साथ बिताया। दिन में तो मैं उससे अकेली ही मिलती थी; और शाम को वह खाने पर मेरी अनीस और दूसरे दोस्तों की मेहमाननवाजी करता था। मुझे मुस्तफा के साथ रहने का जो फालतू वक्त मिल गया था उसका मैं पूरा लुत्फ उठा रही थी, लेकिन अल्लाह के साथ शेरी की नजदीकी और उसके साथ मेरी बढ़ती हुक्म उदूली के एहसास से मैं डरी हुई थी।

शेरी लौटी तो उसमें पाकीजगी और शांति का एहसास था। यह तो साफ

था कि उसने वहाँ क्या दुआ माँगी होगी। इसलिए, मुझे यह एहसास घेरने लगा कि मैं नापाक और बेपर्दा हो चुकी हूँ। मुझे यह फिक्र सताने लगी कि अल्लाह शेरी की दुआओं को कुबूल कर लेगा।

लेकिन, इसके बजाय अल्लाह ने मेरी दुआ सुनी। अल्लाह के ऐसा करने के अपने रहस्यमय कारण थे। शायद यह बुराई का बदला लेने का उसका अपना तरीका था।

इधर पत्रिकाओं ने हमारी जिंदगियों में झाँकना शुरू कर दिया। अब तो जैसे हर व्यक्ति को हमारे नाजायज ताल्लुकात के बारे में पता चल गया था। उनमें मेरे ससुराल वाले भी शामिल थे। बेचारे अनीस इन सब बातों को महज दुर्भावनापूर्ण अफवाहें ही मान कर खारिज करते रहे।

हमारे रोमांस की खबर उड़ते-उड़ते लंदन में मेरी माँ के कानों तक पहुँची। उनके दिमाग में 'स्कैंडल' शब्द आया और वह जहाज पकड़कर पाकिस्तान आ धमकी कि अनीस से अपनेपन में बातें करे और उन्हें इन अफवाहों के बारे में आगाह करे। ''इस आदमी से मिलना-जुलना बंद कर दो,'' माँ ने अनीस से कहा, ''अगर तुमने ऐसा नहीं किया तो तुम्हारी बीवी तुम्हारे हाथ से निकल जाएगी।''

अनीस ने माँ से कह दिया, ''मैं जिससे मिलना चाहूँगा मिलूँगा। मुझे किसी का डर नहीं है।''

माँ बहुत गुस्सा हुई। ''कैसे शौहर हो जी तुम?'' उसने अनीस से कहा, ''मेरी बेटी तुम्हें तब मिली थी जब वह अभी स्कूल की वर्दी में ही थी। अब वह क्या बन रही है यह तुम्हारी जिम्मेदारी है। उसके अब्बू ने उसे शह दी। और अब तुम उसे खर जैसे बदनाम आदमी के हवाले कर रहे हो।'' माँ ने उसकी तरफ अपना सिर हिलाते हुए आगे कहा, ''मैं जानती थी कि ऐसे नहीं चल पाएगा। तुम उसे काबू में रख ही नहीं सकते।''

अनीस सच्चाई जानने वाले आखिरी व्यक्ति नहीं थे; वह तो बस जानना ही नहीं चाह रहे थे। मेरे मन में अनीस के लिए थोड़ी इज्जत-सी बनी। पहली बार मैंने उसे वह मजबूती दिखाते देखा जो मेरी माँ के सामने खड़े होने के लिए जरूरी थी। यह अपने आप में एक विरोधाभास था। वह अपनी जमीन पर मजबूती के साथ खड़ा था लेकिन जिस जमीन पर वह खड़ा था वह दलदली थी।

एक बार अनीस को तिजारत के सिलसिले में एक हफ्ते के लिए सिंगापुर जाना हुआ तो मैं और तान्या उनके सफर के पहले हिस्से यानी कराची तक उनके साथ गए। अनीस ने जैसे ही हमसे विदा ली, मुस्तफा किसी सरकारी काम के बहाने वहाँ आ धमका। उसने मुझे अपने पुराने दोस्त और सियासी साथी मुस्तफा जटोई

के साथ रात में खाना खाने की दावत दी। जटोई उस समय दक्षिणी प्रांत सिंध के मुख्यमंत्री थे।

दावत वाले दिन दोपहर बाद मेरी एक दोस्त मुझसे मिलने आई थी। उसने मुझे आगाह किया कि मुस्तफा का प्यार सतही है। "वह तुम्हें सिर्फ इसलिए प्यार करता है क्योंकि तुम देखने-भालने में अच्छी हो," मेरी दोस्त ने मुझसे कहा था, "तुम पहनने-ओढ़ने का सलीका जानती हो। तुम उसकी छवि के लिए अच्छी हो। एक बार अगर उसने तुम्हें बालों में कर्लर लगाए या मुँह पर नाइट क्रीम थोपे देख लिया तो फिर वह तुम्हें प्यार नहीं करेगा। उसे तो टीम-टाम पसंद है–हकीकत नहीं।"

मुझे यह जानने की उत्सुकता हुई कि उसकी बात सच हो सकती है। मैंने मुस्तफा को परखने का फैसला किया। उस रात जब मैं सिंध के मुख्यमंत्री के सरकारी निवास में दाखिल हुई तो बो-पीप की तरह दिख रही थी। मैंने हलके नीले रंग की चारखानेवाली जिंगाम की पोशाक पहन रखी थी, जिसकी आस्तीनें फूहड़ तरीके से फूली हुई थीं और झालर की तीन तहें मेरे टखनों तक घिसट रही थीं। सामने सीने पर और भी ज्यादा झालरें थीं। पोशाक पर प्लास्टिक का एक स्टिकर चस्पा था जिसमें एक देहाती दृश्य में एक झोंपड़ी और लंबी पूँछ वाली एक गाय दिखाई गई थी। जब मैं वहाँ पहुँची, मुस्तफा सोने के कमरे में था। मैं उससे मिलने वहीं चली गई। वह करीने से सिले काले सूट में बहुत फब रहा था। वह नजरें झुका कर अपनी टाई की गाँठ लगा रहा था, लेकिन जब उसने नजरें उठा कर मुझे देखा तो उसका चेहरा उतर गया। "यह सब क्या है?" वह बोला। और मेरा आत्मविश्वास उसी समय काफूर हो गया। अब वापस भी नहीं हुआ जा सकता थ। बस, अरुचि और उदासीनता का भाव लिए वह मुझे खाने की मेज पर ले गया।

वहाँ मुझसे बड़ी उम्र की खूबसूरत और सलीके वाली औरतें बैठी थीं, जिनके वक्षस्थल की गहराइयाँ और लकदक साड़ियों के नीचे से झाँकती नाभियाँ मोहक अंदाज में झलक रही थीं। वे घूर कर मुझे देखने लगीं। मैं अपनी मंडली से बिलकुल अलग लग रही थी। सरसराते शिफौन की आवाज मेरा मखौल उड़ा रही थी।

मुस्तफा उस रात मुझसे अलग-अलग ही रहा। वह दूसरी औरतों के बीच ही घूमता रहा, और उनमें भी सबसे आकर्षक औरतों से फ्लर्ट करता रहा। कुछ आदमी मेरे पास भी आए और उन्होंने शिष्टाचार की दो-एक बातें भी कीं, लेकिन वे इस फर्ज-अदायगी के बाद फौरन ही मेरे पास से हट गए।

मैं कोका-कोला का गिलास अपने सीने से सटाए खड़ी रही, और गाय की पूँछ को छिपाने की भरसक कोशिश करती रही। मैंने गिलास को हर कोण पर झुका कर देख लिया, लेकिन गाय की पूँछ पूरी नहीं छिप पाई। इस घबराहट में मैं सारी कोका-कोला अपनी बो-पीप पोशाक पर गिरा बैठी। यह भी एक अजीब इत्तिफाक रहा कि मेरे बचाव के लिए आगे आने वाला हुमायूँ बेग मोहम्मद था, जो कोका-कोला

फ्रैंचाइज का मालिक था। वह मुझे गुसलखाने में ले गया, जहाँ मैंने कोका-कोला के दाग धोए। फिर मैं जैसे अनंत काल के लिए जटोई के सोने के कमरे में एयरकंडीशन को सीने से लगाए अकेली खड़ी रही और यह दुआ करती रही कि मेरी पोशाक बस सूखे ही नहीं, गायब भी हो जाए। सिंड्रेला को एक धर्म माँ परी की जरूरत थी, लेकिन वह नहीं आई। आखिरकार मैं चुपचाप वापस पार्टी में आ गई—मैं अभी भी भीगी हुई थी और बहुत शर्मिन्दा भी।

मुस्तफा ने अपने एक दोस्त को मुझे घर छोड़ने के लिए भेजा। उस रात मैंने रो-रोकर अपनी आँखों का बुरा हाल कर लिया। मेरी दोस्त ने सही कहा था। मुस्तफा मेरी शक्ल-सूरत से ही प्यार करता था।

उसने अगली सुबह मुझे फोन किया। जब मैंने उससे कहा कि मेरी पोशाक तो उसे परखने के लिए थी तो वह कहने लगा, "तुम यह सब क्यों करती हो? तुमने खुद से ज्यादा मुझे शर्मिंदा किया। मैं तो तुम्हें एक शख्स के तौर पर प्यार करता हूँ। तुम बहुत सलीके वाली औरत हो। जब तुम इस तरह की गरिमाहीन हरकतें करती हो तो तुम बहुत बेढब लगती हो। इस तरह की बेवकूफी भरी चुनौतियाँ लेती मत घूमा करो। तुम जैसी भी हो मैं तुम्हें उसी हाल में प्यार करता हूँ। तुम बदलना क्यों चाहती हो? अगर तुम बिलकुल बदल जाओगी तो शायद मैं अपना इरादा ही बदल दूँगा। समझीं?"

मैंने रिरियाते हुए कहा, "हाँ।"

फिर मुस्तफा ने पासा पलटते हुए अपनी बात को पक्का किया। "देखो," वह बोला, "अगर मैं जोकरों या मसखरों जैसे कपड़े पहनकर तुम्हें लेने आऊँ तो क्या तुम्हें मंजूर होगा? कभी नहीं। तुम्हें शर्मिंदगी होगी। इसलिए नादान मत बनो। जो हो वही रहो।"

यह दावत एक और खास वजह से भी अहम थी। सभी ने वहाँ मेरी मौजूदगी पर गौर किया था—करते भी क्यों नहीं?—और कराची में अफवाहों का बाजार नए सिरे से गरम हो गया था। मेरे जैसे खानदानी माहौल की खूबसूरत नौजवान औरत मुस्तफा खर के साथ क्या कर रही थी जबकि उसका शौहर सिंगापुर गया हुआ था?

सिंगापुर से लौटने पर अनीस ने भी यह सब सुना, और आखिरकार उसने मुझसे जवाब तलब कर ही लिया।

मैं अनीस से झूठ नहीं बोल पाई। मैंने यह तय पाया कि अनीस को उनकी मुश्किल से निकालने का एक ही रास्ता था कि मैं अपनी खुद की मुश्किल को हल करूँ। बस मैंने उन्हें सब कुछ सच-सच बता दिया। मैंने कह दिया कि मैं उनसे तलाक चाहती हूँ। बात मुस्तफा से शादी करने की नहीं थी; बात यह थी कि मैं उस आदमी के साथ नहीं रह सकती थी ज़िसके साथ मैंने छल किया था, जिसके लिए मेरे दिल में कोई इज्जत नहीं थी, और जिसमें मेरी कोई दिलचस्पी भी नहीं थी।

अनीस सभ्य थे, उन्होंने इस संकट की घड़ी में भी सभ्यता का दामन नहीं छोड़ा। उन्होंने मुझसे कहा कि वह तलाक दे देंगे। वह बस तान्या को अपने पास रखना चाहते थे। "मुझे उसकी जरूरत है," उन्होंने कहा। "मेरे पास उसके अलावा और क्या है। वह मुझे उस औरत की याद दिलाती रहेगी जिसे मैं प्यार करता हूँ। तुम कोर्ट-कचहरी करके उसे ले सकती हो (इस्लामी कानून माँ को नाबालिग बच्चों को अपने पास रखने की इजाजत देता है), लेकिन मैं तुमसे यही दरख्वास्त करूँगा कि जब तक मैं तुम्हारे गम से उबर नहीं जाता, उसे मेरे पास ही रहने देना। अगर तुम दोनों ही मुझे छोड़ गईं तो मैं बिलकुल अकेला पड़ जाऊँगा। मैं तुमसे बस इतना ही माँग रहा हूँ।"

उनकी इस तकरीर का मुझ पर बहुत असर हुआ। मुझे याद आया कि बेचारे अनीस कितने अच्छे शख्स और कितने समर्पित बाप थे। साथ ही, हम दोनों के ही चले जाने से अनीस टूट जाते। मैं जानती थी कि तान्या के रहने से उनका गम हल्का हो जाएगा। मैं उनसे अपने से ज्यादा और कुछ छीनना नहीं चाहती थी। मैं यह भी जानती थी कि वक्त गुजरने के साथ-साथ वह इस दुख से उबर जाएँगे और भलमनसाहत से तान्या को मुझे लौटा देंगे। उनके पहले से टूटे दिल को एक बार फिर तोड़ने की बनिस्बत मेरे लिए अपने दिल को टूटने देना ज्यादा आसान था। मुझे लगता था कि हम दोनों में मैं ही ज्यादा मजबूत थी। मैं इस सदमे को उसकी बनिस्बत ज्यादा आसानी से बरदाश्त कर सकती थी। इसलिए, मैं राजी हो गई।

माँ नीली-पीली हो रही थी। अब्बाजान गुस्सा थे। एक बार फिर माँ लंदन से जहाज पकड़कर पाकिस्तान आ पहुँची। इस बार वह यह पक्का इरादा करके यह साबित करने आई थी कि मुस्तफा के लिए मेरी दीवानगी किसी दिमागी खलल की वजह से थी। उन्होंने कराची के सबसे मशहूर मनोचिकित्सक डॉ. हारून को बुलाया कि वह मेरी जाँच करे और उनसे कमोबेश यह भी माँग की कि वह मुझे पागल बताएँ। अगर वह मुझे यह यकीन नहीं दिला सकी कि मेरी ये हरकतें मेरी दिमागी अस्थिरता का नतीजा थीं तो शायद नेक डॉक्टर तो यह काम कर ही सकता था। यह एक पुरानी कहानी का ही बदला रूप था। बचपन में मुझे जो गर्दन तोड़ बुखार हुआ था उसके बाद से ही माँ मेरी हरेक बगावत को पागलपन ही बता दिया करती थी।

डॉक्टर के मुआयने से पहले माँ मुझे एक तरफ ले जाकर बोली, "उन्हें... सब कुछ मत बताना।" उनका मतलब यही था कि अगर मुस्तफा के साथ मेरे जिस्मानी संबंध बने हैं तो मुझे डॉक्टर को यह बात नहीं बतानी थी।

एक बार की देर तक चली बातचीत के दौरान डॉक्टर ने सचमुच ही यह पता लगा लिया कि हकीकत क्या है। उन्होंने मेरी माँ से बता दिया कि मैं निराशा की

हद तक सामान्य थी। उन्होंने मेरे 'पतन' का कारण बताया, ''मुस्तफा खर का तो पेशा है औरतों पर डोरे डालना। आपकी बेटी उसकी शिकार हो गई है।''

इससे माँ को पूरी तसल्ली हुई। इस हिसाब से तो मैं एक मुकम्मिल छिनात नहीं हुई। लेकिन उसने यह कहा कि मुस्तफा ने मुझ पर डोरे डालने की कोशिश ही नहीं की होती अगर मैंने उसे यह इशारा नहीं किया होता कि मैं फँसने को तैयार हूँ। इस तरह, उस दुर्भाग्य के लिए मैं ही दोषी थी जिसने मेरी—और मेरे खानदान की—इज्जत को बट्टा लगा दिया था। ''तुम्हारी तो आँखें ही बताती हैं कि तुम फँसने को तैयार हो,'' माँ ने मुझ पर इल्जाम लगाया, ''मुस्तफा जैसा गलत आदमी अच्छी औरतों पर हाथ नहीं डालता। वह जिस किस्म की औरतों की तरफ खिंचता है वे रखैलें और 'दूसरी औरत' बनने वाली होती हैं। मेरी और कोई बेटी मुस्तफा के चक्कर में नहीं आती।''

माँ ने अब अपनी सारी ताकत लीपापोती करने में लगा दी। मैं अपनी तरफ से निष्क्रिय और चुपचाप बात मान लेने वाली बन गई—अपराधी हो गई मैं अपनी नजरों में। मैं फिर से एक नन्ही बच्ची बन गई और मैंने अपने वालिदैन की हुकूमत और माली हालात के आगे घुटने टेक दिए, क्योंकि मेरे लिए आर्थिक मदद का इकलौता स्रोत वे ही थे। मेरा दिमाग इतना उलझ रहा था कि मैं अपने बूते पर कोई इरादे ही नहीं बना सकती थी। मैंने जो कुछ भी थोड़ी-बहुत शख्सियत अपनी बनाई थी, उसे मैं अब गँवा चुकी थी। माँ ने मुझे वापस लाहौर मेरी नानी की निगरानी में रहने के लिए भेज दिया। मुझे अकेले कहीं जाने की इजाजत नहीं थी, और मुझे फोन सुनने या करने भी नहीं दिया जाता था। मैं अपनी दोस्तों से नहीं मिल सकती थी। दिमागी तौर पर मैं अपने आपको एक अंधी सुरंग में पाती थी। मुस्तफा का तो नाम लेना भी गुनाह था, और, वैसे भी वह अभी भी शादीशुदा था और राजनीति में बुरी तरह से उलझा हुआ था। मैं अपनी नजरों में भी अछूत हो गई थी। मेरे फैसले के पीछे जो इरादा था, लोग उससे अलग राय रख रहे थे। जिन लोगों को इस बात का कोई इल्म ही नहीं था कि मैंने ऐसा क्यों किया, वे बस यह समझ रहे थे कि मैंने 'तान्या को छोड़ दिया' था। इस सूरते-हाल और मेरी बदनामी और तलाक ने मेरे आत्म-विश्वास को रसातल में पहुँचा दिया। जैसा कि स्वाभाविक ही था, मैं गुजरे दिनों की तरह फिर से माँ के हुक्मों पर चलने लगी। जब मैं दिमागी तौर पर इतनी उलझी नहीं होती थी तो मैं खुदा से दुआ करती थी कि वह मेरी जिंदगी में दखल दे।

फिर मुझे नॉर्थवेस्ट फ्रंटियर में मेरे ददिहाल भेज दिया गया जो सचमुच अमेरिका के जंगली पश्चिमी प्रदेश जैसा है। वहाँ मुझे मेरे ताऊ के हवाले कर दिया गया। यहाँ मैं अपने सीधे-सादे पठान रिश्तेदारों के बीच रहती थी, जहाँ प्यार या तलाक की बात करने पर कतई पाबंदी थी। यहाँ तक कि औरतें भी मुझे मजे नहीं करने

देती थीं। मैं सारा दिन अपने कमरे में पड़ी-पड़ी सोती रहती या संगीत सुनती रहती थी।

एक दिन अनीस को मेरे पास आने दिया गया। पहले तो उन्हें अपने पास पाकर मैं बहुत गुनहगार महसूस करने लगी, लेकिन उन्होंने हमारे सामान के कब्जे को लेकर टंटा करना शुरू किया तो मैं उन्हें एक अलग ही रूप में देखने लगी। उन्होंने मुझसे एक कागज पर दस्तखत करने के लिए कहा जिसके मुताबिक मैंने अपना सारा सामान एक तय रकम के एवज में उन्हें बेच दिया था–और यह भी सच था कि वह यह रकम मुझे कभी देने वाले नहीं थे। मैंने उस कागज पर दस्तखत कर दिए और मेरे अपराध बोध का एक अंश तो वहीं खत्म हो गया। मैंने सोचा कि कुछ आदमियों का गम कितने थोड़े में भुला दिया जाता है। जाने से पहले अनीस ने वादा किया कि वह तान्या को मेरे पास भेज देंगे।

एक मुनासिब अरसे के बाद मुझे इस कैद से छुटकारा मिल गया। लेकिन यह भी तब हुआ जब मेरे वालिदैन को यह यकीन हो गया कि मैं अब कभी सुधर नहीं पाऊँगी और अगर वे मुझे लंदन में अपने घर ले गए तो मैं वहाँ से भी मुस्तफा के साथ अपने ताल्लुकात बनाए रखूँगी और इस तरह से उनके घर को गंदा कर दूँगी और अपनी छोटी बहनों के लिए एक गलत मिसाल कायम करूँगी, जिससे उनकी शादी होनी मुश्किल हो जाएगी। उन्होंने मेरी जिंदगी से हट जाने का फैसला कर लिया। माँ बोली, "वह बदनाम औरत है। अगर वह मुस्तफा खर के स्तर तक उतर चुकी है तो वह दोबारा हमारे स्तर तक उठ नहीं पाएगी।" उन्होंने मुझसे संपर्क ही तोड़ लिया।

मैं कराची चली गई ताकि तान्या मेरे पास लौट सके, स्कूल जाने लगे और अपने बाप के करीब भी रहे। मैंने एक छोटा-सा मकान किराए पर ले लिया जिसमें बस तान्या, उसकी आया और मेरे लायक ही जगह थी। मैंने अपने दोस्त फारुक हसन की कंस्ट्रक्शन कंपनी के दफ्तर में नौकरी भी कर ली। हसन और उसकी बीवी मेरे साथ बहुत शालीनता से पेश आते थे और मेरी मदद भी करते थे।

दरअसल, यह नौकरी क्या थी एक एहसान ही था। यह जगह तो मेरे गर्दिश के दिनों में मेरी मदद करने के लिए उन्होंने ही बनाई थी। मैंने दफ्तर को फिर से सजाया, और सुबह का अपना समय मैं यहाँ कॉफी पीकर और तले अंडों और पकी सेम और टोस्ट का नाश्ता करके बिताने लगी। मैं घंटों टेलीफोन पर अपने दोस्तों से बतियाती रहती और दफ्तर के ड्राइवर को लेकर जहाँ मर्जी होती निकल जाती। कभी-कभार फारुक हसन दफ्तर में आते और टेलीफोन पर होती मेरी बातचीत में टोक कर मुझे दफ्तर के काम का कोई फोन करने की याद दिलाते। जब वह काम निपट जाता तो मैं फिर से अपने ढर्रे पर आ जाती।

ड्राइवर तान्या को स्कूल से लंच के लिए मेरे पास ले आता। बाद में, दफ्तर

बंद होने तक थोड़ी देर मैं बाजार-हाट करती या फिर कोई पत्रिका पढ़ती रहती। इस कड़ी मेहनत के एवज में मुझे महीने के डेढ़ हजार रुपए (करीब 34 पौंड) मिलते थे।

बहुत जल्दी ही मैं अपनी नई दोयम दर्जे की हैसियत की हकीकत को समझने लगी। पाकिस्तानी समाज में तलाकशुदा औरत तो खास निशाना होती है। बैरी गपबाजों का। लोग चटखारे ले-लेकर मेरे बारे में बातें करते और मुझ पर बुरी नजर रखते। इन हालात के चलते मैंने खुद को सीमित कर लिया। अपना ज्यादातर वक्त मैं घर पर या फिर दफ्तर में ही बिताने लगी।

मुस्तफा तो कभी मिल ही नहीं पाता था। एक राजनीतिक तूफान उमड़ा हुआ था, और वह इसके केंद्र में था। वह भुट्टो से भी ज्यादा खफा होता जा रहा था। उसका मानना था कि उसके उस्ताद अवाम की तरफ अपनी प्रतिबद्धता से भटक गए थे। उन्होंने अपने आपको अपनी ताकत के स्रोत यानी अवाम से काट लिया था और अब वह चमचों और गद्दारों से घिरे हुए थे। जब मुस्तफा ने एक बार फिर पंजाब के गवर्नर पद से इस्तीफा दिया तो उसके बारे में मेरी यह राय बनी कि वह सचमुच इज्जतदार आदमी है। उसने अपने उसूलों की खातिर इस ऊँचे पद की वजह से मिली सारी सहूलियतों को ठोकर मार दी थी।

सन् 1975 में मुस्तफा ने प्रांतीय पार्लियामेंट के उपचुनाव में खड़ा होना चाहा था (पाकिस्तान अब पाँच प्रांतों में बँट गया था; प्रांतीय विधान 1973 के संविधान के अनुसार प्रभावी हो गए थे)। लेकिन भुट्टो को अंदेशा था कि मुस्तफा पंजाब असेंबली में परेशानी खड़ी करेगा, इसलिए उन्होंने मुस्तफा की उम्मीदवारी की हिमायत नहीं की। बल्कि उसे रास्ते से हटाने के लिए भुट्टो ने उसे अमेरिका में पाकिस्तान का राजदूत बना कर भेजने की पेशकश की। इस तरह, इन दो पुराने दोस्तों के मतभेद खुलकर सामने आ गए। मुस्तफा ने पीपुल्स पार्टी से इस्तीफा दे दिया और यह ऐलान कर दिया कि कम-से-कम चालीस सांसद उसके पीछे इस्तीफा दे देंगे और एक नई पार्टी बनाएँगे। लेकिन उसको साथ चंद सांसद ही आए। खर के वफादारों की जमात में शामिल उनमें से कई को गिरफ्तार करके खौफनाक 'दलाई कैंप' में कैद कर दिया गया।

मुस्तफा फिर भी प्रांतीय असेंबली के लिए एक निर्दलीय उम्मीदवार की हैसियत से खड़े होने की जिद पर अड़ा रहा। वह धीरे-धीरे उठने वाली भुट्टो विरोधी लहर का फायदा उठाना चाहता था। भुट्टो ने खुशहाली के जो वादे किए थे उनकी नाकामी ने जनता का मोहभंग कर दिया था। जनता के विचारों को वाणी देने का काम किया मुस्तफा ने। उसकी नुक्ताचीनी में लोगों को सच्चाई दिखाई पड़ती थी। आखिरकार वह कभी प्रधानमंत्री का सबसे नजदीकी साथी हुआ करता था।

मुस्तफा के इस अंदाज से भुट्टो घबरा गए और उन्होंने पीपुल्स पार्टी के कारकुनों

का एक दस्ता मुस्तफा के खिलाफ अभियान छेड़ने के लिए रवाना कर दिया। मुस्तफा की मुखालफत ने भुट्टो को हिला कर रख दिया था, उन्हें मुस्तफा को 'ब्रूटस' बताते भी सुना गया। चुनाव नजदीक आया तो भुट्टो के आदमी गंदी हरकतों पर उतर आए। ताजपुरा में मुस्तफा की एक रैली के दौरान भुट्टो के पिट्ठुओं ने 1,00,000 की भीड़ के बीच जहरीले साँप छोड़ दिए। वहाँ भगदड़ मच गई और उसमें कई लोग कुचले गए। गोलियाँ चलने की भी खबरें थीं।

मुस्तफा उस सभा से लौटा तो उखड़ा हुआ और परेशान था। नेशनल असेंबली का एक सदस्य साजिद एक नौजवान की लाश लेकर मुस्तफा के घर पहुँच गया। वह भुट्टो की बेरहमी के इस सबूत को अपनी बाँहों में उठाए था। साजिद मुस्तफा का एक वफादार था। उसने मुस्तफा को सुझाव दिया कि अगर मुस्तफा इस नौजवान के जनाजे की अगुआई करें तो पूरा पंजाब उसके समर्थन में सड़कों पर उतर आएगा। लेकिन मुस्तफा को अत्याचार को प्रचारित करने के इस मौके का फायदा उठाने में कोई दिलचस्पी नहीं हुई। बल्कि वह तो साजिद पर चिल्ला पड़ा, "पागल तो नहीं हो गए हो तुम? तुम इस लाश को लेकर यहाँ क्यों आए? तुम्हें पता नहीं वे लोग मुझे खून के इल्जाम में गिरफ्तार भी कर सकते हैं?" साजिद उदास होकर लौट गया।

यह भयंकर अशांति का दौर था। मजदूर यूनियनें तमाम शहरों में महँगाई, कम मजदूरी और सामाजिक सुरक्षा न होने के खिलाफ आंदोलन कर रही थीं। अगले दिन मजदूर यूनियन का एक लोकप्रिय नेता पुलिस के हाथों मारा गया, जिससे पंजाब में कुछ जगहों पर खून-खराबा भी हुआ। जब मुस्तफा मृतक के परिवार को सांत्वना देने पहुँचा और उसने ऐलान किया कि वह सच में जनाजे की अगुवाई करेगा तो आक्रामक मजदूरों ने उस पर हमला कर दिया और पुलिस को उसे बचाना पड़ा। उसे लगा कि राजनीतिक स्तर पर यह सही नहीं रहेगा, इसलिए उसने सोचा कि अपने ऐलान से मुकर जाए। लेकिन फिर उसने महसूस किया कि अगर उसने ऐसा किया तो उसकी बहुत किरकिरी हो जाएगी। बस, उसने और उसके सलाहकारों ने एक योजना बनाई।

उस शाम, मुस्तफा और प्रांतीय असेंबली के एक सदस्य चौधरी हनीफ को छिपा कर कार से सियालकोट ले जाया गया। इस बीच शेरी ने अपनी भूमिका को बखूबी निभाते हुए ताबड़तोड़ टेलीफोन कर डाला और आखिरकार उसे भुट्टो का नंबर मिल गया। "मेरे शौहर कहाँ हैं?" वह भुट्टो पर चिल्लाई। आपने उन्हें मार डाला है, मैं जानती हूँ। कहाँ हैं वह?"

मासूम भुट्टो को कुछ पता नहीं था।

उधर मुस्तफा और उसका साथी पैदल लाहौर के लिए लौट पड़े। वे सड़क के किनारे के एक कैफे में पहुँचे तो कैफे के मालिक ने मुस्तफा को फौरन पहचान लिया और वह मदद के लिए अधिकारियों के पास दौड़ा और इस तरह मुस्तफा को

'बचा कर' वापस कार से लाहौर लाया गया।

फिर सुबह के अखबारों में यह अविश्वसनीय खबर छपी कि मुस्तफा खर को अगवा करा लिया गया था, और इसका साफ मतलब यह था कि इस घटना के पीछे भुट्टो के लोगों का हाथ था। मुस्तफा ने एक प्रेस कान्फ्रेंस बुला कर वहाँ ऐलान किया, "मैं एक शिकारी हूँ। मुझे नहीं पता मैं कहाँ था, लेकिन मैंने सितारों की मदद से अपना रास्ता ढूँढ़ा।"

मुस्तफा रूढ़िवादी मुस्लिम लीग में शामिल हो गया ताकि उसे एक पार्टी मंच का संरक्षण मिल जाए। यह उसका गिरगिट की तरह रंग बदलना ही था। मेरे ख्याल में यह उसकी भूल थी।

अब वह भुट्टो का अव्वल नंबर का दुश्मन बन गया। गुप्तचर एजेंसियाँ उस पर लगातार नजर रखने लगीं और वह गिरफ्तारी और जेल से अपने आपको बचाता रहा। वह किसी भी तरीके से मुझसे संपर्क करने का जोखिम नहीं उठा सकता था।

मुझे कराची में रहते हुए पाँच महीने हो गए थे कि मुझे शेरी के गर्भवती होने का पता चला। मैंने यह भी सुना कि मुस्तफा ने किसी गाने वाली से संबंध बना लिया है। मुझे बहुत गुस्सा आया और इसमें मुझे अपनी बेइज्जती भी महसूस हुई; मैंने जैसे-तैसे मुस्तफा को फोन पर पकड़ ही लिया। उसने इन दोनों की मामलों मे अपने आपको बेकसूर बताया, लेकिन मुझे उस पर विश्वास नहीं हुआ। यह पीड़ा इतनी ज्यादा थी कि उसे अनदेखा नहीं किया जा सकता था। मैंने उससे कह दिया कि मैंने आखिरकार उससे तमाम रिश्ते तोड़ लेने का फैसला कर लिया है। सब-कुछ खत्म हो चुका था।

अकेलेपन, वेदना और असुरक्षा के बीच पाँच महीने और बीत गए। आखिरकार मुझे माफी की तलब हुई, और मैं शेरी की उमरा के लिए मक्का चली गई।

वहाँ खुदा के घर के आगे खड़े होकर मैंने रो-रोकर दुआ की—ऐ खुदा, मैं नहीं चाहती कि लोग मुझे एक 'तेज औरत' के तौर पर जानें। में भटक गई हूँ। मैं आपकी माफी की तलबगार हूँ। मुझे मेरी खोई हुई इज्जत वापस पाने की कुव्वत अता फरमाइए। उस आदमी के साथ मेरा रिश्ता 'घटिया' था। मेहरबानी से मुझे सही रास्ता दिखाइए। इन बकवास करने वालों की जबानों को रोकिए। मेरी तरफ उठने वाली इन उँगलियों को रोकिए।

तब मुझे इल्हाम हुआ—अपनी खोई इज्जत को वापस पाने का मेरे लिए बस एक ही तरीका था कि मैं उस आदमी से शादी कर लूँ। यह एकमात्र सम्मानजनक तरीका था। मुस्तफा खर ने मुझे हमेशा के लिए दागी कर दिया था। मैं उसकी 'रखैल' बन कर रह गई थी, यानी वह औरत जिसे मुस्तफा जैसे मर्द अपनी सम्माननीय बीवी

के अलावा रखते हैं। अगर मैं शादी के लिए कोई और मर्द ढूँढ़ भी लेती तो जब भी उसे मेरी रूह पर लगे उस कालंक की याद आती वह मुझे ताने देता। मेरे पास और कोई चारा ही नहीं था। अगर और जब तक मैं मुस्तफा की बीवी नहीं बन जाती समाज मुझे कभी स्वीकार नहीं करने वाला था। यहाँ तक कि जब तक मैं अपनी इस समाजी हैसियत को सुधारती नहीं, मेरे वालिदैन भी मुझे कबूल करने वाले नहीं थे। मुस्तफा ऐसा आदमी था जिसकी इज्जत मेरी माँ भी करती। वह ऐसा बंदा नहीं था जिसे माँ नचा लेती; उसकी शख्सियत ही ऐसी थी। उसके साथ मेरी शादी ही अब मेरा एकमात्र बचाव था। मैंने खुदा से दुआ की कि वह इस चमत्कार को होने दे।

शेरी के गर्भवती होने ने मुझे परेशान किया हुआ था, फिर भी मैं समझती थी कि यह मुस्तफा को बाँधे रखने की शेरी की अपनी कोशिश का ही नतीजा था। मैं हालाँकि शेरी की स्थिति को समझती थी, फिर भी मैं अपनी अस्त-व्यस्त जिंदगी से भी अभिभूत थी। मुझे अपनी इज्जत बचाने का कोई और तरीका सूझ ही नहीं रहा था। मुझे यह यकीन भी था कि शेरी चाहे कितनी बार गर्भवती हो जाए, मुस्तफा उसके साथ रहने वाला नहीं था।

मैंने मक्का से लौट कर कराची में कदम रखा ही था कि मुस्तफा का फोन आया। उसने कहा कि वह जहाज पकड़कर मुझसे मिलने आ रहा है।

मेरे घर तक वह एक कार की डिक्की में छिपकर आया कि कहीं गुप्तचर विभाग वालों की नजर उस पर न पड़े। मुझे इस ख्याल ने अविश्वसनीयता की हद तक गद्‌गद कर दिया कि शक्तिशाली मुस्तफा खर मेरी खातिर अपने आपको ऐसी गुड़ी-मुड़ी हालत में भी रख सकता है। उसने मुझसे फौरन शादी कर लेने को कहा। वह बोला कि वह इस मामले में 'न' नहीं सुनने वाला। "मैं वापस लाहौर जा रहा हूँ।" उसने कहा, "तुम वहीं पहुँचना। मैं तुम्हारा इंतजार करूँगा। हम एकदम शादी कर लेंगे।"

मैंने तान्या को अनीस के पास इस वादे के साथ छोड़ा कि मैं तीन दिन में आकर उसे ले जाऊँगी, और मैं जहाज पकड़कर लाहौर चली गई। फिर मुस्तफा और मैं उसके पुश्तैनी गाँव कोट अद्दू जा पहुँचे। 25 जुलाई 1976 को सबसे छिप कर हम एक भरोसेमंद मुल्ला के हाथों निकाह के पाक बंधन में बँध गए।

मुस्तफा ने मेरा हाथ अपने हाथ में लेते हुए बहुत ही संजीदगी से कहा, "तहमीना, तुम मुझसे हरगिज डरना नहीं। तुम मुझसे हरेक मामले में बात करना, जब भी तुम्हारा जी करे। मैं तुम्हें हमेशा प्यार करूँगा और तुम्हारे साथ दरियादिली से पेश आऊँगा।"

5

मैं अपना सामान बाँधने वापस कराची आ गई, और तब मुझे एहसास हुआ कि मैं कितनी दिग्भ्रमित थी। मुझे इस बात की तो राहत थी कि मैं अब मुस्तफा की रखैल नहीं थी। लेकिन अब होगा क्या? पाकिस्तानी कानूनों के मुताबिक हमारी शादी जायज़ थी और कुरान के मुताबिक नैतिक भी, लेकिन यह युक्तिसंगत नहीं थी। क्या राजनीतिक माहौल सुधरने तक इसे छुपा कर रखना होगा? क्या मुस्तफा और शेरी का तलाक होने तक मुझे मुस्तफा से अलग रहना होगा? इन सवालों के जवाब मेरे पास नहीं थे, और जो कुछ हुआ था उस सबको आत्मसात करने में मेरा उलझा मन असमर्थ लग रहा था। लेकिन यह मैं जरूर जानती थी कि भुट्टो के पिट्ठुओं को मुस्तफा की इस नई रासलीला के बारे में सुनकर अच्छा लगेगा। सड़क छाप अखबार तो इस खबर पर खुशी से लपकेंगे, जबकि इस समय कोई नया लफड़ा मुस्तफा के हक में बिलकुल नहीं था।

मैं बुरी तरह से घबरा गई थी कि मेरा क्या होगा, और इसी घबराहट में मैंने यह कटु फैसला किया कि जब तक सारी स्थिति साफ नहीं हो जाती मैं तान्या को अनीस के पास छोड़ दूँगी। मेरी यह मजबूरी भयंकर थी, लेकिन मैं चाहती थी कि मैं उसे अपने पास उसी सूरत में रखूँगी जब मुझे यह यकीन होगा कि उसे स्वीकार किया जाएगा, प्यार किया जाएगा, और अपना समझा जाएगा। मैंने फोन पर सारी बातें तय कर लीं। मेरी नई शादी की खबर सबसे पहले अनीस को मिली और वह स्पष्ट तौर पर परेशान हो गए। लेकिन वह कुछ समय के लिए तान्या को वापस लेने को तैयार हो गए और यह भी मान गए कि जब मैं थोड़ा जम जाऊँगी तो वह तान्या को मुझे लौटा देंगे। मुझे उम्मीद थी कि यह अनिश्चितता केवल कुछ हफ्ते, ज्यादा-से-ज्यादा एक महीने ही रहेगी, लेकिन बाद में यह झूठी निकली।

इस बीच मुस्तफा का फोन आया। उसने उलाहना दिया कि वह मुझसे अलग

नहीं रह सकता। उसने कहा कि मैं जल्दी-से-जल्दी लाहौर लौट आऊँ। मैं राजी हो गई।

तान्या मेरी उदासी को महसूस कर रही थी। जब मैं उसके सारे कपड़े कई सूटकेसों में और उसके सारे खिलौने गत्ते के डिब्बों में रख रही थी तो उसकी बड़ी-बड़ी गहरी कत्थई, तीन वर्षीय आँखें आशंकित होकर सब-कुछ देख रही थीं। डिब्बों को पैक करना तो हम दोनों ही के लिए बहुत दुखद अनुभव रहा और हम दोनों ही इसे अभी तक नहीं भूल पाई हैं। जब मेरा ड्राइवर तान्या की इस दुनिया को लेकर कार की तरफ चला तो मेरी बच्ची के होंठ काँपने लगे, "तुम अपने अब्बू से मिलने जा रही हो।" मैंने अपने लहजे में चहक बनाए रखने की कोशिश करते हुए कहा, "मैं एक-दो दिन में लौट आऊँगी।"

क्या थी मैं? एक अविकसित, गैर-जिम्मेदार माँ? एक बच्ची? मुझे खुद पता नहीं था।

तान्या अपने बाप को प्यार करती थी। वह हर हफ्ते उनसे मिलने जाती थी। लेकिन उसका मासूम मन यह भाँप गया था कि इस बार का जाना कुछ अलग था। जब तक हम कार में रहे वह चुपचाप मुझसे चिपटी रही।

जब हम अनीस के घर पहुँचे तो दाई बाहर खड़ी हमारा ही इंतजार कर रही थी। उसने तान्या को लेने के लिए हाथ बढ़ाए तो उस नन्ही लड़की ने मुँह फेर लिया। उसने अपनी छोटी-छोटी उँगलियों से मेरे कपड़ों को कस कर पकड़ लिया। वह गहरी निराशा और डर के मारे जोर-जोर से रोने-चिल्लाने लगी। मैंने उसे इस तरह रोते-चिल्लाते कभी नहीं देखा था।

मेरी आँखों में आँसू छलछला आए। मैंने उससे कहा, "मैं जल्दी लौट आऊँगी, तान्या। मैं जल्दी लौट आऊँगी।"

दाई तान्या को मुझसे अलग करने लगी। तान्या मुझसे बेतहाशा चिपटने लगी, लेकिन मैंने उसे जबरन अपने से अलग कर दिया।

कुछ ही पल में सब खत्म हो गया। तान्या चली गई और कार दौड़ पड़ी। जैसे-जैसे कार आगे बढ़ी उसके रोने की आवाज धीमी होती गई।

पीछे मुड़ कर देखने की मेरी हिम्मत नहीं हुई।

जब मैं अपने दूसरे शौहर से मिलने विमान से लाहौर के लिए चली तो तान्या के रोने की चीखों की याद हृदय-विदारक थी। और हृदय-विदारक थी मेरी अपनी रुलाई। मुझे खुद एक माँ की जरूरत थी। जहाज में बैठे हुए मुझे इसका कोई गुमान नहीं था कि मैं उससे कितनी दूर उड़ी जा रही थी। मैंने कभी सोचा भी नहीं कि उसे मेरे बिना ही पलना-बढ़ना होगा। मैं दूर नीचे सरकती जमीन को ताक रही थी और यह सोच कर हैरान हो रही थी कि हमारा क्या होगा। तभी अचानक एक बादल ने आकर जमीन को मेरी आँखों से ओझल कर दिया।

मुस्तफा का नौजवान सहायक साजिद मुझे हवाई अड्डे पर मिला। उसने बताया कि उस रात मुझे उसी के घर में छुप कर रहना होगा। अगले दिन मुस्तफा अपनी गाड़ी से मुझे प्राचीन शहर मुल्तान ले गया जहाँ मुझे कई महीने अकेले ही रहना था। मुस्तफा के कोट अद्दू गाँव से कार से लगभग दो घंटे की दूरी पर बसा मुल्तान विस्तृत सामंती रियासतों, फल के बागों और उपजाऊ कछारी मिट्टी से घिरा है।

कुरैशी और गिलानी कबीलों का इस प्राचीन व्यापारिक केंद्र में बोलबाला है। अपने शुरुआती दौर में ये दोनों कबीले शक्तिशाली मुगल सम्राटों के क्षत्रप थे। बाद में, इनमें से अधिकांश लोग अँग्रेजी हाकिमों के वफादार हो गए, जिन्होंने इनाम के तौर पर उन्हें बड़ी-बड़ी जमीनें दे डालीं। यह शहर एक सबसे शानदार सूफी मजार के गिर्द बना हुआ है जहाँ विश्वासी लोग हर साल इकट्ठे होते हैं और लाखों रुपए का चढ़ावा चढ़ाते हैं। कुरैशी और गिलानी कबीले इसी अंधी कमाई के लिए पीढ़ियों तक लड़ते रहे और उनकी यही पुरानी कलह आज भी स्थानीय राजनीति को प्रभावित किए हुए है।

इसी माहौल में मैंने अपने हालात को सँवारने की कोशिश की। मैं अपने आपको इसलिए काम में उलझाए रखती थी कि तान्या के लिए मेरी तड़प मुझ पर हावी न हो जाए। मुस्तफा अक्सर ही मेरे पास आता रहता था, लेकिन उसके मनमौजीपन ने मुझे अस्थिर करके रख दिया था। कभी-कभी वह मुझसे यह कह कर लाहौर के लिए रवाना होता कि एक हफ्ते के लिए जा रहा हूँ, लेकिन उसी रात लौट भी आता। वह दुविधात्मक स्थिति से लड़ रहा था—वह हमारी शादी की बात को उजागर करने का खतरा नहीं उठा सकता था; वह मुझसे अलगाव भी बरदाश्त नहीं कर पा रहा था। वह कहता था कि लाहौर और मुल्तान के बीच छः घंटे का सफर मेरे साथ बिताए चंद लमहों के हिसाब से बेकार नहीं था।

लेकिन वह जल्दी ही इस सफर से आजिज आ गया, और जल्दी ही मुझे वापस लाहौर ले गया। वहाँ उसने मुझे पहले से तैयार उसी कमरे में रखा जहाँ हमारी कई नाजायज मुलाकातें हुई थीं। इस कमरे के साथ मेरी कई यादें जुड़ी थीं—खट्टी भी और मीठी भी—और यहाँ रहकर मुझे काफी अड़चन हुई। मैं अपने इस रिश्ते के जायज ठहरने और तान्या से पुनर्मिलन के मौके के लिए तड़प रही थी। मुस्तफा दिन में मुझसे उस कमरे में मिलता और रात में उसी परिसर में बने अपने खास मकान में अपनी दूसरी बीवी के साथ रहता था जिसे अभी भी हमारी शादी के बारे में कोई शक नहीं हुआ था।

एक शाम मुस्तफा के जाने के बाद मैं सो गई। मैं तब चौंक उठी जब उसने आकर मुझे जगाया, और तब तो मैं और भी चौंकी जब मैंने शेरी को उसके साथ देखा। उसने अपनी गर्भवती बीवी को यह खबर देने की कोशिश की थी लेकिन शेरी को विश्वास ही नहीं हुआ था, और इसीलिए वह अपनी स्वीकारोक्ति को साबित

करने की गरज से उसे यहाँ लेकर आया था। लुकाछिपी का खेल खत्म हो गया और मैं बड़े मकान में आ गई। नतीजे इसके चाहे जो भी हों लेकिन हमारे घर वालों और सहयोगियों को अब पता चल जाना था कि मुस्तफा की दो बीवियाँ हैं, हालाँकि इस जानकारी को अखबार वालों से दूर रखने को मुस्तफा कृतसंकल्प था।

मेरा नया घर स्पेनी शैली की एक कोठी थी जिसमें एक ढलवाँ, लाल ईंटों की छत और कई मेहराबें थीं। इसके सभी छः शयनकक्षों को मुस्तफा के रिश्तेदारों ने घेरा हुआ था, इसलिए मैं ऊपर कोठरी में चली गई।

अफवाह लंदन में मेरे वालिदैन तक पहुँची। वे बहुत परेशान हो गए। एक बार फिर उनकी बागी बिटिया ने उनके घराने की इज्जत को बट्टा लगाया था। उन्होंने कह दिया कि मैं उनके लिए मर चुकी हूँ।

लेकिन मुस्तफा के नजदीकी लोगों ने हमारी शादी को इतनी आसानी से स्वीकार कर लिया कि मैं तो ताज्जुब में पड़ गई कि मैं आशंकित थी क्यों। और मेरी नानी ने भी हमारी शादी को कुबूल कर लिया। जब वह एक बार हमसे मिलने आईं तो मैंने उनकी आँखों में मेरे भविष्य के प्रति चिंता के भाव तो देखे लेकिन उनमें संतोष भी था। उनकी यह शांति इस कारण थी कि आखिरकार मैं एक अच्छी हैसियत पाने में कामयाब हो गई थी।

यह प्रकरण सुखद भी था, दुखद भी। मैं अपना सारा समय मुस्तफा के साथ बिताना चाहती थी, लेकिन मैं यह भी चाहती थी कि वह शेरी की उपेक्षा न करे। जब वह शेरी के सामने मुझसे प्यार जताता तो मैं झेंप जाती थी। कभी-कभी रात को मैं मुस्तफा को जबरदस्ती अपने कमरे से भगा देती थी कि वह शेरी के पास जाए। मैं शेरी को आहत नहीं करना चाहती थी लेकिन उसका दर्द साफ दिखाई देता था। मैं इस बात को कभी नहीं भूल पाई कि वह गर्भवती है और इसलिए दोहरे तौर पर अपमानित है।

हम जलसों-दावतों में तीनों इकट्ठे जाते थे। मुस्तफा इसे सहज ढंग से लेता था जबकि शेरी कोई आपत्ति नहीं दिखाती थी। फिर भी, जब हम किसी घर में एक साथ दाखिल होते तो मैं अपने आपको अलग-थलग महसूस करती और मुझे बेहद उलझन होती थी। मुझे लगता कि हम इस नए जमाने में गलत आ गए हैं।

एक बार जब मुस्तफा शिकार पर चला गया तो मुझे एक दिलचस्प बात देखने को मिली। उसकी गैर-हाजिरी मुझे तो उदास कर रही थी लेकिन शेरी उसके जाने से खुश थी। जब उसके लौटने का समय पास आया तो मैं तो आस में खुश हो गई लेकिन शेरी साफ तौर पर परेशान दिखाई दी।

शेरी मुझसे पहले से ज्यादा खुल गई और मुझे ऐसी-ऐसी कहानियाँ सुनाने लगी जिनमें मुस्तफा को एक ऐसे बेढब परपीड़क के तौर पर पेश किया जाता जिसे उन लोगों की बेइज्जती करने में मजा आता था, जिन्हें वह प्यार करने का दावा

करता था। तभी जाकर मुझे पता चला कि जब मुस्तफा ने नौबहार को तलाक दिया था और सफिया और उसकी दाई के साथ खौफनाक बर्ताव किया था तब क्या हुआ था।

जब मुस्तफा को लगा कि किसी रक्कासा से शादी करना सियासी तौर पर वाजिब नहीं था तो उसने नौबहार को बुला भेजा था। वह चुपचाप उसके सामने बैठी उसकी मर्जी पूरी करने का इंतजार करने लगी। अपने डेस्क पर पाँव रखे, मुस्तफा इत्मीनान से सिगार पी रहा था और अपने पाँवों से बनने वाले अँग्रेजी के 'वी' अक्षर के बीच से उसे घूर रहा था। उसने बिना किसी लाग-लपेट के नौबहार से कह दिया कि अब जो हालात थे उनमें वह उसके लिए बोझ बन गई थी और इस शादी को खत्म करना जरूरी हो गया था। ''इस समय मेरी जो स्थिति है उसमें मैं इस शादी को आगे नहीं खींच सकता,'' उसने कहा था। नौबहार ने पंजाब के नए गवर्नर के आगे रो-रोकर अपना दर्द उँड़ेला, लेकिन उस पर इसका कोई असर नहीं हुआ। नौबहार ने मुस्तफा से इस फैसले पर फिर से गौर करने की गुजारिश की लेकिन उसने मना कर दिया। अंत में, नौबहार उठ खड़ी हुई और उसने अपने शौहर की आँखों में आँखें डालकर उसे यह शाप दिया, ''मुस्तफा खर, अल्ला करे तुम्हें भी उतना ही परेशान होना पड़े जितना तुमने मुझे परेशान किया है। तुम्हें भी पता चले कि दुत्कारे जाने का दर्द क्या होता है? मैं अल्ला से दुआ करती हूँ कि इस मुल्क की गली-गली में तुम्हारे बच्चे घूमें। तुम जो पत्थर उठाओ उसमें तुम्हारा ही कोई बच्चा निकले। तुम्हें कभी चैन नसीब न हो।'' उसके आखिरी शब्द मुस्तफा की स्मृति में जलते रहे, ''एक औरत तुम्हें उसी तरह बर्बाद करेगी जैसे तुमने मुझे बर्बाद किया है।'' नौबहार तो चली गई लेकिन उसका शाप बना रहा।

जब मुस्तफा को सफिया की बेवफाई के बारे में पता चला तो उसने उसे बड़ी बेरहमी से पीटा था और उसकी कई पसलियाँ तोड़ दी थीं। लेकिन इससे भी खराब बात तो उसने यह की कि एक नौकरानी को बुलाकर उससे गरीब दाई आयशा के गुप्तांग में लाल मिर्चें झोंकने को कहा। दाई का कसूर यह था कि उसने मुस्तफा को इस लफड़े के बारे में बताया क्यों नहीं।

शेरी का कहना था कि मुस्तफा हीन भावना से ग्रस्त था। उसे हमारी जैसी समाजी हैसियत वाली औरतों से चिढ़ थी और ऐसी औरतों को नीचा दिखाने को उसने अपना मकसद बनाया हुआ था। वर्ग-आधारित अपनी इस ईर्ष्या को छुपाने के लिए वह सामंती बू ओढ़े रहता था। शेरी का दावा था कि मुस्तफा का राजनीतिक आदर्शवाद तो हमारे तबके तक पहुँच बनाने की उसकी कोशिश भर थी और गरीबों और दबे-कुचलों के प्रति उसकी चिंता मात्र दिखावा थी। शेरी के मुताबिक सच तो यह था कि यह कुलीन तबके के प्रति उसकी घृणा की अभिव्यक्ति ही थी। वह उस ढाँचे को नेस्तनाबूद कर देना चाहता था जिसने उसकी कबीलाई पृष्ठभूमि का मजाक

बनाया था और उसमें तहजीब और नफासत की कमी की हँसी उड़ाई थी। औरतें उसकी प्रत्यक्ष शिकार थीं। वह हमें बर्बाद करने पर आमादा था।

मेरे एक हिस्से ने तो इन बयानों को एक दुत्कारी हुई औरत का प्रलाप मान कर खारिज कर दिया जबकि दूसरे हिस्से ने उन्हें मेरी समृति में सहेज कर रख लिया।

मैं सबूत को बनता देखती रही।

शेरी के साथ बर्ताव में मुस्तफा बेहद बेसब्री दिखाता था। वह उसके साथ हिकारत से पेश आता और उसे ऐसी गंदी-गंदी गालियाँ देता कि मुझसे तो सुना भी नहीं जाता था। एक सुबह उसने शेरी से फार्माटोन मल्टी विटामिन की गोलियों के बारे में पूछा जिन्हें उसने खास तौर पर लंदन से मँगवाया था। जब शेरी ने उसे आधी खाली बोतल लाकर दी तो वह आग बबूला हो गया। ''बाकी कहाँ हैं?'' उसने सवाल किया।

''मैंने खा लीं,'' शेरी ने कुबूल किया, ''मुझे इनकी जरूरत थी--मेरे गर्भ की वजह से।''

मुस्तफा ने उसके कूल्हों पर लात जमाई। फिर उसने रबर के मोटे तले वाले अपने जूते उतारे और उनसे शेरी को मारा। फिर उसने बड़ी बेकद्री से उसे धक्का देकर कमरे से बाहर कर दिया। मुझे तो ऐसा झटका लगा कि मैं वहीं जड़ हो गई, लेकिन अपना क्षोभ प्रकट करने की मेरी हिम्मत नहीं हुई।

मुस्तफा के गुस्से से दो-चार होने का मेरा पहला तजुर्बा उसके बाद जल्दी ही हुआ। मुझे दाँतों के डॉक्टर के पास जाना था। शेरी मुझे वहाँ ले जा रही थी। मैं जानती थी कि मुस्तफा अभी भी हमारी शादी की खबर को अखबारों से दूर रखने की कोशिश कर रहा था, इसलिए मैंने उससे पूछ लिया कि मैं वहाँ क्या नाम लिखवाऊँ। ''बेगम मुस्तफा खर,'' उसने जवाब दिया। जब हम डॉक्टर के पास पहुँचे तो मैंने फैसला किया कि मैं शेरी को शर्मिंदगी नहीं होने दूँगी। इसलिए मैंने अपने आपको मुस्तफा की बीवी नहीं बताया। मैंने अपना नाम बस तहमीना दर्ज करवाया। शेरी ने मुस्तफा को बता दिया कि मैंने उसकी हिदायत नहीं मानी। मुस्तफा ने मेरी इस हरकत को गद्दारी माना और गुस्से में उबलते हुए मुझसे कहा : ''मेरा हुक्म नहीं मानने की जुर्रत कभी-कभी नहीं करना ! मैं जो तुमसे कहूँ वही तुम्हें करना है।''

ऐसी ही एक और बात हुई। मैं अपने सोने के कमरे में थी कि मुस्तफा का संदेश आया कि वह मुझसे बरामदे में मिलना चाहता है। मैं उस समय कपड़े बदल रही थी इसलिए मुझे निकलने में थोड़ा समय लग गया। जब मैं आराम से चहलकदमी करती बरामदे में पहुँची तो मुस्तफा गुस्से से लाल-पीला हो रहा था। उसकी आँखों में खून उतर आया था और वे बाहर को निकली पड़ रही थीं। ''मुझे इंतजार करवाने की तुम्हारी हिम्मत कैसे हुई!'' वह गुस्से में चिल्लाया, ''मैंने तुमसे फौरन आने को कहा था। जब मैं तुम्हें कोई संदेश भेजता हूँ तो उसका यह मतलब होता कि तुम्हें

सारे काम छोड़ कर मेरा कहना मानना है।'' मैंने अपनी सफाई देने की कोशिश की लेकिन मेरी बात को उसने गुस्से से झटक दिया।

मुस्तफा और मैं हमारे सोने के कमरे में बैठे हुए थे कि शेरी ने आकर बताया कि उसने अब्दुर्रहमान को गुसलखाने में सिगरेट पीते हुए पकड़ा है। उन्नीस साल का अब्दुर्रहमान मुस्तफा की पहली बीवी से उसका बेटा था। मुस्तफा ने फौरन अब्दुर रहमान और नौकरों को तलब किया। उसने अपने बेटे से सख्ती से पूछा कि क्या वह सिगरेट पी रहा था। लड़के ने झूठ बोल दिया। फिर मुस्तफा उठा और उसने नौकरों को हुक्म दिया कि वे लड़के को फर्श पर चारों खाने चित्त लिटा दें और उसे दबोचे रहें। और तब उसने अपने असहाय बेटे को छड़ी से मारना शुरू किया। जब लड़के को छड़ी पड़ती वह रहम के लिए चिल्लाता। लड़के के जिस्म पर छड़ी की भयंकर फटकार और खून देखकर मैं तो सहम गई। मुस्तफा इतनी जोर से छड़ी चला रहा था कि वह लड़के की पीठ पर पड़ कर टूट गई। लेकिन मुस्तफा का गुस्सा नहीं उतरा। उसने दूसरी छड़ी मँगवाई और लड़के को इतना मारा कि आखिर में वह भी टूट गई। उसने जब तीसरी छड़ी से लड़के को पीटना शुरू किया तो मुझसे रहा न गया। मैंने बीच-बचाव करने की कोशिश की, लेकिन मुस्तफा ने मुझे धक्का देकर हटा दिया।

अपने ही बेटे के प्रति मुस्तफा की इस अनुचित और क्रूरता भरी हिंसा ने मुझे भयभीत और हतप्रभ करके रख दिया।

उस शाम ताज-उल-मुल्क के यहाँ हमारा बुलावा था। वह एक पुराना और भरोसेमंद दोस्त था, और उसका घर हमारे लिए एक खास जज्बाती अहमियत रखता था। यहीं मुस्तफा ने पहली बार मुझसे शादी की पेशकश की थी। मुस्तफा ने मुझसे कहा कि मैं थोड़ी नगदी लेती चलूँ। उस शाम जब हमारी टोली ने खाना खाने के लिए कहीं बाहर जाने का इरादा किया तो मुस्तफा ने मुझसे पैसों के लिए कहा। मैंने उसे बताया कि बैग लेकर चलने की मेरी आदत नहीं है, इसलिए मैं भूल गई। वह सबके सामने ही तुनक कर बोला, ''कार में बैठो। वापस घर जाओ। पैसे पकड़ो और वापस आओ।'' मैंने वही किया, लेकिन मुझे बड़ी बेइज्जती महसूस हुई।

एक दिन शेरी ने यों ही मुझसे पूछा कि क्या मैं जाते समय उसे अपने 'विदेशी कपड़े' देती जाऊँगी, क्योंकि वह तो पाकिस्तान में ऐसे कपड़े खरीद नहीं सकती थी। मैं कुछ नहीं समझ पाई। मैंने उससे पूछा कि वह कहना क्या चाहती है। हमारा पाकिस्तान से बाहर जाने का कोई इरादा नहीं था। शेरी भी उलझन में थी। उसने मुझे बताया कि क्यों उसने कम-से-कम बराबरी के धरातल पर घर में मेरा रहना स्वीकार कर लिया था। मुस्तफा ने उससे यह कहा था कि वह मुझसे केवल इसलिए शादी कर रहा था ताकि वह मुझे मेरे बारे में होने वाली गंदी चर्चाओं से बचा सके। उसने शेरी से यह भी कहा था कि मैं घर में बस कुछ महीने ही रहूँगी—जब तक

यह गुबार बैठ नहीं जाता। उसके बाद वह मुझे विदेश भेज देगा और खामोशी से तलाक ले लेगा। शेरी ने उसकी बातों का इसलिए विश्वास कर लिया था क्योंकि वह ऐसा करना चाहती थी।

मुस्तफा मुझे शिकार पर ले गया था। वहीं हमें यह खबर मिली कि शेरी के बेटा हुआ है। मुस्तफा बहुत खुश हो गया। वह हमारे लाहौर लौटते ही तुरंत माँ-बेटे को देखने गया। फिर वह बेटे को लेकर घर आया कि माँ उसे देख ले। माँ ने बच्चे को शहद चटाया। यह एक पुराना रिवाज है जिसमें यह विश्वास किया जाता है कि बच्चे के अंदर शहद चटाने वाले की खूबियाँ पनपेंगी। माँ ने उस बच्चे के नन्हे-से कान के पास अपने होंठ लाते हुए तीन बार अजान पढ़ी—अल्ला हो अकबर (ईश्वर महान है) फिर माँ ने यह कलमा पढ़ा—ला इलाहा इल अल्ला मुहम्मद उर रसूल अल्ला (अल्ला के सिवाय दूसरा ईश्वर नहीं है और मुहम्मद उसके पैगंबर हैं)। इस तरह से बालक की इस्लाम में प्रतिष्ठा हुई।

मुस्तफा बच्चे को वापस अस्पताल ले गया, लेकिन उसी रात उसे निमोनिया हो गया और वह मर गया। ये अफवाहें गरम हो गईं कि मुस्तफा बच्चे के पैदा होने पर खुश नहीं था और उसी ने बच्चे को मार डाला। यह सच नहीं था; मैंने देखा था कि बच्चे की मौत को लेकर वह कितना स्तब्ध और दुखी था। और फिर मुस्तफा के लिए इस बात की भी कोई अहमियत नहीं थी कि उसके बच्चे स्थिर वैवाहिक संबंधों के चलते पैदा नहीं हुए थे। देश के अलग-अलग हिस्सों में मुस्तफा के बच्चे थे और उसमें उनको लेकर जिम्मेदारी का कोई एहसास नहीं था। उसके विचार में हर बच्चा अपनी ही तकदीर का शिकार होता है। मुस्तफा के पास उसे मारने की कोई वजह नहीं थी। लेकिन एक बार फिर यहाँ भी उससे पहले उसकी छवि सामने आई; लोग उसके बारे में बुरी-से-बुरी बात पर विश्वास करने को तैयार थे। यह बात शेरी तथा उसके घरवालों के बारे में अकारण ही सही नहीं थी, और उनमें मनमुटाव के चलते आखिरकार अलगाव हो गया। मुस्तफा ने शेरी को तलाक के कागज भिजवा दिए। 'तलाक, तलाक, तलाक', मुस्तफा ने कहा, और खेल खत्म हो गया।

हमने घर छोड़ दिया कि शेरी और उसकी माँ को जो भी चाहिए हो वे ले जाएँ। जेवरात की कीमत बहुत ज्यादा थी और उनमें करीब अस्सी सेट थे जो उसे उस समय मिले थे जब उसने मुस्तफा से शादी की थी। ईरान के शाह ने उसे फिरोजे का एक बेहद खूबसूरत सेट दिया था, घड़ियाँ और जेवर सऊदी अरब के शाह ने दिए थे; भुट्टो ने सोने और कीमती नगीनों का एक नायाब तोहफा दिया था। शेरी ने ये सारी चीजें बाँधीं और चली गई।

मुझे अफसोस हो रहा था कि शेरी को मेरी वजह से अपना घर छोड़ना पड़ा

था। लेकिन मुझे राहत भी महसूस हो रही थी, क्योंकि दो बीवियों का एक जगह इकट्ठी रहना मुझे मध्ययुगीन और गायनुमा लगता है। मैं घर को नए सिरे से सजाने में लग गई जो अब मेरा था। मैंने मोटे मखमली परदे हटा दिए और घर को अमेरिकी अंदाज में सजाना शुरू कर दिया। ऊँची छतों को मुस्तफा के अपने इलाके मुल्तान के पारंपरिक रंगों में सब्जियों से बने रंगों से जटिल आकृतियों में सजाया गया। चटक नारंगी, हरा, नीला और सफेद रंग धूमिल पीले परदों वगैरह से पूरा-पूरा मेल खा रहे थे। मैंने नौकरों को भी सिखाना शुरू किया—नीबू के टुकड़े को कोका कोला के गिलास पर कैसे सजाया जाता है; चाय इस तरह दी जाती है कि तिकोने आकर में तह किया हुआ कागजी रूमाल प्याले और तश्तरी के बीच में रहता है। घर व्यवस्थित हो गया; मेरी माँ की सीख इसमें साफ दिखाई देती थी।

मुस्तफा का सोचना था कि मैं यह चाहती थी कि हमारे नौकर सरकारी अफसरशाही में से हों। "ये गरीब, अनपढ़ लड़के तुम्हारे लायक नहीं हैं।" मैंने गंदे सिर झुकाकर खड़े इन लड़कों को सफाई पर भाषण दिया तो वह हँसने लगा था।

मुझे लगा कि अब वक्त आ गया है कि मैं तान्या को अपनी नई जिंदगी में शामिल करूँ। मुस्तफा ने अनचाहे ही मुझे इस बात की इजाजत दी कि मैं कराची में अनीस को फोन करके उनसे हमारी बेटी को मेरे पास भेजने के लिए कहूँ, जैसा कि उन्होंने वादा किया था। मैंने अनीस का नंबर डायल किया तो मुस्तफा मेरे सिर पर सवार हो गया। दूसरे मर्द के साथ मेरे पहले के ताल्लुकात की इस तरह याद दिलाए जाने पर वह साफ तौर पर उत्तेजित था। हमारी बातचीत तल्ख और तबाह करने वाली थी। अनीस ने ये अफवाहें सुन रखी थीं कि मुस्तफा ने अपने नवजात बच्चे को मार डाला था, बस उन्होंने कह दिया कि उनकी बिटिया ऐसे दुष्ट आदमी के साथ नहीं रहेगी। अनीस ने यह भी कहा कि आज के बाद मेरा तान्या से कोई संपर्क नहीं होगा। यह कहकर उन्होंने फोन रख दिया।

मैं तसल्ली के लिए मुस्तफा की तरफ मुड़ी। "वह तान्या को मुझे नहीं दे रहे!" मैंने विलाप किया।

लेकिन मुस्तफा के हाव-भाव ने मुझे खामोश कर दिया। उसकी आँखें कह रही थीं—मैंने तुम्हें तुम्हारे पूर्व पति को फोन करने का यह जबरदस्त विशेषाधिकार दिया। अब, इसे खत्म करो। तुम्हारी जिंदगी में अहम मैं हूँ, तान्या नहीं।

उस रात मैं सो नहीं पाई। मैं जानती थी कि तान्या का स्कूल अगली सुबह फिर खुल रहा था, और मुझे उसके मातृहीन अस्तित्व के मनहूस ख्याल परेशान कर रहे थे। कौन मेरी बच्ची को कपड़े पहनाएगा? कौन उसका लंच तैयार करेगा?

सुबह मुस्तफा ने मुझे रोते देखा। "अगर तुम्हें अपनी बेटी से इतना प्यार था

तो तुमने मुझसे शादी क्यों की?" उसने पूछा, "तुम्हें अपनी करनी के अंजाम के बारे में पता होना चाहिए था। अब तान्या के लिए रो कर तुम मेरी जिंदगी बर्बाद नहीं कर सकतीं। उसके लिए रोने का तुम्हारा कोई हक नहीं है। मैं आइंदा तुम्हें उसके लिए रोते नहीं देखना चाहता। कभी नहीं। कभी! सुना तुमने?" मैंने नजरें उठाकर तीखेपन से उसे देखा और उसकी शक्ल देखकर मैं सहम गई। उसकी एक भयंकर भंगिमा में गुस्सा, कड़वाहट और धमकी सभी कुछ था।

उसके फौरन बाद मुझे पता चला मैं गर्भवती हूँ।

मुस्तफा ने आग्रह किया कि मैं मक्खनी पराँठों और अंडों से अपने दिन की शुरुआत करूँ। उसका हुक्म था कि मैं यह सब खाऊँ और फिर इसके ऊपर सोलह औंस का गिलास भर कर गाय का ताजा दूध पी जाऊँ। शाम को मुझे फिर एक गिलास यही मलाईदार दूध पीना होता था—जिसे पीकर मुझे हमेशा मतली आती थी। मुस्तफा का दावा था कि यह खुराक अजन्मे बच्चे के लिए पौष्टिक थी। ऐसा भारी खाना खाकर मेरा पेट फूल जाता था और मुझे बेचैनी होती थी, और मुझे यह विश्वास हो चला कि वह मुझसे यह सब इसलिए करवाता था ताकि मैं मोटी हो जाऊँ और यह पक्का हो जाए कि मैं दूसरे मर्दों के लिए आकर्षक नहीं रह जाऊँगी। दाई आयशा को यह काम सौंपा गया था कि मुझे सुबह-शाम दूध पिलाया जाए और यह अच्छी तरह से देख लिया जाए कि मैंने गिलास खाली कर दिया है।

एक शाम मुस्तफा ने मेरे सोने के कमरे में आकर मुझसे पूछा कि मैंने दूध पी लिया था या नहीं। मैंने नहीं पिया था। यह सुनते ही उसने फौरन दाई को तलब किया और उस भयभीत औरत पर बरस पड़ा, "उसे दूध क्यों नहीं दिया गया?" दाई ने बुदबुदाते हुए सफाई दी—मैंने नहीं माँगा था, वह लाना भूल गई थी। मुस्तफा ने पीछे से दाई को लात मारी और वह दरवाजे के बाहर जाकर गिरी।

जो इल्म धीरे-धीरे बढ़ रहा था वह अब खिल कर पूरा और भयावह फूल बन गया। मैं पाकिस्तानी औरत वाले उसी पुराने फंदे में आ फँसी थी। मंजिल होती है शादी, और शादी होते ही भविष्य पूर्ण अधीनता का जीवन हो जाता है। मेरे पास अपनी कोई सत्ता, कोई अधिकार, कोई इच्छा नहीं थी।

सन् 1977 के शुरू में, जब मुस्तफा से मेरी शादी हुए आधा साल के करीब ही हुआ था, भुट्टो ने चुनाव की माँग कर दी और पीपुल्स पार्टी को नौ विपक्षी दलों की उस घालमेल खिचड़ी के खिलाफ उतार दिया जो अपने आपको पाकिस्तान राष्ट्रीय गठबंधन कहते थे। मुस्तफा और मैं एक महीने की 'छुट्टी' पर लंदन चले गए ताकि वह अपने रूठे दोस्त के साथ राजनीतिक टकराव को टाल सके। पीपुल्स पार्टी भारी बहुमत लेकर जीती, लेकिन प्रतिपक्ष ने इन परिणामों को मानने से इनकार कर दिया। प्रतिपक्ष

का दावा था कि भुट्टो के गुर्गों ने व्यापक स्तर पर हेराफेरी और मतपेटियों को ढूँढ़ने की तरकीबों का सहारा लिया था। भीड़ सड़कों पर आकर अपना गुस्सा उतारने लगी। हड़तालों और हिंसा की महामारी ने देश की अर्थव्यवस्था को अस्त-व्यस्त करके रख दिया। सभी बड़े शहरों में अफरा-तफरी की हालत बढ़ती जा रही थी। पाकिस्तान आत्म-विनाश के कगार पर था।

प्रतिपक्ष के नेताओं को लोकप्रिय जीत का अनुमान हो गया, और शायद उन्हें एक दमदार साथी भी मिल गया। भुट्टो की स्वतंत्र विदेश नीति और एक विवादास्पद नाभिकीय कार्यक्रम चलाने के उनके प्रयास ने अमेरिका को परेशान कर दिया। अमेरिका को यह डर सता रहा था कि आतंकवादी संगठनों की बात तो छोड़िए यह तथाकथित 'इस्लामी बम' लीबिया और सीरिया जैसे देशों के हाथों में पहुँच जाएगा। अफवाह यह उड़ी कि भुट्टो के विरोध को हवा देने का काम अमेरिकी डॉलरों ने किया था। प्रतिपक्ष यह भी जानता था कि पाकिस्तान के सैनिक नेता अपनी बारी के इंतजार में थे—उनको डर था कि नाभिकीय क्षमता के फलस्वरूप पारंपरिक बलों में भारी कटौती होगी और इस तरह उनकी निजी ताकत को बट्टा लग जाएगा। घटनाचक्र बहुत तेजी से घूमा। हड़तालें और प्रदर्शन इतने उग्र हो गए कि भुट्टो को तीन बड़े शहरों में सेना बुलानी पड़ी।

मुस्तफा और मैं जब लंदन से लौटे तो भुट्टो सियासी वजूद के लिए हाथ-पाँव मार रहे थे। प्रधानमंत्री को मालूम था कि उनके लिए पंजाब की निष्ठा फिर से हासिल करनी बेहद जरूरी थी, और अगर कोई व्यक्ति इस काम को कर सकता था तो वह मुस्तफा खर था। भुट्टो ने बहुत हद तक अपनी आन को छोड़ते हुए मुस्तफा को इस्लामाबाद बुलाया और उसे वापस पीपुल्स पार्टी में ले लिया।

मुस्तफा ने विकल्पों को तौला और अपनी वापसी की शर्तों पर सौदेबाजी की। यह दौर तनावपूर्ण था और यह दबाव मुस्तफा के अंदर इस कदर बना कि आखिर में बेतुका गुस्सा बन कर फूटा। राजनीतिक अखाड़े में तो वह अपना गुस्सा उतार नहीं सकता था, सो इसके शिकार बने उसके सबसे नजदीकी लोग।

रमजान का पवित्र महीना चल रहा था। हम इफ्तारी के लिए बैठे थे। नौकर को खाना लगाने में पाँच मिनट की देर हो गई। आखिरकार जब वह आया तो भूखा मुस्तफा फट पड़ा। उसकी माँ उन दिनों हमारे साथ ही रह रही थीं। उसने उन्हीं के सामने बेचारे नौकर की ऐसी धुनाई की कि वह बेहोश हो गया। फिर वह वापस खाने की मेज पर आ बैठा और हमें हुक्म दिया, ''खाओ।'' उसकी माँ खाने लगीं, लेकिन मैंने बुदबुदाते हुए कहा कि मेरी भूख मर गई है। मुस्तफा ने नफरत से मुझे देखा और गंदी-गंदी बातें कहीं। मैं जल्दी से खाने में लग गई।

अगले चार घंटे तक मुस्तफा का गुस्सा बढ़ता ही चला गया। और जब हम अपने कमरे में गए तब तक माहौल बहुत गरम हो चुका था। मैंने ड्रेसिंग रूम में

अपनी वही बदनाम बो-पीप फ्रॉक पहनी जो मेरे फूले पेट के लिहाज से काफी आरामदायक थी और मेरे लिए नाइट गाउन का काम करती थी। फ्रॉक पहन कर मैं पलँग की तरफ बढ़ी लेकिन वहाँ मुस्तफा मेरा रास्ता रोके कमरे के बीचोंबीच खड़ा था। कमरे में वही थोड़ी-सी रोशनी थी तो ड्रेसिंग रूम से आ रही थी। भय की एक झुरझुरी मेरे शरीर में दौड़ गई। उसने मुझसे पलँग की पटिया पर बैठने को कहा और खुद मेरी बगल में बैठ गया। फिर वह अनीस से मेरी शादी के बारे में पूछताछ करने लगा। हमारी मुलाकात कैसे हुई थी? कहाँ हुई थी? मैंने इन सीधे-सादे सवालों का जवाब तो दे दिया लेकिन फिर बहुत जाती सवालों पर उतर आया। हर सवाल के साथ उसके लहजे में गुस्सा बढ़ता गया और उसकी साँस तेज होने लगी। उसकी आँखें लाल हो गईं। उसके चेहरे की त्वचा गुस्से में फैल कर तन गई। और हर जवाब के साथ मेरे दिल की धड़कन तेज होती गई। वह हमारी सुहागरात का पूरा ब्योरा जानना चाहता था।

"हम इसे भूल नहीं सकते, मुस्तफा," मैंने धीमे-से गुजारिश की, "वह सब बीत चुका। क्या हमारा इसके बारे में बात करना बहुत जरूरी है?"

"मैंने तुमसे एक सवाल किया है" उसने रुखाई से कहा, "जवाब दो।"

मैं बहुत डर गई थी। मैं अटक-अटक कर ही बोल पा रही थी।

"तुम मुझसे छुपा रही हो," उसने तमककर कहा, "अभी और भी बातें हैं।"

"और कोई बात नहीं है। मैं तुम्हें पहले ही सब-कुछ बता चुकी हूँ। मैं सोचती हूँ हमें अब इस बारे में बात नहीं करनी चाहिए। इससे तुम्हें परेशानी हो रही है।"

"तुम कौन होती हो सोचने वाली? मैंने तुमसे एक सवाल किया है। जवाब दो!" यह कह कर उसने मेरी दाहिनी कलाई पकड़ी और उसे इस तरह मरोड़ दिया कि मैं घुटनों के बल बैठ गई। मेरे मुँह से चीख निकल गई, लेकिन फिर भी मैंने अपने आपको खामोश रखा कि कहीं कोई नौकर या उसकी माँ ही न सुन लें।

उसने मेरा हाथ छोड़ दिया और मैं लड़खड़ाती हुई खड़ी हो गई। मेरी साँस फूल रही थी और मैं अपनी दुखती बाँह को मल रही थी। उसने फिर से मुझे पलँग पर बैठने का हुक्म दिया और पूछताछ फिर शुरू हो गई। उसने पूछा, "जब तुम अनीस के साथ हमबिस्तर हुईं तो क्या तुमने भी जोश दिखाया?"

मैंने बिसूरते हुए कहा, "तब मैं केवल अठारह बरस की थी। मुझे इस काम में दिलचस्पी नहीं थी।"

"झूठी!" वह गरजा। मैं साफ महसूस कर रही थी कि उसका शरीर तन रहा है। मुझे उसकी साँसों के तेज होने की आवाज सुनाई दे रही थी। अँधेरे में, मैं खूब महसूस कर रही थी कि उसकी आँखें बाहर को निकली पड़ रही हैं। मैं जानती थी कि उसकी मुट्ठियाँ भिंच रही हैं। अपने लहजे में जानबूझ कर वैमनस्य घोलते हुए उसने पूछा, "अगर तुम अनीस के साथ हमबिस्तर नहीं होना चाहती थीं तो फिर

तान्या कैसे पैदा हो गई?''

इस सवाल का मैं चाहे जो भी जवाब देती उससे मेरी निंदा ही होनी थी, लेकिन मेरे पास मौका ही नहीं था। उसने अचानक मुझे पलँग पर पटक दिया और कूद कर मेरे ऊपर आ गया। वह मेरे पेट के दोनों तरफ पैर करके बैठ गया और खुली हथेली के आगे-पीछे दोनों तरफ से तड़ातड़ मेरे मुँह पर तमाचे जड़ने लगा। उनके चाँटों की आवाज इतनी तेज थी कि लगता था कमरे से बाहर पहुँचेगी। वह मेरे बाल खींचने लगा और मेरे सिर को इधर-उधर झटके देने लगा, लेकिन मैंने फिर भी अपनी चीखों को रोकने की भरपूर कोशिश की। फिर बिजली की तरह वह कूद कर मेरे ऊपर से हट गया। उसने एक हाथ से मेरे लंबे, गुँथे बालों को पकड़ा और एक झटके में मुझे पलँग पर से नीचे फर्श पर पटक दिया। मुझे ऊपर से नीचे तक अपनी टाँगें गीली होती महसूस हुईं, लेकिन मेरे पास यह समझने का वक्त नहीं था कि मेरी पेशाबदानी में इतना डर झेलने की ताकत नहीं थी। उसने मुझे एक दीवार पर पटका, उठाया, और दूसरी दीवार पर पटका—ऐसा उसने कई बार किया। मुझे अब कुछ होश नहीं रह गया था कि क्या हो रहा है। मेरे कानों में कोई चीज फटी। मेरी आँखों में भयंकर पीड़ा होने लगी। कहीं कुछ तड़का। कहीं कुछ सूज गया। और फिर यह पीड़ा दर्द के एक गहरे सम्मोहक एहसास में विलीन हो गई।

मुझे नहीं पता पिटाई कितनी देर चली। शायद दस मिनट; शायद दो घंटे। इसकी शिद्दत ने इसे अनंत बना दिया था। फिर अचानक ही यह दौर खत्म हो गया। उसका गुस्सा शांत हो गया।

मैंने बहुत कमजोर आवाज में उससे याचना की, ''मेहरबानी से, खुदा के वास्ते! मुझे जाना है—मुझे जाना है—मुझे बाथरूम जाना है।'' उसने मुझे इजाजत दे दी और मैं लड़खड़ाती हुई चल दी।

मैं सिंक के ऊपर अपना बोझा डाल कर झुक गई और दम लेने की कोशिश करने लगी। धीरे-धीरे आँखें उठा कर मैंने आईने में देखा, और उसमें से मेरी तरफ पलटकर देखते शैतान को देखकर तो डर की एक नई लहर ने मुझे घेर लिया। मैं काँप उठी। मेरे दाँत बजने लगे। मेरा जिस्म थरथरा गया। मेरी चोटी खुल गई थी और मेरे लंबे बाल किसी चुड़ैल की तरह बेतरतीब होकर बिखर गए थे। मेरी नाक का दाहिना हिस्सा गायब होकर एक सूजे गाल में मिल गया था। मेरे होंठ बड़े अजीबो-गरीब ढंग में और बहुत ज्यादा खुले हुए थे। मेरी आँखें बड़े-बड़े काले धब्बों में गहरे धँस गई थीं; उनमें से एक बहुत जख्मी और लाल हो गई थी। एक कान में जोर का दर्द हो रहा था। मेरी खोपड़ी का बायाँ हिस्सा खून में सन रहा था। मैंने इसे खींचा तो मेरे हाथों में बालों के गुच्छे आ गए। मैंने कुल्ला किया तो मुँह नें खून का स्वाद भर गया।

अचानक मैं भयभीत हो गई कि मैं बाथरूम में बहुत देर रह ली। मैं लड़खड़ाती

हुई वापस सोने के कमरे में आ गई। मैं बेहद उखड़ी हुई और पस्त थी और लगता था कि बस अभी भरभरा कर गिर पड़ूँगी। मेरी पीठ में जोर का दर्द हो रहा था। मुस्तफा पलँग पर सिर झुकाए बैठा था और उसकी हथेलियाँ उसकी कनपटी पर थीं। उसने मुझे देखा तो वह टूटा हुआ था और एक जंगली, बदला लेने वाले जानवर का रूप छोड़कर एक डरा-सहमा नन्हा विनम्र बालक बन गया था। वह मेरे पाँवों पर गिर कर रो पड़ा। "मुझे माफ कर दो! मुझे माफ कर दो! मुझे माफ कर दो!" वह बिसूरने लगा, "मैंने तुम्हें यह क्या कर दिया?" उसने मुझसे माफी माँगी। उसने कहा कि जरूर उस पर भूत सवार हो गया था। वह मुझे चोट नहीं पहुँचाना चाहता था। वह अपनी हरकत को समझ नहीं पा रहा था—शायद मेरी जिंदगी में दूसरे मर्द की उपस्थिति से उपजी ईर्ष्या उसके लिए असहनीय हो रही थी क्योंकि वह मुझसे बेहद प्यार करता था। उसका अपने व्यवहार पर कोई बस नहीं था—वह किसी और मर्द के साथ अपनी बीवी के होने की बात को बरदाश्त नहीं कर पा रहा था भले ही वह मर्द उसका पूर्व पति था।

मुझे इस शख्स के प्रति दया की अकथनीय अनुभूति ने बेहद उलझन में डाल दिया जो,मेरे पाँवों पर अपना सिर रखे उन्हें अपने आँसुओं से अभिषिक्त कर रहा था। मैंने उसे माफ करने की कोशिश की लेकिन दर्द ने मुझे उसकी हरकत को भूलने नहीं दिया। सारी रात मैं दर्द में तड़पती रही। सारी रात मुस्तफा बैठा रहा और मेरी बेचैनी को शांत करने की भरसक कोशिश करता रहा।

हम दोनों ही जानते थे कि मुझे डॉक्टरी मदद की जरूरत थी, और मुस्तफा इसका इंतजाम करने को लेकर घबरा रहा था। यह साफ था कि मुझे मारा गया था, मेरी बेरहमी से पिटाई हुई थी, और मुस्तफा मुझसे याचना कर रहा था कि मैं इस दर्द को बरदाश्त कर जाऊँ ताकि किसी को पता न चले। यह समय विकट था क्योंकि उन्हीं दिनों उसे भुट्टो से मिलने इस्लामाबाद जाना था। उसे चिंता थी कि नौकर लोग—या उसकी माँ—इतनी ज्यादा चोटें देखेंगे तो बात बनाएँगे। "अगर यह बात बाहर चली गई तो लोग हमारी शादी की कामयाबी की कोई संभावना नहीं देखेंगे," उसने मुझे आगाह किया, "तुम्हारी भी हैसियत मेरी और तमाम बीवियों की तरह नीची हो जाएगी। मैं नहीं चाहता कि तुम्हें किसी के आगे शर्मिंदा होना पड़े। कोई यह न कह पाए कि मैंने तुम पर हाथ उठाने की हिम्मत या ख्वाहिश की। मैं चाहता हूँ कि लोग तुम्हारी इज्जत करें—अगर उन्हें लगा कि मैं तुम्हारी इज्जत नहीं करता तो फिर वही तुम्हें इज्जत क्यों देंगे?"

उसने सही जगह हाथ रखा था। उसके हाथों मेरी जो बेइज्जती हुई थी अगर उसे मैं दूसरों के आगे उजागर कर देती तो यह दूसरी बेइज्जती मुस्तफा के हाथों हुई बेइज्जती से कहीं ज्यादा होती। प्रचार के ख्याल ने मुझे आतंकित कर दिया। असम्मान के डर से मैं सहम गई। मेरी परवरिश इस धारणा में विश्वास करने के

लिए हुई थी छवि सबसे बड़ी चीज होती है। यह मेरे शौहर और मेरे बीच का एक जाती और निजी मामला था। हम इसका हल निकाल लेंगे। मैं चाहती थी इस बारे में किसी को भी पता न चले–मेरी माँ को तो बिलकुल भी नहीं।

"जब तक तुम वापस नहीं आ जाते मैं कमरे में ही रहूँगी," मैंने वादा किया, "सबसे कह देना मैं तुम्हारे साथ चली गई हूँ।"

मुस्तफा को देखकर लगा कि उसे इससे राहत मिली थी। दाई आयशा को यह काम सौंपा गया कि वह चोरी-छिपे मेरे कमरे में खाना पहुँचाएगी। उसने मेरे चेहरे की सूजन ठीक करने के लिए उस पर पुल्टिस भी लगाई।

मुस्तफा इस्लामाबाद चला गया जहाँ भुट्टो ने उसे कैबिनेट स्तर का विशेष सहायक और मुख्य राजनीतिक सलाहकार नियुक्त करके फौरन पंजाब भेज दिया कि वहाँ तनाव को खत्म करे। रावलपिंडी में एक विशाल जनसभा में मुस्तफा अपनी खास माओ टोपी पहनकर पहुँचा और उसने आशीर्वाद देते किसी इमाम की तरह खुली हथेली लहराते हुए उत्साहित भीड़ से कहा कि विपक्ष को यह समझना चाहिए कि भुट्टो और पीपुल्स पार्टी संयम से काम ले रहे हैं। "अगर हमें और मजबूर किया गया तो हम पलटकर वार करेंगे," उसने कसम खाई, "हम आग का जवाब आग से दे सकते हैं। अगर वे हमारा खून बहाना चाहते हैं तो हम भी उनकी गर्दन दबोचेंगे।" और एक बार फिर मुस्तफा ने उन्हें उसी हाथ से आशीर्वाद दिया जिससे उसने मेरे चेहरे को जख्मी किया था। भीड़ उसके समर्थन में चिल्लाई। यह शेर-ए-पंजाब की वापसी थी।

इस बीच मैं चार दिन तक चुपचाप सोने के कमरे में इंतजार करती रही और यह जताती रही कि मैं वहाँ नहीं हूँ। इस तरह छुप कर मैंने जो समय बिताया उसने मुझे और भी आश्वस्त कर दिया कि अगर मैंने अपने शौहर के हाथों अपनी पिटाई की बात को जगजाहिर कर दिया तो मेरी भी हैसियत शेरी जैसी रह जाएगी। बहुत से लोग मेरी गलती को साबित करने और मेरी बेइज्जती की हँसी उड़ाने की फिराक में थे। मेरी शादी की विश्वसनीयता जाती रहेगी और माँ की नजरों में मैं अहम नहीं रह जाऊँगी। मुस्तफा ने ठीक ही कहा था, "अगर उन्हें लगा कि मैं तुम्हारी इज्जत नहीं करता तो फिर वही तुम्हें इज्जत क्यों देंगे?" मेरी असुरक्षाओं और अक्षमताओं ने इस घटना को धूमिल कर दिया था, और मैं इसे जल्दी-से-जल्दी मिटाना चाहती थी।

दो हफ्ते से भी ज्यादा समय बीत गया तब जाकर हमें लगा कि अब मेरा डॉक्टरों के पास जाने के लिए बाहर निकलना सुरक्षित है। तब तक मेरा चेहरा वापस अपनी पुरानी असली शक्ल के आस-पास लौट आया था। मैंने एक कान विशेषज्ञ, एक फिजियोथिरेपिस्ट और एक आँखों के डॉक्टर को दिखाया जिसने मुझे बताया कि मेरी दाहिनी आँख की एक महीन नस फट गई थी और यह जिंदगी भर मुझे

परेशान करती रहेगी। आज भी जब मेरी आँखें थक जाती हैं तो पतली-पतली लाल जालियाँ मेरे आगे तैरती हैं।

इस घटना का जो असर मेरे दिमाग पर पड़ा वह और भी ज्यादा नुकसानदेह था। अब, जब कभी मुस्तफा घर आता तो मैं भय से काँप जाती थी। वह कब क्या कह देगा कोई नहीं जानता था, और वही कानून होता था। मैं तर्क नहीं कर सकती थी। इस शख्स के लिए मेरे दिल में जो प्यार था वह अब डर में बदल चुका था। मैं जानती थी कि मेरी कही किसी भी बात या मेरे किए किसी भी काम पर उसे गुस्सा आ सकता था। कभी-कभी तो मेरी उदासी देखकर ही उसका गुस्सा फट पड़ता था। "किसके ख्यालों में गुम हो, किसी आशिक के, या अनीस के?" वह पूछता था। मैं इसलिए शक के घेरे में थी क्योंकि मैंने एक शौहर को दगा दी थी; मेरी एक बार की गलती की मुझे बार-बार सजा सुनाई जा रही थी।

अब मैं लगातार धीरे-धीरे दुआ पढ़ती रहती—अल्ला मुस्तफा को शांत रखे, मेरी तरफ से उसके दिल को मुलायम करे, होने दे कि वह मुझे प्यार करे। मैं और किसी मुद्दे पर सोचने लायक ही नहीं रह गई थी। और कोई भी बात अब अहम नहीं रह गई थी।

एक दिन मुस्तफा ने मुझसे कहा कि मुझे अखबार पढ़ने की इजाजत नहीं है; मैंने बिना चीं-चपड़ किए उसकी बात मान ली। उसके बाद से तो जब वह मुझे अखबारों वाले कमरे में बैठा देख लेता तो मुझे लगता कि मैं पकड़ी गई, और तब मैं दुआ करने लगती थी कि वह यह न सोचे कि मैंने सचमुच कोई अखबार पढ़ने की कोशिश की थी। अक्सर मेरी दुआएँ बेकार जाती थीं। अगर वह कमरे में आ जाता और कोई अखबार देख लेता तो वह यह जरूर पूछता था, "अखबार पढ़ा जा रहा था?"

मैं काँपते हुए जवाब देती, "नहीं

लेकिन हमेशा ही वह गुस्सा होता ा, "मुझसे झूठ मत बोलो!" इसके आगे वह कुछ नहीं कहता था। उसके घूँसे ो बोलते थे।

ऐसा कोई भी दिन नहीं जाता था जब मुस्तफा किसी-न-किसी बात पर पीटता न हो—खाना लगाने में देर हो गई, उसके कपड़ों पर इस्तरी नहीं हुई। काँपती हुई मैं समझ गई कि मैं भी अब छोड़ दी गई शेरी की ही तरह हो गई थी। शायद सबसे बड़ी त्रासदी यह थी कि शेरी की तरह अब मैंने भी उसकी मार-पिटाई पर सवाल करना छोड़ दिया था। मैं अब भरसक यह कोशिश करने लगी थी कि उसका गुस्सा न भड़काऊँ। अगर मैं हलका-सा भी एतराज करने की हिम्मत करती तो और भी ज्यादा पिटाई होती थी। आखिरकार मुझे शेरी की दुविधा समझ में आ गई—तब तक मैं भी उस जैसी ही बन चुकी थी।

वह मुझे पीटने के लिए मेरी पहली शादी का इस्तेमाल छड़ी की तरह करता

रहा; मेरे तलाक और फिर से शादी करने ने उसके लिए यह साबित कर दिया था कि मैं व्यभिचार भी कर सकती हूँ। इससे सेक्स के मामले में मैं पूरी तरह से गड़बड़ा गई। मुझे यह डर लग गया कि अगर मैंने उसकी छेड़छाड़ के जवाब में थोड़ा-सा भी जोश दिखाया तो उसे पक्का यकीन हो जाएगा कि वह मुझे जो एक आम छिनाल समझता है तो ठीक ही समझता है। यह एक सामंती ग्रंथि थी—उसके तबके के मर्द यह मानते थे कि औरत तो मर्द के ऐंद्रिय सुख का साधन होती है। अगर औरत ने कभी यह जता दिया कि उसे मजा आ रहा है तो उसे व्यभिचारिणी समझा जाता था और मर्द उस पर भरोसा नहीं करता था। मुस्तफा को तो यह एहसास भी नहीं हुआ कि उसने मेरी यौन-सुखानुभूति को कुचल दिया था। उसकी सोच में भी विरोधाभास था—वह मुझसे जवाबी जोश की उम्मीद तो करता था फिर भी इसकी इजाजत नहीं देता था। मैं तो एक स्वचालित पायलट थी; मैं बस उतना ही जोश दिखाती थी जितना उसके लिए महत्त्वपूर्ण था, लेकिन खुद मुझे कुछ महसूस नहीं करना होता था। अगर उसे संतुष्टि मिल जाती तब तो यह उम्मीद बनती थी कि वह अच्छे मूड में रहेगा। इन्हीं पलों में मुझे यह समझ में आया कि जिस्मफरोशी का धंधा भी सचमुच बहुत मुश्किल होगा।

मैं केवल उस दिशा में विकास कर सकती थी जिस दिशा में वह चाहता था। मेरा अपने बूते पर कुछ सोचना एक जुर्म होता था जिसकी सजा देने का उसे अधिकार था। उसकी कई मान्यताएँ उस हर चीज के उलट होती थीं जिन्हें मैं सही मानती थी, लेकिन मैं किसी भी सूरत में उससे तर्कसंगत बहस करने की हिम्मत नहीं कर सकती थी। उसकी मान्यताएँ तो एक मध्ययुगीन परिवेश, मिले-जुले पूर्वग्रहों, अंधविश्वासों और मूर्खतापूर्ण परंपराओं में पगी थीं। इस फेहरिस्त में बीवी की भूमिका बहुत महत्त्वपूर्ण स्थान रखती थी। सामंती परंपरा के अनुसार बीवी इस प्रतिष्ठा से बँधी होती है कि वह अपनी जिंदगी को अपने शौहर की सनक के मुताबिक जिएगी। औरत तो मर्द की जमीन की तरह होती है—'कुरान यही कहती है', मुस्तफा कहता था। यह एक स्पष्ट उपमा थी। सामंती सरदार अपनी जमीन को केवल काम के अर्थ में प्यार करता है। वह इसे घेरता है और इसकी रक्षा करता है। अगर यह बंजर होती है तो वह इसे छोड़ देता है। जमीन तो शक्ति, प्रतिष्ठा और संपदा होती है। मैं कुरान की व्याख्या अलग ढंग से करती थी। मेरा मानना यह था कि जमीन की देखभाल और जुताई करनी होती है; तभी यह भरपूर पैदावार दे सकती है। नहीं तो यह बंजर हो जाती है। लेकिन यह सही है कि मुझसे यही अपेक्षा थी कि मैं मुस्तफा की व्याख्या को ही सही मानूँगी और उस पर कोई सवाल नहीं करूँगी।

फिर भी मुस्तफा पूरी तरह से पिछड़ा हुआ नहीं था। वह एक ऐसा सामंती सरदार था जिसे नए जमाने से दो-चार होने का मौका मिला था, और उसके दर्शन में उदारता थी। वह मुझे दबाकर और बाहरी दुनिया से काट कर रखता था, लेकिन

फिर भी वह मुझसे एक साथी की तरह व्यवहार करता था। वह मुझसे राजनीति पर चर्चा करता और मुझसे यह अपेक्षा करता था कि मैं उसके काम में सक्रिय दिलचस्पी लूँगी। मैं एक दीवार की तरह थी जिस पर वह विचारों को उछाल सकता था, लेकिन मुझसे यही अपेक्षा थी कि मैं उन्हें सही-सही उछालूँगी और उन्हें किसी भी सूरत में इधर-उधर होने नहीं दूँगी। उसने मुझे सुरा पीने की भी इजाजत दे रखी थी, लेकिन यह शर्त थी कि मैं उसके सामने ही और जब वह चाहेगा तभी पियूँगी। दरअसल, इसके लिए वह जोर देता था। "इससे तुम्हारा तनाव खत्म हो जाएगा," वह कहता था, "बिस्तर में तुम बेहद तनाव में रहती हो।" लेकिन मैं चाहे कितनी भी पी लेती, मैं यह कभी नहीं भूलती थी कि मैं किसके साथ हूँ। मैंने यह देखा कि इंसान का दिमाग इतना मजबूत है कि वह खतरे के समय अल्कोहल के असर को काबू कर सकता है।

मैं तर्कसंगत ढंग से सोचने के काबिल नहीं रह गई; सच तो यह था कि मैं सोचने से डरती थी, क्योंकि अतार्किकता में मुझे पक्का पता था कि वह मेरे मन में झाँक सकता है। वह बार-बार यह कह कर इस डर को हवा देता रहता था, "मैं जानता हूँ तुम क्या सोच रही हो, तहमीना, मेरा यकीन मानो। मैंने तुमसे जिन चीजों के बारे में सोचने को मना किया है, उनमें से किसी के बारे में सोचने की कभी हिम्मत मत करना।" मेरे दिमाग को फींच-फटक कर सूखने के लिए टाँग दिया गया था। मैं सोने से डरती थी कि कहीं ऐसा न हो कि मुझे ऐसे सपने दिखाई दें जिससे वह नाराज हो जाए।

माँ की कुरान की व्याख्या पर आधारित उसके ये शब्द मेरी स्मृति में गूँजते थे—"अगर मैं अपने किसी बच्चे से यह कहूँ कि छत से कूद जाओ तो उन्हें बिना हिचकिचाए या बिना कोई सवाल किए मेरा हुक्म मानना ही होगा।"

मुस्तफा के व्यवहार में खंडित मानसिकता के गुण और उसके प्रति मेरी दुविधापूर्ण प्रतिक्रियाओं के कारण ही मैं जिन्दा रह पाई। जब वह अच्छे मूड में होता तो मुझसे प्यार जताता और मेरी परवाह करता था। वह अपने हाथ से मुझे खिलाता था। वह मेरे साथ सपने देखता था। वह एक अच्छा शौहर होने का वादा करता था। मैं उसकी खुशमिजाजी के इन चिह्नों को बेतहाशा सँजोती थी। मेरा लक्ष्य होता था उसे इस मूड में रखना।

उसे घुटनों तक लंबे मेरे भूरे बालों का जुनून था। वह मुझे आग के सामने पीठ करके नहीं बैठने देता था कि कहीं मेरे बाल झुलस न जाएँ। जब वह बहुत लाड़ में होता तो अपने इस जुनून को पूरा करता। तब वह मेरी लटों में तेल लगाता, उनमें कंघी करता था। वह मुझसे वादा करवाता कि मैं कभी अपने बालों को काटूँगी नहीं और न ही उनके दोमुँहे सिरों को छाँटूँगी।

मैं जानती थी कि मैं उसे छोड़ नहीं सकती। मैंने एक विवादास्पद वैवाहिक

रिश्ते में कदम रखा था, और मुझे इसे सलामत रखने की कोशिश करनी थी। मैं समझ गई थी कि कामयाबी के लिए हमेशा कोशिश करनी होती है और उसकी एक कीमत चुकानी होती है; मुझे किसी भी कीमत पर नाकाम नहीं होना था। एक स्थायी और सुखी वैवाहिक जीवन मेरी एकमात्र मान्यता थी। मैं मानती थी कि शादी के सम्मानजनक परदे के नीचे और मेरे ताकतवर शौहर के साथ मैं रहूँगी तो मेरी माँ भी मुझे अनदेखा नहीं कर पाएगी और ऐसा होने का डर मुस्तफा के लिए मेरे डर के बराबर—बल्कि उससे भी बढ़कर—हो गया। इन दोनों भयों ने मुझे हिलाकर और दिमागी तौर पर बेहद परेशान करके रख दिया। मुझमें इतना आत्मविश्वास नहीं था कि मुस्तफा को छोड़ कर चली जाऊँ। मेरी दलील थी कि मैं चाहे जितनी भी दूर भाग जाऊँ, वह मुझे ढूँढ़ ही लेगा।

फिर वह मुझे जान से मार देगा। मैं इसके बारे में आश्वस्त थी।

जब मेरा गर्भ आठ महीने का हुआ तब तक मुस्तफा की भारी और जबरदस्ती खिलाई गई खुराक ने मुझे गुब्बारे-सा फुला दिया था और मैं अपने आठ स्टोन (112 पौंड) के सामान्य वजन से ग्यारह स्टोन (154 पौंड) के आसपास पहुँच गई थी। मैं एक पेट फूली गाय-सी दिखती और महसूस करती थी।

हम इस्लामाबाद के स्टेट बैंक हाउस में आ गए ताकि मुस्तफा उस गहराते राजनीतिक संकट के दौरान भुट्टो के नजदीक रह सके। हम साजिशों के बीच रह रहे थे और हमें कड़े सुरक्षा नियमों का पालन करना पड़ रहा था। हमारे पास रह रहा बंदूकधारी मतीन हमारी सुरक्षा में तैनात था।

कैबिनेट की बैठकों में जिन लोगों से मुस्तफा की बार-बार मुलाकात होती थी, उनमें एक थे सेनाध्यक्ष जनरल जिया-उल-हक। वह अपनी खामोशी और अतिशय विनम्रता के लिए जाने जाते थे, और भुट्टो के लिए उनमें डर और इज्जत दिखाई देती थी। 4 जुलाई 1977 की शाम मेरी नानी और मैं एक रेस्तराँ में मुस्तफा का इंतजार कर रहे थे, जहाँ उस कैबिनेट की एक बैठक के बाद हमसे मिलना था। आखिरकार वह बहुत देर बाद और बहुत परेशान हालत में आया। मैंने उससे पूछा कि वह परेशान क्यों है, तो उसने चिंतित होते हुए बताया, "अचानक जनरल जिया अपनी अलग राय बनाते दिख रहे हैं। हम जो योजनाएँ रख रहे हैं उनमें से कुछ पर वह रजामंद नहीं हैं। उनके रुख में आए इस बदलाव का तो यही मतलब है कि वह बड़ी ताकतों के हाथों में खेल रहे हैं। मैंने जनाब भुट्टो को आगाह कर दिया हैं। जरूर कोई खिचड़ी पक रही है।"

उस रात तीन बजे मतीन दौड़ता हुआ हमारे सोने के कमरे में आया। मुस्तफा ने एकदम चौकन्ना होकर अपनी रायफल उठाई। मतीन ने मुस्तफा को अपने पीछे

आने का इशारा किया। मैं इस तरफ से कुछ बेखबर-सी थी, और फिर से सो गई।

दस मिनट बाद सामने के दरवाजे पर जोर-से भड़भड़ाने की आवाज आई तो मैं फिर से जाग गई। थकी और उनींदी, मैं लड़खड़ाती हुई सोने के कमरे से निकली तो सामने ही मुझे मतीन मिल गया जिसने मुझसे तुरंत अन्दर जाने का आग्रह किया। मैं वापस कमरे में आ गई, लेकिन दरवाजे को मैंने थोड़ा-सा खुला छोड़ दिया और उसमें से झाँकने लगी। कुछ ही पलों में दो वर्दीधारी आदमियों को वहाँ से तन कर निकलते देख मैं चौंकी। उनके पीछे-पीछे पाँच सिपाही भी थे जिनकी स्टेनगन तैयार थीं। उनमें से एक ने गलियारे में मोर्चा ले लिया, और उसका ध्यान इस तरफ गया कि दरवाजा आधा खुला था और बत्ती जली हुई थी। उसने तेजी से मुड़ कर दरवाजे में लात मारी और दरवाजा मेरे फूले पेट से टकराया। दर्द के मारे मैं दोहरी हो गई। उधर जवाब में मेरे पेट में पल रहे बच्चे ने भी लात मारी। मैंने भड़ाक से दरवाजे को बंद कर दिया और पलँग पर बैठ कर अंदाजा लगाने लगी कि हो क्या रहा है।

क्या मुस्तफा को गिरफ्तार करने सेना आई थी? क्या मुस्तफा ने भुट्टो को फिर से नाराज कर दिया था, या यह तख्ता पलट था जिसकी पहल पुरानी कहावत के मुताबिक दरवाजे पर भड़भड़ाहट के साथ हुई थी? क्या यह नाटक पूरे मुल्क में घर-घर में चल रहा था?

पलँग के पास वाली मेज पर रखी घड़ी जोर-जोर से टिक-टिक कर रही थी। इस तरह आधा घंटा बीत गया।

आखिरकार मुस्तफा सोने के कमरे में वापस आया। वह शांत था, लेकिन मैं साफ देख रही थी कि उसका दिमाग उलट-पुलट और विश्लेषण में लगा था और योजना बनाने की कोशिश कर रहा था। उसने मुझे बताया कि सेना ने भुट्टो के खिलाफ मोर्चा खोल दिया है और मार्शल लॉ लगा दिया गया है। उसने मुझे हुक्म दिया कि मैं उसका सूटकेस तैयार करूँ और फिर कहा, "मेरी विटामिन की गोलियाँ मत भूलना—और मेरे सिगार भी।"

"क्या यह खतरनाक शक्ल लेने जा रहा है?" मैंने पूछा।

"पता नहीं। हो सकता है यह खूनी तख्ता पलट हो। वे लोग मुझे लेने आए हैं। बेहतर होगा तुम आज ही गुलाम अरबी और सईमा के घर चली जाओ।" अरबी उसका भाई था। "फिक्र मत करना," मुस्तफा ने कहा। मैंने उसकी चीजें रख दीं। उसने मेरे माथे को चूमा और चला गया।

मैंने खिड़की से बाहर गौर से देखा। अँधेरे में मुझे सेना के अफसरों से भरी एक जीप दिखाई दी। मुस्तफा उसमें बैठ गया और जीप ने रफ्तार पकड़ ली।

अरबी और सईमा के घर मैंने टीवी पर जनरल जिया के भाषण को गौर से सुना।

उन्होंने सत्ता हथिया ली थी लेकिन वह नब्बे दिन के अंदर चुनाव करवाने का वादा कर रहे थे। उन्होंने कहा कि राजनेताओं को सुरक्षात्मक हिरासत में रखा जा रहा है, लेकिन उन्हें जल्दी ही रिहा कर दिया जाएगा।

पन्द्रह दिन तक मुझे मुस्तफा का कोई अता-पता नहीं मालूम हुआ। फिर वह मुझे एक चिट्ठी भेजने में कामयाब हुआ। वह ठीक था। वह राजधानी के उत्तर में ऐबटाबाद में था।

जिस दिन मेरे बच्चा होने को था उसके तीन हफ्ते पहले मुस्तफा और दूसरे राजनीतिक कैदियों को थोड़ी दूरी पर नजरबंदी की सहूलियतों में मुरी के एक सरकारी गेस्ट हाउस में पहुँचा दिया गया और मुझे वहाँ उससे मिलने की इजाजत दे दी गई। मुरी वही पहाड़ी सैरगाह है जहाँ मेरी पढ़ाई हुई थी। मुझे याद आया कि मेरे अब्बाजान की कैद कितनी फर्क थी। राजनीतिक कैद में कोई शर्म वाली बात नहीं थी फिर भी इन्हीं हालात में माँ का बर्ताव देखकर मैं इस बारे में अभ्यस्त हो चुकी थी कि इस स्थिति में मुझे स्वाभाविक रूप में मातम ही करना था। मैं एक अच्छी बीवी थी जिसकी जिंदगी इसलिए ठप्प हो गई थी क्योंकि उसका शौहर मुश्किल में था। मेरा इस तरह अभ्यस्त होना मुस्तफा को माफिक आया। अपने बेचारे, मुश्किल जदा शौहर के कल्याण के लिए चिंतित मैं बड़ी सावधानी से खरीदारी करती और उसके लिए ढेर सारा खाना लाती थी।

मैं यह देखकर दंग रह गई कि मुस्तफा और उसकी तरह के दूसरे कैदी ऐसे हालात में रह रहे थे कि उन्हें देखकर आम आदमी को ईर्ष्या हो जाए। वे क्या खाएँगे इसे ये कैदी लोग खुद तय करते थे और उन्हें खाना परोसने का काम वर्दीधारी वेटर करते थे। जो राजनेता अभी कुछ हफ्ते पहले तक हमारे देश की तकदीर के साथ खेला करते थे वही अब दिन भर बैठे ताश खेलते रहते थे। केवल उनके कमरों के बाहर गश्त लगाते सिपाहियों के बूटों की आवाज शांति के भ्रम को तोड़ती थी।

मैं कुछ दिनों के लिए मुरी में रहने आ गई। वहाँ दिन में मैं मुस्तफा के साथ रहती और रात उसके दोस्त ताज-उल-मुल्क के यहाँ बिताती थी।

भुट्टो कैद की हालत में भी मुरी में प्रधान मंत्री के घर में दरबार लगाते थे। हर रोज उनके कैदी सलाहकारों को एक वैन में उनसे मिलने के लिए ले जाया जाता था। रात के खाने पर वे वर्तमान स्थिति पर चर्चा करते थे। भुट्टो तो जिया पर बेहद गुस्सा थे और अभी भी अपनी उसी हेकड़ी में थे। उनका आरोप था कि जनरलों ने संविधान का उल्लंघन किया था; धारा 6 के मुताबिक सैनिक हस्तक्षेप और मार्शल लॉ गैर-कानूनी थे। वह जनरलों को सरेआम गाली देते और उन्हें देशद्रोह का अपराधी बताते थे। वह कसम खाकर कहते थे कि वह उन्हें जिम्मेवार ठहराएँगे। मुस्तफा और दूसरे राजनेताओं ने उन्हें शराफ़त से आगाह किया कि वे ऐसे गैर-जिम्मेदाराना बयान न दिया करें, लेकिन भुट्टो नहीं माने।

भुट्टो कानूनी औचित्य पर डटे रहे और यह भूल गए कि जनरलों के पास बंदूकें हैं। कभी-कभी वह नरम हो जाते थे और भविष्य के बारे में बोलते थे कि अगले पाँच साल उनके लिए अहम थे और उन्हें इस बीच हर हाल में उन सुधारों को मजबूती देनी और लागू करना था जिन्हें उन्होंने शुरू किया था और जिनकी वजह से उन्हें इतिहास में एक गौरवपूर्ण स्थान मिलने वाला था। उन्हें लगता था कि जनरलों ने उनके साथ धोखा किया था; उन्होंने एक 'भाग्य पुरुष' के भविष्य पर ही ताला ठोंक दिया था। भुट्टो यह मानते थे कि उनके और पीपुल्स पार्टी के दूसरे कैदियों के साथ जिस तरह से अतिविशिष्ट व्यक्तियों वाला व्यवहार किया जा रहा था उससे यही जाहिर होता था कि जिया को उनकी अभी भी जरूरत थी। इन बातचीतों को निश्चय ही टेप किया जाता होगा और जब जनरल लोग उसे सुनते होंगे तो भुट्टो से छुटकारा पाने का उनका इरादा और भी पक्का हो गया होगा।

मैं समझ गई थी कि मेरे प्रसव का समय नजदीक आ चुका है। मैं मुरी में एक महिला डाक्टर को दिखाने गई और उससे यह सुन कर हैरान रह गई कि शहर में जो नागरिक और सैनिक अस्पताल था उसमें प्रसूति की सुविधाएँ नहीं थीं। हार कर मुझे इस्लामाबाद में अरबी के यहाँ आना पड़ा, और वहाँ मैं अपने दर्द शुरू होने का इंतजार करने लगी।

तीन दिन बाद एक बड़ी-सी, सेना के नंबर प्लेट वाली काली लिमूजिन गाड़ी वहाँ आई। हम सभी उसमें से मुस्तफा को हँसता हुआ उतरते देख दंग रह गए। जिया ने उसे उसकी गर्भवती बीवी को देखने की विशेष अनुमति दी थी। वह रात में मेरे पास रहा और अगली सुबह लड़के ही तानाशाह की कार में वहाँ से चला गया।

इस घटना ने भुट्टो और मुस्तफा के साथी कैदियों के दिमाग में यह शक पैदा कर दिया कि मुस्तफा ने उनकी पीठ पीछे कोई सौदेबाजी कर ली है। जनरलों ने मुस्तफा को अगले कुछ दिन रावलपिंडी में रोककर इस शक को और हवा दे दी। मुस्तफा ने बिलकुल मासूमियत में मुझसे मिलने का निवेदन किया था, लेकिन अब वह शक के घेरे में था और अपने साथियों से कुछ कट-सा गया था।

दो दिन बाद जिया ने भुट्टो और तमाम दूसरे सियासी नेताओं को छोड़ दिया। भुट्टो हेलीकॉप्टर से वापस इस्लामाबाद पहुँच गए और मुस्तफा को हमें लौटा दिया गया।

और इसके कुछ दिन बाद यानी 29 जुलाई को मैंने हमारी बिटिया नसीबा को जन्म दिया। वह हमारे बिस्तर में हमारे साथ सोती थी। मुस्तफा ने दाई आयशा को हिदायत दी थी कि वह मिट्टी का एक अर्ध गोलाकार घेरा बनाए जिसमें सोते समय बच्ची का सिर रहे। यह एक मध्ययुगीन रिवाज था जिससे मुस्तफा के अनुसार

बच्चे के सिर का आकार चपटा और खूबसूरत बन जाएगा। मैंने इस फंदे को बनता देखा तो मैं काँप गई। आखिरकार यह तैयार हुआ और नसीबा के नन्हे-से सिर को उसमें रख दिया गया। उसे इस अजीब घेरे में बहुत अड़चन हुई जिसमें वह हिल-डुल ही नहीं सकती थी। उसका सिर सीधा छत की तरफ रहता था। वह इसे बिलकुल हिला-डुला नहीं पाती थी और रात भर रोती रहती थी। इस पीड़ादायी कसरत में वह नीली पड़ गई थी। मुझे डर लगता था कि कहीं उसका दम न घुट जाए और इसलिए मैं बेतहाशा चाहती कि उसे पेट के बल लिटा दूँ, लेकिन मुझे ऐसा करने की इजाजत नहीं थी। उसकी पें-पें से मुस्तफा को परेशानी होती थी। और वह मुझे उसे चुप कराने का हुक्म देता था, लेकिन वह मुझे बच्ची को 'सिर के फंदे' से निकालने नहीं देता था।

मैं बहुत डर गई थी। नौकरों ने मुझे शेरी की बेटी आमना के साथ उसके बर्ताव के बारे में बता रखा था। अगर मुस्तफा सोने की कोशिश कर रहा होता और ऐसे में बच्ची रोने लगती तो वह उसे उठा कर पलँग के नीचे सरका देता था।

कई बार मुस्तफा ने नसीबा की चीखों को दबाने के लिए उसके मुँह पर अपना हाथ या कोई कपड़ा लगा दिया था। वह इतने बुरे तरीके से यह सब करता कि मुझे तो डर लगता था कि कहीं वह बच्ची का दम ही न घोंट दे। मेरी खूबसूरत नन्ही बिटिया खुशी का स्रोत होने के बजाय एक नए, भयंकर तनाव का सबब बन गई। अब मुझे हम दो जन का बचाव करना होता था।

लेकिन बच्ची के आने से कम-से-कम मेरी माँ का मूड ठीक हो गया। वह लंदन से विमान पकड़ कर कुछ समय हमारे पास रहने आई और, खास तौर पर उसकी पहले की असहमति को देखते हुए, मैंने उससे अपनी वैवाहिक जिंदगी की पाशविकता को छुपा कर रखने की कोशिश की। मैं जानती थी कि हमारी जिंदगी में माँ की रजामंदी केवल तभी होगी जब हम सुखी होंगे।

माँ को महिलाओं की डिनर पार्टी में बुलाया गया था। वह चाहती थी कि मैं और दो हफ्ते की नसीबा उसके साथ चलें। मुस्तफा ने अनचाहे ही हमें जाने की इजाजत दी। वह अपने असली स्वभाव की तरफ माँ का ध्यान नहीं जाने देना चाहता था। लेकिन उसने चिड़चिड़ाते हुए कहा था कि वह आखिरी बार इस तरह की इजाजत दे रहा था। उसने रात साढ़े दस बजे तक का कड़ा कर्फ्यू लगाया और मुझे हुक्म दिया कि अगली बार मैं इस तरह के मसलों से खुद ही निपटूँ और उसे बीच में न लाऊँ।

यह एक तरह की मानसिक यंत्रणा थी। वह मुझे मेरी दृढ़ इच्छा शक्ति वाली माँ के खिलाफ खड़ा कर रहा था, लेकिन सच का हथियार छीन कर मुझे निहत्था भी बनाए दे रहा था। वह उसने मेरे ऊपर छोड़ दिया कि मैं उसके मनमाने कर्फ्यू की मियाद में घर लौट आने के लिए जो भी उचित बहाना गढ़ सकती हूँ गढ़ूँ। इस

तरह शाम का मेरा अधिकांश समय घबराकर घड़ी देखने में बीता। जैसी कि पाकिस्तान में आम बात है, साढ़े दस बजे तक तो खाना परोसा भी नहीं गया! अभी हमने खाना शुरू ही किया था कि मुझे फोन पर बुलाया गया। फोन पर मुस्तफा ने गरजते हुए कहा, ''अगर तुम पाँच मिनट में घर नहीं पहुँचीं तो मैं तुम्हें ठीक कर दूँगा।''

मैं डरी हुई खाने की मेज पर लौटी। मैंने बार-बार माँ को इशारा किया कि मुझे जाना होगा लेकिन वह बातचीत में लगी थी, उसने मेरी बात टाल दी।

आखिरकार हम करीब आधी रात को घर पहुँचे। माँ अपने सोने के कमरे में चली गई। वह मेरे तनाव से अभी भी बेखबर थी। मैंने नसीबा को बचाव की मुद्रा में अपने सीने से चिपटा लिया, अल्ला से मदद और रहम की दुआ माँगी, और दौड़ती हुई अपने सोने के कमरे में आ गई। मैं फौरन उसके पास पहुँचना चाहती थी लेकिन ऐसा कर नहीं पाई। मुस्तफा अँधेरे में खड़ा हमारा इंतजार कर रहा था। उसने बच्ची को मेरे हाथों से छीन कर पलँग पर फेंक दिया और मुझे इतनी जोर का थप्पड़ मारा कि मैं गिर पड़ी। मैंने अपनी चीख को दबा लिया ताकि बगल में माँ के कमरे तक कोई आवाज न जाए। मैंने बहुत धीमे-से कराहते हुए कहा, ''माँ सुन लेगी।''

''ऊपर आओ,'' उसने धमकाते हुए हुक्म दिया।

अब तक नसीबा रोने-चीखने लगी थी। मैंने उसे उठा लिया और तेजी से कमरे से दौड़ती हुई दूसरे कमरे की सीढ़ियाँ चढ़ गई और मुस्तफा मेरे पीछे-पीछे आया। यह यातना कक्ष था। मैं जानती थी कि क्या होगा लेकिन इस समय मेरी सबसे पहली चिंता यह थी कि माँ को मेरी असलियत का पता न चल पाए। मुस्तफा ने कमरे में आने के बाद दरवाजे में ताला लगा दिया। एक बार फिर नसीबा को उसने मेरे हाथों से छीन कर एक तरफ को फेंक दिया। हैरान बच्ची रोने-चीखने लगी और इधर मुस्तफा ने मेरी साड़ी को चिथड़े-चिथड़े कर दिया और मेरे चेहरे को बचाते हुए मुझे बड़े जंगलीपन से पीटा।

अगली सुबह मैं अपनी माँ के सामने इस तरह गई जैसे कुछ हुआ ही नहीं था। मैं दुनिया से अपनी भावनाओं—और अपनी चोटों—को छुपाना सीख रही थी।

भुट्टो ने अपने मामले को जनता की अदालत में ले जाने का फैसला किया। वह लाहौर पहुँचे। हवाई अड्डे से मुस्तफा उन्हें लेकर आया। भीड़ ने जोश-खरोश से उनका स्वागत किया। प्रधानमंत्री के तौर पर जब उनका सूरज ढल रहा था तब लोग उनके रोटी, कपड़ा और मकान के वादों से ऊब गए थे, लेकिन अब वह एक मजलूम थे और लोग उनकी गलतियों को भूल जाना चाहते थे। भुट्टो जनता का रुख देकर खुश हो गए।

गाड़ियों का काफिला बहुत धीमी रफ्तार से उस मकान की तरफ बढ़ा जहाँ भुट्टो को ठहरना था। जब वह अंदर चले गए तो भीड़ उनके नजदीक आने की कोशिश में बेकाबू हो गई। लोगों के दबाव से उस मकान के फाटक टूट गए। रोमांचित दर्शकों ने खिड़कियों को तोड़ डाला, वे दीवारों पर चढ़ गए, लॉन में इकट्ठे हो गए, पेड़ों पर चढ़ कर बैठ गए और टेलीफोन-बिजली वगैरह के खंभों से खतरनाक ढंग से लिपट गए। हर कोई भुट्टो की एक झलक पाने को बेताब था। हर कोई इस आवाज को फिर से सुनना चाहता था जिसे दबा दिया गया था।

भुट्टो मकान के छज्जे पर आए। उन्होंने कहा कि वह अपने आपको 'हिमालय-सा बुलंद' महसूस कर रहे हैं। उन्होंने अपने भाषण में कहा, "जनरल जिया ने मुल्क के साथ गद्दारी की है। उन्होंने संविधान के साथ छेड़छाड़ की है। पाकिस्तान की जनता इस गद्दार को नहीं बख्शेगी। सेना को यह अधिकार नहीं है कि जनता के नुमाइंदों को निकाल बाहर करे और एक चुने हुए प्रधान मंत्री को बेदखल करके सत्ता हड़प ले।"

श्रोताओं ने जोर-जोर से चिल्लाकर अपनी खुशी का इजहार करते हुए भुट्टो को जवाब दिया। इस जोश में लोग यह महसूस नहीं कर पाए कि वे भुट्टो की मौत के फरमान पर दस्तखत कर रहे हैं।

फिर गतिविधियों का केंद्र इस्लामाबाद हो गया। एक अपेक्षाकृत शांत पल में मुस्तफा ने भुट्टो को आगाह किया कि उन्हें अपने इस कड़े रुख में बदलाव कर लेना चाहिए नहीं तो जनरल लोग उन्हें खत्म कर देंगे। लेकिन भुट्टो ने अपने आपको इस सलाह से अलग और उदासीन रखा। वह सोचते थे कि उनकी इस टकराव की नीति से जनरलों के हाथ-पाँव फूल जाएँगे, और उनका विश्वास था कि लोग अपने नेता को बचाने के लिए उठ खड़े होंगे। वह यह भूल गए कि टैंक और बंदूकें तो जनता के मूड से ज्यादा साफ दिखाई पड़ती हैं।

मुस्तफा ने भुट्टो को जब बताया कि जनरल लोग उसके साथ बैठक करना चाहते हैं तो भुट्टो ने अपनी रजामंदी जताते हुए कहा कि मुस्तफा को इस बैठक में जाना चाहिए क्योंकि इससे उसे सेना की सोच का आकलन करने का मौका मिलेगा। मुस्तफा की जिया और उनके दो साथियों से बातचीत हुई तो तीनों सैनिक नेताओं ने उसकी तारीफ के पुल बाँध दिए और कहा कि उन्हें उसके जैसे लोगों की ही जरूरत है। लेकिन इन फौजी हुक्मरानों ने भुट्टो के लिए अपनी नाराजगी जताई। उन्होंने यह भी कहा कि भुट्टो तभी जिंदा बच सकेंगे जब वह अपनी हेकड़ी पर अंकुश लगाएँगे। जनरलों ने यह भी कहा कि अगर भुट्टो यह गारंटी दें कि वह राजनीति को हमेशा के लिए छोड़ रहे हैं और देश से बाहर चले जाएँ तो उन्हें कोई एतराज नहीं होगा। मुस्तफा के ख्याल में यह तो वही बात थी कि किसी इंसान से ऑक्सीजन के बगैर जिंदा रहने को कहा जाए।

मुस्तफा ने जब ये सारी बातें भुट्टो को आकर बताईं तो उसने अपने नेता को यह मनवाने की कोशिश की कि वह देश छोड़कर भाग जाएँ और मुस्तफा को भी ऐसा करने की इजाजत दें ताकि वे 'किसी और दिन लड़ने को जिंदा' रहें। भुट्टो ने मुस्तफा को जाने की इजाजत दे दी और उसका रास्ता भी बना दिया। उन्होंने संयुक्त अरब अमीरात के राजदूत को बुलाया और मुस्तफा का उनसे परिचय करवाया। फिर उन्होंने अबू धाबी के शासक शेख जायद बिन नयान के नाम एक चिट्ठी लिखी जिसमें मुस्तफा को उन्होंने 'मेरा भाई' बताते हुए उनसे हर जरूरी मदद देने का अनुरोध किया।

अपने बारे में भुट्टो ने यह कहा कि वह स्थिति की गंभीरता को समझते हैं लेकिन उनके पास सिवाय इसके और कोई चारा नहीं था कि वह पाकिस्तान में ही रहें और संघर्ष करें।

इस बैठक के कुछ ही दिन बाद सितंबर में भुट्टो को फिर से गिरफ्तार कर लिया गया। इस बार उन पर हत्या के प्रयास का आरोप लगा। उनके खासमखास समर्थकों की धर-पकड़ भी कर ली गई। मुस्तफा को कई जनरलों के साथ गुप्त बातचीत के लिए कई बार बुलाया गया। एक रात उसने मुझे खबर दी कि हमें सूरज निकलने से पहले नसीबा को छोड़ कर तुरंत इंगलैंड जाना होगा। उसने कहा कि नसीबा को साथ ले जाना बेहद असुविधाजनक और खतरनाक होगा।

एक और बच्ची को छोड़ने की बात ने मुझे तोड़ कर रख दिया, भले ही वह एक दिन के लिए हो। मैं भयाक्रांत हो उसकी रोजमर्रा की परवरिश के लिए हिदायतें देने लगी। लेकिन यह तो होना ही था। इस गंभीर, कठिन घड़ी में मेरे दुखी होने से किसी को कोई मतलब नहीं था, मुस्तफा को तो बिलकुल भी नहीं। मैं अकेली दुख झेल रही थी, ठीक वैसे ही जैसे मैंने तान्या के लिए दुख झेला था।

मुझे नहीं पता था कि मुस्तफा और जनरलों के बीच क्या समझौता हुआ था। मुझे इसमें विश्वासघात की बू आ रही थी, लेकिन अपना शक जताने की मुझमें हिम्मत नहीं थी। मुस्तफा यह भाँप गया और बोला कि राजनीति में समझौते जरूरी होते हैं।

हमने इस्लामाबाद से सुबह साढ़े छः बजे की उड़ान ली। जब हमारा विमान हवाई पट्टी के सिरे पर हरी झंडी के इंतजार में खड़ा था तो मैंने मुस्तफा के माथे पर पसीने की बूँदें छलछलाती देखीं। उसकी कनपटी की नसें फड़क रही थीं। उसके चेहरे पर भय की छाप थी। हम दोनों ही जानते थे कि जनरल लोगों के दिमाग का कोई भरोसा नहीं था।

आखिरकार विमान उड़ान भरने के लिए धीरे-धीरे सरकने लगा। विमान चालकों

ने इजनों को पूरा खोल दिया और विमान ने रफ्तार पकड़ ली। यह जब हवा में उठ गया तब जाकर मुस्तफा के चेहरे पर राहत के चिह्न दिखाई दिए; वह फाँसी के फंदे से बच निकला था।

हमारा कोई तय कार्यक्रम नहीं था। हमें बस इतना पता था कि पहले हम उमरा की हज करने के लिए मक्का में रुकेंगे, और फिर लंदन चले जाएँगे। हमारे पास केवल पचास हजार रुपए थे जो ब्रिटिश स्टर्लिंग की मुद्रा में बदल जाने पर बहुत थोड़ी-सी रकम बनती थी।

तुरंत ही मैं अकेली हो गई थी। मेरी दोनों बच्चियाँ मुझसे छूट गई थीं। मैंने खिड़की से बाहर नजर डाली तो देखा कि हमारा देश हमारे नीचे-पीछे छूटता जा रहा था।

भाग दो

जंगल का कानून

6

मक्का में मुस्तफा ने अल्ला के घर यानी काबा पर हाथ रख कर कसम खाई कि वह जिंदगी भर किसी दूसरी औरत को नजर उठा कर नहीं देखेगा। एक मुसलमान के लिए इससे बड़ी और कोई वाचा नहीं हो सकती।

जब हम विमान से लंदन जा रहे थे तो मुस्तफा को एक आप्रवासी पाकिस्तानी ने पहचान लिया जो अँग्रेजियत में इतना रंग गया था कि खुद को हैरी कहने लगा था। छः घंटे के इस सफर में ये दोनों दार्शनिक बातचीत में ही मशगूल रहे और जब हम विमान से उतरे तो उस समय तक हैरी हमारे सियासी मकसद को अपना चुका था और हमारा दोस्त बन गया था। हमें आप्रवास की औपचारिकताओं में कोई मुश्किल नहीं आई। भुट्टो के साथ मुस्तफा के राजनीतिक जुड़ाव और उसकी हैसियत को लेकर कोई मुश्किल खड़ी नहीं हुई। हमें राजनीतिक शरण मिल गई। हैरी ने हमारी मेहमाननवाजी की पेशकश की तो मुस्तफा मान गया।

हैरी एक छोटे-से कौंसिल फ्लैट में रहता था। अर्ल्स कोर्ट में उसके इस फ्लैट में आराम नहीं था। लेकिन मुस्तफा ने आसानी से अपने आपको इस तंग मकान के माहौल में ढाल लिया। वह जलावतन था और इसका मतलब होता है त्याग और असुविधा। लेकिन मैं पहली रात बिलकुल नहीं सोई। मैं इस ख्याल से शर्मिंदा थी कि हम भाग कर आए थे, और हमने भुट्टो को ऐसी स्थिति में छोड़ दिया था जहाँ उनकी मौत निश्चित थी। मुझे यह तो पता नहीं था कि मुस्तफा ने पाकिस्तान से निकलने के लिए क्या तिकड़म की थी लेकिन मुझे ऐसा लगता था कि मुस्तफा ने अपनी जान बचाने के लिए अपनी इज्जत को बेच दिया था। मैंने संकल्प किया कि अगर कभी मुझे ऐसी किसी स्थिति का सामना करना पड़ा तो मैं अपनी ही धरती पर खड़ी होकर लड़ूँगी। आखिरकार मैं सो गई और क्रांति और कूच के सपने देखती रही। मैं फाँसी के तख्ते पर सिर उठाकर खड़ी थी और जब मेरी गर्दन पर फाँसी का फंदा कसा तो मैंने चूँ तक नहीं की।

मैं तान्या और नसीबा के लिए तड़पती थी। उसके बराबर और कोई पीड़ा नहीं थी। तान्या और नसीबा एक गहरी वेदना में घुल-मिल गई थीं। जब भी मैं किसी छोटे बच्चे को सड़क पर या पार्क में बच्चा-गाड़ी में देखती तो मेरी दुखी ममता मचल उठती मानो वे इसकी जगह ले सकते थे, लेकिन मुस्तफा इसे मेरी कमजोरी समझता था।

उसने मुझे यह नहीं बताया कि उसने जनरलों के साथ क्या सौदेबाजी की थी, लेकिन छिटपुट जानकारियों और टेलीफोन पर होने वाली बातें सुनकर इसका अनुमान लगाना मुश्किल नहीं था। उसने अपनी जान बख्शने के एवज में जनरलों से यह वादा किया था कि वह अगले महीने यानी नवंबर में पाकिस्तान लौट आएगा और लंदन से अपने साथ ऐसे दस्तावेज लेकर आएगा जिनके आधार पर भुट्टो को अपराधी ठहराया जा सकेगा। यह मुझे कभी नहीं पता चल पाया कि ये कौन-से दस्तावेज थे, और शायद यह एक झूठी कहानी ही थी हालाँकि उस समय मुझे ऐसी जानकारी नहीं हुई। मैं ब्रूटस की तरह के इस विश्वासघात को नहीं समझ पाई। जब मुस्तफा का नेता एक बेलिहाज हुकूमत के खिलाफ अपनी जिंदगी के लिए लड़ रहा था तब वह उसकी जान के प्यासे लोगों के साथ मिलकर साजिश कर रहा था। मैंने जब अपनी शंका उसके सामने रखी तो उसने दार्शनिक अंदाज में जवाब दिया, "वक्त बताएगा।"

लंदन में अपने प्रवास के पहले कुछ हफ्तों में मुस्तफा ने दूसरे जलावतनों से संपर्क बनाए और अपनी मौजूदगी का एहसास कराया। वह अपने सहज रूप में था और गठजोड़ बना और तोड़ रहा था, कुचक्र चला रहा था, योजनाएँ बना रहा था, और संदेह रखनेवालों को समझा-बुझा रहा था। ऐसी निर्वासन की स्थिति में एक राजनीतिक कार्यकर्ता अपनी अहमियत के बारे में बढ़-चढ़ कर राय कायम कर लेता है। मुस्तफा भी यह विश्वास करने लग गया कि वही वह आदमी था जो जिया और उनके पिट्ठुओं की हुकूमत को उखाड़ फेंकने के जयवंत संघर्ष की दिशा में हमवतनों को एकजुट कर सकता था। मुस्तफा को इसमें पीपुल्स पार्टी को अपने प्रभाव में एक नया रूप देने का बड़ा मौका दिखाई दिया।

फिर भी, वह जानता था कि भुट्टो के अंध भक्तों को अपने पीछे एकजुट करना उसके लिए मुश्किल होगा। वह खुद अपने ही अतीत से दूषित था। मुस्तफा ने इस पार्टी के गठन में तो मदद की थी लेकिन फिर इसे छोड़ दिया था। यह सच है कि वह इसमें लौट आया था, लेकिन उसके इस ढुलमुल रवैये ने उग्रपंथियों की नजर में उसे संदिग्ध बना दिया था। उन्हें याद था कि उसने भुट्टो को कैसे अपमानित करने की कोशिश की थी। उनके ख्याल में मुस्तफा जरूरत से ज्यादा महत्वाकांक्षी था। कई तो उसकी ईमानदारी पर भी शक करते थे, क्योंकि उसने इस तरीके से पाकिस्तान छोड़ा था। निर्वासन में यह पार्टी मानसिक भ्रम की हालत में थी; घुसपैठिए

और मुखबिर हर कहीं थे।

दस्तावेज सौंपने की अंतिम तारीख नजदीक आई तो मुस्तफा की बेचैनी देखने लायक थी। अगर वह अपने वादे के मुताबिक ये दस्तावेज नहीं पहुँचाता तो जनरलों का कोप भड़केगा जिसमें माफी की कोई गुंजाइश नहीं थी, और वह पाकिस्तान नहीं लौट पाएगा। मुस्तफा ने तय किया कि वह जनरलों के साथ हुए अपने समझौते से मुकर जाएगा और इस तरह भुट्टो और पार्टी के प्रति अपनी वफादारी साबित कर देगा। मैंने उसके इस फैसले का दिल से समर्थन किया। मैंने कहा कि अपने घर लौट कर विभीषण की भूमिका निभाने से तो अच्छा है कि हम भागे-भागे फिरें और तंगहाली में रहें। इस फैसले से मुझे बहुत चैन मिला।

उसने एक जनरल को पाकिस्तान फोन किया। उसने इस जनरल से घबराहट में बातचीत की और जैसे-तैसे दस्तावेज देने की अंतिम तारीख को आगे बढ़वा लिया। इस तरह उसने निर्वासित समुदाय के बीच अपने समर्थन की शक्ति को परखने के लिए दो महीने और ले लिए।

मेरा परिवार लंदन में रह रहा था और माँ से फोन पर मेरी अक्सर ही बात होती रहती थी। लेकिन अब्बाजान ने बदनाम मुस्तफा को अपने परिवार में स्वीकार करने से साफ इनकार कर दिया था।

माँ और अब्बाजान के पास मेरी बहन मीनू की शक्ल में अपनी खुद की परेशानियाँ थीं। मीनू अभी हाल में अठारह की हुई थी। इंगलैंड में यह तथ्य उसकी आजादी का द्योतक था। एक दिन मीनू ने मुझे फोन करके कहा, "मैं आपसे फौरन मिलना चाहती हूँ।" हमने एक रेस्तोरां में मिलना तय किया। मीनू ने मुस्तफा और मुझको बताया कि वह वाइट द्वीप के एक बोर्डिंग स्कूल में फोटोग्राफी की पढ़ाई करने को उतावली थी। समस्या यह थी कि यहाँ लड़के-लड़कियाँ दोनों साथ पढ़ते थे, और मेरे वालिदैन अपनी बेटी के लिए इस तरह के माहौल की बात सोच भी नहीं सकते थे। लेकिन वे जितना इनकार करते, मीनू उतनी ही ज्यादा जिद पकड़ती जा रही थी। उसने हमें बताया कि वह घर से भागने का इरादा कर रही थी। हमने उसे मनाने की बहुत कोशिश की लेकिन वह हमारी सलाह मानने को तैयार ही नहीं हुई। मुस्तफा ने मुझे सलाह दी, "इस पचड़े में मत पड़ो।"

अगले दिन माँ का फोन आया। वह बेहद उखड़ी हुई थी। "मीनू भाग गई!" उसने मातमी लहजे में कहा।

मुस्तफा ने मेरे हाथ से फोन ले लिया और माँ से सीधे बात की। "चाहे जो भी हो जाए, मैं मीनू को वापस लाकर रहूँगा," उसने वादा किया।

इस एक प्रतिज्ञा के साथ मुस्तफा ने मेरी माँ से एक खास नाता जोड़ लिया।

उसकी आवाज में वह अधिकार और दम था जो अब्बाजान कभी नहीं ला सके। मेरे परिवार को जाने बिना ही मुस्तफा ने बड़े भाई की भूमिका ले ली थी। माँ को तुरंत राहत मिल गई। मीनू के इस हताश कदम उठाने से पहले माँ ने इरादा किया था कि सारा परिवार मारबेला, स्पेन की अपनी सैरगाह में जाएगा। मुस्तफा ने माँ से कहा कि वे लोग चले जाएँ और वह मीनू को वहीं लेकर आएगा।

जैसा कि हम जानते थे, मीनू ने हमें फोन किया और मुस्तफा ने बात मनवाने की अपनी क्षमता का इस्तेमाल करते हुए उसे भरोसा दिलाया कि वह जो कुछ भी चाहती है उसे वह परिवार से अपना नाता तोड़े बगैर भी हासिल कर सकती है। उसकी खास दलील पैसों को लेकर थी। उसने मीनू को समझाया कि वाइट द्वीप के स्कूल में जाना तो दूर, पैसे के बिना वह रह भी कैसे पाएगी? ''हमारे साथ स्पेन चलो,'' उसने मीनू से कहा, ''वहाँ हम इस मसले को हल करेंगे।''

हम तीनों विमान पकड़कर मालागा पहुँचे और किराए पर कार लेकर उससे मारबेला गए; वहाँ हम होली डे इन में ठहरे। हमारे वहाँ पहुँचने के कुछ ही देर बाद मीनू ने माँ को फोन किया और समझौते की प्रक्रिया चालू करने की कोशिश की। माँ तुनक गई और बोली, ''अब तुम कभी नहीं जा सकतीं।''

मीनू ने अपनी कुंठा को फोन पर चिल्लाकर निकालना चाहा लेकिन मुस्तफा ने उसके हाथ से फोन झटक लिया और सख्ती से बोला, ''तुम मेरे सामने माँ से बदतमीजी करने की हिम्मत नहीं कर सकतीं।'' फिर उसने अपनी आवाज धीमी करते हुए फोन पर कहा, ''हम बाद में फोन करेंगे। मुझे उससे बात करनी है।''

फोन रख कर वह मेरी बहन की तरफ मुड़ा। मीनू के चेहरे पर आए भाव बता रहे थे कि वह समझ गई थी कि वह फँस गई है। होटल का वह छोटा-सा कमरा अचानक डरावना दिखने लगा। मीनू दरवाजे की तरफ दौड़ी, लेकिन मुस्तफा ने उसे पकड़ लिया और पलँग पर पटक दिया। उसने अपना एक मजबूत हाथ उसकी गर्दन पर रखा और उसका गला घोंटने लगा। मैंने उसे हटाने की कोशिश की तो उसने अपने दूसरे हाथ से मुझे धक्का दे दिया। मीनू ने थोड़ी देर तो हाथ-पाँव मारे लेकिन फिर उसकी समझ में आ गया कि वह बेबस है, और वह ठंडी पड़ गई।

मुस्तफा ने उसे छोड़ दिया। वह पलँग के किनारे पर बैठ गया और उसने मीनू को दम लेने का मौका दिया। फिर उसने शांति से, बड़ी सहूलियत और प्यार के साथ मीनू को भाषण दिया, ''अगर तुम इस तरह से करोगी तो वे लोग तुम्हें कभी जाने नहीं देंगे,'' उसने मीनू को समझाया, ''तुम्हें दूसरा खेल खेलना होगा। उन पर चिल्लाओ मत।''

मीनू हक्का-बक्का हुई पलँग पर बैठी थी और कुछ बोल नहीं पा रही थी। अचानक ही वह सीधी और बात मानने वाली हो गई थी। उसकी आँखें बता रही थीं कि वह समझ गई थी कि वह दुश्मनों से घिर गई है। उसे आइंदा लड़ने के

लिए इंतजार करना होगा।

जब मीनू गुसलखाने में चली गई तो मुस्तफा ने मेरी माँ को फोन किया और उन्हें बताया कि मीनू की एकमात्र समस्या यह थी कि वह बिगड़ गई थी। उसे नियंत्रण और अनुशासन की जरूरत थी।

माँ इंगलैंड के खुले माहौल में जवान लड़कियों की परवरिश से जुड़ी मुश्किलों का रोना रोती रहीं, "हमारा खानदान दकियानूसी है," वह बोली, "हमें नहीं पता क्या करना चाहिए।"

अब तक माँ मेरे अब्बाजान को यह समझा चुकी थीं कि अब हमें वापस परिवार में ले लेने का समय आ गया था। मुस्तफा को माँ ने जो थोड़ा-बहुत बरता था उससे उसे लगा कि वह एक इज्जतदार आदमी है और इस समय उसका वक्त खराब है। उसे मुस्तफा का इस समय बहिष्कार जारी रखना मुनासिब नहीं लगा। उसने हम सबको समझौते के डिनर पर बुलाया और समुद्र के पास बने अपने विला में आने के लिए कार भी भेजी।

मेरे अब्बाजान आँखों में आँसू भरकर और प्यार से गले लगाते हुए मुझसे मिले; मुस्तफा से भी वह अच्छी तरह से पेश आए। मीनू से जो वह सख्ती से निपटा था, उसी से वह उनका चहेता बन गया था। मैं खुश थी कि चलो हमारा अकेलापन तो खत्म हुआ। मैं अपने अब्बाजान के उसूलों की कद्र करती थी और मन-ही-मन इस बात पर गर्व करती थी कि उन्होंने हमसे अलगाव की पीड़ा के बावजूद उन्हें छोड़ा नहीं था। बहरहाल, इससे हम दोनों को ही बहुत पीड़ा हुई थी, क्योंकि मुझे पता था कि मैं उनकी चहेती हूँ। और मुझे यह भी पता था कि वह हमारी शादी को कुबूल करने को तैयार थे, क्योंकि वह समझते थे कि मुस्तफा में और चाहे जो भी बुराइयाँ हों वह परिवार का तो वफादार था।

मीनू का व्यवहार बहुत अच्छा रहा। वह अपने को खुश दिखाने की कोशिश करती रही। हमारी छोटी बहनें भी वहाँ थीं। पंद्रह साल की जरमीना एक होनहार कपड़ा डिजाइनर थी; उसने एक झालरदार स्पेनी पोशाक पहन रखी थी और बालों में एक गुलाब लगा रखा था; और इस तरह वह एक स्पेनी बाला बनी हुई थी। सबसे छोटी आदिला तेरह की थी; वह काली जीन्स और टी-शर्ट पहने थी और हमारे बारे में बहुत उत्सुक दिखाई दे रही थी। मैं समझ रही थी कि वह इसलिए मुझसे प्रभावित थी कि मैंने हमारी तानाशाह माँ से बगावत करके उनका मुकाबला किया और एक बदनाम अतीत वाले इस मशहूर आदमी से भाग कर शादी की।

जैसे ही मैं अकेली हुई, अब्बाजान ने अपनी बात रखी, "मैं आज तुमसे इस सच्चाई के बावजूद समझौता कर रहा हूँ कि तुम्हारे फैसले ने मेरा दिल दुखाया और मुझे परेशान किया। यह तुम्हारी दूसरी शादी है और मैं नहीं चाहता कि तुम किसी भी वजह से अपने इस शौहर को छोड़ो। उसके घर से बस तुम्हारा जनाजा निकल

सकता है। इसी बात पर मैं तुम्हें खानदान में वापस ले रहा हूँ।"

खाने पर, मीनू बिना रुके बोलती ही रही। जरमीना ने बहुत प्यार दिखाया और हमारा बहुत ख्याल रखा। लेकिन मुझे आदिला और मुस्तफा के बीच कुछ अजीब-सा दिखाई दिया; माहौल में आशंका का भाव था मानो इन दोनों के बीच एक गुपचुप रिश्ता कायम हो गया था, हालाँकि वे एक-दूसरे से पहले कभी नहीं मिले थे। मैं मुस्तफा की आँखों में आई उस जानी-पहचानी चमक की वजह से पैदा हुए शक को झटकने की कोशिश करने लगी।

मारबेला में हम दो हफ्ते रहे और इस बीच मेरे अब्बाजान ने मेरी खुशी को पक्का करने के लिए नसीबा को बुलवाने का इंतजाम कर दिया। दाई आयशा पाकिस्तान से मेरी बच्ची को लेकर आई और एक बार फिर मैं अपने आपको तकरीबन मुकम्मिल महसूस करने लगी। नसीबा की तीन जवान मौसियाँ तो इस नन्ही-सी गठरी से सम्मोहित हो गईं जबकि अब्बाजान गर्वीले पुरखा बन गए। माँ और मुस्तफा की खूब पटने लगी और मुझे भी इस बात पर आश्चर्य हुआ कि माँ और मुझको एक-दूसरे का साथ अच्छा लग रहा था। बस एक कमी तान्या की थी; यह एक ऐसा विषय था जिस पर मुस्तफा से बात करने की मेरी हिम्मत नहीं होती थी। इस खालीपन को भरने के लिए मैंने अपने आपको जुनून की हद तक पाँच महीने की नसीबा से जोड़ लिया। मैं हर समय उसके साथ लगी रहती और रातों को जाग-जाग कर उसके नाश्ते के बारे में सोचती रहती थी।

मेरे वालिदैन के पास लंदन में घर भी था और अपार्टमेंट भी। हमारे समझौते से खुश होकर उन्होंने हमसे अपार्टमेंट में रहने की पेशकश की और हमने इस दावत को तुरंत कुबूल कर लिया। अर्ल्स कोर्ट में हम हैरी के साथ जिस फ्लैट में सबसे पहली बार रहे थे उसके मुकाबले मार्बल आर्च कहीं ज्यादा आरामदेह और सुंदर था। हम जरमीना और आदिला के साथ लंदन आ गए। मीनू को मेरे वालिदैन के साथ आना था।

मुस्तफा और मैंने फैशनेबल जलावतनों के तौर पर एक नई जिंदगी शुरू की। हमने पाकिस्तान के कुछ पुराने दोस्तों को रात के खाने पर बुलाया। मुझे माँ के बर्तन माँगने की जरूरत हुई, तो जरमीना और आदिला इन्हें लेकर आ गईं और खाने की तैयारी में मदद देने की गरज से हमारे पास ही रुक गईं। मैंने अपार्टमेंट को सजाया और मुस्तफा खाना बनाने में जुट गया तो जरमीना बच्ची के साथ लग गई और आदिला शराब पर टूट पड़ी। जब तक जरमीना और मैं उस तरफ गौर करते आदिला नशे में तैर रही थी। वह उत्तेजक होने की अस्थिर कोशिश में पूरी बैठक में लहराती फिरी। जरमीना और मैंने मिलकर उसे सोने के कमरे में खींचने की कोशिश की लेकिन उसने हमें धक्का दे दिया। मुझे चिंता हो गई कि मेहमान आ जाएँगे और उसे इस हालत में देखेंगे—और उससे भी ज्यादा चिंता मुझे यह हुई कि मेरे

वालिदैन को यह बात पता चलेगी। मैंने मुस्तफा को रसोई में देखा; मैंने उससे कहा, "तुम्हें कुछ करना होगा। उसे लताड़ लगाओ और घर भगा दो।"

मुस्तफा तब आदिला की तरफ बढ़ा। उसे खुद पक्का पता नहीं था कि वह करना क्या चाहता है। उसने आदिला को कंधों से पकड़ा तो वह उससे जूझने लगी। लेकिन वह उससे दूर होकर नहीं बल्कि सट कर जूझ रही थी। एक क्षणांश के लिए तो वे रुक गए और उस समय वे ऐसी हालत में थे मानो आलिंगन में हों। फिर आदिला ढीली पड़ गई और घर जाने को राजी हो गई। जरमीना और मैं जानते थे कि अगर हमारे वालिदैन को इस घटना के बारे में पता चल गया तो वे मुझ पर खराब होने का ठप्पा लगा देंगे और इसे मेरा असर बता कर हमें एक-दूसरे से मिलने नहीं देंगे। इसलिए हमने तय किया कि इसे राज ही रखेंगे।

इस बीच मीनू वाली बात बिगड़ गई। मेरे वालिदैन मुस्तफा वाली सख्ती तो दिखा नहीं पाए इसलिए उन्होंने पैसे के बल पर आदिला से अपनी बात मनवाने की कोशिश को। उन्होंने उसे तमाम ऐशो-आराम से सजी कार खरीद दी।

"यह उससे निपटने का सही तरीका नहीं है," मुस्तफा ने मुझसे कहा, "वे दबाव में उसके आगे झुक रहे हैं। जीत तो उसी की हुई है।" उसने सुझाव दिया कि वे मीनू को वापस पाकिस्तान भेज दें और उसका पासपोर्ट ले लें।

सच, मीनू एक बार फिर घर से भाग गई। एक हफ्ते तक उसका कहीं अता-पता नहीं मिला। माँ ने हमें फोन किया और रोते हुए बताया कि मीनू तो टोटन हैम कोर्ट रोड पर एक रिकार्ड स्टोर में काम कर रही है। माँ इसे लंदन का एक गंदा इलाका मानती थी और मैं समझती हूँ कि यह था भी—हालाँकि इसकी गिरावट की गहराइयों तक माँ की कल्पनाएँ नहीं पहुँच सकती थीं।

इस ताजा संकट के बीच हम बीच हिल में मेरे वालिदैन के घर आ गए ताकि परिवार के नजदीक रहें। यह मकान दो एकड़ में बना हुआ था और यहाँ से एक गोल्फ का मैदान दिखाई देता था। इसमें मोरक्को के सोफे, दमिश्क के नक्काशीदार फर्नीचर और शाह फारूक के महल के संग्रह से आई कुर्सियों की भारी सजावट हो रही थी। माँ ने फारसी गलीचे बिछा कर और पेंटिंग टाँग कर इस बड़े से मकान को एक ऐसा मुकम्मल माहौल दे दिया था जहाँ वह किसी महारानी की तरह इधर से उधर चहलकदमी करती थी। परिवार के पास एक रसोइया, दो नौकरानियाँ, एक कार चालक, एक एकाउंटेंट और एक खानसामा थे जो रोजमर्रा की जरूरतों को पूरा करते थे।

मुस्तफा ऐसी रईसी से चिढ़ता था फिर भी इसका मजा ले रहा था। मेरे परिवार के इस रईसी रहन-सहन में कोई असहजता नहीं दिखाई देती थी, और वे सहज रहकर जैसे अनजाने में ही मुस्तफा के देहाती माहौल से आए होने का मजाक उड़ाते थे। मुस्तफा बिलकुल उलट दंभ का व्यवहार करता था। वह उजड्डपन और दुनियादारी

को टी-शर्ट पर लिखे नारे की तरह धारण किए रहता था।

अब्बाजान एक मुकम्मिल मेजबान का हक अदा करते थे। वह मुस्तफा को मुनासिब मौके पर डेविडॉफ़ सिगार पेश करते थे। लेकिन वह उसके साथ बेतकल्लुफ नहीं होते थे। दूसरी तरफ, माँ कुछ जल्दी ही मुस्तफा की शख्सियत से आकर्षित हो गई थी। उसकी राजनीति में बहुत दिलचस्पी थी और वह मुस्तफा की बातों को बहुत गौर से सुनती थी। वह पाकिस्तान की अस्थिर राजनीतिक स्थिति का बहुत बारीकी से विश्लेषण करता था। धीरे-धीरे अब्बाजान भी उसके साथ कुछ गरमजोशी से पेश आने लगे। आखिरकार, मुस्तफा उनकी पीढ़ी का सदस्य, उनका समकालीन था।

पहले तो मुझे इस स्थिति में विडंबना दिखाई दी। मैं अपनी माँ के वर्चस्व से बचने के लिए एक आततायी की गोद में चढ़ी थी, और यह देखकर अब थोड़ा मजा आ रहा था कि दोनों तानाशाह एक दूसरे के अहं को विस्तार दे रहे थे। लेकिन धीरे-धीरे मैं खुद को अकेला महसूस करने लगी। मुस्तफा उस परिवार का हिस्सा बन गया जिससे अलग खड़े होने की मैंने कोशिश की थी।

मुस्तफा मेरे परिवार की हलचलों को बड़ी बारीक और तिकड़मी नजर से देख रहा था। उसने ठीक-ठीक पहचान कर ली कि परिवार की कमजोरी कहाँ है। अब्बाजान—और खास तौर पर माँ—अपनी इज्जत बचाने के लिए कुछ भी करने को कुछ भी छोड़ने को तैयार हो सकते थे। मसलन, मीनू वाला वह संभावित कांड मेरे वालिदैन के लिए बहुत ज्यादा था। वे उसके आगे झुक गए थे, उसके लिए वाइट द्वीप पर एक फ्लैट किराए पर ले दिया था, उसमें सारा फर्नीचर वगैरह सजवाया था और उसे फोटोग्राफी स्कूल में दाखिला लेने की इजाजत दी थी। माँ ने मीनू से यह वादा करवा लिया था कि वह लगभग हर सप्ताहांत और हर छुट्टी में घर आएगी, लेकिन यह बात साफ थी कि जीत मीनू की हुई थी।

जनवरी नजदीक आई तो मुस्तफा निर्वासन की उस आम बीमारी यानी घोर आशावाद का शिकार हो गया। उसने मुझसे कहा कि जनरल जिया कुछ ही दिनों के मेहमान थे। "वह छः महीने से ज्यादा नहीं रहेंगे," मुस्तफा ने भविष्यवाणी की, "तुम देख लेना।"

उसने इसी आशावाद के आधार पर काम किया और पाकिस्तान में बैठे जनरलों से कह दिया कि वह भुट्टो को अपराधी ठहराने वाले दस्तावेज लेकर लौटने के अपने समझौते का पालन नहीं करेगा। उसकी इन हरकतों के लिए उसे उसकी गैरहाजिरी में ही चौदह साल की सश्रम कारावास की सजा सुना दी गई, और उसका सारा माल-असबाब जब्त कर लिया गया। राजनीतिक घाव में जाती नमक यह छिड़का

गया कि मुस्तफा की माँ को पासपोर्ट देने से इनकार कर दिया गया। हम उम्मीद कर रहे थे कि हम उन्हें अपने पास लंदन ले आएँगे, लेकिन पाकिस्तान में बैटे हुक्मरान यह मानते थे कि वे उनका इस्तेमाल मुस्तफा को वापस पाकिस्तान बुलाने के लिए चारे की तरह कर सकेंगे। उसका अपनी माँ से बहुत लगाव था; इस हरकत ने उसे तोड़ कर रख दिया। इस हरकत पर जब वह सोच-विचार कर रहा था तो अपनी कुर्सी में चुपचाप बैठा था और उसकी आँखों में आँसू थे।

मुस्तफा की बेचैनी बस थोड़े समय की थी। जल्दी ही उसने भुट्टो को बचाने का एक लंबी दूरी का अभियान शुरू कर दिया, जबकि पाकिस्तान में पूर्व प्रधान मंत्री का मुकदमा शुरू हो चुका था।

हमारी लड़ाइयाँ अब मेरे परिवार को लेकर होती थीं। मुस्तफा ने खाने की मेज पर होने वाली बातचीतों में से कुछ टुकड़े उड़ा लिए थे और उन्हें मेरे खिलाफ इस्तेमाल करता रहता था। कुछ कमजोर क्षणों में मैंने उसे गलती से बचपन में माँ के साथ मेरे खराब रिश्तों के बारे में बता दिया था, और वह इसी जानकारी का इस्तेमाल मेरे खिलाफ करता था। अब वह माँ की तरफदारी करता था और मुझे एक एहसान फरामोश और गैर भरोसेमंद बच्चे की भूमिका में रखता था। उसने बड़ी तरतीब से माँ और बेटी के बीच की खाई को चौड़ा करने का काम किया, और मुझे और भी मुकम्मिल तौर पर अपने अत्याचारी शासन के द्वीप पर अलग-थलग कर दिया।

दूसरे मौकों पर अचानक वह मेरे दोस्त की तरह से पेश आता था। वह कहता था, "मैं सोचता हूँ कि तुम्हारे रिश्तों को लेकर तुम्हारी शंकाओं के बारे में तुम्हारी माँ से बात करूँ। तुमने जो भी बातें मुझे बताई हैं उन्हें उजागर किया ही जाना चाहिए। माँ को इसकी खबर होनी ही चाहिए कि तुम्हें किस पीड़ा से गुजरना पड़ा है।" वह जानता था कि मैं डर जाऊँगी। मुझमें इतनी शक्ति नहीं थी कि मुस्तफा और माँ दोनों का मुकाबला करती। मैं उससे याचना करती कि वह अपने इस इरादे पर अमल न करे, और उसका मुँह बंद रखने के लिए मैं उसकी क्रूर सनकों के आगे और भी तत्परता से बिछने लगी।

रोज सुबह मुस्तफा जल्दी उठ जाता और योग करता था। फिर वह मेरे वालिदैन के सोने के कमरे में बैठ कर कॉफी पीता और पाकिस्तान की ताजा खबरों पर चर्चा करता था। माँ और अब्बाजान इस बात से बेखबर रहते—या कम-से-कम ऐसा दिखाते थे—कि इस आकर्षक व्यक्ति ने पिछली रात उनकी बेटी को पीटा था।

मैंने अपनी चोटों को छद्म आवरण में ढक लिया और अपनी बेइज्जती को दफन कर दिया। मैं अपने तनाव को शांत करने के लिए वेलियम लेने लगी। मेरे अब्बाजान हैरान थे कि मैं यह दवा क्यों लेती हूँ और इस पर एतराज भी करते

थे, लेकिन माँ इस बात से सहमत थी कि अपने तनाव को दूर करने के लिए मुझे ऐसी दवाई की जरूरत थी। मुझे शक था कि उसे मेरे वेलियम लेने की वजह पता थी, लेकिन वह इस बात में यकीन करती थी कि व्यक्ति को जाती जिंदगी पर ताला डाल कर रखना चाहिए। अधिक-से-अधिक वह यह करती कि आम बात कहती थी, "अगर शौहर अजीब या अनुचित तरीके से बर्ताव करता है तो उसके साथ ऐसे पेश आना चाहिए जैसे वह बीमार इंसान हो, जैसे वह ऐसा शख्स हो जिसे डॉक्टरी देखभाल और इलाज की जरूरत है। उससे एक मनोचिकित्सक की तरह निपटो।" मैंने इस सलाह को दिल में बैठा लिया, और मुझे फायदा हुआ। मेरे शरीर को तो कष्ट पहुँचा, लेकिन मेरा मन बच गया।

मैं बहुत चाहती थी कि नसीबा की पैदाइश के बाद मेरे ऊपर जो बेडौल और भद्दी चर्बी चढ़ गई थी उसे छाँट दूँ। मुस्तफा खुराक पर पाबंदी लगाने या वजन कम करने की दूसरी तरकीबों की बात करने की इजाजत नहीं देता था, इसलिए मैंने चोरी-छिपे डाइटिंग वाली गोलियाँ हासिल कर लीं। मेरी अधिकांश फालतू चर्बी छँट गई लेकिन मैं फिर भी खालानुमा दिखती थी। अक्सर मैं इंगलैंड की उन औरतों को ईर्ष्या से देखती जो इधर-उधर घूमती, हँसती-खिलखिलाती, जिंदगी की गतिविधियों में हिस्सा लेती थीं। हालाँकि हमने जगह-जगह की सैर की थी और इस समय इस आजाद समाज में रह रहे थे, फिर भी अपने मन में मैं मुस्तफा के गाँव कोट अद्दू में परदे के पीछे ही सिमटी हुई थी।

मुस्तफा भी अधिकाधिक अलग-थलग महसूस करने लगा था। और मैं इस एहसास पर चकित थी कि मैं उसके धर्म संकट को समझ रही थी और इससे निपटने में उसकी मदद भी करना चाहती थी। मेरा थका मन कभी-कभी स्थिति का विश्लेषण करने और उसे तर्क की कसौटी पर परखने के काबिल होता था। मैं उसकी कुंठा को समझ रही थी और मुझे उससे हमदर्दी भी थी। उसे यह बात अखर रही थी कि यहाँ उसके पास चेलों का झुंड नहीं था। यहाँ वह सरदार नहीं था। उसे एक पराए देश में रहना रास नहीं आ रहा था। उसे यह बात अखर रही थी कि यहाँ उसके पास सत्ता का कवच नहीं था।

मैंने बढ़ कर उसका हाथ थामा और उसका मनोबल बनाने की कोशिश की। मैंने उसके गुस्सैल और गाली-गलौज वाले स्वभाव के लिए उसे माफ कर दिया। मैंने अवचेतन मन में अपने लिए बलि के बकरे वाली भूमिका ले ली और जिस आदमी ने कभी सख्ती के साथ एक सूबे को चलाया था उसे मैंने यह छूट दे दी कि वह उसके बदले मुझ पर अपनी हुकूमत चला ले। और उसका हाथ एक बार भी नहीं काँपा।

वह तो खुशकिस्मती थी कि नसीबा उसकी पहुँच से दूर सुरक्षित थी, क्योंकि वह लगभग हमेशा ही मेरी बहनों के पास रहती थी जो कहावत वाली मौसियों की तरह उसके लिए जरा-जरा-सी बात पर परेशान रहती थीं। इसका कम-से-कम यह मतलब तो था ही कि अब मेरे पास असामान्य हालात में रह रहे इस असामान्य आदमी से बचाने के लिए एक जान कम हो गई थी।

मैं हमेशा अभिनय करती रहती थी, क्योंकि मुझे डर था कि मेरी वैवाहिक जिंदगी की पोल खुल जाएगी। मैं भरसक कोशिश करती थी कि मुस्तफा के साथ मेरा कोई टकराव न हो। वह मेरी इस दिमागी परेशानी को समझता था और उसका पूरा फायदा उठाता था। उसने मुझे मना कर दिया कि मैं अपनी इस गुप्त यंत्रणा के बारे में किसी से भी बात न करूँ और यह धमकी भी दी कि अगर मैंने ऐसा किया तो उसके गंभीर परिणाम होंगे, लेकिन इसकी कोई जरूरत थी नहीं क्योंकि मुझे लगता था जैसे मैं किसी पर भी भरोसा नहीं कर पाऊँगी। यह खंडित मानसिकता वाला वजूद था। अपने पति को खुश न रख पाने और आदर्श पत्नी की अपनी माँ की परिभाषा पर खरी न उतर पाने की शर्मिंदगी तो पिटाइयों से भी ज्यादा भयानक हो रही थी। शारीरिक यातना उसका अपराध नहीं था—इससे तो मेरी अपनी ही कमी की पुष्टि होती थी।

मुस्तफा मुझे कभी अकेले बाहर नहीं जाने देता था। माँ अक्सर ही मुझसे उसके साथ कहीं लंच पर, या डॉक्टर के पास, या बस यूँ ही बाजार-हाट के लिए चलने को कहती थी—और मुझे हमेशा ही कोई-न-कोई चतुर बहाना बनाना पड़ता था। मुझे मुस्तफा से इजाजत लेने की भी मनाही थी। मुझे ऐसी स्थिति से अपने आप ही निपटना होता था। माँ मेरे इनकार को मेरी खुदगर्जी समझती थी। मेरी कितनी इच्छा कि उसे असली वजह बताऊँ लेकिन मैं यातनापूर्ण चुप्पी धारण कर लेती थी।

माँ के साथ अपनी तमाम परेशानियों के बावजूद मेरा मन करता था कि फिर से उसकी बच्ची बन जाऊँ। वह शक्ति की प्रतीक थी। मैं उसे ऐसी एकमात्र शक्ति समझती थी जिससे मुस्तफा की दुष्टता की बराबरी की जा सकती थी। जब भी वह मुझे मारता तो मैं माँ का नाम लेकर ही चिल्लाती थी और दुआ करती थी कि वह आकर मुझे बचा ले। मेरा बहुत मन करता था कि उसे विस्तार से बताऊँ कि मेरे साथ क्या हो रहा था, लेकिन मुझे पक्का पता था कि वह मुस्तफा का ही पक्ष लेगी और मेरी यंत्रणा को तुच्छ साबित करने का कोई-न-कोई रास्ता ढूँढ़ लेगी और मुझे खारिज कर देगी।

मैंने अपने अंदर बहुत-सी चीजें मारकर यह सीखने की कोशिश की कि अपनी शख्सियत को किस तरह ढाला जाए कि मुस्तफा और मैं प्यार से साथ-साथ रह सकें। मेरी जानकारी में उसे अपनी पहली बीवियों की जो बातें पसंद थीं उन्हें मैंने अपने आप में उतारने की कोशिश की, लेकिन मेरी किसी भी कोशिश से उसके

जंगली व्यवहार में कोई बदलाव आता नहीं दिखा। कभी-कभी तो मैं उस विकृत स्थिति में आ जाती कि उसकी पिटाई के लिए मन-ही-मन शुक्रगुजार भी होती थी, क्योंकि पिटाई करने के बाद वह ग्लानि में भरकर गिड़गिड़ाया जो करता था। इस आदमकद से भी बड़े आदमी को ऐसी दयनीय हालत में देखकर अजीब-सी खुशी मिलती थी मुझे।

एक नाजुक पल में उसने इस तरह मेरे जीवट की प्रशंसा की थी, ''तुम्हें पता है मेरे लिए तुम्हारी कितनी कीमत हैं? तुम्हारे बिना मैं अधूरा हूँ। यह मेरी जिंदगी का बहुत निराशाजनक दौर रहा हैं। यह गुजर जाएगा। तुम देखना—मैं अपने आपको बदल लूँगा और तुम्हारे साथ सही हो जाऊँगा। मैं दिमागी तौर पर टूटते-टूटते बचा हूँ। तुम्हारे प्यार और समर्पण ने ही मेरे दिमाग को दुरुस्त रखा है।'' आँखों में आँसू भरकर उसने आगे कहा, ''तुम एक बेहद मुश्किल दौर में मेरी जिंदगी में आईं। मेरा सब-कुछ टूट कर बिखर चुका है, लेकिन तुमने मेरा साथ नहीं छोड़ा। काश तुम मेरी जिंदगी में और पहले आई होतीं, तब मैं तुम्हें रेशम में लपेट कर तो रख सकता। मैंने तुम्हें बहुत तकलीफ दी है। मुझे सचमुच बहुत अफसोस है। क्या तुम कभी मुझे माफ कर पाओगी?'' वह मेरे पाँवों में गिर कर रोया था। उसने स्वीकार किया था कि उसने मुझे तबाह करने की कोशिश की थी और मेरी सहनशीलता और लोच को देखकर वह हैरान था। ''मैंने कभी नहीं सोचा था कि तुम मेरी गुस्सैल फितरत से निभा पाओगी'', उसने कुबूल किया था, ''मैं हमेशा यही सोचा करता था कि तुम तो बेहद नाजुक और कमजोर हो। तुमने मुझे गलत साबित कर दिया। तुम ऐसी अकेली औरत हो जिसमें अक्लमंदी के साथ मुझसे निभाने की सहनशीलता है। मैं तुम्हें कभी निराश नहीं करूँगा, कभी नहीं। वादा करो कि तुम मुझे छोड़ने का ख्याल अपने मन में कभी नहीं लाओगी।'' मैंने वादा किया था, उसके आँसुओं पर तैर कर मैं किनारे आ लगी थी। मुझे अपने बारे में उसके इन ऊँचे ख्यालात को सुन कर गर्व भी हुआ। मुझे उम्मीद थी वह माँ से यह सब कहेगा।

अपने मुसल्ले पर बैठी मैं हर बार मुक्ति के लिए दुआ माँगती थी। मैं खुदा से कभी यह नहीं कहती थी कि किसी खास तरीके से मेरे संकट को हल करें; मैं तो उनसे बस यह दुआ माँगती थी कि मेरी जिंदगी को सुलझाने में मदद करें और मुस्तफा को एक बेहतर इंसान बना दें और मेरी गलतियों के लिए मुझे मिलने वाली सजा को कम करें।

आदिला पाँच फुट, चार इंच लंबी थी और उसकी काया एक जलपरी जैसी थी। उसकी चाहत थी कि कोई उसे देखे। मेरी बाकी बहनें तो मुस्तफा से एक दूरी बना कर रखती थीं और जब साथ होती थीं तो अपने व्यवहार को बहुत सही रखती थीं।

लेकिन आदिला उनसे छोटी और ज्यादा बेलगाम थी। वह शायद यह समझने लगी थी कि वह और उसका बहनोई आत्मीय साथी थे। मुस्तफा इस बिगड़ी लड़की की खब्त भरी बातों में मजा लेता और उसकी बचकानी हरकतों पर हँसता था।

शुरू-शुरू में तो मुस्तफा का अपना तानाशाही मुखौटा उतार कर एक बड़े भाई की भूमिका अदा करना दिल को छू जाता था। आदिला की चंचलता को तब हम किशोरावस्था का अल्हड़पन समझते थे।

मेरे वालिदैन पंद्रह दिन के मध्य-पूर्व के सफर पर गए तो आदिला भी उनके साथ चली गई। इस बीच मुस्तफा चिड़चिड़ा और बेचैन रहा, और जरा-जरा सी बात पर जबरदस्त लड़ाई करता रहा। घर क्योंकि पूरा हमारे ऊपर ही था तो वह जानता था कि वह मुझे मजे में पीट सकता है। एक बार जब मैं अपने भाई आसिम से फोन पर बात कर रही थी तो वह बहुत ज्यादा उखड़ गया। "तुमने उससे इतनी देर क्यों बात की?" वह गुर्राकर बोला, "वह तुम्हारा भाई है या आशिक?"

मैंने अचंभित होकर उसे देखा और जवाब दिया, "वह मेरा भाई है, मुस्तफा, सच।"

"तुम मुझे जवाब दे रही हो?" उसने इस कथित गुस्ताखी का बहाना लेकर मेरी ठुकाई कर दी।

एक और मौके पर उसने लात मार कर मुझे सीढ़ियों से गिरा दिया। जब मैं गुड़ी-मुड़ी होकर सीढ़ियों के नीचे जा गिरी तो वह सीढ़ियों पर दौड़ता हुआ आया और मुझ पर फिर से लात-घूँसे बरसाने शुरू कर दिए। मैं चिल्लाई, "यह मेरे अब्बाजान का घर है और मैं सोचती हूँ कि तुम्हें यहाँ मुझ पर हाथ उठाने की हिम्मत नहीं करनी चाहिए।"

यह सुन कर वह सन्नाटे में आ गया। पहली बार मैंने वह कहा था जो मैं महसूस कर रही थी, और मैंने इस तरह से एक खास बात साफ कर दी थी—मैं उसकी गुलाम नहीं थी और मैं कुछ और लोगों से उससे कहीं ज्यादा मजबूती से जुड़ी थी। इस एहसास ने लेकिन एक पल की ही राहत दिलवाई। एक सामंती सरदार खून के रिश्तों की मजबूती को तो समझता है, लेकिन वह मारपीट की ताकत को भी समझता है। मुस्तफा ने मुझे और भी बेरहमी से पीटा, और इतना मारा कि मेरी चीखें कमजोर होकर थकी-थकी कराहों में तब्दील हो गईं और मैं तो जैसे बेहोश ही हो गई।

बाद में, दुबारा पिटाई से बचने के लिए मैंने अपने कहे की माफी माँग ली। मैं जानती थी कि मेरी बात ने मुस्तफा को हिला दिया था और उसे मेरे रहे-सहे हौसले को तोड़ने की कोई तरकीब सोचनी थी।

मेरे वालिदैन और आदिला के लौट आने से थोड़ा व्यवधान आया। फिर माँ और अब्बाजान तो दो दिन के लिए लक्जमबर्ग चले गए और आदिला को हमारे

पास ही छोड़ गए। वह मुझसे जिद करने लगी कि मैं उसे एक दिन स्कूल से छुट्टी मारने की इजाजत दे दूँ। जब मैं उसके पीछे पड़ने से हार कर राजी हो गई तो उसने बाजार-हाट करने और बाहर खाना खाने का कार्यक्रम बना डाला। लेकिन छुट्टी मारने से पहले वाली शाम को उसने मुझसे कहा कि उसने अपना इरादा बदल दिया है और अब वह स्कूल ही जाना चाहती है।

लेकिन सुबह हमारा ड्राइवर एरिक उसे स्कूल ले जाने के लिए नहीं आया। शायद वह कार्यक्रम बदल जाने से भ्रमित था। मुस्तफा को तो शहर जाना ही था सो मैंने उससे कह दिया कि आदिला को स्कूल छोड़ता जाए। जब वे लोग जाने लगे तो मैंने उन्हें हाथ हिलाकर विदा किया और फिर से नसीबा की तरफ गौर करने लगी। मैंने नसीबा वाली बात पर आगे कुछ नहीं सोचा। लेकिन फिर दोपहर बाद आदिला का फोन आया—"आज मैंने स्कूल से छुट्टी मार दी। मैं एक दोस्त के यहाँ आ गई हूँ।" वह चटर-पटर बोलती रही कि उसने बस आधा दिन की ही छुट्टी मारी है और दोपहर बाद के सारे पीरियड स्कूल जाकर पढ़ाई करेगी। "क्या तुम बाद में एरिक को मुझे लेने भेज सकती हो?" उसने पूछा।

बात कुछ समझ में आ नहीं रही थी, लेकिन मैंने इस घटना पर ज्यादा गौर नहीं किया। मैं अपने वालिदैन के लौटने का इंतजार करने लगी ताकि वे आकर उसे फिर से सँभाल लें। अपनी इस सबसे छोटी बहन को सँभालना पूरे चौबीस घंटे का काम था।

आदिला के कपड़े पहनने का ढंग बदल गया था। अचानक उसने पश्चिमी ढंग के सारे कपड़े छोड़ दिए थे। और उनकी जगह मेरी माँ की अलमारी में से पूर्वी ढंग के परंपरागत कपड़े निकालकर पहनने लगी थी। वह परदा करती और प्रभाव जमाने के लिए सिर भी ढकने लगी थी। उसने मेरी तरह लंबे बाल रखने का मन बना लिया था और सचमुच मेरी तरह दिखने लगी थी। उसने हमारी जिंदगियों के नाजुक विषयों की टोह ले ली थी और बड़ी ढिठाई के साथ उनमें दखल देती रहती थी। बड़ी मासूमियत से वह इस बात का जिक्र करती कि मेरी अनीस से शादी करने की कितनी तमन्ना हुआ करती थी और वह भी मुझे कितना प्यार करते थे। और रोज रात को मुझे मुस्तफा के गुस्से का शिकार होना पड़ता था।

मेरी दूसरी बहनों ने आदिला की इस जान-बूझ कर ओढ़ी गई असंवेदनशीलता को भाँप लिया और उन्होंने इस बात पर उसे फटकार भी लगाई लेकिन फिर भी उसकी हरकतें रुकी नहीं। मीनू ने माँ से शिकायत भी कर दी कि आदिला मेरे और मुस्तफा के बीच परेशानियाँ खड़ी करने की कोशिश कर रही है, लेकिन माँ ने उसके इन आरोपों को खारिज कर दिया। आदिला उनकी प्रिय बेटी थी; वही तो एक थी जो कभी गलत काम नहीं कर सकती थी। माँ ने बाकी हम बहनों पर ही यह दोष मढ़ दिया कि हम आपस में दुश्मनी पैदा कर रही थीं।

मुझे आदिला की इस झगड़ा खड़ी करने वाली फितरत से सख्त चिढ़ थी। जिंदगी में उसका बस एक ही मकसद दिखाई देता था कि किसी तरह मुस्तफा मुझ पर गुस्सा हो। आदिला में मुस्तफा की इस कदर दिलचस्पी देखकर मेरी कुढ़न बढ़ती जा रही थी। मुस्तफा से मैंने यह बात कह भी दी। मुझे लगता था कि वह आदिला की तरफ कुछ ज्यादा ही ध्यान दे रहा था और वह इसका फायदा उठा रही थी। मुस्तफा इस पारिवारिक षड्यंत्र में पूरा मजा ले रहा था। आदिला के साथ उसकी आपसी चुहलबाजी चलती रहती थी और अक्सर उनके व्यंग्य का निशाना मैं बनती थी। मुस्तफा कहता, "देखो आदिला, तहमीना कैसा बर्ताव कर रही है। वह तुमसे जलती क्यों है?"

इसी तनाव के बीच मुझे पता चला कि मैं एक बार फिर गर्भवती हो गई हूँ, और ऐसा होने की वजह यह थी कि मुस्तफा ने मुझे सावधानी बरतने को मना कर रखा था।

मुस्तफा और मुझको दोनों को ही यह पता था कि हमें मेरे परिवार से अलग होना था। हमने इस बारे में कभी बहस नहीं की, लेकिन जब उसने अपने एक राजनीतिक साथी जाम सादिक अली के हैम्पस्टड स्थित घर में रहने का इंतजाम किया तो मुझे बहुत राहत मिली। वह सिंध का एक महत्त्वपूर्ण सामंती सरदार था जो कभी भुट्टो की सरकार में मंत्री हुआ करता था, और इस समय हमारी तरह ही जलावतन था। इस बड़े मकान में हमारा अपना अलग सोने का कमरा था और हमारा मेजबान परिवार मुझसे प्यार के साथ पेश आता था।

मुस्तफा की बेचैनी छिप नहीं रही थी। हालाँकि मैं अपने वालिदैन के यहाँ नहीं जाना चाहती थी फिर भी वह बार-बार वहाँ जाने की जिद करता था। एक ऐसे ही मौके पर इतवार को मुस्तफा उनके आँगन में योग कर रहा था। मैं वहाँ पहुँची तो आदिला उसकी बगल में बैठी उसके जिस्म को ललचाई नजरों से देख रही थी और उसकी उठती-गिरती मांसपेशियों के दृश्य का रसपान कर रही थी। मेरे पीछे दाई आयशा और नसीबा भी आई थीं। मैंने तुनक कर मुस्तफा से कहा, "अगर तुम्हें कसरत करनी थी तो घर पर करते। यहाँ क्यों कर रहे हो?"

वह मेरे पीछे खड़ी दाई आयशा की तरह मुड़ा और मजाक में बोला, "उसके लंबे बाल पकड़ो और उसे बाहर फेंक दो।" आदिला खिलखिलाकर हँस पड़ी।

मैं तो शर्म से मर गई होती, लेकिन मुझे जवाब देने का कोई समझदारी भरा तरीका नहीं मिला। मुस्तफा ने तो मुझे साग-भाजी बना कर रख दिया था। मैंने नसीबा की तरफ देखा, उसे दाई आयशा की गोद से लिया और उसे चिपटा कर सुबकती हुई कमरे से भागी। इस अकेली दुनिया में एक मेरी बच्ची ही थी जो मुझे तसल्ली दे सकती थी।

इस मुश्किल से निकलने का कोई रास्ता नहीं था। मुस्तफा ने मुझे बेबस कर

दिया था और उसे ललकारने की मुझमें हिम्मत नहीं थी। जरा-सी भी बगावत करने के परिणाम बेहद खतरनाक होने थे। उस पल, मेरे अंदर कुछ टूटा।

मैंने नसीबा को वापस दाई आयशा को पकड़ाया। स्वप्न में चलने वाले किसी व्यक्ति की तरह मैं अपने अब्बाजान के गुसलखाने में दाखिल हुई। एक पल को मैंने दवाइयों की अलमारी को देखा और फिर उसे खोल लिया। मैंने कई बोतलें देख डालीं। उनमें स्पेन के एक क्लीनिक की कुछ गोलियाँ, कोलेस्ट्रॉल के कुछ कैप्सूल, और नौ या दस वेलियम थीं। मैंने सारी दवाइयाँ लीं और उन्हें अपने कपड़े में सरका लिया। मेरा फैसला अंतिम था।

उस शाम हमने नसीबा और दाई को अपने वालिदैन के पास छोड़ा। हम जाम सादिक के घर आ गए, तब तक मैंने कुछ नहीं किया। मुस्तफा नीचे एक राजनीतिक बैठक में व्यस्त हो गया, तो मैं हमारे सोने के कमरे में जाकर अकेली बैठ गई और सोचने लगी। मैं तान्या के बारे में सोचने लगी जो कराची में अनीस के साथ थी। मैं अपनी खूबसूरत बच्ची नसीबा के बारे में सोचती रही। मैंने अपनी कोख में पल रहे उस अजन्मे बच्चे के बारे में सोचा जो अब चार महीने का था। इन छवियों ने मुझे संकोच में डाल दिया, लेकिन बस एक पल के लिए। मेरी जिंदगी का वह खालीपन इतना डरावना था कि मुझसे बरदाश्त नहीं हो सकता था। ये जो जिंदगियाँ मुझमें से निकली थीं। उन्होंने मुझे खत्म हो जाने की हद तक बोझिल कर दिया। मैंने बोतलें खोलीं और सारी दवाइयाँ गले के नीचे उतार लीं।

मैं आईने के सामने खड़ी होकर यह सोचने लगी कि पहले तो मैं पैदा ही क्यों हुई थी। मुझे माँ के वे शब्द याद आए जो मुझसे नाराज होने पर वह हमेशा ही कहती थीं, "जब तुम्हें गर्दन तोड़ बुखार हुआ तुम तभी क्यों नहीं मर गई थीं?"

मेरे दिमाग में यह बात आई कि यह भी कितनी अजीब बात थी कि उन दिनों आदिला माँ के पेट में थी। मेरी सबसे छोटी बहन तब वजूद में आई जब मैं अपने वजूद के लिए मौत से जूझ रही थी। शायद मैंने मौत को धोखा दे दिया था। शायद मुझे तभी मर जाना था। अब एक बार फिर, आदिला जी रही थी और मैं मर रही थी। मैंने ही उसका 'आदिला' नाम सुझाया था, जिसका मतलब होता है 'न्यायी'।

आईने में मैंने अपने आपको आग में घिरा देखा। क्या मौत इस जिंदगी से बदतर होगी? आत्महत्या करने वाला व्यक्ति सीधा नरक में जाता है। मैं तेजी से आईने के आगे से हट गई। मेरा सिर सुन्न होने लगा था। नहीं, मैंने तय पाया, जिंदगी से बदतर कोई चीज नहीं हो सकती। मैं लड़खड़ाती हुई सोने के कमरे में आई और अकेली बैठ अपनी हथेली को, अपनी भाग्य-रेखा को देखने लगी। रेखा लहकने और गड़बड़ाने लगी। मैं चक्कर खाकर फर्श पर लुढ़क गई। मेरे देखते-देखते एक लहर मेरे ऊपर आई और मुझ पर शांति की बौछार करके चली गई।

मुझे बताया गया कि मैं ऊपर करीब आधा घंटा अकेली रही थी कि तभी मुस्तफा वहाँ अचानक ही पहुँच गया और मुझे फर्श पर पसरा पाया। उसने आवाज देकर जाम सादिक को बुलाया और फिर ये दोनों मेरे मुँह पर ठंडे पानी के छींटे डाल कर मुझे होश में लाने की कोशिश करने लगे। उन्होंने डॉक्टर को बुलाया, और डॉक्टर ने एंबुलेंस बुलवा ली। जल्दी ही मैं हैम्पस्टेड के रॉयल फ्री अस्पताल के गहन चिकित्सा कक्ष में पहुँचा दी गई। मेरे पेट को खाली किया गया, लेकिन जहर मेरे खून में पहुँच चुका था। मुस्तफा ने डॉक्टर से पूछा, "क्या वह बच जाएगी?"

"वह जुझारू है?" डॉक्टर ने पूछा।

"जी।"

"तब तो हमारी एकमात्र यही आशा है।"

अस्पताल से ही मुस्तफा ने मेरी बड़ी बहन रुबीना को फोन किया जो पाकिस्तान से आई हुई थी। "तहमीना ने खुदकुशी करने की कोशिश की है।" उसने रुबीना से कहा, "खुदा बेहतर जानता है उसने ऐसा क्यों किया। वह पागल है। अच्छा होगा कि तुम यहाँ आ जाओ, और हाँ, अपने वालिदैन को कुछ मत बताना। वे घबरा जाएँगे।"

रात धीरे-धीरे करके कटी। मैं जुझारू ही थी, लेकिन इस समय जूझने में मेरी कोई दिलचस्पी नहीं थी। जिंदगी और मौत के बीच के इस झुटपुटे में किस तरह के सपने आते हैं? मुझे विस्तार से तो याद नहीं, लेकिन ये सपने मीठे नहीं थे।

धीरे-धीरे मेरी हालत सुधरने लगी। मैंने अपने ऊपर झुकी रुबीना और मुस्तफा को कई बार धुँधला-सा देखा।

दो दिन बाद जाकर डॉक्टरों ने मुझे अस्पताल से जाने की इजाजत दी और साथ ही यह खबर भी कि मेरी कोख सही-सलामत है। मेरा बच्चा मेरी इच्छा से ज्यादा लोच रखने वाला लगता था; मैं गर्भपात चाहती थी। मैं अभी भी मरना चाहती थी। मुस्तफा ने मुझे स्वास्थ्य लाभ के लिए मेरे वालिदैन के घर पहुँचा दिया। मैं अभी भी पूरे होश-हवास में नहीं थी। माँ ने शुतुरमुर्गी रवैया अपनाते हुए इस तरफ से अनजान होने का बहाना किया कि मैंने अपनी अभागी जिंदगी की वजह से खुदकुशी करने का फैसला किया था। अब्बाजान इस विषय से ही बचते रहे।

जब मैं इस हालत से धीरे-धीरे उबरी तो मुझे अपने सामने मुस्तफा का सुलगता गुस्सा लहराता दिखाई दिया। उसके मुताबिक मैंने यह गुनाह अपने जिस्म के खिलाफ नहीं बल्कि उसकी इज्जत के खिलाफ किया था। "तुमने मुझे शर्मिंदा किया," उसने तुनककर कहा था, "तुम्हें पता है तुम्हारी जाँच मर्द डाक्टरों ने की? मर्द डॉक्टरों ने! तुमने मुझे बेइज्जत किया है। मैं तुम्हें माफ नहीं करूँगा। तुम्हें इस बेवकूफी भरी हरकत की सजा भुगतनी ही होगी। बस देखती जाओ।" मैं बेहद डर गई और यह सोच कर परेशान होने लगी कि मैं बेकार ही बच गई।

माँ का घर दूसरे मेहमानों से भरा हुआ था, इसलिए उन्होंने पढ़ने के कमरे में एक सोफा बेड डलवा दिया। वहाँ मैं नीम बेहोशी वाली हालत में सोती रही और मुस्तफा मेरी बगल में सोता रहा। आधी रात के आसपास मुझे कमरे में किसी और की मौजूदगी का एहसास हुआ। मेरा दिमाग अभी भी सुन्न था, और इसी हालत में मैंने देखा कि मुस्तफा पलँग से उठकर कमरे से बाहर चला गया, लेकिन मैं इतनी नींद में थी कि मैंने कोई गौर नहीं किया।

काफी देर बाद मैं एक बार फिर जागी तो मैंने अनायास ही मुस्तफा को टटोलने के लिए अपना हाथ बढ़ाया, लेकिन वह बिस्तर पर नहीं था। पहले वाले धुँधले-से दृश्य को याद करते हुए मैं हैरान होकर सोचने लगी कि कहीं वह चला तो नहीं गया। मैं बिस्तर से निकलकर लड़खड़ाती हुई रसोई की तरफ गई। वहाँ जो कोई भी रहा हो उसने मेरी आहट सुन ली थी और एक साया निकलकर सीढ़ियों से ऊपर भागा था। फिर अधनंगा मुस्तफा मेरी तरफ आया और पूछने लगा, "तुम बाहर क्यों चली ,आईं?" उसकी आवाज से साफ लग रहा था कि वह झेंपा हुआ है।

"मैं तुम्हें ढूँढ़ रही थी," मैंने बताया।

"जाओ जाकर सो जाओ। इस हालत में तुम्हें चलना-फिरना नहीं चाहिए।" मैंने उसकी बात मान ली। मैं इतनी थकी हुई थी कि आगे कोई सवाल करने की मेरी ताकत ही नहीं थी।

सुबह जब मेरी हालत कुछ साफ हो गई तो मैंने मुस्तफा से पूछा, "कल रात क्या हुआ था? कोई कमरे में आया था। कौन था?"

"अरे, वह आदिला थी," उसने जवाब दिया।

"आदिला?"

"हाँ। उसका किसी ईरानी लड़के से चक्कर चल रहा है और उसकी कुछ परेशानियाँ हैं। वह मेरी सलाह चाहती थी। वह इसी सिलसिले में मुझसे बात करने आई थी।"

"हाँ?" मैंने पूछा। मेरा उलझन भरा लहजा और ज्यादा जानकारी माँग रहा था।

"तुम सो रही थीं। मैं तुम्हारी नींद में खलल नहीं डालना चाहता था इसलिए मैं उसे नाश्ते के कमरे में ले गया।"

"तुम्हें उससे यहीं बात करनी चाहिए थी। आधी रात को उससे अकेले में बात करना तुम्हारे लिए ठीक नहीं है, मान लो अब्बाजान ही नीचे आ जाते तो।"

मुस्तफा ने मेरी बातों को खारिज कर दिया और अपनी उसी कहानी पर अड़ा रहा कि आदिला उसके सामने अपना राज कहना चाहती थी—एक बड़े भाई की तरह। उसने कहा कि उसकी सलाह पर चलकर वह नुकसान उठाने से बची रहेगी। अब वह खानदान की इज्जत बचाने वाले की भूमिका निभा रहा था।

मेरी एकमात्र रणनीति अब यही थी कि हर दिन और हर रात को जैसे-तैसे काटा जाए। मैं उन गहराइयों से बेहद डरी हुई थी जिनमें अब मुझे डूबना होगा। मेरा सबसे बड़ा डर तो यही था कि मुस्तफा मेरे आत्महत्या के प्रयास के लिए मुझे सजा देने की गरज से नसीबा को किसी तरह मुझसे छीन लेगा। मैंने इस तरह की रणनीति बनाई कि नसीबा को उससे और उसके गुस्से से दूर रखा जाए।

इस बीच, मार्च 1978 में भुट्टो को मौत की सजा सुना दी गई। मुस्तफा ने अपने राजनीतिक प्रयास तेज कर दिए। उसने भूतपूर्व प्रधान मंत्री के दोनों बेटों मीर मुर्तजा भुट्टो और शाह नवाज भुट्टो से हाथ मिला लिया। मीर तो ऑक्सफर्ड में पढ़ रहा था, लेकिन मुस्तफा ने उसे उसके बाप की रिहाई के लिए अभियान चलाने की खातिर पढ़ाई छोड़ देने को राजी कर लिया। हम जाम सादिक का मकान छोड़ कर हैम्पस्टेड में एक गंदे-से और डरावने फ्लैट में आ गए, और मुस्तफा ने इसमें भुट्टो के दोनों लड़कों को भी ठहराकर इसमें और भीड़-भाड़ कर दी। जगह इतनी तंग हो गई कि मैंने नसीबा और दाई आयशा को मेरे परिवार के पास छोड़ दिया। कभी-कभी तो मैं इस बात का भी शुक्र मनाती थी कि तान्या मेरे पास नहीं थी।

मुस्तफा ने फौरन ही भुट्टो के जवान बेटों को राजनीति के गुर सिखाने शुरू कर दिए और सैनिक शासन के सामने उन्हें प्रतिरोध के प्रतीकों के तौर पर पेश करने की कोशिश करने लगा। मीर था तो अनाड़ी ही, लेकिन उसने तेजी से सीखा। छोटे भाई शाह नवाज में क्रांतिकारी की आदर्शवादी, दूरगामी दृष्टि देखने को मिलती थी। उन्होंने हमारे फ्लैट में असंतुष्ट पाकिस्तानियों का एक तरह से मुख्यालय ही बना लिया और जिया का तख्ता पलटने की साजिश रचने लगे। फ्लैट हमेशा उनके दोस्तों से भरा रहता जो वक्त-बेवक्त चले आते और जहाँ जगह मिलती वहीं पसर जाते थे।

दोनों भुट्टो पुत्र मेरे जैसे ही माहौल से आए थे और मेरी परेशानी को समझते थे। मुझे ये लड़के अच्छे लगने लगे थे। शाह नवाज का तो यह आलम था कि जब मैं इस कमरे से उस कमरे में घूम-घूम कर कप-प्लेट उठाती और ऐश-ट्रे खाली करती और माँ के घर धुलाई के लिए भेजने को गंदे कपड़े जमा करती तो वह मेरे साथ-साथ मुझसे बातें करता चलता था। मैं यह सोच कर हैरान होती थी कि ये लोग मेरे बारे में क्या ख्याल रखते होंगे; मैं हमारे देश के भविष्य के बारे में होने वाली उनकी चर्चाओं में या बदलाव लाने की उनकी अद्‌भुत योजनाओं में शामिल नहीं होती थी।

मुस्तफा ने मीर को जलावतन हुस्ना शेख से मिलवा दिया जो भुट्टो की प्रेमिका थी। लड़के के लिए यह थोड़ी उलझन वाली बात थी, लेकिन उसने अपनी व्यक्तिगत धारणाओं को दरकिनार कर दिया क्योंकि हुस्ना के बहुत प्रभावशाली लोगों से संपर्क थे जो भुट्टो की जान बचा सकते थे।

मैं बहुत चाहती थी कि किसी औरत से बात करूँ, यह भरोसा हासिल करूँ

कि मैं पागल होने वाली नहीं थी। मुझे हुस्ना ही ऐसी पहली महिला मिली जिससे मैं अपना राज कह सकती थी। जब मैंने उसे बताया कि मुस्तफा मुझे लगातार पीटता रहता है तो उसने मुझे सलाह दी, "छोड़ दो उसे।" उसने कहा, "ऐसी तो कोई वजह नहीं कि तुम यह सब बरदाश्त करती रहो।" हुस्ना ने बीज बो दिया था, लेकिन यह अंकुरित नहीं हुआ।

मुस्तफा और मीर दुनिया के कुछ नेताओं को इस बात के लिए मनाने के अपने मिशन पर निकल गए कि वे भुट्टो की जान बख्शने के लिए जनरलों पर दबाव बनाएँ। मुस्तफा को यह भी विश्वास था कि ये प्रभावशाली दोस्त जलावतन आंदोलन को आर्थिक मदद भी देंगे। उन्हें अपने अभियान के लिए लीबिया के कर्नल गद्दाफी और अबू धाबी के सुल्तान, शेख जायद बिन सुल्तान अल नाहयान से पैसा मिला। सीरिया के असद ने जिया हुकूमत पर दबाव बनाने का वादा किया।

हमारी बैठक चाँदमारी क्षेत्र में बदल गई थी। मीर ने कमरे के एक छोर पर एक निशान रख दिया था और एक एयरगन से उस पर निशाना साधने का अभ्यास करता था। मैं बहुत ज्यादा प्रभावित नहीं थी, वह तो बस एक ऐसा उत्साही जवान दिखाई देता था जो आतंक से खेल रहा था। मेरी चिंता तो उन छर्रों को लेकर थी जो गलीचे को खराब कर रहे थे। जहाँ तक शाह नवाज की बात थी तो वह एक शांत आतंकवादी जैसा ज्यादा दिखाई देता था, लेकिन उसकी कोमल आँखें उसका भेद खोल देती थीं। वह तो जैसे कोशिश करके भी अपनी आँखों में क्रूरता का भाव पैदा नहीं कर पाता था।

एक दिन मुस्तफा ने हमें साजिशाना लहजे में बताया कि फिलिस्तीन मुक्ति संगठन के नेता यासर अराफात ने भुट्टो को छुड़ाने की एक योजना बनाई थी–फिलिस्तीनी कमांडो रावलपिंडी की जेल पर हमला बोल देंगे और ध्यान बँटा कर भुट्टो को उनकी कोठरी से छुड़ा लेंगे। एक मित्र देश का हवाई जहाज हवाई अड्डे पर भुट्टो को किसी सुरक्षित जगह पर ले जाने के इंतजार में खड़ा रहेगा। मुस्तफा ने मीर और शाह नवाज से कहा कि जल्दी ही उनके पिता भी हमारे साथ होंगे और जलावतन में हमारे साथ इस लड़ाई को चालू रखेंगे।

मुस्तफा जब हमारे कमरे में आया तो गुस्से में तमतमाया हुआ था। किसी ने बेनजीर को फोन करके इस योजना के बारे में विस्तार से बता दिया था–जबकि यह सबको पता था कि कई जासूसी संस्थाएँ फोन पर होने वाली बातचीत को सुन रही थीं। बस, रावलपिंडी की जेल अचानक ही किला बना दी गई थी और उस पर लड़ाकू दक्षिणपंथी सैनिकों का पहरा बैठा दिया गया था।

हमारे सोने के कमरे के एकांत में मुस्तफा तुनककर बोला, "आखिर कोई ऐसी बेवकूफी क्यों कर गया? इन लोगों ने अपनी बचकानी हरकतों से सारा खेल बिगाड़ कर रख दिया है।"

हालाँकि मैं गैरहाजिर तान्या को लेकर अभी भी खामोशी में तड़पती रहती थी, लेकिन मेरा एक हिस्सा फिर भी इस बात को लेकर खुश था कि वह कराची में अनीस के पास सुरक्षित थी। मुझे अब नसीबा को उसके बाप से ज्यादा-से-ज्यादा बचाना पड़ रहा था। वह उसे केवल एक हद तक प्यार करता था। वह उसे दुलारता और उसके साथ खेलता भी था, लेकिन जैसे ही उसका ध्यान इधर-उधर हो जाता या वह उसके लाड़ का जवाब नहीं देती थी तो वह उत्तेजित हो जाता था। उसे नसीबा के आँसू बरदाश्त नहीं थे इसलिए मैंने उसे सिखा दिया था कि वह उसके सामने नहीं रोए। मुस्तफा की तरह ही मुझे नसीबा की भी तमाम जरूरतों का पहले से अन्दाजा लगाना होता था जिससे कि वह शिकायत न करे। लंबी दौड़ में लगा दिए गए किसी छोटी दूरी के तेज धावक की तरह रोज ही दिन खत्म होने तक मैं पस्त हो जाती थी।

एक सुबह मुस्तफा दाढ़ी बना रहा था, और नसीबा भी उसके साथ गुसलखाने में थी। वह कुछ देर तक तो बुलबुलों वाले पानी में छपाछप करती रही, लेकिन फिर पानी उसके लिए कोई अजूबा नहीं रह गया और बुलबुलों में भी उसे मजा आना बंद हो गया। मैंने उसके रिरियाने की आवाज सुनी तो मैं दौड़ कर गुसलखाने में पहुँची और बोली, "मैं उसे बाहर ले जाती हूँ। वह थक गई है।"

"नहीं," मुस्तफा ने खामोशी से कहा, "उसे वहीं छोड़ दो।"

"लेकिन वह थक गई है।"

"तुम उसे बाहर नहीं ले जा सकतीं। मैंने उसे वहीं रहने का हुक्म दिया है।"

"हुक्म दिया है? लेकिन मुस्तफा, वह तो अभी डेढ़ साल की ही है।"

"तो क्या हुआ? अच्छा है इसी उम्र से वह हुक्म मानना सीख जाए।"

मैं वहीं-की-वहीं खड़ी रह गई। मैं घबराई हुई और बेबस थी और किसी संकट को टालने को उतावली थी। नसीबा का चीखना-चिल्लाना जैसे-जैसे बढ़ता गया, मुस्तफा का गुस्सा भी उसी अनुपात में बढ़ता गया। मैंने अपनी बिटिया के ऊपर पानी के छपाके मार कर उसका ध्यान बँटाने की कोशिश की लेकिन वह और भी जोरों से रोने लगी। मुस्तफा ने रुखाई से मुझसे कहा, "उसे छोड़ दो और जाओ।" जितना वह शांत था मैं उतनी ही उद्विग्न थी। कुछ पल यही स्थिति बनी रही। मुस्तफा दाढ़ी बनाता रहा, नसीबा रोती रही और मैं दरवाजे पर डर से जड़ हुई खड़ी रही।

मुस्तफा अचानक नसीबा की तरफ मुड़ा। उसकी आँखों में धमकी का भाव था। वह अपनी बड़ी-बड़ी सहमी आँखों से उसे देखकर चिल्ला पड़ी। उसने नसीबा को पकड़ लिया और उसके सिर को पानी में डुबो दिया। मैं दौड़ कर उसके पास पहुँची और उससे गिड़गिड़ाने लगी कि नसीबा को छोड़ दे। लेकिन उसने मुझे धक्का देकर एक तरफ कर दिया और नसीबा को पानी में डुबोए रखा। उसके चेहरे का भाव कह रहा था कि वह हमें सबक सिखाने को कृत संकल्प था। मेरे दिमाग में

भयंकर विकल्प आए। मेरी बच्ची डूब रही थी! लेकिन अगर मैं मुस्तफा से जूझती तो उससे उसका गुस्सा ही बढ़ता। मैं उसके आगे गिड़गिड़ाई, लेकिन वह नहीं पसीजा। मेरे आगे एक अनंत युग निकल गया। फिर, आखिरकार जब नसीबा ने हाथ-पैर मारने छोड़ दिए तो उसने अपनी पकड़ ढीली कर दी।

मैंने अपनी बच्ची को पानी से बाहर खींचा। वह खाँस रही थी और फड़फड़ा रही थी। उसकी आँखें डर के मारे निकली पड़ रही थीं। मैंने आँखें तरेर कर मुस्तफा को देखा लेकिन उसकी आँखों में ऐसी दुष्टता थी कि मैं बस नसीबा को पकड़कर बाहर भाग ली।

उस दिन से नसीबा पानी से डरने लगी। नहाने का समय उसके लिए कड़े इम्तिहान का, सजा का वक्त होता था। पानी और उसका चिल्लाना दोनों साथ-साथ चलते थे, और मैं यह निश्चित कर लेती थी कि मैं उसे तब नहलाऊँ जब उसका बाप वहाँ मौजूद न हो।

मैं मुस्तफा को उसे अकेले ले जाने देने से डरती थी। पार्क की निरापद सैर नरक के सफर में भी तब्दील हो सकती थी।

मैं मुक्ति के सपने देखती थी, लेकिन यथार्थ मेरे आगे एक पत्थर की दीवार की तरह खड़ा था। तलाक तो संभव ही नहीं था। ब्रिटिश और पाकिस्तानी कानून तो मेरी तरफ हो सकता था लेकिन सामंती दुनिया में बेटी का कब्जा बाप के पास रहता है, और मैं जानती थी कि मुस्तफा उसका इस्तेमाल मेरी वफादारी पक्की करने के लिए बंधक के तौर पर करेगा। मैं सब-कुछ छोड़ने को तैयार थी—सिवाय नसीबा के। मैं मन-ही-मन यह उम्मीद भी पालने लगी कि मुस्तफा मर जाएगा, लेकिन फिर मैं इन ख्यालों को जल्दी ही और गहरे दबा भी देती थी। मैं डरती थी कि वह कैसे-न-कैसे इन्हें ताड़ ही लेगा।

एक कैदी आखिरकार एक नीरस ढर्रे में बँध जाता है। गुस्सा ठंडा हो जाता है; इंद्रियाँ ढीली पड़ जाती हैं। आत्मा कुचल जाती है।

यह बात ज्यादा-से-ज्यादा साफ होती जा रही थी कि उनके मकसद के समर्थन में कई स्रोतों से पैसा आ रहा था। (बाद में काबुल और सीरिया ने भी उनकी मदद की थी) भुट्टो के लड़के जो अभी कुछ समय पहले तक पश्चिमी समाज के सहज फायदों का लुत्फ उठाने वाले कमोबेश सामान्य युवक हुआ करते थे, वही अब अच्छी आर्थिक मदद पाने वाले क्रांतिकारी बन चुके थे। इसका फायदा मुस्तफा को भी मिल रहा था। बैंक ऑफ क्रेडिट एंड कॉमर्स इंटरनेशनल के आगा हसन आबिदी का एक वाहक एक ब्रीफकेस देने आया जिसमें 50,000 डॉलर थे। मुस्तफा ने यह नकदी मुझसे मेरी माँ की तिजोरी में रखवा दी।

राजनेताओं वाली इस नई-नई हैसियत ने मीर में आत्म-विश्वास जगा दिया, और उसने जल्दी ही अपने गुरु की ताकत और अधिकार को चुनौती दे डाली। वह था तो आखिर एक भुट्टो ही, और यह कुलनाम भी गजब का जादू करता था। मुस्तफा के साथ किसी भी चीज को बाँटना अनावश्यक हो गया। हुस्ना ने इसे हवा दी। उसने मीर को आगाह किया कि उसके वालिद ने मुस्तफा पर कभी पूरी तौर से विश्वास नहीं किया था, और उसे सलाह दी कि अपने दम पर ही यह सब करे। दोनों भाई हमारा फ्लैट छोड़ कर एक स्वीट में चले गए।

जवान भुट्टो बंधुओं की क्रांति में रईसी आ गई। दर्जियों से सिलवाए सूटों की जगह नीली जींस ने ले ली। युवा विद्यार्थी वाली झेंप की जगह अकड़ आ गई। औरतें और ऐशोआराम की दुनिया की दीगर नेमतें अब उनके लिए उपलब्ध थीं। धोखाधड़ी, षड्यंत्र और भारी जोखिम वाला उनका रोमांचक रहन-सहन जहाँ उनके हमउम्र दूसरे जवानों के लिए बेहद आकर्षक साबित हो रहा था, वहीं वे खुद अब ज्यादा-से-ज्यादा अमीर घर की औरतों के पहलू में देखे जा रहे थे। मीर की लंबी दोस्ती जिन औरतों के साथ रही उनमें भूमध्य सागर क्षेत्र के एक राजनीतिज्ञ की आकर्षक बीवी भी थी, जो उम्र में मीर से काफी बड़ी थी। मुझे तो ये भुट्टो बंधु चे ग्वेरा, और हैरल्ड रॉबिन्स के उपन्यास के पात्रों का मिला-जुला संस्करण लगते थे।

हालाँकि संबंध बिगड़ रहे थे, फिर भी मुस्तफा इन लड़कों के साथ काम करता रहा। उन्होंने तय किया कि पीपुल्स पार्टी को दुनिया को यह दिखा देना होगा कि वह अपने नेता के साथ खड़ी है। उन्होंने लाउंड्ज स्कवायर स्थित पाकिस्तानी दूतावास के सामने एक रैली आयोजित की। अगर यही काम पाकिस्तान में किया जाता तो यह अपना सिर कलम करवाने की खुली दावत समझी जाती; लेकिन इंगलैंड में इसे सभ्यतापूर्ण विरोध के तौर पर लिया जा सकता था। सवाल था—क्या यहाँ के पाकिस्तानी लोग रैली में आएँगे?

वहाँ तो सारे यूरोप से रेला-का-रेला आ गया। वे घर में बने झंडे और तख्तियाँ लिए हुए थे। उनकी टी-शर्ट पर 'सेव भुट्टो' (भुट्टो को बचाओ) लिखा था। वे संजीदगी के साथ स्पीकर्स कॉर्नर में जमा हो गए और वहाँ से अपने नेता को जल्लाद के फंदे से बचाने के लिए चल पड़े। टेढ़ा-मेढ़ा जुलूस पार्क लेन से बलखाता आगे बढ़ा और दूतावास के सामने आकर जमा हो गया। वहाँ मुस्तफा, मीर और दूसरे लोगों ने धुआँधार भाषण दिए।

हम तो बस यह उम्मीद ही कर सकते थे कि यह खबर जब दुनिया भर के अखबारों में छपेगी तो जिया को भुट्टो की जान बख्शने पर मजबूर होना पड़ेगा।

हम बार्नेट में आर्कले लेन की एक छोटी-सी कॉटेज में आ गए। हमारा यह नया घर मेरे वालिदैन के घर के बहुत पास था। फ्लैट के मुकाबले यह घर ज्यादा अच्छा था फिर भी मुझे एक ऐसे घर की मालकिन बन कर उलझन होती थी जिसे इतने कुरुचिपूर्ण ढंग से सजाया गया था। मैंने इसे सुधारने की कोशिश की, लेकिन मेरी लाख कोशिशों के बावजूद फ्रांसीसी फर्नीचर की घटिया नकल को मैं छिपा नहीं पाई। नायलॉन के गलीचों से तो सब-कुछ और भी खराब हो गया था। इस नए माहौल में तो मैं बहुत घबरा रही थी।

इधर मैं अपने नए मेहमान के आने का इंतजार कर रही थी, उधर राजनीतिक षड्यंत्र गहराता जा रहा था। भुट्टो का भतीजा तारिक इस्लाम उनसे जेल में मिला और इंगलैंड में हमें उसने इस घटना के बारे में बताया। उसने बताया कि उसके अंकल का वजन बस साढ़े छः स्टोन (एक स्टोन 14 पौंड के बराबरा होता है) रह गया था। उनके हाथ-पाँव सूज गए थे। मसूढ़ों की उनकी पुरानी बीमार ध्यान न दिए जाने की वजह से और भी गंभीर हो गई थी। पेट में होने वाली ऐंठन के कारण वह हर समय दर्द की हालत में बने रहते थे।

, फिर भी, तारिक के मुताबिक उसके अंकल दिमागी तौर पर चाक-चौबंद थे और राजनीति पर बहस करने को उतावले रहते थे। वह पाकिस्तान और विदेशों में होने वाले घटनाक्रमों के बारे में जानना चाहते थे। उन्हें यह सुन कर खुशी हुई थी कि उनके बेटे राजनीति में सक्रिय हो गए थे और उनकी जान बचाने के लिए अभियान चला रहे थे। उन्होंने मुस्तफा के बारे में भी पूछा और यह जानना चाहा था कि क्या उनका पिट्ठू अच्छा वक्ता था। जब तारिक ने इसका जवाब 'हाँ' में दिया तो भुट्टो ने खिसियानी हँसी हँसते हुए कहा था, ''मुझसे अच्छा नहीं हो सकता।''

बातचीत आगे बढ़ी तो भुट्टो और भी भ्रमित और निराश हो गए थे। उनकी समझ में यह नहीं आ रहा था कि जनता ने उन्हें छुड़ाने के लिए जेल के फाटकों को तोड़ क्यों नहीं दिया था। वह सहज विद्रोह कहाँ गया जिसे तानाशाह को उखाड़ फेंकना था?

तारिक ने भुट्टो से अनुरोध किया था कि वह पीपुल्स पार्टी के लिए ऐसा संदेश दें जो पार्टी में नई जान फूँक दे। ''क्या वे चाहते हैं कि मैं उन्हें हाथ पकड़ कर खाना खिलाऊँ?'' भुट्टो ने जवाब दिया था, ''उन्हें नहीं पता कि उन्हें क्या करना है?''

भुट्टो बंधुओं का सारा-का-सारा अभियान टाँय-टाँय फिस्स हो गया। जिया ने इस बात का पक्का इंतजाम कर दिया था कि आखिर में फाँसी पर चढ़ाए जाने से पहले भुट्टो कई बार मर लें। जब तक वह जेल में रहे उनको लगातार बेइज्जत और शर्मिंदा किया जाता रहा। अभिमानी भूतपूर्व प्रधानमंत्री को एक संतरी के सामने खुले में

शौच करने के लिए मजबूर किया जाता था। उनके सामने वाली कोठरी में जान-बूझ कर एक ब्रिगेडियर को रखा गया था ताकि वह उन्हें उकसा-उकसा कर पागल कर दे। ब्रिगेडियर को पता था कि दबाव कहाँ डालना है; वह भुट्टो की माँ के लिए बहुत ही भद्दी-भद्दी बातें कहता और इतना मजाक उड़ाता और इतने ताने मारता था कि भूतपूर्व प्रधानमंत्री आखिर में अपना आपा खो बैठते थे।

तीन अप्रैल 1979 को बेनजीर को उनके पिता से मिलवाने के लिए ले जाया गया और उन्हें यह भी बता दिया गया कि यह उनकी उनके वालिद से आखिरी मुलाकात होगी। बेनजीर को यह देख कर बड़ी मायूसी हुई कि उन्हें उनके वालिद से अलग रखने के लिए उन दोनों के बीच लोहे की सलाखें और एक बड़ी-सी मेज थी, लेकिन जब उन्होंने संतरियों से यह गुजारिश की कि उन्हें अपने वालिद को गले लगाने दें तो भुट्टो ने उन्हें झिड़क दिया था, "उनसे कभी किसी चीज के लिए भीख मत माँगना।" वह उनके लिए उनका पसंदीदा इत्र शालीमार और कुछ किताबें ले गई थीं। उन्होंने इत्र तो ले लिया था लेकिन किताबें लेने से रूखी हँसी हँस कर और यह कह कर इनकार कर दिया था, "मैं नहीं सोचता कि मुझे इन्हें पूरा पढ़ने का समय भी मिलेगा।" बेनजीर ने उन्हें एक रेजर दिया, जिस पर वह बोले, "बहुत अच्छा। मैं इस दाढ़ी को साफ कर दूँगा। मैं किसी मुल्ला-वुल्ला की तरह नहीं मरना चाहता।"

यहाँ आकर सत्य और कल्पना आपस में गड्डमड्ड हो जाते हैं। असल में क्या हुआ था, यह शायद कभी भी पता नहीं चल पाएगा। कहा जाता है कि बेनजीर की मुलाकात के बाद रात को करीब एक बजे भुट्टो को सताने वाला वह ब्रिगेडियर भुट्टो की कोठरी में कुछ कागज और कलम लेकर आया और उसने भुट्टो से अपना इकबालिया बयान लिखने को कहा। भुट्टो ने लिखना शुरू कर दिया। उनके दिमाग में जरूर यादें उमड़ आई होंगी—वे जीतें, और प्रशंसक भीड़ की वह वाहवाही। कहाँ गया वह सब? इस समय तो वह भयंकर तौर पर अकेले थे, और उनके सामने था एक कोरा कागज। वह जानते थे कि अगर वह समझौते के मुनासिब शब्द लिख दें तो उनकी जान बच सकती है। लेकिन, एक आकस्मिक आवेग में उन्होंने कागज को फाड़ दिया और अपनी जान दुश्मन के हवाले कर दी।

ब्रिगेडियर खड़ा हो गया और उसने भुट्टो के पेट में लात मारी। कुछ लोग कहते हैं कि भुट्टो को इतना पीटा गया कि वह बेहोश हो गए, लेकिन जब उन्हें फाँसी के तख्ते पर ले जाया जा रहा था तो वह होश में आ गए थे—वह लड़खड़ाए थे, गिरे थे, उठे थे और आखिरी कुछ कदम, शान और हेकड़ी के साथ चल कर गए थे। दूसरे लोगों का कहना है कि जब उन्हें फाँसी दी गई तो वह मर चुके थे।

सच्चाई जो भी रही हो, नतीजा तो एक ही था। पीपुल्स पार्टी और पाकिस्तान को एक शहीद मिल गया था।

7

गर्भ के ये आखिरी दिन थे मेरे। मुस्तफा और मैं मेरे वालिदैन के घर गए तो अब्बाजान अपने काम के सिलसिले में जापान गए हुए थे और मीनू छुट्टियाँ बिताने स्कूल से घर आई हुई थी।

आदिला इस तरह सज-धज कर बैठी थी जैसे किसी दावत में जाने की तैयारी हो। वह चाइना क्रेप कपड़े की कमीज पैंट पहने थी और शिफौन का शानदार परदा लिए थी। उसने खूब क्रीम-पाउडर थोप रखा था। वह मुस्तफा को खास तवज्जो दे रही थी, उस पर झुकी जा रही थी, और उसकी एक-एक बात का मजा ले रही थी।

एक बार माँ ने उनकी बातचीत के बीच में टोकते हुए उसको हिदायत दी, "आदिला, थोड़ी कॉफी बना लो।"

मेरी इस छोटी बहन का मुँह बन गया। "मेरी तबीयत ठीक नहीं है," वह बोली, "जरमीना बना लेगी।"

जरमीना आह भरती रसोई में चली गई। आदिला अपनी पुजारिन वाली हालत में फिर आ गई। मुस्तफा जो पाकिस्तान की राजनीतिक स्थिति का आकलन कर रहा था उसमें वह बहुत ज्यादा दिलचस्पी दिखा रही थी और आगे सुनने की अपेक्षा और प्रतीक्षा में आगे को झुकी जा रही थी। अब उसकी तबीयत खराब नहीं लग रही थी।

अचानक मीनू इस अंदाज में तुनक कर बोली जिसमें बहस की कोई गुजाइश ही नहीं थी, "आदिला, उठो, कमरे से बाहर जाओ!"

आदिला हक्का-बक्का रह गई, लेकिन उसने मीनू का हुक्म मान लिया।

मैं यह जानने को उत्सुक थी कि मीनू ने कमरे में आदिला की मौजूदगी पर इतना सख्त एतराज क्यों जताया था, और जब हम अपने घर लौट आए तो मैंने उसे फोन करके इस बाबत पूछा। मीनू बहुत उत्तेजित थी। वह बोली कि उसने मुस्तफा

को आदिला को स्कूल से अपनी कार में बैठा कर ले जाते देखा था। उसे यह पता नहीं था कि वे कहाँ गए थे, लेकिन हाँ वे तीन घंटे गायब रहे थे।

मुझे लगा मेरा शरीर सुन्न पड़ रहा है।

मीनू ने स्पष्ट किया, ''जब तुम आज मुस्तफा के साथ आईं तो मैं आदिला को देखती रही। मैं उसकी प्रतिक्रिया देखना चाहती थी। उसने सजना-धजना तभी शुरू किया था जब उसे यह पता चला था कि तुम लोग आ रहे हो। उसका पूरा वजूद मुस्तफा को जवाब दे रहा था। जिस तरह से वह बैठी थी, जिस तरह से उनमें आँखों-ही-आँखों में इशारा हो रहा था, ये सारी बातें उनका राज खोल रही थीं। मुझसे यह सब बरदाश्त नहीं हुआ। बस मुझे उससे कमरे से जाने को कहना ही पड़ा। इस तरह की बेहूदा चोंचलेबाजी की भी एक हद होती है। मुझे ताज्जुब हो रहा है कि इस घर में किसी ने भी इस तरफ गौर नहीं किया।''

मुझे विश्वास था कि मुस्तफा ने जरूर गौर फरमाया था।

''तुम्हारे जाने के बाद मैंने उसे आड़े हाथों लिया,'' मीनू ने बताया, ''मैंने उसे खूब लताड़ा, मम्मी और जरमीना भी वहीं थीं। इस तरह के बर्ताव को कुबूल नहीं किया जा सकता। वह अपने आपको समझती क्या है?''

फोन रखने के बाद मैं कुछ पल तो जड़वत् खड़ी रह गई। फिर मैंने जाकर मुस्तफा से कहा। उसने मेरी आँखों-में-आँखें डाल कर इससे साफ इनकार कर दिया। ''यह कोरी बकवास है,'' वह बोला, ''मैंने उसे (आदिला को) कहीं से नहीं लिया था।''

मुझे इत्मीनान नहीं हुआ, लेकिन सच्चाई जानने का मेरे पास कोई रास्ता भी तो नहीं था।

मुस्तफा ने जल्दी ही अपने बचाव का सामान कर लिया। उसने कहा कि मीनू के साथ उसकी जो पहली भेंट हुई थी उसी की वजह से वह अभी तक उससे चिढ़ती थी। एक बार फिर उसने मेरी आस्थाओं की जड़ें काट दी थीं। उसकी नीति ही यही थी कि दुश्मन को अलग-थलग कर दो और फिर उसे कुचल डालो। मेरी समझ में नहीं आ रहा था कि किस शख्स या किस बात पर विश्वास करूँ। क्या मीनू ही इसलिए यह सब कर रही थी क्योंकि उसके मन में मुस्तफा के लिए द्वेष-भाव था? क्या वह इसलिए उखड़ी हुई थी क्योंकि मुस्तफा घर की सबसे छोटी बच्ची को ज्यादा पसंद कर रहा था? क्या मेरी सारी बहनें उसका लाड़ पाने की, उसकी प्रिय साली बनने की कोशिश कर रही थीं?

अगली सुबह माँ का फोन आया। वह घबराई हुई थी। आदिला घर से भाग गई थी और उसका कोई पता-ठिकाना नहीं था। ''यह सब मीनू की गलती है,'' माँ ने तुनक कर कहा, ''उसने आदिला पर तमाम तरह के भद्दे इल्जाम लगाए। जाहिर है उसके दिल को बहुत चोट पहुँची है। मीनू यह कहना चाहती थी कि मुस्तफा और

आदिला ,के बीच कोई चक्कर चल रहा है।''

माँ का जैसा स्वभाव था, वह इस मामले की सच्चाई से इतनी भयभीत नहीं थी जितनी बदनामी का एक नया सबब बनने की आशंका से। उसने पक्का इरादा कर लिया था कि वह इस पूरे प्रसंग को दबा देगी, इसलिए अब वह मदद के लिए खलनायक की तरफ मुड़ रही थी। उस दिन मुस्तफा को एक राजनीतिक बैठक में हिस्सा लेने लिवरपूल जाना था, लेकिन वह आदिला को ढूँढ़ने में हमारी मदद करने की गरज से अपना जाना रद्द करने को राजी हो गया। वह आदिला को लंदन में ढूँढ़ने निकल पड़ा और मैं माँ के यहाँ चल दी।

पूरी सुबह, मीनू तो आदिला की दोस्तों को फोन घुमाती रही और हमारी इस भगोड़ी बहन का पता लगाने की कोशिश करती रही। माँ के दिल में बुरे-बुरे ख्याल आ रहे थे लेकिन वह अपने आपको ऊपरी तौर पर शांत रख कर अपने उन्माद को छिपाने की बेतहाशा कोशिश करती रही। वह कॉफी के घूँट उतारती इधर से उधर चहलकदमी ही करती रही।

मुस्तफा ने दोपहर बाद फोन पर खबर दी कि उसे आदिला को ढूँढ़ने में कोई कामयाबी नहीं मिली। माँ फोन पर ही रो पड़ी और मुस्तफा से याचना करने लगी कि वह आदिला को ढूँढ़ने की अपनी कोशिश जारी रखे। मुस्तफा ने उसे भरोसा दिलाया; वह एक तरकीब पर चर्चा करने घर आ रहा था। जब वह आया तो उसने अपनी तरकीब बताई कि हमें माँ के और हमारे फोन पर नजर रखनी चाहिए। (इस तरह की बातें क्योंकि पाकिस्तान में होती रहती हैं, इसलिए हमने उसकी बात मान ली।) उसे पक्का विश्वास था कि आदिला घर में किसी-न-किसी से संपर्क करने की जरूर कोशिश करेगी, और तब 'हम उसका पता लगाने में कामयाब होंगे', उसने स्पष्ट किया। ''मैंने अधिकारियों से बात कर ली है। वे उसे ढूँढ़ने में हमारी मदद करने को राजी हो गए हैं।''

मुस्तफा और मैं अपने घर लौट आए। दाई आयशा और नसीबा भी हमारे साथ आ गईं। मुस्तफा ने रास्ते में गाड़ी रोक कर दो बोतल शराब खरीदी। ''इस समय तुम्हें शराब की कैसे सूझी?'' मैंने पूछा। ''सब-कुछ इतना गड़बड़ हो रहा है। तुम्हें यह शराब पीने का समय कब मिलेगा?'' उसने कोई गोलमोल जवाब दिया—शायद उसने हमारा शराब का स्टॉक खत्म हो जाने के बारे में कुछ कहा था। उसने मुझे फोन के पास ही बैठने की हिदायत के साथ घर पर छोड़ा और खुद आदिला की तलाश में निकल गया।

रात दस बजे जाकर आदिला का फोन आया। वह बहुत आहत लग रही थी। उसने कसम खाते हुए कहा, ''मैं उस घर में अब कभी नहीं लौटने वाली। वहाँ सब-के-सब मुझसे नफरत करते हैं। उन्होंने मुझ पर इल्जाम लगाया है कि मैं मुस्तफा की तरफ गलत इरादा रखती हूँ। मुस्तफा तो मेरे भाई समान हैं। आप भी मुझ पर

भरोसा नहीं करतीं। मैं घर नहीं जाऊँगी, कभी नहीं। मैं बाद में फोन करूँगी।'' फिर फोन कट गया। मैंने फौरन माँ को फोन किया और उन्हें इस बातचीत की जानकारी दी।

करीब एक घंटे बाद आदिला ने जब दोबारा फोन किया तो मैंने उससे ज़िद करके कहा कि मैं उससे मिलना चाहती हूँ। मैंने उसे यह भी याद दिलाया कि अगर और जब भी अब्बाजान को इस ताजा घटना के बारे पता चल गया तो वह आपे से बाहर हो जाएँगे। वह नरम पड़ गई और बोली, ''मुझसे हिल्टन होटल में आकर मिलिए, लॉबी में।''

मैं निकल भी नहीं पाई थी कि मुस्तफा का फोन आ गया। मैंने उसे इस ताजा घटनाक्रम के बारे में बताया। ''क्यों न तुम वहाँ आकर उसे सँभाल लो,'' मैंने सुझाव दिया, ''हमें उसे वापस लाना है।'' मुस्तफा मुझसे हिल्टन होटल नें मिलने को राजी हो गया।

दाई आयशा और नसीबा को साथ लिए मैं टैक्सी करके भागी। मैंने खफ्तान पहन रखा था जो मेरे फूले पेट को छिपाने का काम भी कर रहा था। मैंने मुस्तफा के होटल पहुँचने से कुछ ही पल पहले वहाँ कदम रखा। आदिला बड़ी शान से लॉबी में दाखिल हुई, और मैंने देखा कि नजीब भी वहाँ था। यह वही नजीब था जो हैम्पस्टेड वाले फ्लैट में हमारे साथ काफी समय तक रहा था और मीर भुट्टो का नजदीकी दोस्त था। वह साये में रहा।

हम लॉबी में एक मेज के गिर्द बैठ गए और दबी जबान में बात करने लगे। मैंने आदिला को ऊँच-नीच समझाने की बहुत कोशिश की, लेकिन जब मैंने देखा कि वह अपनी जिद पर अड़ी है तो मैं उसकी झाँसेबाजी से आजिज आ गई और मैंने मुस्तफा से कहा कि वह उसे उठाए और घसीटकर कार तक ले चले। ''अगर वह तुम्हारी बेटी होती तो अब तक तुमने उसकी जान ले ली होती। तुम मेज पर बैठ कर उसके लौटने के बारे में सिर्फ बातचीत नहीं करोगे। तुम्हें मीनू की याद नहीं है क्या?'' मैंने पूछा। ''बस उसे कार में पटको। इसके सिवाय और कोई चारा नहीं है।''

लेकिन आदिला जिद पर अड़ी थी कि घर नहीं जाएगी। ''मैं एक ईरानी लड़के से प्यार करती हूँ,'' वह मुँह बनाकर बोली, ''मैं उसी के साथ रहूँगी। तुम लोग मुझे रोक नहीं सकते।''

मैंने उसे खा जाने वाली नजरों से घूर कर देखा, और इंतजार करने लगी कि मुस्तफा एक संरक्षक और दबंग बहनोई की भूमिका अदा करोग जैसाकि उसने मीनू के साथ किया था। लेकिन मैं भौचक्की रह गई जब उसने सुझाव दिया, ''सुनो, मैं सोचता हूँ कि हमें उसे दाई आयशा की देखरेख में उस लड़के के पास ही भेज देना चाहिए।''

उसकी इस पेशकश पर मुझे तो विश्वास ही नहीं हुआ और यह मुस्तफा के सामंती मापदंडों से मेल भी नहीं खाती थी। मैं चिढ़ गई। "तुमने यह सुझाव रखा तो कैसे?" मैंने पूछा, "आदिला को घर जाना होगा। और कोई रास्ता नहीं है।"

आदिला और भी उग्र हो गई। हम ऊँची आवाज में बोलने लगे, और मैंने आदिला को पकड़कर और उसकी कुर्सी से खींच कर दरवाजे की तरफ ले जाने की कोशिश करके माहौल को और भी गरमा दिया। वह मुझसे जूझने लगी और उसने खफ्तान को गर्दन पर से फाड़ दिया।

पहले तो मुस्तफा हमारी कुश्ती को चुपचाप देखता रहा। लेकिन, फिर स्पष्ट तौर पर इस पाँच सितारा होटल में तमाशा न बनने देने के चक्कर में उसने एक बीच का रास्ता निकाल दिया। अगर आदिला हमारे साथ नहीं आ रही, और अगर मैं उसे उसी के भरोसे नहीं छोड़ रही, तो हम सबको रात भर इसी होटल में इकट्ठा रह कर अपनी असहमतियों का समाधान करना होगा। जब मुस्तफा कमरा बुक कराने लगा तभी अचानक नजीब पार्श्व में से निकलकर आया और उसकी बगल में खड़ा हो गया। मुझे यह बात कुछ अजीब-सी लगी लेकिन मैं कुछ समझ नहीं पाई। मैंने अपने सिर को हिलाकर जैसे इस उलझन को झटक देने की कोशिश की। फिर मैंने फोन करके माँ को अपनी इस योजना के बारे में खबर दी। आदिला मेरी बगल में ही खड़ी रही ताकि मैं यह न बता पाऊँ कि हम इस समय कहाँ हैं।

उस रात, आदिला और मैं एक ही पलँग पर नसीबा के साथ सोए। मुस्तफा और दाई आयशा फर्श पर सोए।

सुबह-सुबह, माँ और मीनू धड़धड़ाते हुए अंदर चले आए। मुस्तफा तो चौंक कर खड़ा हो गया और यह बहाना करके वहाँ से चलता बना कि उसे लिवरपूल जाने में पहले ही देर हो चुकी है। मेरा ख्याल था कि वह जब दरवाजे से बाहर जा रहा था तो बहुत झेंपा हुआ था, लेकिन मैंने अपना ध्यान परिवार के इस तनावपूर्ण संकट की तरफ लगा दिया। माँ ने गुस्से में भरे हुए ही यह बताया कि उसने और मीनू ने सारी रात जासूसों का काम किया था, और लंदन के तमाम होटलों के सुरक्षा अधिकारियों को फोन करके एक नाबालिग भगोड़ी लड़की के बारे में शिकायत दर्ज करवाई थी। आखिरकार उन्हें पता चला था कि इस खास कमरे को पिछली सुबह ही नजीब ने समीना खान के काल्पनिक नाम से बुक करवाया था!

पहेली के टुकड़े अचानक जुड़ने लगे। मेरे दिमाग में सारी तसवीरें कौंधने लगीं। क्या आदिला और मुस्तफा ने साथ-साथ यहीं दिन बिताया था? जब आदिला ने मुझे फोन किया तो क्या उस समय मुस्तफा उसी के साथ था? क्या वे दोनों हम पर हँस रहे थे? मैंने उस बिस्तर पर न चाहते हुए भी एक नजर मारी जहाँ मैं सारी रात सोई थी। क्या वे दोनों इसी बिस्तर पर रहे थे? इन्हीं चादरों में? मेरा जी खराब हो गया।

फिर भी मेरा ठस दिमाग वह मानने को तैयार नहीं हो रहा था जो अब बिलकुल साफ हो चुका था। आदिला ने हमें बताया कि वह भुट्टो बंधुओं से मिली थी जो उस ईरानी लड़के के दोस्त थे। उसने कहा कि वह पूरा दिन उन्हीं के साथ रही थी। मीनू को आदिला की बातों पर शक था, लेकिन माँ और मैं दोनों ने ही आदिला की सफाई को अपना परदा बना लिया था जिसके पीछे हम इस सच्चाई से अपना मुँह छिपा सकती थीं। हम दोनों ने ही अपने स्वांग को बनाए रखा। आदिला मेरे साथ घर चलने पर जोर देने लगी। लेकिन जब माँ ने मना कर दिया तो वह तुनक कर कहने लगी, "मैं तहमीना के साथ क्यों नहीं रह सकती? अगर मैं रुबीना के साथ रातें बिता सकती हूँ तो तहमीना के साथ भी बिता सकती हूँ। मैं घर नहीं जा रही। मैं तहमीना के साथ रहना चाहती हूँ। तुम हमें उसके नजदीक नहीं आने दोगी। तुम किसी वजह से उससे नफरत करती हो।"

माँ क्योंकि दिमागी तोर पर पस्त हो चुकी थी, इसलिए उसने आगे कोई बहस नहीं की, लेकिन उसकी इजाजत थोड़े समय के लिए ही थी। उसने आदिला को यह हुक्म दिया कि मुस्तफा के लिवरपूल से लौटते ही वह बिना एक पल गँवाए मेरा मकान छोड़ दे और सीधी घर चली आए।

उस दिन मेरी बहुत इच्छा हो रही थी कि आदिला से बात करूँ, लेकिन मेरे यहाँ पहुँचते ही उसने नींद की गोलियाँ खा लीं और सोने चली गई। वह मुस्तफा के आने पर ही जागी। मैंने उसे याद भी दिलाया कि माँ के हुक्म के मुताबिक उसे अब फौरन मेरे मकान से चला जाना चाहिए, लेकिन वह तो नए सिरे से गुस्ताखी पर उतर आई।

मुस्तफा ने मुझसे कहा कि आदिला उससे अकेले में बात करना चाहती है। "मैं सोचता हूँ मुझे उसे समझाना होगा", वह बोला, "मुझे उसमें थोड़ी अक्ल डालनी है। अब अगर तुम हमें कुछ समय के लिए अकेला छोड़ दो तो हम बात कर लें।"

"मेरी समझ में यह नहीं आता कि वह मेरे सामने बात क्यों नहीं कर सकती," मैंने जवाब दिया, "वह मेरी बहन है। उसे किस बात का डर है?"

"वह तुममें से किसी पर भी भरोसा नहीं करती। तुम उसकी परेशानियों के बारे में माँ को बता दोगी। उसे किसी ऐसे शख्स से बात करनी है जिस पर वह भरोसा कर सकती है।"

जैसा कि वह जानता था, मैंने उसकी बात मान ली। मैं यह विश्वास नहीं करना चाहती थी कि मेरे साथ विश्वासघात किया जा रहा है। मैं उलझन में पड़ गई थी। इस बात को अब बहुत लंबा अरसा हो गया था कि मुस्तफा ने एक कठपुतली नचाने वाले की तरह मेरे तमाम धागों को चलाया था और अब ये धागे नाउम्मीदी की हद तक, और शायद हमेशा के लिए, उलझ गए थे।

उस शाम, मुस्तफा को एक बार फिर मेरी माँ और मीनू का सामना करना पड़ा था। वे अचानक ही आ धमकी थीं और धड़धड़ाती हुई घर में चली आई थीं। माँ हताश लेकिन कठोर और दृढ़ दिखाई दे रही थी, और उसके हाथ में कुरान थी। उन्होंन्ने हुक्म दिया, ''आदिला, कार में चलो।'' आदिला एतराज करने लगी, लेकिन माँ ने उसके मुँह पर एक जोरदार थप्पड़ मार कर उसे चुप कर दिया। फिर वह मुस्तफा की तरफ मुड़कर बोली, ''मेरे हाथ में मुकद्दस किताब है। इसके नाम पर, हमारी जिंदगियों से निकल जाओ। तुम एक चालाक और दुष्ट आदमी हो। तुम तबाही लाने वाले हो। मैं तुम्हें आगाह करती हूँ कि हमारे खानदान की इज्जत से मत खेलो। मैं चाहती हूँ कि तुम मेरी बेटी को फौरन मेरे पास भेज दो। मैं उसे तुम्हारे घर में नहीं रहने दूँगी।''

''आप क्या जानती हैं?'' मुस्तफा ने पलटकर कहा। उसने माँ का हाथ पकड़ा और उसे बैठक में ले गया। उसने अपने लहजे में और समझदारी लाने की कोशिश करते हुए दावा किया, ''मैंने इस खानदान की इज्जत को बचाया है। लेकिन अच्छा यही रहेगाा कि मैं इस बारे में बात न करूँ।''

मीनू ने बीच में ही टोकते हुए मुस्तफा पर यह इल्जाम लगाया कि वह एक नाबालिग की नैतिकता को भ्रष्ट कर रहा था। ''झूठी-सच्ची कहानियाँ गढ़ कर सच पर परदा डालने की कोशिश मत करो,'' उसने मुस्तफा को आगाह किया। मेरी प्रतिक्रिया तो एक वशीभूत बौड़म की थी जो न तो मामले की पूरी सच्चाई जान सकती थी और न ही इससे निपट सकती थी। मैं एक कर्तव्यनिष्ठ पत्नी थी, जिसे बस इतना पता था कि मुस्तफा को बचाना मेरी अनिवार्य भूमिका थी। मैंने मीनू से कहा कि वह मेरे घर से निकल जाए, क्योंकि वह मेरे शौहर की बेइज्जती कर रही थी।

माँ आदिला को घसीटर्ता हुई अपनी कार में ले गई और वे चली गईं।

मुझे मुस्तफा के मुँह से सच्चाई सुननी थी। मैंने उसे समझाया कि उसे मेरी शंकाओं को दूर करना चाहिए। मैंने उससे कहा कि अगर मुझे अपने खानदान में उसका बचाव करना है तो मुझे सारे तथ्य पता होने ही चाहिए।

मुस्तफा ने एक नई कहानी गढ़ दी। ''मीनू सही कह रही थी,'' वह बोला, ''मैंने उस दिन आदिला को उसके स्कूल से वाकई लिया था। मैं किसी से यह नहीं बताना चाहता था कि मैं उसके साथ क्या कर रहा था, इसलिए मैंने इससे इनकार कर दिया था। आदिला गर्भवती थी। यह उस ईरानी लड़के की करतूत थी। मैं उसे गर्भनात के लिए एक क्लीनिक में ले गया था। मैं तुम्हारे खानदान की इज्जत को बचा रहा था। इस एहसान के बदले मुझे एक लफंगा बताया जा रहा है। यह भी

अजीब दुनिया है कि आपकी भलमनसाहत के लिए आपकी निंदा की जाती है।''

मैं बहुत चाहती थी कि मैं अपने आदमी पर विश्वास करूँ, और यही मैंने किया भी। उसकी बेकसूरी का यह ताजा सबूत लेकर मैं माँ से मिलने गई। माँ ने गर्भपात का सबूत यानी उसकी रसीद माँगी। मुस्तफा के पास रसीद नहीं थी। माँ ने जानना चाहा कि गर्भपात कहाँ किया गया था। मुस्तफा ने यह भी नहीं बताया। अब माँ ने तय कर लिया कि वह मुस्तफा और मुझसे आगे कोई संबंध नहीं रखेगी। यह कारगर रिश्ता नहीं था।

मैंने अपनी मानसिक पीड़ा के बारे में अपनी डॉक्टर को बताया। वह एक वेल्श महिला थी और मेरी दुर्दशा से उसे बहुत सहानुभूति थी। जब मैंने उसे यह बताया कि मुस्तफा मुझे किस बेरहमी से पीटता है तो उसके चेहरे पर घृणा का भाव आ गया। ''वह बहुत उग्र है,'' मैंने कहा, ''मैं उससे दुखी हूँ।'' मैंने उससे कोई ट्रैंक्विलाइजर बताने को कहा तो उसने पर्चे पर वेलियम लिख कर दे दिया और मुझे भरोसा दिलाया कि इससे मेरे बच्चे को कोई खतरा नहीं होगा।

मेरे अब्बाजान ने हमारी हाल की इस गुस्सा-गुस्सी से पहले ही मेरे बच्चे की पैदाइश का सारा खर्च अदा कर दिया था, इसलिए 27 दिसंबर 1979 को जब मुझे दर्द शुरू हुए तो मुस्तफा मुझे हैंपस्टेड इलाके के एक खास क्लीनिक में ले गया। उसके हाव-भाव से लगता था कि वह थोड़ा गुस्सा था। वह केवल बच्चा पैदा करने के लिए इतनी सहूलियतों को ज्यादती मान रहा था। मेरी डॉक्टर ने मेरा स्वागत तो बड़ी गर्मजोशी से किया लेकिन मुस्तफा की तरफ से बेरुखी ही दिखाई। मुझे अपने घरवालों की कमी बहुत ज्यादा खल रही थी। एक बार फिर, जब मुझे उनकी सबसे ज्यादा जरूरत थी तो उनसे कट गई थी।

प्रसव के दर्द के अलावा मैं अपराध बोध से ग्रस्त थी। मुझे यह डर सता रहा था कि मेरा बच्चा सामान्य होगा भी या नहीं, क्योंकि मैंने आत्महत्या की कोशिश की थी। प्रसव के दौरान, पूरे समय मैं खुदा से यही दुआ करती रही कि मुझे मेरी खुदगर्जी के लिए माफ कर दें और मेरे बच्चे को सजा न दें।

मैंने अपनी नई बेटी निशा पर पहली नजर डालने के लिए जोर डाला तो मेरा दिल डर के मारे धक-धक कर रहा था। उसे देखते ही मेरी चिंता काफूर हो गई और उसकी जगह बिना शर्त प्यार ने ले ली। मैंने अपने गले से वह लॉकेट उतारा जिस पर अल्ला का नाम खुदा हुआ था और बच्ची के गले में डाल दिया कि उसे किसी की बुरी नजर न लगे।

बच्ची की पैदाइश के दो घंटे बाद, मुस्तफा मेरे निजी कमरे में आया और मेरे पलँग के पास बैठ गया। मैं साफ देख रही थी कि वह तनाव और गुस्से में था। वह ऐसे मूड में था जिससे मैं सबसे ज्यादा डरती थी, फिर भी मैं अपनी कुंठाओं का वमन किए बिना नहीं रह सकी। मैं यह सोच कर हैरान हो रही थी—अगर

उसे और आदिला को लेकर मेरी शंकाएँ गलत भी थीं तो भी मुस्तफा जैसे अक्लमंद व्यक्ति ने इस बखेड़े को हमारी जिंदगी पर हावी कैसे होने दिया? उससे शादी करने की मेरी एक वजह यह थी कि मैं खुद को अपनी माँ की नजरों में उठाना चाहती थी, लेकिन मेरे हाथ लगा बस अतिरिक्त अपमान और पीड़ा। मैं महसूस कर रही थी कि अब मुझे अपना गुस्सा निकालने का सुरक्षित मौका मिला था। वह यहाँ ऐसी सार्वजनिक जगह और ऐसे समय में मुझ पर हाथ उठाने की हिम्मत नहीं करेगा।

मैंने उलाहना दिया, ''मुस्तफा, तुमने सब-कुछ गड़बड़ करके रख दिया है। आज मैं यहाँ इस अस्पताल में अकेली पड़ी हूँ। तुमने अपनी मिलीभगत और साजिश से सब-कुछ तबाह कर दिया है। तुम तो उस बूढ़ी, कमजर्फ गँवारू औरत की तरह हो जिसे इधर-की-उधर लगाने और घरों में फूट डालने में मजा आता है।'' वह इस आरोप को सुनता रहा और उसका गुस्सा बढ़ता रहा। मैंने उसके गुस्से को बढ़ता देखा, लेकिन मैं खुद को रोक नहीं पाई, ''तुमने मुझे मेरे घरवालों से अलग कर दिया है,'' मैंने उस पर इल्जाम लगाया, ''मेरी चार बहनें हैं। मेरा एक भाई है। माँ-बाप हैं? कहाँ हैं वे लोग? आज वे मेरे पास क्यों नहीं हैं? इस बारे में सोचो। कौन जिम्मेदार है? सोचो।''

मुस्तफा अपनी कुर्सी से उठा और उसने मुझे जोर का थप्पड़ मारा, और यह बात तब की है जब उसके बच्चे को जन्म दिए मुझे अभी दो घंटे हुए थे। उसने एक तरतीब में मेरे गालों पर इधर-उधर दोनों तरफ थप्पड़ मारे। फिर उसने अपनी वही प्रिय तरकीब अपनाते हुए मेरे हाथ को इतने जोर से मरोड़ा कि मुझे लगा कि उसके दो टुकड़े हो जाएँगे। मैंने अपने होंठ को जोर से भींच लिया कि मेरी रुलाई न फूट जाए।

मुझे चोटिल और पिटी हालत में अस्पताल के पलँग पर छोड़ कर वह अपने तेरह वर्षीय बेटे बिलाल से मिलने हवाई अड्डे चला गया। बिलाल पाकिस्तान से हमारे पास रहने आ रहा था।

मेरी डॉक्टर ने मुझे मेरे कमरे में अकेली रोते हुए देखा तो सोचने लगी कि मैं ऐसी खुशी के मौके पर इतनी त्रस्त क्यों हूँ। उन्हें समझते देर न लगी, और जब मैंने रोते हुए उसे सारी बात बताई तो वह चुपचाप सुनती रही। फिर उसने कोमल स्वर में मुझे सलाह देते हुए कहा, ''जब तक तुम अपनी मदद आप नहीं करोगी, कोई तुम्हारी मदद नहीं कर पाएगा।''

मैं जानती थी कि वह सही कह रही है। जब वह मुझे पीट रहा था तो मैं चिल्लाई क्यों नहीं? मैंने डॉक्टरों और नर्सों का ध्यान अपनी तरफ क्यों नहीं खींचा और उनसे पुलिस बुलाने को क्यों नहीं कहा? वे क्या कर सकते थे? पुलिस क्या कर सकती थी? से ज्यादा-से-ज्यादा मुस्तफा को घुड़क देते, लेकिन आज नहीं तो

कल मैं उसके साथ अकेली होती, और तब पहले से कहीं ज्यादा खराब हालत होती मेरी। मेरी खामोशी मुस्तफा का बचाव करने के लिए नहीं थी; यह मेरा बचाव करने के लिए थी।

अब्बाजान मुझे या बच्ची को देखने नहीं आए, लेकिन उन्होंने मुझे एक लॉकेट भेज दिया जिस पर एक दुआ लिखी थी। उनकी इस बात ने मेरे दिल को छू लिया। उससे यह जाहिर होता था कि वह अपनी दुआओं के जरिए मेरे संपर्क में थे। मुझे उनकी जरूरत भी थी।

मेरी डॉक्टर मेरे लिए बस एक ही तरीके से मदद कर सकती थी, वही उसने किया भी; उसने कुछ डॉक्टरी कारण निकाल कर मेरे लिए कुछ दिन और क्लीनिक में रहने का इंतजाम कर दिया। आखिरकार जब क्लीनिक से चलने का समय हुआ, तो मुस्तफा मेरे लिए एक तोहफा लेकर आया। यह एक बहुत महँगा सफेद कश्मीरी कोट था। स्पष्ट था, यह बतौर मुआवजा था।

अप्रैल 1979 में भुट्टो को फाँसी होने के बाद, निर्वासित समुदाय के कुछ लोग उनके बेटों के साथ हो लिए और उन्होंने अपने आपको मुस्तफा से दूर कर लिया। वहाँ जोखिम और खतरा मोल लेने का माहौल था। भावी आतंकवादियों के लिए अब उनकी एयर गनें निरर्थक होने लगी थीं और, 1981 तक, उन्होंने असली बंदूकों की खरीदारी शुरू कर दी थी। अल-जुल्फिकार उर्फ पाकिस्तान लिबरेशन आर्मी नाम के क्रांतिकारी गुट का जन्म हो गया था। भुट्टो बंधुओं और उनके समर्थकों ने हिट लिस्ट तैयार कर ली थीं और जिया शासन के अहम अफसरों की हत्या की योजना बना ली थी; और इस तरह उनका इरादा सत्ता में एक रिक्तता पैदा करना था जिसे वे भर सकते। ये लोग अफगानिस्तान चले गए और वहाँ काबुल में उन्होंने एक गुप्त सैन्य शिविर चालू कर दिया।

अमरीकी प्रशासन अफगानिस्तान में सोवियत संघ के आक्रमण के खिलाफ जिया का समर्थन कर रहा था। जिस आदमी का वे समर्थन कर रहे थे उसने संविधान का उल्लंघन किया था। जवान भुट्टो बंधुओं के पिता की फाँसी लगा कर हत्या कर दी गई थी, और उनकी माँ और बहन को कैद कर लिया गया था। उनके पास अब एक ही विकल्प बचा था कि वे उन कुछ देशों की मदद से सशस्त्र संघर्ष करते जो उनका मार्गदर्शन करने और उन्हें शरण देने को तैयार थे।

मुस्तफा इस साजिश में शामिल नहीं था, लेकिन उसे कुछ बातों का पता चल गया था और वह जनरलों को जबरन हटाने की कोशिशों की निरर्थकता के खिलाफ तर्क देता था। वह भुट्टो बंधुओं की अधीरता को समझता था, लेकिन वह उनकी योजनाओं की अनदेखी नहीं कर सकता था। पाकिस्तानी लोग तोड़-फोड़ और हत्या

की कार्रवाइयों से बिदकते हैं। मुस्तफा जानता था कि अल-जुल्फिकार न केवल कट्टर कार्यकर्ताओं को बल्कि दुनिया की गुप्तचर सेवाओं के घुसपैठियों को भी अपनी तरफ खींचेगा। उसे यह चिंता हो रही थी कि अल-जुल्फिाकर से जिया को पीपुल्स पार्टी के समर्थन के किसी भी चिह्न को मिटा देने का बहाना मिल जाएगा। यह भी तय था कि आतंक का जवाब आतंक से दिया जाएगा और बेकसूरों को सताया, जेल में डाला और फाँसी पर लटकाया जाएगा। सार यह कि उसे विश्वास था कि इस गैर-कानूनी संगठन से पूरी पार्टी की छवि को धक्का लगेगा और इससे लोकतंत्र बहाली की शांतिपूर्ण मुहिम ही धीमी पड़ जाएगी।

मुस्तफा राजनीति की सीधी-सीधी शैली का हिमायती था। उसने पूरे देश और महाद्वीप में घूम-घूम कर विशाल जनसभाओं को संबोधित किया, निराशा में डूबे लोगों को उत्साहित किया, पार्टी को फिर से बनाया, और इस पूरे दौर में मैं उसके पीछे-पीछे रही। वह जय-जयकार करती भीड़ का अथक नेता बन गया। वह समझदारी से बदलाव लाने की बात करता था। पुराने दोस्त और साथ काम करने वाले लगातार उसके पास आते रहते और वे हमेशा ही राजनीति पर बात करते थे। मुझे उनकी बातचीत में रस मिलता था, और धीरे-धीरे यह मेरी समझ में आ गया था कि मेरी जाती जिंदगी चाहे जितनी खौफनाक हो मैं अपनी मातृभूमि की मुक्ति और बेहतरी के लिए काम करने की दिशा में अपनी उपस्थिति का कारण ढूँढ़ ही सकती थी।

अठारह फरवरी 1980 को, मेरे सत्ताइसवें जन्म-दिन के मौके पर, अब्बाजान ने मुझे फोन करके मेरे घरवालों की तरफ से माफी का हाथ बढ़ाया। गुस्सा-गुस्सी के तीन महीने बीत गए थे। मेरे परिवार में किसी ने भी निशा को नहीं देखा था। अब्बाजान ने मुझसे पूछा कि जन्म-दिन पर क्या चाहती हो तो मैंने जवाब दिया, "आपको देखना।"

उन्होंने रुँधे गले से कहा, "आज रात को आ जाओ।"

मुस्तफा ने खुशी-खुशी हामी भर दी।

उस रात जब हम ऊपर जाने के लिए सीढ़ियाँ चढ़ रहे थे तो हमारा सामना आदिला से हुआ। वह सीढ़ियों से नीचे आ रही थी। मुस्तफा के पास उसकी अनदेखी करते हुए मेरे पीछे-पीछे ऊपर आने के अलावा और कोई चारा नहीं था; मेरे लिए यह मेरे चढ़ाव और आदिला के उतार का संकेत था।

शुरू में थोड़ी लड़खड़ाने के बाद, पारिवारिक जिंदगी एक बार फिर चालू हो गई और धीरे-धीरे और भी तरतीब में आ गई। लेकिन ऐसा लगता था कि मैं अपने परिवार के जितनी नजदीक होती जा रही थी उतनी ही अपने शौहर से दूर होती जा रही थी।

मुस्तफा का जुनून विकृत हो गया। जब भी वह मुझे मेरे वालिदैन के साथ

हँसते या मजाक करते देखता, तो उसका मूड खराब हो जाता था, और मैं समझ जाती थी कि अब जैसे ही हम अकेले होंगे वह बहस का कोई-न-कोई बहाना ढूँढ़ लेगा और उसका अंत मारपीट में होगा। तो रात में जैसे ही हम लौट कर घर पहुँचे तो आरोपों का एक सिलसिला-सा शुरू हो गया और इतनी देर चला कि भोर का प्रकाश परदों से छन कर अंदर आने लगा। वह मेरी ही कही बात पकड़ कर उसे मेरे ही खिलाफ इस्तेमाल करने लगा, और यह सब इतनी देर चला कि मेरे हाथ से तर्क का सूत्र ही छूट गया। वह एक-एक बात पर मुझे घूँसों और जूतों से मारता रहा और, जैसा कि होना ही था मैंने अपनी तमाम गलतियों के लिए माफी माँगी। ''क्या तुम्हें सचमुच अफसोस है?'' वह मुझे कोंचता रहा।

''हाँ।''

''क्या तुम्हें ईमान से अफसोस है?''

''हाँ, हाँ।''

''तुम्हारा लहजा गलत है। तुम्हारे कहने के ढंग से नहीं लग रहा कि तुम्हें अफसोस है।''

यह मेरे बचपन के दिनों की तरह ही था जब मैं अपनी माँ का हुक्म मानती थी, लेकिन हुक्म मानती दिखती नहीं थी। मैंने जवाब दिया, ''मुस्तफा, मैं पस्त हो चुकी हूँ। मेहरबानी करके मेरा यकीन करो। मुझे अफसोस है।''

''लेकिन तुम्हें सचमुच यह नहीं लगता कि तुमने कोई गलती की है।''

''लेकिन मैं महसूस कर रही हूँ।''

''दो घंटे पहले तुम अपनी सफाई दे रही थीं। अपना बचाव कर रही थीं।''

''मैंने सोचा—''

''—सोचा? सोचा? तुमने सोचा तुम अपनी हरकतों को जायज ठहरा सकती हो। क्या तुम अब भी यही सोचती हो?''

''नहीं। तुमने साबित कर दिया है कि मेरा सोचना गलत था।''

हमारा रिश्ता एक लंबी बहस बन गया था। रात्रिकालीन ये नोक-झोंक मुझसे संवाद करने का मुस्तफा का एकमात्र तरीका था। उसके पास गंदी गालियों का ऐसा भंडार था कि उन्हें सुन कर कोई रंडी भी शरमा जाए। अपनी जबान से वह मेरी धज्जियाँ बिखेर सकता था।

दूसरों से अपने रिश्ते की कड़वाहट को छिपा कर रखने की सारी जिम्मेदारी मेरी ही थी। मुस्तफा असाधारण रूप में चालाक था। उसके पास सारे दोष मेरे मत्थे मढ़ देने की सहूलियत थी, और अगर दूसरों को मेरी बेइज्जती के बारे में पता चल जाता तो उसे वह ऐसे पेश करता कि बुरी मैं ही बनती थी। मुस्तफा के पुरुष प्रधान समाज में, वह हमेशा ही गुलाबों की तरह महकता हुआ ही उभरता था।

हमारी जिंदगियों में घुली कड़वाहट के बावजूद, जब हम अपने दोस्तों और

राजनीतिक परिचितों की मेहमाननवाजी करते तो गरिमामय मेजबानों की तरह पेश होते थे। मीडिया के लोग, प्रभावशाली राजनेता और पुराने जानकार हमारी दहलीज पर लगातार आते रहते थे। खाने की तैयारी के सिलसिले में मुस्तफा तो एक बड़े खानसामा की भूमिका अदा करता था जबकि दाई आयशा और मैं उसकी नौकरानियों का काम करती थीं। मुस्तफा बड़े अजीबोगरीब व्यंजन तैयार करता, दाई काटने-छीलने का काम करती, मैं कूड़ा साफ करती थी। अगर हम मुस्तफा की किसी हिदायत को थोड़ा-सा भी बदल देतीं, या अगर हम ज्यादा सुस्ती से काम करतीं या अगर मैं पहले से ही यह अनुमान नहीं कर पाती थी कि उसे किस चीज की जरूरत पड़ सकती है, तो मुस्तफा का पारा चढ़ जाता था। बड़े-बड़े और तेज धार वाले चाकुओं की नजदीकी तो खाना बनाने के इन मौकों को और भी खौफनाक बना देती थी। दाई आयशा भी मेरे जितनी ही डरी रहती थी। वह एक नौकरानी थी; इस तरह, उसकी धुनाई को जायज ठहराना तो मुस्तफा के लिए बिलकुल भी जरूरी नहीं था। वह कोई गलती नहीं कर सकती थी। अगर उससे कोई काम छूट जाता तो उसके मुँह पर मुस्तफा का थप्पड़ या उसके कूल्हों पर मुस्तफा की लात होती थी। मुस्तफा के लिए उसका नाम बस यही था, 'पाजी कुतिया!' दाई आयशा अपना नसीब बदल ले, इसकी तो कोई संभावना ही नहीं थी। वह न तो अँग्रेजी बोलती थी और न ही उसके पास पैसे थे। अगर वह भागने का दुस्साहस करती तो मुस्तफा के घर वाले कोट अद्दू में उसकी बूढ़ी माँ और दूसरे रिश्तेदारों पर उसका गुस्सा उतारते। वह बंधुआ बन कर रह गई थी।

मुस्तफा लगातार मुझ पर नजर रखता था, और मेरा हर काम स्वाँग और दिखावटी होता था। मुझे छटपटाता देख उसे मजा आता था। मुझे तो उसकी गैर-हाजिरी में भी उसे खुश करना होता था। वह पता नहीं किस व्यापारिक या राजनीतिक काम से अमेरिका जाता और दोनों जगहों के समय के फर्क से बिलकुल बेखबर मुझे सुबह बहुत तड़के ही फोन कर देता था। अगर मेरी आवाज में उनींदापन होता तो वह उखड़ जाता था। यह मेरा फर्ज होता था कि मैं जागती और चौकन्नी रहूँ, और उसके फोन का इंतजार करती रहूँ। मुझसे यह अपेक्षा की जाती थी कि मैं उसकी याद में परेशान रहूँगी।

एक बार ऐसे ही जब वह बाहर गया हुआ था तो उसने मुझे जरमीना और आदिला के साथ ब्रेंट क्रॉस जाकर खरीदारी करने की इजाजत दी थी। मैंने कुछ पत्रिकाएँ खरीदीं, लेकिन अपनी बहनों को आगाह कर दिया कि मुस्तफा को इस बारे में कुछ नहीं बताएँ; वह इसे समय और पैसे की बर्बादी मानता था। हम एक 'गंदे' राज की भागीदारी बन कर स्कूली लड़कियों की तरह खूब हँसीं। अगली सुबह जब मुस्तफा का फोन आया तो उसने मुझसे खरीदारी के बारे में सवाल-जवाब किए। वह मुझसे तफसील से जानना चाहता था कि मैंने क्या-क्या खरीदा था, और मैंने उसे पत्रिकाओं

के अलावा और सब-कुछ बता दिया। "तुमने और क्या खरीदा?" उसने पूछा। उसका लहजा एक विजेता का था।

"कुछ नहीं," मैंने झूठ बोल दिया।

"मैंने तुमसे पूछा है कि तुमने और क्या खरीदा ? मुझे सच-सच बताओ। और क्या खरीदा तुमने, हुँह?"

"कुछ नहीं।"

"मैं जानता हूँ कि तुमने कुछ और भी खरीदा है। मैं जानता हूँ कि तुमने खरीदा है।" उसके भद्दे लहजे ने मुझे डरा दिया। "मैं पता कर लूँगा," उसने आगाह किया, "तुमने मेरा हुक्म तोड़ा है। तुमने पत्रिकाएँ खरीदी हैं, खरीदी हैं न? बोलो, बताओ मुझे। खरीदी हैं न?"

मैं उसके सवाल-जवाब के दबाव में टूट गई, और जब उसने लंबी दूरी के फ़ोन पर मुझे गरियाना शुरू किया, तो मेरे जेहन में यही नाम आया—आदिला!

जब फोन की घंटी बजी तो मुस्तफा नीचे कसरत कर रहा था। मैंने एक्सटेंशन फोन उठाया ही था कि उधर उसने जवाब दिया। फोन आदिला का था। मैंने सुना, मेरी बहन मेरे शौहर से पूछ रही थी, "मुझसे प्यार करते हो? बताओ। मुझसे प्यार करते हो?"

मैंने सुना, मेरा शौहर मेरी बहन को जवाब दे रहा था, "इतना ज्यादा कि तुम कभी जानोगी भी नहीं।"

मैं नीचे गई। मैं सुन्न हो रही थी और अपने आपको गंदी और इस्तेमाल की हुई महसूस कर रही थी। लेकिन मैं मुस्तफा से टकराने की हिम्मत नहीं जुटा पाई। सबसे अच्छी रणनीति क्या हो सकती थी? मैं इस ताजा आतंक का जवाब देने में असमर्थ थी। फिर फोन दोबारा बजा और मैंने सुना मुस्तफा किसी से पासपोर्ट बनवाने का वादा कर रहा था।

कुछ ही पल में तीसरी बार फोन की घंटी बजी। फोन दाई आयशा ने उठाया और बताया कि फोन मुस्तफा के एक 'कामरेड' चौधरी हनीफ का है। मुस्तफा ने फोन लिया तो मैं दबे पाँव वापस ऊपर चली गई। अपने आपको मजबूत करते हुए, मैंने चुपचाप एक्सटेंशन फोन उठाया—मुस्तफा उधर आदिला से कह रहा था, "मैं तुम्हें पासपोर्ट बनवा दूँगा। फिक्र मत करो। मैं यह काम करवा दूँगा, लेकिन इसमें थोड़ा समय लगेगा।"

"यह काम जल्दी करना," आदिला ने आग्रह किया। अब मैं तुम्हारे बिना और नहीं रह सकती। मैं यहाँ से निकलना चाहती हूँ, अभी। मैं तुम्हारे साथ एक नई जिंदगी जीना चाहती हूँ—सिर्फ तुम्हारे साथ।"

मुझे लगा मैं उलटी कर दूँगी। मैं अभी भी फिलहाल कुछ भी करने में असमर्थ थी, लेकिन मेरा दिमाग जवाबी हमले की योजना बनाने लगा।

उस दोपहर बाद, हम मेरे वालिदैन के यहाँ गए। मैं खामोश गुस्से और दर्द में उबल रही थी, लेकिन अगर मुस्तफा ने इसे भाँप भी लिया था तो भी वह इसे जता नहीं रहा था।

मैं मौका देख कर माँ और आदिला को अपने वालिदैन के सोने के कमरे में ले गई, और वहाँ मैं फट पड़ी। मैंने माँ से शिकायत की, "मुस्तफा ने मुझे आदिला के बारे में बताया है—वह उसके पीछे पड़ी है, उसे तंग कर रही है। वह इससे आजिज आ गया है। आदिला मेरा घर बर्बाद करने की कोशिश कर रही है। मेरा शौहर उसकी इन हरकतों से बच रहा है। यह सब अब बंद होना चाहिए। सारी गलती इस आदिला की है। वह मेरी बहन है। मुस्तफा ने कहा है कि आप अपनी बेटी को सँभालें। इस लड़की ने तो शराफत की सारी हदें पार कर दी हैं।"

आदिला फट पड़ी, और इसे मेरी चाल बताने लगी। "वह यह सब कभी कह ही नहीं सकता," वह बोली, "उससे कहो कि यहाँ आकर मेरे सामने यह सब कहे। उसकी पीठ पीछे मैं अपने बचाव में कुछ भी नहीं कहूँगी। वह भी इसमें शामिल है। वह जरा मेरे सामने तो आए।"

माँ ने आदिला को नैतिकता के बारे में भाषण पिलाया और उससे कहा कि अपने बचकाने खेल बंद कर दे। माँ ने आगाह किया कि अगर अब्बजान को इस बारे में पता चल गया तो वह उसे खत्म ही कर देंगे।

मैंने आगे कहा, "आदिला, तुम्हारे अलावा वैसे भी मेरी काफी परेशानियाँ हैं। हमें हमारे हाल पर छोड़ दो। हम अपनी जिंदगियों के एक मुश्किल और अनिश्चित दौर से गुजर रहे हैं। हम अपने माहौल से कटे हुए हैं। हम जलावतन हैं। तुम क्यों हमारी ज़िंदगी को नरक बनाने पर तुली हो? मैं इन हालात में नहीं जी सकती।"

"मैंने कुछ नहीं किया है," आदिला ने जवाब दिया, "तुम मुस्तफा को क्यों नहीं बुलातीं? हमें अभी पता लग जाएगा कि क्या हो रहा है, झूठ तुम बोल रही हो, वह नहीं।"

उसके आत्म-विश्वास ने मुझे हार कर पीछे हटने को मजबूर कर दिया। मैं अजीब मकसदों की भूल-भुलैया में फँस गई थी, और जुर्म के सबसे बड़े सहभागी को बचा कर अपनी शर्मिंदगी को ढाँकने की कोशिश कर रही थी। मुस्तफा बाड़ के उस तरफ आदिला के साथ था और मैं इस तरफ अकेली चीख रही थी, और इस पूरे मामले में मुस्तफा की भूमिका को छिपाने की कोशिश कर रही थी, और इस अधोगामी स्थिति से अपने आपको बचाने की कोशिश कर रही थी कि मुस्तफा ने मुझे आगाह नहीं किया था। मेरा अहं मुस्तफा और मेरी बहन दोनों को एक साथ स्वीकार नहीं कर पा रहा था। मैं चाहती थी कि आदिला यह महसूस करे कि मुस्तफा

ने उसे छोड़ दिया था और मैं चाहती थी कि माँ यह महसूस करे कि मैंने अपने बचपन की जटिल विरासत से मेरी रक्षा करने के लिए जिस आदमी का चुनाव किया था, वह वास्तव में इज्जतदार था। लेकिन आदिला के चेहरे पर आई इस बनावटी हँसी ने मेरी धज्जियाँ उड़ा दी थीं।

जब हम घर लौट कर आए तो मैं इंतजार करने लगी कि दाई आयशा मेरी बच्चियों को उनके कमरे में ले जाए और मुस्तफा का बेटा बिलाल अपने कमरे में चला जाए। मुस्तफा और मैं बड़ी-सी बैठक के बीच में खड़े थे। जो थोड़ा-बहुत फर्नीचर–एक सोफा, एक आरामकुर्सी और एक टीवी–वहाँ था वह किनारों पर रखा हुआ था, जिससे कमरे के बीच में बहुत बड़ी जगह खाली छूटी हुई थी। मुझे लगता है, यहाँ मैं अपेक्षाकृत सुरक्षित महसूस करती थी अपने आपको। यह मुझे ऐसी जगह लगती थी जिसमें मैं अपने बचाव की जुगत कर सकती थी। बुनियादी मुद्दे पर मेरा जो गुस्सा था वह तो अब हलका हो गया था, लेकिन जो कुछ मैंने माँ के यहाँ किया था वह अब सबसे अहम हो गया। मुस्तफा को कैसे बताती मैं? मेरा दिल डर के मारे धकधक कर रहा था। मैं जानती थी कि मुझे अपने शब्दों का चुनाव बड़ी होशियारी से करना था, और इस बात पर–इस सच पर–जोर देना था कि मैंने उसको, और इस तरह से अपने आपको बचाने की कोशिश की थी। मैंने इस सफाई के साथ अपनी बात शुरू की कि मैंने फोन पर उसकी और आदिला की बातचीत सुन ली थी। फिर मैंने उसे यह बताया कि कैसे मैंने माँ के सामने आदिला का इस तरह मुकाबला किया था कि सारा इल्जाम आदिला के सिर पर ही जाए और मेरे वालिदैन के दिल में मुस्तफा की इज्जत कम न हो।

मुस्तफा का दिमाग तेजी से काम करने लगा, और मुझे तुरंत ही एहसास हो गया कि मुझसे गलती हो गई है। मैंने आदिला को सामने कर दिया था। वह घिर जाने पर सच भी उगल सकती थी। अगर मुस्तफा यह सोचता कि मैंने उसे बचा लिया था, तो वह जरूर खुश हो जाता। लेकिन, वह तो फँस गया था। सब-कुछ उलटा-पुलटा हो गया था। अचानक मैं कसूरवार हो गई थी।

सब-कुछ एक पल में घट गया। मुस्तफा की नजर अपनी दुनाली बंदूक पर पड़ी जो टीवी की बगल में दीवार से टिकी थी। उसने बहुत ही फुर्ती से, अपना दाहिना हाथ बढ़ा कर बंदूक को झपट लिया और उसे मेरी तरफ लहराया। बंदूक का लकड़ी का कुंदा मेरी बगल में लगा। मैं गिर पड़ी, लेकिन फिर फौरन उठ भी गई। मैं चिल्लाई, "तुमने मेरी जिंदगी बर्बाद कर दी है!"

उसने एक और प्रहार करके मुझे चुप करा दिया। मैं फर्श पर ढेर हो गई, और बचाव के लिए मैंने अपने पैरों को अपने पेट पर समेट लिया। वह लगातार बंदूक के भारी कुंदे से मुझे मारता रहा। वह मेरी पीठ, मेरी बगल, मेरी टाँगों को निशाना बना रहा था, लेकिन इतना तो आपे में था कि मेरे सिर पर वार न करे।

उसका चेहरा एक धुँधला-सा धब्बा हो रहा था, जिससे मुझे हर हाल में डरना और जिसका हर हाल में मुझे हुक्म मानना था। मैंने अपनी चीखों को दबाने की कोशिश की कि कहीं दाई आयशा और बच्चे न सुन लें, लेकिन मैं दबा नहीं पाई। मैं जानती थी कि अब तक वे मौत के डर से कहीं पास ही दुबक गए होंगे।

मैं चिल्ला-चिल्ला कर बिलाल को मदद के लिए बुलाने लगी। मुस्तफा का हाथ तभी रुका जब उसे चोटों के कुछ स्पष्ट निशान दिखाई दिए। उसके कुछ वार चूक गए थे। मेरे मुँह से खून आ रहा था। "अभी, इसी पल, अपनी माँ को फोन करो!" वह गुस्से में गरजा, "उससे कहो कि तुम पागल हो। उससे कहो कि सारी कहानी तुम्हारी गढ़ी हुई थी। फोन उठाओ!"

"मैं—मैं—यह नहीं कर सकती," मैंने सिसकियाँ भरते हुए कहा, "वह मेरा कभी यकीन नहीं करेगी। मैं अपनी कहानी को बदल नहीं सकती। वह शक करेगी—"

लेकिन तभी उसने एक और प्रहार किया और मेरी बात अधूरी ही रह गई। "खड़ी हो जाओ, कुतिया!" उसने हुक्म दिया। उसकी आवाज में एक नई, अनिष्टकारी और कुछ ज्यादा ही व्यवस्थित लय थी, "खड़ी हो जाओ।"

मुझसे बिलकुल खड़ा नहीं हुआ जा रहा था, लेकिन मैंने उसका हुक्म माना।

"अपने कपड़े उतारो," वह चिल्लाया। "एक-एक लत्ता कपड़े...उतारो।"

मैंने अपनी बैगी शर्ट पकड़ ली और काँपने लगी, और जब उसने देखा कि मैं उसका कहना नहीं मान सकती तो उसने मेरा एक हाथ पकड़ा और इसे मेरी पीठ के पीछे ले जाकर इतना मोड़ा कि मैं दर्द से चीख पड़ी और चिल्लाई कि मैं उसका कहा मानूँगी।

वह पीछे हट कर आरामकुर्सी में बैठ गया। मैं धीरे-धीरे अपनी शर्ट उतारने लगी और वह बैठा देखता रहा।

एक बार फिर मेरे ध्यान में कमरे का खालीपन था, लेकिन इस बार वह असुरक्षित दिख रहा था। छिपने की कोई जगह नहीं थी, कोई चीज नहीं थी कि जिससे मैं लिपट जाती। मैंने अपनी पैंट भी उतार दी। ब्रा और पैंटी में खड़ी मैं उसे गौर से देखती रही, और उससे रो-रोकर और गिड़गिड़ाकर यह विनती करती रही कि मुझसे रुकने को कहे। लेकिन उसने कोई राहत नहीं दी। मुझे अपने सूजे होंठों और नाक पर खून सूखता महसूस हुआ। फिर, काँपते हाथों से, मैंने अपने अंदर के ये कपड़े भी उतार दिए।

वह कुर्सी में अपने दोनों हाथों को आगे की तरफ फैलाकर बैठा था, जैसे कोई राजा अपने सिंहासन पर बैठा हो। उसकी आँखें मेरे नंगे बदन पर ऊपर-नीचे दौड़ रही थीं और मेरी लज्जा का अतिक्रमण कर रही थीं। उसके चेहरे पर संजीदगी थी और उसके होंठ कस कर भिंचे थे। उसकी आँखें सिकुड़ गई थीं और मेरी जिस्म को टटोल रही थीं, चमक रही थीं, ललचा रही थीं।

इससे पहले कभी मैंने अपने आपको इतने मुकम्मिल तौर पर अपमानित और इतनी बुरी तरह से बेबस महसूस नहीं किया था। मुझे उसके चेहरे पर इस पल की अहमियत का एहसास साफ दिखाई दे रहा था। यह घटना मेरी आत्मा को कुचल देने वाली थी—और शायद इससे उबरना असंभव था। इस पल के बाद से, मेरे लिए एक व्यक्ति के रूप में काम करना लगभग असंभव हो जाने वाला था। अब आत्म-सम्मान का एक कण भी शेष नहीं बचा था। शर्म ने इसे जला कर राख कर दिया था। मेरी तुच्छता उजागर हो गई थी।

"मेहरबानी से, मुस्तफा," मैं रोते हुए बोली, "पैगंबर के वास्ते, मुझे कपड़े पहनने दो।"

"फोन उठाओ। पहले फोन मिलाओ। फिर देखा जाएगा।"

"बिना कपड़े पहने मैं फोन कैसे कर सकती हूँ? मेहरबानी करके, पहले मुझे कपड़े पहन लेने दो।"

उसने मुझे भद्दी गालियाँ देनी शुरू कर दीं। उसने मेरे घरवालों पर गंदगी उछाली। एक खालीपन ने मेरी इंद्रियों को घेर लिया। मैं अपने हाथ नहीं बढ़ा सकी। मैं खड़ी भी नहीं हो पा रही थी। मेरे घुटने आपस में टकरा रहे थे। मेरे हाथ और मेरी बाँहें मेरे नंगेपन को ढकने के लिए काफी नहीं थे। मैं किसी चीज को पकड़ना चाहती थी। मैंने घुटनों के बल फर्श पर बैठना चाहा, लेकिन मैंने बैठने के लिए जैसे ही घुटने मोड़े, वह चिल्ला पड़ा। और मैं फौरन उठ गई।

मैं कई पल तक ऐसे ही उससे गिड़गिड़ाती और याचना करती, और अल्ला और पैगंबर के नाम की दुहाई देती खड़ी रही।

"मैं फोन करूँगी," मैंने बहुत धीमे-से कहा, "मेहरबानी से मुझे यह पहन लेने दो।" आखिरकार, उसने हाथ बढ़ा कर फर्श से मेरी मुचड़ी और खून-सनी शर्ट उठाई और मेरी तरफ फेंक दी।

मैं शर्ट पहनने लगी तो वह सिर हिलाते हुए बड़े गौर से मुझे देखता रहा। उसके होंठ अभी भी भिंचे हुए थे।

शर्म में डूबे हुए, मैंने माँ को फोन किया। लेकिन मेरे दिमाग और जबान ने एक दूसरे का साथ नहीं दिया। मैं हकला गई। यह कहने के बजाय कि मैंने उससे जो कुछ भी कहा था वह सब झूठ था, मैंने अपनी रटी-रटाई पंक्तियाँ बोल दीं कि यह सब सच था—उस पल, मुझे इसका फर्क पता नहीं था।

मुस्तफा ने मेरे हाथ से फोन छीन लिया, इसे इसके क्रैडिल में पटक दिया और दुगुनी ताकत से मुझे पीटने लगा। मैं माफी के लिए चिल्लाई और एक और मौका देने के लिए उससे याचना करने लगी।

एक बार फिर मैंने फोन मिलाया, और जब मैंने माँ से वह सब कहा जो मुस्तफा मुझसे कहलवाना चाहता था तो मैं काँप और रो रही थी। फिर उसने मेरे हाथ से

फोन ले लिया। उसके चेहरे पर विजय का भाव था। ''तहमीना की तबीयत बिलकुल ठीक नहीं है,'' उसने झूठा रहम दिखाते हुए कहा, ''वह पागल हो रही है।'' उसने मेरे बचपन के गर्दन तोड़ बुखार का जिक्र किया; वह जानता था कि मेरी माँ अभी भी उसी घटना को मेरे विद्रोही स्वभाव का सबब मानती थी। ''वह झूठी-सच्ची बातें गढ़ रही है,'' उसने कहा, ''वह सपने देखती है। वह किसी वजह से आदिला से नफरत करती है। आप उसकी माँ हैं, शायद आपको ही बेहतर पता होगा कि बेचारी आदिला के साथ उसका यह रुख क्यों है ? मैं आपसे कसम से कहता हूँ कि तहमीना ने वे गुनाह कभी नहीं किए जो तहमीना कहती है कि उसने किए हैं। मैं उसके इल्जामों और शक से हक्का-बक्का रह क्या हूँ। अब उसने सच कबूल दिया है। वह हरेक को यातना देने के लिए, बल्कि खासकर खुद को यातना देने के लिए ही, सभी के बारे में झूठी कहानियाँ गढ़ती है। फिर वह एक खोल में सिमट कर बेतहाशा रोती और सिसकती है। मुझे यह सबकुछ बड़े सब्र के साथ सहना पड़ रहा है। आज जो कुछ उसने किया है वह इसकी एक मिसाल है कि मुझे रोज किस मुसीबत से गुजरना होता है। वह ट्रेजडी क्वीन बनना चाहती है।''

उस रात, मुस्तफा ने मुझसे विनती की कि मैं उसे इस बात के लिए माफ कर दूँ कि उसने मेरी इतनी ज्यादा बेइज्जती की। लेकिन उसने सारा इल्जाम मुझ पर थोपने की भी कोशिश की। वह इस बात पर अड़ा रहा कि मैंने फोन पर उसकी और आदिला की जो बातचीतें सुनी थीं वह मेरी अपनी कल्पना थी। ''जानती हो, इस तरह की बातें उन लोगों के साथ होती हैं जो किसी से प्यार करते होते हैं,'' उसने कहा। ''ऐसे लोग इतनी शिद्दत से प्यार करते हैं कि वे उन बातों को सुनने लग जाते हैं जिनसे वे चिंतित होते हैं—वे खुद-ब-खुद यह सब सोचते हैं और पागल हो जाते हैं। वैसे भी, तुम गर्दनतोड़ बुखार की वजह से दिमागी तौर पर मजबूत नहीं हो। यह सच में तुम्हारा कसूर नहीं है, और मुझे अपने गुस्से पर काबू रखना चाहिए था।'' उसने मुझ पर एक सौम्य मुसकान बिखेरी, अपनी बाँहें फैलाईं और प्यार से हुक्म दिया, ''मेरे पास आओ।'' और, किसी अहमक की तरह मैं उसके पास आ गई। उसने मुझे सीने से लगा लिया और अपनी बाँहों में भर लिया। मैं उससे चिपट कर बेतहाशा रो पड़ी। मैं जानती थी कि वह झूठ बोल रहा है, फिर भी मैं यह नहीं जानती थी कि इस बारे में मुझे क्या करना चाहिए। मेरा दिमाग सुन्न था।

इस रात के बाद एक लंबे अरसे तक यह आलम रहा कि मैं चाहे कपड़ों की कितनी भी तहें क्यों न पहन लूँ, चाहे किसी के भी साथ रहूँ, मुझे यही लगता था कि मैं नंगी हूँ।

एक हफ्ते बाद माँ का फोन आया। उसने बड़े गुस्से में कहा कि मुस्तफा को पागलखाने भेज देना चाहिए।

मैं उनके इस गुस्से पर अचंभित रह गई। अब क्या हो गया? मैंने सोचा। फिर आदिला फोन पर आई तो मुझे समझ में आ गया कि मुस्तफा की आशंकाएँ जायज थीं। आदिला ने आखिरकार माँ के सामने सारी बातें कुबूल कर ली थीं। इस समय फोन पर वह नपे-तुले शब्दों में मुझसे इकबाल कर रही थी, "मैं तीन साल से उसके साथ हम-बिस्तर हो रही हूँ। मैं एक बहन नहीं दोस्त की हैसियत से तुम्हें यह बता रही हूँ। मुस्तफा तुमसे नफरत करता है, तहमीना। हर कोई तुमसे नफरत करता है। माँ भी तुमसे नफरत करती है। तुम्हीं में कोई-न-कोई गड़बड़ होगी। वह तुम्हें छोड़े, इससे पहले मैं उसे छोड़ दूँगी। कुछ आत्म-सम्मान रखो।" आदिला ने मुझे सब-कुछ खुल कर बताया। उसने बताया कि मुस्तफा का बेटा और दाई आयशा दोनों ही इस लंबे अरसे से चली आ रही धोखाधड़ी में शामिल थे। "बिलाल हमारी मुलाकात करवाता है," आदिला ने बताया, "वह हमारा दलाल है। वही वेस्ट लॉज पार्क होटल में हमारे लिए कमरा बुक करता है। दाई आयशा को शुरू से अब तक की सारी बातें मालूम हैं। उससे पूछ लो। उसने उस दिन भी मेरे साथ संबंध बनाया था जब वह मुझे स्कूल छोड़ने गया था, याद है? कोई ईरानी लड़का-वड़का नहीं था; वह मुस्तफा ही होता था। उस दिन हिल्टन में मैं उसी के साथ थी—सारा दिन। जब उसने तुम्हें फोन किया, तब मैं वहीं थी।"

मेरी यह पंद्रह वर्षीय बहन मुझसे यह बता रही थी कि मुस्तफा उसके साथ तब से संबंध बनाता आ रहा था जब वह तेरह साल की थी।

गुस्से में भर कर, मैंने बिलाल और दाई आयशा से सवाल-जवाब किया।

"आपको मेरे अब्बू से पूछना होगा," बिलाल ने कोमलता से जवाब दिया। दाई ने सिर हिलाया।

उनकी बोलने की इस अनिच्छा से आदिला की बातों की ऐलानिया पुष्टि होती थी। मैंने अपना गुस्सा बढ़ता महसूस किया, लेकिन मैंने इसे दबा लिया। ये दोनों भी मेरी ही तरह मुस्तफा की इच्छा के गुलाम थे। मेरी ही तरह उनके पास भी कोई चारा नहीं था। मैंने खुद को सलाह दी कि मैं अपने गुस्से को कहीं और उतारूँ।

मुस्तफा जल्दी ही घर आ गया। मैं सोने के कमरे में थी। मेरा शरीर गुस्से और डर से काँप रहा था। मेरी आवाज थरथरा रही थी। लेकिन किसी गहरे सोते से मुझे उसका सामना करने की हिम्मत मिल गई।

उसने हर बात से इनकार किया और सहज दिखने की कोशिश की, लेकिन मुझे साफ दिख रहा था कि वह भी उतना ही उद्वेलित था जितनी मैं। मैंने उसका इम्तिहान लेने की गरज से उससे कहा कि वह स्पेन में बैठी आदिला को फोन करे और धोखाधड़ी के उसके क्रूर खेल का परदाफाश करे। उसने मना कर दिया, लेकिन

इस दिन किस्मत उसके साथ नहीं थी। उसी समय फोन की घंटी बज गई और फोन पर आदिला के सिवाय और कौन हो सकता था! मुस्तफा ने इस बात को ध्यान में रखते हुए बात की कि एक्सटेंशन लाइन पर मैं मौजूद थी। "मैं अपनी बीवी और बच्चों को प्यार करता हूँ," वह बोला, "मैं तुम्हें भी प्यार करता हूँ, लेकिन एक बहन की तरह। तुम्हें इस तरह से बर्ताव नहीं करना चाहिए। तुम अपने व्यवहार से कई लोगों का दिल दुखा रही हो।"

फोन का जवाब देने के बाद, वह मेरे सामने आकर खड़ा हो गया और कुरान पर हाथ रख कर कसम खाने लगा कि यह 'चक्कर' केवल आदिला के जुनूनी दिमाग में चला था। उसने कहा, "तुम्हें लेकर उसे कोई गंभीर, गहरी परेशानी है, तहमीना। वह चाहती है कि हमारा यह रिश्ता किसी भी कीमत पर खत्म हो जाए। तुम तो उसे जानती ही हो। वह दिमागी तौर पर बीमार है, बहुत बीमार। तुमने इस सब पर यकीन भी कैसे कर लिया? तुम्हें दिखाई नहीं दे रहा कि उसने तमाम घटनाओं को उन लम्हों से जोड़ दिया है जिनके बारे में उसे पता है कि उस समय तुम सशंकित थीं? इन बातों को अपने दिमाग पर हावी मत होने दो। तुम्हारी माँ तो उसके हाथ का निवाला खाती है। उनकी तरह बुद्धू मत बनो। हमें हमारे घर पर उसके हमले का मिल कर जवाब देना चाहिए।"

मुझे उसके कहे एक भी शब्द पर विश्वास नहीं था, फिर भी मैं इस झूठ के साथ जीने को तैयार थी क्योंकि मुझे इस बात से राहत मिली कि उसने आदिला के खिलाफ कुछ कहा तो। और मैं अपने बूते पर जिंदगी काटने की संभावना का सामना करने को भी तैयार नहीं थी। पलायन कोई विकल्प नहीं था। उस सूरत में वह बच्चों को ले लेता। वह पैसा भी ले लेता। वह मेरी जान भी ले सकता था।

मैंने महसूस किया कि हमारी शादी हमारे संबंध पर नहीं बल्कि जटिल बाहरी शक्तियों पर सधी थी, जैसे—मेरा अहं, मेरे परिवार और समाज की नजरों में विफलता का भय, मेरे बच्चों को खोने का भय, एक शादीशुदा महिला की हैसियत खोने का भय। लेकिन सबसे अहम चीज थी आदिला। अगर मुस्तफा के साथ मेरा रिश्ता खत्म होता तो यह उसकी जीत और मेरी हार होती।

मैंने स्पेन में बैठी अपनी माँ को फोन किया, जहाँ वह जरमीना और आदिला को लेकर चली गई थी। उसका मकसद अपनी सबसे छोटी बेटी को मौका-ए-वारदात से कहीं दूर ले जाना था। संकल्पित निराशा से उपजी निडरता के साथ मैंने माँ से कह दिया कि अगर मेरी बहन छिनाल है तो इसका इल्जाम मेरे शौहर के मत्थे नहीं जाता। इस बयान के साथ ही माँ से एक बार फिर मेरा संबंध विच्छेद हो गया।

स्पेन में, मेरी माँ ने जरमीना को हिदायत दी कि वह आदिला को खुश रखे, उसे बिस्तर पर ही नाश्ता दे और वैसे भी उसकी तमाम इच्छाओं को पूरा करे—मानो जरमीना उसकी निजी नौकरानी थी। माँ ने अपनी इस पंद्रह वर्षीय बेटी के सारे

कपड़े मारबेला में खरीद दिए जिससे उसका दिमाग शांत हो जाए और बँट जाए। माँ अपने इस बर्ताव को यह कह कर जायज ठहराती थी कि आदिला ने "बहुत छोटी उम्र में दिल का टूटना और विश्वासघात झेला है। वह नाजुक थी और मुस्तफा ने इसका फायदा उठाया।"

जरमीना इस सारे अन्याय पर सोच-विचार करती और अपनी तथा मेरी दुखद स्थितियों पर चुपचाप आँसू बहाती रहती थी।

8

हमने संयुक्त अरब अमीरात के एक राज्य शारजाह के लिए उड़ान भरी। जब हमारा विमान उड़ चला, तब मुस्तफा ने बताया कि हम प्रधानमंत्री इंदिरा गांधी के बेटे राजीव से मिलने हिंदुस्तान भी जाएँगे। पाकिस्तानी कानून के मुताबिक तो हिंदुस्तान के साथ संबंध रखना देशद्रोह के दायरे में आता था और इसके लिए मौत की सजा तय थी। लेकिन, मुस्तफा ने कभी यह नहीं माना कि उसके काम देशभक्ति के खिलाफ थे। वह हिंदुस्तानियों को एक लक्ष्य के साधन के तौर पर देखता था। हिंदुस्तान के साथ मिल कर पाकिस्तान के खिलाफ काम करना उसकी नजर में देशद्रोह नहीं था। वह इसे 'भुट्टोवाद' बता कर जायज ठहराता था।

शारजाह में, दिल्ली रवाना होने से पहले वाली रात की बात है। वह शाम हमने पीपुल्स पार्टी के एक राजनेता के साथ बिताई जिसे हमारे गुप्त अभियान के बारे में कुछ पता नहीं था। वहाँ मुस्तफा ने एक भयंकर भूल कर दी। उसने यह जिक्र कर दिया कि अगले दिन हम दिल्ली जाने वाले थे। इस तरह उसने अपना सुरक्षा कवच तोड़ दिया। उस राजनेता ने भी जाने की इच्छा जताई, लेकिन उसके पास वीसा नहीं था। मुस्तफा ने यह डींग मार कर मुझे चौंका दिया कि वह इसका इंतजाम कर सकता है।

जब हम दिल्ली हवाई अड्डे पर पहुँचे तो गुप्तचर अधिकारियों ने हमें तो जाने दिया लेकिन हमारे दोस्त को रोक लिया। हिंदुस्तान की एक जानी-मानी पत्रकार भी उसी विमान में थी, और इस घटना ने उसके कान खड़े कर दिए। वह पूछने लगी कि हम बिना वीसा के कैसे आ गए ? मुस्तफा किस किस्म का पाकिस्तानी राजनेता था? हिंदुस्तान की सरकार ने इसकी इजाजत कैसे दे दी?

इस अवांछनीय घटना का हमारे मेजबान पर खराब असर पड़ा। जब राजीव गांधी को हवाई अड्डे की इस घटना के बारे में पता चला तो राजीव गांधी ने इस पचड़े में न पड़ते हुए मुस्तफा से मिलने से इनकार कर दिया। एक सख्त लेकिन

विनम्र संदेश में राजीव ने हमारी इस गुपचुप यात्रा की तरफ लोगों का ध्यान जाने के खतरे को स्पष्ट कर दिया।

फिर भी, ये देशद्रोही संपर्क इंगलैंड में भी जारी रहे। मुझे पता भी नहीं चला और मुस्तफा ने खुद प्रधानमंत्री इंदिरा गांधी के साथ ही अपनी मुलाकात की जुगत भिड़ा ली!

और इसी दौरान मेरी कोख में मेरा चौथा बच्चा आ गया।

मुस्तफा एक बार फिर हिंदुस्तान की यात्रा कर रहा था। मेरे गर्भ की वह दूसरी तिमाही थी जब मुझे एक दोस्त से पता चला कि मेरी सत्रह वर्षीय बहन जरमीना की शादी नवाब सादिक हुसैन कुरैशी के बेटे रियाज कुरैशी से होगी। मुझे इस बात का अफसोस हुआ कि मुझे यह खबर किसी गैर से मिली। हमारी जिंदगियों में मुस्तफा की घुसपैठ ने तबाही मचा दी थी, और माँ ने यह सख्त हिदायत दे रखी थी कि उनके घर में मेरा नाम भी न लिया जाए।

मैं जानती थी कि मुस्तफा का भावनात्मक और राजनीतिक विरोध होगा। रियाज के वालिद उन दिनों पंजाब के गवर्नर रहे थे जब मुस्तफा वहाँ का मुख्यमंत्री था, और उनकी तैनाती भुट्टो ने मुस्तफा की जगह लेने के लिए की थी। यह तब की बात है जब मुस्तफा और भुट्टो में अनबन हो गई थी। सादिक कुरैशी ने जिया के आने के बाद राजनीति छोड़ दी थी और अब वह व्यापार की दुनिया पर ही अपना पूरा ध्यान लगा रहे थे। उनके पास पाकिस्तान में पेप्सी-कोला के अधिकार थे। उनका परिवार बेहद दकियानूसी था और अपनी औरतों को खुश रखने की कोशिश करता था।

फैशन की दुनिया में रहने वाली जरमीना के लिए परिवार की तरफ से तय किया गया यह रिश्ता बहुत अच्छा था, हालाँकि बात पक्की होने से पहले रियाज से वह केवल एक बार—घरवालों के साथ चाय के मौके पर—मिली थी। उसके बाद उन दोनों की बातें फोन पर ही हुई थीं। रियाज सगाई के दौरान लंदन आया था, लेकिन उन दोनों को किसी की निगरानी के बिना कभी अकेला नहीं छोड़ा गया था। मुझे उसकी तरफ से बहुत खुशी हो रही थी और मैं जानती थी कि वह यही महसूस कर रही होगी कि उसकी दुआएँ कबूल हो गई थीं। हालाँकि हमारी माँ ने हमारी गोरी बहनों को ही ज्यादा प्यार दिया था फिर भी जरमीना का बचपन सुखी रहा था। उम्र के लिहाज से वह खूबसूरत और उत्साही मीनू और तिकड़मी आदिला के बीच की थी, और उसे खुलेआम हमारे खानदान की 'सिंड्रेला' कहा जाता था। आदिला की नौकरानी वाली उसकी मौजूदा हैसियत उसके लिए यातनापूर्ण थी। इस शादी से उसे आजादी मिल जाने वाली थी।

दूल्हा और उसके रिश्तेदार इस बड़े जलसे के लिए लाहौर से लंदन आए थे। जरमीना और मैं काफी करीब रहे थे। मैं बहुत चाहती थी कि वहाँ होती, गाती, नाचती और जरमीना की खुशी में शामिल होती, लेकिन बेशक मुझे बुलाया ही नहीं गया था।

, शादी से पहले के हफ्ते में, मैं कल्पना में जरमीना को शादी के जोड़े में देखती और उन तमाम खुशगवार रस्मों का तसव्वुर कर रही थी जिनसे, मुझे पता था, जरमीना गुजर रही होगी। मेरी तंद्रा को फोन की घंटी ने भंग कर दिया। जब मैंने रिसीवर उठाया तो कोई भी नहीं बोला। मैंने ध्यान से सुना तो मुझे शादी के गानों और ढोलक की जानी-पहचानी आवाजें सुनाई दीं, जिसमें संगीत की ताल को तेज करने के लिए चाँदी के चम्मच का इस्तेमाल चोब के तौर पर किया जाता है। पीछे से हँसने की आवाजें भी आ रही थीं। "कौन है? कौन है भई?" मैंने पूछा, लेकिन मेरे सवालों का जवाब एक बेरहम खामोशी से मिला। फिर फोन बंद हो गया।

यह एक शैतानी खेल बन गया। कोई मेरे दिमाग से खेल रहा था, मेरे अकेलेपन का फायदा उठा रहा था। शादी का हफ्ता जैसे-जैसे बीतता गया फोन और तेजी से आने लगे। जब भी फोन की घंटी बजती मैं सहम जाती लेकिन फोन का जवाब देने से खुद को नहीं रोक पाती थी। कौन मुझसे इतनी नफरत करता था कि मेरे साथ यह सब करता? आदिला?

मैंने एक दोस्त को अपनी गुप्त दूत बना कर शादी में भेजा। मैं अपनी बहन को यह बताना चाहती थी कि अपनी बाधित गैरहाजिरी के बावजूद मैं उसे प्यार करती थी और उसकी खुशी के लिए हमेशा दुआ करती रहूँगी। मैंने उसे एक चिट्ठी लिख कर भिजवाई। जब मेरी यह दोस्त शादी से लौट कर आई तो उसने बताया कि जरमीना मेरी चिट्ठी पढ़ कर बहुत रोई थी। मेरी इस जासूस ने मुझे जरमीना की तस्वीरें दिखाईं जिनमें वह रुपहले रेशम की धाँसू पोशाक पहने थी। महीन कपड़े पर चाँदी और फिरोजा की कढ़ाई की हुई थी। हीरे के जेवरात कैमरे की रोशनी में दमक रहे थे। ये तसवीरें देखकर तो मेरी हिचकियाँ बँध गईं। मेरी छोटी बहन राजकुमारी थी और मैं घर पर रुकने वाली सिंड्रेला।

जब मुस्तफा सफर से लौटा तो मैंने उसे उन क्रूर और रहस्यमय फोन कॉल्स के बारे में बताया जो उस हफ्ते आई थीं, लेकिन उसने इन्हें बेरहमी से टाल दिया और मुझ पर यह दोष लगा दिया कि मैं फिर उल्टी-सीधी कल्पनाएँ कर रही थी। वह मेरे लिए खरीदे नए कपड़ों और खबरों से मेरा ध्यान बँटाने की कोशिश करने लगा। वह इंदिरा गांधी से मिला था। वह देशद्रोह के इस काम को उतनी ही आसानी से खारिज कर रहा था जैसा कि उसने फोन कॉल्स को किया था। उसके ख्याल में

हिंदुस्तान तो जिया के पाकिस्तान का पारंपरिक शत्रु था उस नए राष्ट्र का नहीं जिसका निर्माण वह कर रहा था। नई दिल्ली में प्रधान मंत्री के निवास पर हुई एक घंटे की गुप्त बातचीत में, इंदिरा गांधी खुल कर बोलीं और सहज रहीं। उन्होंने भुट्टो की फाँसी और पाकिस्तान में लोकतंत्र की बहाली की संभावनाओं पर बातचीत की। हिंदुस्तान की प्रधानमंत्री और पंजाब के निर्वासित शेर ने अपने दो राष्ट्रों के बीच जारी शत्रु भाव के कारणों का विश्लेषण करने की कोशिश की, और दोनों ही इस निष्कर्ष पर पहुँचे कि सीमा पर तनाव बनाए रखने में पाकिस्तानी सेना का निहित स्वार्थ है, इससे वे आवश्यक हो जाते हैं।

मुस्तफा घुन्ना था। उसने एक दुस्साहसी राजनीतिक तख्तापलट की योजना को अंजाम दिया था। वह इसे पाकिस्तानी अवाम के लिए एक नाटकीय बदलाव लाने की दिशा में पहला कदम मानता था।

हमारे हवाम का एक बड़ा हिस्सा मुस्तफा की तरह ही यह विश्वास करता था कि पाकिस्तानी सेना हमारी समस्याओं का मूल कारण रही है। इस सिद्धांत के समर्थक यह तर्क देते हैं कि सेना अपनी ताकत और बजट को बचाने के फेर में लोकतंत्र को हमेशा शक की नजर से देखती है। ऐतिहासिक दृष्टि से यह सही है कि सेना ने पाकिस्तान की राजनीति में एक स्पष्ट, हस्तक्षेपकारी भूमिका निभाई है। मुस्तफा का सिद्धांत यह था कि भुट्टो की एक बड़ी भूल यह रही कि उन्होंने सेना के साथ अपना वजूद बनाए रखने की कोशिश की। और, दरअसल, सेना ने ही उनका तख्ता पलटा और जनरल जिया ने उन्हें फाँसी का हुक्म दिया।

पीपुल्स पार्टी इस मुद्दे पर बँटी हुई थी। दक्षिणपंथी तो सेना को उसकी तमाम खामियों के बावजूद हिंदुस्तान की लगातार धमकी के खिलाफ एक जरूरी बचाव के तौर पर देखते थे। लेकिन मुस्तफा और कई अन्य ने सेना-विरोधी वायरस को पकड़ा और पाला-पोसा था। यह एक उलझन में डालने वाली बीमारी थी, जिसके बुखार ने मिल कर मुस्तफा को यह विश्वास करवा दिया था कि पाकिस्तानी सेना को कुचल देना चाहिए। तभी राजनेता आजाद होकर इस असमान व्यवस्था का फिर से निर्माण कर पाएँगे। लेकिन यह किया कैसे जा सकता था? मुस्तफा के समर्थकों की अपनी कोई सशस्त्र सेना तो थी नहीं, इसलिए उन्होंने मुक्ति के लिए हिंदुस्तान की मदद लेने का फैसला किया।

मुस्तफा ने मुझे आँख मूँद कर यह सब मानने के लिए तैयार कर लिया। उसने मुझे ऐसा बना दिया कि मैं पाकिस्तानी सेना का जिक्र होने पर घृणा और अरुचि का भाव ही प्रदर्शित करती थी। वह भाषण देता था—सेना पाकिस्तान के अल्प संसाधनों को हड़प जाती है और उन्हें उद्योग से हटा कर कहीं और लगा देती है। यह अवाम को गरीब रखती है। यह लोकतंत्र को पनपने नहीं देती। वह हिंदुस्तान-पाकिस्तान के बीच एक और जंग से कम कुछ नहीं चाहता था। उसे विश्वास था कि जब हिंदुस्तानी

सेना लड़ाई में पाकिस्तानियों को हरा देगी तो वे वापस अपनी सीमा में चले जाएँगे और यह काम नागरिकों पर छोड़ देंगे कि वे हमारे देश को चलाएँ। वह यह नहीं मानता था कि हिन्दुस्तान हमारे पाकिस्तान पर प्रभुत्व चाहता है। उस देश को भी अपने कीमती संसाधनों को उद्योग में लगाने की जरूरत थी और वे भी चाहते थे कि उन्हें हमारी भीषण सशस्त्र सेनाओं से अपनी रक्षा करने के लिए भारी रकम खर्च न करनी पड़े।

इंदिरा गांधी ने मुस्तफा को आगाह किया था, ''हमें आपकी सेना को कुचलना और बेइज्जत करना होगा। तभी हमारे दोनों देश सद्भाव में रह पाएँगे। तभी आप नागरिक कानून के राज की बहाली की उम्मीद कर पाएँगे।''

मुस्तफा ये सब बातें मुझे बता रहा था तो उसकी आँखों में एक राजनयिक की चमक आ गई थी। ''मैं जो करने जा रहा हूँ, उसे गलत समझा जाएगा,'' उसने स्वीकार किया, ''पाकिस्तान के लोग अनपढ़ हैं। वे कट्टर हैं और उनमें दूरदर्शिता नहीं है—लेकिन नेता और अनुयायी में यही तो फर्क होता है। उनकी नजर में, हिंदुस्तानी अव्वल नंबर के दुश्मन हैं। वे यह नहीं समझते कि असली दुश्मन तो पाकिस्तानी सेना है जो हमारे देश के पैसे को हड़प लेती है और उन्हें एक बेहतर भविष्य से महरूम कर देती है। मेरी योजना हमारे भविष्य के लिए, हमारे बच्चों के लिए एक लंबे समय की योजना है। ऊँचे लोग इसे नहीं समझेंगे। वे इस योजना को बेहद गैर-पारंपरिक बता कर इसका विरोध करेंगे। वे जानते हैं कि हमारे हाथ केवल सेना तक पहुँचकर नहीं रुक जाएँगे। उन्हें भी अपनी हराम की कमाई से हाथ धोना पड़ेगा। सुधारों का दायरा काफी बड़ा होगा। सेना की बर्बादी तो बस पहला कदम है!'' उसकी आवाज धीमी हो गई। वह आगे बोला, ''यह एक खतरनाक राज है।''

मुस्तफा को हिंदुस्तान से लौटे अभी बहुत दिन नहीं हुए थे कि उसने मेरी गोद में और भी निजी बम गिरा दिया। हमारे यहाँ किसी अनजान व्यक्ति के अजीबो-गरीब फोन आने लगे। यह व्यक्ति बस मुस्तफा से बात करता था। मुझे यह सब बचकाना लगा। 'तुम अब बूढ़े हो गए हो', मैंने उसे डाँटा (वह वास्तव में चवालीस का था)। ''अब तो सयाने हो जाओ।''

तब जाकर उसने मुझसे 'इकबाल' किया कि हिंदुस्तानी फिल्मी देवी जीनत अमान पागलों की तरह उससे प्यार करती थी और उससे शादी करना चाहती थी। उनकी मुलाकात तब हुई थी जब वह नई दिल्ली गया हुआ था। मुस्तफा ने अपने घमंड को न छिपाते हुए यह खबर दी कि वह उसके पीछे पड़ी थी, उसे तंग कर रही थी। उसने बताया कि ये फोन उसी के आ रहे थे और यह भी कहा कि वह इनसे ऊब रहा था। लेकिन अगर ये फोन सचमुच रहस्यमयी जीनत अमान ही कर

रही थी, तब भी मुस्तफा की बातों से यह नहीं लगता था कि वह उससे पीछा छुड़ाने की कोशिश कर रहा था। ऐसे ही एक फोन आने के दौरान मैं कमरे में गई तो मुस्तफा कह रहा था, ''अगर उस आदमी ने दोबारा तुम्हारी तरफ आँख उठाके देखा तो मैं तुम दोनों को गोली मार दूँगा।'' तभी उसे लगा कि मैंने उसकी बात सुन ली है और उसने एकदम फोन रख दिया। उसके चेहरे पर झेंप थी।

''तो यह पीछा छुड़ाया जा रहा है, क्यों?'' मैंने ताना मारा। ''तुम तो एक ईर्ष्यालु प्रेमी की तरह बोल रहे थे।''

लेकिन उसके पास तो हर बात की सफाई थी। ''मैं जानता था कि तुम यहाँ हो। मैंने तुम्हें सुन लिया था,'' वह बोला, ''मैं तो तुम्हें छेड़ रहा था। फोन पर कोई नहीं था।'' फिर उसने अपनी बाँहें फैलाईं और खींसें निपोर दीं, ''यहाँ आओ,'' उसने प्यार से हुक्म दिया। और, उसके केवल दो घंटे बाद ही उसने एक बार फिर शिकायत की कि जीनत अमान उसका जीना हराम किए दे रही थी। ''वह 'न' सुनने को तैयार ही नहीं है,'' उसने कहा, ''वह मुझसे शादी करना चाहती है। क्या करूँ मैं?''

क्या सवाल पूछा जा रहा था एक बीवी से! मैं फिर ताना मारने के लिए तैयार थी। मैंने भाषण पिलाया, ''मुस्तफा, तुम्हें अपनी बात रखनी चाहिए, चाहे उसके हक में चाहे मेरे हक में। अगर तुम मुझे—और हमारे दो बच्चों और मेरी कोख में पल रहे तुम्हारे बच्चे—को अहमियत नहीं दे सकते, तब तो मैं सोचती हूँ कि तुमको हमें छोड़ देना चाहिए। अगर तुम सोचते हो कि जीनत अमान से किया तुम्हारा वादा मेरे साथ किए गए वादे से ज्यादा पवित्र है, तो उसी के पास चले जाओ। लेकिन मेहरबानी से किसी के तो वफादार होकर रहो। मुझे अच्छा लगेगा अगर तुम्हारे अंदर थोड़ी भी वफादारी किसी के लिए, किसी के लिए भी हो—भले ही किसी परायी औरत के लिए हो।''

''मैं तुम्हें या बच्चों को कभी नहीं छोड़ सकता,'' वह कसम खाने लगा, ''मैं उन्हें प्यार करता हूँ। मैं तुम्हें प्यार करता हूँ। तुम्हारे बिना तो मैं मर ही जाऊँगा।''

लगातार के इस बनने-बिगड़ने ने मुझ पर असर डाला था। हमारे रिश्ते में जो दरार आ गई थी उसे शब्दों से नहीं भरा जा सकता था।

मुस्तफा ने बताया कि उसने आज ही की रात जीनत अमान के साथ एक मयखाने के बाहर मुलाकात तय की हुई थी। यह उनकी आखिरी मुलाकात होगी; वह उससे हमेशा-हमेशा के लिए संबंध तोड़ लेगा। वह चाहता था कि उसके नेक इरादों की गवाह बनने के लिए मैं भी वहाँ चलूँ; उसने अपने दोस्त और 'कामरेड' साजिद से हमारे साथ चलने को कहा।

जब साजिद और मैं मयखाने में बैठे थे और मुस्तफा अपनी महबूबा से मिलने बाहर गया हुआ था, मुझे लगा मैं अपने होश खो रही हूँ। मुझे नहीं मालूम था कि वह किससे मिल रहा था, लेकिन वह जिस किसी से भी मिल रहा था वह एक ऐसी

कार में आया या आई थी जिसे ड्राइवर चला रहा था। मैंने ब्लडी मैरी (काकटेल शराब) मँगवाई और इसकी तरी बनाने बैठ गई; मैंने इसमें टबैस्को (लाल मिर्च की चटनी) और वर्सेस्टर सॉस मिलाई और इसे गटकने लगी। साजिद ने मेरे सब्र की बात की, तो मैं उसे बताने लगी कि मुझे खुद पक्का पता नहीं था कि मैं मुस्तफा के साथ अभी तक क्यों बनी हुई थी। मेरा एकमात्र बचाव मेरी यह कमजोर और बहुत बेजान सफाई थी, "जिस दिन मैंने मुस्तफा से शादी की उसी दिन मैं मर गई थी।"

मुस्तफा ने मयखाने में लौट कर बताया कि उसकी जीनत अमान से बहस हो गई थी और वह छोड़ कर चली गई। वह बहुत विचलित दिखाई दे रहा था। इससे ज्यादा उसने हमें और कुछ नहीं बताया।

उस रात, घर में जब हम बिस्तर में थे तो वह मुझसे ऐसे चिपट गया जैसे हौए से डरा कोई बच्चा हो। वह थका हुआ और उत्तेजित था। उसने बड़ी भावुकता में भरकर कहा, "मैं तुम्हें हमेशा प्यार करूँगा। मैं एक टेढ़ा शौहर रहा हूँ। तुमसे ज्यादा सहने वाली बीवी कोई और नहीं हो सकती थी। मैं नहीं जानता कि तुम कैसे और क्यों मुझसे निभा रही हो। मैंने तुम्हें कुछ भी नहीं दिया है। तुमने जिन कारणों से मुझसे शादी की थी उनमें से एक भी पूरा नहीं हुआ। मैंने तुम्हें जलावतन की हालत में कष्ट दिया है। मैंने तुम्हें मेरे डर और मेरी परेशानियाँ सहने को मजबूर किया। मैंने अपने सारे बोझ तुम पर डाल दिए और तुमने शान के साथ उन्हें ढोया है। मेरी जो भी कुंठाएँ रहीं, वे सब मैंने तुम पर उतार दीं। मैं नहीं जानता कि तुम्हारे बगैर मैं कैसे जी पाता। मैं जानता हूँ कि तुम मुझको छोड़ दोगी। इस्लामाबाद का घर ले लो। हमारे बच्चों को लेकर वहाँ चली जाओ और मेहरबानी से मुझे माफ कर दो।"

उसके परेशान लहजे ने मुझे नरम कर दिया। मुझे नहीं पता क्या, लेकिन कुछ—या कोई—था जो उस पर दबाव डाल रहा था। मैंने नजरें झुका लीं और महसूस किया कि मेरी आँखों में आँसू भर आए थे। मैंने एक जवाब सोचा और उससे बात करने के लिए अपना चेहरा उठाया।

बह सो चुका था! स्पष्ट था कि जो शैतानी ताकतें उसका पीछा कर रही थीं उसने उनसे सुलह कर ली थी। इस आदमी ने अपना जज्बाती भाषण दिया और फिर नींद में गाफिल हो गया था, मानो उसने मसले को हल कर लिया था। मेरा गुस्सा पूरी ताकत के साथ लौट आया, और मैं उसे फटकार लगाने ही वाली थी, उसे उसकी गफलत से उठाना ही चाहती थी कि टेलीफोन ने मेरा काम बना दिया।

मुस्तफा एकदम उठ खड़ा हुआ। उसने फोन झपटा और पंजाबी में बात करने लगा। फोन जिसने भी किया हो, मुस्तफा ने उसे बार-बार भरोसा दिलाया कि वह इस मसले को सुबह हल कर देगा।

"किसका फोन था?" मैंने पूछा।

"जीनत अमान की माँ का," वह बोला, "कह रही थी कि मैं उसकी बेटी से कल शादी कर लूँ नहीं तो वे हमारे रोमांस की खबर छपवा देंगे। अगर उन्होंने ऐसा कर दिया तो यह मेरी सियासी मौत होगी।"

मैं तुनककर बोली, "अगर ऐसा है, तब तो मैं समझती हूँ तुम्हें उससे जरूर शादी कर लेनी चाहिए।"

"मुझे लगता है मुझे करनी ही होगी," उसने बहुत धीमे-से कहा।

हम कुछ पल खामोश लेटे रहे। जल्दी ही उसकी साँसों की आवाज से मैं समझ गई कि वह फिर से सो गया है। मैं भौचक्की हो गई—और सशंकित भी। मैं धीरे से बिस्तर से निकली और नीचे रखे फोन पर गई। मैंने एक दोस्त को फोन किया जिसके पास मुंबई की फिल्मी दुनिया की जानकारी रहती थी। "जीनत अमान लंदन में है क्या?" मैंने पूछा।

"नहीं, वह मुंबई में है," दोस्त ने जवाब दिया, "मेरे ख्याल में वहाँ वह कोई फिल्म—बल्कि कई फिल्में कर रही हैं।"

"यह बताओ, क्या उसकी माँ पंजाबी बोलती है?"

"नहीं। तुम क्यों जानना चाहती हो?"

"बताऊँगी किसी दिन।"

फिर मैं वापस बिस्तर पर आ गई। मैं चकरा गई थी। जीनत अमान की यह सारी कहानी ही बिलकुल बकवास थी! लेकिन अगर मुस्तफा मयखाने के बाहर जीनत अमान से नहीं मिला था तो फिर किससे मिला था? मैंने खुदा से बहुत हताशा में दुआ की, और अगर उसने मेरी दुआ का जवाब नहीं दिया तो, कम-से-कम मुझे सो तो जाने दिया।

मैंने सपने में देखा कि जीनत अमान हमारे घर में आई और गायब हो गई। फिर मैंने आदिला और अपनी नानी को देखा। उन दोनों ने मेरे घर में कदम रखा, और अचानक हम लपटों में घिर गए। मुझे धुएँ और जलते मांस की गंध आई। मैं जाग गई। मैं ठंडे पसीने में नहाई हुई थी। क्या यह फिर आदिला ही थी? मैं हैरान होकर सोचने लगी। क्या वह मेरा पीछा करने को वापस आ गई थी? मैंने जितना कुछ छोड़ दिया था, जितना कुछ सह लिया था, उस सबके बाद भी क्या मुस्तफा दोबारा मेरी बहन से जुड़ने का दुस्साहस कर सकता था?

अगले दिन तड़के ही, मेरी नानी हमारे यहाँ आईं। वह जरमीना की शादी के लिए पाकिस्तान से यहाँ आई थीं, लेकि उन्हें अपने घर आया देखकर मैं चौंक गई। मेरी माँ ने यह ऐलान कर रखा था कि जो भी हमारे साथ ताल्लुक रखेगा उसको माँ के साथ सारे रिश्ते तोड़ने होंगे, और मेरी माँ इतनी दबंग थी कि खानदान में कोई भी उनको चुनौती नहीं दे सकता था, नानी भी नहीं। अचानक मेरी समझ में

आया कि पिछली रात फोन उन्हीं ने किया था—वह पंजाबी बोलती थीं। मुस्तफा ने उन्हें देखा, तो तेजी से कमरे से निकल गया। उसका तरीका एक अपराधी व्यक्ति का था।

मेरी नानी, हाँफती हुई और बहुत परेशान-सी आकर मेरे पलँग पर बैठ गईं। आँसुओं के बीच, उन्होंने मुझे बताया कि आदिला ने अपनी माँ से कहा है कि वह मुस्तफा से शादी करना चाहती है और उसने मुस्तफा को अल्टीमेटम दिया है कि वह मुझे तलाक दे दे। मुस्तफा ने आदिला को शादी का वचन दिया है लेकिन मेरे गर्भ का बहाना बना कर कुछ मोहलत माँगी है। उसने इस देरी के लिए कुरान का सहारा लिया है जिसके मुताबिक, उसका कहना था, कोई आदमी अपनी गर्भवती औरत को तलाक नहीं दे सकता और एक ही समय में दो बहनों को अपनी बीवी नहीं बनाए रख सकता। लेकिन, मुझे विश्वास था कि इसकी असली वजह यह थी कि इस कांड से उसकी राजनीतिक छवि खराब हो जाएगी। आदिला की कहानी की पुष्टि के लिए मेरी नानी ने मुस्तफा को फोन किया था।

मेरी नानी यह बरदाश्त नहीं कर पा रही थीं कि मैं इस लगातार चलने वाले कष्ट से अकेले ही निपट रही थी, लेकिन वह इस बात पर मुझसे गुस्सा भी थीं कि मैं ऐसी बीमार मानसिकता वाले आदमी को परिवार में क्यों ले आई। आज की सुबह उन्हें मेरी माँ ने इस संदेश के साथ भेजा था—मुस्तफा ने तुम्हें बर्बाद कर दिया, लेकिन तुम्हारी बहन तो कमसिन है; तुम्हें उसे उस आदमी के शैतानी जाल में नहीं फँसने देना चाहिए। आदिला को बचाने के लिए, तुम्हें उसे तलाक देने से इनकार कर देना चाहिए और इस तरह अपनी जिंदगी के बाकी बचे सालों की कुर्बानी दे देनी चाहिए। अगर तुम मुस्तफा को छोड़ती हो, तो तुम्हारे वालिदैन ने कहा है कि तुम्हें उनके पास लौटने की बात अपने मन में कभी नहीं लानी चाहिए।

नानी की बातों ने मुझे खाली कर दिया, मुझे अपना भविष्य दिखाई दे रहा था, और यह अंधकारमय था। मुझे शहीद होना होगा, उस खानदान की ढाल बनना होगा जिसने मुझे छोड़ दिया है—उस बहन की ढाल बनना होगा जिसने मेरे साथ विश्वासघात किया है। और कोई चारा भी नहीं दिखाई देता था।

अपनी नानी को ऊपर छोड़, मैं मुस्तफा से बात करने चल दी। मुझे आश्चर्य हो रहा था कि मैं बिलकुल भी अशांत नहीं थी। वह मेरे पैरों पर गिर पड़ा और याचना करने लगा कि मैं उसके कटोरे में माफी की भीख डाल दूँ। "मैं तुम्हें रानी की तरह रखूँगा।" वह कसम खाने लगा, "मैं तुम्हें फिर कभी नहीं मारूँगा। मैं तुम्हारा गुलाम बन कर रहूँगा। जैसा तुम कहोगी मैं वैसा ही करूँगा—जो तुम्हें अच्छा लगे वही करूँगा। मेहरबानी से मुझे छोड़ना मत।"

हमेशा की तरह ही, मैं यह देखकर स्तब्ध थी कि ऐसा वहशी शैतान इस समय इतनी दयनीय हालत में मेरे आगे नाक रगड़ रहा था। मैं जानती थी कि यह बदलाव

थोड़े समय का है, फिर भी मैंने इसे हाथ से जाने नहीं दिया।

हम दोनों साथ-साथ मेरी नानी के पास आए। वह सिर झुका कर बैठ गया और नानी हमें बताने लगीं कि मेरी माँ के सब्र का बाँध टूट चुका है, और उन्होंने यह अल्टीमेटम दिया है, "इस खानदान की गर्दन पर एक तलवार लटक रही है। अब समय आ गया है कि इसे गिरा दिया जाए। खूनी कार्रवाई हो जाने दो। हम आदिला को घर से निकाल देंगे। तुम चाहो तो उसे अपने पास रख सकते हो।" मैं जानती थी कि ऐसा कभी नहीं होगा और वह असर डालने के लिए ऐसा बोल रही थी ताकि यह आदमी पीछे हटने पर मजबूर हो जाए।

मुस्तफा ने अभी कुछ पल पहले मुझसे जो कहा था, अब उसका जवाब इससे बिलकुल उलट था। "बहुत अच्छा है," वह बोला, "अगर यही आपका फैसला है, तो बहुत अच्छा है। मैं जाकर आदिला को अपने घर ले आऊँगा।" लेकिन उसने मेरी नानी से वादा किया, "जब तक तहमीना मेरे घर में है, मैं आदिला को हाथ नहीं लगाऊँगा।"

संदेश बर्बादी की हद तक साफ था। मैं जानती थी कि मेरा बच्चा होते ही मुझे फेंक दिया जाएगा। कुरान की उसकी व्याख्या के हिसाब से तो वह आदिला को हाथ न लगाने को तभी तक बाध्य था जब तक मैं गर्भवती थी। दुर्व्यवहार, कुर्बानी, झूठ और तिकड़म के ये साल मेरे दिमाग में एक तरह के जहरीले शोरबे की तरह खदकने लगे। मैं उन्मत्त हो गई, और चीखें ऐसी जगह से निकलीं जिसकी मैं शिनाख्त भी नहीं कर पाई। मेरी चीखें सुन कर साजिद दौड़ता हुआ ऊपर आया और मेरे पड़ोसी मेरे सामने वाले दरवाजे पर। मैं एकदम बेकाबू हो रही थी, बिलकुल पागल। साजिद ने मुझे शांत करने के लिए दो गोलियाँ दीं, लेकिन उनका कोई असर नहीं हुआ। मेरी नानी मेरी पीड़ा के बीच ही यह कह कर चली गईं कि उन्हें मेरी माँ के पास जाना है। उन्होंने बताया कि मेरी माँ का अभी-अभी मोतियाबिंद का आपरेशन हुआ है, और अपना अनुमान भी जताया कि उसकी आँखें इसलिए खराब हुईं क्योंकि वह हमारी बातें सोच-सोच कर हर समय रोती रहती है। नानी ने यह भी आगाह किया कि मेरे अब्बाजान अस्पताल में हैं और उनका सीने के दर्द का इलाज चल रहा है। हम सभी भुगत रहे थे, इस एक आदमी ने हम सभी को तबाह कर दिया था।

नानी के जाने के बाद मैं कुछ देर के लिए खामोश हो गई। मुझे साफ लग रहा था कि मैं साँप के गड्ढे में गिर रही थी। मेरे दिमाग में मेरी अपमान भरी और बेबस जिंदगी की तसवीरें उमड़ रही थीं। इस आदमी से शादी के इतने साल बीतते-बीतते मेरी हिम्मत तार-तार हो चुकी थी। मैं पलँग पर गिर गई और बेतहाशा चिल्लाने लगी। अपनी इस उन्मादी निराशा के बीच भी, मैं हैरान होकर यही सोच रही थी कि मुझे इस मुकाम तक पहुँचने में इतना वक्त क्यों लगा?

इसी बदहवासी की हालत में मैंने मुस्तफा को फोन पर आदिला से बात करते सुना। "तहमीना को नर्वस ब्रेकडाउन हो गया है," वह उससे कह रहा था, "तुम्हारी माँ को यह सब खराब लग रहा है। तुम्हारे अब्बाजान शायद मर जाएँगे। उनकी खातिर हमें यह सब रोकना पड़ेगा।" मेरी चीखें और उन्मत्त हो गईं; मैं जानती थी कि वह महज समय निकाल रहा है। यह खत्म नहीं हुआ था।

उस रात हमें एक खास दावत में जाना था। मुस्तफा ने जोर तो दिया कि मैं चलूँ, लेकिन वह भी देख रहा था कि यह मुमकिन नहीं था। वह अकेला ही चला गया।

मैं बिस्तर में लेट गई, और बेतहाशा कोशिश करने लगी कि मुस्तफा के लौटने से पहले सो जाऊँ। दवाई का असर खत्म हो गया था। मैं हमेशा की तरह ही अँधेरे में फँसी महसूस कर रही थी। उस रात पाकिस्तान में—इतना अरसा पहले—सोने के कमरे में अँधेरा ही था जब उसने पहली बार मुझे बेरहमी से पीटा था। रात के समय ही मुझे उसका अकेले सामना करना होता था। रात के समय उसका ध्यान बँटाने को और कुछ नहीं होता था और वह अपने गुस्से को पूरा मुझ पर उतार सकता था। अँधेरा आता था तो अपने साथ दुष्टता लेकर आता था। मैं इस बारे में सोचती रही कि मैं उससे कैसे मिली और मैंने उससे क्यों शादी की थी। और सभी कारण पीछे चले गए और माँ बड़ी हो गई थी। मैंने सोचा कि वह मुझसे बेहतर व्यवहार करेगी क्योंकि मैंने मजबूत शख्सियत वाले एक अहम आदमी से शादी की थी जो दृढ़ रह सकता था। लेकिन उसने मेरे साथ जो सुलूक किया और आदिला को मुझसे ऊपर रखा था, उससे मैं एक कीड़ा बन कर रह गई थी जो बेइज्जती और पतन की कीच और गंदगी में रेंग रहा था। अब फिर कभी वह मेरे लिए माँ की प्रशंसा जीतने का मकसद पूरा नहीं कर पाएगा। मेरा गुस्सा बढ़ने लगा, जबकि ना-उम्मीदी ने मेरे पूरे वजूद को घेर लिया।

मैंने घर के बाहर कार के रुकने की आवाज सुनी और मेरा मन वितृष्णा से भर उठा कि वह आ गया था। मैंने नीचे सामने का दरवाजा खुलने और बंद होने की आवाज सुनी, और मैं गुस्से में काँपने लगी। उधर सीढ़ियों पर उसके कदमों की आहट तेज होती गई, और इधर मेरी साँस ही जैसे थम गई।

वह कमरे में घुसा। मैं सोने का बहाना करने लगी। उसने कपड़े उतारे, बिस्तर में घुसा, और ढिठाई से कामुक अंदाज में मुझे छूने और पकड़ने लगा।

मैंने उसे दोनों हाथों से गुस्से से धक्का दिया। आज पहली बार मैं उसे इनकार करने का दुस्साहस कर रही थी।

वह एकदम ताव खा गया। उसने मेरे मुँह पर मारा। मेरे होंठ कट गए और मेरे गालों पर नीले निशान उभर आए। उसने मुझे पकड़ा और बिस्तर से खींच लिया। उसने मुझे फर्श पर पटक दिया और गिरते-गिरते भी मुझ पर लात चलाई। मेरा माथा

पलँग के पास रखी मेज के कोने से टकराया और मैं डर के मारे चिल्ला पड़ी क्योंकि खून मेरी आँख में बह आया था।

यह देख कर मुस्तफा एकदम शांत हो गया। मेरी भौंह पर कटने का घाव लंबा और गहरा था। उसने अँधेरे कमरे में इधर-उधर नजर मारी। उसे एक तौलिया मिल गया। उसने इसे मेरी तरफ उछाल दिया। मैंने इसे अपने माथे पर दबाया, लेकिन खून का बहाव बंद नहीं हुआ। मुझे पक्का लग रहा था कि मैं बेहोश हो जाऊँगी।

''हमें अस्पताल चलना चाहिए,'' वह बोला। ''तुम्हें टाँके लगवाने होंगे।''

कार तेज रफ्तार में दौड़ रही थी और मेरा दिमाग घूम रहा था। उसने मुझे मारने को यह पल क्यों चुना था? दिन भर की पीड़ा और ऊहापोह के दौरान तो उसने अपना आपा नहीं खोया था। उसने अपने गुस्से को रोके रखा था। अब यह क्यों फट पड़ा था? मैं समझ गई कि इस बार उसने सचमुच अपने बचाव में मेरी पिटाई की थी। मैं अपनी नानी की शुक्रगुजार थी कि आज सच्चाई ठंडी, निष्ठुर रोशनी में सामने आ गई थी। इससे पहले हम सभी को आदिला के साथ उसके चक्कर के बारे में पता था लेकिन हम अपनी अलग-अलग रणनीतियों का इस्तेमाल करके एक आवरण बनाए रहे। लेकिन अब सबसे बुरी घटना घट चुकी थी। आदिला, माँ, नानी, मुस्तफा और मैं सभी इस सच्चाई को खुलेआम मान चुके थे। मेरी माँ की तरह मुस्तफा की भी नजर में सच्चाई एक अक्षम्य पाप था। उसकी कमजोरियाँ अब साफ-साफ सामने आ गई थीं। वह इतना दयनीय पहले कभी नहीं रहा था। वह मेरे परिवार को काबू में नहीं रख सकता था, लेकिन उसे मुझको काबू में रखना ही था। उसे बगावत के अंकुरों को कुचलना था, विशेषकर इसलिए कि इसके कारण सही और पर्याप्त थे।

अस्पताल में, डॉक्टर से मैंने बताया कि मैं सीढ़ियों से गिर गई थी। घर लौटते समय मुस्तफा ने एक बार फिर गिरगिट जैसे रंग बदले। उसने फिर से उन्हीं झीने शब्दों में माफी माँगी। जब वह मेरे लिए अपने अमिट प्यार की बात कर रहा था और आदिला के मुकाबले मुझे अच्छा बता रहा था, तो मैं सोच रही थी—वह चुनाव करने वाला कौन होता है? मैंने इस आदमी को मेरे और मेरी बहन के बीच चुनाव करने का विशेषाधिकार क्यों दिया? हम क्यों लाइन लगा कर उसके फैसले का इंतजार कर रहे हैं?

मैंने धमकी भरे नपे-तुले लहजे में उसे हुक्म दिया, ''मुस्तफा, आदिला को फोन करो। उससे साफ-साफ बता दो कि तुम मुझे और बच्चों को प्यार करते हो। उससे कहो कि हमारी जिंदगी से चली जाए। उसने हमारी जिंदगियों को उथल-पुथल कर रख दिया है। तुमको उससे कहना होगा कि वह निकल जाए। अभी!''

मुस्तफा ने इनकार कर दिया।

''अगर तुम ऐसा करने को राजी नहीं हो तो,'' मैंने जवाब दिया, ''मुझे मेरे

अब्बाजान के यहाँ छोड़ आओ।''

वह राजी हो गया, लेकिन उसने साफ कह दिया कि मुझे बच्चों को उसके पास छोड़ना होगा। वह बिना कुछ बोले कार चलाता रहा। वह अपनी बनावटी हँसी को रोक नहीं पा रहा था। मुझसे ज्यादा अच्छी तरह से वह मेरे परिवार की प्राथमिकताओं को जानता था। मेरी अपनी प्राथमिकताएँ इतनी सरल थीं—मुझे तो माफ करने और भूलने के लिए बस एक बहाने की जरूरत होती थी, लेकिन यह तभी हो सकता था जब आदिला यह मान लेती कि वह मुस्तफा को मेरे हाथों हार चुकी है।

मैं अपने वालिदैन के यहाँ गई तो मेरा सामना एक नौकरानी से हुआ जो काफी समय से आदिला का साथ देती आ रही थी और मुस्तफा से उसकी गुपचुप मुलाकातें इसी नौकरानी ने करवाई थीं। उसके अलावा घर पर और कोई नहीं था। सब अब्बाजान को देखने क्लीनिक गए हुए थे। मैंने दुखी होकर चारों तरफ नजर मारी तो मुझे एहसास हुआ—यह मेरा घर नहीं है; यह पराई औरत का घर है। मैं उस बड़े-से घर में दुखी और हताश अकेली खड़ी थी। मेरे सिर में जोरों का दर्द हो रहा था और मेरा दिल मेरे बच्चों के लिए तड़प रहा था। मैं यहाँ वापस नहीं आ सकती! मैं सोचने लगी। और मेरा और कोई ठिकाना है नहीं!

मैंने मुस्तफा को फोन करके कहा कि मुझे ले जाए। वह घुन्नाते हुए राजी हो गया। फिर मैंने अपने वालिदैन का घर छोड़ दिया और बाहर खड़ी हो गई और जार-जार रोती हुई फाटक पर मुस्तफा के आने का इंतजार करने लगी। जब मुस्तफा ने मुझे बैठक में पिटी हुई और नंगी हालत में खड़ा रखा था, उसके अलावा यह मेरी जिंदगी का सबसे अपमानजनक पल था। मैं सोच रही थी कि काश मैं यहाँ न आई होती। अब मेरे पति को पता चल गया था कि मुझे पता चल गया था कि ऐसी कोई जगह नहीं थी जहाँ मैं चली जाती। कहीं शरण नहीं ले सकती थी मैं। जब कार आई, तो मैंने दरवाजा खोला और चुपचाप वापस नरक में दाखिल हो गई।

इकॉनमिस्ट में मुस्तफा का चार पृष्ठ का लेख छपा, जिसमें उसने हिंदुस्तान के साथ पाकिस्तान के संबंधों की चर्चा करते हुए अपना यह विचार रखा था कि सैनिक शासन की वजह से प्रगति नहीं हो पा रही थी और अगर जरूरी हुआ तो वह इस बार पाकिस्तान में हिंदुस्तानी टैंकों पर सवार होकर दाखिल होगा। इससे उन लोगों को अचंभा हुआ जो मुस्तफा को हिंदुस्तान-विरोधी पंजाब का शेर के रूप में जानते थे। इस लेख ने बड़ा विवाद खड़ा कर दिया।

जिया के सत्ता में आने के बाद से ही पीपुल्स पार्टी के हताश नेता हिंदुस्तान के सियासी नेताओं और वहाँ की गुप्तचर शाखाओं से संपर्क बनाए हुए थे। जिया ने अफगानिस्तान पर अमेरिकी नीति के सिलसिले में पूरी तौर पर अमेरिका के साथ

खड़े होने का फैसला किया था। अफगानिस्तान जो पाकिस्तान की अस्थिर पश्चिमी सरहद से लगा एक मुस्लिम देश था जिसमें सोवियत संघ का अतिक्रमण अस्वीकार्य था। मास्को को दक्षिण में और आगे बढ़ने से रोकने के लिए पाकिस्तान एक अग्रिम मोर्चे का राज्य बन गया था। इससे जिया को पाकिस्तान की दक्षिण पंथी ताकतों के पूरे राजनीतिक समर्थन को हासिल करने और एक बड़ी हद तक उन लोगों को बेअसर करने की कोशिशों में मदद मिली जो मार्शल लॉ के खिलाफ और लोकतांत्रिक व्यवस्था को बहाल करने के पक्ष में काम कर रहे थे। अमेरिका और पश्चिमी देशों ने उन्हें अपना पूरा समर्थन दिया और वह अपना शासन जारी रखने में कामयाब हो गए।

सोवियत संघ का मित्र होने के कारण हिंदुस्तान स्पष्ट तौर पर अमेरिका-पाकिस्तान धुरी के खिलाफ था। इसके अलावा, सोवियत संघ के अतिक्रमण के पहले, उसके दौरान और बाद में अफगान सरकारें हिंदुस्तान समर्थक रही थीं, जबकि काबुल और उसके संरक्षक के खिलाफ लड़ने वाले मुजाहिदीन पाकिस्तान समर्थक थे और उस देश से अपनी गतिविधियाँ चला रहे थे जिसे वे अपना दूसरा घर समझते थे। अफगानिस्तान पर अपने नजरिए और सिख अलगाववादियों को गुपचुप तरीके से मदद देने के कारण जिया हिंदुस्तानियों के गुस्से के शिकार हो गए थे। भुट्टो बंधु और उनके अनुयायी हिंदुस्तानियों के लिए ज्यादा रुचिकर थे। इस सिलसिले में भारी सुरक्षा उपाय किए गए ताकि भंडाफोड़ न हो जाए। पीपुल्स पार्टी के नेता अपना अधिकांश समर्थन न खो बैठें। लेकिन, पंजाब उनके रास्ते का रोड़ा बना हुआ था। पंजाबी तो हिंदुस्तान के साथ किसी भी गठबंधन का विरोध ही करते। हिंदुस्तानियों को पंजाब में एक ऐसे मजबूत नेता की जरूरत थी जो उनके मकसद की पैरवी कर सके।

उन्होंने मुस्तफा को चुना। उसका संपर्क जोशी नाम के एक व्यक्ति से करवाया गया। जोशी लंदन स्थित भारतीय उच्चायोग में ऊँचे स्तर का एक गुप्तचर अधिकारी था। ये दोनों गुप्त नामों से आपस में बात करते थे—मुस्तफा तो 'दिलीप' था और जोशी था 'आसिफअली'। ये लोग अलग-अलग जगहों पर, और अधिकतर लंदन में जगह-जगह बनी विम्पी बार में मिलते थे। वे बर्गर और फ्राइज के नाश्ते पर अपने-अपने देश के भविष्य के बारे में बातचीत करते थे।

अगले दो महीने मैंने एक गहरी खामोशी में बिताए। इससे मैं अपने आस-पास के परिवेश से कट गई। मैं थोड़ी-सी भी बातचीत करने की कोशिश करती तो थक जाती थी; एक जुमला बोलते ही मैं पस्त हो जाती थी। मैं इसलिए जी रही थी क्योंकि मैं तनाव कम करने की ढेरों गोलियाँ ले रही थी। मुस्तफा ने इस बात पर गौर भी

नहीं किया।

मैं सात महीने के गर्भ से थी जब आदिला का मुद्दा खुला था—जैसे शेरी थी जब वह उस पहले से बने कमरे में आई थी और वहाँ उसने मुझे यानी अपने शौ की दूसरी बीवी को देखा था। मैंने शेरी के लिए जो परेशानी पैदा की थी उसे लेकर मुझे शर्मिंदगी का एहसास हुआ था, अटपटा लगा था। अब मैं उसके दर्द को महसूस कर रही थी। जुर्म और सजा के विचारों से दबी मैं माफी के लिए पाक कुरान पकड़ कर रात-रात भर रोती थी—लेकिन यह मैं तब करती थी जब एक सेक्स की गुड़िया के रूप में अपना फर्ज अदा कर देती थी। जब मुस्तफा सो जाता था तब मैं नहाती और वुजू करती और उससे हट कर उस एक सत्ता यानी खुदा की शरण में चली जाती थी जो अभी भी मुझे स्वीकार करने को तैयार रहता था।

तेईस जनवरी 1981 को सुबह के 5.30 बजे थे जब मुझे दर्द उठने शुरू हुए। मुस्तफा मुझे कार में बैठा कर नेशनल हेल्थ अस्पताल ले गया। उसकी शिकायत थी कि बच्चे पैदा करने के ये चोंचले पश्चिम की देन हैं। पहले की तरह इस बार भी वह यही भाषण पिलाता रहा कि उसके गाँव की औरतें तो खेत में ही बच्चा जनती थीं और उसके बाद एकदम काम पर लौट जाती थीं। पिछली बार तो प्रसव का सारा खर्च मेरे अब्बाजान ने दे दिया था, लेकिन अब वह मेरी जिंदगी में नहीं थे और इस तरह यह जिम्मेदारी न चाहते हुए भी मुस्तफा पर आ पड़ी थी।

अस्पताल पहुँच कर मैंने उससे चले जाने को कहा, "इसमें काफी वक्त लग सकता है," मैंने कहा। मैं डर रही थी, लेकिन में चाहती थी कि जब मेरा बच्चा हो तो मुस्तफा की परछाईं हम पर न पड़े।

जब मैं वेटिंग रूम में बैठी थी, तभी अचानक मेरे दर्द तेज हो गए और मैं डर के मारे चीख पड़ी। डॉक्टर वहाँ नहीं थे और जो नर्सें वहाँ थीं वह मेरी जज्बाती हालत से अनजान थीं। उन्होंने मुझे डाँट दिया, "बंद करो यह बकवास, नहीं तो हम तुम्हें घर भेज देंगे।" ये दर्द मेरी बेहूदा जिंदगी की संचित पीड़ा में घुल गए, और मैं पूरी तौर पर टूट गई। बैरी नर्सें मुझे मेरे उन्माद के लिए जब इस तरह फटकार रही थीं, तो मेरी आँखों के आगे गुस्से से भरे चेहरे गड्ड-मड्ड होने लगे। उन्हें विश्वास ही नहीं हो रहा था कि बच्चा इतनी जल्दी हो जाएगा, हालाँकि भयंकर दर्द के मारे मैं लगातार चिल्लाए जा रही थी। आखिरकार, वे मुझे प्रसूति कक्ष में ले गईं। उन्होंने डॉक्टर को बताया तक नहीं था, इसलिए उन्हें खुद ही प्रसव करवाना पड़ा।

मेरा उन्माद इतना भयंकर हो गया था कि प्रसव की शारीरिक पीड़ा ने मेरी जिंदगी के और तमाम दर्दों को मुक्त कर दिया। दर्द चरम पर पहुँच जाने की हालत में भी मेरे दिमाग में यह बात साफ थी कि मुझे मेरे दिल और दिमाग के इस सुप्त संकट की तरफ ध्यान खींचे बगैर मेरी भावनाओं को व्यक्त कर देने का दूसरा कोई मौका शायद अब कभी नहीं मिलेगा। मेरी दिमागी टूटन को कोई नहीं समझ रहा

था। इसके बजाय, मुझे अपने आस-पास के लोगों से गुस्सा और कुढ़न ही मिलती लग रही थी, मानो अगर उनका बस चलता तो वे मेरा दम घोंट कर मुझे खामोश कर देते।

जब मैंने इस नई जान को अपने जिस्म के बाहर धकेला, तो उसी पल मैंने मुस्तफा, मेरे परिवार और मेरे तमाम दोस्तों को छोड़ दिया। मैंने अल्ला, पाक पैगंबर, उनकी बेटी फातिमा और खासकर फातिमा के पति, पैगंबर के चचेरे भाई, हजरत अली से नाता जोड़ लिया। मैंने उनसे दुआ कि वे आकर मेरी बगल में खड़े हों, मेरी रक्षा करें! मुझे अजीब-सी शांति मिली, मानो वे मेरी बगल में थे, मानो वे मेरे परिवार के लोग थे। यह चमत्कार था।

मैंने अपने पहले बेटे का नाम अली रखा।

जब आखिरकार डॉक्टर आई तो उसने पूछा कि क्या मैं अपने पति को खबर देना चाहती हूँ, लेकिन मुझे यह जरूरी नहीं लगा। मुस्तफा को दो घंटे बाद जाकर तब पता चला जब उसने योगाभ्यास करने के बाद अस्पताल फोन किया। वह यह सुन कर बहुत खुश हुआ कि आखिरकार मैंने एक बेटे और वारिस को जन्म दिया।

काहे का वारिस? मैं हैरान होकर सोचने लगी।

हमारे परिवार में अकेला मेरा भाई आसिम ऐसा था जिसने हमसे संपर्क बनाकर रखा था। मेरी माँ के हुक्म के बावजूद, उसने मुस्तफा के साथ एक जबरन शालीनता बनाई हुई थी, और वह उसके लिए अक्सर डॉम पेरिन्यॉन शैंपेन के तोहफे और मेरी बेटियों के लिए महँगे-महँगे उपहार लाता था। इस बार वह मुझसे मिलने आया तो मुझे नेशनल हेल्थ अस्पताल के एक खुले वार्ड में लेटी देख उसे बहुत बुरा लगा। मैंने मुस्तफा का बचाव करते हुए कहा कि वह इससे ज्यादा खर्च करने की हालत में नहीं था। लेकिन आसिम ने मुस्तफा से कहा, "मुझे देखकर अच्छा नहीं लगा। अगर तुम महँगे शिकार पर जा सकते हो और महँगी शराब खरीद सकते हो, तो अपनी बीवी के लिए कमरा क्यों नहीं ले सकते?" मुस्तफा ने आसिम के इस एतराज को गैरजरूरी बता कर खारिज कर दिया।

मेरे अस्पताल में रहने के फायदे थे। दूसरे, आम लोगों की उपस्थिति में मैं फिर से जिंदा हो गई; मैंने उनकी मामूली, रोजमर्रा की परेशानियों के बारे में जाना, जिन्हें वे सब एक-दूसरे के साथ बाँटते थे। दूसरी तरफ, मैं अपनी जिंदगी के किसी भी दुख-सुख को किसी के साथ नहीं बाँटती थी, और हैरत में थी कि वे छोटी-छोटी परेशानियों को भी कितनी गंभीरता से लेते थे।

मुझसे जितना हो सकता था, मैं मुस्तफा से बचती रही। मेरी नजर में वह अब आदिला का पति था। मैं उसे बरदाश्त करती थी, लेकिन जब वह सो जाता तो मैं उठ जाती

थी और नहा-धोकर नीचे दुआ करने चली जाती थी। मैं कुरान पढ़ती जाती और रोती जाती थी, और पवित्र आयतों को अपने आँसुओं में भिगो देती थी। मैं खुदा से गुहार लगाती थी, मैं उसकी मदद पाने को बेताब थी। हर रात मैं मुसल्ले पर बैठती और यह उम्मीद करती कि खुदा जरूर गौर फरमाएगा। मैंने धर्म में शरण लेनी चाही, लेकिन वहाँ भी मेरी जिंदगी मेरे साथ चली आती और मैं अल्ला के सामने बिलकुल परेशान हो जाती। वही अकेला था जो मेरी सुनने वाला था।

'मैं मुस्तफा से ज्यादा-से-ज्यादा दूर होती गई, और अपने बच्चों से हिम्मत जुटाने लगी। मेरा नया बेटा अली मुझे आध्यात्मिक शांति का बोध कराता था। प्रसव की पीड़ा ने मुझे खुदा के और भी नजदीक ला दिया था।

मैं अपनी जिदंगी का विश्लेषण करने लगी। मुझे क्या हो गया था? मैं हर चीज से इतनी डरती क्यों थी? मैं अपमान और लज्जा को एक सामान्य इंसान की तरह क्यों नहीं लेती थी? मैं समझती थी कि मेरे पति ने मेरी आत्मा को कुचल दिया था। उसने मेरे परिवार के साथ मेरे पहले से खराब संबंधों को उलझा कर रख दिया था। उसने मुझे मेरे दोस्तों से काट दिया था। उसने मुझे एक भूल-भुलैया में ला खड़ा किया था, जिससे बाहर निकलने का रास्ता मुझे पता नहीं था। उसने मेरे सारे सहारे छीन लिए थे और मुझे अपने टापू में मजबूती से बाँध दिया था। मैं बस इस भूल-भुलैया में इधर से उधर भटक ही सकती थी, और मैं इतनी थक चुकी थी कि न तो बोल सकती थी और न ही सोच सकती थी।

वह ऐसे अतिवाद में जीता था कि उसकी असली शख्सियत पर ध्यान लगाना मुश्किल था। उसके दोनों ही रूप—क्रोधित व्यक्ति का और पश्चात्तापी व्यक्ति का—बहुत सहज थे। उसके क्रोधित रूप से जहाँ मुझे डर लगता था वहीं उसके पश्चात्तापी रूप पर मुझे तरस आता था। एक पल वह मुझे एक हुक्म न मानने वाले बच्चे की तरह सजा देता था, तो दूसरे पल मैं उसके लिए माँ जैसी हो जाती थी जिसका फर्ज होता था उसकी भूलों को माफ कर देना। मैं उसके इन पल-पल बदलते रूपों के साथ उतनी ही तेजी से तालमेल नहीं कर पाती थी।

मैंने उसकी बीमारी पकड़ ली थी—वह अपने माहौल की एक भ्रमित और असुरक्षित पैदाइश था—और इसका इलाज मुझे ढूँढ़ना था। मेरे अंदर के सुधारवादी का उत्साह—और मेरा अहं—मुझे यह इजाजत नहीं दे रहा था कि मैं इस परेशानी से भाग जाऊँ और अपनी हार मान लूँ, भले ही यह कितनी ही हतोत्साहित करने वाली और दुष्कर क्यों न दिखती हो। मैं मुस्तफा की मनोचिकित्सक बन गई।

बच्चों के साथ उसके सुलूक को देखकर मुझे हल्की-सी उम्मीद बँधती थी। नसीबा की तरफ शुरू-शुरू में जो उसका पागलपन हुआ करता था वह फिर लौटा नहीं था। वह अभी भी अस्थिर और अनिश्चित था लेकिन अक्सर वह ख्याल रखने और प्यार करने वाला बाप होता था। मैं इसी तिनके का सहारा पकड़े थी।

मैं जानती थी कि मुझे खुद अपनी शख्सियत बदलने की जरूरत थी। मैं समर्पित और कमजोर हो गई थी—ठीक उसकी पिछली बीवियों की तरह। मुझे कैसे न कैसे उससे एक अलग स्तर पर निपटना सीखना था। खुदा ने मेरी हताशा भरी दलील का जवाब दिया। जड़ता की धूल उड़ गई।

हम रसोई में थे; मैं बच्चों के लिए खाना गरम कर रही थी। मुस्तफा हमें कहीं ले जाना चाहता था, लेकिन मैं अली को ठंड में लेकर नहीं जाना चाहती थी। मुस्तफा जोर देने लगा और मैं मना करती रही। बस, उसने मेरे बाल पकड़कर मुझे घुमा दिया और अपनी वही खास धमकी देने लगा : ''मैं तुम्हारी हड्डी-हड्डी तोड़ दूँगा।''

उसके इतना कहते ही मैंने गैस पर से पतीला उतारकर उस पर फेंका। उसकी चमड़ी जल गई और वह दर्द के मारे चीख पड़ा। एक पल को तो वह खड़ा का खड़ा रह गया। फिर उसने मुझे मारने को हाथ उठाया तो मैंने उसके सीने पर धक्का दिया और चिल्लाई, ''आइंदा अगर तुमने मुझ पर हाथ उठाया तो मैं तुम्हें चाकू से मार डालूँगी !'' मेरी आवाज में दम और विश्वास था, हालाँकि मेरा दिल जोर-जोर से धड़क रहा था। मैंने जंग का ऐलान कर दिया था।

मुस्तफा पीछे हट गया।

मैंने उसे जले पर लगाने के लिए मरहम दिया। वह इसे लगाता गया और मुझे धमकियाँ देता गया, लेकिन वह शांत दिखाई दे रहा था। इतना आसान था यह सब ?

मैंने इस मौके का फायदा उठाया। ''मुस्तफा, मैंने बहुत बरदाश्त कर लिया,'' मैं बोली। ''अब कोई वजह नहीं है कि मैं और बरदाश्त करूँ। यह मर्जी का रिश्ता है, जिसे हमने बनाया है। मैं तुम्हारी बहन या माँ नहीं हूँ। मैं तुम्हारी बीवी हूँ। मैं तुमसे खून के रिश्ते से नहीं बँधी हूँ। हमने साथ रहने का अनुबंध किया है। मैं जब चाहूँ उसे फाड़ सकती हूँ। यह बात अपनी खोपड़ी में बैठा लो। मेरी इज्जत करना सीखो और इस बात के लिए मेरी कद्र करो कि मैं तुम्हारे साथ रह रही हूँ। मुझे इस यातना शिविर में रहने की कोई जरूरत नजर नहीं आती। तुम अपनी आदतें सुधार लो और हमारी जिंदगियों को जीने लायक बनाओ—नहीं तो मैं छोड़ कर जा रही हूँ।'' ये आखिरी शब्द मैंने खतरनाक अंजाम से डरते हुए कहे थे, लेकिन उस हालत को उस महारत के साथ छिपा लिया जो मेरे स्वभाव का हिस्सा बन गई थी।

वह गौर से सुनता रहा, और फिर हारी बाजी जीतने के लिए जूझ गया। उसने मुझे धमकी दी, ''अगर तुमने दोबारा छोड़ कर जाने की बात कही तो मैं तुम्हें नहीं बख्शूँगा। मैं इस तरह का माहौल अपने घर में बरदाश्त नहीं कर सकता। मेरे पास बढ़ती उम्र की बेटियाँ हैं। समझ गईं तुम ? मैं तुम्हारे चेहरे पर तेजाब फेंक

दूँगा। मैं तुम्हें अपाहिज बना दूँगा और अपने बच्चों को तुमसे छीन लूँगा। मैं तुम्हारी खूबसूरती को इस तरह खत्म कर सकता हूँ," उसने अकड़कर चुटकी बजाते हुए कहा।

वह घर से निकल गया और मैं अपने काम में लग गई। मैं मन ही मन दुआ करती जा रही थी कि हे खुदा, मुझे शैतान के गुस्से से बचाओ। उस रात उसने सोचा कि मैं अँधेरे के साए में एक बार फिर कमजोर पड़ गई थी। उसका सोचना सही था, लेकिन आंशिक तौर पर। उसने गालियों की बौछार से शुरुआत की। उसने मेरी माँ और बहनों–यहाँ तक कि मेरी नानी–को भी गंदगी में घसीटा। वह हमेशा औरतों पर ही हमला बोलता था। आदती लोग हमेशा उसी का अपमान करते हैं जिसे वे अपने मान का सबसे पवित्र क्षेत्र मानते हैं।

जब वह अपनी बात कह चुका तो मैं शांति से बोली, "इस तरह की जबान तुम्हारे मुँह से अच्छी नहीं लगती। यह तुम्हारी हैसियत से मेल नहीं खाती। इससे तुम्हारे खानदान का पता चलता है।"

यह सुनकर वह मुझे मारने के लिए उठा, लेकिन मैंने इसका जवाब हिकारत से दिया। "बेवकूफ मत बनो, मुस्तफा। बचपना छोड़ो। मुझ पर हाथ उठाने की जरूरत नहीं है। मुझसे बड़ों की तरह बात करो। बैठ जाओ," मैंने हुक्म दिया।

एक पल को तो वह सचमुच पलँग के किनारे बैठ गया और चकराया हुआ मुझे देखता रहा। लेकिन उसका गुस्सा उबल पड़ा और वह मेरी तरफ झपटा।

मैंने दोनों पैरों से उसके पेट पर मारा और वह पलँग से दूर जा गिरा। उसने एक बार फिर मुझ पर हमला किया और मैंने पूरी ताकत लगा कर उसे खरोंचें मार कर धक्का दे दिया। मैंने उसके मुँह पर पंजे मारे और उसके बाल खींच डाले। किसी औरत ने मुस्तफा खर के साथ ऐसा दुस्साहस नहीं किया था, और मैं समझ रही थी कि उसके दिमाग में आतंक के नए खाके तैयार हो रहे थे।

उसने मुझे पूरा घुमा दिया और फिर पीछे से दबोच लिया। उसका दाहिना हाथ मेरे गले पर कसने लगा। उसका मांस मेरे निशाने पर था, और मैंने जोर से उस पर अपने दाँत गड़ा दिए। वह दर्द के मारे चीख पड़ा और मुझ पर घूँसे चलाने लगा। उसमें मुझसे ज्यादा ताकत थी, इसलिए जीत उसी की रही और उसने मुझे और भी गुस्से में भर कर इतना मारा कि मैं बेहोश-सी हो गई। तीन-चार घूँसे मुझे और पड़ जाते तो शायद मैं मर ही जाती। फिर, वह हाँफता हुआ पीछे हट गया। वह अभी भी भला-बुरा कहे जा रहा था।

मैं लड़खड़ाती हुई पलँग पर गिर गई तो वह मुझे देखता रहा। मैं रोई नहीं। मैंने उसे नफरत से देखा, और मैं समझ गई कि वह मेरे इस विरोध से न केवल उलझन में पड़ गया था बल्कि डर भी गया था।

मैंने उसकी उपेक्षा करके उसे यातना पहुँचाई। मैं रूठी नहीं मैंने उससे माफी

माँगने ने लिए नहीं कहा। उसने माफी माँगनी चाही, लेकिन मैंने यह कहकर उसे खारिज कर दिया, ''भूल जाओ, मुस्तफा। माफी बहुत नाकाफी शब्द है। हालात इससे आगे निकल चुके हैं।'' पहले मेरे आँसू, मेरी दलीलें, मेरी गिड़गिड़ाहटें उसकी पथभ्रष्ट मर्दानगी के कारनामों की वाहवाही सी हुआ करती थीं। अब मेरा शांत रहना उसे परेशान कर रहा था; मेरी खामोशी ने उसे कमजोर कर दिया था।

9

दो मार्च 1981 को, अपहरणकर्त्ताओं ने कराची में पीआईए के एक विमान को अपने कब्जे में ले लिया और उसे अफगानिस्तान की राजधानी काबुल ले चलने का हुक्म दिया। उन्होंने जिया के राजनीतिक बंदियों में से चालीस को रिहा करने की माँग रखी और अपने इरादे साफ करने की गरज से सेना के एक कप्तान को गोली मार कर हवाई पट्टी पर फेंक दिया। मीर भुट्टो का इस साजिश से कोई लेना-देना नहीं था, लेकिन उसने इस मौके का फायदा उठाते हुए यह दावा कर दिया कि इस आतंकवादी कार्रवाई के पीछे उसके संगठन अल-जुल्फिकार का हाथ था।

अपहरण की साजिश जिया के इशारे पर आई एस आई ने मीर और शाह को बदनाम और अलग-थलग करने के इरादे से रची थी। उन्हें अपने पिता के लिए अंतरराष्ट्रीय बिरादरी में जो समर्थन मिल रहा था उससे जनरल जिया परेशान हो गए थे, क्योंकि उन्हें पता था कि पश्चिमी देश आतंकवाद को पसंद नहीं करते। काबुल में बैठे अधिकारियों ने मीर से संपर्क साधा क्योंकि अपहरणकर्त्ताओं ने उससे मिलने की इच्छा व्यक्त की थी। उसकी भूमिका यह थी कि वह मुसाफिरों को बचाने की कोशिश करेगा, लेकिन इसे उसके खिलाफ इस्तेमाल किया गया। मीर का नाम अंतरराष्ट्रीय आतंकवादियों की सूचियों में आ गया और अपने देश में भी उसे कोई पूछने वाला न रहा। इन दो जवान विद्यार्थियों के खिलाफ यह एक क्रूर षड्यंत्र था।

जब मुस्तफा और मैंने यह खबर रेडियो पर सुनी, उस समय हम कार में थे। मैंने खुशी जताई कि आखिरकार कोई तो कार्रवाई कर रहा था। लेकिन मुस्तफा ने कहा, "यह गलत है। अब धर-पकड़ शुरू हो जाएगी।"

उसका कहना सही थी। जिया ने दबाव में आकर राजनीतिक बंदियों को रिहा कर दिया। लेकिन अगवा किए गए मुसाफिरों के छूटते ही जिया ने उन्हें सरकारी खर्च पर उमरा के लिए मक्का भेज दिया। जिया ने यह पक्का कर लिया कि टीवी वाले उनसे उनके अनुभवों के बारे में इंटरव्यू लेने के लिए वहाँ जरूर मौजूद रहें,

और अल-जुल्फिकार तथा पूरी पीपुल्स पार्टी को ही अपराधियों की जमात के रूप में पेश किया जाए। पूरे पाकिस्तान में यह हालत हो गई कि ऐसा हर शख्स खतरे की जद में आ गया जिसका पीपुल्स पार्टी के तिरंगे झंडे से दूर का भी कोई संबंध था। हजारों लोगों को गिरफ्तार कर लिया गया, उन पर कोड़े बरसाए गए और उन्हें सताया गया। कुछ बहुत अच्छे नौजवानों को फाँसी पर लटका दिया गया। भुट्टो की विधवा और बेटी बेनजीर को उनके घर में नजरबंद कर दिया गया।

आर्कले लेन वाले हमारे मकान की लीज पूरी हो गई तो हमने मिल हिल में एक छोटी-सी, एकमंजिला कॉटेज किराए पर ले लिया। मुस्तफा को यह नया मकान पसंद आया क्योंकि इसके पिछवाड़े एक बड़ा-सा बगीचा था। जहाँ तक मेरी बात है तो मैं तो खानाबदोशों की तरह रहते-रहते ऊब गई थी। मुझे शंका थी कि जब तक हम जलावतन रहेंगे मुस्तफा हमें ऐसे ही जगह-जगह घुमाता रहेगा। वह बेहद अशांत था। जब तक उसकी योजनाएँ परवान चढ़तीं, मुस्तफा को अपनी अतिशय ऊर्जा को ठंडा करने के लिए आदिला के अलावा किसी और साधन की जरूरत थी। इसके लिए उसने कुत्तों के अपने पुराने शौक के हक में फैसला किया। उसके इस जुनून ने हमें इंगलैंड में जगह-जगह घुमाया और उसने एक कुत्ते पर कम से कम 300 पौंड खर्च किए।

वह अपने इस नए शगल में दीवानगी की हद तक जुट गया। अगर किसी कुत्ते की दुम टेढ़ी निकल आती तो वह उसकी नस्ल पर ही शक करने लगता और उससे पीछा छुड़ा लेता था। अगर कोई कुत्ता सीखने में नाकामी दिखाता तो वह धीरज खोने लगता था। ये महँगे नुमाइशी कुत्ते थे, लेकिन मुस्तफा को यही पता नहीं था कि उनकी परवरिश कैसे करनी है।

उसने ग्रेट डेन नस्ल का एक पिल्ला खरीदा और इसे बाहर एक कुत्ताघर में रख दिया। सर्दियों के दिन थे, इसलिए रात में मैंने हीटर चला दिया। लेकिन मुस्तफा ने पैसे बचाने के चक्कर में इसे बंद कर दिया और बेचारा जीव रात भर काँपता रहा। जब ग्रेट डेन नस्ल के इस पिल्ले की मुलायम हड्डियों का असर उसकी टाँगों की 'आकृति' पर पड़ा तो मुस्तफा ने उसे उठाकर एक ह्यूमेन सोसायटी (उदार संस्था) को दे दिया। फिर उसने रोडेशियन रिजबैक नस्ल की वयस्क कुतिया खरीदी और उसके फौरन बाद एक चैम्पियन बुल टेरियर हमारे यहाँ आ गया। मुस्तफा रिजबैक से उकता गया तो उसने उसे भी किसी को दे दिया। उसके बाद बुल टेरियर भी गया। उसके बाद एक के बाद एक छः आयरिश वुल्फाहाउंड आए। मुस्तफा अपने आपको पाकिस्तान की शिकारी जमात की ईर्ष्या का पात्र समझ रहा था। भुट्टो के रिश्ते के भाई मुमताज भुट्टो के पास करीब साठ शिकारी कुत्ते थे, इसलिए मुस्तफा

ने फैसला किया कि वह अपने कुत्तों को घर ले जाकर मुमताज को नीचा दिखाएगा।

यह शौक तो उसका था, लेकिन हम सबको इससे जुड़ना पड़ा था। खासकर दाई आयशा तो उस समय बहुत उखड़ जाती थी जब मुस्तफा उसे कुत्तों को टहलाने में उसकी मदद करने का हुक्म देता था। मुस्तफा जब अपने वेलिंगटन बूट पहन रहा होता तो दाई आयशा का मुँह बन जाता और वह अपनी फूली पैंट के पायंचों को अपने गमबूट में घुसेड़ने लगती। यह वह औरत थी जो एक गंदे जानवर को छूने के ख्याल से ही भड़क जाती थी और पाकिस्तान में तो एक तुच्छ नौकरानी होने के बावजूद इस तरह का नीचा काम कभी नहीं करती। मुस्तफा दो वुल्फहाउंड कुत्तों को सँभालकर निकल पड़ता था। ऐसे में वह हिंदुस्तान गए किसी अंग्रेज की तरह लगता था जो अपना टोप भूल गया था और अगस्त की धूप में कुछ ज्यादा ही देर बाहर घूम लिया था। दाई आयशा उसके पीछे-पीछे होती थी, उसके पास कम से कम तीन कुत्ते होते जो उसे खींचते-घसीटते चलते थे। वह बहुत धीमे-धीमे बक-बक करती जाती थी कि मुस्तफा न सुन पाए।

मैंने तो तय कर लिया था कि मैं उसके इस नए शौक के आड़े नहीं आऊँगी; यह बहुत महँगा और बहुत असुविधाजनक शौक था, लेकिन इसकी वजह से उसका ध्यान मेरी तरफ से हटा रहता था।

अनिश्चितता में काफी समय बीत गया। जहाँ तक पैसों की आमदनी का सवाल था, तो हम झूले पर सवार थे। मुस्तफा कुछ भी बेचने में माहिर था। उसने कई लोगों को मना रखा था कि वे जम्हूरियत के लिए उसकी लड़ाई का खर्च सँभालें, लेकिन उसके खर्चे बहुत ज्यादा थे और वह उनका हिसाब-किताब रखने की कोई परवाह नहीं करता था। बैंक ऑव क्रेडिट एंड कॉमर्स इंटरनेशनल का आगा हसन आबिदा उसे हर महीने 2,000 पौंड अपने भरोसेमंद निजी सचिव जनाब उस्मानी की मार्फत भिजवाता था, लेकिन अपने इस पैसे का स्रोत उसने कभी नहीं बताया था।

हमें सेठ आबिद नाम के एक पाकिस्तानी से भी काफी आर्थिक मदद मिलती थी। हमें पता था कि वह जिया के एक काबीना मंत्री के बहुत नजदीक था और उसका एक करीबी रिश्तेदार भुट्टो के खिलाफ सरकारी गवाह बन गया था। लेकिन उसकी इन खामियों को उसकी इस शोहरत ने ढँक दिया था कि सेठ आबिद वह आदमी था जिसने न्यूक्लियर ऊर्जा के रहस्य चोरी-छिपे पाकिस्तान में पहुँचाए थे। वह सोने के व्यापार में भी एक जाना-माना नाम था। पाकिस्तान जैसे देश में सेठ आबिद जैसे लोग खूब फूलते-फलते हैं। उन्हें अपराधी नहीं समझा जाता; उनके लिए तो यह एक तरह का धंधा ही होता है जिसमें जोखिम ज्यादा होते हैं और मुनाफा उससे भी ज्यादा होता है। अपनी प्रतिष्ठा के बावजूद, वह ऊँचे लोगों के बीच

उठता-बैठता था; उसके पैसे ने उसे मान्यता दिलवा रखी थी और उसे जवाबदेही से बचा रखा था।

सेठ आबिद ने हमसे कहा कि हम उसके मकान में आकर रहें, और हमने एक बार फिर मकान बदला। सेठ आबिद का मकान बहुत बड़ा था। उसमें छः बेडरूम थे, और इन सभी के साथ बाथरूम अटैच्ड था। ब्रांडूसबरी पार्क में बना उसका यह मकान इतना भव्य सजा हुआ था जैसे किसी शेख की कल्पना बिफर पड़ी हो। जगह इतनी ज्यादा थी कि मुस्तफा और मैं बिना एक-दूसरे के रास्ते में आए साथ-साथ रह लेते थे। यहाँ हम पाकिस्तान की जानी-मानी हस्तियों के लिए शानदार दावतें करते थे।

मुस्तफा का कुत्तों का शौक पूरा हो चुका था और जल्दी ही सारे कुत्तों की छुट्टी कर दी गई। अब उसने अपना ध्यान कनारी और कुलिंग चिड़ियों की तरफ लगा दिया था। पहले तो उसने इन चिड़ियों को पीतल के एक खूबसूरत पिंजड़े में रखा, लेकिन जब चिड़ियों की संख्या ज्यादा हो गई तो उसने पाँच के बाद और पिंजड़े खरीदने बंद कर दिए। उसने खाने के कमरे को पक्षीधर बना दिया जहाँ उसकी सैकड़ों चिड़ियाएँ अपेक्षाकृत आजादी में उड़ती फिरती थीं। उनकी बीट हर जगह—गलीचे पर, फर्श पर, खाने की मेज पर—दिखाई देती थी, और इसे साफ करने की जिम्मेदारी मेरी थी। मेरे लिए तो यह एक तरह से रोज का ही ढर्रा बन गया था कि शाम को दावत शुरू होने से पहले उड़ती चिड़ियों को पकड़ूँ, उन्हें उनके पिंजड़ों में वापस डालूँ और फिर कमरे की सफाई करूँ। अगले दिन वे फिर उड़ती फिरती थीं।

आखिरकार, मुस्तफा चिड़ियों से भी ऊब गया, और उसने फैसला किया कि वह दरवाजा खोलेगा और बस उन्हें आजाद कर देगा। मैंने उससे कहा भी कि ये बेहद असुरक्षित और पालतू रहने की आदी हैं और बाहर ये जिंदा नहीं बच पाएँगी, लेकिन वह इसी बात पर अड़ा रहा कि नहीं ये बिलकुल ठीक रहेंगी। उसने उन्हें छोड़ दिया और ये छोटी-छोटी पीली और नारंगी चिड़ियाँ हमारे आँगन में इधर-उधर छितरा गईं। इन चकराई चिड़ियों को कुछ पता नहीं था कि कहाँ जाएँ या क्या करें। और मेरे देखते-देखते लड़ाका से पक्षियों ने उन पर झपट्टा मारा और उन्हें खा गईं। यह सामूहिक हत्या थी।

पाकिस्तानी सेना के जूनियर अधिकारियों के साथ मुस्तफा के संबंध फौरी थे। उनकी पहली बैठक लंदन में उनके एक साझा दोस्त के घर पर हुई। इसमें उन नौजवानों ने हिस्सा लिया जो जिया से असंतुष्ट थे और यह विश्वास करते थे कि सेना को देश की राजनीति में दखल देने का कोई हक़ नहीं था। ये लोक मुस्तफा को एक ऐसे हिम्मती राजनीतिज्ञ के रूप में देखते थे जो जरूरी बदलाव लाएगा, और यह

बात मुस्तफा के और भी हक में जाती थी कि वह 'पंजाब का शेर' था और भुट्टो का साथी रह चुका था, क्योंकि नागरिक शासन की बहाली के लिए किए जाने वाले किसी भी आंदोलन में पंजाबियों के सहयोग की जरूरत पड़नी थी। ये 'लड़के' भी—हम उन्हें लड़के ही कहने लगे थे—मुस्तफा की तरह ही यह विश्वास करते थे कि जिया और उसके भ्रष्ट जत्थे को जान से ही खत्म करना होगा। वे यह भी विश्वास करते थे कि बार-बार लगने वाले मार्शल लॉ से बस कुछेक जनरलों को ही फायदा हो रहा था जो अपनी ताकत बढ़ाने के लिए सेना को अपना चुनाव क्षेत्र बनाए हुए थे।

मुस्तफा उस पहली बैठक के परिणामों से बहुत खुश था, और इसके बाद उसने और भी संपर्क बनाए। उसने सेना की एक कमजोरी पकड़ ली थी; हवा में बगावत की बू थी। उन लोगों ने एक साजिश रची। 'लड़के' एक बम लगाएँगे जो उस समय फटेगा जब जिया अपने आला अफसरों के साथ बैठक कर रहे होंगे। इसके साथ ही, बागी अफसरों की एक टुकड़ी टीवी और रेडियो स्टेशनों पर कब्जा कर लेगी। जिया के मरते ही, सारे निर्वासित लोग पाकिस्तान लौट आएँगे और फिर किसी दूसरे जनरल को सत्ता हथियाने नहीं देंगे। इन षड्यंत्रकारियों में पीपुल्स पार्टी की नेता और भुट्टो की बेटी बेनजीर के अनजाने ही उन्हें प्रधानमंत्री की कुर्सी पर बैठाने की योजना बना ली। नई सरकार में मुस्तफा को बेनजीर के बाद सबसे बड़ा ओहदा मिलेगा। यह भी तय हुआ कि 1977 में जिया के साथ तख्ता पलट में शामिल रहे सभी लोगों पर देशद्रोह का मुकदमा चलाया जाएगा। धीमे से यह नारा दिया गया : 'हर खंभे पर जनरल लटकेंगे।'

हथियारों और गोला-बारूद खरीदने और पहुँचाने का इंतजाम करने की जिम्मेदारी मुस्तफा की थी। एक और रबड़नुमा बर्गर खाते हुए जोशी ने खरीदारी का जिम्मा लेने को हामी भरी; असलाह पहुँचाने का काम ज्यादा मुश्किल था।

चौदह अगस्त 1983 को जिया को उखाड़ फेंकने का संघर्ष असली मायने में शुरू हुआ। पाकिस्तान में, विरोधी पार्टियों के एक गठबंधन 'मूवमेंट फॉर दि रेस्टोरेशन ऑव डेमोक्रेसी' (एम आर डी) ने राजनीतिक सभाओं पर लगी पाबंदी को तोड़ दिया। जब कई प्रदर्शनकारियों को गिरफ्तार कर लिया गया तो अपने आप ही बगावत की घटनाएँ शुरू हो गईं। भुट्टो के अपने सिंध प्रांत में ऐसा खास तौर पर हुआ। सिंधियों को अमूमन सीधा और दब्बू समझा जाता है। इसलिए, सेना आश्चर्य में पड़ गई। पाकिस्तान की जीवन-रेखा यानी राष्ट्रीय राजमार्ग पर अस्थिर प्रदर्शनकारियों के रेले पर रेले आते रहने से वह ठप्प हो गया। मरने वालों की संख्या बढ़ने लगी। जेलों में लोग समा नहीं रहे थे।

भारत की प्रधानमंत्री इंदिरा गांधी ने एक बयान जारी करके सिंधियों के साहस की प्रशंसा की और उनके लिए अपना नैतिक समर्थन जताया। जहाँ तक पंजाबियों का सवाल था, तो यह भयंकर भूल थी। उन्होंने अपने आपको इस संघर्ष से हटा लिया और सिंध अलग-थलग पड़ गया।

मुस्तफा जानता था कि एम आर डी का आंदोलन उसके अपने सूबे के लोगों के पूरे समर्थन के बिना चल नहीं सकता। इसलिए, उसने तय किया कि पंजाबियों का समर्थन फिर से पाने के लिए कार्रवाई करनी चाहिए। इस काम के लिए उसने सात निर्वासितों को चुना जिन पर सैनिक अदालतों ने उनकी गैर-हाजिरी में मुकदमा चलाया था। उसने इन सभी को 5 सितम्बर को लंदन से पाकिस्तान रवाना कर दिया। लेकिन आधिकारिक तौर पर उसने यही ऐलान किया कि अवज्ञा के प्रतीक के रूप में पीपुल्स पार्टी के नौ बहादुर कार्यकर्ता स्वदेश जा रहे हैं जहाँ वे एम आर डी के आंदोलन में अंशदान के तौर पर अपनी गिरफ्तारी देंगे। इस तथ्य ने इस पूरे प्रकरण को एक दुखद कॉमेडी का रूप दे दिया कि इनकी वास्तविक संख्या नौ नहीं सात थी।

ये सातों हवाई जहाज में लगभग पूरे रास्ते लोकतंत्र और इसके बेताज बादशाह मुस्तफा खर के समर्थन में नारे लगाते रहे, जिससे दूसरे मुसाफिर नाराज भी हो गए जिनकी इसमें कोई दिलचस्पी नहीं थी। जब विमान कराची में उतरा तो उसे टर्मिनल से काफी दूरी पर खड़ा होने का आदेश दिया गया और वहाँ कमांडो जवानों और बख्तरबंद कारों ने इसे घेर लिया। घर लौट रहे ये सातों जलावतन पुलिस की गिरफ्त में आ गए। पुलिस वालों ने एकदम यही सवाल किया कि बाकी दो कहाँ हैं। चौधरी हनीफ (सांसद और भुट्टो के साथ मुस्तफा के मनमुटाव के उन प्रारंभिक दिनों का मुस्तफा का अनुयायी) और साजिद ने अधिकारियों को विश्वास दिलाने की कोशिश की कि केवल सात लोग ही आए हैं। लेकिन पुलिस दस्ते के प्रमुख को इस हिदायत के साथ भेजा गया था कि उन्हें जहाज से नौ लोगों को पकड़कर लाना है। इस पुलिस प्रमुख ने गिनती पूरी करने के लिए इन लोगों में से एक के गैर-राजनीतिक भाई को और एक निर्दोष लड़के को पकड़ लिया जो लंदन में अपनी एक आंटी से मिलकर लौट रहा था और वास्तव में जिया का ही समर्थक था। इन नौ को ओझरी जेल शिविर ले जाया गया। (इन दो निर्दोष लड़कों को जेल में बाईस महीने रखा गया, जो बाकी लोगों से ज्यादा अवधि थी।

बाद में चौधरी हनीफ ने ओझरी जेल शिविर की अपनी कोठरी के बारे में बताया कि 'हमारे दिमाग में अगर नरक की कोई तसवीर है तो यह उससे भी खराब' थी।

इन सातों को यही लगा कि मुस्तफा ने उनके साथ विश्वासघात किया है। उन्होंने मुस्तफा की लापरवाही के लिए उसे खूब कोसा। उनमें से हरेक की एक ही दुआ थी; वे मौत चाहते थे।

अगर मुस्तफा को एक संपूर्ण क्रांति के लिए पैसा जुटाना था तो उसे और भी ज्यादा इंतजाम करना था। उसे अपने शुरुआती जानकारों से जो पैसा मिल रहा था वह काफी नहीं था। इसलिए, उसका ध्यान अली महमूद पर गया। अली महमूद एक पाकिस्तानी था जिसने अबू धाबी में इमारतें बनाने के ठेकों और कुवैती तेल से बहुत पैसा कमाया था। उन्होंने एक राजनीतिक सौदेबाजी की जिसके मुताबिक महमूद बगावत की कामयाबी के लिए पैसा लगाने की एवज में नई सरकार में वित्त मंत्री बन सकता था।

इस संबंध से एक और अभियान की राह बनी जब हम अली और उसकी हँसमुख बीवी बिल्लो से वेलविन गार्डन सिटी स्थित उनकी हवेली 'अयात प्लेस' में मिले। साजिश और गहरा गई।

बेनजीर भुट्टो लंदन पहुँच गईं। जिया ने आखिरकार उन्हें कैद से रिहा कर दिया था। निर्वासित पाकिस्तानियों की प्रशंसक भीड़ उनसे हवाई अड्डे पर मिली। इनमें मुस्तफा सबसे आगे था। वह अब पाकिस्तान में लोकतंत्र बहाली के लिए चल रहे संघर्ष की नेत्री थीं, लेकिन उनका काम बहुत भारी था। वह युवा और अनुभवहीन थीं; उनके पिता को फाँसी पर लटका दिया गया था; उन्होंने तीन साल कैद में काटे थे। हर कोई उनसे बड़े कामों की उम्मीद करता था, लेकिन उन्हें राजनीतिक दाँव-पेंच सीखने की मोहलत देने को कोई भी तैयार नहीं था।

पुनर्मिलन की खुशी अस्थायी थी। मुस्तफा को बेनजीर के युवा होने को लेकर संकोच था। वह तो बेनजीर को अभी भी एक बच्ची के रूप में ही याद करता था जिसे वही 'पिंकी' कहा करता था; बेनजीर उसे 'अंकल' कहती थीं। बेनजीर खुद तो युवा पीढ़ी के राजनीतिज्ञों के साथ अपने आपको ज्यादा सहज पाती थीं और अपने पिता के समकालीन राजनीतिज्ञों से दूरी बनाकर रखती थीं। उनकी कमसिन लोगों की 'किचन कैबिनेट' ने उन्हें सलाह दी कि वह मुस्तफा जैसे लोगों पर विश्वास न करें जो महत्वाकांक्षी थे और पार्टी की अगुआई का ढोंग कर रहे थे। उन्होंने बेनजीर को याद दिलाया कि मुस्तफा ने संदिग्ध परिस्थितियों में स्वदेश छोड़ा था।

व्यक्तिगत स्तर पर बेनजीर अद्‍भुत थीं। उन्होंने मेरी तरफ दोस्ती का हाथ बढ़ाना चाहा, लेकिन मुस्तफा ने मुझे इसे थामने की इजाजत नहीं दी। "मुझे नहीं पता कि खुद मेरा संबंध उससे कब तक बना रहेगा," मुस्तफा ने मुझे समझाया। "तुम ऐसी औरत हो जो उसकी दोस्त बन जाओगी। तुम हमारे बीच पेचीदगियाँ बना दोगी। तुम्हारी तुच्छ दोस्ती और मेरी राजनीति एक साथ नहीं चल सकतीं।"

एक दिन संयोग से मैं अली और बिल्लो के केनसिंगटन स्थित शानदार अपार्टमेंट में अकेली थी कि करीब चौबीस साल का एक नौजवान मुस्तफा को पूछता हुआ

आया। मैंने उस कहा कि अभी मुस्तफा के जल्दी आने की कोई संभावना नहीं थी, लेकिन वह इंतजार करने पर अड़ गया। वह मुझे पहली नजर में ही अच्छा नहीं लगा था। वह गुस्ताख और उजड्ड था और इस तरह व्यवहार कर रहा था जैसे यहाँ आकर उसने मुस्तफा पर कोई एहसान किया था; इस तरह का दुस्साहस किसी और ने कभी नहीं किया था। जब मुस्तफा लौट कर आया तो वह उस नौजवान से कोई एक घंटा अकेले में बात करता रहा। फिर वह मेरे कमरे में आया और 200 पौंड माँगने लगा। मैंने उसे पैसे दे तो दिए लेकिन मुझे आश्चर्य हो रहा था। यह मुस्तफा का स्वभाव नहीं था कि इतने-इतने पैसे यूँ ही परेशान या बेसहारा पार्टी कार्यकर्ताओं को पकड़ा देता। इसलिए, मैंने इस बारे में उससे सवाल किया। ''बेचारा मेरे जिले से चल कर इतनी दूर आया है,'' मुस्तफा ने बताया। ''मैं उसकी मदद करना चाहता हूँ।''

दस दिन बाद उसी नौजवान का फोन आया। वह घबराया हुआ था। उसने मुझे बताया कि ब्रिटिश अधिकारियों ने उसे 'अपने मोजों में' हेरोइन की तस्करी करने की कोशिश में हवाई अड्डे पर गिरफ्तार कर लिया था। मैंने उसके परेशान कर देने वाले इस संदेश को लिख लिया और मुस्तफा के आते ही उसे दे दिया। वह इस बात पर बहुत गुस्सा हुआ कि मैंने उस नौजवान से बात ही क्यों की और वह चिंता करने लगा कि मैंने जरूर कोई न कोई ऐसी मूर्खतापूर्ण बात कह दी होगी जिससे वह फँस सकता था। ''तुम्हें बस इतना कहना चाहिए था कि तुम्हें नहीं पता वह कौन है,'' मुस्तफा चिल्लाया। ''तुम बहुत बोलती हो।''

''मैंने सोचा कि शायद तुम मदद करना चाहोगे,'' मैंने चकराते हुए कहा। अभी दो हफ्ते पहले ही तो मुस्तफा ने इस लड़के पर इतना तरस दिखाया था। ''मैं कैसे यह अंदाजा लगाती कि तुम अब उसे पहचानना नहीं चाहोगे–खासकर जबकि वह मुसीबत में है ? शायद तुम मदद कर सकते हो ?''

मुस्तफा सोच में पड़ गया। फिर उसने फोन उठाया। उसने एक पुलिस अधिकारी से बात की और पूछा कि क्या मामला है। पुलिस वालों ने उसकी बात उस लड़के से करवा दी। उसने गुस्से में लड़के से पूछा, ''तुमने यह बेवकूफी क्यों की ? देखो तुमने क्या लफड़ा खड़ा कर दिया है।'' फिर उसने फोन पटक दिया और कमरे में चहलकदमी करने लगा।

अवैध हेरोइन पाकिस्तान में बहुत होती है। अफीम खेत उत्तरी क्षेत्र में बहुतायत में होते हैं। तस्करी ऊँचे स्तर पर भी होती है। मैं हैरानी में सोचने लगी कि पाकिस्तान में 200 पौंड में कितनी हेरोइन मिलेगी। मुझे इस पूरे प्रकरण से बहुत बेचैनी हो रही थी।

जब यह मामला अदालत में पहुँचा, तो अखबार वालों ने इसे सुर्खियों में छापा। मुस्तफा को गवाही के लिए बुलाया गया। उसने कसम खाकर कहा कि वह जानता

है कि यह लड़का मुजफ्फरगढ़ का रहने वाला है, लेकिन वह इस मामले में इससे ज्यादा कुछ भी नहीं जानता था। उस लड़के ने बताया कि पाकिस्तान में उसे और उसके कुछ दोस्तों को तोड़-फोड़ के जुर्म में झूठा फँसा दिया गया था। उन पर यह झूठा इल्जाम लगाया गया था कि उन्होंने एक रेलगाड़ी को पटरी से गिराने की कोशिश की थी। उसने बताया कि पाकिस्तानी अधिकारियों ने इस शर्त पर उसके दोस्तों को छोड़ने का वादा किया था कि वह हेरोइन लेकर लंदन जाएगा और इसे मुस्तफा खर के घर में रख देगा। "मैं दबाव में यह हेरोइन लेकर आ रहा था," उसने दावा किया।

"मार्शल लॉ हुकूमत चाहती थी कि मैं इसे मुस्तफा खर के घर में रख दूँ ताकि उन्हें तस्करी के मामले में फँसाया जा सके।" मुझे तो यह कहानी गढ़ी हुई और रटी-रटाई लग रही थी; सच में तो, यह तो ठीक वैसी ही कहानी थी जिसे मुस्तफा किसी मुश्किल स्थिति से निकलने के लिए गढ़ सकता था। लेकिन यह कहानी कामयाब रही और ब्रिटेन और पाकिस्तान दोनों ही देशों में तमाम अखबारों ने इसे खूब छापा। मुस्तफा की शोहरत बढ़ गई—अब उसे इतना महत्त्वपूर्ण समझा जा रहा था कि उसे एक अंतर्राष्ट्रीय घोटाले का निशाना बनाने की कोशिश हो रही थी। इससे जिया हुकूमत की नुक्ताचीनी करने वाले के रूप में उसकी अहमियत साबित हो गई।

उस नौजवान को पाँच साल की कैद की सजा हो गई। जेल से उसकी चिट्ठियाँ पर चिट्ठियाँ आने लगीं, जिनमें वह मुस्तफा से याचना करता था कि पाकिस्तान में उसके घर वालों से संपर्क करे, उन्हें पैसे भेज दें और उसकी रिहाई के लिए हस्तक्षेप करें। मुस्तफा उन्हें पढ़े बगैर ही रद्दी की टोकरी में डाल देता था।

इस बीच तख्ता पलट की योजना में तेजी आ गई। जोशी ने जरूरी हथियारों का इंतजाम कर दिया जिन्हें पाकिस्तान की सरहद के पास हिंदुस्तान के एक गाँव में इकट्ठा किया जाना था। मुस्तफा को अब एक ऐसे व्यक्ति की जरूरत थी जो उन हथियारों को सरहद पार ले जा सके। जोशी ने यह तय कर दिया था कि हिंदुस्तानी सुरक्षाकर्मी कोई परेशानी खड़ी नहीं करेंगे, लेकिन बागियों को एक भरोसेमंद व्यक्ति की जरूरत थी जो उस इलाके से परिचित हो और पाकिस्तानी चौकियों से छिप कर निकल सके।

इसके लिए एक रुपए के नोट को बीच से फाड़ा गया। हिंदुस्तानी संपर्क सूत्र को इसका आधा हिस्सा दे दिया गया; दूसरा आधा हिस्सा हथियार लेने वाले व्यक्ति को दिखाना था। मुझे तो यह किसी घटिया सस्पेंस फिल्म का दृश्य लग रहा था।

इस काम के लिए मुस्तफा ने सेठ आबिद का नाम तय किया और मुझसे उसे फोन करने को कहा। बेशक, मैं उसका हुक्म टालने की नहीं सोच रही थी, लेकिन मैं जान-बूझकर परेशान थी। जैसा कि मैंने बताया है, सेठ आबिद तो जिया के एक काबीना मंत्री के काफी नजदीक था। सबसे पहले वह साठ के दशक के

मध्य में तस्करों के एक अंतरराष्ट्रीय गिरोह के एक महत्त्वपूर्ण सदस्य के रूप में चर्चा में आया था। पाकिस्तान में वह अपराध जगत का एक बड़ा नाम है। यह भी कहा जाता है कि उसने पाकिस्तान के 'मामूली' न्यूक्लियर कार्यक्रम को बनाने में भी मदद दी थी। मैं देशद्रोह में भागीदार बन रही थी। अगर सेठ आबिद का फोन सुना गया—और इसकी पूरी संभावना भी थी—तो गुप्तचर अधिकारियों के सामने टेप पर मेरी आवाज सुनाई देगी। मुस्तफा मेरे लहँगे के पीछे छिप रहा था !

जब सेठ आबिद ने फोन उठाया तो मैंने उसे अपना परिचय दिया। उसने विनम्रता से सलाम कहा। मैं सीधे काम की बात पर आ गई : "मेरे पति चाहते हैं कि आप लंदन तशरीफ लाएँ। हमें आपसे एक जरूरी काम है। हमें आपकी मदद एक ऐसे काम के लिए चाहिए जिसके बारे में मैं फोन पर नहीं बता सकती।"

आबिद हकला गया। "मैं...मैं नहीं सोचता मैं...मैं...उनसे बात कर सकता हूँ," वह बोला। "मैं नहीं सोचता मैं कर सकता हूँ...मुझे करना चाहिए। मैं पाकिस्तान में रह रहा हूँ। मेरे घरवालों के बारे में सोचिए। समझने की कोशिश कीजिए।" थोड़ा रुककर, वह फिर बोला, "सुनिए...देखिए....मुझे फिर फोन कीजिए...इसी नंबर पर आधे घंटे में।"

मैंने मुस्तफा से बताया कि सेठ आबिद मदद करने में घबरा रहा है और मुझे विश्वास है कि उसका फोन सुना जा रहा है। फिर भी, उसने मुझसे कहा कि उसकी हिदायत के मुताबिक उसे दोबारा फोन करूँ।

दूसरी बार जब मैंने बात की तो सेठ आबिद बहुत शांत था और खुलकर बोल रहा था। उसने मुझसे काफी बातें कहलवाईं और बार-बार सफाई से बोलने को कहा। "मुस्तफा चाहते हैं कि आप आकर उनसे मिलें," मैंने कहा।

"ओह, मुस्तफा चाहते हैं कि मैं आकर उनसे मिलूँ ?"

"यह बहुत जरूरी है।"

"यह जरूरी है ? क्या सियासत से संबंधित कोई बात है ? क्या वह मेरे साथ किसी योजना पर बात करना चाहते हैं ? ठीक है, मैं आपको बता दूँगा कि मैं कब आ सकता हूँ।" मुझे टेप की रील घूमने की आवाज आ रही थी।

फोन करने के बाद, मैंने अपनी नई आशंकाओं के बारे में अली, बिल्लो और मुस्तफा को बताया। "वह आदमी फोन टेप कर रहा है," मैंने कहा। "उस पर भरोसा नहीं किया जा सकता। आधे घंटे में उसका रवैया बदल गया। वह इतना शांत कैसे हो गया ? मैं इतनी दूर से भी देख सकती हूँ कि दाल में कुछ काला है।"

मुस्तफा मुझे घूर कर देखने लगा और उसने मेरी इन आशंकाओं को औरतों की खामख्याली बताया। "दिन में सपने देखना छोड़ो," उसने मुझे आगाह किया। "जिन बातों को तुम समझतीं नहीं उनमें अपनी टाँग मत अड़ाओ।" फिर, जैसे ही हम अकेले हुए उसने मुझे इस बात के लिए खरी-खोटी सुनाई कि मैंने महमूद दंपती

को घबरा दिया था। "अगर ये लोग पीछे हट गए, तो सब गुड़ गोबर हो जाएगा। मेरी सारी मेहनत पर तुम्हारे 'सोचने' की वजह से पानी फिर जाएगा।" उसने 'सोचने' को पूरे व्यंग्य के साथ बोला।

अचानक हमारे पास बहुत सारा पैसा आ गया; मुझे यह तो पता नहीं चला कि यह कितना पैसा था या कहाँ से आया था। हम एक मकान खरीदने की फिराक में लग गए, और इस मामले में मुस्तफा मेरा फैसला मानने को बिलकुल तैयार था। उसकी बस एक शर्त थी कि यह मकान कहीं देहाती इलाके में होना चाहिए; उसे लंदन के प्रदूषित वातावरण और घिच-पिच से नफरत थी। हमें पश्चिमी ससेक्स के हैसलमियर इलाके में एक खूबसूरत घर मिल गया। ग्यारह एकड़ में बना यह मकान हे नदी के ऐन मुहाने पर था। इस घर का अपना एक इतिहास था। स्पष्ट तौर पर, ब्रिटेन में बुरुंश (रोडोडेन्ड्रान) प्रजाति की सदाबहार झाड़ियाँ सबसे पहले इन्हीं बगीचों में लगाई गई थीं। दाई आयशा तो यहाँ की खूबसूरती देखकर मुग्ध हो गई। इसे देख कर वह बोली, "यह बिलकुल कोट अद्दू जैसी है !" मुस्तफा और मैं हँस पड़े, क्योंकि ये हरी-भरी पहाड़ियाँ तो उसके गाँव की सूखी मरुभूमि जैसी बिलकुल नहीं थीं। तब मेरी समझ में आया कि दाई को घर की याद कितनी सताती थी।

मुस्तफा के पास पहले भी जायदाद रही थी, और वह हमेशा यह पक्का करके चलता था कि यह पूरी उसी के नाम में हो। उसने मुझे बिना किसी लाग-लपेट के बताया था कि वह ऐसा इसलिए करता था क्योंकि उसे कभी यह पता नहीं रहता था कि उसकी शादी कितने दिन चलेगी। लेकिन, इस बार उसने यही आग्रह किया कि हमारा नया मकान हम दोनों के नाम रहेगा। उसने इसकी वजह यह बताई : "मैं तुम्हें यह जताना चाहता हूँ कि मैं तुम्हें कभी नहीं छोड़ूँगा। तुम अकेली औरत हो जिसे मैं अपनी बीवी समझता हूँ। मैं चाहता हूँ कि तुम अपने आपको पूरी तौर पर सुरक्षित महसूस करो।"

क्या दुःस्वप्न अब सपना बन रहा था ? मेरे पास अपना एक घर था : आखिरकार, सुरक्षा का सामान था मेरे पास !

मुझे आंतरिक सज्जा का शौक था। मैंने सारी खिड़कियों को इस तरह रखा कि हरेक कमरे से हमें पसरे लॉन, शांत ताल और कल-कल करती जलधारा दिखाई देती थी। ऐसा लगता था जैसे हम चित्रित बगीचे में बैठे हों। मैंने पूरे मकान को पीले बीज के अलग-अलग शेड में सजाया। रंग बस बगीचे का था। मैंने समकालीन फर्नीचर की खूबसूरती निखारने के लिए पुरानी तराशी हुई चीजें खरीदीं।

हमें मुर्गियों के लिए एक बदसूरत दरबा बनाना था, जिसे मैंने एक बड़े पेड़ की आड़ में बनवाया। सुबह, बच्चे पहाड़ी पर जाकर इधर-उधर पड़े अंडे बटोरते थे।

कैनाडाई हंस हमारे ताल में रहते थे और हमें राहत देते थे। रोज सुबह दस बजे वे पहाड़ी की तरफ चल देते और वहाँ ठीक एक घंटा धूप में बैठे रहते थे। शाम को वे एक-एक की कतार में वापस आते और हमारे सामने वाले लॉन में छः बजे तक बैठे रहते थे—उन्हें देख कर मैं अपनी घड़ी मिला सकती थी—और तब हमारे सामने वाले दरवाजे पर आकर तब तक शोर करते रहते थे जब तक हम उन्हें खाने को नहीं दे देते थे।

हम अक्सर ही दावातें देते रहते थे, और कम से कम सौ मेहमानों के लिए खुले में खाना बनाने का इंतजाम करते थे। खुदा का शुक्र है, हमारे पास अब दूसरा नौकर था। फरीद नाम का यह आदमी दाई आयशा का रिश्तेदार था और हमारे लिए खानसामा और ड्राइवर का काम करता था। हम बाहर शामियाना तान देते और खाना पकाने के लिए बड़े-बड़े तंदूर लगवा देते थे। मुस्तफा की खाना बनाने के मामले में अच्छी-खासी शोहरत थी और उसका बनाया खाना चखने के लिए लोगों की लाइन लग जाती थी।

इन मौकों पर मुस्तफा कम से कम पचास मुर्गे घर लेकर आता था और उन्हें एक-एक कर जिबह करता था। मुर्गे को खाने के लिए पवित्र करने को वह कलमा पढ़ने के साथ ही उसके गर्दन की एक नस काट कर उसे दूर फेंक देता था। मुर्गा तड़प-तड़प कर इधर-उधर कूदता फिरता और फिर कुछ देर छटपटा कर ठंडा हो जाता था। बच्चे और मैं मुस्तफा से इसरार करते कि वह इन परिंदों को इस तरह कष्ट न होने दे, लेकिन वह हँस कर कहता था कि मुर्गे की जीते जी आखिरी छटपटाहट इस बात का संकेत था कि उसकी रूह उसके जिस्म से जुदा हो रही है। जब उसका यह काम खत्म होता तो आँगन एक बूचड़खाने-सा दिखने लगता था। हम ताबड़तोड़ सफाई शुरू कर देते और उधर वह मेहमानों के पहुँचने से पहले-पहले मुर्गों को काट कर पकाने के काम में जुट जाता था। मेहमानों के आने तक हम सब पस्त हो चुके होते थे।

कभी-कभी वह बकरा ले आता और उसे खुद ही घर पर हलाल करता था। हमें डर के मारे मिमियाते बकरे की आवाज बहुत देर तक सुनाई देती रहती और बच्चे और मैं इसके दर्द में दर्द महसूस करते थे, और आखिर में जब उसकी आवाज खामोश हो जाती तो यह पक्का हो जाता था कि काम तमाम हो गया।

मुस्तफा इस खूबसूरत माहौल में थोड़ा शांत तो हो गया था लेकिन अभी भी वह अक्सर ही अपना आपा खो बैठता था। वह अपनी जबान को तो लगाम नहीं दे पाता था लेकिन कोशिश करता था कि मुझ पर हाथ न उठाए। इसकी बजाय वह अब बेचारी दाई आयशा पर ज्यादा से ज्यादा हाथ उठाने लगा था। वह उसकी गुलाम थी; पिटाई उसकी नियति थी। मुझे उसके लिए अफसोस होता था क्योंकि मैं जानती थी कि वह किसी और के बदले में यह सब सह रही थी। एक बार तो

मैंने उसे जीसस से दुआ माँगते सुना, वह उनसे याचना कर रही थी कि वह उसकी गुलामी के बंधन खोल दें या कम से कम उसके पाकिस्तान लौटने का ही इंतजाम कर दें। मैंने अविश्वास में पूछा, "दाई, तुम ईसाई हो गई हो क्या ?"

"नहीं," उसने जवाब दिया, "लेकिन मैं कुछ भी आजमाने को तैयार हूँ।"

मुस्तफा को खुला देहाती इलाका अच्छा लगता था, क्योंकि इससे उसे पाकिस्तान के बंजरों की याद हो आती थी। वह रोज सुबह पाँच बजे उठ जाता और बरामदे में दो घंटे का योगाभ्यास शुरू कर देता था। धीरे-धीरे वह बगीचों या पहाड़ी के ऊपर किसी जगह में चला जाता था। जिन दिनों बर्फ पड़ती तब भी वह कसरत के लिए बाहर कोई बंद जगह ढूँढ़ लेता था।

हमें रात को हीटर चालू रखने की कभी इजाजत नहीं होती थी, और सोने के कमरे की खिड़कियाँ तब भी खुली रहती थीं जब बाहर का तापमान शून्य से भी नीचे होता था। मैं अपने आपको गरम रखने के लिए गरम पानी की बोतल और हंस के परों का पलंगपोश इस्तेमाल करती थी।

शारीरिक स्वास्थ्य के मामले में मैंने मुस्तफा जैसा आत्म-अनुशासित व्यक्ति और कोई नहीं देखा। वह नल के ठिठुरा देने वाले पानी में नहाता था क्योंकि उसका मानना था कि यह खून के दौरे के लिए और बुढ़ापे को रोकने के लिए बहुत अच्छा होता है। उसके खाने में चीनी, मांड, या अनावश्यक कैलोरी बिलकुल नहीं होती थीं। वह दही और मलाई निकले दूध का ज्यादा सेवन करता था। 'छोटी' मधुमक्खी का बनाया जंगली शहद उसके लिए पाकिस्तान के सीमांत प्रांत से आता था। गेहूँ की भूरी भूसी उसके सामने ही हैसलमियर की एक चक्की में पीसी जाती थी। वह बिस्कुट या शीतल पेय बिलकुल नहीं लेता था।

मुस्तफा ने दो कुत्ते खरीदे, एक इंगलिश स्प्रिंगर स्पैनियल और एक लैब्राडोर रिट्रीवर, जिसका नाम हमने ब्रूनो रखा था। वह कुत्तों को घर के अंदर नहीं आने देता था क्योंकि वे 'गंदे' थे, इसलिए उन्होंने हमारे गैराज में अपना घर बना लिया था। मुझे आधी रात के समय उनकी चिंता होती, और अकसर मैं बाहर निकल कर उन्हें एक पुराना कंबल ओढ़ा देती थी। आखिरकार मैंने उनके लिए एक कुत्ताघर बनवा लिया। मुझे हमेशा यही लगता कि उन्हें खराब पालक माँ-बाप के हाथों बेच दिया गया था और वे अपनी नई जिंदगी की कठोरता के आदी नहीं थे।

दाई आयशा को जब भी कुत्तों की देखभाल का अरुचिकर काम दिया जाता वह अपने बोझ को हलका करने के लिए काफी देर तक उनसे बतियाती रहती थी। एक दिन मैंने उसे कहते सुना, "ब्रूनो, मैं तुम्हारी देखभाल कर रही हूँ। तुम खुदा से दुआ करना कि वह मुझे यहाँ से निकालकर पाकिस्तान मेरे घर ले जाए। खुदा तुम्हारी जरूर सुनेगा क्योंकि तुम बेजबान हो।" 'देजबान' का शाब्दिक अर्थ तो होता है 'बिना जबान का'; लाक्षणिक अर्थ में यह उन अत्यधिक असहाय जीवों (जैसे जानवर

और बच्चे) के लिए इस्तेमाल होता है जिनको अल्ला जरूर जवाब देते हैं। मुझे दुख हुआ। अब तक, दाई अपनी जिंदगी के करीब अठारह साल मुस्तफा की खिदमत में लगा चुकी थी। इस बीच वह बिलाल, आमना और मेरे अपने तीन बच्चों की दाई रही थी। वह घर की सफाई करती, बर्तन धोती और बच्चों की देखभाल करती थी। उसे जरा-जरा सी गलती पर पीटा जाता और बहुत छोटी-सी चूक होने पर खरी-खोटी सुनाई जाती थी। इन तमाम सालों की मार-पीट, गाली-गलौज और खौफ के बाद, कभी खूबसूरत रही उसकी चमड़ी अपनी चमक खो बैठी थी। हालाँकि जरूरत से ज्यादा काम करने की वजह से उस पर मोटापा नहीं चढ़ा था, फिर भी वह थक गई थी और उसके देश का जरा-सा भी नाम ले देने या याद आ जाने पर उसकी आँखों में आँसू आ जाते थे। दाई का दिमाग मुझसे बहुत पहले कुंद हो गया था और, जबकि मैं इससे उबरने की कोशिश कर रही थी तो मैं देख रही थी कि वह हार मान चली थी।

ब्रूनो ने जब केवल एक पिल्ले को जन्म दिया तब हमारी समझ में आया कि हमने उसका नाम गलत रखा था। इस बच्चे का नाम हमने ब्लॉट (धब्बा) रखा, क्योंकि उस परिदृश्य में वह एक धब्बे-सा ही दिखता था। मैंने उसे सामने के हाल में एक टोकरी में रखना चाहा, लेकिन मुस्तफा ने उसे बाहर कर दिया। ब्लॉट आजादी से उस पूरे घेर में घूमता-फिरता था। वह बाहर सड़क पर निकल जाता और किसी कार से टकराकर लँगड़ाता हुआ वापस आता था। मुस्तफा उसे सुलाना चाहता, लेकिन बच्चे और मैं उसे जानवरों के डॉक्टर के पास ले जाने की इजाजत चाहते। मुस्तफा पूर्णता चाहता था; उसकी एक घायल कुत्ते में कोई दिलचस्पी नहीं थी, इसलिए वह ब्लॉट की ऐसी उपेक्षा करने लगा कि हमें हार कर उसे किसी को दे देने का फैसला करना पड़ा।

मुस्तफा जब मुझे किसी जानवर के बारे में चिंतित होते देखता तो उसे मजा आता था। वह स्वीकार करता था कि उसके मन में पालतू जानवरों के प्रति दया दिखाने की बात कभी आई ही नहीं; उसकी नजर में, कुत्ता विशुद्ध रूप में एक कार्यकारी जीव था जिसका काम था अपने मालिक के आदेशों का पूरी वफादारी से पालन करना। यह बात सुनने में कुछ जानी-पहचानी सी लगी थी।

उसने अपने बीते दिनों की एक घटना मुझे बताई थी। तब वह नौजवान था। वह तीतर के शिकार पर गया हुआ था। वहाँ शिकार उठाने वाले उसके कुत्ते ने उसकी अवज्ञा कर दी। शिकार को अपने मालिक के पैरों पर लाकर रखने के बजाय वह कुत्ता उसे अपने जबड़ों में लटकाए हुए कहीं और निकल गया। गुस्से में काँपते हुए, मुस्तफा ने अपने टहलुओं को कुत्ते के पीछे इस हिदायत के साथ भेजा, "उसे ढूँढ़ कर गाँव ले आओ।" उन लोगों ने काफी पीछा करने के बाद कुत्ते को पकड़ा। वह बुरी तरह से हाँफ रहा था, और उसकी आँखों में आने वाले आतंक का खौफ

झलक रहा था। वे लोग उसे घीसट कर मुस्तफा की तरफ ले जाने लगे तो वह फैल गया और बचने की कोशिश करने लगा। मुस्तफा ने अपने आदिमयों को हिदायत दी कि वे उसकी टाँगें बाँध दें; फिर उसने उनसे कहा कि उसे बाँस के डंडों से पीटें। कुत्ते की चीखें कोट अद्दू की खामोशी को चीरने लगीं। वह दर्द के मारे तड़पने लगा। फिर भी, वे लोग अपने काम में मुस्तैदी से लगे रहे, और बेचारे कुत्ते की पीठ पर उन्होंने न जाने कितने ही डंडे तोड़ दिए। वे तभी रुके जब कुत्ते की आँखें पलटने लगीं और वह बेहोश हो गया। मुस्तफा ने मुझे बताया कि यहाँ आकर उसे उस जानवर के लिए अफसोस हुआ। उसने अपने आदमियों से कहा कि वे कुत्ते को वहाँ से ले जाएँ और खुद अपराध बोध से ग्रस्त वहाँ से हट गया।

यह किस्सा सुन कर मुझे धक्का लगा था। मुझे विश्वास ही नहीं हुआ कि मुस्तफा की बेतुकी हिंसा एक बेबस जानवर को इतनी बेरहमी से अपना शिकार बना सकती है जो न अपना बचाव कर सकता था और न ही कोई बहाना बना सकता था—न ही माफी माँग सकता था। लेकिन मुस्तफा की नजर में बात बिलकुल साफ थी : अगर कोई कुत्ता मिट्टी से हिलने-डुलने लगे, तो समझ लेना चाहिए कि बगावत सिर पर है। उसे फौरन इसे कुचल देना था।

मुझे कुत्ते के बारे में लगातार बुरे-बुरे ख्याल आते रहे, और आखिरकार मैंने मुस्तफा को इस बारे में बताया। मैंने कहा, "जानते हो, मुझे लगता है तुम्हारी सारी मुश्किलें उस बदसलूकी की वजह से हैं जो तुमने उस कुत्ते के साथ की थीं। कल रात मैंने ख्वाब देखा था कि कुत्ते ने तुम्हें शाप दिया है। जरा कल्पना करो—तुम पर एक कुत्ते का शाप लग सकता है। इससे ज्यादा भयंकर बात और क्या हो सकती है ?"

मुझे यह देखकर ताज्जुब हुआ कि मेरे इस अनुमान ने उसे बहुत चिंता में डाल दिया। उसने मुझसे स्वीकार किया, "जब मैं दुआ पढ़ने बैठता हूँ तो मुझे उस कुत्ते का ख्याल आता है। मैं अपने हाथ उठा कर खुदा से दुआ माँगता हूँ कि मुझे राहत दे। आखिर में मैं एक कुत्ते से माफी की गुहार कर रहा होता हूँ।"

शुरू-शुरू में, मुस्तफा अब उनतीस की हो गई बेनजीर भुट्टो को जलावतन बिरादरी की अगुवाई करने का मौका देना चाहता था। वह वरिष्ठ राजनयिक की भूमिका निभाने को बिलकुल तैयार था। लेकिन जब-जब वह केंद्रीय समिति की बैठक से लौटता तो वह और भी ज्यादा मोहभंग की हालत में दिखाई देता था। वह पुराने दिनों की याद करता था जब भुट्टो ऐसी सार्थक बैठकें किया करते थे जिनमें मुद्दों पर सीधे-सीधे विचार होता और फिर उसके फलस्वरूप मजबूत कार्य योजनाएँ बनती थीं। वह बताता था कि बेनजीर की बैठकों में कोई उत्साह नहीं होता था और उसके

निष्कर्ष में जिया के खिलाफ एक 'मजबूत आंदोलन' का आम आवाहन किया जाता था।

आखिर में मुस्तफा ने बेनजीर से टकराने का फैसला कर लिया। मुद्दा था अल-जुल्फिकार के बारे में पार्टी का नजरिया। मुस्तफा का कहना था कि यह क्रांतिकारी, आतंकवादी संगठन एक बोझ था। वह चाहता था कि पार्टी अपने आपको मीर गुट से अलग कर ले। उसने आगाह किया कि भुट्टो बंधु अव्यावहारिक सूरमागिरी में लगे थे और इससे जिया के हाथ ही मजबूत होने थे।

बेनजीर का जवाब पार्टी की सह-अध्यक्ष की तरह न होकर एक बहन की तरह था। उन्होंने कह दिया कि वह अपने भाइयों के बारे में 'ऐसे निंदाजनक ढंग से' चर्चा नहीं होने देंगी।

मुस्तफा ने पलटकर कहा : "आपको इस मुद्दे पर चर्चा करनी ही होगी। इसका हमारी पार्टी पर गंभीर असर पड़ रहा है। हमें यह ऐलान कर ही देना चाहिए कि हमारा आतंकवाद से कुछ लेना-देना नहीं है।"

बेनजीर रो पड़ीं और कमरे से भाग गईं।

दूसरे सदस्यों ने मुस्तफा को मनाया कि उनके पीछे जाए और उन्हें तसल्ली दे। वह गया तो बेनजीर एक सोने के कमरे में अकेली रो रही थीं। वह बोलीं, "आप लोग मुझे मुश्किल में डालते रहते हैं। मुझे समझ नहीं आता कि मैं किस पर विश्वास करूँ और किस पर नहीं। मैं नहीं जानती कि इस सबसे कैसे निपटूँगी मैं।"

"यह राजनीति है," मुस्तफा ने शांति से उन्हें समझाया। "आपको समझना चाहिए। आपको ऐसे बहुत से लोग मिलेंगे जो आपसे सहमत नहीं होंगे। आप हर बार ऐसा बखेड़ा नहीं कर सकतीं। आपको अपने आपको सँभालना होगा, और मजबूत बनना होगा।"

सेठ आबिद लंदन आया तो मुस्तफा और उसके साथी षड्यंत्रकारियों ने उसका गरमजोशी से स्वागत किया। उसने तख्ता पलट की योजना को ध्यान से सुना और उसमें अपनी भूमिका निभाने को तैयार हो गया। उसने वादा किया कि वह नियत तारीख को लाहौर के एक खाली मकान में हथियार पहुँचा देगा। फिर मुस्तफा की हिदायत पर मैंने फाड़े गए नोट का आधा हिस्सा सेठ आबिद को दे दिया।

कयामत का दिन आ पहुँचा और मैं पूरी तौर पर इस साजिश में शामिल कर ली गई। मुझे पता ही नहीं चला कि मुझे कितने गहरे फँसाया जा रहा है। मैं टेलीफोन के जरिए 'लड़कों' के संपर्क में थी, और खुफिया लहजे में बात करने में माहिर हो गई थी। रात में मैं तो इस ऊहापोह में करवट बदलती रहती थी, लेकिन मुस्तफा गहरी नींद सो जाता और अपनी महान विजय के सपने देखता रहता था।

मुस्तफा का अधिकांश दिन बैठकें करने, तफसील समझाने और खामियों को दुरुस्त करने में निकल जाता था। षड्यंत्रकारियों ने यह तय पाया कि इस साजिश में कम से कम एक वरिष्ठ सैनिक अधिकारी को शामिल करना जरूरी था। आला अफसरों में कई ऐसे थे जिनकी षड्यंत्रकारियों के साथ खुली हमदर्दी थी, इसलिए फैसला यह किया गया कि इन अफसरों को तैयार किया जाए। आखिर में एक भुट्टो प्रशंसक के नाम पर फैसला हुआ। बड़ी सावधानी के साथ उस जनरल से संपर्क किया गया और भुट्टो के मुताबिक वह राजी था। हिंदुस्तानी बेहद खुश थे कि वे पाकिस्तानी सेना की आला कमान में सेंध लगाने में कामयाब रहे थे और मुस्तफा भविष्यवाणी कर रहा था, "मैं समझता हूँ दाल बस पकने ही वाली है।"

षड्यंत्र इतनी उच्च शक्ति का और गंभीर था कि वातावरण रोमांचक हो गया था। अपने देश की राजनीति में कोई भूमिका निभाने को उत्सुक अली और बिल्लो को मार्शल लॉ के खिलाफ एक क्रांति में भागीदारी का मौका मिल गया था। इस योजना की पूरी अवधि में हमारी उत्तेजना चरम पर रही और वह तब तेजी पर आई जब 'अयात प्लेस' में उसे अंतिम रूप दिया गया।

मैं मुस्तफा को इतने दिनों से बरतती आ रही थी, इसलिए मुझे तो इस बारे में कुछ शंका थी, लेकिन अली और बिल्लो पूरी तरह से मंत्रमुग्ध थे। उनकी नजर में तो मुस्तफा अजेय था। उसकी अनुशासनप्रियता और चतुराई के साथ लगन और व्यावहारिक कार्रवाई का जो मेल हुआ उसमें तो ये दोनों जोश में बह कर उसके पागलपन और लापरवाही से भरे ख्याल के बवंडर में जा गिरे।

फिर, आखिरकार, सेठ आबिद ने हमें इत्तिला दी कि 'पार्सल' तैयार थे।

'लड़कों' से कहा गया कि वे लाहौर में इंटर-कांटिनेंटल होटल के सामने वाले माल पर पहुँचें जहाँ उन्हें एक आदमी एक पर्ची देगा जिस पर उस सुरक्षित मकान का पता लिखा होगा जहाँ सेठ आबिद ने हथियार जमा करके रखे थे। उन्हें 2 जनवरी 1987 को शाम 7.30 बजे हथियारों को अपने हाथ में लेना था जिनसे पाकिस्तान में लोकतंत्र की बहाली होती। फिर उन्हें हमें फोन करना था।

नियत रात को, षड्यंत्रकारी अली के लंदन वाले मकान में इकट्ठे हुए जहाँ से लंबी दूरी के फोन पर उन्हें सारे घटनाक्रम को अंजाम देना था। पाकिस्तानी समय के अनुसार उस समय रात के नौ बज चुके थे। जब मुस्तफा के माथे पर पसीना चू आया। वह महँगे गलीचे पर चहलकदमी करने लगा। फोन की खामोशी हमें मुँह चिढ़ा रही थी। मैंने ताजा कॉफी बनाई और साथ ही दुआ भी करती गई। मैं उन ख्यालों को झटक रही थी जो जबरन मेरे दिमाग में घुसे आ रहे थे।

जब हथियार उठाने के नियत समय से तीन घंटे ऊपर हो गए और 10.30 बज गए तो मुस्तफा ने मुझसे उनमें से एक 'लड़के' मेजर आफताब के घर फोन करने को कहा। उसकी बीवी ने फोन उठाया और ठंडे और बनावटी लहजे में बोली,

"वह यहाँ नहीं हैं। मेहरबानी से हमें फोन न करें।"

मैंने दूसरे लोगों के फोन नंबरों के लिए अपनी डायरी के पन्ने पलटे। क्या हो गया ? मैं हैरान होकर सोचने लगी। मैं दुआ करने लगी : ऐ खुदा, उनकी मदद करना।

मैंने कई नंबर डायल किए तब जाकर मुझे एक और जगह से जवाब मिला। यह स्क्वाड्रन लीडर ताहिर की बीवी थी। वह सुबक रही थी। वह दर्द भरी आवाज में सात समंदर पार से फुसफुसाकर बोली, "घर में फौजी भरे हुए हैं। वे मेरे ससुर और ब्रदर-इन-लॉ को ले जा रहे हैं। वे मेरे भाइयों को भी ले जा रहे हैं। उन्होंने घर को छान मारा है। मेरी समझ में नहीं आ रहा क्या करूँ।"

मैं फोन रखने लगी तो मुझे अपने सामने संभावी नायकों के उतरे हुए और संजीदा चेहरे दिखाई दिए। उन सभी की नजरें झुकी हुई थीं और वे एक-दूसरे से आँखें नहीं मिला रहे थे।

मैंने मेजर बुखारी के घर का नंबर मिलाया। उनकी बीवी ने कहा, "मैं अभी बात नहीं कर सकती। आसपास बहुत सारे लोग हैं।" और, फोन कट गया।

मैं 'लड़कों' और उनके बेकसूर घरवालों के दिलों में बैठी दहशत को महसूस कर पा रही थी। मैं इस बात पर गुस्सा थी कि हमने उन्हें ऐसे खतरों में डाल दिया था। कहाँ क्या गलत हो गया था ? किसने गलती की थी ? मुझे न जाने क्यों ऐसा लग रहा था कि सेठ आबिद ने हमारे साथ विश्वासघात किया था, और मुझे यह भी लग रहा था कि मुस्तफा इस बात का दोषी था कि उसने मेरी अंतःप्रेरणा पर ध्यान नहीं दिया।

तभी अचानक फोन की घंटी बजी और हम सभी चौंक गए। मैंने फोन उठाया तो मुझे दूसरी तरफ से सेठ आबिद की आवाज सुनाई दी। वह सचमुच रो रहा था। "मैं अभी टीवी देख रहा था," वह बोला। "नौ बजे की खबरों में उन्होंने बताया है कि किसी की निशानदेही पर एक छापा मारा गया है। उसमें तस्करी के सोने की कई क्रेट पकड़ी गई हैं। अब मैं क्या करूँ ? वे मुझे फँसा देंगे।"

"सोना ?" मैंने अविश्वास से पूछा। "कैसा सोना ? हथियारों का क्या हुआ ?"

"वे यह नहीं बताना चाहते कि हथियारों का जखीरा पकड़ा गया है। वे पाकिस्तान की जनता को यह नहीं जताना चाहते कि सेना हथियारों की तस्करी की नाकाम कोशिश में शामिल थी। समझ रही हैं न ? यह सोने वाली कहानी तो परदा है। मुझे नहीं पता यह सब कैसे हो गया ? मेरे घर वालों का क्या होगा ? क्या मैं सरहद पार करके हिंदुस्तान चला जाऊँ ? क्या मुस्तफा मुझे राजनीतिक शरण दिलवा सकता है ?"

मुझे घृणा हो आई। मैं जानती थी कि यह आदमी झूठ बोल रहा है।

घटना की विस्तृत जानकारी हमें बाद में मिली। 'लड़के' जीपों में भरकर उस मकान में गए थे, जहाँ उन्हें दो कमरो में उन हथियारों के क्रेट भरे मिले जिनका उनसे वादा किया गया था। माल को जीपों में डालते हुए एक 'लड़के' ने कहा, ''उन बेहूदे जनरलों के साथ यही सलूक होना चाहिए था। हम इस देश को वापस पटरी पर ला देंगे।''

फिर वे चलने की तैयारी करने लगे। जीप स्टार्ट करने के लिए चाबियाँ घुमा दी गईं। उन्हें गियर में भी डाल दिया गया, लेकिन जैसे ही वे एक झटके के साथ आगे बढ़े, उन्होंने अचानक अपने आपको घिरा पाया। घात लगाने वालों ने गोलीबारी शुरू कर दी। 'लड़कों' ने भी जवाब में गोलियाँ चलाईं, लेकिन वे सभी घायल हो गए और पकड़ लिए गए।

उन्हें जबरदस्त सुरक्षा वाली जेलों में भेज दिया गया। उन्हें तख्ता पलट की कोशिश में उनकी भूमिका के लिए तो फँसाया ही गया, पाकिस्तान के अव्वल दुश्मन हिंदुस्तान के साथ हथियारों का सौदा करके देशद्रोह करने का भी आरोपी बनाया गया। उनकी बीवियों के संपर्क सूत्र काट दिए गए। उनके पुरुष रिश्तेदारों को गिरफ्तार कर लिया गया और उन्हें यातनाएँ दी गईं। खुद 'लड़कों' को खुले मुकदमे का अधिकार नहीं दिया गया और उन्हें गोली मार दस्ते के हवाले करने की धमकी दी गई। सोने की चमक के पीछे कहानी थी टूटे परिवारों और टूटे आदमियों की।

सार्वजनिक तौर पर तो सरकार अपनी इसी कहानी पर कायम रही कि उसने सोने की तस्करी की एक योजना को तोड़ा है, लेकिन अतिशय विडंबना का परिचय देते हुए उसने सेठ आबिद को इसलिए मुआवजे का इंतजाम किया क्योंकि उसने इस साजिश की मुखबिरी करके 'देशभक्ति' का काम किया था। 1960 के दशक से, ढेरों ऐसा सोना कस्टम अधिकारियों के कब्जे में था जिसे वह तस्करी के जरिए देश में लाया था। अब उसे यह सारा सोना एक 'कानूनी तकनीकी पेंच' के फलस्वरूप लौटा दिया गया।

ओझरी के जेल शिविर में, 'लड़कों' को लगातार यातनाएँ दी गईं। उन्हें नंगा करके पेट के बल लिटा दिया जाता था। फिर लोहे का एक बेलन उनकी जाँघों पर इतनी देर तक चलाया जाता था कि उनकी चमड़ी फट जाती थी। उन्हें उलटा लटका कर पीटा जाता था।

चार महीने पहले मुस्तफा ने जिन सात पंजाबियों को जेल भिजवाया था वे भी इसकी चपेट में आ गए। उन्हें और भी ज्यादा सताया और धमकाया जाने लगा। चौधरी हनीफ को आई एस आई की जेल में डाल दिया गया। वहाँ उसे एक गंदी-सी कोठरी में रखा गया जिसमें कोई खिड़की या रोशनदान नहीं था। वहाँ एक बल्ब चौबीसों घंटे जला रहता था। वह जुओं भरी दरी पर सोता और एक बदबूदार चादर को ओढ़ता था। उसे टीन के एक प्याले में पाखाना करना होता था। उसे नहाने

या हजामत बनाने की इजाजत नहीं थी। उसे लगातार कई-कई घंटों तक कड़ी पूछताछ की जाती थी और टेप पर मेरी आवाज सुनवाई जाती थी। उसने बाद में मुझे बताया : "वे कहते हैं कि यहाँ बिताया एक दिन लाहौर किले की खौफनाक काल कोठरी या अटक की सर्वोच्च सुरक्षा वाली जेल में बिताए एक साल के बराबर होता है। वहाँ बिताया एक साल किसी साधारण जेल में बिताए बीस साल के बराबर होता है।" उसने यह भी बताया : "आप 'लड़कों' से, उनकी बीवियों से और सेठ आबिद से जो भी बात करतीं उसे रिकार्ड कर लिया जाता था। रुपए के फटे नोट तक उनके पास हर बात की जानकारी थी।"

मुस्तफा ने 'लड़कों' या उन सात भूतपूर्व निर्वासितों के हश्र के बारे में कोई चिंता नहीं दिखाई जिनकी कभी उसने देशभक्त बताकर प्रशंसा की थी। उसने उन्हें वैसे ही छोड़ दिया जैसे उसने कुत्तों और कनारियों को छोड़ दिया था। उसे बस एक ही बात कचोट रही थी कि वह नाकाम हो गया था। अगर वह कामयाब हो जाता तो पाकिस्तान में लोकतंत्र का मसीहा बता कर उसका अभिनंदन होता। लेकिन, नाकामी ने उसके सीने पर देशद्रोह का पदक टाँग दिया। उसे अपनी जान का खतरा हो गया, लेकिन इससे ज्यादा उसे इस बात की चिंता थी कि उसके साथी उसका हुक्का-पानी बंद कर देंगे। अब वह अत्यधिक असुरक्षित प्रवासी था और हिंदुस्तान की हुकूमत की प्रतिक्रिया के बारे में बेहद चिंतित भी था।

वह जोशी से मिला, और जब लौटा तो हैरान और परेशान था।

लेकिन मुस्तफा ज्यादा दिनों तक चुप रहने वालों में से नहीं था। जल्दी ही, वह फिर हिन्दुस्तान पहुँच गया। इस बार उसने इंदिरा गाँधी से अकेले में बात की। जब वह वहाँ से लौटा तो उसकी आँखों में नई आग थी। "उन्होंने कहा कि मैं महान देशभक्त हूँ," उसने चहकते हुए इंदिरा गाँधी की बात बताई। उस नाकाम साजिश की वजह से जिया के पाकिस्तान और हिंदुस्तानी सरकार के बीच तनाव बेशक बहुत ज्यादा बढ़ गया था, और मुस्तफा चिंता कर रहा था कि हिंदुस्तान पीछे हट जाएगा। लेकिन वह इस बात से खुश था कि इंदिरा गाँधी ने पाकिस्तान की सेना को नष्ट करने की जरूरत की तरफ अपना विश्वास दोहराया था। मुस्तफा ने भविष्यवाणी की, "अवाम के दुश्मन को हमेशा-हमेशा के लिए नष्ट करने को एक जंग जरूरी है।" वह बोला कि यह वही चमत्कार होगा जिसके लिए हम दुआ कर रहे थे।

बिलकुल जाती तौर पर मैं इससे सहमत नहीं थी। मैं इंदिरा गाँधी को एक ऐसी महिला के रूप में याद करती थी जिन्होंने 1971 में पाकिस्तानी सेना की हार का स्वागत 'हजार बरस की गुलामी का खात्मा' बताकर किया था, जिसका यह मतलब निकलता था कि मुसलमानों ने हिंदुस्तानी अवाम को गुलाम बना रखा था। उस समय तो वह खुद अपने ही देश में खतरे में थीं, क्योंकि उन्होंने सिखों के स्वर्ण मंदिर पर हमले का आदेश दिया था जिसमें उनका नेता मारा गया था। सिख अलगाववादियों

ने इसका बदला लेने की कसम खाई थी, और अफवाह यह भी थी कि ऐसे कुछ अलगाववादियों को पाकिस्तानी शिविरों में प्रशिक्षण दिया जा रहा था। मैं इंदिरा की धर्मनिरपेक्षता से डरती थी और उन्हें मौकापरस्त मानती थी; वह जिया के पाकिस्तान की नफरत का इस्तेमाल अपने देशवासियों को एकता में बाँधने के लिए करने वाली थीं।

मुझे तो यह सब 'इंदिरा सिद्धांत' का ही एक और उदाहरण लगता था जिसके मुताबिक हिंदुस्तान तो दक्षिण एशिया का पुलिसमैन था और उसे अपने पड़ोसियों के घरेलू मामलों में हस्तक्षेप करने का एक तरह से अधिकार मिला हुआ था।

उप-महाद्वीप पर अचानक युद्ध के बादल मँडराने लगे। हर कोई जल्दी ही भड़कने वाली ज्वाला की बात करता था।

इकतीस अक्टूबर 1984 को मुस्तफा जॉगिंग करने गया हुआ था; मैं टीवी पर सुबह की खबरें देख रही थी और उसी में मैंने सुना कि इंदिरा गाँधी को उसके ही सुरक्षाकर्मियों ने गोली मार दी। जब मुस्तफा घर लौटा और मैंने उसे यह खबर सुनाई तो वह सोफे पर ढेर हो गया। उसने अपने सिर को दोनों हाथों से पकड़ लिया और आह भर कर बोला, "हे खुदा!"

10

मुस्तफा महीने में एक बार अपने बालों को रंगता था। वह अपने कुदरती सफेद बालों पर काली डाई लगाता था। एक शाम जब हम डिनर पर आने वाले मेहमानों के इंतजार की तैयारी कर रहे थे तो वह बाथरूम में अपने बाल रंग रहा था। मैं इस अनावश्यक दिखावे पर उससे बहस करने लगी। इसमें मुझे घटियापन दिखाई देता था। ''तुम्हें यह सब करने की जरूरत नहीं है,'' मैंने उसे दलील दी, ''तुम्हारी जैसी हैसियत के आदमी पर सफेद बाल अलग ही जँचते हैं।''

''मैं अपने बाल रंगना तभी छोड़ सकता हूँ जब तुम अपने बाल न रंगने को राजी हो जाओ,'' उसने घुन्नेपन से पलट कर जवाब दिया। मैं इस सौदेबाजी को स्वीकार करने को तैयार नहीं थी। मुस्तफा के साथ रह कर मुझे पता था कि तीस की होते-होते मेरे बाल सफेद हो जाएँगे। ''और फिर,'' वह आगे बोला, ''यह तो सुन्नत है।'' इस शब्द का मतलब यह था कि पैगंबर साहब ने जो कुछ किया, तुम्हें भी वही करना चाहिए। मुस्तफा ने मुझे याद दिलाया कि पैगंबर साहब ने यह कहा है कि बुढ़ापे से हर तरह से लड़ना चाहिए; इससे आपको और भी ऊर्जावान होने में मदद मिलती है। ''पैगंबर साहब कहते हैं कि आपको जितनी देर तक हो सके उतनी देर तक और जितना ज्यादा हो सके उतना ज्यादा जवान दिखना चाहिए,'' वह भाषण देने लगा।

मैंने सोचा—मुस्तफा के हाथों इस्लाम का अपनी सहूलियत के अनुसार इस्तेमाल किए जाने का यह एक और उदाहरण है। लेकिन वह बहुत चुन कर ही इस्लामी कानूनों और रिवायतों का सहारा लेता था। इसलिए मैंने उसकी दलील को खारिज करते हुए उससे कहा कि वह कम-से-कम मेरे सफेद तौलियों से तो अपना सिर न पोंछा करे। मैंने उसकी तरफ एक रंगीन तौलिया उछाल दी। उसने हिकारत से मेरी तरफ देखा और अदबदाकर एक सफेद तौलिया उठाकर उससे अपने बाल रगड़ने लगा।

''मुस्तफा, तुम जान बूझ कर यह कर रहे हो,'' मैंने उस पर इल्जाम लगाया।

"तुम झगड़ा मोल लेना चाह रही हो," उसने आगाह किया, "हमारे मेहमान आने वाले हैं। मुझे गुस्सा मत दिलाओ।"

लेकिन मैं इतनी गुस्से में थी कि मैंने उसकी चेतावनी पर ध्यान नहीं दिया। मैं तुनककर बोली, "मत इस्तेमाल करो मेरी सफेद..."

उसने पास ही रखा एक जग उठाया और फेंक कर मारा। जग मेरे कंधे पर लगा। मैं गुसलखाने से दौड़ कर बाहर आ गई। दरवाजे को मैंने जोर से भेड़ दिया और मुस्तफा को अंदर ही बंद कर दिया।

मुस्तफा दरवाजे को पीटने और चिल्लाने लगा, "मैं तुम्हें मार डालूँगा!"

मैंने उसकी बात को अनसुना कर दिया और तभी नीचे दरवाजे की घंटी बजी और मैं अपने मेहमानों का स्वागत करने नीचे चली गई। जब उन्होंने यह पूछा कि मुस्तफा कहाँ है तो मैंने कोई बहाना बना दिया। अब मैं उन्हें यह तो बता नहीं सकती थी कि पंजाब का शेर गुसलखाने के अंदर है!

बीस मिनट निकल गए, तब मैं वापस ऊपर गई। गुसलखाने के दरवाजे पर जाकर मैंने कहा, "अगर तुम हमेशा-हमेशा के लिए बस यह समझ लो कि मैं तुम्हारी बकवास को बरदाश्त करने वाली नहीं हूँ, तो मैं तुम्हें बाहर निकाल दूँगी।"

"ठीक है, निकालो मुझे," वह बोला। उसका लहजा शांत और संयत था। मैंने उसे बाहर निकाल दिया। बाहर आते हुए वह गुस्से में उबलकर बोला, "इन लोगों को चला जाने दो। फिर मैं तुम्हें सबक सिखाऊँगा।"

उस शाम, हमने एक बेहद सुखी जोड़े की छवि पेश की। हमारे मेहमान इस बात से बेखबर थे कि भुने गोश्त के टुकड़े करते समय मुस्तफा खून करने के बारे में सोच रहा था।

हमारे दोस्तों के जाते ही मुस्तफा ऊपर चल दिया और मुझसे पीछे-पीछे आने को बोला। अपनी सजा भुगतने के लिए जान बूझ कर ऊपर जाने का मेरा कोई इरादा नहीं था, इसलिए मैं चुपचाप से एक बगल के कमरे में चली गई और अंदर से दरवाजा बंद कर लिया।

दस मिनट बाद वह मुझे ढूँढ़ता हुआ आया। "तहमीना, फौरन दरवाजा खोलो," उसने हुक्म दिया, "तुम्हारा रवैया अब बरदाश्त के बाहर होता जा रहा है। मैं तुम्हें ठीक कर दूँगा।"

"मैं पागल नहीं हूँ," मैंने जवाब दिया, "मुझे पता है कि बाहर एक बीमार और पागल जानवर है। क्या तुम सचमुच मुझसे यह उम्मीद करते हो कि मैं बाहर आकर अपने आपको तुम्हारे हवाले कर दूँगी?"

दरवाजे के सुरक्षा कवच के आर-पार से हम आगे-पीछे होते हुए महिलाओं के अधिकारों पर अपने-अपने विचार व्यक्त करते रहे। उसने मेरा गुस्सा भड़काने की कोशिश की, लेकिन मेरे जवाब शांतिपूर्ण और न्यायसंगत बने रहे। मैंने इस मौके

का इस्तेमाल अपनी दलीलें रखने में किया। कुछ देर बाद, मुस्तफा इस स्थिति की असामान्यता से परास्त हो गया और हँस पड़ा। उसका गुस्सा काफूर हो चुका था।

बहुत हलका-हलका बदलाव आता दिख रहा था—मुस्तफा मेरे साथ तालमेल बैठा रहा था। वह मुझसे इस तरह बात करने लगा जैसे मैं उसके बराबर की हूँ। वह मुझे राजनीति पर भाषण देता और यह देखकर खुश होता था कि मैं इस विषय से न केवल मुग्ध थी बल्कि उसके विचारों को स्वीकार करने को भी बिलकुल तैयार थी।

उसने मुझे अधिक आजादी दे दी। अक्सर जब वह किसी बैठक में जाता तो मुझे हैरड्स में छोड़ता जाता था जहाँ मैं उसके वापस आने तक डिपार्टमेंटल स्टोर में घूम सकती थी। मैं वहाँ के पुस्तक विभाग में किताबें उलटने-पलटने में ज्यादा दिलचस्पी लेती और ऐसी किताबें खरीद कर लाती जो मेरे हिसाब से मुस्तफा के पढ़ने के काबिल होती थीं। मैं उसकी रुचियों के बारे में जानती थी, और मैं चाहती थी कि जलावतन की इस अवधि में ज्यादा-से-ज्यादा जानकारी हासिल कर ले, क्योंकि हम दोनों ही इस दौर को उथल-पुथल के बावजूद ध्यान और तैयारी का समय मानने लगे थे। उसने एक दिन में एक सौ पृष्ठ पढ़ने का नियम बना रखा था। उसने खुद की आलोचना करने का नाजुक, दर्द भरा काम सीख लिया था। इस व्यापक मानसिकता में उसने पाकिस्तान के मौजूदा राजनीतिक संकट के कारणों की टोह लेनी शुरू की।

मैं जो भावनात्मक स्तर पर जिंदा रह सकी तो इसका मुख्य कारण यह था कि मैं अपनी जाती जिंदगी को अपनी सियासी जिंदगी से अलग रखने में कामयाब थी। हमारे दोस्तों और साथियों के बीच, मुस्तफा को हमेशा यह पता होता था कि मैं उसके राजनीतिक मकसदों का बचाव करूँगी, लेकिन अब उसे महसूस हो रहा था कि मैं सचमुच उनमें विश्वास करती थी। मैंने सियासी मुद्दों पर अपने शौहर जैसे दम-खम और विश्वास के साथ बहस करना सीख लिया था। हमारे दोस्तों ने भी एक समर्पित पत्नी से एक उत्साही वार्ताकार के रूप में मेरे बदलाव पर गौर किया। फिर भी, मैं अक्सर ही अपनी बात इस जुमले से शुरू करती थी—"मुस्तफा ने कहा," मैं उसकी राजनीतिक परछाईं थी।

लेकिन, उसकी मजबूरियाँ कभी-कभी उस पर अभी भी हावी हो जाती थीं। एक बार, जब वह कार में बैठा मेरा इंतजार कर रहा था, तो मुझे उसके ट्रेवल एजेंट का फोन आ जाने की वजह से देर हो गई। जब तक मैं कार तक पहुँचती, वह फट पड़ा। वह इस बात पर गुस्सा था कि एक 'बीवी' ने उसे इंतजार करवाया। "शांत हो जाओ," मैंने उसे भाषण पिलाया, "दुनिया यहीं खत्म नहीं हो जाती।" उसने मेरे मुँह पर उलटा थप्पड़ मारा, और मेरी आँख पर चोट का निशान बन गया। हम जिस काम पर जाने वाले थे उसे छोड़ना पड़ा।

हमेशा की तरह, उस शाम भी हमारे यहाँ मेहमान आने वाले थे। मुस्तफा ने मुझसे कहा कि मैं काला चश्मा पहन लूँ ताकि वह निशान दिखाई न पड़े। मुझे

बड़ी उलझन हुई। जब कोई मुझसे पूछता कि मैं काला चश्मा क्यों पहने हुई थी तो मैं टाल जाती थी। मुस्तफा परेशान था। उसे पता था कि अब उसे पहले से यह इल्म नहीं रहता था कि मैं कब क्या कर दूँगी, और उसकी चिंता बेबुनियाद नहीं थी। खाने के समय मैंने बहुत शांति से अपना काला चश्मा उतार दिया और मेरे पति के गुस्से के निशान सबके सामने थे। जब किसी ने पूछा कि मुझे यह क्या हुआ था तो मैंने बड़े धैर्य से जवाब दिया, ''मुस्तफा ने मुझे मारा।''

शराब के गिलास चुपचाप मेज पर रख दिए गए। गले साफ किए गए। हमारे खाने के कमरे की कुर्सियों पर बेचैनी से करवट बदली गई। मुस्तफा ने अपना बचाव पेश किया—मैंने गलत और गुस्ताख व्यवहार किया; इस मुश्किल दौर में मैं उसका साथ नहीं दे रही थी। लेकिन उसकी बातें किसी के गले नहीं उतरीं।

बाद में, हमारे सोने के कमरे में मेरी गुस्ताखी के लिए मुझे एक और जोरदार थप्पड़ की सजा दी गई। उसने मुझे नुमाइश लगाने वाली, और बेहया औरत कहा।

मैंने सहमति जताई कि मैं शर्मिंदा नहीं थी और कहा, ''आज रात शर्मसार तुम हुए हो, मैं नहीं। तुम इसलिए गुस्सा हो क्योंकि मेरी वजह से तुम्हें शर्मसार होना पड़ा। आइंदा, अगर तुम कोई ऐसा काम करो जिसके लिए बाद में तुम्हें शर्मिंदा होना पड़ेगा तो यह पक्का कर लेना कि तुम इस शर्मिंदगी को झेल भी पाओगे। अब मैं तुम्हारा और बचाव नहीं करने वाली। अगर मेरे चेहरे पर खरोंच या चोट के निशान आएँगे तो मैं उन्हें छिपाऊँगी नहीं। मैं चाहती हूँ कि लोग मुझे उसी शक्ल में देखें जैसी कि मैं हूँ। मैं पाखंडी नहीं होना चाहती।''

वह चुपचाप मेरी बात सुनता रहा। उसके भिंचे होंठ जैसे कह रहे थे, ''वक्त बताएगा।''

माँ ने मुझे फोन करके चौंका दिया। वह मुझसे फौरन मिलना माँगती थी। कई साल बाद उसके इस तरह अचानक फिर मेरी जिंदगी में आने पर मुझे मिला-जुला एहसास हुआ, लेकिन मुस्तफा इस बात पर राजी था कि मैं माँ से मिलने जाऊँ। बाद में उसी दिन जब मैं अपने वालिदैन के घर के दरवाजे पर खड़ी उसके खुलने का इंतजार कर रही थी तो मैंने एक पल के लिए पीछे हट कर यह कल्पना करने की कोशिश की जरमीना की शादी पर यह घर कैसा लग रहा होगा। मेरी आँखों में आँसू आ गए। अब मैं अपने आपको परिवार का अंग नहीं महसूस करती थी।

आदिला ने मुझे गले से लगाकर दरवाजे पर मेरा स्वागत किया। खुद आँसू बहाते हुए उसने मुझे बताया कि माँ ने उसी की वजह से मुझे यहाँ बुलाया था। आदिला ने बताया कि उसके अंदर काफी दिनों से पनप रहे अपराध बोध की वजह से उसे नींद न आने का भयंकर रोग हो गया था। अब उसके लिए रिश्ते आ रहे

थे, लेकिन वह तब तक किसी भी रिश्ते को मंजूर नहीं कर सकती थी जब तक मैं उसे माफ नहीं कर देती। "अगर आपने मुझे माफ नहीं किया तो खुदा भी हरगिज मुझे माफ नहीं करेगा," वह बिसूरती हुई बोली, "मैं जानती हूँ कि मैंने जो दर्द आपको दिया है उसकी वजह से मेरी विवाहित जिंदगी कभी सुखी नहीं हो सकती। तकदीर मुझसे जरूर बदला लेगी। मेहरबानी करके मुझे माफ कर दीजिए—मैं आपसे दरख्वास्त करती हूँ।" जब उसने अपनी बदचलनी के लिए मुस्तफा को दोषी ठहराना शुरू किया तो मैंने उसकी बात काट दी।

"मेरे सामने मेरे शौहर की बुराई कभी मत करना," मैंने उससे कहा, "अगर तुम्हें अपने व्यवहार के बारे में कुछ कहना है तो मैं तुम्हारी बात सुनूँगी और तुम्हें माफ भी कर दूँगी। उन्हें बीच में मत घसीटो।" और, यह कह कर मैं चौंक गई क्योंकि मुझे लगा मैं माँ की आवाज में बोल रही हूँ। वह भी अब्बाजान का हमेशा इसी तरह बचाव करती थी। लेकिन, हम दोनों ही अपने-अपने शौहर का बचाव उनके प्रति सम्मान के भाव से नहीं बल्कि अपने-अपने अहं के कारण ज्यादा करती थीं।

घर लौटते-लौटते मैं आदिला को सचमुच माफ कर चुकी थी। अब क्योंकि मेरी खुद की विवाहित जिंदगी मेरे काबू में लगती थी, इसलिए यह उदारता मैं कर सकती थी।

घर पहुँचते-पहुँचते मैं दिमागी तौर पर पस्त हो चुकी थी। मैंने आदिला के साथ हुई अपनी बातचीत के बारे में मुस्तफा को बताया तो उसके चेहरे पर खुशी दौड़ गई। मैंने संतुष्ट होकर अपने मन में कहा—आदिला वाला अध्याय अब हमेशा के लिए खत्म हो गया।

मेरे वालिदैन अब चाहते थे कि मेरे बच्चे और मैं अक्सर उनके पास आऊँ, लेकिन उन्होंने यह भी कह दिया कि वे मुस्तफा की परछाईं भी अपनी दहलीज पर नहीं पड़ने देना चाहते। मुस्तफा मुझे उनके घर छोड़ आता और एक नियत समय पर लौट कर बाहर कार में मेरा इंतजार करता था। मैं यह तो उम्मीद करती थी कि वह गुस्सा होगा, लेकिन मेरे घरवालों की यह हिकारत बेवजह नहीं थी।

तनाव धीरे-धीरे बना। मेरे और मुस्तफा के बीच संबंधों में जो नरमी की स्थिति बड़ी सावधानी से बनी थी। वह नाजुक स्थिति बिगड़ते-बिगड़ते शीत युद्ध में बदल गई। मैं फिर से लड़ाई-झगड़ा होने से डरती थी इसलिए शांति की खातिर मैं अपने वालिदैन के यहाँ जाने से बचने लगी। मेरी प्राथमिकताएँ स्पष्ट थीं—मुझे अपने बच्चों और खुद की खातिर अपनी विवाहित जिंदगी को बचाना था। मैंने इस रिश्ते में इतना ज्यादा दर्द सहा और इतना ज्यादा समझौता किया था कि अब मैं इसे टूटने नहीं देना चाहती थी।

मुस्तफा और मैं मुस्तफा के सबसे करीबी दोस्त और राजनीतिक साथी की बेटी शीरीन जटोई को देखने वेलिंगटन अस्पताल गए। उसके बच्चा होने को था और उसे दर्द शुरू हुए ही थे। शीरीन की माँ ने मुझे सीने से लगा लिया और मुस्तफा से कहा, "मैं सोचती हूँ अब पहली बार तुम्हें सचमुच एक अच्छी बीवी मिली है। मुझे उम्मीद है तुम्हें यह अच्छी लगेगी।"

मुस्तफा ने मेरा हाथ पकड़ते हुए बेहद ईमानदारी से कहा, "मैं इनके बगैर जीने की सोच ही नहीं सकता। आप तसव्वुर भी नहीं कर सकतीं कि इनकी मेरे लिए क्या अहमियत है या मेरे लिए यह कितनी अच्छी रही हैं।"

मुस्तफा ने मुझे अस्पताल में छोड़ दिया। उस दोपहर बाद शीरीन ने मुझसे मेरे घर से कोई चीज मँगाने को कहा, तो मैंने घर पर किसी नौकर से बात करने के लिए फोन किया। मैंने कई बार कोशिश की लेकिन हर बार फोन व्यस्त मिला। मैंने हार कर फोन रख दिया।

शाम करीब छः बजे शीरीन को आखिरी दर्द उठे। तब तक मुस्तफा भी हमारे पास शीरीन के कमरे में वापस आ गया था, जहाँ शीरीन के कई रिश्तेदार और दोस्त जमा थे। मेरी माँ अमेरिका गई हुई थी और आदिला पर नजर रखने का काम मुझे सौंप गई थी। मेरी यह छोटी बहन स्कूल होस्टल से घर आने वाली थी, और कुछ ही दिनों में उसे माँ के पास बॉस्टन पहुँचना था। मैंने अपने वालिदैन के यहाँ यह तसल्ली करने के लिए फोन किया कि आदिला खैरियत से पहुँच तो गई थी न। फोन आदिला ने ही उठाया और फौरन ही मुझे बताने लगी, "तहमीना, आपके शौहर पूरी दोपहर मुझे फोन करते रहे।" मेरा दिल धक्-से रह गया। मैंने कमरे के उस सिरे पर जमे मुस्तफा को ठंडी नजरों से घूर कर देखा। इधर आदिला कहे जा रही थी, "वह मुझसे मिलने के लिए गिड़गिड़ा रहे थे। वह मुझसे बार-बार यही कह रहे हैं कि मुझे उनके जैसा दूसरा मर्द कभी नहीं मिलेगा। वह कहते हैं कि और कोई आदमी पाकर भी मैं उन्हें भूल नहीं सकती, और मुझे मेरा हाथ माँगने वाले किसी भी लड़के से शादी करने की बात नहीं सोचनी चाहिए—वे मुझे संतुष्ट नहीं कर पाएँगे।"

मुस्तफा इन बातों को तो नहीं सुन पा रहा था, लेकिन उसने मेरे चेहरे पर पीड़ा के भाव देख लिए थे। उसकी खुद की रंगत गहरी लाल हो गई थी। अपराध-बोध उसके चेहरे पर अंकित था।

आदिला कह रही थी कि उसकी अब मुस्तफा में कोई दिलचस्पी नहीं रही थी, और मैंने उसका विश्वास कर लिया। उसके पीछे शादी लायक बहुत से लड़के पड़े थे। उस समय उसकी आवाज में तल्खी थी जब उसने कहा, "मैंने उनसे कह दिया कि तहमीना हमेशा यही कहती हैं कि आप उनसे प्यार करते हैं। इस पर वह बोले कि आप बहुत बेवकूफ हैं। 'अगर मैं उससे कह देता हूँ कि उसकी आँखें खूबसूरत हैं, तो वह सोचने लगती है कि मैं उसे प्यार करता हूँ।' उन्होंने मुझसे गुजारिश की

है कि मैं उनसे मिलूँ। उन्होंने कहा है कि वह आएँगे और अपनी कार हमारे फाटक के बाहर खड़ी रखेंगे। वह मेरी एक झलक देखना चाहते हैं। उन पर मेरा जुनून सवार है। वह बार-बार मुझसे यही कहते रहे कि वह मेरे बगैर मर जाएँगे। मैं जानती थी कि आप मेरा यकीन नहीं करेंगी, इसलिए मैंने गवाह भी रख रखे हैं। मेरी दोस्त क्लॉडिया यहाँ है। उसने एक्सटेंशन पर हमारी बातचीत सुनी थी। हमारे खानसामा रहमान ने भी हमारी बात सुनी है। आप इन दोनों से पूछ लीजिए।''

मैंने फोन रख दिया और तब मेरी समझ में आया कि मैं सदमे की हालत में आ गई थी। मैंने अपने आपको दोबारा इसलिए जोड़-जाड़ कर खड़ा किया था कि वह एक बार फिर मुझे ध्वस्त करे।

तभी मानो मेरी पीड़ा का उपहास करते हुए प्रतीक्षा कक्ष में इस खबर से खुशी की लहर दौड़ गई कि शीरीन के बेटा हुआ है।

मैं रो पड़ी।

शीरीन की माँ ने मुझे सीने से लगा लिया और पूछने लगीं कि बात क्या है? मुझसे यह नहीं हो सकता था कि मैं अपने दुख से इस परिवार की खुशी के पल को बेकार कर दूँ, इसलिए मैंने भरसक कोशिश करके अपने आपको फट पड़ने से रोके रखा। मैंने आँखों में आँसू भरे हुए कोई बहाना बना दिया और बाहर निकल गई।

मुस्तफा एक पिटे हुए पिल्ले की तरह मेरे पीछे-पीछे बाहर चला आया। हम सारे रास्ते खामोश रहे।

जब हम घर पहुँचे तो हमारे सोने के कमरे में मुस्तफा ने बड़े मासूमियत ओढ़ते हुए मुझसे पूछा, ''क्या हुआ? मुझे बताओ तो। क्या परेशानी है? तहमीना, मैं तुमसे विनती करता हूँ।'' वह अंट-शंट बोलने लगा और इसी रौ में वह मेरी बहन की बात की पुष्टि कर बैठा। ''आदिला थी क्या?'' उसने पूछा, ''हे खुदा! बहुत पागल लड़की है वह। उसने कुछ कहा क्या? उसकी बात का विश्वास मत करना—वह ये किस्से-कहानी गढ़कर तुम्हें परेशान करना और सताना चाहती है। वह तुमसे नफरत करती है। वह हमारे रिश्तों को बिगाड़ना चाहती है। वह मुझसे प्यार नहीं करती; वह तो तुम्हें सजा देना चाहती है। वह चाहती है कि हमारा अलगाव हो जाए ताकि उसकी अपनी विकृत इच्छाएँ पूरी हो जाएँ, वह जीत जाए। मेहरबानी से उसकी बातों का विश्वास मत करो। उसी ने कुछ कहा है, क्यों कहा है न? क्या कहा उसने? बताओ।''

मैं खामोश रही। मैंने उससे कहा कि मैं तन्हाई चाहती हूँ। वह कमरे से चला तो गया लेकिन यह आग्रह करता गया कि मैं एक दरवाजा खुला छोड़ दूँ। मैं सब कुछ भूल जाना चाहती थी। मैंने बत्तियाँ बंद कर दीं और कमरे के एक कोने में दुबक गई। मैं अपनी माँ की कोख में लौटना चाहती थी। अपने शरीर को एक भ्रूण

की अवस्था में समेट कर मैं रो पड़ी।

सुबह तक मैं शांत हो गई, जिससे मुस्तफा और भी घबरा गया। मैंने उससे सीधे-सादे ढंग और निर्णायक स्वर में कह दिया कि मैं उसे छोड़कर जा रही हूँ।

"तुम जाओगी कहाँ, तहमीना?" उसने ताना मारा, "अपने अब्बाजान के यहाँ? तुम्हारे अब्बाजान तुम्हें हड्डी भी नहीं डालेंगे।"

मेरा दिमाग तेजी से काम करने लगा। अचानक मेरी समझ में आया कि यह सब मुझे बड़ी सावधानी से करना होगा। मैं सचमुच छोड़ कर जा रही थी। मुझे छोड़ कर जाना ही होगा। लेकिन अगर मुस्तफा को सचमुच विश्वास हो गया कि मैंने उससे तलाक लेने का फैसला कर लिया है तो वह मुझे कमरे में बंद कर देगा या मेरे बच्चों को मुझसे छीन लेगा--या दोनों ही काम करेगा। दिखावे के तौर पर मैं नरम पड़ गई और खामोश रह कर उसके डर को शांत करने की कोशिश करने लगी।

उसने मेरे अब्बाजान के लिए जो कुछ कहा था, उसके लिए माफी माँगी। उसने मुझे सीने से चिपटाने की कोशिश की लेकिन मेरी चिढ़ छिपी नहीं रह सकी।

"तहमीना, तुम एक मुकम्मिल औरत हो," उसने कहा, "तुम्हारा कोई जवाब नहीं है। तुम्हारे अंदर इतनी सहन-शक्ति है कि मेरे गाँव की औरतें भी इस मामले में तुमसे पीछे रह जाएँगी। तुमने बहुत बरदाश्त किया है। तुमने बहुत शान से हालात से मुकाबला किया है। तुमने चुपचाप तकलीफें झेली हैं। तुमने मेरी प्रतिष्ठा का बचाव किया है। तुम बहुत अच्छी माँ रही हो। मैंने इस घर को कितनी बार तोड़ा है, और तुमने हमेशा इसे दोबारा बना दिया है। तुम यह सोच भी कैसे सकती हो कि मैं उस छिनाल के लिए तुम्हें छोड़ दूँगा?"

मैंने ईमानदारी का ढोंग करते हुए उससे कहा कि मैं यह आखिरी बार उसे माफ कर रही हूँ। "मेरी जिंदगी को आइंदा परेशानी में मत डालना," मैंने उसे आगाह किया, "पिछली बार तो मैं जैसे-तैस सँभल गई। तुमने तो मुझे नरक की सैर करा ही दी थी। लेकिन इस बार मुझमें इतनी ताकत या इच्छा नहीं है कि तुम्हारी धोखाधड़ी के गलियारों में घूमूँ।"

मुस्तफा ने मेरी बातों पर विश्वास कर लिया। उसने कुरान पर हाथ रख कर कसम खाई कि वह आइंदा कभी मेरे साथ विश्वासघात नहीं करेगा। और फिर पूरी तरह से आश्वस्त होकर वह काम के सिलसिले में लंदन चला गया।

वह जैसे ही घर से निकला, मैंने फोन से टैक्सी मँगवाई और अपने बैग तैयार करने लगी। दाई आयशा का बुरा हाल हो गया; वह अपनी जान को लेकर डर रही थी। मैंने अपने भाई आसिम को फोन किया और उसे बता दिया कि मैं मुस्तफा को छोड़ रही हूँ। उसने मेरी स्थिति को समझा और होटल में मेरे लिए एक स्वीट बुक कर दिया।

जब टैक्सी आ गई तो मैं अपने तीन बच्चे और कुछ बैग लेकर घर से निकल ली। फिर मैंने मुड़ कर नहीं देखा।

आसिम ने मेरे होटल के स्वीट में मेरी रिहाई का जश्न मनाने के लिए मेज पर कैविआर और शैम्पेन लगवा दी थी। "तुमने एक अच्छा फैसला किया है," उसने ऐलान किया, "मैं चाहता हूँ कि तुम्हारी आइंदा जिंदगी का यह पहला दिन हो। अब तुम्हें खुश हो जाना चाहिए। भूल जाओ उस आदमी को!" फिर वह मेरे बच्चों की तरफ मुड़ कर बोला, "आज से मैं तुम्हारा बाप हूँ।" उसने मुझे 2000 पौंड नकद दिए। "मैं तुम्हें स्पेन भिजवाने का इंतजाम कर रहा हूँ।" वह बोला, "तुम्हें छुट्टियों की जरूरत है।"

जश्न मनाने के बाद, आसिम हमें अकेले छोड़ कर चला गया। फिर, बच्चे और मैं चैन की नींद सोए।

जब मैं जागी तो मुझे याद आया कि घर छोड़ने की हड़बड़ी में मैं हमारे पासपोर्ट वहीं भूल आई थी। मैंने फौरन घर फोन करके दाई आयशा से पासपोर्ट के बारे में बात की। फिर मैंने उससे पूछा कि मुस्तफा कहाँ है। उसने बताया कि वह योग कर रहे हैं। मुझे यह जान कर बहुत परेशानी हुई कि इस आदमी ने अपनी दिनचर्या में कोई बदलाव नहीं किया था।

मुस्तफा फोन पर आया तो मैंने उसे बताया कि मैं हमेशा-हमेशा के लिए उसे छोड़ कर चली आई हूँ।

उसने शांति से जवाब दिया, "बहुत अच्छा है। उम्मीद है तुम अच्छी जिंदगी बिताओगी।"

उसकी प्रतिक्रिया ने मुझे हैरान कर दिया। उसे छोड़ देना इतना ही आसान था क्या?

बच्चों के साथ में लंदन मैं एक हफ्ता रही। सात सालों में पहली बार मैंने बाल कटवाए। मैंने बच्चों के और अपने लिए खरीदारी की। आम सामान्य लोगों के बीच आकर मैं बहुत खुश थी।

मैंने एक वकील को फोन करके उससे तलाक के कागजात तैयार करने को कहा। इस काम के दौरान वकील को कुछ बातचीत करने के लिए मुस्तफा को फोन करने की जरूरत हुई। उसने मुस्तफा से बात करके मुझे फोन किया कि मुस्तफा अड़ गया है, वह कह रहा है कि हमें अपने मतभेद दूर करने के लिए उसकी यानी वकील की जरूरत नहीं है। मैंने वकील को आगाह किया कि मुझमें मुस्तफा से मिलने

की हिम्मत नहीं है, वह मुझे लौटने के लिए मनाने की हर कोशिश करेगा, और मैं अभी इतनी मजबूत नहीं महसूस कर रही थी कि उसका प्रतिकार करूँ। मुस्तफा ने तो अपराधबोध और सुधार की बात करने का रवैया-सा बना लिया था, और मैं इस पर अपनी प्रतिक्रिया को लेकर डरी हुई थी। मैंने वकील से कह दिया कि वह मुस्तफा से कह दे कि वह मुझसे केवल वकील के माध्यम से संपर्क कर सकता है।

आसिम ने मुझे और बच्चों को मेरे वालिदैन के माराबेला, स्पेन, स्थित विला में जाने का इंतजाम कर दिया। उसने हमारे लिए हवाई जहाज का किराया दिया। मैं एक दोस्त की आया को अपने साथ ले गई। आसिम ने मुझे कुछ और नकद रकम दी, जिसमें से कुछ उसने अपनी जेब से दी और कुछ पैसा अब्बाजान की तरफ से था।

माराबेला में मेरी कोशिश यही रही कि अपने अतीत को स्पेन के गहरे नीले सागर में डूब जाने दूँ। मैं रोजाना एक व्यायामशाला में जाती और वहाँ आराम से पड़ी रहती और बीती यादों को अपने दिमाग से बाहर निकालने का प्रक्रम करती। मैंने अपने और बच्चों के लिए ढेर सारे कपड़े और जूते खरीद डाले। दिन एक सुगंधित सुखद समीर के समान मेरे ऊपर से निकलते चले गए।

मुझे सुनने में आया कि मुस्तफा बहुत दुखी था। किसी धोखा खाए प्रेमी की छवि के अनुरूप उसने दाढ़ी बढ़ा ली थी। वह हमारे दोस्तों के घर जा-जाकर रो रहा था, अफसोस जता रहा था, और उन्हें तैयार करने की कोशिश कर रहा था कि मुझे लौटने के लिए मनाएँ। वह पीने भी ज्यादा लगा था। वह सड़कों पर अजनबियों को अपनी बीवी के बारे में बताता जिसे वह प्यार करता था और जो उसे छोड़ कर चली गई थी। वह आसिम से मिला और उसके पैरों पर गिरकर गिड़गिड़ाने लगा कि वह हमारे बीच सुलह करवाए। उसने मेरी माँ को—आदिला वाला किस्सा पता लगने के बाद पहली बार—फोन किया और उससे माफी माँगी।

उसने महत्त्वपूर्ण लोगों की हमदर्दी हासिल कर ली। दोस्तों ने फोन करके मुझे समझाया कि मुस्तफा बदल गया है। मेरे घर वाले मुझसे आग्रह करने लगे कि मैं बच्चों की खातिर एक बार और उसे मौका देकर देखूँ। यहाँ तक कि मेरी माँ ने भी पाला बदल लिया। मैं पक्ष-विपक्ष में माँ की बेतुकी दलीलें सुन कर दंग रह गई; मैं इसकी वज़ह जानती थी—वह मुस्तफा को दयनीय बच्चे की भूमिका में देखने की आदी नहीं थी। मैं जानती थी कि यह झूठा नाटक कितना गले उतरने वाला था, लेकिन और कोई इसे नहीं जानता था। और सभी ने तो बस यह देखा कि एक मजबूत आदमी मेरा नाम आने पर कैसे रो दे रहा था। उन्होंने उसे विनीत और पछतावा करते देखा। उन्होंने उसे बिसूरते देखा और विश्वास कर लिया कि वह सचमुच बदल गया था।

मेरी आजादी की खुशी बिखरने लगी। मैं बाकी जिंदगी दो बार तलाक पाई औरत बन कर नहीं रहना चाहती थी, और मैं यह चाहती थी कि अगर मुमकिन हो तो मेरे बच्चे एक स्थिर परिवार में पले-बढ़ें। अनिष्टकारी आशंकाएँ मुझे भी घेरे हुए थीं। इस समय तो मुस्तफा झुँझलाहट और ग्लानि से मुझे वापस हासिल करने की कोशिश कर रहा था, लेकिन मुझे यह फिक्र खाए जा रही थी कि अगर उसकी ये तिकड़में काम न आईं तो न जाने उसकी शख्सियत क्या मोड़ ले लेगी। बहुत पहले, मैंने अपने शारीरिक भय को जमींदोज कर दिया था लेकिन जब मैं अपने सोते हुए बच्चों के मासूम चेहरों को देखती तो कभी-कभी मैं काँप जाती थी।

आसिम ने इस गतिरोध का एक व्यावहारिक समाधान सुझाया। उसने मेरे वकील से एक समझौता तैयार करवाया कि अगर आइंदा कभी मैंने मुस्तफा को छोड़ने का फैसला किया तो मैं उससे तलाक लेने और बच्चों को अपने पास रखने का मुझे अधिकार होगा। 'खर साहब', वकील ने मुस्तफा को सलाह दी, ''मैं सोचता हूँ आपको दस्तखत करने से पहले इसे पढ़ लेना चाहिए।''

''मुझे यह पढ़ने की जरूरत नहीं है,'' मुस्तफा ने जवाब दिया, ''अगर इस कागज से मुझे तहमीना वापस मिल रही है तो यह दस्तखत करने लायक ही है। मुझे इसकी कीमत नहीं जाननी।'' और उसने जल्दी से दस्तखत कर दिए।

बच्चों को लेकर मैं ब्रिटेन लौट आई। जब मुस्तफा ने मुझे मेरे वालिदैन के घर से लिया, तो माँ ने आधिकारिक तौर पर कहा, ''मैं चाहती हूँ कि वह इस बात को समझे कि तुम अपने वालिदैन के घर से रुखसत हो रही हो। उसे यह बात कभी नहीं भूलनी चाहिए। तुम्हारे पास लौटने के लिए एक घर है।''

मुस्तफा ने मेरे साथ एक महारानी जैसा सुलूक किया। उसने मुझसे सामान्य लहजे में बात नहीं की; वह एक मेमने की तरह मिमियाता रहा। हमने वह रात हैसलमियट में बिताई, और फिर अपनी दूसरी सुहागरात के लिए फ्लोरिडा के पाम बीच चल दिए।

पहले मुस्तफा मेरी खरीदारी के दौरान चिड़चिड़ाता रहता था, लेकिन पाम बीच में वह एक चूजे की तरह मेरे पीछे-पीछे फिरता रहा। जब वह थक गया तो दुकान के दरवाजे पर पालथी मार कर बैठ गया; सामान के पैकिट उसके आस-पास बिखरे थे। वह उन हमदर्द ग्राहकों से मजाक करता रहा जो उसे एक आदर्श पति समझ रहे थे। ''कैसा प्यारा (पति है),'' वे कह रहे थे। मुस्तफा उनकी तरफ देखकर मुस्करा देता था।

हमने खुली छत पर मोमबत्ती की रोशनी में खाना खाया; उमड़ती लहरों की आवाज मेरी आशंकाओं को तोड़ने की कोशिश कर रही थी। लेकिन मैं होशियार थी और अभी भी अंदर तक आहत थी। मुस्तफा की भावनाओं का जवाब देने में मुझे मुश्किल हो रही थी। वह मुझे छूता तो मैं काँप जाती थी, और मैं उसे मेरा

हाथ छूने से आगे बढ़ने की इजाजत नहीं देती थी। जब वह रूमानियत का जरा-सा भी इशारा देता तो मैं डर जाती थी। मैंने चौंकते हुए यह महसूस किया कि मेरे अंदर प्यार का जो कुछ भी नामोनिशान बचा था वह अब इस हद तक खत्म हो चुका था कि उसका वापस आना नामुमकिन था। मुझे यह समझ में आने लगा कि शादी का मूलाधार आवश्यक रूप में वफादारी नहीं है; विश्वास और सम्मान है। मुस्तफा ने बहुत पहले उसके प्रति मेरे विश्वास को नष्ट कर दिया था और अब मेरे दिल में उसके लिए और सम्मान नहीं रह गया था। सच तो यह था कि मुझे उस पर तरस आता था।

बच्चों के अलावा हमें आपस में बाँधने वाला जो एकमात्र सूत्र बचा था, वह थी राजनीति। हम पाकिस्तान लौटने के बारे में बातें करते थे। मैं उन चीजों के लिए संघर्ष करना चाहती थी जिनमें हम दोनों की ही आस्था थी। मैं गलत चीजों को बदलकर एक नए समाज का निर्माण करना चाहती थी। मैं लाहौर में अपने मकान के बारे में कल्पना करने लगी, और अपने दिमाग में यह नक्शा भी बनाने लगी कि मैं उसे नए सिरे से कैसे सजाऊँगी। यह एक रूपक था; यह मकान मेरा देश था और इसकी आंतरिक सज्जा मेरी राजनीति।

हम विमान पकड़कर मेरी बहन मीनू और उसके शौहर से मिलने बॉस्टन गए। परिवार से निर्वासन के मेरे बरसों के दौरान बहुत कुछ घट गया था। वाइट द्वीप के उस स्कूल में जहाँ लड़के-लड़कियाँ साथ-साथ पढ़ते थे, मेरे वालिदैन के संदर्भ में बहुत बुरा घट गया था। मीनू को फिलिप होल्ट से प्यार हो गया था, जो उस स्कूल का फोटोग्राफी का सर्वश्रेष्ठ विद्यार्थी था। बाधा यह थी कि वह फ्रांसीसी और अँग्रेजी मूल का कैथोलिक था। हमारे वालिदैन इस बात से बेहद गुस्सा थे लेकिन जब उन्होंने देखा कि और कोई चारा नहीं था तो उन्होंने यह माँग कर दी कि वह इस्लाम को कबूल कर ले और अपना नाम अली हबीब रख ले। उनकी शादी एक मस्जिद में पढ़ी गई। अब वे अपने फोटोग्राफी की पढ़ाई जारी रखने के लिए बॉस्टन आ गए थे। मीनू को यह देख कर सुखद आश्चर्य हुआ कि मैं शांत थी और मुस्तफा का गुस्सा काफूर हो गया था।

जब हम वापस लंदन पहुँचे तो मेरी नानी हमसे मिलने पाकिस्तान से आईं। उन्हें विश्वास ही नहीं हुआ कि हम कितने मिल-जुल कर रह रहे थे। हमारे खूबसूरत देहाती मकान में शांति देख कर वह अल्ला का एहसान मानने लगीं। उन्होंने कहा कि उनकी दुआएँ सुन ली गई थीं।

नहीं, मुझे प्यार नहीं था। हाँ, मैं सुरक्षित और संतुष्ट भी महसूस कर रही थी।

मुस्तफा हमारे इस नए रिश्ते पर एक और बच्चा पैदा करके मुहर लगाना चाहता था, लेकिन मुझे यह विश्वास था कि मेरी गर्भ धारणाएँ अभिशप्त थीं। मैं

यह याद करके काँप जाती थी कि मैंने एक गर्भवती महिला—मुस्तफा की भूतपूर्व बीवी शेरी—को कितनी पीड़ा पहुँचाई थी। मैं जुर्म और सजा में विश्वास करती थी। क्या यह महज संयोग था कि मैं अपनी विवाहित जिंदगी के सबसे खराब दौरों में ही गर्भधारण करती थी? या खुदा ही मेरी कोख में बीज पड़ने के मौकों पर मेरे लिए बेहद कड़ी आजमाइशें भेज देता था?

मुस्तफा यह दलील देकर इसका आग्रह करता कि इस समय यानी हमारे रिश्तों के इस दौर में पैदा होने वाला हमारा बच्चा खास ही होगा। वह बीते समय के सदमों की क्षतिपूर्ति का मौका चाहता था। उसकी जिद रंग लाई, और मैं एक बार फिर गर्भवती हो गई।

जैसे ही मैंने मुस्तफा को बताया कि डाक्टरी जाँच में मेरे गर्भवती होने की बात पता चली है, उसके तेवर बदल गए। दिखावा खत्म हो चुका था। मैं इस हालत में कहाँ जा सकती थी जबकि मेरी कोख में एक और गोद में तीन-तीन बच्चे थे। वह मुझे जहाँ चाहता था वहाँ उसने मुझे ला पटका था—एक बार फिर अपने रहमो-करम पर। पश्चिमी दुनिया की औरतें निर्भरता की इस स्थिति को 'नंगे पैर और गर्भ से' कहती हैं।

मैं अपनी मूर्खता के लिए क्या सफाई दे सकती थी? उसने उन तमाम दोस्तों को छोड़ दिया जो हमारे अलगाव के दौरान उसकी हालत के गवाह थे और जिन्होंने यह कहते हुए मेरे फैसले को सही ठहराया था कि उसने अपने ही स्वभाव के कारण मुझे खोया था। यहाँ तक कि अली और बिल्लो को भी हमारी जिंदगियों से पूरी तरह से काट दिया गया था।

हमारे बीच बेतुके झगड़े फिर शुरू हो गए। मुस्तफा उस समझौते के कागज को माँगने लगा जिस पर उसने दस्तखत किए थे और जिसके मुताबिक मुझे उसे तलाक देने और अपने बच्चों को अपने पास रखने का अधिकार मिला हुआ था। मैंने अपनी आजादी के इस पासपोर्ट को देने से इनकार कर दिया। कागज आसिम के पास थे। और मैं इन्हें उससे माँग नहीं सकती थी।

मुस्तफा गर्भधारण के मेरे डर को देख कर तुष्ट होता था और उसने उन्हें मजबूत करना शुरू कर दिया। "तुम्हारी कोख हरी होने पर अजाब है," उसने कहा, "तुम सही थीं, यह उस अजाब की ताकत की एक और मिसाल है। तुम्हें अपने पापों के लिए दुख उठाना ही है।"

इस बीच आदिला की आशिकाना जिंदगी में कई अजीब मोड़ आए। जब वह माँ के साथ अमेरिका गई हुई थी तो उस दौरान उन्हें वाशिंगटन की एक वारिस ने अपने घर रात के खाने पर बुलाया। इस उत्तराधिकारिणी का परिवार हमारे अब्बाजान को

काम के सिलसिले में जानता था। माँ इस आलीशान घर और इसकी बेहतरीन पुरानी कलाकृतियों के संग्रह से इतनी प्रभावित हुई कि वह यह भी भूल गई कि यह परिवार यहूदी था और इस्रायल को आर्थिक मदद देने में सचमुच उदार था। उस शाम उस उत्तराधिकारिणी का जवान बेटा आदिला के प्यार में पागल हो गया। इधर माँ और आदिला को इस परिवार की दौलत से प्यार हो गया।

प्यार में घायल वह लड़का माँ और आदिला के पीछे-पीछे बॉस्टन चला आया। मीनू यह देखकर अचंभे में पड़ गई कि माँ ने उसे घर आने की इजाजत दे दी थी। लड़के ने पूरे जोर से अपनी बात रखी, शादी की पेशकश कर दी और इस असाधारण अहम शर्त पर भी राजी हो गया कि वह इस्लाम को कबूल कर लेगा।

जल्दी ही माँ और आदिला पाकिस्तान चल दीं; उनका गंभीर मकसद था अब्बाजान को इस बात के लिए राजी करना कि वह एक यहूदी के साथ आदिला की शादी को अपना आशीर्वाद दें। माँ को विश्वास था। वह अब्बाजान से अपनी मर्जी मनवाने में हमेशा कामयाब रही थी।

लेकिन अब्बाजान कुछ समय से काम के सिलसिले में अकेले कराची में जमे हुए थे। माँ की चौकस आँखों से दूर उन्होंने सेना के अपने पुराने पियक्कड़ साथियों से फिर दोस्ती गाँठ ली थी। उनके ये साथी अब जिया की सरकार में प्रभावशाली ओहदों पर थे। इन दिनों अब्बाजान ज्यादा आत्म-विश्वास और आक्रामक मूड में थे।

माँ ने पूरी कूटनीति से काम लेते हुए एक विदेशी परिवार में आदिला की शादी की बात रखी। सालों की दबी हुई कुंठा एक पल गें फट पड़ी। अपनी मजबूत इरादों वाली बीवी के आगे हमेशा हथियार डालने वाले मेरे अब्बाजान ने जोर-शोर से ऐलान कर दिया कि अगर यह शादी हुई तो वह माँ को तलाक दे देंगे।

उनका गुस्सा ठंडा करने के इरादे से, माँ ने उन्हें समझाया कि लड़का इस्लाम कबूल करने को तैयार है।

अब्बाजान चिल्ला पड़े, "इसका बस एक ही हल है। उससे कहो कि वह अपना नाम यासर अराफात रख ले। तब मैं राजी हो जाऊँगा। पूरी दुनिया को यह जानना होगा कि वह पीएलओ (फिलिस्तीनी मुक्ति संगठन) की हिमायत करता है।"

माँ किसी और दिन लड़ने के इरादे से पीछे हट गई। वह और आदिला इंगलैंड लौट आईं। उन्होंने यह निराशाजनक खबर वाशिंगटन में लड़के के परिवार को दी, जिस पर वह उत्तराधिकारिणी और उसका बेटा अगली कन्कोर्ड उड़ान पकड़ कर लंदन आ गए।

माँ ने पूरे कुनबे को ही इकट्ठा कर लिया। उसने हम सबको बुला लिया और पूरी कहानी सुना कर हमारा समर्थन माँगा। दुनिया के कोने-कोने में फोन खड़काए गए। आसिम काम के सिलसिले में बाहर गया हुआ था; जब उसे यह खबर मिली

तो उसने आदिला को धमकाया, "मैं तुम्हारी जान ले लूँगा!" उसने खुद एक सऊदी परिवार में शादी की थी और वह उन्हें किसी भी सूरत में यहूदी ससुरालिया नहीं दे सकता था।

मुझे उम्मीद थी कि आदिला के इश्क की किसी भी खबर को मैं मुस्तफा से दूर रख पाऊँगी लेकिन वह समझ गया कि देश-विदेश में फोन किए जा रहे हैं। उसने सारी बातें पता कर लीं। यहूदी वाले मुद्दे पर उसने भी अब्बाजान और आसिम की तरह विरोध किया, लेकिन मेरे मन में यही आया कि उसका मकसद क्या केवल आदिला की किसी से भी शादी न होने देना नहीं था। जो भी हो, उसने मुझसे कहा कि मैं रात में माँ के घर पर ही रहूँ और उसे और आदिला को यह समझाऊँ कि वे बदनामी के इस बड़े प्रकरण से बचें।

साजिश बहुत गहरी थी। सच में तो मुझे यह शक था कि वह लड़का और आदिला भाग कर रीजेंट पार्क की मस्जिद में शादी करने को तैयार हैं और इस तरह हमारे पूरे कुनबे को इस स्थिति में ले जाना चाहते हैं जहाँ वे फिर कुछ नहीं कर सकते। उस शाम मैंने अपना यह शक कराची वाली मेरी बहन रुबीना को बताया।

बाद में उसी रात रुबीना ने कराची से फोन करके माँ को यह नाटकीय खबर दी कि अब्बाजान को दिल का दौरा पड़ गया है! वह सघन चिकित्सा कक्ष में थे। माँ और आदिला को अगली उड़ान पकड़ कर करांची आना होगा। मुस्तफा की निर्वासित बीवी होने के नाते मैं, बेशक, वहाँ नहीं जा सकती थी।

हम सभी को यह (बिलकुल सही) शक था कि यह झूठी खबर थी, लेकिन माँ और आदिला इस झूठ को नहीं पकड़ पाईं। उन्होंने अगले दिन दोपहर के करीब जाने वाले विमान के लिए अपनी सीटें बुक करा लीं। फिर माँ ने उस उत्तराधिकारिणी और उसके बेटे को उनके होटल में फोन करके इस ताजा खबर की जानकारी दी, और उनसे कहा कि वे सुबह दस बजे आ जाएँ।

इस गंदे काम के लिए माँ ने मुझे लगाया। उसने मुझसे कहा कि वह खुद तो बहुत परेशान है और उस जवान मजनूँ और उसकी माँ से नहीं मिल सकती; मुझे ही उनसे बात करनी होगी। माँ ने विस्तार से समझाया, "तुम्हें उनको पूरी स्थिति बतानी होगी ताकि वे समझ जाएँ। अगर आदिला ने इस लड़के से शादी की तो वह पूरे खानदान की हिमायत खो देगी। अगर यह शादी कामयाब नहीं हुई तो पाकिस्तान में कोई उससे कभी शादी नहीं करेगा। वह अपने सारे रास्ते बंद कर रही है।" जब माँ आखिरी जुमले पर पहुँची तो वह नाटकीयता के चरम पर थी। उसने मुझे हिदायत दी, "उनसे कहना कि आदिला की सुरक्षा के लिए उन्हें उसके खाते में कम-से-कम दस लाख डॉलर जमा करने होंगे।"

"मैं यह नहीं कह सकती!" मैंने जवाब दिया। मैं पैसों के बारे में तो वैसे ही बात नहीं कर पाती थी, उस पर यह तो हद थी। मैंने खिन्न होकर सोचा—आदिला

इतनी कीमती तो नहीं थी।

मैं नीचे गई, जहाँ वे अमेरिकी माँ-बेटा अध्ययन कक्ष में बैठे इंतजार कर रहे थे। वे जानते थे कि अब्बाजान को दिल का दौरा पड़ जाने की वजह से इस मामले को तुरंत निपटाना जरूरी हो गया था। मैंने अपनी तरफ से बहुत अच्छी तरह से माँ का रटाया भाषण उन्हें पिला दिया, लेकिन डॉलर वाली बात कहते-कहते रुक गई।

''आदिला को जो भी सुरक्षा चाहिए उसे दी जाएगी,'' उस महिला ने कहा, ''मेरा बेटा नौकरी में है। उसने अभी-अभी न्यूयॉर्क में दो बेडरूम वाला एक अपार्टमेंट किराए पर लिया है। आदिला उसकी कार और उसके पास और जो कुछ भी है उस सबकी मालकिन होगी।'' उसका धीरज जवाब दे ही रहा था कि उसने आगे कहा, ''वह उसके कपड़ों, उसके मोजों—हर चीज की मालकिन होगी।''

मेरे गालों पर सुर्खी दौड़ गई। मैंने उससे पूछा, ''और उसके पास है क्या-क्या?''

''बैंक में उसके खाते में करीब तीस हजार डॉलर हैं।''

मैंने समझाया, ''लेकिन मेरी माँ चाहती है कि वह सुरक्षा के तौर पर आदिला के खाते में अलग से पैसा जमा करे।''

वह अमेरिकी औरत मुझे समझाने की कोशिश करने लगी। ''और कोई सुरक्षा नहीं है,'' वह बोली, ''उसे अपने दादा से विरासत में पैसा मिलेगा, लेकिन वह सारा पैसा ट्रस्ट के पास है। वह उसे किसी को दे नहीं सकता। उसके पास देने को कुछ भी नहीं है।''

मैं कोशिश करने लगी कि मेरे चेहरे पर खुशी न झलके। मैं जानती थी कि इस जानकारी की ऊपर क्या प्रतिक्रिया होगी। मैंने माँ-बेटे से इजाजत ली और माँ और आदिला को बताने ऊपर चल दी। वे सूटकेस और वैनिटी बैग तैयार करके उनके बीच में बैठी मेरे आने का ही इंतजार कर रही थीं। मैंने बड़े नाटकीय अंदाज में कहा, ''उसके पास केवल तीस हजार डॉलर हैं। और वह यह पैसा देने को तैयार नहीं है। लेकिन वह उसके कपड़ों—और उसके मोजों—की मालकिन होगी!''

माँ का मुँह खुला-का-खुला रह गया और उसने जोर से अपनी छाती पीट ली। ''क्या!'' वह चिल्लाई, ''उसके पास एक भी पैसा नहीं है?''

और तुरंत ही माँ और आदिला को यह ख्याल हो आया कि उन्हें बहुत देर हो गई थी। फौरन नौकरों को बुलाया गया और बड़े हो-हल्ला के बीच कार में सामान लादा गया। माँ और आदिला ने जल्दी से अमेरिकी महिला और उसके बेटे को विदा कहा।

''मेरे शौहर बहुत बीमार हैं!'' माँ ने बिसूरते हुए कहा।

''मुझे अपने अब्बाजान के पास जाना है,'' आदिला ने सफाई दी।

हवाई अड्डे के लिए रवाना होते समय माँ ने अपनी माला फेरते हुए खुदा से

दुआ माँगी कि उनके शौहर को सलामत रखे।

सचमुच, अब्बाजन की चंगाई चमत्कार ही लगी थी। कराची में, उन्होंने और माँ ने आदिला की शानदार शादी में कोई समय नहीं गँवाया। लड़का बहावलपुर के एक बहुत इज्जतदार जमींदार का बेटा रईस मतलूब था। बाप रईस गाजी को इलाके की सबसे सुंदर और बड़ी मस्जिद का निर्माता होने का सम्मान हासिल था। दरअसल, जब मस्जिद बनना शुरू हुआ तो उन्हें यह ख्वाब आया था कि जिस दिन वह मस्जिद बनाना बंद कर देंगे उसी दिन उनकी मौत हो जाएगी; इसलिए, उन्होंने कारीगरों को पच्चीस साल तक मस्जिद के काम में लगाए रखा था। और जहाँ भी और जैसी भी गुंजाइश थी मस्जिद को सँवारा था। रईस गाजी ने जब मस्जिद का काम बंद किया उसके कुछ ही दिन बाद वह सचमुच मर गए, और इससे उस खानदान की किंवदंती को और भी मजबूती मिली।

इस शादी में आदिला के लिए अच्छी संभावनाएँ थीं—वह एक अच्छा, खूबसूरत जवान था—लेकिन प्रतीक स्पष्ट था—आदिला ने एक पल में एक यहूदी को छोड़ कर एक मस्जिद निर्माता के बेटे को प्यार कर लिया था।

"मैं तुम्हें मुबारकबाद देती हूँ एक ऐसी शादी की जैसी कि मैं तुम्हारे लिए चाहती थी," मैंने आदिला से यह बात उस समय कही जब मैं लंदन में उसका सामान बाँधने में उसकी मदद कर रही थी। "मैं कामना करती हूँ कि तुम्हारी विवाहित जिंदगी में तुम्हें कोई दर्द न झेलना पड़े। मैं कामना करती हूँ कि तुम्हें वह सब मिले जो मुझे मेरी जिंदगी से नहीं मिला।"

माँ और अब्बाजान बहुत खुश थे।

मुस्तफा को यह खबर मैंने खुद दी और उसकी प्रतिक्रिया जानने के लिए उसे ध्यान से देखने लगी। मैं जानती थी कि उसे इस शादी को मंजूर करना ही होगा, कम-से-कम नामचार को। आदिला के ससुराल वाले बहुत दकियानूसी, रईस और इज्जतदार थे। वे उसी इलाके के थे जहाँ का मुस्तफा खुद था। सराय की बेल्ट का यह इलाका पंजाब के दक्षिण में फैला हुआ है।

समय बीतने के साथ मुस्तफा से बेनजीर की नाराजगी बढ़ती गई। बेनजीर एक विकसित होती नौकरशाही की आड़ में चली गईं, और महत्त्वपूर्ण फैसले लालफीताशाही की वजह से और भी लंबे खिंचने लगे। उनके सलाहकार लगातार मुस्तफा की बदतमीजी और महत्वाकांक्षा के किस्सों से उनके कान भरते रहे। पीपुल्स पार्टी की भावी नीति पर दो साल तक टंटा करने के बाद हालत यह हो गई थी कि अब मुस्तफा को बेनजीर से मिलने का वक्त लेना पड़ता था, और कभी-कभी तो उसे हफ्तों इंतजार करना पड़ जाता था।

मुस्तफा भुनभुनाता था। उसका मानना था कि बेनजीर को राजनीति में अपने पहले तूफानी सालों को झेलने के लिए उसके अनुभव की जरूरत थी। लेकिन बेनजीर साफ महसूस करती थीं कि अब उनका सिर इतना बड़ा हो गया था कि उस पर ताज रखा जा सकता था। मुस्तफा को अपना जनाधार खिसकता लगा, और वह जानता था कि पार्टी के दूसरे कार्यकर्ता इसे समझ रहे थे। जिया सरकार आखिरकार कम-से-कम लोकतंत्र के उदय की ओर बढ़ रही थी। दिसंबर 1985 में मार्शल लॉ हटा लिया गया, और दलविहीन चुनाव की घोषणा कर दी गई। मुस्तफा की सहज राजनीतिक ताकत को नए-नए चेहरों ने बट्टा लगा दिया—इनमें तीन तो उसके अपने ही भाई थे जो नई कौमी असेंबली के लिए खड़े थे। बेनजीर ने आखिरकार पाकिस्तान लौटने का इरादा कर लिया, और मुस्तफा को यह जान कर बड़ा धक्का लगा कि वह पंजाब में पार्टी अध्यक्ष के पद के लिए उसके नाम पर विचार नहीं कर रही थीं। ''उनके नाम पर बहुत सारे लोग रजामंद नहीं होंगे,'' बेनजीर ने बेबाक सफाई दी।

''मुझे समझ में नहीं आता कि कोई रजामंद क्यों नहीं होगा,'' मुस्तफा ने दलील दी, ''मैं ही अकेला दावेदार हूँ। यह आप अपनी दरियादिली से नहीं कर रहे हैं। यह सर्वमान्य है कि पंजाब का नेता मैं हूँ।''

इसके बाद और भी उलझनें आईं। बाहर से देखने वालों के लिए ये पाकिस्तानी राजनीति की अथाह दुनिया के अंदर उठने वाले बहुत छोटे मतभेद थे, लेकिन मुस्तफा के लिए तो ये हवा और पानी थे। निराश होकर, उसने पार्टी से इस्तीफा देने का फैसला कर लिया। लेकिन बिना संघर्ष के चले जाने का उसका कोई इरादा नहीं था। उसने अपने पुराने सियासी दोस्त गुलाम मुस्तफा जटोई के साथ मिलकर एक नई पार्टी बनाने का फैसला किया, जिसके घोषणापत्र में यह दावा शामिल किया जांना था कि वे पीपुल्स पार्टी के खालिस पहले सिद्धांतों पर लौटेंगे। उनका सार्वजनिक लक्ष्य भुट्टो के अनुयायियों में मजदूर तबके को आकर्षित करना था। मुस्तफा का व्यक्तिगत लक्ष्य भुट्टो की विरासत के उचित वारिस के तौर पर उभरना था।

अपने पिछले आठ सालों के पापों का पश्चात्ताप करने की जानी-बूझी कोशिश में, मुस्तफा ने मेरे प्रसव का इंतजाम लंदन के आलीशान पोर्टलैंड अस्पताल में कर दिया। वहाँ प्रतीक्षा कक्ष की दीवार पर राजकुमारी ऐन की एक बड़ी-सी तसवीर लगी थी। उन्होंने अपने बच्चों को यहीं जन्म दिया था। यहीं हमारा बेटा हमजा पैदा हुआ।

प्रसव में कोई परेशानी नहीं हुई, लेकिन मुस्तफा ने जरूर परेशानी खड़ी की। उसे दो दिनों में बाहर किसी 'गरम देश' में जाना था, और उसे गरमियों के कपड़ों की जरूरत थी। इसलिए, अपने बेटे की पैदाइश के एक दिन बाद मुझे अपने पति

के लिए खरीदारी करने बाहर सड़कों पर आना पड़ा।

यह 'गरम देश' हिंदुस्तान था। जोशी के माध्यम से, मुस्तफा ने वहाँ के नए प्रधानमंत्री राजीव गांधी के साथ एक गुप्त मुलाकात का इंतजाम किया था। मुस्तफा छः दिन हिंदुस्तान में रहा और किसी मेहमान राज्याध्यक्ष का पूरा सम्मान उसे दिया गया। उसे एक रेस्ट हाउस में ठहराया गया ताकि अखबार वालों को उसके आने की भनक न लगे। उसे शिकार पर ले जाया गया। सबसे खास बात तो यह रही कि प्रधानमंत्री के साथ उसकी लंबी बातचीत हुई। वह इस खबर के साथ लंदन लौटा कि राजीव पाकिस्तान की मदद करने की अपनी माँ की योजना पर डटे रहने को तैयार थे। "हम यह फैसला नहीं कर पाए कि हम इसे लागू किस तरह करेंगे," मुस्तफा ने बताया, "लेकिन नीति में कोई बदलाव नहीं आया है।"

इस खबर को मैंने आश्चर्यजनक ढंग से बहुत उदासीनता से लिया, क्योंकि अचानक ही मेरा एक जुनून मुझ पर हावी हो गया था। मैंने सपना देखा था कि एक बड़ा चमत्कार हो गया है—मैं खुश हूँ और जश्न मना रही हूँ! सपने में ही किसी ने मुझसे पूछा कि यह चमत्कार कैसे हुआ और जवाब में एक आवाज आई कि यह इसलिए हुआ था क्योंकि मैं हिंदुस्तान में अजमेर के महान संत की दरगाह पर गई थी। मैं मुस्तफा के पीछे पड़ गई कि वह जोशी से बात करके मेरे लिए इस जियारत का इंतजाम करवाए।

वे लोग फिर एक विम्पी बार में मिले। मैं पास की एक मेज पर बैठ गई और जब जोशी ने आकर मुस्तफा को दुआ-सलाम की तो कोशिश करने लगी कि उसकी नजर में न चढ़ूँ, क्योंकि मैं देखने में यूरोपीय लगती थी। वे कुछ देर बातें करते रहे; मैं जानती थी कि वे खासकर राजनीति के बारे में बातें कर रहे थे, लेकिन मैं उम्मीद कर रही थी कि मुस्तफा मेरे हिंदुस्तान के दौरे का मुद्दा उठाएगा। आखिरकार उन्होंने उठ कर अपने बिल का भुगतान किया और मेरी मेज के पास से होते हुए निकल गए। जोशी रुक गया और मुस्तफा की तरफ देखकर मुस्कुराते हुए बोला कि अपनी बीवी को मत भूलना। मुस्तफा झेंप गया और उसने हँसते हुए उससे मेरा परिचय करवाया।

हम तीनों साथ-साथ बाहर निकल रहे थे तो मुस्तफा ने जोशी को मेरी जियारत की ख्वाहिश के बारे में बताया। जोशी ने जवाब दिया कि वह देखेगा कि वह इस बारे में क्या कर सकता है। मुझे अजमेर वालों की आवाज सुनाई दे रही थी, वह मुझे बुला रहे थे।

दो दिन बाद, जब मैं एयर इंडिया की उड़ान पकड़ने की तैयारी कर रही थी तो मुस्तफा मुझे हिदायत देने लगा कि मैं मेकअप का कोई सामान न ले जाऊँ—लिपस्टिक भी नहीं—और उसने मेरे सामान की तलाशी भी ले डाली कि मैंने उसका हुक्म टाला तो नहीं। मैं पहली बार अकेली सफर कर रही थी और वह नहीं चाहता था कि

कोई मर्द मेरी तरफ आकर्षित हो। उसके इस पागलपन से मुझे बहुत चिढ़ हुई। मेरे मन में आया, यह तो बेवकूफी है। मेकअप का सामान तो मैं हिंदुस्तान में भी खरीद सकती थी। उसे तब क्या पता चल पाएगा? लेकिन यहाँ आकर मेरी सोच रुक गई क्योंकि मुझे लगा कि शायद हिंदुस्तानी गुप्तचर संस्था के माध्यम से उसने इसका भी इंतजाम कर लिया होगा!

नई दिल्ली के हवाई अड्डे पर मुझे दो आदमी मिले जो मुझे कस्टम और अप्रवास विभाग से निकालकर ले गए, क्योंकि मेरे पास वीसा नहीं था, और मुझे कार में बैठा कर ताज होटल ले गए, जहाँ उन्होंने मेरे लिए एक खूबसूरत स्वीट बुक कर रखा था। मेरे वहाँ व्यवस्थित होने के दस मिनट बाद एक अधेड़ औरत दरवाजे पर आई और उसने मिसिज सिंह के नाम से अपना परिचय दिया। बड़े पेशेवराना अंदाज में उसने मेरे कार्यक्रम की जानकारी ली। मैं समझ गई कि उसका काम न केवल मेरी देखभाल करना, बल्कि मेरी गतिविधियों पर नजर रखना भी था।

मेरे दोनों अंगरक्षक दोबारा मेरे पास आए। उन्होंने मुझे खबर दी कि आधे घंटे में एजेंसी के महानिदेशक मेरे साथ चाय पिएँगे। मैंने मिसिज सिंह से पूछा कि यह महानिदेशक कौन थे? उसने बताया कि वह उसके बॉस थे, और बहुत महत्त्वपूर्ण व्यक्ति थे, लेकिन उसने उनका नाम नहीं बताया।

मेरे पास उनके लिए मुस्तफा का एक संदेश था—मुझे उन्हें यह बताना था कि पाकिस्तान की राजनीतिक स्थिति स्थिर थी—इसका मतलब यह था कि जिया अभी भी मजबूती से सत्ता में थे। मुझे मुस्तफा का यह संदेश देना था कि अफगान विद्रोहियों को मदद और बढ़ावा देने की जिया की नीति के पूरे क्षेत्र के लिए भयंकर परिणाम होंगे। अफगानिस्तान से रूसी सेनाएँ हटने से अमेरिका का प्रभाव बढ़ेगा और उससे हमारे साझा हितों को नुकसान पहुँचेगा। मुस्तफा एक बार फिर महानिदेशक से यह आग्रह करना चाहता था कि वह संबद्ध हलकों तक यह संदेश पहुँचा दें कि जिया के खिलाफ कार्रवाई करना अब जरूरी हो गया था। मेरे लिए मुस्तफा की यह हिदायत थी कि मैं महानिदेशक की बातों को ध्यान से सुनूँ और उन्हें हूबहू मुस्तफा को बताऊँ।

चाय पर, महानिदेशक ने कहा कि वह मुस्तफा के आकलन से सहमत हैं और स्थिति को समझते हैं। उन्होंने मुझे विश्वास दिलाया कि वह यह संदेश संबद्ध लोगों तक पहुँचा देंगे, और वह खुद अगले दो हफ्तों के अंदर मुस्तफा से संपर्क करेंगे। उन्होंने यह संकेत दिया कि वह जल्दी ही लंदन आएँगे।

मैंने राजीव गांधी के साथ एक और मुलाकात की मुस्तफा की दरख्वास्त भी आगे बढ़ा दी। महानिदेशक ने कहा कि वह मुलाकात का इंतजाम कर देंगे और मुस्तफा को इसकी जानकारी नियमित माध्यम—जोशी—के जरिये दे देंगे।

जाने से पहले महानिदेशक ने मेरे दौरे के बारे में मुझे सलाह दी, "कोशिश

करिएगा कि आप ज्यादा घूमें-फिरें नहीं, उन्होंने मुझे आगाह किया, "आपका कोई जानकार आपको पहचान सकता है। उस सूरत में उलझन हो सकती है।"

अगली सुबह मैं विमान से अजमेर चली गई। मैं दरगाह में घुसी तो मेरे दो अंगरक्षक मेरे साथ थे। उन हिंदुओं की मौजूदगी से मेरी इस्लामी दुआओं में खलल पड़ा। मैं तन्हाई चाहती थी। मैं यह दुआ करना चाहती थी कि खुदा मेरी जिंदगी में दिमागी संतुलन को बहाल करे। यही तो वह जगह थी जहाँ मेरी तन्हाई की पवित्रता भंग नहीं होनी चाहिए थी, लेकिन मेरे अंगरक्षक वहाँ से हटे ही नहीं।

धीरे-धीरे उस पवित्र स्थल की शांति ने अपना असर दिखाया। अपने चारों तरफ मुझे दूसरों के दुआ करने की बुदबुदाहट सुनाई देने लगी। यथार्थ पीछे हट गया।

मैंने खुदा से दुआ की कि मुस्तफा के मार-पीट और पागलपन के दौरों को शांत करे। "मैं एक सामान्य घर चाहती हूँ जहाँ शांति और सौहार्द हो," मैंने दुआ की। मैंने दुआ कि खुदा मुस्तफा को इज्जत बख्शे और उसका निर्वासन खत्म करे। मैंने अपने वालिदैन के साथ आगे मेल-मिलाप रहने की दुआ की।

मैंने आस-पास नजर दौड़ाई और मुझे नंगे-धड़ंगे बच्चे लिए मुरझाई और टूटी औरतें दिखाई दीं। दर्द इन औरतों के वजूद से छलका पड़ता था। लेकिन मेरी तरह उनकी आँखों में भी उम्मीद थी जो उनकी निराश जिंदगियों से परे थी। मैं हम सभी के लिए रोई।

मेरे दोनों साथियों ने अपने पैरों की स्थिति बदली, तो मेरी शांति भंग हो गई। वे बेचैन दिख रहे थे। वे दो हिंदू ही तो थे जो उस महान सूफी संत की मजार के आगे मजबूरन खड़े थे जिन्होंने हिंदुस्तान में इस्लाम को फैलाने के लिए इतना काम किया था जितना कोई सेनापति अपनी खूनी तलवार लहराकर नहीं कर सका था।

मैं घूमी और सिर झुका कर वहाँ से चली आई। मुझमें नई जान आ गई थी।

नई दिल्ली में, मिसिज सिंह और मैंने दोपहर का खाना साथ खाया। मैंने एक पेंटिंग और एक गलीचा खरीदा। जब मैंने मिसिज सिंह से यह पूछा कि उसे लंदन से कुछ मँगाना तो नहीं है, तो उसकी आँखों में चमक आ गई। वह बोली कि उसे चमड़े का हैंडबैग पसंद है। लेकिन फिर उसका चेहरा डर से काला पड़ गया और उसने बताया कि उसे यह इजाजत नहीं थी कि मुझे अपना पता दे। जब मैंने उससे पूछा कि क्या लंदन में ऐसा कोई पता है जहाँ मैं यह बैग भेज सकती हूँ, तो वह हिचकिचाई।

"यह दुराव-छिपाव क्यों?" मैंने पूछा, "हम दोस्त क्यों नहीं हो सकतीं?"

"यह संभव नहीं है," उसने जवाब दिया, "मेहरबानी से इस बातचीत को कभी दोहराइएगा नहीं। मुझे संपर्क-सूत्रों के साथ दोस्ती करने की इजाजत नहीं है। मेरी नौकरी चली जाएगी।"

आखिरकार, दाहिने-बाएँ और फिर पीछे चोर नजरों से देखते हुए उसने मेरी तरफ एक पता सरका दिया। चमड़े के हैंडबैग का लालच बहुत बड़ा था।

मैं महानिदेशक की जो खबर लेकर लौटी उससे मुस्तफा तो खुश ही हुआ, लेकिन मेरी दुआएँ बेकार गईं। हिंदुस्तान से मेरी वापसी के दो हफ्ते बाद ही उसने उन कानूनी कागजों के लिए मुझे फिर परेशान करना शुरू कर दिया जिनके मुताबिक मुझे मेरी माँग पर तलाक देने और अपने बच्चे अपने साथ रखने का अधिकार था। मैंने फटकारा, ''मुस्तफा, अगर तुम रजामंद नहीं थे तो तुम्हें उन कागजों पर दस्तखत नहीं करने चाहिए थे। तुमने गैर-जिम्मेदारी दिखाई। अब नतीजे भी भुगतो। मैं आसिम से कागजात नहीं माँग सकती; उसके दिल में तुम्हारे लिए कोई इज्जत नहीं रहेगी।''

उसने मुझे जोर का थप्पड़ मारा और फिर फोन पर चला गया। उसने मेरे वकील को फोन करके कहा, ''मेरी बीवी समझौता तोड़ने को राजी हो गई है। क्या आप हमें इस आशय का कागज भेज सकते हैं कि समझौता अब खत्म हो चुका है? वह इस पर दस्तखत कर देगी।'' वकील ने कहा कि वह ये कागजात सुबह की डाक से भेज देगा।

मैं डर के मारे ढेर हो गई। वह समझौता मेरा एकमात्र बचाव था, इस आदमी के पागलपन से मेरी अंतिम सुरक्षा थी। मैं जानती थी कि मुझे कुछ-न-कुछ करना होगा नहीं तो मैं उसके दोबारा जमने वाले हक के बोझ तले कुचली जाऊँगी।

मुस्तफा अगली सुबह बाहर गया हुआ था। मैं बेताबी से डाक का इंतजार करने लगी और जब डाक आई तो मैंने उसमें से वकील के यहाँ से आया लिफाफा लिया और चारों बच्चों को लेकर अपने वालिदैन के घर चल दी।

माँ ने फोन पर मुस्तफा को रोते सुना तो एक बार फिर उसने मुझे उसके पास लौट जाने के लिए मनाने की कोशिश की, लेकिन मैंने माँ से कह दिया कि मैं अब उसके वादों पर कभी विश्वास नहीं कर सकती।

मैं तलाक चाहती थी। मैं दृढ़ थी। मेरे बच्चे 'वार्ड्स ऑव कोर्ट' (अदालती संरक्षण में) हो गए; मुस्तफा को यह अधिकार मिल गया कि वह तीन बड़े बच्चों को हर इतवार की सुबह घुमाने ले जा सकता है और उसे उन्हें शाम तक वापस घर छोड़ना होगा।

इसके कुछ ही दिनों बाद मैं एक सुबह यह आग्रह लेकर उठी की मैं अपने बाल कटवा दूँगी, मुस्तफा की ख्वाहिश के इस तिलिस्म से छुटकारा पा लूँगी। मेरी हेयरड्रेसर ने मुझें रोकने की कोशिश की; उसने कहा कि मेरे अविश्वसनीय रूप से लंबे बाल ही तो मेरी खूबसूरती का राज हैं, लेकिन मैं टस से मस नहीं हुई। मैंने चौदह साल की उम्र से अपने बाल नहीं कटवाए थे और अब उनमें कैंची चलते

वक्त मुझे लग रहा था मानो मुस्तफा की दुष्टात्मा मेरी जिंदगी से भगाई जा रही थी।

मुस्तफा को जल्दी ही इस बात का पता चल गया, और वह इसके मायने भी समझ गया। वह जान गया कि मैंने आखिरकार यह फैसला कर लिया था कि मैं उसके पास नहीं लौटूँगी, कभी नहीं। नहीं तो मैंने उस चीज को तिलांजलि नहीं दी होती जो उसे मुझमें सबसे ज्यादा प्यारी थी। मेरे बालों के बिना, वह एक कमजोर शिमशोन (सैमसन) था।

11

गरमियाँ अपने शबाब पर थीं। ईद से एक दिन पहले की बात है। मुस्तफा ने तीनों बड़े बच्चों नसीबा, निशा और अली, को लिवरपूल के एक मनोरंजन पार्क में ले जाने का कार्यक्रम बनाया था। उसे तेज गाड़ी चलाने का शौक था, इसलिए लिवरपूल उसे ज्यादा दूर नहीं लगता था। जब वह मेरी माँ के घर बच्चों को लेने आया तो उसने उन्हें और माँ के नौकरों को रमजान के खत्म होने पर दी जाने वाली आर्थिक भेंट 'ईदी' दी। मुझे उसने ईदी में 500 पौंड दिए। उसकी यह बात मेरे दिल को छू गई, और मैं अफसोस करने लगी कि क्या-से-क्या हो गया था। बच्चों को कार में बैठाते हुए वह एक अभागा व्यक्ति लग रहा था, जो निर्वासन में अकेले की लड़ाई लड़ रहा था।

दिन तो मेरा अपने नन्हे बेटे हमजा की देखभाल करते शांति से बीत गया। बड़े बच्चे शाम 6.30 बजे वापस आने थे, लेकिन मुस्तफा उन्हें समय पर लेकर नहीं आया। 7.30 बजते-बजते तो मेरी घबराहट बेहद बढ़ गई। मैंने मुस्तफा के एक दोस्त को फोन किया, जिसने बताया कि वह बच्चों को देहाती इलाके में ले गया है। उस दोस्त ने कोई खास जानकारी नहीं दी और मुझे लगा कुछ गड़बड़ है। लेकिन मुझे नहीं पता था कि गड़बड़ क्या थी।

आधे घंटे बाद फोन की घंटी बजी तो मैंने फौरन लपककर उसे उठाया। मुस्तफा का ही फोन था। उसने बताया कि कार मोटरमार्ग पर खराब हो गई है और वह एक मील पैदल चल कर एक बूथ से मुझे फोन करने आया है ताकि मैं चिंता न करूँ।

"बच्चे कहाँ हैं?" मैंने पूछा।

"मैं अभी-अभी मोटरमार्ग से आ रहा हूँ। उन्हें मैंने सड़क किनारे की एक सराय में छोड़ दिया है। वे ठीक हैं—बस थोड़े थके हुए और नींद में हैं। इस समय वे रात का खाना खा रहे हैं।" उसने यह भी बताया कि उसका भाई अरबी उनके

साथ था।

मैंने उससे सवाल किया, "तुम कह रहे थे कि तुम एक मील पैदल चल कर आए हो। कहाँ से एक मील चल कर आए हो तुम?"

"कार से, तहमीना।"

"लेकिन क्यों? क्या सराय में फोन नहीं है?"

"नहीं," वह बोला, "वहाँ कोई फोन नहीं है।"

"मुझे विश्वास नहीं होता। यह इंगलैंड है, पाकिस्तान का कोई उजाड़ इलाका नहीं।"

लेकिन वह अपनी कहानी पर डटा रहा।

"क्या मैं किसी बच्चे से बात कर सकती हूँ?" मैंने पूछा।

"नहीं। वे बेहद थके हुए हैं। मुझे वापस पैदल चल कर उन्हें इतनी दूर यहाँ लेकर आना होगा। बहुत ज्यादा परेशानी हो जाएगी। परेशान मत हो। वे ठीक हैं। सुनो, अब मैं वापस जाकर देखूँगा कि मैं क्या कर सकता हूँ। मैं तुम्हें करीब एक घंटे में फोन करूँगा।" फिर फोन कट गया।

मैं चहलकदमी करने लगी। वह क्या करना चाहता है? मैं हैरान होकर सोचने लगी। क्या वह कोई चाल चल रहा है? क्या वह सच बोल रहा है?

रात 9.30 बजे फोन की घंटी ने एक बार फिर मुझे झकझोर दिया। मुस्तफा ने बहुत इत्मीनान से बताया, "बच्चे गहरी नींद में हैं। मैं तुमसे बस यह कहने वापस आया हूँ कि तुम चिंता मत करना। उन्हें इतनी दूर लेकर आना बहुत मुश्किल था।" मुझे यह बात बिलकुल असामान्य लगी और मुझे उसकी इस बात पर शक भी हुआ कि वह दोबारा एक मील पैदल चल कर महज मुझे तसल्ली देने आया था।

मैंने संदेह करते हुए पूछा, "तुम ठीक-ठीक किस जगह पर हो, मुस्तफा? मैं तुम्हारे लिए कार भेज देती हूँ।"

उसने एम 15 मार्ग पर होने के बारे में कुछ कहा, लेकिन वह साफ-साफ नहीं बोला, और मुझसे कहने लगा कि मैं कार-वार के लिए परेशान न होऊँ। वह खुद अपनी कार ठीक करवा लेगा और जल्दी ही घर पहुँच जाएगा। उसकी घुन्नी, नपी-तुली आवाज ने मुझे परेशान कर दिया। एक बार फिर फोन कटने की आवाज ने मुझे खालीपन का एहसास करा दिया।

मैंने अपनी एक दोस्त को फोन करके पूछा कि एम 15 मोटरमार्ग क्या लिवरपूल के मनोरंजन पार्क की तरफ जाता है, तो उसने जवाब दिया कि नहीं, लिवरपूल के पास इस नंबर का कोई मोटरमार्ग नहीं है।

मेरे मन में आया कि मुस्तफा झूठ बोल रहा था। फिर मैंने सोचा कि इससे कोई फर्क नहीं पड़ता कि मैंने उसे झूठ बोलते पकड़ा था। उसके पास बच्चे थे! मुझे एक के बाद एक डरावने ख्याल आने लगे। वह बच्चों के साथ क्या सुलूक

करेगा? वह उन्हें कहाँ ले जाएगा? मैं जबरदस्ती बैठकर गहरी-गहरी साँसें लेने लगी। सोचो तहमीना, मैंने अपने आपसे कहा। सोचो!

मुस्तफा ने रात 11.30 बजे के बाद एक बार फिर फोन किया और इस बार मैंने माँ से उससे बात करने को कहा; मुझे अपने गुस्से पर भरोसा नहीं था। माँ ने कूटनीति से काम लेते हुए मेरी आशंकाओं की तरफ इशारा किया, लेकिन मुस्तफा ने उन्हें मेरे पागलपन का सबूत बताते हुए उसे खारिज कर दिया। उसने बड़े विश्वसनीय ढंग से कार खराब होने की बाबत विस्तार से बताया और माँ को यह भी भरोसा दिलाया कि बच्चे बिलकुल ठीक थे। उसने अपनी कहानी को कल्पना का रस देते हुए बताया, "मैंने अपने घर में नौकर को बोल कर रखा था कि वह हमारे लिए सालन बना ले।" भेड़ का सालन नसीबा को बहुत पसंद था, "मैंने उसे फोन करके उससे इंतजार करने को कहा है। मेरा खाने के समय तक घर वापस जाने का पूरा इरादा था। यह मेरा कुसूर नहीं है कि कार खराब हो गई।"

जैसे ही मुस्तफा ने फोन रखा मैंने उसके घर का नंबर मिलाया। किसी ने फोन उठाया लेकिन कुछ कहा नहीं। मैंने बार-बार फोन मिलाया और हर बार यही हुआ। आखिर में उसके नौकर ने जवाब दिया। फरीद, मैंने पूछा, "क्या आज तुमने सालन पकाया है?"

"नहीं, बेगम साहब," उसने मासूमियत से जवाब दिया, "मुझे सालन बनाने का हुक्म नहीं मिला।"

मैंने फोन रख दिया और सोचने लगी—मुस्तफा इस बारे में झूठ क्यों बोल रहा है? वह कहाँ है? मेरे बच्चे कहाँ हैं?

मैंने अपने अब्बाजान के वकील मि. गैरेट को फोन करके जगाया। जब मैंने उन्हें बताया कि क्या हो रहा है तो उन्होंने पुलिस को सतर्क कर दिया। अब्बाजान काम के सिलसिले में पाकिस्तान गए हुए थे; मैंने उन्हें फोन करके इस स्थिति की जानकारी दी। हम इस नतीजे पर पहुँचे कि सच्चाई उगलवाने के लिए कड़ी धमकियाँ देने की जरूरत थी।

रात के दो बजे मैंने मुस्तफा के घर फोन किया और एक बार फिर नौकर से बात की। वह बहुत डरा हुआ लग रहा था। मैंने बहुत सोच-समझ कर अपनी बात कही जिससे कि वह मुस्तफा को सही-सही संदेश पहुँचा सके। मैंने उसे आगाह किया, "फरीद, मैं पुलिस भेज रही हूँ। वे तुम्हें उलटा लटका कर तब तक तुम्हारी धुनाई करेंगे जब तक तुम यह नहीं बता दोगे कि यह सब क्या हो रहा है। जब तुम्हारे साहब का फोन आए तो उनसे कहना कि पाँच मिनट में मुझे फोन करें नहीं तो मैं उन तमाम घरों में पुलिस भिजवा दूँगी जहाँ मुझे शक है कि मेरे बच्चे हो सकते हैं। समझ रहे हो?"

मैंने फोन वापस रखा ही था कि फिर इसकी घंटी बजने लगी। फोन मुस्तफा

का था। उसने बताया कि संयोग से उसने अपने घर फोन किया था तो फरीद ने उसे मेरा अल्टीमेटम दिया। जवाब इतनी जल्दी आया था कि मुझे शक हुआ यह सही है। क्या वह अपने ही फ्लैट में छिपा हुआ था? मैंने हैरान होकर सोचा। नहीं, मुस्तफा ने दावा किया कि वह अभी भी सराय में इंतजार कर रहा था। उसने मुझे झिड़का भी कि मैं उलटे-सीधे ख्याल मन में न लाऊँ और थोड़ा सो लूँ।

बाकी रात कॉफी के सहारे बीती। मैं न जाने कितने कप कॉफी पी गई। मेरी माँ और मेरी बहनें मीनू और रुबीना मेरे साथ थीं। हम सारी रात बातें करते और सोचते रहे। सुबह पाँच बजे हमने पाकिस्तान इंटरनेशनल एयरलाइंस के लंदन स्थित स्टेशन मैनेजर से संपर्क करने का फैसला किया। मेरे अब्बाजान पीआईए के चेयरमैन रह चुके थे, इसलिए हम उसका फायदा उठा सकते थे। हमने स्टेशन मैनेजर से यह जानकारी करने का आग्रह किया कि मेरे बच्चे इस्लामाबाद या करांची जाने वाली किसी फ्लाइट में तो नहीं गए। मैनेजर ने फौरन रिकॉर्ड दिखवाए और बताया कि तीन बच्चे अलग-अलग नाम से कल ही थ्रो हवाई अड्डे से एक विमान पर सवार हुए थे जिन्हें पेरिस होते हुए इस्लामाबाद जाना था। उनके साथ एक आदमी और एक औरत थी, जिनके नाम सुन कर मैं अवाक रह गई—वह आदमी गुलाम अरबी खर था—मुस्तफा का भाई!—और वह औरत उनकी आया, दाई आयशा थी! मैं जानती थी कि दाई को उसकी मर्जी के खिलाफ और डरा-धमकाकर इस साजिश में साथी बनाया होगा।

मैं समझ गई कि मुस्तफा ने बच्चों के लिए जाली पासपोर्ट हासिल किए होंगे। फिर उसने समय काटा था, और इतना समय लगाया था कि बच्चे इस बीच देश की सरहद पार कर जाएँ। उसने अदालती संरक्षण में लिए गए बच्चों का अपहरण कर लिया था। मुझे वापस पाने के हताशा भरे जुए में उसने इंगलैंड के कानूनों का भी उल्लंघन कर दिया था, जो वह देश था जिसने पिछले नौ सालों से उसे राजनीतिक शरण दे रखी थी।

हताशा में मैंने पाकिस्तान में अपने अब्बाजान को फोन किया और उनसे कहा कि वे आप्रवासन अधिकारियों से पता करवाएँ कि शायद वह बच्चों को रोक सकें। लेकिन तब तक बहुत देर हो चुकी थी। विमान पहुँच चुका था, यात्री उतर चुके थे और आप्रवासन विभाग की जाँच से पार हो चुके थे। नसीबा, निशा और अली जा चुके थे।

"मैंने अपने बच्चे ले लिए हैं," मुस्तफा ने सुबह छः बजे फोन करके मेरी माँ से कहा। वह रो रहा था, लेकिन उसकी आवाज में दुष्टता का पुट था, "मैंने उन्हें पाकिस्तान भेज दिया है। अब उन्हें किसी भी तरीके से वापस नहीं लाया जा सकता। एक तरीका बस यही है कि तहमीना मेरे पास लौट आए। मैंने ऐसा इसलिए किया क्योंकि मैं जानता था कि वह मेरे पास कभी लौट कर नहीं आएगी। उसे

वापस पाने का यही एक तरीका था। मैं जानती थी कि वह अपने बच्चों के बगैर नहीं रह पाएगी। क्या इससे साबित नहीं होता कि मैं उसे कितना प्यार करता हूँ?"

फिर उसने मुझसे बात की, और मुझे उसके शब्द दहला देने वाले लगे, "मेहरबानी से मुझे माफ कर देना कि मैंने बच्चों को तुमसे अलग कर दिया। मैं तुम्हें अपने से दूर नहीं जाने दे सकता। मेरे पास लौट आओ।" एक बार वह फिर रोया, लेकिन उसकी हर सिसकी के साथ मेरा पारा चढ़ता गया। मैं उसके दुख का विश्वास नहीं करना चाहती थी। इस आदमी ने मेरे बच्चों को अगवा कर लिया था। वह उन्हें बंधक बनाए हुए था। और फिरौती के तौर पर मुझे माँग रहा था!

मेरे पास दो विकल्प थे—या तो मैं मुस्तफा के पास लौट जाऊँ या फिर नसीबा, निशा और अली की यादों के सहारे ही रहना सीख लूँ। ये दोनों ही विकल्प विचारणीय नहीं थे।

मुस्तफा को अंजाम का पता था। उसने एक बार फिर दिखा दिया था कि वह कानून से परे था और कानूनी शुचिता के लिए उसके मन में कोई सम्मान नहीं था। फिर भी, वह जानता था कि वह बुरी तरह से फँस गया था। इंगलैंड में वह अदालती संरक्षण के अधीनस्थ बच्चों के अपहरण के जुर्म में कैद की सजा का अधिकारी था, फिर भी वह पाकिस्तान नहीं लौट सकता था क्योंकि वहाँ चौदह साल की कैद—या फाँसी—उसका इंतजार कर रही थी। उसके विकल्प भी मेरी तरह दुष्कर थे। शिकारी मुस्तफा अब शिकार मुस्तफा हो गया। वह भूमिगत हो गया; पहले वह विमान से पेरिस गया, फिर यूरोप में घूमता फिरा। इस बीच वह अपनी सुरक्षा के लिए पीपुल्स पार्टी के संपर्क तंत्र पर निर्भर रहा।

पाँच दिन बीत गए, और इस बीच मैं जो भी रणनीति सोच सकती थी मैंने अपनाई। उस समय मुस्तफा जटोई इंगलैंड में थे; मैंने उनसे इस आशा में फोन पर बात की कि वह मेरा संदेश मुस्तफा तक पहुँचा देंगे। मैं मुस्तफा को यह जताना चाहती थी कि अब वह उस पुरानी तहमीना से नहीं निपट रहा था जो चुपचाप सब कुछ सह लेती थी। वह अब एक ऐसी शख्सियत से टकरा रहा था जिसने एक लंबे समय तक तिकड़म के उस्ताद के नीचे काम किया था। मैंने जटोई से कहा, "उसने बड़ी बेरहमी से मुझे ब्लैकमेल किया है। उससे कह दीजिएगा कि अगर वह भुट्टो साहब का शागिर्द है तो मैं भी भुट्टो की इस दुष्ट पैदाइश की शागिर्द हूँ। वह मिस्टर मुस्तफा खर है तो मैं भी मिसिज मुस्तफा खर हूँ। मैं उससे उसी के अंदाज में और उसी के पैमानों से लड़ूँगी।"

जटोई ध्यान से मेरी बात सुनते रहे और मुझे विश्वास है वह सचमुच मेरा दर्द समझ रहे थे। वह खुद एक सामंती सरदार थे, लेकिन उन्होंने मुझे इसलिए प्रभावित

किया था क्योंकि मुस्तफा के मुकाबले वह एक ज्यादा शानदार कपड़े से निकले थे। वह सच्चाई और इज्जत जैसी बातों का सम्मान करते दिखते थे। पेशे के स्तर पर, उनके लिए यह घटना एक मुश्किल समय में घटी। उस समय वह लंदन और पाकिस्तान के बीच आवाजाही कर रहे थे। उन्होंने पाकिस्तान में हाल ही में नई नेशनल पीपुल्स पार्टी के गठन की घोषणा की थी और मुस्तफा उसका दूसरे नंबर का पदाधिकारी था। जटोई को यह प्रकरण बहुत उलझन में डालने वाला और किए-धरे पर पानी फेरने वाला लगा।

ब्रिटिश टेबलॉयड अखबारों ने इस कहानी को छाप दिया और मुझे अखबारों की दुकानों पर अपने बच्चों के झाँकते चेहरों के दृश्य को बरदाश्त करना पड़ा। हम पाकिस्तानी अखबारों में भी पहले पन्ने की खबरों का मसाला बन गए। मुझे अपनी तीन नन्ही जानों की लगातार चिंता बनी हुई थी। वे केवल इंगलैंड की जिंदगी के आदी थे; अब वे अपने वालिदैन के बगैर एक अजनबी माहौल में थे। वे कहाँ थे? मैंने सोचा कि मुस्तफा के लिए उन्हें लाहौर या कराची में रखना शायद बेहद जोखिम भरा था, और मैं इस नतीजे पर पहुँची कि उसने उन्हें शायद अपने आदिम गाँव कोट अद्दू भेज दिया था जहाँ उसका विस्तृत परिवार सामंती व्यवस्था के साज-सामान के भरोसे उनकी अंजाम से रक्षा कर सकता था। कोट अद्दू में, खर कुनबे के लोग अपने आप में कानून थे।

उनकी पढ़ाई का क्या होगा? मैं चिंता करती थी। उनके खाने का क्या होगा? इस सबका उनके बाल मनों पर क्या असर पड़ रहा होगा?

मीनू इस बीच लगातार मेरी बगल में रही। वह बॉस्टन से वापस लंदन आ गई थी। उसके अपने शौहर से रिश्ते खराब हो गए, क्योंकि इस संकट के दौरान उसने अपनी प्राथमिकता में मुझे रखा। मेरी माँ ने पहले कितनी ही बार मुझे मनाने की कोशिश की थी कि मैं मुस्तफा के पास लौट जाऊँ; आखिरकार वह भी मान गई कि मुस्तफा दुष्ट स्वभाव का है। माँ ने इस लड़ाई में मेरा पूरा-पूरा साथ दिया, और उसने भी मुस्तफा को राजनीति के स्तर पर बर्बाद कर देने की ठान ली थी। लेकिन उसके कारण वही घिसे-पिटे थे। वह इस जघन्य अपराध के कारण नहीं, बल्कि इसलिए परेशान थी कि मुस्तफा बच्चों को उसके घर से ले गया था। यह व्यक्तिगत अपमान था। मुस्तफा ने उसके भरोसे को एक बार फिर तोड़ा था। यह किसी शरीफ आदमी को शोभा देने वाला व्यवहार नहीं था, और इसे माफ नहीं किया जा सकता था।

मैंने इंटरपोल को यूरोप में पीपुल्स पार्टी के कार्यकर्ताओं के फोन नंबरों की एक फेहरिस्त दे दी। इसका नतीजा यह हुआ कि पेरिस, ब्रुसेल्स, फ्रैंकफुर्ट और जेनेवा में घरों पर छापे मारे गए। मुस्तफा जटोई को उस समय शर्मिंदगी झेलनी पड़ी जब पुलिस अधिकारियों ने उन्हें उनके केनसिंगटन स्थित आवास में चल रही एक दावत

के बीच से उठाकर पास के ही एक कमरे में उनसे पूछताछ की।

इस तमाम कार्रवाई के बीच, मुस्तफा लापता रहा।

मेरे अब्बाजान ने पाकिस्तान में आला अफसरों से संपर्क किया, और यहाँ तक कि खुद जिया से मिलने भी गए। लेकिन न कोई मदद कर सकता था, न किसी ने मदद की। बच्चों में दो लड़कियाँ थीं और पुरुष मानसिकता एक सामंती सरदार को उसकी बेटियों पर काबू रखने के उसके हक से महरूम नहीं कर सकती थी। यही नहीं, मुस्तफा एक बार फिर इस्लाम की आड़ में छिप गया। उसने अखबार वालों से ऐलानिया कहा कि उसका मानना था कि उसकी बेटियों की परवरिश इस्लामी परंपरा में होनी चाहिए, पश्चिमी समाज में नहीं, और यह बात उन तमाम पाकिस्तानियों को पसंद आई जो पश्चिम को बुराई और नैतिक पतन का गढ़ मानते हैं। हुजूम गरीब और अनपढ़ हो सकता है, लेकिन अगर आपने इस्लाम का नारा दे दिया तो वह चाहे कितना भी गलत हो ये लोग लामबंद हो लेंगे। मुस्तफा के खुद को धार्मिक जताने वाले नजरिए ने इस मुद्दे को बहुत नाजुक बना दिया। जिया को यह चिंता हो गई कि अगर मुस्तफा के खिलाफ कोई कार्रवाई की गई तो उसकी छवि और भी निर्दोष शिकार की बन जाएगी और उनकी कार्रवाई को एक पुराने राजनीतिक विरोधी को परेशान करना माना जाएगा; बेशक, सबसे खराब तो यह संभावना थी कि लोग इसे इस्लाम-विरोधी समझ सकते थे। जिया और दूसरे पाकिस्तानी अफसरों ने अवाम का ही रुख अपनाया कि यह महज एक घरेलू झगड़ा था।

यूरोप में कहीं एक फोन बूथ पर खड़े हुए मुस्तफा ने शांत लहजे में मुझसे कहा कि मेरी दुविधा का समाधान बहुत आसान था। मुझे बस उसके पास लौटना होगा और हम जिंदगी को एक पूरे परिवार के तौर पर फिर से शुरू करेंगे।

पहले मैं इस आदमी के पति-रूप से त्रस्त रहती थी, लेकिन अब उसका पिता-रूप भी मुझे घृणित लग रहा था। उसने यह भी नहीं सोचा कि जब वह मेरी वापसी के लिए इस तरह सौदेबाजी और टंटा कर रहा था उन तीन छोटे बच्चों पर कैसी बुरी बीत रही थी। अपनी खुद की सनक के सामने उन बच्चों की परेशानी उसके लिए कोई अहमियत नहीं रहती थी। मैंने उससे वही सबकुछ कहा जो पहले मैं जटोई से कह चुकी थी, "अगर तुम मिस्टर मुस्तफा खर हो तो मैं मिसिज मुस्तफा खर हूँ। अगर तुमने भुट्टो से पट्टी पढ़ी है तो मैंने तुमसे पढ़ी है। अगर तुम मुझे ब्लैकमेल करोगे तो मैं तुम्हें ब्लैकमेल करूँगी। मैं इस स्थिति का मुकाबला करूँगी और तुमसे वैसे ही लड़ूँगी जैसे तुम मुझसे लड़ रहे हो। मैं तुम्हें ऐसे नहीं छोड़ूँगी!"

मैंने मुस्तफा पर बाकायदा अपहरण का आरोप लगाते हुए उसकी गिरफ्तारी का वारंट जारी करने की माँग की तो अखबारों में सुर्खियों में छप गया—खर बनाम खर। जलावतन में पैदा हुए निशा और अली क्योंकि ब्रिटिश नागरिक थे, इसलिए मैंने पाकिस्तान स्थित ब्रिटिश दूतावास से संपर्क करके उनसे आग्रह किया कि वे

बच्चों को तलाशें और उन्हें ब्रिटेन वापस भेजें। इंटरपोल उनके प्रत्यर्पण के लिए तैयार था।

मैं उस समय मीनू के साथ रणनीति पर सलाह-मशविरा कर रही थी कि अचानक मुझे कमजोरी महसूस हुई और चक्कर आने लगे। एक पल के लिए तो मैं बेहोश हो गई। मीनू बहुत चिंतित हो गई; उसने पूछा, "आज आपने क्या खाया? आपको अपने आपको मजबूत बनाए रखना होगा।" मैंने उसके सवाल पर सोचा तो मुझे ख्याल आया कि मैंने उस दिन कुछ भी नहीं खाया था। सच तो यह था कि मैंने तभी से कुछ नहीं खाया था जब बच्चों को मुझसे अलग किया गया था। पाँच दिनों तक, खाने की बात मेरे जेहन में आई ही नहीं थी। मीनू ने मुझे दोपहर को हलका खाना खिलाने की कोशिश की, लेकिन मुझे उलटी हो गई। माँ घबरा गई।. उसने मुझे वेलिंगटन अस्पताल में भर्ती करा दिया, जहाँ उन्होंने फौरन नस के जरिए मुझे आहार देना शुरू कर दिया। मैं वहाँ पूरे एक हफ्ते रही और वहाँ से तभी निकली जब फिर से खाना शुरू करने लायक हो गई।

इस बीच, मुस्तफा की यूरोप में इधर से उधर भागमभाग जारी रही, और वह इंटरपोल से एक कदम आगे रहने की कोशिश करता रहा। उसने ऐसे हर शख्स से संपर्क साधा जो उसके ख्याल में मुझ पर यह दबाव डाल सकता था कि मैं उसके पास लौट जाऊँ।

मुस्तफा ने अपने भूमिगत संपर्कों का इस्तेमाल करते हुए एक पासपोर्ट हासिल कर लिया। यह पासपोर्ट बेल्जियम स्थित पाकिस्तानी दूतावास के किसी कर्मचारी का था। जब वह ब्रुसेल्स छोड़ने की कोशिश कर रहा था तो एक आप्रवासन अधिकारी ने ताड़ लिया कि पासपोर्ट पर लगी तसवीर बदल दी गई थी। उस अधिकारी ने मुस्तफा को हिरासत में ले लिया। उसे नशेड़ियों और समाज के दूसरे निकम्मे लोगों के साथ जेल में डाल दिया गया। वहाँ वह दो दिन रहा। फिर उसके संपर्क के व्यक्तियों ने उसे जेल से छुड़वाया, और इससे पहले कि इंटरपोल का शिकंजा उस पर कसता उसे देश निकाला देकर जेनेवा भेज दिया गया। एक बार फिर वह हाथ से निकल गया।

मैं उस समय अस्पताल में ही थी जब मैंने ब्रुसेल्स में थोड़े समय के लिए उसे हिरासत में लिए जाने और जेल में डाले जाने की खबर सुनी। मुझे आश्चर्य हुआ कि मैं उसके लिए रो रही थी। अपनी इस कमजोर हालत में मैं बहुत विचारमग्न हो गई और सोचने लगी—मुझे वापस पाने के चक्कर में वह एक मामूली मुजरिम बन गया है। उसने राजनीति को भी तिलांजलि दे दी थी। मैं इस आदमी की गहराई नापने में असमर्थ रही। हमारी विवाहित जिंदगी में आए इस बिखराव के लिए पूरी तौर पर वही जिम्मेदार था। उसी ने मुझे मजबूर किया था कि मैं उसे छोड़कर चली जाऊँ; अब वह मुझे मजबूर करने की कोशिश कर रहा था कि मैं उसके पास वापस

चली जाऊँ। यह आदमी अपने देश लौट सकता था और एक राजनीतिक बंदी की सम्मानजनक भूमिका ले सकता था, लेकिन यही आदमी अब छोटे-मोटे कैदियों के साथ मामूली जेल भुगत रहा था। मेरे कारण। मुस्तफा खर से तो आप बस अनपेक्षित की ही अपेक्षा कर सकते थे।

मुस्तफा ने जो रणनीति अपनाई हुई थी उसमें कभी तो वह धमकियाँ देता और कभी समर्पण के अंदाज में आ जाता था। एक बार उसने फोन पर मुझसे गंभीर और धमकी भरे लहजे में कहा, "तहमीना, मैं तुम्हें छोड़ नहीं रहा हूँ। मैं चार्टर फ्लाइट पकड़कर इंगलैंड पहुँचूँगा। तुम्हें उठा लिया जाएगा और मैं तुम्हें वापस उस कबीलाई इलाके में ले जाऊँगा जहाँ कोई कानून नहीं है। वहाँ तुम बच्चों के साथ रहोगी। तुम खाना पकाओगी और मैं शिकार करूँगा और आग जलाने के लिए लकड़ियाँ लाऊँगा। मैं संजीदगी से कह रहा हूँ, तहमीना। मैं यही करूँगा। मेरा यकीन मानो।"

उसने जैसे ही फोन रखा, मैंने काँपते हुए पुलिस इंस्पेक्टर से मुझे अगवा करने की इस ताजा धमकी की रिपोर्ट की। मैं जानती थी कि मुस्तफा कुछ भी कर सकता है।

छः अंतहीन सप्ताह निकल गए। हम मुस्तफा के अते-पते के बारे में कभी-कभार अफवाहें सुन लेते थे, लेकिन कोई ठोस सबूत सामने नहीं आया। मुझे अपने तीनों बच्चों का कोई पता नहीं चला कि उनका क्या हश्र हुआ।

मेरे अब्बाजान ने मुझे कोंच-कोंच कर जनरल जिया के नाम एक व्यक्तिगत पत्र लिखवा दिया कि मेरी मदद करें। मैंने बहुत अनमने होकर यह काम किया, क्योंकि मुझे ऐसे आदमी से अपील करना अच्छा नहीं लग रहा था जो मेरे और दूसरे बहुतों के लिए एक कट्टर दुश्मन था। मैंने अपने अभिमान को कुचलते हुए एक औपचारिक-सी अपील की, लेकिन मुझे कोई जवाब नहीं मिला।

इस रणनीति का इस्तेमाल बातचीत करते वाले अपहरणकर्ताओं और दूसरे आतंकवादियों को थकाने के लिए करते हैं—इतना समय लगा दो कि आपका शिकार आखिरकार खुद ही हथियार डाल दे। धीरे-धीरे मेरा ताव ठंडा पड़ गया। गुस्सा पिघल कर बेबसी और निराशा में बदल गया। मैं नहीं समझ पा रही थी कि मैं इस अनिश्चितता को कब तक बरदाश्त कर पाऊँगी।

लेकिन, साथ ही, सात महीने का हमजा मेरे लिए बेहद खुशी और दुख का बाइस था। मैं उसी में अपने सारे बच्चों को देखती और सोचती—मेरे पाँच बच्चे हैं। उनमें से केवल एक ही मेरे पास क्यों है?

मेरे दिमाग में लगातार बच्चों की तस्वीरें उभरतीं और मुझे स्वार्थी होने का दोषी करार देती थीं। उनके बिना मेरी जिंदगी कैसे स्थिर हो सकती थी? मैं उन्हें

एक अजनबी परिवेश में छोड़कर एक नए वजूद की शुरुआत कैसे कर सकती थी? मैं जानती थी कि मेरा अपराध-बोध मुझे कभी सामान्य होकर जीने नहीं देगा।

मुस्तफा भाँप गया होगा कि धैर्य की इस लड़ाई में जीत उसी की हो रही थी, इसलिए उसने एक बार और मुझे फोन किया। वह सौदेबाजी में उस्ताद था। उसने कोई हड़बड़ी न दिखाते हुए शांति से मेरे विकल्पों को मेरे सामने खोलकर रख दिया, और मेरी आत्मा को झकझोर दिया। क्या मैं हमेशा-हमेशा के लिए अपने बच्चों को छोड़ सकूँगी? क्या मैं लंदन में अकेली और अपने बच्चों की तरफ से बेखबर खुश रह सकूँगी? क्या यह सब बच्चों के हक में ठीक था?

उसकी कही हर बात झूठी लगती थी। मैंने उसकी बातों का मतलब निकालने की कोशिश की और उसके एक-एक जुमले को अपने दिमाग में दोहराकर उसमें छिपी चालों का पता लगाने का यत्न किया। वास्तव में बच्चों के हक में क्या ठीक था? मैं कमजोर पड़ने लगी तो उसने अपनी विश्वसनीयता फिर से जमाने की कोशिश की। उसने मुझसे कहा कि वह पाकिस्तान लौटने का इरादा कर रहा है। उसने मुझसे यह भी कहा कि मैं यह बात अपनी माँ को न बताऊँ, "तुम्हारी माँ तुमसे जलती हैं," वह बोला, "उनसे यह बरदाश्त नहीं हो पाता कि पाकिस्तान में मेरी बीवी होने के नाते सबका ध्यान तुम पर ही रहे। वह जानती हैं कि मैं बदल गया हूँ। मैं जिस शिद्दत के साथ तुम्हें वापस हासिल करना चाह रहा हूँ, वह उसे बिलकुल पसंद नहीं करती हैं। वह जानती हैं कि मैंने तुम्हारे साथ जो कुछ भी किया है मैं सचमुच उसकी भरपाई करना चाहता हूँ। वह नहीं चाहतीं कि हमारा रिश्ता बना रहे। उन्हें बच्चों की भलाई में कोई दिलचस्पी नहीं है। उनकी नजरों में बच्चों की कोई अहमियत नहीं है। उनके लिए तो बस उनका आहत अंह ही महत्त्वपूर्ण है। उन्हें ज्यादा परेशानी इस बात से है कि मैं बच्चों को उनकी नाक के नीचे से, उनके वाहियात घर से ले आया! कोई आदमी अपनी बीवी को वापस पाने के लिए इस तरह अपना सब-कुछ दाँव पर लगा कर लड़ेगा नहीं, तुम्हें समझ में नहीं आता क्या?"

यह बात एक हद तक सही थी। मैं यह जानती थी। और मैं यह भी जानती थी कि मेरा प्रतिरोध घटने के साथ ही, जंग की कमान माँ ने सँभाल ली थी। उसका लहजा मुझसे ज्यादा कर्कश और कड़वा था; उसका कहना था कि जब तक वह मुस्तफा की लाचारी के मिथ्या एहसास को तोड़ नहीं देगी, चैन से नहीं बैठेगी। इसका मुझ पर हानिकर असर पड़ा। मैं अपने बच्चों को जीतना चाहती थी; वह बस इतना चाहती थी कि मुस्तफा हारे। कई बार उसने मुझसे कहा, "अगर तुम्हें उसके बच्चों से हाथ धोना पड़ता है तो ऐसा होने दो, लेकिन लड़ाई को उसके खराब अंजाम तक ले जाओ।" मुझे यह मंजूर नहीं था।

मेरे लिए जीत का उतना महत्त्व नहीं रह गया था। मेरे लिए तो बस बच्चे ही महत्त्वपूर्ण थे। मेरी माँ इस बात को नहीं समझ पाई। वह गुस्सा हो गई और

उसने मुझ पर यह इल्जाम लगा दिया कि मैं उसका और परिवार के दूसरे लोगों का इस्तेमाल कर रही थी। "तुम हमें इस लड़ाई में आगे करके अब पीछे हटना चाहती हो?" वह मुझ पर चिल्लाई थी। हमारी अनबन हो गई। उनके लिए तो यह अहं और अभिमान का मामला था। मेरे लिए उस जीत का कोई महत्त्व नहीं था जिसमें मुझे मेरे बच्चे न मिलें।

मेरे अब्बाजान इस मामले में उदासीन और व्यावहारिक रहे। उनकी सलाह थी, "अपने दिल को पत्थर कर लो और भूल जाओ कि तुम्हारे कभी बच्चे भी थे। एक दिन वे तुम्हारे पास लौट आएँगे। अपनी खुद की जिंदगी जियो। इसे फिर से शुरू करो। अगर तुम यह नहीं कर सकतीं, तो फिर एक ही रास्ता बचता है, वापस चली जाओ।"

वे खुद वालिदैन थे! उन्होंने मेरी ही जैसी चीजों का अनुभव नहीं किया था क्या--कि, हरेक जन्म के साथ, एक माँ या बाप की प्यार करने की क्षमता तुरंत ही और बड़े रहस्यमय ढंग से इससे भी ज्यादा समेटने को फैल जाती है? उदास होकर मैंने सोचा--नहीं, उन दोनों ने उस एहसास का अनुभव नहीं किया था।

एक दोस्त ने मुझे फोन करके एक अप्रत्याशित और बहुत अच्छी खबर दी। मेरे पहले शौहर अनीस का तबादला अमेरिका हो गया था। वह वहाँ अपनी दूसरी बीवी, उनके तीन बेटे और हमारी बेटी तान्या को लेकर वहाँ जा रहे थे। वे वहाँ जाते हुए लंदन में रुके थे। तान्या यहीं थी! इस समय!

मैंने फौरन अनीस की माँ को फोन किया और उन्होंने तान्या को मेरे पास आने की इजाजत दे दी। दरअसल, अनीस ने तो यहाँ तक कह दिया कि अब तान्या हमेशा के लिए भी मेरे पास रहने आ सकती है, क्योंकि मैं मुस्तफा को छोड़ चुकी हूँ।

तान्या 29 जुलाई 1986 को मुझसे मिलने मेरे वालिदैन के घर पर आई, जो संयोग से नसीबा का नौवाँ जन्मदिन था। वह मुझसे चिपट गई और हम दोनों ही रो पड़े। मैंने एक कदम पीछे हट कर तेरह साल की इस कमसिन लड़की को गौर से देखा। नौ साल हो गए थे मुझे उसे देखे हुए।

हम खरीदारी करने गए। मैं उसे जितना कुछ भी दिलवा सकती थी मैंने दिलवाया, मानो हमारे बरसों के अलगाव की इससे भरपाई हो जानी थी। लेकिन जैसे-जैसे दिन बीतता गया, हमारी हँसी फीकी हो गई। मैं अपने में उलझ गई और वह उदास हो गई। वह समझ गई होगी कि मैं क्या सोच रही थी--मेरी जिंदगी एक तूफान था, और अगर वह इसके रास्ते में आई तो यह उसे तबाह कर देगा। उसके लिए यही बेहतर था कि वह अनीस के पास, एक सभ्य बाप के पास रहे जो उसे

प्यार करता था। कम-से-कम तब तक तो वह ऐसा कर सकती थी जब तक मैं एक और संकट को हल नहीं कर लेती।

जब हम मेरे वालिदैन के घर लौटीं, उसके बाद मैंने उसे समझाने की कोशिश की। "मैं नहीं जानती मेरा क्या होने वाला है," मैंने कहा, "मुझे दूसरे बच्चों का पता लगाने के लिए जल्दी ही पाकिस्तान जाना पड़ सकता है। इस सिलसिले में मुस्तफा मुझे मार भी सकते हैं। मैं तुम्हें इसमें फाँसना नहीं चाहती। बेहतर यही होगा कि तुम अपने अब्बू के साथ अमेरिका चली जाओ। वह तुम्हें सुरक्षा दे सकते हैं।"

तान्या मुझसे चिपटकर रोने लगी, जैसे वह नौ साल पहले रोई थी। उसने रोते-रोते कहा, "मैं अपनी सौतेली माँ से नफरत करती हूँ!" तान्या ने यह कभी महसूस नहीं किया था कि उसकी सौतेली माँ उसे पसंद करती है; यह शायद इसलिए था कि उसके अब्बू उसे बहुत ज्यादा प्यार करते थे।

मैं क्या कर रही थी? मैं हैरान होकर सोचती रही। मेरे खोए हुए बच्चों में से एक अचानक मेरी जिंदगी में वापस आ गया था और मैं थी कि उसे फिर अलग किए दे रही थी? मैं ऐसा कैसे कर सकती थी? क्या मैं अपनी माँ की तरह ही निष्ठुर थी? मेरा दिमाग तेजी से घूमने लगा कि इसके क्या-क्या परिणाम हो सकते हैं, लेकिन हर बार एक ही निष्कर्ष सामने आया। मैं अपने पाँचों बच्चों से कम किसी भी बात पर कभी राजी नहीं होऊँगी। इसमें बेशक तान्या भी शामिल थी, लेकिन हम दोनों को ही कुछ समय के लिए कुर्बानी देनी होगी। इस समय तो मैं उसे अपनी जिंदगी में वापस ला ही नहीं सकती थी।

उसके आँसुओं को थामने का यत्न करना बेकार था, फिर भी मैंने कोशिश की । मैंने उसकी आँखों की गहराई में झाँकते हुए कसम खाई, "तान्या, जिस पल मुझे लगेगा कि मैं तुम्हें एक सामान्य जिंदगी दे सकती हूँ, मैं तुम्हें वापस ले आऊँगी। मैं वादा करती हूँ।" एक बार फिर वह मुझसे चिपट गई। एक बार फिर मैंने उसे अपने से अलग कर दिया।

बाद में, उस शाम जब मैं अपने इस ताजा घाव से उबरने की कोशिश कर रही थी तभी फोन की घंटी बजी। "हलो, मम्मी," नसीबा हिचकिचाते हुए कह रही थी। मेरे तो हाथ-पाँव ही फूल गए; मुस्तफा ने उसे अपने जन्मदिन पर मुझे फोन करने की छूट दे दी थी।

"कैसी हो?" मैं अटकते हुए बोली।

"यहाँ बहुत गरमी है, मम्मी।"

"तुम हो कहाँ, बेबी?"

"मैं आपको नहीं बता सकती। मुझे इजाजत नहीं है। हमें आपसे बात करने के लिए बहुत दूर आना पड़ा है। यहाँ बहुत, बहुत गरमी है।" मुझे उसके रोने की आवाज आई।

"तुम्हारे पास किताबें हैं पढ़ने को?" मैंने पूछा।

"नहीं।"

"तुम्हें जन्म दिन का कोई तोहफा मिला?"

"जी, मुझे नोटों का हार मिला है। बेकार का है। मुझे अच्छा नहीं लगा। मम्मी, यहाँ बहुत गंदगी और गरमी है। कितनी मक्खियाँ भिनभिनाती रहती हैं यहाँ। मुझे बहुत खराब लगती हैं।"

मैं बिलकुल टूट गई। कई मिनट तक मैं फोन पर सुबकने के अलावा और कुछ कर ही नहीं पाई।

नसीबा ने पूछा, "मम्मी, हम आपसे कब मिलेंगे?"

"जल्दी, नसीबा।" मेरे दिमाग में कहने को बस यही बात आई।

"मम्मी, हम वापस क्यों नहीं आ सकते? हम वापस आपके पास आना चाहते हैं। हम घर आना चाहते हैं। प्लीज, प्लीज, हमें वापस बुला लीजिए न।"

"जल्दी बुलाऊँगी," मैंने वादा किया। मुझे अपना यह वादा सुनने में अस्पष्ट और खोखला लगा।

नसीबा ने पूछा, "हमें यहाँ कब तक रहना होगा?" फिर फोन कट गया।

अगले दिन मुस्तफा ने मुझे जेनेवा से फोन किया। मैंने उसे शांत और नपी-तुली आवाज में बता दिया कि मैं उसके पास लौट आऊँगी। उसने मुझे शुक्रिया से लाद दिया। उसकी रणनीति काम कर गई थी। उसने रोते हुए कहा कि यह खुदा की मर्जी थी। उसने आदर्श पति बनने का वादा किया। उसने कहा कि वह अपना व्यवहार सही कर लेगा।

मैंने अपने वकीलों की सलाह और माँ की इच्छाओं के खिलाफ जाते हुए मुस्तफा के खिलाफ सारे आरोप वापस ले लिए। उसकी गिरफ्तारी का वारंट रद्द हो गया।

मुस्तफा जटोई ने इसमें खास दूत की भूमिका निभाई। वह मुझे मेरे वालिदैन के घर से मुस्तफा के हॉलैंड पार्क वाले अपार्टमेंट में ले जाने के लिए खुद हवाई जहाज से पाकिस्तान से लंदन आए। उन्होंने मुझसे वादा किया कि आइंदा अगर मुस्तफा ने कभी बदसुलूकी की तो वह उससे अपने व्यक्तिगत और राजनीतिक दोस्ती तोड़ लेंगे। मैंने उनकी जमानत मान ली।

मुस्तफा अब लंदन आने को आजाद था। वह भागता-दौड़ता वहाँ चला आया। मैं हैरान-परेशान उसका इंतजार करती रही। मेरे दिमाग ने काम करना बंद कर दिया था, मानो मुझे बहुत ज्यादा दिमागी थकान हो। जब वह हमारे यहाँ आया तो मुझे अपने जिस्म पर असंख्य कीड़े रेंगते महसूस हुए। मैंने जल्दी से अपनी नजरें घुमा लीं। उसका व्यवहार तो संयत था लेकिन माहौल में अनिष्ट की धमक थी।

वह कहता रहा कि वह अब बदल चुका है। आँखों में आँसू भरे हुए उसने कसम खाई कि वह मेरी उम्मीदों पर खरा उतरेगा। मैं नहीं रोई। मुझे कुछ महसूस

ही नहीं हुआ।

अगले हफ्ते के दौरान मुस्तफा एक मुश्किल फैसले से जूझता रहा। अब बारी थी कि वह सौदेबाजी की अपनी हिस्सेदारी पूरी करे, यानी मुझे बच्चों से मिलवाए। क्या हम नसीबा, निशा और अली को वापस लंदन बुलाएँगे? या हम दोनों हमजा को साथ लेकर उनके पास पाकिस्तान जाएँगे? वह इन स्थितियों का आकलन करता रहा और मैं उसके ख्यालों का पीछा करती रही। जनरल जिया की सरकार के मुताबिक, उस पर अभी भी तमाम आरोप थे जो उसे देशद्रोह का मुजरिम ठहराते थे। उसे फाँसी हो सकती थी, वह कम-से-कम चौदह साल की कड़ी सजा का अभी भी हकदार था।

फिर भी मुस्तफा के पास अपना निर्वासन खत्म करने के कई जबरदस्त कारण थे। पाकिस्तान में, जटोई की नई एन पी पी लोगों में दिलचस्पी जगा रही थी। मुस्तफा और उसे जलावतन 'कामरेड' लोगों ने जो शून्य छोड़ा था, उसे भरने के लिए नए चेहरे तेजी से आ रहे थे। दूर से कमान सँभालना ज्यादा अच्छा नहीं था; मुस्तफा को अपनी अहमियत बनाए रखने के लिए वहाँ मौजूद रहना जरूरी था। उसे यह राजनीतिक लड़ाई अपने ही मैदान पर लड़नी थी।

मुस्तफा सबके सामने तो यही कहता रहता था कि उसका फैसला देशभक्तिपूर्ण और राजनीतिक था, लेकिन बात कुछ और ही थी। मेरे ठंडे रुख ने उसे झकझोर दिया। उसे साफ दिखाई दे रहा था कि मैं अब उससे प्यार नहीं करती थी, और मेरे दिल में उसके लिए कोई इज्जत नहीं रह गई थी। वह मेरे इरादों के बारे में सुनिश्चित नहीं था। अगर वह बच्चों को वापस इंगलैंड ले आता तो मैं उसे आसानी से फिर से छोड़ कर उसके खिलाफ आपराधिक आरोपों को नए सिरे से लगा सकती थी।

एक जनरल की-सी कुशलता के साथ, उसने एक ओर से हमला बोलते हुए मेरी कमजोर नस पकड़ ली। अब उसने पछतावा करने वाले पति की भूमिका को छोड़ दिया और एक उपदेशक राजनेता बन गया। वह भविष्य के बारे में पैगंबरी जोश में बातें करने लगा। साथ-साथ हमें अपने साझा सपनों को हकीकत में बदलना था। दरअसल, मुझे हमारे व्यक्तिगत रिश्तों के सुधरने की संभावना से कहीं ज्यादा दिलचस्पी अब इसी विषय में थी। वह मेरी आदर्शवादिता को हवा देने लगा। मैं अपनी जिंदगी में कोई अच्छा काम कर जाना चाहती थी, और अगर इसका जवाब राजनीति में ही था तो मैं मुस्तफा से अटूट तौर पर जुड़ी थी। पति के रूप में मुस्तफा का अब मेरे लिए कोई महत्त्व नहीं रह गया था। लेकिन पंजाब का शेर अभी भी मेरे सम्मान और वफा का हकदार हो सकता था। वह समझता था कि इंगलैंड नहीं बल्कि पाकिस्तान ही वह परिवेश था जहाँ मैं उसे एक राजनेता के रूप में देखने को बाध्य हो सकती थी।

वह मुझे अच्छी तरह से जता देना चाहता था कि इसमें क्या-क्या खतरे हो सकते थे, क्योंकि वह चाहता था कि मैं उसके साथ जिम्मेदारी के बोझ को वहन करूँ। उसकी आँखों में भावनाओं की गहराई थी जब उसने कहा, ''तहमीना, र... लोग मुझसे यही कह रहे हैं कि मैं पाकिस्तान न लौटूँ। मेरी जिंदगी खतरे में पड़ जाएगी। मैं तुम्हारे ऊपर छोड़ रहा हूँ। मैं चाहता हूँ कि हम दोनों की तरफ से तुम्हीं फैसला करो। मैं चाहता हूँ कि तुम्हीं फैसला करो कि मुझे जिन भी इम्तिहानों से गुजरना होगा क्या तुम उस दौरान मेरे साथ खड़ी रहोगी? क्या तुम मेरे लिए लड़ पाओगी? और अगर मेरे साथ कुछ हो जाता है तो क्या तुम कसम खाती हो कि तुम मेरे मकसद को आगे बढ़ाओगी? अगर मैं भी भुट्टो की तरह मारा जाता हूँ तो क्या तुम मेरे प्रति वफादार और विश्वासी बनी रहोगी? क्या तुम कसम खा सकती हो कि तुम अपनी जिंदगी को मेरे मकसद के लिए समर्पित कर दोगी और कभी किसी से शादी नहीं करोगी? बताओ। क्या तुम सोचती हो कि मेरे लिए लौटना ठीक रहेगा? अब मैं अपने जलावतन को और आगे सही नहीं ठहरा सकता। मार्शल लॉ हट गया है। मेरे लोग चाहते हैं और उम्मीद भी करते हैं कि मैं उनके बीच रहूँ।''

उसके शब्द मेरे दिमाग के उस गुप्त कोने को भेद रहे थे जहाँ मैंने अपने आदर्शों को सँजोया हुआ था, जहाँ मेरी आशाएँ थीं और जहाँ मेरे बच्चों की यादें थीं। अचानक एक नेक ख्याल से मुझे प्यार हो गया—निर्वासित नेता की वापसी। मुस्तफा के लिए शुरू में जो प्यार मेरे दिल में था अब उसकी जगह उसके मकसद के प्रति मेरी आस्था ने ले ली। हमने अपने मतभेदों को अदालत के दखल के बिना ही दूर कर लिया था; अब हम उसके मामले को जनता की अदालत में लेकर जा रहे थे।

मैंने वादा किया कि मैं उसका साथ नहीं छोड़ूँगी। मैं उसके मकसद के लिए लड़ूँगी। मैं उसे तब तक नहीं छोड़ूँगी जब तक उसकी राजनीति में मेरा विश्वास रहेगा और उसके आदर्शों के प्रति मेरे दिल में इज्जत रहेगी। मैं चाहती थी कि वह मुझे दिखाए कि उसकी हिम्मत खोखली नहीं थी। मैंने उससे कहा कि अब समय आ गया था कि वह तानाशाह का सामना करे।

मैंने उससे एक भयंकर उलझन के बारे में बात की। उसके साथ अपनी लड़ाई के दौरान मैंने उसे खुलेआम 'रास्पुतिन' जैसे नामों से नवाजा था। अब मैं उन पाकिस्तानी अखबारों का कैसे सामना करूँगी जिन्होंने हमारी वैवाहिक तकरार के धारावाहिक किस्से छापे थे? मैं उस आदमी के आगे अपने समर्पण की सफाई कैसे दूँगी ज़िसने मेरे बच्चों का अपहरण किया था?

''उलझन तो मुझे होगी, तुम्हें नहीं,'' उसने मुस्कराते हुए कहा, ''तुम्हीं ने मुझे छोड़ा। मैं जबरदस्ती तुम्हें वापस लाया। तुम्हें अपनी स्थिति की सफाई देने की जरूरत नहीं है। तुमने सही किया है। लोग तो भेड़ों की तरह होते हैं। जो रास्ता जानता

है, वे उसी के पीछे चलेंगे।''

मैं समझने लग गई कि नेता को अपने ऊपर कीचड़ उछाले जाने का आदी होना चाहिए। उसे इसे झटक कर अपने काम में लगे रहना चाहिए। नेता लोग तो प्रचार की ऑक्सीजन में साँस लेते हैं; कोई भी खबर न बनने से अच्छा है खराब खबर ही बने। सचमुच, मुस्तफा ने मुझे याद दिला दिया था कि इस घटना ने उसे यह मौका दे दिया था कि वह अपने आपको एक ऐसे दकियानूस आदमी के तौर पर पेश करे जो अपने बच्चों पर पश्चिमी तहजीब के असर को लेकर चिंतित था।

उसने मुझे सलाह दी कि मैं पीछे मुड़ कर न देखूँ। हालाँकि पाकिस्तान में उसके सिर पर कैद की सजा का खतरा मँडरा रहा था, फिर भी उसने यही ऐलान किया कि आने वाला वक्त हमारा था।

मैंने पहनने के लिए ईव सैं लॉटां की कमीज चुनी जिस पर बाघ बने थे, मानो यह शेर के साथ मेरी निष्ठा का प्रतीक हो। मेरे कंधों पर पड़ा लूई फरोद का दुशाला मेरी पोशाक में शालीनता और शान का इजाफा कर रहा था।

आईने के सामने खड़ी मैं यह देख रही थी कि मैं उस जवान लड़की से कितनी फर्क हो गई थी जिसने इस विवादित और उम्रदराज आदमी से प्यार किया था। मैंने उसके साथ रहने और फिर उसे छोड़ने में अपनी सारी ताकत लगा दी थी और शायद इसीलिए मैं पस्त हो गई थी। लेकिन फिर भी मेरी आँखों में एक चमक बाकी थी। एक लंबा और तकलीफदेह निर्वासन खत्म हो चुका था और मैं एक ऐसी यात्रा पर कदम बढ़ा रही थी जो जैसे-तैसे शायद मुझे उस क्षेत्र में ले जा रही थी जहाँ मैं अभी भी मुस्तफा के साथ काम कर सकती थी। मेरी आँखों में उदासी की जो चमक थी उसके पीछे एक समझदारी थी। मैंने संकट में जीना सीख लिया था और मैं अब अनिश्चितता से निपटना जानती थी। जिंदगी के दर्द को मेरी मातृभूमि और मेरे बच्चों के पास लौटने के रोमांच ने हलका कर दिया था। इस पल पहली बार मैंने अपनी आत्मा के लोच और इसकी कभी न बुझने वाली प्रकृति को समझा। मैंने हैरान होकर अपने अक्स की तरफ सिर हिलाया। मैंने हमेशा मुस्तफा के बारे में सोचा था, उसका विश्लेषण और आकलन किया था। लेकिन आज वह बड़ा सवाल उभरकर सामने आ गया था जिसकी मैं अनदेखी करती आ रही थी—मैं थी किस लिए?

मुस्तफा हमारे सोने के कमरे में उस सामान से बचते हुए अंदर आया जिस पर मेरा ध्यान लगा था। अचानक ही मैं उससे पूछ बैठी, ''अगर मैं तुम्हारे पास वापस नहीं आती तो क्या होता?''

उसने इसके अंजाम के बारे में बताया—जब जोशी को हमारे अलग होने के बारे में पता चला तो उसने मुस्तफा को उलाहना दिया था। ''आप अपनी बीवी का

किस तरह विश्वास कर सकते हैं, साहब, जबकि आपकी विवाहित जिंदगी में स्थिरता ही नहीं है। हिंदुस्तान की सरकार किसी विदेशी सरकार को उखाड़ने की सशस्त्र साजिश में शामिल होने का जोखिम नहीं उठा सकती। यह बात कभी किसी को पता नहीं चलनी चाहिए कि हिंदुस्तान की सरकार ने एक सरकार को उखाड़ने के लिए एक विपक्षी पार्टी को साज-सामान की मदद की। इस तरह की कोई भी हुज्जत बर्बादी का सबब साबित होगी।" मैं मुस्तफा को छोड़ देने के बाद एक संभावित खतरा बन गई थी। मैं गैर-जिम्मेदाराना बात कर सकती थी। मैं कमजोर कड़ी थी। जाहिर था, मैं मुस्तफा और हिंदुस्तानी सरकार के बीच चल रही साजिश के बारे में इतना ज्यादा जानती थी कि मुझे लंदन में बेलगाम घूमने के लिए छोड़ा नहीं जा सकता था।

अपनी राजनीतिक--और शायद शारीरिक--जिंदगी को बचाने के लिए मुस्तफा को अपना अभिमान कुचलना पड़ा था। उसने कसम खाई थी कि वह मुझे किसी भी कीमत पर वापस हासिल करके रहेगा। आखिरकार, क्या यह मेरे लिए उसके प्यार की बानगी ही नहीं थी?

मुस्तफा ने सीधे मुझसे आँखें मिलाते हुए मेरे अनपूछे सवाल का जवाब दिया, "मुझे तुम्हें खत्म करवाना पड़ता।"

भाग तीन

शेरनी

12

उस लंबी उड़ान के दौरान मुस्तफा मुझसे जिद करने लगा कि मैं कुरान पर लिखकर कसम खाऊँ कि मैं उसका कभी साथ नहीं छोड़ूँगी, भले ही उसे चौदह साल के लिए जेल में डाल दिया जाए। मैंने उसकी बात मान ली।

और तमाम बातों के अलावा, मुस्तफा इस संभावना से रोमांचित था कि उसे अपनी माँ से दोबारा मुलाकात का मौका मिलेगा। निर्वासन के इन नौ सालों में वह मुस्तफा के लिए खूब तड़पी थी। मुस्तफा गिरफ्तारी देने और जेल जाने की भी सोच सकता था, लेकिन वह बहुत शिद्दत से आस लगाए था कि उसे कम से कम आखिरी एक बार अपनी बूढ़ी, बीमार माँ से मिलने दिया जाएगा।

विमान जब कराची पहुँचने को हुआ तो मैं सोचने लगी कि कैसे मेरी जिंदगी में खास जगह रखने वाले दो मर्द जेल में बंद हुए थे। मेरे अब्बाजान ने अपमान सहा, और वह जेल से निकले तो टूटे हुए और शर्मिन्दा थे। लेकिन मेरे राजनीतिक पति तो नायक बन जाने वाले थे। मुस्तफा अपनी आसन्न कैद को अभिमान का सबब मान कर चल रहा था। यह भुट्टो और लोकतंत्र के प्रति उसकी निष्ठा और साहस का प्रमाण था।

हमारे कराची पहुँचने पर वैसा कुछ नहीं हुआ जैसा हमने सोचा था। मुस्तफा को अगर इस बात पर आश्चर्य हो रहा था कि हमारे स्वागत को वहाँ जय-जयकार करती भीड़ नहीं थी तो भी उसने इसे जताया नहीं। हमें बिना किसी धूमधाम के हवाई अड्डे के एक दफ्तर में ले जाया गया और हमसे वहीं इंतजार करने को कहा गया। जल्दी ही, मुस्तफा के आने की खबर फैल गई और उत्सुक लोग उसकी एक झलक पाने को इकट्ठे हो गए।

हमें खाना दिया गया। मुस्तफा चुपचाप खाने लगा। उसके चेहरे पर विद्रोही समर्पण का भाव था। उसे शहादत का आभा-मंडल मिल गया था।

मुझे बताया गया कि मुस्तफा जटोई की बीवी और मेरी शादी के दिनों की

मेरी चंद दोस्तों में से एक खालिका जटोई बाहर कार में इंतजार कर रही थी। मुस्तफा ने कहा कि मैं बाहर जाकर उसे बताऊँ कि यहाँ क्या हो रहा है। एक सुरक्षाकर्मी ने मुझे बाहर के दरवाजे से निकलने से रोकने की कोशिश की, लेकिन मैंने यह कहते हुए उसे एक तरफ कर दिया, "तुम मुझे रोकने वाले कोई नहीं होते। मुझे मेरी गिरफ्तारी का वारंट दिखाओ।" वह एक तरफ हट गया और उसने मुझे निकल जाने दिया। तब मैं समझी कि मुस्तफा खर की बीवी होने के नाते मैं कोरी धमकी देकर भी निकल सकती थी।

जब तक मैं खालिका से बात करके लौटती, हमारे बैग खोले जा चुके थे और उनका सामान काउंटर पर बिखरा पड़ा था। पुलिस मुस्तफा के कपड़े ले गई। फिर वह मुस्तफा को भी ले गई।

कराची से मैं हमजा को लेकर विमान से लाहौर चली गई, जहाँ मेरी मुलाकात मुस्तफा जटोई और नवगठित नेशनल पीपुल्स पार्टी के कई सदस्यों से हुई। मैं एक नया प्रतीक थी, एक ऐसा मुद्दा थी जिसे लेकर लामबंद हुआ जा सकता था। तहमीना खर अखबारों के लिए अच्छा मसाला थी।

मुझे उन सात बलि के बकरों के चेहरे देखकर खुशी हुई जिन्हें मुस्तफा ने सालों पहले अपने आगे भेजा था। चौधरी हनीफ, साजिद और दूसरों को अभी हाल ही में जेल से छोड़ा गया था। इसमें कोई शक नहीं कि वे अपनी खुद की आजादी पर खुश थे, लेकिन उन्हें इस बात की चिंता भी थी कि मुस्तफा अब तानाशाह की गिरफ्त में था। वे मुझे मुस्तफा की प्रतिनिधि के रूप में देखते थे, लेकिन मैं देख रही थी कि वे मेरी लगातार सहनशीलता को लेकर हैरान थे।

अखबार वालों ने मुझे घेर लिया। मुझे उम्मीद थी कि वे मुझसे हमारी कुख्यात घरेलू लड़ाई के बारे में पूछताछ करेंगे। लेकिन वे जरूर मेरी चुप्पी को भाँप गए थे, और उन्होंने मुझ पर रहम करते हुए मेरी जिंदगी के इस पहलू को नहीं छुआ। एक रिपोर्टर ने मुझसे पूछा, "क्या आप अपने पति के लिए लड़ेंगी?"

"हाँ," मैंने निस्संकोच जवाब दिया।

सामान्य तौर पर एशिया और खास तौर पर इस उपमहाद्वीप ने ऐसी वीरांगनाओं को जन्म दिया है जिन्होंने अपने पुरुषों के अधूरे संघर्ष को आगे बढ़ाया है। ऐसी अधिकांश नारियों का राजनीति में प्रवेश विषम स्थितियों और हिंसा के कारण हुआ। इंदिरा गाँधी, कोरी एक्विनों, बेनजीर भुट्टो और ऐसी ही दूसरी महिलाओं ने अपने पिता या पति का ही स्थान लिया।

मुस्तफा के जेल जाने के बाद ही मैं भी उभरकर सामने आई।

मैं अब एक राजनीतिक जीव थी।

मेरे बच्चे मेरी नानी के घर पर मेरा इंतजार कर रहे थे। मैंने रोते-रोते देखा कि वे ठीक-ठाक दिख रहे थे, हालाँकि चकराए हुए थे, और मैं एकदम समझ गई कि मुझ पर जो भी समझौते थोपे गए थे उनका कोई महत्त्व नहीं था।

"क्या तुम लोग यह सोच रहे थे कि मम्मी तुम्हारे पास कभी लौटकर नहीं आएगी?" मैंने रोते हुए उनसे कहा।

"नहीं," नसीबा ने दृढ़ता से कहा। "हमें पता था कि आप हमारे पास आएँगी। हमें पता ही था।"

बच्चों के साथ अपनी लंबी बातचीत के दौरान मुझे विस्तार से यह जानने को मिला कि उनके साथ क्या बीती थी। मुस्तफा जब उन्हें लंदन में मेरी माँ के यहाँ से ले गया तो उसके बाद वह सीधे हवाई अड्डे चला गया था। उसने उनसे कह दिया था कि वह उन्हें डिजनीलैंड ले जा रहा है ताकि वे कोई बखेड़ा न करें। उसने यह समझाया था कि अगर उसने मुझे इस दौरे के बारे में बता दिया तो मैं शायद इसकी इजाजत न देती। हवाई अड्डे पहुँचकर मुस्तफा ने एक बड़ा जोखिम उठाया और बच्चों, अपने भाई और दाई आयशा के साथ पेरिस निकल गया। वह कई साल से पी आई ए की उड़ानों में सफर करने से बचता रहा था। वह सोचता था कि अगर अधिकारियों को पता चल गया कि वह विमान में है तो वे उसे वहीं गिरफ्तार कर लेंगे, या विमान को ही पाकिस्तान की तरफ मोड़ देंगे। चैनल पार के छोटे से सफर के दौरान मुस्तफा बच्चों से यही कहता रहा था कि मिकी माउस से हाथ मिलाकर बड़ा मजा आएगा।

पेरिस पहुँचकर, मुस्तफा ने बच्चों से यह कहा कि उसे अपने किसी खास काम से उन्हें छोड़ कर जाना होगा। दाई और उनके चाचा उनके साथ बाकी के सफर में रहेंगे और वह बाद में अमरीका में—डिजनीलैंड में—उनके पास आ जाएगा! यह एक क्रूर धोखा था, और शायद बच्चों ने इसे शुरू में ही ताड़ लिया था, क्योंकि बच्चे छोड़े जाने की आशंका से रोने लगे थे। फिर भी, मुस्तफा पी आई ए के विमान से उतरा और अगली उड़ान से वापस लंदन चला गया। उस रात उसने अपने हॉलैंड पार्क वाले फ्लैट से ही मुझे कई फोन किए थे और इस तरह समय निकाला था।

अगली सुबह उसने अपनी हरकतों के बारे में मुस्तफा जटोई को बताया था। जटोई पर जैसे गाज गिरी थी, और वह इसलिए और भी क्योंकि यह सब बहुत गलत समय में हुआ था। उनकी नई पाटी, जो अभी अपने शैशव में ही थी, इससे तितर-बितर हो गई। लेकिन मुस्तफा ने अपनी प्राथमिकताएँ तय कर ली थीं। उसने जरूरी बहाने बनाते हुए जटोई को छोड़ दिया।

मेरे बच्चे जुलाई के एक तपते दिन में इस्लामाबाद पहुँचे। तापमान 100 डिग्री से भी ऊपर था। सूखी, झुलसा देने वाली हवा उनके मुँह पर तमाचे जड़ रही थी। उन्हें बहुत आश्चर्य हुआ था क्योंकि उन्होंने यह तो कभी अपेक्षा ही नहीं की थी

कि अमरीका इतना गरम होगा, या इतना अविकसित होगा। अली का ध्यान सबसे पहले गंदे, मैले कपड़े पहने पाकिस्तानियों की तादाद पर गया जो पता नहीं कैसे अमरीका में आ गए थे।

हवाई अड्डे पर बच्चों की मुलाकात अपने पिता के एक और भाई गुलाम मुर्तजा खर से हुई। यह वही छोकरीबाज था जिसे मुस्तफा ने सालों पहले साफिया से संबंध बनाने की वजह से पाकिस्तान से बाहर भेज दिया था। उनका हाल ही में मेल हुआ था। मुर्तजा अब एक एम.पी. था। वह बच्चों को आप्रवासन विभाग से निकाल ले गया। उसने उनके पासपोर्ट पर मुहर लगवाने जैसी औपचारिकताएँ भी पूरी नहीं कीं। दरअसल, मुस्तफा कोई सबूत नहीं छोड़ना चाहता था।

उसके बाद शुरू हुआ मुस्तफा के अपने गाँव कोट अद्दू का छह घंटे का कार का असुविधाजनक सफर। बच्चों के लिए यह समय परेशानी भरा रहा। बच्चों में सबसे बड़ी नसीबा समझ रही थी कि यह सब इसलिए हो रहा था क्योंकि मैंने उनके बाप को छोड़ दिया था। उसने कोशिश की कि बाहर से हिम्मत बनाए रखे ताकि उसका भाई और बहन डरें नहीं, लेकिन कार जैसे-जैसे पाकिस्तान के इस दूर-दराज इलाके में आगे बढ़ती गई, तीनों बच्चे और भी ज्यादा अकेलापन और डर महसूस करने लगे।

उन्हें गाँव में मुस्तफा के सबसे बड़े बेटे अब्दुर्रहमान के साथ एक मकान में छिपा कर रखा गया। अली को तो बाहर खेलने की इजाजत मिल जाती थी, लेकिन नसीबा और निशा मकान के चारों तरफ बनी चारदीवारी से ही देख सकती थीं। नसीबा पूरी नौ की भी नहीं हुई थी और निशा तो छह साल की ही थी, लेकिन उनका कमसिन होना कोई अहमियत नहीं रखता था; लड़कियों को बाहर निकलने की मनाही थी। उन्हें घर की और तमाम औरतों के साथ घर के अंदर बैठना पड़ता था। ये औरतें तो पाकिस्तान के एक दूर-दराज के गाँव की औरतों की नियति के साथ समझौता कर चुकी थीं।

अली का नसीब भी कोई ज्यादा बेहतर नहीं था। गाँव के जिन गरीब लड़कों के साथ वह खेलता था वे गंदे थे। ढीठ मक्खियाँ और मच्छर उस पर टूटे रहते थे। कोट अद्दू की कच्ची गलियाँ आमतौर पर कीचड़ से भरी रहती थीं और खुली गंदी नालियों से गंदगी बाहर बहती रहती थी। वहाँ खेल का कोई मैदान या पार्क नहीं था। अली और दूसरे लड़के उन सँकरी गलियों में अपना वक्त काटते थे जहाँ खजहे कुत्ते अपनी झाड़दार पूँछों को फटकार कर मक्खियाँ वगैरह भगाते रहते थे।

मुस्तफा का भाई और इस साजिश में उसका साथी गुलाम अरबी खर जल्दी ही इस कांड से पीछे हट गया। उसके जमीर ने उसे धिक्कारा और उसे खेद होने लगा कि उसने मुस्तफा के इरादों में शामिल होने की हामी क्यों भरी। उसने सुना कि मैं लंदन में अस्पताल में भर्ती थी, तो उसे बहुत बुरा लगा। इससे ज्यादा अहम

बात तो यह थी कि उसने यह भी महसूस किया कि मुस्तफा के दिल में बच्चों की भलाई के लिए कोई जगह नहीं थी, उसके इरादों में खुदगर्जी थी।

मुस्तफा का एक और भाई था गुलाम गाजी खर। वह भी एम. पी. था। उसके इस भाई ने अपनी तरफ से पूरी कोशिश की कि बच्चे इस माहौल में रम जाएँ। उसकी मुस्तफा के साथ बोलचाल नहीं थी, लेकिन अपनी भतीजियों और भतीजे के साथ वह गरमजोशी से पेश आता था। वह उन सभी की अपने घर पर अक्सर ही खातिरदारी करता रहता था। वह नन्हे अली को शिकार पर ले जाता था; उसने अली को एक खच्चर भी खरीद दिया था और उसे इसकी सवारी करनी भी सिखा दी थी। गुलाम रब्बानी खर बच्चों को तोहफों और प्यार से लादता रहता था।

टीवी ने अपनी जगह बना ली। लड़कियों के मनोरंजन के लिए लगातार हिंदुस्तानी वीडियो फिल्में आ जातीं और उनकी हमउम्र बहनों से उनकी दोस्ती हो गई।

मुस्तफा को जैसे ही पता लगा कि मेरे अब्बाजान ने जनरल जिया से संपर्क किया है और हमने यह अंदाजा लगा लिया है कि बच्चे उसके गाँव में हैं, तो उसने बड़ी फुर्ती से काम किया। बच्चों को कार से लाहौर हवाई अड्डे ले जाया गया। वे मन ही मन रोमांचित थे, वे जानते थे कि अखबारों में उनके बारे में बहुत कुछ छप चुका था, और वे उम्मीद करते थे कि कोई न कोई उन्हें जरूर पहचान लेगा। फिर भी, अपने अंकल की हिदायत पर उन्हें छिप कर ही रहना था। जब गाड़ी लाल बत्ती पर रुकती तो उनसे कहा जाता था कि वे सीट में दुबक जाएँ और किसी को दिखाई न पड़ें। बच्चों के अपहरण के बारे में अखबारों में जो खबरें छपी थीं उनके कारण उनकी शक्लें काफी जानी-पहचानी थीं। उन्हें लाहौर से कराची हवाई जहाज में और गलत नामों से ले जाया गया। सफर के दौरान एक परिचारिका ने मासूमियत में नसीबा से उसका नाम पूछ लिया। वह अपना असली नाम बताने जा ही रही थी कि अब्दुर्रहमान के चेहरे पर चेतावनी का भाव देखकर चुप लगा गई।

कराची से, बच्चों को जटोई के गाँव नवाबशाह ले जाया गया। जहाँ वे जटोई के बेटे मसरूर और उनकी अमेरिकी बीवी सैरा के मेहमान बनकर रहे। सैरा बच्चों के मामले में कुछ ज्यादा ही पारंपरिक किस्म की महिला थी, और बच्चे उसे पसंद करते थे। उनका कहना था कि 'जटोई भवन' उन दूसरे पाकिस्तानी घरों से ज्यादा साफ था जो उन्होंने देखे थे, और सैरा उन्हें नाव की सैर कराने भी ले जाती थी—लड़कियों को भी और अली को भी।

यह जानकारी मुझे पीड़ा पहुँचाने वाली और परेशान करने वाली थी। इस पूरे समय मैं यही मान कर चलती रही थी कि जटोई मेरी तरफ थे—या कम से कम तटस्थ तो थे ही। मैंने तो यह शुक्र मनाया कि बच्चे इतने कट्टर नहीं हैं और उनकी याददाश्त भी कमजोर है। फिर भी, मैं यह सोच कर काँप गई कि आगे जाकर न जाने उनके साथ क्या होता। मैं जानती थी कि इस दौरान वे बहुत परेशान और

दुःखी रहे थे, लेकिन उनमें इतना माद्दा था कि वे बीती बातों को हँसते हुए याद कर सकते थे। मेरी तरह वे भी विषम घटनाओं में हास्य ढूँढ़ने की क्षमता रखते थे।

मेरे लाहौर पहुँचने के एक दिन बाद, नेशनल पीपुल्स पार्टी ने अपना प्रारंभिक सम्मेलन बड़ी धूमधाम से आयोजित किया। जटोई अध्यक्ष थे। मुस्तफा अकेला ऐसा महत्त्वपूर्ण राजनीतिक नेता था जो इस समय जेल में था, और उसकी गैर-मौजूदगी ने उसे—और उसके साथ मुझे भी—एक बड़ी मशहूर हस्ती बना दिया था। मैं जटोई की बगल में बैठी थी और राजनीतिक और व्यक्तिगत भावनाओं को अलग-अलग खाने में रखने के लिए अपने आपको सावधान कर रही थी। जब मेरी बारी आई तो मैं मुस्तफा की प्रतिनिधि के रूप में अपना पहला राजनीतिक भाषण देने खड़ी हुई। मैं बेहद घबराई हुई थी लेकिन मैंने जैसे-तैसे पूरे दम के साथ अपनी बात रख ही दी।

"मुस्तफा खर वापस आ गए हैं!" मैंने कहा। "बदकिस्मती से उन्हें सीधे आपके पास आने की इजाजत नहीं दी गई है। उनकी कैद से आपको मजबूती मिलेगी। उन्होंने पाकिस्तान आने की हिम्मत की, हालाँकि उन्हें पता था कि जनरल लोग उन्हें उनकी नियत भूमिका निभाने नहीं देंगे—इस मुल्क के दबे-पिसे अवाम को उठाने की भूमिका।

"वह उस मिट्टी के नहीं बने हैं जो समझौता कर लें या टूट जाएँ। वह मार्शल लॉ और उसकी नाइंसाफियों के खिलाफ लड़ेंगे। हम सेना की समरी अदालतों और ट्रिब्यूनलों को मानने से इनकार करते हैं। जनरल लोग हमारी इच्छा को तोड़ नहीं सकते और न ही हमारी आवाज को दबा सकते हैं। मुस्तफा खर लौट आए हैं मार्शल लॉ के मारे बदनसीबों के साथ खड़े होने को। इन लोगों के बीच उनकी मौजूदगी मुस्तफा खर को एक सताए गए कारिंदे की हैसियत देती है। वह इस बात का प्रतीक हैं कि पाकिस्तान की जनता नाजायज हुकूमत को कबूल नहीं करती।

"मुस्तफा खर ने अपने सभी साथियों को हिदायत दी है कि वे जनाब जटोई की अगुआई में एकजुट हों। यहाँ आपकी मौजूदगी इस बात का संकेत है कि आप मुस्तफा के नेतृत्व में अभी भी विश्वास करते हैं। आप लोगों के समर्थन से हम उन्हें जल्दी ही अपने बीच पाएँगे, जिस्मानी तौर पर अपने बीच पाएँगे।"

तब तक तो मैं यह समझने लग गई थी कि सत्ता की तलाश कैसे और क्यों आदमियों को लील जाती है।

मुझे पाकिस्तान पहुँचे पंद्रह दिन हो गए थे जब अधिकारियों ने मुझे मुस्तफा से मिलने की इजाजत दी। उसे एक विमान में कराची से फैसलाबाद ले जाया गया था, जहाँ

उसे एक केंद्रीय कारागार में रखा गया। मैं लाहौर से चली तो कारों का काफिला मेरे साथ था। मैं कई कार्यकर्ताओं और राजनीतिक सहायकों के साथ तीन घंटे का सफर तय करके अपने शौहर से मिलने सुपरिंटेंडेंट के दफ्तर में पहुँची।

हालाँकि मुस्तफा की कैद की वजह से मेरी जिंदगी अब और ज्यादा अनिश्चित और असामान्य थी, फिर भी यह मुलाकात एक अलग किस्म की थी। मैं अपनी शादी के बाद से अब पहली बार उससे अलग थी। मैं भीड़-भाड़ और बेतरतीब दौड़ती गाड़ियों, ताँगों, पुराने वाहनों और शोर मचाते रिक्शों के बीच से निकलती हुई कार में जेल की तरफ बढ़ रही थी तो मैंने अपने लोगों पर नजर डाली जो तपती गरमियों को सहर्ष झेल रहे थे और जिंदगी के हर मुकाम पर परेशानियों के आदी हो चुके थे। साइकिलों पर सवार या पैदल, कोई-कोई तो नंगे पाँव, कुछ गधागाड़ियों में ठुँसे ये लोग इन शानदार पाजेरो जीपों और फैशनेबुल, एयर कंडीशंड कारों के साथ अजीब विरोधाभास पैदा कर रहे थे जिनमें मेरी कार भी थी। इंगलैंड की व्यवस्थिति जिंदगी के आनंद के मुकाबले यह घिच-पिच मुझे ज्यादा अच्छी लगी।

मुस्तफा सुपरिंटेंडेंट के दफ्तर में आया तो उसके चेहरे पर दयनीयता का कोई भाव नहीं था। मुझे आश्चर्य हुआ। शायद मैं 'नेता' के बजाय एक 'कैदी' को देखने की अपेक्षा कर रही थी, लेकिन मेरा सोचना गलत था। मुस्तफा ने अपेक्षा के अनुरूप कभी कुछ नहीं किया। पाकिस्तान उसका मैदान था। वह यहाँ एक सच्चा नेता था; वह जानता था कि अधिकारियों को कैसे धौंस में लेना है। जलावतन के पूरे अरसे में मैंने उसे आत्मविश्वास से इतना लबरेज और इतना संतुलित कभी नहीं देखा।

मुझे हर दूसरे हफ्ते मुस्तफा से मिलने की इजाजत थी, इसलिए हमने लगातार कई बैठकें शुरू कर लीं। मुझे मुस्तफा और नई पार्टी के बीच सूचना के माध्यम की भूमिका निभानी थी। लाहौर में दिन लंबे थे। मैं पार्टी कार्यकर्ताओं के तर्क-वितर्कों को ध्यान से सुनती और फिर उन्हें मुस्तफा के नजरिए से उनकी 'दिन भर की रोटी' उन्हें देती थी। शामें अखबारों को इंटरव्यू देते बीतती थीं। यह जरूरी था कि हम मुस्तफा के नाम को जिंदा और सुर्खियों में रखते। धीरे-धीरे लोगों को यह समझ में आने लगा कि मेरे अपने अलग विचार थे जिन्हें व्यक्त करने से अब मैं डरती नहीं थी। ये लोग मेरे विश्लेषणों को सम्मान देते थे। मैं अपने बच्चों के सोने से पहले उन पर विशेष ध्यान देने की कोशिश करती थी। देर रात को मैं बिस्तर में ढेर हो जाती थी।

उत्साही कार्यकर्ता इस नए संगठन के अंदर प्रभावशाली पद हासिल करने के लिए जोरदार अभियान चला रहे थे। उनमें से कई को यह उम्मीद थी कि मैं मुस्तफा से उनकी सिफारिश करूँगी। आकाओं के लिए यह मुश्किल समय था। वे तो यही चाहते थे कि ऐसे तमाम उत्साही कार्यकर्ताओं को किसी न किसी पद पर बैठा दिया जाए, लेकिन वे जानते थे कि उन्हें कुछ लोगों के अहं को चोट पहुँचानी होगी और

कुछ को चढ़ाना होगा। यह अनिवार्य था कि इस तरह से असंतुष्टों का एक आरक्षित दल पैदा होगा।

मैंने यह खबर दी कि जटोई महत्त्वपूर्ण पदों पर अपने लोगों को बैठा रहे थे और मुस्तफा के 'आदमियों' को मुख्यधारा से काट रहे थे। शायद यह अनिवार्य भी था। लेकिन मुस्तफा को कोई खतरा दिखाई नहीं दे रहा था। उसका मानना था कि जटोई इतने ज्यादा शरीफ इंसान थे कि उनके लिए इस स्तर पर राजनीतिक खेल करना मुमकिन नहीं था। वह समझ रहा था कि जटोई के सबको साथ लेकर चलने के स्वभाव से कैसी गड़बड़ पैदा होगी। नई पार्टी जनता में गहरी पैठ नहीं बनाएगी; इसका घोषणा पत्र और इसके ढेरों परचे उन तमाम किताबों के बीच रख दिए जाएँगे जो पहले से ही 'जटोई भवन' में करीने से सजा कर रखी गई हैं। मुस्तफा को विश्वास था कि वह अपनी जेल की अपेक्षाकृत आरामदायक कोठरी में आराम करेगा और हताशा की स्थिति में उठने वाली माँग का इंतजार करेगा। जब वह जेल से बाहर आएगा तब वह ऐसा अकेला व्यक्ति होगा जो पार्टी को संगठित करने के काबिल होगा।

मुस्तफा को पार्टी की पंजाब इकाई का अध्यक्ष नामजद किया गया, हालाँकि उसके दिन-प्रतिदिन के काम मुस्तफा के एक प्रतिनिधि के जिम्मे कर दिए गए। जेल में होने की वजह से, मुस्तफा ने अरुचिशील तटस्थता की नीति अपनाई। उसने उदासीनता ओढ़ ली। अनेक पर्यवेक्षकों को लगा कि पंजाब के शेर की तेजी खत्म हो गई, लेकिन वे यह नहीं समझ पाए कि उसने भुट्टो की एक आजमाई हुई रणनीति को अपनाया था : पलीता लगाओ और अलग खड़े हो जाओ; फिर जब धमाका हो जाए तो धुएँ के बीच से चलकर जाओ और टुकड़े बटोर लो।

हमारे जाती रिश्ते अभी भी नाजुक थे। मुस्तफा जानता था कि वह अभी भी पूरे तौर पर मेरा दिल नहीं जीत पाया था, और हमारी मुलाकातें इतने कम समय के लिए होती थीं कि उसे मुझे पट्टी पढ़ाने का मौका ही नहीं मिल पाता था। वह मेरी आजादी से चिढ़ता था और मेरे दूर रहने से वह जलता था, हालाँकि उससे अलग रहकर बिताया गया मेरा सारा समय पूरे तौर पर उसी के काम को समर्पित होता था। वह डरता था कि अगर उसने कोई अनुचित हरकत की तो मैं उससे बदला ले सकती हूँ, और उसे यह भी एहसास था कि वह खुद बदले की कार्रवाई करने लायक नहीं था। मैं देख रही थी कि उसका दिमाग सामान्य से अधिक काम कर रहा था और वह ऐसा कोई तरीका ढूँढ़ निकालने की कोशिश कर रहा था जिससे वह मेरे साथ ज्यादा समय बिता सके।

मुझे उससे थोड़ी हमदर्दी हो रही थी। उसका भविष्य अनिश्चित था। उसे कुछ

पता नहीं था कि उसे जेल में कब तक सड़ना पड़ेगा। वह जानता था कि जिया सनक में आकर भी उसे फाँसी चढ़ाने का हुक्म दे सकते हैं। मैं ऐसी कोई बात नहीं करना चाहती थी जिससे उसकी परेशानी और बढ़ जाए।

इस तरह महीनों गुजर गए और मैं अरबी और साइमा के घर पर सूटकेसों के सहारे जिंदगी बसर करने से तंग आ गई। मैंने मुस्तफा को इस बात के लिए मनाया कि मुझे लाहौर में एक मकान किराए पर ले लेने दे ताकि मैं बच्चों के साथ यहाँ बस जाऊँ और उन्हें सही अंग्रेजी स्कूलों में दाखिल कर सकूँ। यह खुशकिस्मती थी कि उनके ऊपर उनके अपहरण का कोई बुरा असर दिखाई नहीं दे रहा था--सिवाय इसके कि उनके सिर में जुएँ पड़ गई थीं, जिन्हें एक लंबे अरसे तक जुएँ मारने वाली और संक्रमण खत्म करने वाली दवाओं से खत्म कर दिया गया।

इसी समय हमारा एक राजनीतिक कार्यकर्ता मेरे यहाँ काम करने के लिए छब्बीस साल की एक औरत को लेकर आया। शगूफा एक बहुत शालीन और अच्छे परिवार की लड़की थी जिसके पास आमदनी का कोई जरिया नहीं था। उसे ढंग से खाने को नहीं मिलता था और वह बहुत थकी हुई दिखाई देती थी। मैंने उसे काम पर रख लिया और उसे नन्हे हमजा का जिम्मा सौंप दिया। मैं तो काफी देर-देर तक बाहर रहती थी, इसलिए उसके साथ हमजा का बहुत लगाव हो गया।

मुस्तफा का एक भाई उसकी जमीन की देखभाल कर रहा था। उसने हमें थोड़ा पैसा दे दिया। हमारा नया निवास पाँच बेडरूम वाला एक बड़ा-सा मकान था। मैंने उसमें एयर कंडीशनर लगवाया, दीवार से दीवार तक गलीचा बिछवाया और खूबसूरत परदे और फर्नीचर मँगवाया। दीवार पर पेंटिंग टाँगते हुए मैंने महसूस किया कि मैं अपने असली रूप में आ गई थी। हमारे इस मकान में जमने के कुछ ही दिन बाद, एक सुबह मेरे पास एक पत्रकार का फोन आया कि मुस्तफा को दिल का दौरा पड़ा है। किसी ने मुझे खबर क्यों नहीं की? मैं घबरा गई, और मैंने गृह सचिव को फोन करके उनसे मेरे शौहर से मिलने की विशेष अनुमति ली। फिर मैं फैसलाबाद भागी।

मुस्तफा वहाँ के अस्पताल के खास वार्ड में था। अस्पताल की किसी गढ़ की तरह सुरक्षा की गई थी। उसके प्रशंसक उसकी पहरेदारी कर रहे थे। एन पी पी के कई कार्यकर्ता, स्त्रियाँ और पुरुष, आसपास बैठे संजीदगी के साथ कुरान की आयतें बोल रहे थे और माला फेल रहे थे।

मैं जब वार्ड में पहुँची तो वह पलँग के किनारे बैठा खीसें निपोर रहा था। "यह पाकिस्तान है," उसने समझाया। "यहाँ कुछ भी हो सकता है। मैंने जेल के डॉक्टर की मिलीभगत से यह सब किया है।" अंग्रेजों के जमाने के जेल के नियमों के अनुसार किसी बीमार कैदी के घर वाले उससे हर रोज मिल सकते थे। इस तरह, अब मैं उससे हर रोज मिलने आने वाली थी!

ज्यादा से ज्यादा उसे सीने में जलन की शिकायत थी, और वह अपनी इस नई दिनचर्या से बहुत संतुष्ट था। अपने दिन की शुरुआत वह योग से करता था : वह सिर के बल खड़ा हो जाता और अपने पैरों को आपस में फँसा लेता था, और इस तरह दुनिया को एक अलग कोण से देखता था। मेरी खुद की दुनिया भी तो औंधी थी। हर सुबह मुझे कार से लाहौर से फैसलाबाद तक का तीन घंटे का सफर तय करना पड़ता था, और फिर अपने शौहर के साथ दोपहर का खाना खाकर तीसरे पहर वापस आना पड़ता था। शाम को मुझे अखबार वालों से मिलना होता था और उनके साथ राजनीतिक स्थिति की जटिलताओं पर बात करनी होती थी और मेरे पति के स्वास्थ्य के बारे में ताजा सूचना जारी करनी होती थी। थकी-हारी बिस्तर पर लेटने से पहले मेरे पास अपने बच्चों के लिए बस थोड़ा-सा समय ही बचता था।

जब मुझे भयंकर फ्लू हो गया तब भी मुस्तफा की यही जिद रही कि मैं उसे हर रोज देखने आऊँ। वह लगभग हमेशा ही अनुचित और संवेदना से रहित बात करता था, लेकिन मेरे पास उससे लड़ने की ताकत नहीं थी। यह ढर्रा बीस दिन तक चलता रहा।

मुझे खबर मिली कि मुस्तफा की माँ बहुत बीमार थीं। मैं विमान पकड़कर मुल्तान पहुँच गई, जहाँ से मुझे कार से कोट अद्दू ले जाया गया। वह अपने कमरे में लेटी थीं। वह बेहोश थीं। उनके नाती-पोते उनके पलँग को घेर कर बैठे कुरान पढ़ रहे थे। वहाँ कोई डॉक्टर नहीं था, और न ही उन्हें अस्पताल पहुँचाने का घर वालों का कोई इरादा था। सभी लोग उनके मरने का इंतजार कर रहे थे।

मैंने जोर भी डाला कि उनके लिए कुछ इलाज का इंतजाम किया जाए, लेकिन मुस्तफा के भाई गाजी ने कहा, "उससे कोई फायदा नहीं। वह मर रही है। वह मेरी माँ है—फैसला मैं करूँगा।"

"तुम्हारा ख्याल अहम नहीं है," मैंने तुनक कर कहा। "मैं यहा मुस्तफा की नुमाइंदगी कर रही हूँ। वह सबसे बड़े बेटे हैं और उनकी गैर-मौजूदगी में फैसला मैं करूँगी। मैं तो यही कह रही हूँ कि हमें डॉक्टर बुलाना चाहिए और उन्हें किसी अस्पताल में पहुँचाना चाहिए। हम इन्हें ऐसे नहीं मरने दे सकते। हमें इनकी जिंदगी बचाने की ज्यादा से ज्यादा कोशिश करनी चाहिए।"

गाजी गुस्सा, और अपने भाइयों की मौजूदगी में, शर्मिन्दा भी हुआ, लेकिन मेरे दृढ़ लहजे की जीत हुई। उन्होंने एक डॉक्टर को बुलवाया और थोड़ी ही देर में मुस्तफा की माँ को ऑक्सीजन दी जाने लगी। उनका रक्तचाप थोड़ा-सा गिर गया था। वह बेहोश ही रहीं, लेकिन हम उन्हें मुल्तान के निश्तर मेडिकल हॉस्पिटल ले

जाने में कामयाब रहे।

मुस्तफा को फौरन वहाँ पहुँचा दिया गया। उसके 'दिल की हालत' को देखते हुए, अस्पताल के एक पूरे वार्ड को एक छोटी जेल की शक्ल दे दी गई, और उसने और उसके पूरे खानदान ने इन सहूलियतों का फायदा अपनी पहरेदारी के लिए उठाया। पार्टी कार्यकर्ता खूब खाने-पीने की नियामतें भेजने लगे। मैंने इस बारे में मुस्तफा से थोड़ी बहस भी की। हमें इस तरह के विशेषाधिकारों की इजाजत क्यों होनी चाहिए? "जो सच में बीमार हैं उनका क्या होगा?" मैंने उससे पूछा। "वे लोग कहाँ जाएँगे?" एक बार को तो मुस्तफा को कोई जवाब नहीं सूझ पड़ा। उसने स्वीकार किया कि ये ठाठ उसके मानववादी राजनीतिक दर्शन से मेल नहीं खाते, लेकिन इस समय वह अपनी माँ की हालत में मुब्तला होने की वजह से अपने सिद्धांतों से समझौता करने को तैयार था।

वह घंटों अपनी नीम बेहोश माँ के पास बैठा उनसे बात करता रहता और उन्हें वापस इस दुनिया में लाने की कोशिश करता। उसने माँ को भरोसा दिलाया कि वह हमेशा-हमेशा के लिए घर लौट आया है, और उन्हें छोड़कर अब कभी नहीं जाएगा। जब-जब मुस्तफा अपना नाम लेता और कहता "मैं तुम्हारे पास हूँ" बूढ़ी माँ के होठों से कराह निकल जाती; कभी-कभी उनके गाल पर एक आँसू लुढ़क पड़ता। जब वह माँ से याचना करता कि वह अपनी आँखें खोलें और केवल एक बार अपने उस बेटे को देख लें जिसके लिए वह इतने दिन तड़पी हैं, तो उसकी आवाज में हताशा होती थी।

यह एक सरकारी, और मुल्तान का सबसे बड़ा अस्पताल था, फिर भी इसकी हालत ऐसी थी कि मैं तो हैरान रह गई। भौतिक चिकित्सा में काम आने वाली मशीनरी बिलकुल बेकार हालत में थी और सफाई व्यवस्था साफ तौर पर लचर दिखाई देती थी। ऑपरेशन के बाद संक्रमण के गंभीर मामले आम थे। बिजली के जनरेटर का कोई भरोसा नहीं था और वह ऑपरेशन के बीच कभी भी बंद हो सकता था।

मेरे मन में आया कि मुझे निठल्ले बैठ कर गपशप करने के बजाय कुछ रचनात्मक करना चाहिए। इसलिए मैंने बच्चों का वार्ड देखने का फैसला किया। वहाँ की हालत देखकर मैं हैरान रह गई। वहाँ हर पलँग पर बहुत छोटे से लेकर चलना सीख रहे उम्र के तीन-चार बच्चे थे। इनमें से कुछ ल्यूकीमिया के रोगी थे तो दूसरे बच्चों को पेचिश या टीबी की शिकायत थी। वहाँ ऐसी कोई कोशिश नहीं की गई थी कि छुतही बीमारी वाले बच्चों को दूसरे रोगों या चोट वाले बच्चों से अलग रखा जाए। उन्हीं पलँगों पर गंदी हालत में पालथी मारे माँएँ बैठी थीं जो अपने बच्चों की देखभाल की कोशिश कर रही थीं। लेकिन वहाँ बच्चों के लिए कोई जरूरी सामान ही नहीं था, एक भी नहीं।

एक पलँग पर एक औरत अपनी बेटी को गोद में लिए बैठी थी। वह लड़की

कोई तीन साल की रही होगी। बच्ची का पेट बहुत ज्यादा फूला हुआ था। मैंने एक नर्स से पूछा कि उसे क्या हुआ।

"जिगर का कैंसर," नर्स ने जवाब दिया।

"उसके लिए क्या किया जा रहा है?" मैंने पूछा।

नर्स ने बताया कि यह जिम्मेदारी माँ-बाप की थी कि वे बाहर कहीं से जरूरी दवाएँ वगैरह खरीदें। लड़की का बाप एक मजदूर था जिसे एक दिन में केवल तीस रुपए मिलते थे। अगर वह दवाई ढूँढ़ने निकलता तो उसकी एक दिन की दिहाड़ी मारी जाती।

मैंने अपने बटुए से 500 रुपए निकाले और उस औरत को पकड़ा दिए। मैंने उससे कहा, "जब तुम्हारा आदमी लौटे तो ये पैसे उसे दे देना और कहना कि जाकर दवा ले आए।" उसने मुझे थोड़ा सशंकित होते हुए देखा लेकिन फिर आभार जताते हुए पैसे ले लिए।

जब अगले दिन मैं लौटी तो वह लड़की और उसकी माँ जा चुकी थीं। मुझे किसी अनहोनी की आशंका हुई। मैंने नर्स से पूछा कि क्या हुआ।

"वे लोग लड़की को घर ले गए हैं," नर्स ने जवाब दिया। "उनके पाँच और बच्चे हैं जिनका पेट उन्हें आपके पैसों से भरना है।"

मैंने निराशा में सिर हिलाया और उस वार्ड से चली आई। मैं संकल्प कर चुकी थी कि इस दुखद स्थिति को बदलने के लिए मुझसे जो कुछ भी हो सकेगा मैं करूँगी। मैं मुस्तफा के अपेक्षाकृत भव्य 'स्वीट' में गई और उसे और उसके भाइयों को कहा कि वे सभी बच्चों की दवाइयों के लिए दस-दस हजार रुपए दान करें। इसे पैसों की हास्यास्पद बर्बादी माना गया, लेकिन यह रकम उन सामंती सरदारों के लिए किसी भी सूरत में रेजगारी के बराबर थी।

उस शाम, कुछ हासिल कर लेने के गर्व के साथ मैंने बच्चों के डॉक्टर से चहकते हुए मुलाकात की और उन्हें बताया कि मैंने दवाई वगैरह के लिए 60,000 रुपए की चंदा उगाही की है। डॉक्टर ने मुझे सलाह दी कि मैं ये पैसे उन्हें नहीं दूँ। "अगर दवाइयाँ और सामान आ गया तो," डाक्टर ने आगाह किया, "नर्सें और सहायक डॉक्टर उन्हें चुरा लेंगे और ये सारी चीजें काला बाजार में पहुँच जाएँगी।"

मैं हतप्रभ रह गई और पलट कर बोली, "तो आप क्यों नहीं उन्हें अपनी देखरेख और निगरानी में रख सकते?"

डॉक्टर ने अपने कंधे उचकाते हुए उदासीन स्वर में कहा, "यह मुमकिन नहीं है।"

मैंने इस सच्चाई को स्वीकार नहीं किया और अपने बूते पर यह काम किया। कुछ ही देर बाद मैंने 60,000 रुपए की जीवन रक्षक दवाइयाँ बच्चों के वार्ड के लिए खरीद लीं। मैंने इस सामान की पेटियों की तरफ इशारा करते हुए नर्सों से

कहा, "कम से कम यह तो ध्यान रखना कि कोई इन्हें चुराए नहीं।"

मैंने यह कभी नहीं जानना चाहा कि उन दवाइयों का क्या हुआ। मैं जानती थी कि वे कहाँ गईं लेकिन, मुझसे पहले दान करने वाले और कई लोगों की तरह, मैंने भी अपनी पीठ फेरी और बेबसी की इस हालत से निकल आई।

मेरी सास नीम बेहोशी की हालत में ही चल बसीं। वह अपने सबसे बड़े लाड़ले बेटे को नहीं देख पाईं।

मुस्तफा को उनकी मिट्टी में शामिल होने की इजाजत मिल गई। वह अस्पताल की जेल से बाहर निकला तो चारों तरफ से लोग उसकी तरफ दौड़ पड़े। वह उनसे बहुत सलीके से पेश आया, लेकिन भीड़ में से रास्ता बनाता हुआ कार की तरफ चला गया। वह स्टीयरिंग ह्वील पर ऐसे बैठ गया जैसे किसी बच्चे को बहुत अरसे बाद उसका खोया हुआ पसंदीदा खिलौना मिला हो। गाड़ी चलाने का नौका उसके लिए आजादी का एक मजेदार कश था, हालाँकि पुलिस वालों से भरी जीपें उसके पीछे-पीछे चल रही थीं।

उसने अपने भाई गाजी से पीछे और मुझसे आगे बैठने को कहा। यह प्रगतिशीलता का परिचायक था। यह परंपरा को तोड़ने का द्योतक था। यह दूसरों के लिए इस बात का संकेत था कि अब मैं उसके बराबर थी। खर परिवार की औरतों को हमेशा कमतर जगह दी गई। मुस्तफा ने दुनिया को यह बता दिया था कि मेरी जगह उसकी बगल में थी। गाजी पिछली सीट पर मुँह बनाए बैठा था। यह साफ था कि वह यह सोच कर हैरान हो रहा था कि उसका भाई कैसे और क्यों इतना आजाद हो गया था।

हम कोट अद्दू की कब्रगाह के पास पहुँचे तो धूल के उमड़ते गुबार ने हमारा स्वागत किया। झुटपुटा हो चला था। और चरागाह से घर लौटती गाएँ धूल उड़ा रही थीं। धूल की झीनी चादर के पीछे चेहरों का सागर उमड़ रहा था। ये 60,000 लोग खोए-खोए और उदास दिख रहे थे, मानो कयामत के दिन यही रूहें इकट्ठी होंगी। इन लोगों ने ग्यारह साल बाद घर लौट रहे पंजाब के शेर को जैसे ही पहचाना, वे खुशी में उसका नाम ले-लेकर चिल्लाने लगे। वैसे तो वे उसकी माँ को दफन करने के लिए ही जमा हुए थे, लेकिन उनकी भविष्य की आशा उसकी माँ पर ही टिकी थी। मुस्तफा की मौजूदगी इस बात का संकेत थी कि मुक्ति का समय निकट आ गया था। फटे-चीथड़े पहने और नंगे पाँव ये लोग अपने नेता की एक झलक पाने को आगे की तरफ लपके। वे रो रहे थे। वे अपनी छाती पीट रहे थे। उनकी दहाड़ें आसमान को चीर रही थीं।

मिट्टी मुस्तफा की माँ की अगवानी में फट गई। फिर लोग मुस्तफा की अगवानी

को टूट पड़े।

मुस्तफा ने निर्वासन से लौटने के बाद अपना पहला सार्वजनिक भाषण दिया। "मैं आप लोगों के बीच वापस आने को तरसता रहा हूँ," उसने अपने लोगों से कहा। "नसीब ने मेरे साथ अजीब खेल खेला है। मेरी अल्ला से यह दुआ रही है कि वह मुझे आप लोगों के लिए कुछ करने का एक मौका दे। मैं यहाँ अपनी माँ की मौत का मातम करने आया हूँ। आप लोग मेरा दुःख बाँटने आए हैं; मैं आपको कुछ नहीं दे सकता। मैं अभी भी तानाशाह की कैद में हूँ। मैं आपकी खिदमत नहीं कर सकता फिर भी...आज मैं अपनी माँ की कब्र के सामने एक प्रतिज्ञा करता हूँ। मैं लौटूँगा। मेरे लोगो, मैं तुम्हारे पास लौटने के लिए संघर्ष करूँगा और हम मिलकर इस भ्रष्ट और भारी-भरकम व्यवस्था को बदल डालेंगे। हम एक ऐसी व्यवस्था बनाएँगे जो आपके दिलों की इच्छा के ज्यादा नजदीक होगी। आपके बगैर मैं कुछ नहीं हूँ। मुस्तफा खर आपकी ही पैदाइश है, आपकी ही मिट्टी से जन्मा है...मैं अल्ला से दुआ करता हूँ कि वह मुझे आपके प्यार का बदला देने और हमारे प्यारे मुल्क में आपकी आस्था को बहाल करने का एक मौका दे।"

वहाँ अफरा-तफरी मच गई। लोग बेकाबू हो गए। वे सुबकते और चिल्लाते हुए मुस्तफा के पास आने, यहाँ तक कि उसे छूने को बेताब थे। कई तो भीड़ में कुचल गए। मुस्तफा चुपचाप खड़ा रहा और मजबूती से प्यार के इस सैलाब को कबूल करता रहा।

वापसी के समय मैं समझ पा रही थी कि अपनी माँ की मौत के बावजूद मुस्तफा बहुत उन्मुक्त था। अब वह निश्चित तौर पर जानता था कि उसकी गैर-मौजूदगी में उसका समर्थन खत्म नहीं हुआ था। लोग उसे अभी भी एक करिश्माई शख्स के तौर पर देखते थे जो उनके सपनों को सच कर सकता था। अब वह संतुष्ट होकर वापस जेल में जा सकता और अपने पल का इंतजार कर सकता था।

मुस्तफा ने दिल की अपनी काल्पनिक बीमारी के इलाज के लिए मुल्तान में ही रहने की इजाजत ले ली, और उसकी इच्छा थी कि मैं बच्चों को वहीं ले आऊँ। मुझे इसमें कोई तुक नहीं दिखाई दी। वे लाहौर में एक नए मकान में और अच्छे स्कूलों में जम गए थे। मैंने मुस्तफा से कहा कि मुल्तान के स्कूल उतने अच्छे नहीं थे। "तुम जेल में हो," मैंने दलील दी। "तुम्हें एक राजनीतिज्ञ की तरह—शान के साथ—जेल में रहना सीखना है। तुम मुझसे चिपटे रहना क्यों नहीं छोड़ सकते? हमें बच्चों की जिंदगी को व्यवस्थित करना है। अगर तुम चौदह साल जेल में रहते हो तो क्या उन्हें भी अव्यवस्थित जिंदगी बसर करनी होगी?"

"मैं जानता था! मैं जानता था!" मुस्तफा बड़बड़ाने लगा। "मैं जानता था तुम यही करोगी। तुमने मेरा साथ देने का वादा किया था। तुमने वादा किया था! और अब तुम यह कर रही हो।"

हमेशा की तरह इस बार भी मुस्तफा की दलीलों ने मुझे पस्त कर दिया। कैदी के तौर पर उसकी परेशान हालत ने मुझे ब्लैकमेल कर लिया। हमने बड़े दुःखी मन से लाहौर से अपनी गृहस्थी उखाड़ी और नए सिरे से जिंदगी शुरू करने के लिए मुल्तान लौट आए। तापमान इतना ज्यादा था कि गरमी हमारी हड्डियों को झुलसा रही थी। यहाँ तक कि एयर कंडीशनर भी इस भट्ठी में बेअसर थे। हमारे मेजबान यानी साजिद के भाई-भाभी का व्यवहार बहुत अच्छा था, लेकिन मुझे यकीन था कि चारों बच्चों, शगुफ्ता और मेरी वजह से उन्हें अड़चन होती थी। हमने जैसे उनके तीन बेडरूम वाले छोटे-से मकान में घुसपैठ कर दी थी; उनके अपने खुद के तीन बेटे थे। हमारे बच्चों की नई टीचर ने जब उनसे अंग्रेजी शब्दों के उच्चारण और परिभाषा के बारे में पूछा तो उन्हें मजा भी आया और उलझन भी हुई।

मुस्तफा ने मेरे पीछे इतने काम लगा रखे थे कि मुझे अपनी मेजबान के पास ज्यादा देर बैठने का मौका ही नहीं मिल पाता था। मेरी जिंदगी तो एक शौहर के तौर पर या फिर एक राजनीतिक नेता के तौर पर उसी के काम निपटाते बीत रही थी। इस तनाव की वजह से मैं हमेशा थकी-थकी रहती और अपने आपको शांत रखने के लिए मुझे लगातार विटामिन बी के इंजेक्शन लेने होते थे।

छः महीने बाद मुझे अपने सीने पर एक छोटी-सी गाँठ दिखाई दी। डॉक्टरों ने सलाह दी कि मैं बायोप्सी करवाऊँ।

''इसी अस्पताल में करवा लो,'' मुस्तफा ने कहा।

मैंने एकदम मना कर दिया। ''मैं कराची जा रही हूँ,'' मैंने गुस्ताखो से कहा। ''देश के सबसे अच्छे अस्पताल में। मुझे कैंसर भी हो सकता है। मैं यहाँ ऑपरेशन करवा के खतरा मोल नहीं लेना चाहती। मेरे साथ यह मत करो। मेरी जिंदगी तुम्हारे लिए अहम नहीं है क्या? क्या तुम यह चाहते हो कि मैं मर जाऊँ?''

मुस्तफा नौटंकी करने लगा। ''कम से कम मैं तुम्हारे साथ तो रहूँगा,'' वह बोला। ''मैं तुम्हारा हाथ पकड़े रहूँगा।''

लेकिन मेरी हाथ पकड़वाने में कोई दिलचस्पी नहीं थी। मैं तो अच्छे से अच्छा डॉक्टर चाहती थी।

मुस्तफा की मर्जी के खिलाफ और मेरी जिद, खुदगर्जी और हुक्म उदूली के बारे में अपने भाइयों से उसकी शिकायत के बावजूद मैं कराची 'जटोइ भवन' में चली गई। उस समय मेरी माँ शहर में ही थी और मुझे पता था कि उसे मेरे आने वाले ऑपरेशन की जानकारी थी, लेकिन उसने फोन करके मेरे बारे में पूछने का कष्ट नहीं किया। रुबीना और आदिला ने भी मेरी उपेक्षा कर दी। बस जरमीना और मीनू ही लगातार फोन करती रहीं।

सौभाग्य से, मेरे परिवार की जगह जटोई दंपती ने ले ली। आगा खान अस्पताल में मेरे ऑपरेशन के दौरान खालिका जटोई ऑपरेशन थिएटर के बाहर बैठी रहीं। जब मैं स्वास्थ्य लाभ कर रही थी तो वह और उनके पति मेरे पास रहे। शुक्र था कि गाँठ घातक नहीं थी, हालाँकि ऑपरेशन में बहुत दर्द हुआ। मेरे टाँके अभी सूखे भी नहीं थे कि एक पार्टी कार्यकर्ता ने मुल्तान से फोन करके कहा, ''मेरे पास आपके लिए खर साहब का एक पैगाम है कि आप फौरन वापस आ जाएँ।''

यह तो अविश्वसनीय ढंग से संवेदनशीलता से रहित बात थी। मैंने जवाब दिया, ''खर साहब से कह देना कि अभी तो मेरे टाँके भी नहीं टूटे हैं। मैं नहीं आ सकती।''

मुस्तफा को अपेक्षा थी कि मैं यही जवाब दूँगी। तभी तो, उस आदमी ने बड़े अदब के साथ माफी माँगने वाले अंदाज में कहा, ''खर साहब ने कहा है कि यह उनका हुक्म है। टाँके तो मुल्तान में भी काटे जा सकते हैं।''

जटोई तो बहुत गुस्सा हुए, और जब मैंने कहा, ''खर साहब से कहना कि मैं उनके गैर-मुनासिब हुक्मों को नहीं मानूँगी। उन्हें ऐसे हुक्म नहीं देने चाहिए जिन्हें वह जानते हैं मैं नहीं मानूँगी,'' तो उन्होंने मुझसे सहमत होते हुए सिर हिलाया। फिर मैंने गुस्से में फोन पटक दिया।

गाँठ भले ही अघातक रही, लेकिन मुस्तफा घातक था।

जब मैं तैयार हो गई तो विमान से मुल्तान लौट गई। मुस्तफा के पास जाने से पहले ही उन पार्टी कार्यकर्ताओं में मुझे संशय की भनक मिल गई थी जो हवाई अड्डे पर मुझसे मिलने के लिए जमा हुए थे; हमारी घरेलू लड़ाई की खबर फैल चुकी थी।

मैं जैसे ही मुस्तफा के अस्पताल वाले कमरे में घुसी, वह गुस्से में चिल्लाने लगा। मेरी उदासीनता से भड़क कर, उसने मेरे कंधों को पकड़ा और मुझे दरवाजे की तरफ धक्का दे दिया। ''अब बहुत देर हो चुकी,'' वह भुनभुनाया। ''चली जाओ यहाँ से।''

मैंने एक पल उसकी आँखों में आँखें डाल कर देखा, और फिर मुड़ कर बाहर निकल गई।

दो दिन तक मैंने उसे अकेले ही रहने दिया, और वह घबरा गया। फोन पर उसके संदेशों की बाढ़ आ गई। वह माफी माँगता और मिन्नत करता। आखिरकार मुझे मानना पड़ा और एक बार फिर मैं उसे हर रोज देखने जाने लगी।

मुझे लगने लगा कि हम अपने मेजबानों के मत्थे ज्यादा नहीं पड़े रह सकते। मैंने मुस्तफा से कहा कि वह कोई और विकल्प तलाशे। उसने सुझाव दिया कि मैं शेजान होटल के मालिकों से बात करके घटी दर पर रहने की व्यवस्था करने के लिए कहूँ। उन्होंने सहयोग किया, और मैं शगुफ्ता और अपने चार बच्चों को लेकर

उनके होटल के एक दो कमरे के स्वीट में चली आई।

बच्चे हर रोज स्कूल के बाद अपने बाप के साथ खाना खाते और फिर ट्यूशन पढ़ने चले जाते थे। मैं मुस्तफा के कमरे से शाम छः बजे निकलती, और उसके दिल की हालत के बारे में अखबार वालों के लिए सूचनाएँ तैयार करती थी।

इस तरह, पस्त कर देने वाले छः और महीने बीत गए। मैं खोखली हो चुकी थी और दिमागी थकान से परेशान भी।

मुझे भयंकर पेट दर्द की शिकायत हो गई। जाँच करवाने पर पता चला कि मेरी बच्चेदानी में कुछ परेशानी थी। डॉक्टरों का मानना था कि यह हालत बहुत ज्यादा बच्चे पैदा करने की वजह से थी, और मेरे शौहर के इशारे पर निश्तर मेडिकल हॉस्पिटल की चार मंजिल की सीढ़ियाँ चढ़ने-उतरने से यह और भी खराब हो गई थी। एक बार फिर मुझे ऑपरेशन की जरूरत थी। एक बार फिर मुस्तफा ने हुक्म दिया, "यहीं ऑपरेशन करवा लो।" एक बार फिर मैंने उसकी बात मानने से इनकार कर दिया, लेकिन इस बार मैंने समझौता भी किया। अगर कराची बहुत दूर पड़ता है तो मैं लाहौर के शेख जायद अस्पताल में जाने को तैयार थी। बच्चे इस बात से रोमांचित थे कि उन्हें स्कूल की छुट्टियों में लाहौर लौटने को मिल सकता है।

मुस्तफा ने कह दिया कि वह मुझे स्त्री रोगों के विशेषज्ञ किसी पुरुष डॉक्टर के पास जाने की कभी इजाजत नहीं देगा।

मैंने उससे कहा कि मेरा ऐसा कभी कोई इरादा नहीं था। मैंने उसे यकीन दिलाया कि मैं महिला डॉक्टर से ही अपना इलाज करवाऊँगी। वह फिर भी मुझे जाने नहीं दे रहा था, लेकिन मेरा इरादा पक्का था।

जब मैं बच्चों के साथ उनके रूठे बाप को अलविदा कहने गई तो उसने मेरे जिद्दी रवैये की काट के लिए कुछ कठोर कदम उठाए। उसने मुझसे कुरान पर यह लिखवाया कि मैं ठीक पंद्रह दिन में लौट आऊँगी। मैंने लिख तो दिया, लेकिन उसमें यह संशोधन कर दिया कि अगर कोई असाधारण बात नहीं हुई तो मैं पंद्रह दिन में लौट आऊँगी।

"यह क्या है?" उसने मेरा बयान पढ़कर कहा।

"मुस्तफा, मैं कुरान पर कोई ऐसी कसम लिख कर नहीं दे सकती जिसे मैं पूरी न कर सकूँ। कुछ भी हो सकता है। मैं ठीक-ठीक कुछ भी नहीं कह सकती।"

"क्या हो सकता है?"

"देखो, मिसाल के तौर पर, मैं मर भी सकती हूँ।"

"तो क्या हुआ?" वह गुर्राया। "अगर तुम मर भी जाती हो तो तुम्हारी लाश अब पंद्रह दिन में मेरे पास आ जानी चाहिए। अगर तुम बीमार होती हो तो स्ट्रेचर

पर आना—मुझे इसकी परवाह नहीं है।''

मैं इस आदमी को घूरती रह गई। एक बार फिर मैं उसकी हिम्मत और असंवेदनशीलता पर हतप्रभ थी।

फिर उसने अपनी चाल को एकदम पलट दिया। ''ठीक है, तुम जा सकती हो,'' वह बोला। ''निशा और अली को मैं अपने पास रख लूँगा।'' मेरे चेहरे पर स्तब्धता का भाव फिर से आ गया। उसने मक्कारी से हँसते हुए सफाई दी, ''उन्हें यहाँ परेशानी होगी। इसलिए समय पर जरूर लौट आना।''

''समझदारी की बात करो, मुस्तफा,'' मैंने उससे असंभव की माँग करते हुए कहा। ''बच्चे लाहौर जाना चाहते हैं। वे इस सफर का कब से इंतजार कर रहे थे। उन्हें इस तरह से अलग करना जरूरी नहीं है।''

''नहीं। वे यहाँ मेरे साथ रहेंगे।''

''ये यहाँ बंद रह कर क्या करेंगे? ऐसा मत करो। यह तो बेरहमी होगी। निशा और अली असुरक्षा और डर महसूस करेंगे। वे लाचार महसूस करेंगे। उन्हें यह पता रहेगा कि नसीबा और हमजा लाहौर में मजे कर रहे हैं। उन्हें इसलिए सजा मत दो कि मैं बीमार हो गई हूँ।''

''मैंने कह दिया न कि नहीं! वे मेरे साथ अस्पताल में रहेंगे। तुम्हें समय से वापस आना होगा।''

मुस्तफा अपनी ही असुरक्षा से पस्त था, इसलिए उसने एक बार फिर मेरे बच्चों को बंधक बना लिया था। मुझे इस आदमी के बारे में दुःख और अफसोस होता था कि वह मुझे अपने साथ खुश भी नहीं रहने दे पाया था। मैं उसकी हर सनक पूरी करती थी लेकिन वह उसका जवाब बेहद और बढ़ती असंवेदनशीलता से देता था। वह जैसे मुझे अपने आप से अलग करने पर तुला था। शायद वह सोचता था कि उसकी यह तिकड़म मुझे यहाँ मुल्तान में अपना ऑपरेशन करवाने को मजबूर कर देगी, लेकिन उसे पता नहीं था कि मैं अब कहीं ज्यादा मजबूत मिट्टी की बनी थी। मैं नसीबा और हमजा को लेकर लाहौर चली गई।

मुस्तफा ने मेरी बढ़ती हठधर्मिता, मेरे अक्खड़ स्वभाव और बागी तेवरों के बारे में बात करने के लिए अपने भाइयों और बेटों की एक बैठक बुलाई। उसने शिकायत की, ''जब वह कोई काम करना चाहती है तो वह कोई भी जोखिम उठाने को तैयार रहती है—अपनी जान की कीमत पर भी। उसका अंजाम क्या होगा, यह वह बाद के लिए छोड़ देती है।'' उसके भाइयों ने उसे सुझाव दिया कि मेरे पूरे तौर पर 'पलटने' से पहले जल्दी से मुझ पर काबू कर लिया जाए।

इधर जब स्ट्रेचर ऑपरेशन थिएटर की तरफ ले जाया जा रहा था तो मैं अपने

आपको अकेला और उस आदमी के हाथों परित्यक्त महसूस कर रही थी जिसके लिए मैंने अपने पारिवारिक बंधन तोड़ दिए थे। मेरी नानी और जरमीना तो मेरी माँ के हुक्म के खिलाफ जाकर मेरे साथ रहीं। उनकी इस भलाई के एवज में उनका हुक्का-पानी बंद कर दिया गया था।

मैं अस्पताल में एक हफ्ते तक रही, और फिर स्वास्थ्य लाभ के लिए अपनी नानी के यहाँ चली गई। जब वह रो-रोकर यह दुआ करतीं कि खुदा मुझे उन लगातार की परेशानियों से छुटकारा दे जिन्हें मैं बचपन से ही झेलती आ रही थी, तो मैं उन्हें देखती रहती थी। वह मुझे खाना खिलातीं और इस तरह प्यार करतीं जैसे वह मेरी जिंदगी में और तमाम रिश्तों की कमी को पूरा कर देंगी।

जिस दिन मुझे मुल्तान लौटना था, उस दिन सुबह के अखबार में खबर छपी कि मुस्तफा को आधी रात में उठाकर रावलपिंडी भेज दिया गया था। यह घटना सचमुच मनहूस थी। भुट्टो को वहीं फाँसी दी गई थी। अधिकारियों ने निशा और अली को फौरन ही मेरे पास लाहौर भेज दिया।

मैंने मुस्तफा के इस तबादले की निंदा करने के लिए एक प्रेस कान्फ्रेंस बुलाई। मैं राजनीतिक भाषणबाजी के गुर तो अच्छी तरह से सीख ही चुकी थी; बस मैंने बयान दे दिया कि मेरे शौहर दिल के मरीज हैं और रावलपिंडी तक का लंबा सफर उनके लिए खतरनाक था। दरअसल, हमें पता चला कि मुस्तफा को इस्लामाबाद के ठीक बाहर अदयाला जेल ले जाया गया था।

अगले दिन यानी 2 अगस्त 1987 को मुस्तफा का जन्मदिन था। मैं बच्चों को लेकर विमान से इस्लामाबाद पहुँची और हमने सुपरिंटेंडेंट के दफ्तर में मुस्तफा से मुलाकात की। हमारे साथ मुस्तफा के परिवार के और भी लोग थे। मुस्तफा को शांत करने की गरज से मैंने अपने हैंडबैग में उसके जन्मदिन के तोहफे के तौर पर अपना एक फोटो रख लिया था, लेकिन मुस्तफा ने उसे लिया नहीं। मुस्तफा किन्हीं वास्तविक और काल्पनिक कारणों से मुझसे बहुत गुस्सा था। वह हमेशा अपने आपको सबके ध्यान का केंद्र बनाने में कामयाब रहता था। मेरे पास उसे शांत करने लायक न तो ताकत थी और न ही सामर्थ्य, और मैं खुश थी कि हम एक सार्वजनिक जगह में थे।

मुस्तफा ने सुपरिंटेंडेंट से इजाजत माँगी कि हमें उसके साथ उसके कमरे में जाने दें। उन्होंने इजाजत दे दी और हम सब उसकी कोठरी में चले गए। मुस्तफा ने अपने रिश्तेदारों और हमारे बच्चों से कह दिया कि वह मुझसे अकेले में बात करना चाहता है और वे लोग बाहर ही रहें। सीखचों वाले दरवाजे के बाहर टँगी बाँस की चिक में कोई निजी बात तो हो नहीं सकती थी।

वह मेरे साथ शारीरिक संबंध बनाना चाहता था। मेरे टाँके अभी सूखे नहीं थे। मैंने उसे बताया कि मैं ठीक नहीं थी और मुझे ठीक होने में अभी छः हफ्ते

और लगेंगे, लेकिन उसने कोई परवाह नहीं की। उसकी हरकतों को रोकने क़े लिए मैंने उसे याद दिलाया कि उसके परिवार के लोग, हमारे बच्चे—और पुलिस वाले—बाहर ही थे। मुझे चिक के पीछे से परिवार के लोगों के बातचीत करने की आवाज साफ सुनाई दे रही थी। ''बाद में मुझे बाहर निकल कर उनका सामना करना है,'' मैंने कहा। ''मैं यह नहीं कर सकती!'' लेकिन वह कुछ भी सुनने को तैयार नहीं था। ''मुस्तफा,'' मैंने दृढ़ता से, लेकिन बहुत ही धीमी आवाज में, ''मैं खुदा की कसम खाकर कहती हूँ, मैं पैगंबर साहब की कसम खाकर कहती हूँ, अगर तुमने इस समय मुझे छूने की हिम्मत की तो फिर मैं तुम्हारे पास कभी वापस नहीं आऊँगी। मैं तुम्हें छोड़ दूँगी। मैं तलाक ले लूँगी!''

लेकिन वह जबरन मेरे ऊपर चढ़ गया। दर्द मेरे अनुमान से कहीं ज्यादा भयंकर था, और अपमान तो उससे भी ज्यादा तेज था। फिर भी मैं चुपचाप सह गई।

आखिरकार, जब मैं उसे अपने ऊपर से हटाने में कामयाब हुई, तो मैंने गुर्राकर कहा, ''तुम बीमार हो—बहुत बीमार! हरामी!''

उसने फौरन समझौता करने की कोशिश की। उसने अटकते हुए कहा, ''मुझे माफ कर दो—''

''तुम्हारी बीवी होना बहुत टेढ़ा काम है।''

''मुझे यहाँ मत छोड़ो,'' मुस्तफा मिन्नत करने लगा। ''खुदा के वास्ते। मेरा क्या होगा? तुम चली जाओगी और मुझे यहाँ बंद कर दिया जाएगा। कितनी चिंताएँ होंगी मुझे। तुम्हीं तो अकेली ऐसी शख्स हो जिसे मैं प्यार करता हूँ, और जो मुझे प्यार करती है। तुम मेरी इकलौती उम्मीद हो। अगर तुम मुझे छोड़ गईं तो मेरे पास और कुछ भी नहीं होगा।''

मैंने उसे घूर कर देखा।

''मुझे अपना फोटो दो, तहमीना,'' वह बोला, ''इससे अच्छा जन्मदिन का तोहफा और कुछ नहीं हो सकता।''

मैंने अपने हैंडबैग से अपना फोटो निकाला। फिर जान-बूझकर मैंने उसे टुकड़े-टुकड़े करके हवा में बिखेर दिया।

13

मैं लाहौर में अपनी नानी के घर में बैठी मुस्तफा के नाम तलाक के लिए एक चिट्ठी लिख रही थी। मैं बहुत सोच-समझ कर इसका खाका तैयार कर रही थी। तभी घंटी बजने से मेरा ध्यान बँट गया और मैं दरवाजा खोलने चली गई। बाहर एक प्यारी-सी कमसिन लड़की खड़ी मुझे देखकर मुस्करा रही थी।

"तान्या!" मैं चिल्लाई।

हमने एक-दूसरे को चिपटा लिया और सुबक पड़ीं। मेरी नानी, नसीबा, निशा, अली और हमजा सभी ने हमारी खुशी की चीखें सुनीं और वे भी आकर इस जश्न में शामिल हो गए। हमारे मिलन के रोमांच से नानी का घर भर गया। मेरी सबसे बड़ी बेटी वापस आ गई थी! क्यों? मैं हैरान होकर सोचने लगी। कितने दिन के लिए? बहुत से सवाल थे मेरे जेहन में, लेकिन मैं सही समय के इंतजार में रही।

बाद में, तान्या और मैंने अपने-अपने भविष्य के बारे में बातचीत की। मेरा भविष्य तो हमेशा की तरह पूरे तौर पर अनिश्चित ही था, लेकिन उसे पता था कि वह क्या चाहती है। "मुझे अमेरिका में रहना बहुत खराब लगता है," उसने बताया। "मुझे अपनी सौतेली माँ के साथ रहना बहुत खराब लगता है।" वह छुट्टियों में पाकिस्तान आई थी लेकिन अब वह यहीं रुकना और मेरे साथ रहना चाहती थी।

मुझे खुशी भी हो रही थी और डर भी लग रहा था। मैंने उसे उस चिट्ठी के बारे में बताया जो मैं उसके आने के समय लिख रही थी। "मुझे कुछ पता नहीं कि क्या होने वाला है," मैंने उसके आगे स्वीकार किया। "लेकिन तुम तो रुको—" उसका चेहरा खिल गया। "—कम से कम कुछ समय के लिए।" उसका चेहरा उतर गया। "तान्या, मुझे कुछ नहीं मालूम," मैंने उसे समझाया। "हमें देखना होगा।"

दो दिन बाद, जेल के सुपरिंटेंडेंट को मुस्तफा की डाक देखते समय मेरी रजिस्टर्ड चिट्ठी मिल गई, और हमारी परेशानियाँ लोगों को पता चल गईं। आगे आने वाले तलाक की खबर अखबारों के पहले पन्ने पर छप गई, जिसे पढ़ कर सभी को धक्का

लगा। कई लोगों ने मुझे लापरवाह और अस्थिर बताकर मेरी निंदा की। मेरा बेचारा, बीमार पति जेल की सलाखों के पीछे मुसीबत उठा रहा था, और मैं उसे छोड़कर जा रही थी। जो अफवाह उड़ाने वाले ज्यादा दुष्ट थे उन्होंने तो यहाँ तक कह दिया कि मैं आजाद होना चाहती थी ताकि मैं दूसरे मर्दों के साथ मजे कर सकूँ। अभी कुछ दिन पहले मैं जिहादी बीवी थी। अब मैं एक ऐसी औरत थी जिससे नफरत करना सभी को अच्छा लग रहा था।

जैसे-जैसे एक-एक दिन गुजरता गया, दबाव और भी बढ़ता गया। तान्या एक खामोश जिंदगी की आदी थी, जिसमें आम लोगों का रत्ती भर भी दखल नहीं था। यहाँ की जिंदगी ऐसी थी जिसमें अखबार वालों के फोन आते रहते थे और सत्ता का खेल खेलने वाले राजनीतिक व्यक्तियों का आना-जाना लगा रहता था। तान्या सामान्य जीवन चाहती थी। लेकिन मैं उसे सामान्य जीवन नहीं दे सकती थी।

हमारा साथ-साथ बिताया हर पल गुजरे पल से ज्यादा मार्मिक होता था। अंजाम का पता हम दोनों को ही था, लेकिन धमाका मुझे ही करना पड़ा : "तान्या तुम न्यू जर्सी में एक अच्छे स्कूल में पढ़ रही हो। तुम्हारे अब्बू तुम्हें प्यार करते हैं और तुम्हें सुरक्षा भी दे सकते हैं। मैं तुम्हें कुछ भी नहीं दे सकती—अभी भी। मुझे नहीं पता मुस्तफा मेरे साथ क्या करेंगे। तुम्हें अपने अब्बू के पास लौट जाना चाहिए।"

एक बार फिर वह मुझसे चिपट गई और एक बार फिर मैंने उसे जबरन अपने से अलग कर दिया । मैं हैरान होकर सोचने लगी : कितनी बार हमें इस दृश्य को दोहराना होगा? जब तक हम इसे सही ढंग से कर नहीं देते?

इसी उथल-पुथल के बीच, मुस्तफा के छोटे भाई रहमानी की दिल का दौरा पड़ने से मौत हो गई। वह मात्र पैंतीस साल का था। मैं उसे प्यार से याद करती थी। वह हमारे साथ कुछ समय रहा था, और मेरे साथ वह हमेशा ही इज्जत और विनम्रता से पेश आया था। जब लंदन से उसका पार्थिव शरीर आया, तो मैं लाहौर से विमान पकड़कर उसे श्रद्धांजलि देने इस्लामाबाद पहुँची। मुस्तफा के भाई गाजी और उसके बेटे अब्दुर्रहमान ने बहुत शालीनता से मेरा स्वागत किया।

मुस्तफा को कोट अद्दू में उसके भाई के अंतिम संस्कार में शामिल होने की इजाजत मिल गई, और मैंने सुना कि वहाँ वह एक बच्चे की तरह बिलख कर रोया। मैं हैरान होकर सोचने लगी कि ये आँसू उसके भाई के लिए थे या मेरे लिए। उससे शादी के बाद यह पहला मौका था जब मैं एक खास मुश्किल के समय उसकी बगल में नहीं थी।

नुसरत जमील उर्फ नुस्सी एक पत्रकार है। वह अंग्रेजी भाषा के दैनिक 'दि नेशन' के लिए काम करती है। उसने मुझे फोन करके अपना परिचय दिया और मेरा इंटरव्यू

लेने की इच्छा जताई। वह एक राजनीतिज्ञ की बीवी के अनुभवों के बारे में एक लेख लिखना चाहती थी जो अब उससे अलग हो गई थी। मैं राजी हो गई। नुस्सी ने मेरी जिंदगी ही बदल दी।

वह खूबसूरत, अक्लमंद और मुखर थी। उसने मेरे घर पर ही मेरा इंटरव्यू लिया और फिर मुझे उसी शाम अपने घर खाने पर बुलाया। मैं इसलिए वहाँ चली गई क्योंकि अब मैं तलाक का दावा कर रही थी और अचानक ही मुझे मुस्तफा की तानाशाही हिदायतों से अब मुक्ति का एहसास हो रहा था। वहाँ का माहौल बिलकुल फर्क था और पाकिस्तान में और कहीं मैंने ऐसा माहौल नहीं देखा था। मैंने नुस्सी के घर के रख-रखाव को 'शानदार ढंग से तनाव मुक्त' वाले खाने में रखा। स्पष्ट था कि वह 'शैली' से ज्यादा महत्त्व 'तत्त्व' को देती थी। उसके पति वहाँ पाकिस्तानी शायर अल्लामा इकबाल के पोते यूसुफ सलाहुद्दीन के साथ थे; उन्हें लोग बस जे. जे. कहकर बुलाते थे। मुझे वह बेहद आजाद ख्यालों वाले मर्द लगे। मैंने इतना समझ वाला आदमी पहले कभी नहीं देखा था। हम दोनों ही फ्रायड और जुंग के विश्लेषणों के दीवाने थे। वह बातों से इलाज में विश्वास करते थे। उन्होंने मेरे दिमाग में कैद कुछ रहस्यों को खोलने की शुरुआती कवायद में मेरी मदद की।

नुस्सी जानती थी कि मेरी जिंदगी बँधी हुई थी, और मैं सामंती मानसिकता में जड़े एक ऐसे मर्द के साथ रही थी जो उम्र में मुझसे बहुत बड़ा था। मेरी मान्यताएँ पारंपरिक थीं, फिर भी वह मुझमें बगावत भड़कने की संभावना देखती थी। वह जानती थी कि मेरा आधुनिक दुनिया से ज्यादा साबका नहीं हुआ था, सो उसने तय किया कि इस आधुनिकता में मेरा पदार्पण मुकम्मिल लेकिन धीरे-धीरे होना चाहिए। उसने मुझे दिखाया कि तलाक के बाद भी जिंदगी होती है। "समाज में स्वीकार्य होना अपने आप में ऐसा पर्याप्त कारण नहीं है जिसके लिए बिगड़ चुके वैवाहिक संबंध को बनाए रखा जाए," उसने मुझसे कहा। जीवन के एक और दार्शनिक नजरिए की इस झलक ने मुझमें कौतूहल पैदा कर दिया। ये मेरी ही उम्र के लोग थे, लेकिन इनका सोचने का तरीका ऐसा था कि इस तरह से सोचने का मैं दुस्साहस ही नहीं कर सकती थी।

खाना खाने के बाद हम कार से सड़क किनारे के एक कैफे में कुल्फी खाने चले गए। मेरे साथियों ने मुझे थोड़ा तनावमुक्त तो कर दिया था लेकिन मैं अभी भी किसी पढ़ाई चोर स्कूली बच्चे की तरह घबराहट और बंधन महसूस कर रही थी। मेरे नए दोस्त बिलकुल भी हड़बड़ी में नहीं थे, और हम आधी रात बीत जाने पर भी कैफे के बाहर खड़ी कार में बैठे रहे। रात का यह पहर मुझे डरा भी रहा था और रोमांचित भी कर रहा था। मुझे मजा आ रहा था और शरारत सूझ रही थी। मैं इन अजनबी मर्दों के साथ अकेली थी, मेरे साथ दाई आयशा का साया भी नहीं था, और मैं मुस्तफा की पाबंदी को तोड़ रही थी। ऐसा लग रहा था जैसे

वह मौजूद था और मेरे पीछे से मुझे भुनभुना कर देख रहा था। उसे इस रात के बारे में पता चल जाएगा; उसे हमेशा पता चल जाता था। लेकिन इससे कोई फर्क पड़ना था क्या? हाँ, पड़ना था।

आजादी अभी भी कोई आसान मुद्दा नहीं था।

मेरा वकील मुस्तफा से मिलने गया। कैदी मुस्तफा ने एक धोखा खाए आशिक की भूमिका अदा की। उसने मेरे लिए अपने अटूट प्यार की बात कहते हुए मेरे वकील से मिन्नत की कि वह मुझे उसके पास लौट आने को राजी करे। कुल मिलाकर सार यह था कि वह मुझे तलाक देने को हरगिज तैयार नहीं था। मेरे पास 'खुला' के अलावा कोई विकल्प नहीं रह गया। इस्लामी कानून में औरतों को 'खुला' के जरिए तलाक का हक दिया गया है, जिसके तहत उसे जायदाद के अपने कुछ या सारे दावे छोड़ने होते हैं। यानी, मुस्तफा मुझे वैवाहिक रिश्ता बनाए रखने को बाध्य नहीं कर सकता था, लेकिन वह मुझे मोहताज करके छोड़ सकता था।

पैसों के बारे में तो मैं सोचती भी नहीं थी। मेरी चौंतीस साल की पूरी उम्र में पैसा तो यूँ ही रहता आया था। हमेशा आदमी लोग ही इसके बारे में सोचते आए थे : पहले मेरे अब्बाजान, फिर अनीस, फिर मुस्तफा। इस समय तो मैं बस यह जानती थी कि हमारे ज्वाइंट बैंक खाते में जो पैसा था वह कई महीनों के खर्च के लिए काफी था। उसके बाद क्या होगा, अभी से कौन बता सकता था?

लाहौर में मेरे लिए कुछ नहीं बचा था। प्रचार ने पार्टी के लिए मेरी उपयोगिता को खत्म कर दिया था और मुस्तफा ने सियासत के लिए मेरे जुनून को ठंडा कर दिया था। मेरे पुराने दोस्त गायब हो गए थे, और मुझे इस अप्रिय सच्चाई का एहसास हो गया था कि वे सभी मुस्तफा के साथी और पिट्ठू थे—हमारे सामाजिक संपर्क राजनीति के जाल में उलझे हुए थे। मेरे अब्बाजान ने मुझे कराची में एक फ्लैट खरीद दिया और मैं वहाँ अपने बच्चों और नौकरानी शगुफ्ता के साथ रहने लग गई। पहले तो मैं बहुत बोर हुई। एक जलावतन सियासी नेता की बीवी होने के नाते मैं एक फीकी, सामान्य जिंदगी बिताने लायक नहीं रह गई थी।

लेकिन फिर जल्दी ही नुस्सी और जे. जे. कराची आए और उन्होंने मुझे महान सूफी संत शाह अब्दुल लतीफ भिटाई का उर्स मनाने के लिए सिंध के दूर-दराज के गाँव भिट शाह चलने की दावत दी। यह राजनीतिक रंग वाली एक धार्मिक छुट्टी थी। जनरल जिया के सत्ता सँभालने के बाद से, और खासकर भुट्टो को फाँसी दिए जाने के बाद से भिट शाह का उर्स सिंध के लोगों के लिए इकट्ठा होने का एक मुकाम बन गया था। यहाँ, रहस्यवाद के चंदोवे के नीचे, एक बढ़ते चंद्रमा तले, लड़ाकू सिंधी जमा होते और अपने संगीत और नाच के जरिए विरोध प्रदर्शन करते थे।

यह संत एक उस्ताद शायर थे, जिनकी सूक्ष्म रचनाएँ एक आततायी व्यवस्था से सुरक्षा और मुक्ति देती थीं।

सिंध के दूर-दराज के इन अंदरूनी इलाकों में, इज्जतदार औरतें अपने चेहरे को एक चादर से ढँकती हैं। केवल उनकी आँखें और माथा दिखाई देता है। इस मौके के लिए नुस्सी और मैंने सब्जी के रंग में रंगे खास सिंधी कपड़े अजरुक का इस्तेमाल किया।

भिट शाह में यह मेले का समय था। क्षुब्ध लेकिन गर्व से दीप्त चेहरे हमारी कार की खिड़कियों से झाँक रहे थे। गाँव में खूब चहल-पहल थी, और ऐसा कोई उत्सव मैंने पहले कभी नहीं देखा था। यहाँ सारे नियम ताक पर रख दिए गए थे, सभी मानकों को अलग छोड़ दिया गया था। हम काम-चलाऊ बाजार में भीड़ के बीच घूमते रहे। हम भविष्य बाँचने वालों से कतराते और भांग बेचने वालों की लच्छेदार बातों को अनसुना करते हुए आगे बढ़ते रहे। मैंने भांग के बारे में सुना जरूर था लेकिन उसे देखा कभी नहीं था। यह राजनीतिक कानून और शायद इस्लामी कानून के खिलाफ था, लेकिन इस्लामी कानून वाली बात विवादास्पद थी। कई रहस्यवादी फकीरों का कहना है कि भांग से उनका धार्मिक आनंद बढ़ जाता है।

हमने उन गंदे कैफे में झाँक कर देखा जहाँ सुनहरे, चुस्त सूट पहने हिजड़े कामुक अदांज में नाच रहे थे और सस्ते करार कर रहे थे। उनमें से एक रॉक एंड रॉल धुन का उर्दू पाठ अलापता हुआ माइकेल जैक्सन की तरह ठुमक रहा था। ये आधे मर्द, आधे औरत कलाकार हमारे समाज का एक सबसे ज्यादा रहस्यपूर्ण तबका हैं। किसी को नहीं पता कि ये आते कहाँ से हैं। आम लोगों को ये केवल खास मौकों पर ही दिखाई देते हैं। बहुत छोटे या बहुत ज्यादा बूढ़े हिजड़े बहुत कम देखने को मिलते हैं। कहते हैं कि ये अपनी अलग बस्तियों में रहते हैं जहाँ सामाजिक षड्यंत्र गहरे होते हैं, और वे अपने प्यार-मोहब्बत के रिश्तों को अपने ही रहस्यमय अंदाज में निभाते हैं। हमारे पुरुष-प्रधान समाज के पाखंड के बीच औरतों का किरदार निभाते आदमियों को देखना बहुत राहत का सबब था। मैंने गर्दन ऊँची करके इस अजीब और गंदे दृश्य को देखा। मैंने सोचा : फेलीनी ने ऐसा ही सपना देखा होगा।

हमने एक सर्कस देखा जिसका बड़ा-सा तंबू था और कुछ उकताए हाथी और शेर थे जिन पर मक्खियाँ भिनक रही थीं। हवाई झूलों पर करतब दिखाने वाले कलाकार हिजड़े थे जो चुस्त पाजामों के ऊपर फूले ब्लूमर पहने थे। हमने संगीत का आनंद लिया और गेरुए लबादे पहने दरवेश सूंग नर्तकों का थिरकना देखा।

उस रात हम नुस्सी और जे. जे. के कुछ और दोस्तों के साथ भिट शाह के एक रेस्ट हाउस में ठहरे। जब मुझे यह पता चला कि हम छः लोग—मर्द और औरतें—एक ही कमरे में रहेंगे तो मुझे ताज्जुब हुआ और थोड़ा अजीब भी लगा।

मुझे विश्वास ही नहीं हुआ कि मुझे उसी कमरे में तीन गैर-मर्दों के साथ सोना था। लेकिन मेरे साथी इस इंतजाम को लेकर बिलकुल सहज थे, और मैंने अपने आपको धिक्कारा कि मैं इतनी शीलवती क्यों बन रही थी।

अगले दिन तड़के ही हम शाह अब्दुल लतीफ की मजार पर गए। यह पूर्व के सबसे खूबसूरत स्मारकों में है। अरदास करने वाले पिछली रात के राग-रंग से पस्त, आँगन में पसरे हुए थे। उनकी सूनी आँखें एक हजार कटोरे थे भीख के। फकीर लोग रहस्यमय भजन गाकर मुल्क में भोर का उजाला फैलने की प्रार्थना कर रहे थे। गुँथी लटों वाला एक फकीर मस्त होकर नाच रहा था।

इस महान संत की मजार के सामने खड़ी मैं सोचने लगी : मैं किस चीज के लिए दुआ करूँ? मेरा दिमाग सूंग नर्तकों की तरह घूम रहा था। अचानक एक अपराध बोध ने मुझे आ घेरा। मैं अपने लिए कैसे दुआ कर सकती थी जबकि मेरे पति जेल में सड़ रहे थे? अपनी चादर के परदे से मैंने मुस्तफा की रिहाई के लिए खामोश दुआएँ कीं।

भिट शाह में दो दिन बिताने के बाद, जब पूनम का चाँद घटने लगा और उत्सव खत्म हो गया तो हम वापस कराची आ गए। मैं कार की पिछली सीट पर जे. जे. और एक अन्य मर्द के बीच बैठी थी। लेकिन, सारे रास्ते मैं इस तरफ से खबरदार रही कि कहीं मैं अनजाने में भी इनमें से किसी मर्द से छू न जाऊँ। सभी लोग इस बात का मजा ले रहे थे।

नुस्सी और जे. जे. ने मुझे 1984 के विश्व कप क्रिकेट टूर्नामेंट का जश्न मनाने को कुछ पार्टियों में हिस्सा लेने के लिए लाहौर वापस बुलाया। एक बार फिर मैं शौहर के बिना दावतें करने की संभावना से रोमांचित हो गई, और भयभीत भी। मैं बच्चों को लेकर अपनी नानी के पास रहने लाहौर चली गई। मैं मजे करने का पक्का इरादा बना चुकी थी। नुस्सी के परिचितों में मेरी मुलाकात आत्म-विश्वास से भरी उन कमसिन लड़कियों से हुई जो चुस्त जींस और मिनी स्कर्ट पहने नाच के फर्श पर थिरक रही थीं और खुले आम गैर-मर्दों के साथ उछल-कूद कर रही थीं! मुझे यह देखकर नागवार लगा कि उनकी टाँगें नंगी थीं—यह लंदन नहीं, पाकिस्तान था—और यह तो मुझे और भी नागवार लगा कि और किसी को भी यह नागवार नहीं लग रहा था। यह वह पीढ़ी थी जो जिया के जमाने में बड़ी हुई थी। उनके आदर्श चे, माओ या सुकर्णो नहीं बल्कि मैडोना, आयकोका और ट्रंप थे। इनके लिए गरीबी का मतलब होता था बिना एयर कंडीशनर वाला फ्लैट। यहाँ वंचित लोग सुजूकी चलाते थे। अफगान युद्ध और नशीली दवा विस्फोट के नतीजे सामने आ रहे थे। अफगानिस्तान और पाकिस्तान की सरहद पर पोश्त के खेतों में उपज बढ़ गई थी,

आवाजाही वैध हो गई थी, और शरणार्थियों की संख्या असीम हो गई थी। कई शताब्दियों का सफर मानो एक पल में तय हो गया था। आधुनिक महिलाएँ इतनी आगे बढ़ गई थीं कि पिछड़े इलाकों में रहने वाली उनकी बहनें किस्से-कहानी की किरदार बनकर रह गई थीं।

तब मेरी समझ में आया कि मैं समय के फेर में थी और मानसिक स्तर पर अभी भी फँसी हुई थी। जिंदगी में तब पहली बार मुझे यह विश्वास होने लगा कि मैं अजीब थी, और दुनिया में दूसरे, बिलकुल सामान्य व्यक्ति भी थे जो खामोश रहकर कष्ट उठाने को तैयार नहीं थे और अन्याय का जवाब देने को तत्पर थे। जिंदगी और शादी के बारे में मेरे विचार पुराने और संकुचित थे। मेरी समझ में आया कि मुस्तफा और मेरे घरवालों ने मुझे अपनी दुनिया में खींच कर सारी खिड़कियाँ बंद कर दी थीं।

मुझे एक उदासीन दर्शक की अपनी इस भूमिका में बहुत मजा आया, लेकिन मैं किनारे ही रही। संगीत इतना तेज था कि इसमें हमारी बातचीत सुनाई नहीं दे रही थी, और मैं कान के पास मुँह ले जाकर अंतरंग बातचीत करने की इच्छुक नहीं थी। मेरे लिए पार्टी का मतलब अभी भी यही था कि लोग बैठकर खाना खाएँ और सभी एक-दूसरे को जानें। फिर भी, मैंने इस चकाचौंध का लुत्फ उठाया।

मैं अपनी जिंदगी का पहला क्रिकेट मैच देखने गई और मैंने नुस्सी और जे. जे. के जरिए उसका मजा लिया। जब वे उठकर ताली बजाते तो मैं भी वही करती। जब वे खामोश और तनावग्रस्त हो जाते तो मैं भी मुँह बना लेती। आखिर में लोग खुशी के मारे चिल्ला पड़े : पाकिस्तान ने शक्तिशाली वेस्टइंडीज को हरा दिया था और टूर्नामेंट जीतने की उनकी संभावना बन गई थी।

जब क्रिकेट का बुखार चरम पर था तो मैं यूसुफ सलाहुद्दीन की हवेली में गई। लाहौर की उसकी इस हवेली के बीच के आँगन में कुछ आदमी पसरे हुए थे। उनमें से एक भी आदमी हमारा अभिवादन करने को नहीं उठा। कितनी अजीब बात है, मैंने सोचा। मेरी दुनिया में, शरीफ मर्द किसी महिला के आने पर खड़े हो जाते थे। युसुफ संगमरमर के दीवान पर लेटा शाही दंभ के साथ वहाँ से आती जाती औरतों को देख रहा था जो मिनी स्कर्ट पहने थीं और अपने अजीबोगरीब फैशन में बने बालों को दिखाती घूम रही थीं। बाहर दीवारों पर जम्हूरियत की वापसी की माँग करने वाले पोस्टर चिपके थे। अंदर, मुस्तफा किसी मुगलवंशी की नकल-सा विराजमान था; ऐय्याशी का साक्षात रूप था वह।

मेरा परिचय फर्श पर पसरे एक व्यक्ति से करवाया गया। यह महान क्रिकेट खिलाड़ी इमरान खान था। मैंने क्रिकेट के बारे में बातचीत करने की कोशिश करते हुए, उससे कह दिया, ''मैंने देखा था, आपने कैसे बैट करके वेस्टइंडीज को आउट कर दिया था।'' मेरे इस कथन पर उसने अपनी छोटी-छोटी आँखों को सिकोड़ कर

त्रस्त होकर मुझे ऐसे देखा कि मैं समझ गई कि शायद मैं अपनी बात सही शब्दों में नहीं रख पाई थी। मेरी मुलाकात मुबशर नाम के एक आदमी से भी हुई। उसने मुझसे कहा कि मैं उसे प्यार के नाम 'मॉबी' से बुलाऊँ। 'मॉबी', मैंने उससे पूछा, "क्या तुम भी क्रिकेट खिलाड़ी हो?" मैं कैसे जान सकती थी कि वह भी सुपर स्टार वाली मिट्टी का नहीं बना है? मैं खूबसूरत उमर फारुख और उसकी बीवी मिन्ना से भी मिली। उमर कई नामों से मशहूर था, जैसे 'गोल्डी' ('गोल्ड फिंगर' के लिए)। पैसों के मामले में उसे ऐसी महारत हासिल थी कि कहा जाता था कि वह जिस भी चीज को छू लेता है वह सोना बन जाती है। दूसरे लोग उसे 'मारिओ फालीची' कहते थे, जिसका सबब था उसका माफिया वाला अंदाज जिसे वह उम्दा किस्म के फैशनेबुल सूटों से सजाए रहता था।

समय बीतने के साथ मैं इन सभी लोगों को बेहतर ढंग से जान गई, और वे मुझे अच्छे लगे। इमरान मुझे एक बेहद उसूलों वाला इंसान लगा जो अपने मजाकिया अंदाज को अपनी भयंकर होड़ वाली फितरत से इस तरह मिलाकर रखता था जिससे हमारे मुल्क को फायदा होता था। मॉबी एक मजबूत और खामोश किस्म का मर्द था, जिसमें खामोशी के जरिए अपनी बात कहने की खूबी थी। गोल्डी भरोसेमंद था। यूसुफ हंसी-मजाक करने वाला और खिलंदड़ा था। यह मेरे लिए एक बड़ी उपलब्धि थी कि मैंने ऐसे नए रिश्ते बनाए थे जो मुझ पर मुस्तफा ने नहीं थोपे थे। ये लोग मुझे मेरे असली रूप में देखते थे, किसी राजनीतिज्ञ के पुछल्ले के तौर पर नहीं।

मैंने महसूस किया कि हालाँकि इन लोगों की कहानियाँ मेरी कहानी से फर्क थीं, फिर भी इनमें से हरेक शख्स मौत को पछाड़कर निकला था। इस टोली का हरेक शख्स विषम स्थितियों और संघर्ष से होकर गुजरा था और पहले से ज्यादा मजबूत होकर उभरा था। इस चंगाई की प्रक्रिया की महत्त्वूपर्ण बात यह थी कि इन लोगों ने अपनी जिंदगियों का विश्लेषण किया था और अपनी खामियों को दुरुस्त किया था। इन बातों ने मुझे मेरे वजूद के बारे में उम्मीद से भर दियां।

लेकिन मैं किस शख्स की तरह बनना चाहती थी?

मेरी बातों से नानी का दिमाग घूम रहा था। कभी तो मैं उनसे कहती कि वह मुस्तफा की जेल से रिहाई के लिए दुआ करें, कभी मैं उनसे कहती कि वह दुआ करें कि मुस्तफा से मुझे रिहाई मिल जाए। वह बार-बार अपने हाथ उठा कर खीज में चिल्लातीं, "हमें उसे प्यार करना है या नफरत? पहले अपना मन बना लो। अल्ला भी उलझन में है कि आखिर तुम्हें चाहिए क्या। तुम खुदा को इतना मौका ही नहीं देतीं कि तुम्हारी दुआ का जवाब दें। जब वह तुम्हारी दुआ का जवाब देना शुरू करता है, तब तक तुम्हारी दुआ ही बदल जाती है।" जब नानी दुआ करने बैठतीं तो रो-रोकर

अल्ला से मिन्नत करतीं कि वह मेरी बेचैन रूह को शांति दे।

यह सही था। मैं बिलकुल चकराई हुई थी। एक नई जिंदगी मुझे बुला रही थी, लेकिन पुराने ढंग से मुझे अभी भी जकड़े हुए थे। मुझे क्या करना था? मैं क्या करना चाहती थी? मुझे पता नहीं था।

दृश्य-परिवर्तन जरूरी था। मैंने अपने बच्चों को वापस हमारे लंदन वाले फ्लैट में ले जाने का फैसला किया ताकि मुझे अपनी खंडित शख्सियत को दुरुस्त करने का समय मिल जाए। जब मुझे कुछ कागजी कार्रवाई पूरी करने की वजह से लंदन जाना स्थगित करना पड़ा तो मेरे वकील ने मुझसे कहा कि अगर मैंने ज्यादा देर लगाई तो मुस्तफा को मेरे इरादे का पता चल सकता है और वह बच्चों को मुल्क से बाहर न जाने देने के लिए स्टे ऑर्डर ले सकता है। बेहतर रणनीति तो यही होगी कि मैं अपने तीन बड़े बच्चों को पहले भेज दूँ और बाद में खुद उनके पास चली जाऊँ। सबसे छोटा हमजा मेरी नानी के यहाँ शगुफ्ता के साथ रहेगा।

मैंने लंदन में बैठी अपनी बहन मीनू को फोन करके पूछा कि क्या वह हवाई अड्डे पर बच्चों से मिलने पहुँच सकती है, और मेरे आने तक कुछ दिनों के लिए उनकी देखभाल कर सकती है। मीनू फौरन राजी हो गई। वह मेरी मदद करने को उतावली थी और बच्चों से मिलने की संभावना से रोमांचित भी थी। हम दोनों ही यह जानते थे कि हमारी माँ यह जानकर गुस्सा होगी कि मीनू मेरी मदद के लिए कुछ कर रही है। मुस्तफा के साथ मेरे पिछले मेल के बाद से माँ से मेरा कोई संपर्क नहीं रहा था।

नसीबा, निशा और अली विमान में सवार होकर लंदन के लिए रवाना हो चुके थे कि मीनू का फोन आया। वह घबराई हुई थी। हमारी माँ को हमारे इरादे का पता चल गया था और उन्होंने मीनू को हुक्म दिया था कि वह इसमें हाथ न डाले। माँ का कहना था कि इस बार मैंने बच्चों को अगवा किया है और वह मुझे सजा देने को कृतसंकल्प थी। एक बार फिर, मेरे बच्चे मोहरे बन गए थे।

मैं क्या करती? हवाई अड्डे पर बच्चों को लेने कौन आएगा? लंदन में मेरे अभी भी कई दोस्त थे, लेकिन मैं उन्हें अपने घरेलू झगड़े में उलझाना नहीं चाहती थी। वैसे भी, उनमें से ज्यादातर मुस्तफा के खिलाफ खड़े होने की बात पर चुप्पी साध जाने वाले थे। अनायास ही मैंने मीनू को फोन करके कहा कि वह पी आई ए के मैनेजर से फोन पर कहे कि वह हवाई जहाज से बच्चों को उतार कर उन्हें टैक्सी से उसके घर भेज दें। ''वे तुम्हारे दरवाजे पर आ जाएँगे,'' मैंने षड्यंत्र के लहजे में मीनू को समझाया। ''तब तुम मम्मी को फोन करके उससे कह देना कि बच्चे आ गए हैं और तुम उन्हें भगा नहीं सकतीं।''

जब मेरे बच्चे रात 10.30 बजे हवाई जहाज से उतरे और उन्हें अपनी मौसी नहीं दिखाई दी तो वे डर गए। किस्मत से पी आई ए के मैनेजर ने स्थिति को सँभाल

लिया। उन्होंने बच्चों को टैक्सी में बैठाया और एक पर्ची पर मीनू का पता लिख कर ड्राइवर को थमा दिया। ड्राइवर रास्ता भटक गया। उसने मेरे भयभीत बच्चों को डाँट लगा दी कि उन्हें यह भी नहीं पता था कि उन्हें जाना कहाँ है। नसीबा डर रही थी कि वह उन्हें अँधेरी, अनजान गलियों में कहीं उतार कर चला जाएगा। तीनों बच्चे डर के मारे सुबकने लगे।

आखिरकार, ड्राइवर ने मकान ढूँढ़ लिया। मीनू उन तीनों को घर में ले गई और उन्हें तसल्ली दी। फिर उसने हमारी माँ को फोन करके इस 'अप्रत्याशित' आगमन की जानकारी दी। माँ गुस्से से फट पड़ी और उसने मीनू को कहा कि वह बच्चों को अगली उड़ान से वापस कराची भेज दे, लेकिन मीनू के शौहर अली ने कह दिया कि वह ऐसे निर्दय और लापरवाही वाले व्यवहार में भागीदार नहीं बनेगा।

माँ ने अगली सुबह तड़के ही फोन करके यह ऐलान कर दिया कि अगर मीनू और अली ने उनके कहने के मुताबिक नहीं किया तो वह बच्चों को फौरन वापस पाकिस्तान भेज देगी। मीनू घबरा गई। उसने मुझे फोन किया। माँ ने उसे धमकी दी थी कि अगर उसने माँ की बात नहीं मानी तो वह उसे बेदखल कर देगी। बच्चों को वहाँ से हटाना ही होगा।

तब नुस्सी ने बचाव किया। उसने लंदन में अपनी बहन चिन्नी को फोन किया और उससे कहा कि जब तक मैं वहाँ नहीं पहुँच जाती वह बच्चों की देखभाल करे। बेचारी, हैरान चिन्नी मेरे घर वालों के अविवेकपूर्ण व्यवहार को नहीं समझ पाई। उसके पास अपने भी बच्चे थे देखभाल के लिए, लेकिन शालीनता का परिचय देते हुए वह मेरे बच्चों को थोड़े समय के लिए पनाह देने को राजी हो गई। मैंने पाकिस्तान से ही फोन करके पाकिस्तानी दूतावास की एक अद्भुत महिला को इस काम पर लगा दिया कि दिन में जब चिन्नी कॉलेज चली जाए तो वह बच्चों की देखभाल कर ले। बच्चे महसूस कर रहे थे कि वे वहाँ अवांछित थे और अजनबियों के साथ रहने की मजबूरी ने उन्हें दिमागी तौर पर परेशान भी कर रखा था। वे जानते थे कि उन्हें वहाँ रहने से चिन्नी को अड़चन हो रही थी।

कुछ ही दिनों में मैं छः महीने के वीसा पर लंदन के लिए रवाना हो गई। हमजा शगुफ्ता के लिए दहाड़ें मार रहा था, क्योंकि हमें उसे वहीं छोड़कर हॉलैंड पार्क वाले अपने मकान में डेरा जमाना था। बड़े बच्चों को मैंने केंट के एक बोर्डिंग स्कूल में डाल दिया। यह एक लेबनानी संस्था थी जो इस्लामी कायदे-कानून से चल रही थी। इससे मुझे मुस्तफा के उस पुराने आरोप के खिलाफ गोला-बारूद मिल गया कि बच्चों को एक पतनशील पश्चिमी रहन-सहन में रखा जा रहा था।

मुस्तफा की रूह मेरा पीछा कर रही थी। उसके भाई अरबी ने फोन करके मुझे बताया कि मुस्तफा टूट चुका था और परेशान था, और लगातार मेरे और बच्चों के लिए रोता रहता था। "वह जेल में मर जाएँगे" अरबी ने भविष्यवाणी की। "वह

न खाते हैं और न सोते हैं। उन पर आपका जुनून सवार है।''

मुस्तफा के बेटे अब्दुर्रहमान का संदेश तो और भी मनहूस था : ''वह आजादी हासिल करने के लिए कोई भी समझौता करने का इरादा बना रहे हैं। वह इंगलैंड आएँगे और बच्चों को दोबारा ले जाएँगे।'' मैं डर गई कि वह किसी को लंदन भेजकर मुझे मरवा भी सकता है।

मैं भगोड़ी थी। मैं कितनी दूर और कितनी देर भाग सकती थी?

आईने में धँसी, बेजान आँखें दिखाई दे रही थीं, जिनमें गुस्से और बगावत के चिह्न थे। ये वे आँखें थीं जो सपने देखना भूल गई थीं; ये आँखें मेरे लंदन वाले फ्लैट में मेरा हर जगह पीछा करती थीं, मुझमें सहनशीलता की कमी का ताना मारती थीं, मेरी हँसी उड़ाती थीं कि मैंने एक अधूरे काम से पीठ मोड़ ली थी; ये वे आँखें थीं जो मुझे घूरती और मुझ पर आरोप लगाती थीं : तुम पाकिस्तान के अवाम के लिए संघर्ष का एक हिस्सा बन गई थीं, तुम उन्हें गरीबी और गंदगी से उठाने में मदद करने के लिए कृत-संकल्प थीं। तुमने और सभी की तरह उनसे विश्वासघात किया है।

मेरी रातों की नींद उड़ गई। जेल में सड़ते मुस्तफा का ख्याल मुझे परेशान करता था। मैं उसे छोड़ने की वजह से नहीं, छोड़ने के समय की वजह से परेशान थी। मैंने उसे तब ठोकर मारी जब वह अपाहिज था।

मुस्तफा खर अब मेरा शौहर नहीं रह गया था, लेकिन वह मेरा सियासी नेता अभी भी था। मैं अभी भी हमारे सपनों को साकार करना चाहती थी, लेकिन मैं इस लायक नहीं थी कि अपने वतन लौट कर अपने बूते पर कोई राजनीतिक कारगुजारी कर सकूँ। उसके लिए मुझे मुस्तफा के दिए मंच की जरूरत थी। मैं ख्यालों में उसे अकेला, टूटा हुआ और निराश देखती थी। यह उसकी फितरत ही थी जिसने उसे इस तन्हा हालत में पहुँचा दिया था, उसकी फितरत ही थी जिसने मुझे अलग कर दिया था। फिर भी मैं इस वास्तविकता से बच नहीं पा रही थी कि उसे मेरी जरूरत थी। मैं इतिहास में एक ऐसी औरत के तौर पर चर्चित नहीं होना चाहती थी जिसने एक सपने को अधूरा छोड़ दिया था।

मैं फ़ैज़ अहमद फैज की शाहकार मानववादी कविता के संदेश को झुठला नहीं पा रही थी, जिसका भाव कुछ इस तरह था :

मुझसे उस शिद्दत की माँग मत करो।
जिससे कभी मैं तुम्हें प्यार किया करता था...
मैं बार-बार मुड़ता हूँ दर्द की तरफ।

तुम अभी भी खूबसूरत हो, बहुत खूबसूरत–
लेकिन–दर्द।

क्या मैंने अपनी मानसिक शांति के लिए अवाम की खुशी को दाँव पर रख दिया था? मैं अपने ब्रिटिश खोल में सुरक्षित थी–लेकिन–दर्द।

मैंने मुल्तान के निश्तर मेडिकल हॉस्पिटल के उस भयंकर वार्ड के उन बच्चों के बारे में सोचा। मैंने अपने आपको विश्वास दिलाने की कोशिश की कि मैंने पैसा इकट्ठा करके और दवाएँ मँगवा कर अपना काम पूरा कर दिया था, लेकिन मैं जानती थी कि और तमाम लोगों की तरह मैं भी एक निराशाजनक स्थिति से पीठ मोड़ कर चली आई थी।

मैंने फिर से पेंटिंग शुरू कर दी, और मेरे चित्रों ने मुझे रास्ता दिखाया। तंद्रा की सी हालत में, मेरी उँगलियों ने दुनिया के अभागे इंसानों के बीच मेरे अनुभवों को जीवंत कर दिया। मैंने उन छोकरों के चित्र बनाए जिनकी पसलियाँ उनकी तनी चमड़ी से निकल भागने को जूझ रही थीं, और जिनका अतीत, वर्तमान और भविष्य कूड़े के विशाल ढेरों में था। मैंने उन माँओं के भावों को अपने चित्रों में उतारा जिनके स्तन सूख गए थे। मैंने गली में बैठे उन बूढ़े आदमियों और औरतों के चित्र बनाए जिनके माथे थकान से झुके हुए थे। मैंने अपने चित्रों में काले, मटमैले और कत्थई रंग भरे।

फैज की एक और कविता मेरे कैनवास में उतर आई :

मैंने अपनी जिंदगी को अपने वतन के गली-गलियारों में छोड़ दिया,
जहाँ खामोशी सीना तान कर घूमती है।
जहाँ कोई अपना सिर नहीं उठाता।
और खौफ रात में टहलने निकलता है।

मैंने बाल खोले औरतों की तसवीरें बनाईं, मानो वे मातम कर रही हों। सीमित जरूरतों वाले आम लोग मेरे जेहन में घुस आते और मेरे चित्रों में उतर जाते थे।

जेल की तस्वीरें मेरे जेहन में भर आती थीं। मैंने जेल में बंद उन औरतों को देखा था जिन्हें जेल के कर्मचारियों ने अपनी हवस का शिकार बनाया था। उनमें से कुछ को बाद में भयभीत जेल वाले ले गए थे और जबरदस्ती उनका गर्भपात करवा दिया था ताकि उनके अपराध का सबूत मिट जाए। बाकी औरतों ने 'इंसाफ़' के हरामजादों को जना था। मैंने सलाखों के पीछे बंद इन माँओं और बच्चों के

चित्र बनाए थे जो डरे हुए थे कि उन्हें रिहा करके एक बैरी और अनिश्चित दुनिया में भेज दिया जाएगा।

कूची का हर फेर मुझे इस फैसले के और भी नजदीक ले जाता था : मैं लौटूँगी। कुरान में मेरे लिखे ये शब्द मेरा पीछा कर रहे थे : "चाहे मुस्तफा जिंदगी भर कैद रहे, मैं उसका साथ नहीं छोड़ँगी।"

लंदन में केवल एक महीना रहने के बाद, मैंने सामान बाँधना शुरू कर दिया।

14

हम इस्लामाबाद के हवाई अड्डे पर उतरे। जिस दिन मैंने बच्चों को मुस्तफा से मिलने भेजा, वह पुलिस हिरासत में अदालत में था। प्रेस फोटोग्राफर शेर और उसके बच्चों के अश्रुपूर्ण पुनर्मिलन को कैमरे में कैद करने के लिए वहाँ जमा हो गए थे।

मैं उससे अगले दिन मिली। मैंने देखा कि उसका वजन काफी कम हो गया था। हम एक-दूसरे को आजमाते रहे, और आखिरकार उसी ने चुप्पी तोड़ी। "हमें अपने रिश्ते को एक मौका और देना चाहिए," वह मिन्नत करने लगा। "मैं कोशिश करके तुम्हें समझूँगा। तुम्हें भी कोशिश करके मुझे समझना चाहिए। जो कुछ हुआ उसे हमें भुला देना चाहिए।"

मुस्तफा ने मुझे बताया कि मुझसे दूर रह के वह बहुत दुःखी रहा, उसने अपने दिन दुआओं में बिताए। वह इतनी जोर-जोर से रोता था कि जेल के संतरी भी उसके दुःख से कातर हो जाते थे। मेरी तरह वे भी इस शक्तिशाली आदमी को दुःख से झुका और टूटा देखकर हताश हो गए थे।

इस्लाम में पैगंबर और उनके साथियों की तसवीर रखने की मनाही है। ऐसा मूर्ति पूजा को रोकने के उद्देश्य से किया गया है। लेकिन शियाओं में, खासकर ईरान में, पैगंबर के चचेरे भाई हजरत अली की तसवीर रखने का रिवाज है, जो सभी पंथों के लिए पूज्य हैं। मुस्तफा ने अपनी कोठरी में ऐसी ही एक तसवीर टाँग रखी थी। हजरत अली एक महान मध्यस्थ और शक्ति तथा संरक्षण के प्रतीक हैं, जिनकी तरफ मुसलमान लोग मुसीबत पड़ने पर बड़ी श्रद्धा और भक्ति के साथ देखते हैं। मुस्तफा ने मुझे बताया कि उसे जब भी बेबसी का एहसास होता तो वह हजरत अली की तसवीर से मुखातिब होकर उनसे हस्तक्षेप की गुजारिश करता था। "अगर मुझमें आस्था न होती तो मैं टूट गया होता," मुस्तफा ने कहा। "उनके तो नाम में ही बहुत ताकत है जिसने मुझे सँभाले रखा।"

उसने स्वीकार किया कि उसे अपने अंदर झाँक कर देखने में तकलीफ तो

हुई लेकिन यह जरूरी भी था। अब उसे महसूस हो रहा था कि उसने मेरे साथ बहुत गलत व्यवहार किया था, और उसने जो मार-पीट की थी उसकी यादों ने उसे सीधा कर दिया था। उसने बताया कि अक्सर मेरा पीड़ित चेहरा उसके ख्वाबों में आता था।

उसने आदिला वाली घटना के बारे में भी बात की और यह विश्वास जताया कि उसके अंदर शैतान घुस गया था। वह जानता था कि उसने मुझे तन्हाई में क़ैद कर दिया था, और उसका मानना था कि खुदा ने अब उसे इसकी सजा देकर जेल में डलवा दिया था जबकि मैं आजाद थी। उसने तो सोचा था कि मैं उसे अब कभी नहीं मिल पाऊँगी, और अब इस कमरे और खुदा के अलावा उसके पास कुछ नहीं था। अब वह महसूस कर रहा था कि अली की पैदाइश के समय जब मैं सबसे कटी हुई और अकेली थी तो मुझे कैसा लगा होगा। वह इस बात से और भी दुःखी था कि मैं जवान और आकर्षक थी और किसी दूसरे आदमी के साथ मिल कर आसानी से नई जिंदगी शुरू कर सकती थी। उसने मेरी आजादी के दिनों के बारे में अफवाहें सुनी थीं और उसे पागलपन की हद तक जलन हो रही थी। ''आखिरकार मैं तुम्हारे दर्द को समझने लगा हूँ,'' उसने कहा, ''और यह मेरे अपने दर्द के अनुभव की वजह से है।''

उसने वादा किया कि वह बदल जाएगा।

मुझे पहली बार उस पर सचमुच विश्वास हुआ। लेकिन क्या मैं उस विश्वास पर कोई कदम उठाने का जोखिम मोल ले सकती थी? यह जानना असंभव था। फिर भी मैंने उसी समय मन बना लिया था जब मैंने पाकिस्तान वापसी के विमान के टिकट लिए थे। मुझे इस बात की परवाह नहीं थी कि कोई क्या सोचेगा। जब अखबार वालों ने मुझसे पूछा कि मैं अपने अस्थिर व्यवहार को किस तरह ठीक ठहराऊँगी तो मुझे याद आ गया कि मुस्तफा ने मुझे आत्म-विश्वास की कला के बारे में क्या सिखाया था—लोग तो भेड़ होते हैं; अगर उन्हें लगा कि आपको रास्ता पता है तो वे आपके पीछे हो लेंगे—और मैंने जवाब दिया, ''छोड़ने का फैसला भी मेरा था और लौटने का फैसला भी मेरा ही है। मैं अपने शौहर की रिहाई के लिए उसी जोश के साथ अभियान चलाती रहूँगी।''

शगुफ्ता और दाई आयशा के साथ हमारा भावपूर्ण पुनर्मिलन हुआ। शगुफ्ता जब एक फैशनेबुल जवान लड़की हो गई थी। उसने मेरी तरह कपड़े पहनने शुरू कर दिए थे और उसका आत्म-विश्वास बहुत मजबूत हो गया था। मुस्तफा अक्सर कहा करता था कि मैं बेगम नूरजहाँ की तरह थी जो अपनी बांदियों का फैशन-बोध सुधारने के लिए मशहूर थी। दाई आयशा तो शगुफ्ता की मेरे साथ नजदीकी को लेकर चिढ़ी

हुई थी, लेकिन मैं इसे समझती थी।

मैं जब भी मुस्तफा से मिलने जाती वह अपनी जेल की जिंदगी के किस्से सुनाया करता था। "यहाँ काला बाजार चल रहा है," उसने मुझये बताया। "तुम कीमत देकर यहाँ कुछ भी ले सकती हो। जेल तंत्र भी माफिया की तरह है। सुपरिंटेंडेंट उसका डॉन है। मुझे पता है यहाँ क्या-क्या होता है, और मैं इसे जड़ से उखाड़ने जा रहा हूँ।" दूसरे कैदियों के साथ तो खैर मुस्तफा जैसे खास कैदियों से अलग सलूक किया ही जाता था। लेकिन वह दूसरे कैदियों को अपने परिवार का सदस्य मानता था; वह एक सामंती सरदार कुलपिता था जो उनके मसलों को पूरे विश्वास के साथ उठा रहा था। दूसरे कैदियों की आँखें सपने में मेरा पीछा करती थीं। मैं देखती थी कि वे मुस्तफा को अपनी आशाओं का अमानतदार मानते थे।

मुस्तफा ने बताया, "सुपरिंटेंडेंट सभी कैदियों से हफ्ता वसूलता है। जो कैदी पैसा नहीं देता या नहीं दे सकता उसे सजा दी जाती है। उन्हें या तो बेरहमी से पीटा जाता है या उनके बेड़ियाँ डाल दी जाती हैं। कई कैदियों को पैसा न देने की वजह से खाने से महरूम रखा जाता है। पूरे के पूरे परिवारों को यह कीमत चुकानी पड़ी है और वे कर्ज के बोझ तले कराह रहे हैं।" उसे यातना के सभी तरीकों के बारे में पता था, और इनमें से कुछ तो इतने भयंकर थे कि उनका बखान करना असंभव था।

मुस्तफा ने शून्य में ताकते हुए शिकायत की, "तहमीना, यह सुपरिंटेंडेंट तो खून चूसने वाला कीड़ा है। वह इंसानों की तकलीफ पर जिंदा रहता है। वह दर्द पर फूलता-फलता है। वह दुनिया के इन बदनसीबों से पचास से अस्सी हजार रुपए महीने तक वसूल करता है। इसमें से कुछ पैसा उसके मातहतों में लूट के माल की तरह बँट जाता है। यह सुधारने वाली जेल नहीं है। यह तो गुलामों का शिविर है जहाँ नाइंसाफी के हाथों अपराधी बनाए जा रहे हैं। यही वजह है कि मैं सियासत में हूँ। जब तक यह अमानवीय व्यवस्था नेस्तनाबूद नहीं कर दी जाती, मैं चैन से नहीं बैठूँगा।"

जब मैंने कुछ यातनाओं को अपनी आँखों से देखा तो मेरा गुस्सा भी बढ़ गया। मैंने महिला कैदियों के साथ दुर्व्यवहार और मार-पीट होते देखी; इनमें से कई के तो छोटे-छोटे बच्चों को भी उनके साथ कैद में रखा गया था। मैंने उन बेगुनाहों की कातर आँखें देखीं जिन्हें झूठी गवाही पर सजा दे दी गई थी। अगर जमीन पर कहीं नरक था, तो यहीं था।

मुस्तफा ने मेरी हमदर्दी की सराहना करते हुए मजाक किया, "मुझे सत्ता में आने दो, तुम्हें जेल मंत्री बना दूँगा।"

"मैं तुमसे यह वादा पूरा करवा लूँगी," मैंने थोड़ी गंभीरता से कहा।

एक बार हम बात कर रहे थे तो किसी की दर्दनाक चीख उभरी। मैंने मुस्तफा से कहा, "ऐसा लग रहा है किसी के जिस्म से उसकी रूह खींची जा रही है।" मैंने उन भयंकर चीखों को बंद करने के लिए अपने कानों में उँगलियाँ डाल लीं। मैं जानती थी कि हम इस मामले में कोई मदद नहीं कर सकते थे।

मुस्तफा की आँखें गुस्से में उबल रही थीं। वह थोड़ी देर इंतजार करता रहा और फिर अपनी जगह से झपटकर खड़ा हो गया। वह अपनी कोठरी के बंद दरवाजे पर गया और उसे जोर-जोर से भड़भड़ाते हुए चिल्लाया, "खोलो!" एक भयभीत संतरी ने फौरन दरवाजा खोल दिया और उसे सलाम ठोंका। मुस्तफा ने उसे किसी कीड़े की तरह एक तरफ हटा दिया और उस तरफ बढ़ गया जहाँ से चीखें आ रही थीं। मैं उसका साथ पकड़ने की कोशिश में उसके पीछे दौड़ी। संतरी थोड़ी दूरी पर, अंजाम से डरा, पीछे-पीछे आया।

हम एक बड़े से खुले मैदान में आए, जहाँ कई कैदी एक बड़े से घेरे में उकड़ू बैठे थे, और उन्हें वहशी ढंग से डर का पाठ पढ़ाया जा रहा था। उनका एक साथी बीच में चारों खाने चित पड़ा था। कई पुलिस वाले उसे लातों और डंडों से मार रहे थे। उसके खून बह रहा था और वह बेहोशी की-सी हालत में था, लेकिन उसके मुँह से भयंकर चीखें लगातार निकल रही थीं। दो संतरियों ने उस कैदी की टाँगें पकड़कर उन्हें इतनी जोर से चीरा कि मैं हमदर्दी में काँप गई। उस आदमी ने एक और चीख मारी। उसकी पुतलियाँ पलट गईं। फिर एक भयंकर, मौत का सन्नाटा छा गया।

मुस्तफा बिजली की तरह डिप्टी सुपरिंटेंडेंट की तरफ लपका। उसकी आँखें गुस्से में लाल हो रही थीं। उसने जेल के उस अधिकारी का गिरेबान पकड़कर उसे कई जोरदार थप्पड़ जड़ दिए। डिप्टी हक्का-बक्का रह गया लेकिन कोई जवाबी कार्रवाई करने की उसकी हिम्मत नहीं हुई। मुस्तफा खर कैदी जरूर था, लेकिन उसे हलकेपन से नहीं लिया जा सकता था। उसने गरजकर कहा, "अगर मुझे फिर कभी कोई चीख सुनाई दी, तो मैं मार-मार कर तुम्हारा भुर्ता बना दूँगा।" फिर उसने डिप्टी का गिरेबान छोड़ दिया और उसने इतने जोर से धक्का दिया कि वह चूतड़ों के बल जा गिरा और उसके दोनों पैर हवा में उठ गए। मुस्तफा मुड़ा और वापस अपनी कोठरी में आ गया। अगर दूसरे कैदियों ने दुस्साहस किया होता तो वे तालियाँ बजाते, लेकिन वे अपनी आँखों ही आँखों में प्रशंसा जता कर रह गए।

थोड़ी देर बाद ही डिप्टी सुपरिंटेंडेंट मुस्तफा की कोठरी में आया। उसके साथ तीन पुलिस वाले थे। उसने धीरे-से कहा, "सर, आपको उन तमाम कैदियों के सामने मुझे थप्पड़ नहीं मारना चाहिए था। अब उनकी नजर में मेरी कोई इज्जत नहीं रह गई। हमें उन्हें काबू में रखना होता है, आप तो जानते ही हैं।"

"तुम उनकी इज्जत के लायक नहीं हो," मुस्तफा ने रोबदार आवाज में उसे लताड़ा। "तुम डरा-धमका कर और मार-पीट करके हुकूमत नहीं चला सकते। मैं तुम्हें नौकरी से निकलवा दूँगा! तुम बच नहीं पाओगे, हरामजादे। चले जाओ यहाँ से! मैं तुमसे बात करके अपना वक्त बर्बाद नहीं करना चाहता। समय आने पर तुमसे निपटूँगा मैं।"

बेचारा डिप्टी सुपरिंटेंडेंट मुँह ही मुँह में माफी माँगता हुआ हताश होकर वहाँ से चला गया।

मुझे अपने शौहर पर बहुत गर्व हुआ। "तुमने यह सब करने की कैसे सोची? तुम उनके कैदी हो, लेकिन तुमने तो उन्हीं पर पासा पलट दिया।"

उसने मुझे एक कहानी सुनाई जो उसने भुट्टो की शागिर्दी के शुरुआती दिनों में पढ़ी थी। "नेपोलियन बोनापार्ट ने एक बार अपने जेल के दरवाजे पर लात मारकर उसे खोल दिया था और हक्का-बक्का संतरियों से कहा था : मैं नेपोलियन हूँ! उसका इतना कहना ही काफी था। उसकी शोहरत तो पहले ही फैली हुई थी। याद रखो, राजनीति का आधार आत्मविश्वास है। मैंने जो किया वह सही था। नैतिक आधार पर मेरा पौआ भारी था। अगर मेरा विश्वास एक सेकेंड को भी डगमगा जाता तो डिप्टी जरूर बदले की कार्रवाई कर देता। इस मामले में हम ठगों से बहुत कुछ सीख सकते हैं। वे अपने शिकार के बुद्धूपन का फायदा उठाने के लिए बिलकुल सीधे बनकर आते हैं और उनके चेहरे से मासूमियत और ईमानदारी टपकती है। हम अपनी कोई कमजोरी दिखाने का जोखिम नहीं उठा सकते।"

मुस्तफा की यह बागी हरकत पूरे जेल में मशहूर हो गई। उसकी तरफ सुपरिंटेंडेंट की नफरत बढ़ गई, लेकिन मुस्तफा की बढ़ती लोकप्रियता के कारण वह कुछ नहीं कर सकता था। अधिकारियों को पता था कि पंजाब का शेर अपनी एक आवाज पर दंगा भड़का सकता था। उसका कहा एक शब्द आग में घी का काम कर सकता था।

अब मेरी सियासी पढ़ाई सही ढंग से शुरू हुई थी। मुस्तफा समझ गया था कि राजनीति का प्रलोभन ही मुझे वापस खींच लाया था। उसने मेरे अंदर के आदर्शवादी जीव को सहारा दिया। उसने मुझे सवाल पूछने को प्रोत्साहित किया, और मुझे लगा कि कभी-कभी मेरे सवालों की वजह से उसे ऐसे मुद्दों पर जवाब गढ़ने पड़ जाते थे जिन पर उसने कभी विचार नहीं किया था। उसका व्यवहार इस समय बहुत अच्छा था। वह समझ रहा था कि हम दोनों एक-दूसरे को पाकिस्तानी सियासत में वापसी के लिए तैयार कर रहे थे, और वह जानता था कि नेता के लिए यह अहम था कि वह नजीर बन कर रहे। उसने मुझे अपनी कला सिखाई, रणनीति समझाई और मुझे सिद्धांतों में प्रवीण किया। यह एक अच्छी-खासी नकल तैयार करने की प्रक्रिया थी। उसने मुझे इस बात के लिए तैयार किया कि मैं बाहरी दुनिया के मंच पर उसकी

भूमिका निभाऊँ। उसका दिमाग और हमारे मकसद के प्रति मेरा पूरा समर्पण मिलकर उसकी रिहाई को सुनिश्चित करने के लिए काफी थे।

उसने मुझे विस्तार से अपना दर्शन समझाया जो उसने बरसों के चिंतन-मनन के बाद बनाया था। मैंने इन तमाम वर्षों में इसे टुकड़े-टुकड़े करके ग्रहण किया था, लेकिन अब उसने इन्हें मिलाकर एक तरतीब दे दी थी। उसकी शुरुआत अवान से होती थी। आम आदमी की आकांक्षाओं और अपेक्षाओं को स्वार्थी राजनीतिज्ञों ने बेच डाला था। वह शोषण की और उस अपवित्र गठबंधन की बात करता था जो सैनिक और गैर-सैनिक नौकरशाही के बीच और सामंती और शहरी सरदारों के बीच बन गया था। वह कहता था कि अवाम की ताकत ही आज की पीढ़ी के राजनीतिज्ञों की कमजोरी थी।

मुस्तफा सबसे निचले स्तर पर संगठन के काम की जरूरत पर जोर देता था। वह एक ऐसी राजनीतिक व्यवस्था का स्वप्न देख रहा था जिसमें सत्ता नीचे से ऊपर चलेगी। वह इस्लाम के शुरुआती उसूलों की तरफ वापसी की हिमायत करता था। वह मार्क्सवाद पर बहस करता था, उसकी खामियाँ गिनाता और दुनिया भर में इसके आकर्षण की तारीफ करता था। उसने एक बार फिर मुझे फौज में कटौती की जरूरत के बारे में यकीन दिलवाया। ''हमें अपने अल्प संसाधनों को इस राक्षस की तरफ से हटाना होगा,'' वह कहता था। ''हमारे लोगों को खाना, मकान, कपड़ा, दवाइयाँ, पीने का पानी और शिक्षा चाहिए। सेना ने हमारे मुल्क की संपदा को हड़प लिया है। यह जनशक्ति की बर्बादी है। अगर मैं सत्ता में आ गया तो मैं सेना का इस्तेमाल सड़कें और पुल बनवाने में करूँगा। यह संवैधानिक शासन के लिए भी खतरा है।''

वह सोवियत संघ के साथ भाईचारे के संबंध का घोर हिमायती था। वह जिया के नजरिए को गलत ठहराता था जिसके मुताबिक अफगानिस्तान में रूस की घुसपैठ गलत थी। वह पाकिस्तान में अफगानी शरणार्थियों के पुनर्वास का विरोधी था। ''जिया थोड़े समय के फायदे के लिए हमारे भविष्य की कुर्बानी दे रहे हैं,'' वह कहता था। ''उन्हें समझ में नहीं आ रहा कि इस अकारण टाँग फँसाने के कैसे खतरनाक नतीजे होंगे। रूसी लोग हमारी भूमिका को कभी नहीं भूलेंगे। इस लड़ाई के स्वाभाविक परिणाम तो बंदूकों की संस्कृति और नशीली दवाओं की खरीद-फरोख्त की शक्ल में सामने आएँगे। जनरलों की तो नजर में खराबी है। वे लोग अमरीकियों की डॉलर डिप्लोमैसी से चौंधिया गए हैं। अमरीकी भरोसे के साथी नहीं हैं। वे हमारा तभी तक इस्तेमाल करेंगे जब तक उनका अपना मतलब पूरा नहीं होता है।''

सच तो यह था कि जिया ने नशीली दवाओं की खरीद-फरोख्त को वैध कर दिया था। अफगानिस्तान में पोस्त की बहुत ज्यादा खेती होती थी और पाकिस्तान में इसकी छँटाई-सफाई होती थी। कहा जाता था कि अमेरिकी माफिया के संपर्कों ने इस काम के लिए प्रयोगशालाएँ खोल रखी थीं—कोई सीमा नहीं, खुली आवाजाही,

कोई नियंत्रण नहीं, तुरंत आमदनी। कथित तौर पर, इसमें आई एस आई का भी हाथ था; यहाँ तक कि जंग में भी अफीम और हेरोइन की बिक्री का पैसा लगता था। जब मदद बराबर आती नहीं दिखती थी, तो मुजाहिदीन पैसों के लिए नशीले पदार्थों का इस्तेमाल करते थे।

सोवियत संघ की बात तो अलग, मुस्तफा वैसे भी यही मानता था कि पाकिस्तान को अपने आपको शक्तियों के गुटों से दूर रखना चाहिए। मुल्क को, कम से कम एक निश्चित समय के लिए, और ज्यादा बंद हो जाना होगा जिससे कि आजादी का एहसास पनप सके। "चीन को देखो, हिंदुस्तान को देखो," उसने कहा था। "ये देश अपनी स्वदेशी टेक्नॉलॉजी विकसित कर रहे हैं। वे भीख नहीं माँगते फिरते। उनमें राष्ट्रीय अभिमान है। हमने तो आसान रास्ता अपनाया है। हमारी हर चीज विदेश से आती है—हमारे विचार भी।"

वह अपने गुरु की राजनीति का स्वाभाविक वारिस था। भुट्टो एक विषम धरोहर छोड़ कर गए थे। वह एक लोकलुभाऊ नेता थे जो अवाम को लामबंद करने के लिए सही नारों का इस्तेमाल करते थे, लेकिन उनके पास जरूरी सुधारों को लागू करने का समय नहीं था। मुस्तफा का मानना था कि मौका अब उसके हाथों में था।

मुझे ऐसा लगता था कि जिस आदमी को मैं हमेशा से उभरता देखना चाह रही थी उसने आखिरकार ऐसा कर दिखाया था। वह एक निःस्वार्थ राजनीतिज्ञ था जो मुझे अपने मन में झाँकने की दावत दे रहा था और मुझे सच के दर्शन करा रहा था। उस समय, मेरी नजर में उसमें एक मसीहाई खूबी थी जो उसके कैदी होने की वजह से और भी बढ़ गई थी।

मुस्तफा ने बड़ी बारीकी से मुझे एक ऐसे मुल्क में सार्वजनिक जीवन में आने के लिए तैयार किया जहाँ चेहरा-मोहरा, खासकर एक महिला का बहुत अहमियत रखता है। वह हँस-हँस कर मेरे चेहरे-मोहरे के बारे में मुझे छेड़ता था, लेकिन उसमें द्वेष नहीं होता था। उसमें गजब का हास्य-बोध था, जिसका इस्तेमाल वह इसमें थोड़ा-बहुत बदलाव करने की खातिर मुझे सलाह देने में भी करता था। कई बार उसने यह कह कर मेरी तारीफ की थी कि मैं किसी फैशन पत्रिका के पन्नों से उतरी एक मॉडल की तरह दिखती हूँ। यह बहुत अच्छी बात थी, लेकिन वह हँसते हुए यह भी कहता था कि एक जाने-माने राजनीतिज्ञ की बीवी होने के नाते मेरा यह रंग-रूप मेल नहीं खाता था। एक बार मैंने अपने कत्थई बालों में तांबई, सुनहरा और राखिया रंग कर लिया तो वह देखकर दंग रह गया था। वह इतना अचंभित हुआ कि ठहाका मार कर हँस पड़ा और मुझसे बोला कि मैं अपनी उन्हीं 'लंबी कत्थई लटों' में रहूँ जिन्होंने उसे पंद्रह साल पहले 'कैद कर लिया' था। वह तब और भी हक्का-बक्का रह गया था जब मैंने अपने बालों को लहरियादार करवा लिया और

लंबे-लंबे कर्लर लगाए उसके सामने आ गई थी। "यह क्या है? तुमने अपने सिर में स्प्रिंग उगा लिए हैं क्या?" उसने पूछा।

एक बार मैं गुजरात में एक राजनीतिक सभा में हिस्सा लेने के फौरन बाद मुस्तफा की जेल वाली कोठरी में चली गई। मैं बहुत खुश थी, क्योंकि सभा खूब कामयाब रही थी। मैं पुराने ढंग की काली फूली हुई पैंट, लाल कॉलर और कफ वाली काली-सफेद कमीज पहने थी और मैंने अपने कंधों पर एक लंबी लाल कश्मीरी शॉल डाल रखी थी। मेरे बाल मेरी पीठ पर झूल रहे थे। मुस्तफा ने एक नजर मुझ पर डाली और बोला, "जानती हो आज तुम क्या लग रही हो? तुम ऐसी लग रही हो जैसे मार्गरेट थैचर ने चादर डाल रखी हो। तुम्हारी सभा कहाँ थी? बर्मिंघम या साऊथॉल में, या फिर गुजरात में?" मैं हँस दी। झेंपते हुए मैंने कबूल किया कि मुझे इस मौके के लिए सही ढंग के कपड़े पहनने चाहिए थे।

एक और मौके पर, उसने मुझे बिना दुपट्टे के जेल के आँगन में घुसती देख सिर हिला दिया था। "मुझे यह दिन भी देखना था।" वह अफसोस करते हुए बोला था। "मेरी बीवी एक जेल में आ रही है, इतने सारे आदमी यहाँ हैं, और उसके जिस्म पर दुपट्टा नहीं है।"

"मैं भूल गई," मैंने कंधे सिकोड़ते हुए कहा था।

"यह कोई भूलने की चीज है?" उसने तल्खी से कहा था, लेकिन वह मुझे सिखाना चाहता था और इसमें कोई द्वेष नहीं था। "तुम एक बुनियादी चीज को भूल गईं। यह तुम्हारी शर्म और हया का प्रतीक है।"

मैं सहम गई। मुस्तफा ने एक बुनियादी बात कह दी थी : आजादी का मतलब उच्छृंखलता नहीं होता।

मुझे रंगों से हमेशा लगाव रहा; फिर एक दिन मेरे अंदर कुछ चटक गया और मैंने फैसला कर लिया कि मैं केवल सादा सफेद सूती कपड़ा पहनूँगी। जब मैंने मुस्तफा को अपने इस फैसले के बारे में बताया तो उसे कोई अचंभा नहीं हुआ। दरअसल, वह शायद इसकी अपेक्षा ही कर रहा था। वह यही चाहता था ताकि मैं उस पुरुष समाज को आकर्षक न दिखूँ जिसमें अब मेरा उठना-बैठना था। लेकिन वह जानता था कि वह मुझे इसे पहनने के लिए मजबूर नहीं कर सकता था। जहाँ तक मेरा सवाल है, तो मैं तो यह महसूस कर रही थी मानो मेरे ऊपर से एक बड़ा बोझ हट गया था। मेरी सफेद सूती पोशाक केवल एक प्रतीक नहीं होगी; यह अपने आपको खोजने की एक लंबी और यातनापूर्ण प्रक्रिया की परिणति थी। तरह-तरह के कपड़े पहनने की चाहत और सुंदर दिखने की जरूरत मेरे बचपन के उन दिनों की विरासत थी जब मैं अपनी माँ के कपड़े-लत्तों की देखभाल किया करती थी। बड़ी हो जाने पर मैंने उनका भरपूर इस्तेमाल किया था। मैंने अपने चेहरे-मोहरे से मुस्तफा को मोहित करके फाँस लिया था और अपने ही फंदे में खुद फँस गई थी। मैंने कपड़ों

की मदद से उसे अपना बनाए रखने की कोशिश की और आदिला ने अपने कपड़ों की मदद से उसे मुझसे छीनने की कोशिश की थी। मैंने कपड़ों का इस्तेमाल अवाम पर एक असर छोड़ने के लिए किया था—एक राजनीतिक कैदी की मोहक बीवी ने आगे आकर पुराने ढर्रे की, नीरस, परदे वाली छवि का स्थान ले लिया था। मेरे साज-सामान या मेरे चेहरे-मोहरे के बल पर असर डालने की जरूरत अब नहीं रह गई थी। मैं अब अपनी शख्सियत और विश्वासों पर भरोसा करने लगी थी—प्राथमिकताएँ बदल गई थीं। अब मैं विरोधाभास को समझ रही थी। मेरे दंभ ने मुझे उन लोगों से अलग कर रखा था जिनकी मैं नुमाइंदगी करना चाहती थी।

मुस्तफा जेल में काफी समय तक कैद रहा। इस दौरान उसने मुझे राजनीतिक सीख वाली चिट्ठियाँ लिखीं, जिन्हें वह हमेशा हाथ से देता था। उसने मुझे यह सिखाया कि बातचीत के दौरान मैं अपनी असली भावनाएँ कभी व्यक्त न होने दूँ। "चेहरे पर कभी कोई भाव मत आने दो," उसने मुझे सलाह दी। "अपने विरोधी को अपनी प्रतिक्रियाओं के बारे में बस अनुमान लगाते रहने दो।" उसने मुझसे कहा कि मैं विनम्र लेकिन दृढ़ रहूँ। पूछताछ करूँ लेकिन जानकारी न दूँ। उसने मुझे अनावश्यक विवाद पैदा करने के खतरों के बारे में होशियार किया और मुझे यह भी सिखाया कि संवाददाता सम्मेलनों में फँसाने वाले सवालों का सामना कैसे किया जाता है।

उसकी चिट्ठियों में रोमांस भी होता था। अधिकार जताने और असुरक्षा के अपने अनुचित रुख के बारे में उसने स्पष्ट किया था, "प्यार की सभी महान कहानियों का अंत त्रासदी में होता है...उनका प्यार शदीद था, व्यावहारिक और संतुलित नहीं। तुम्हें प्यार में संतुलन नहीं मिल सकता, इसीलिए अगर तुम्हें प्यार की चाहत है तो तुम्हें इसका बोझ उठाने के लिए तैयार रहना होता है।" उसने मेरे अंदर की औरत को छुआ था। उसने मुझे बताया था कि उसे मेरी कितनी जरूरत थी और वह मुझ पर कितना गर्व करता था। "तुम्हारे बिना मैं कुछ नहीं कर सकता," उसने ऐलान किया था। "मैं महसूस करता हूँ कि जब तुम मेरे साथ होती हो तो मैं कुछ भी कर सकता हूँ। मैं बड़े से बड़ा जोखिम उठा सकता हूँ। अगर मुझे पता हो कि तुम मेरे प्रति समर्पित बनी रहोगी तो मैं आज ही खुशी-खुशी अपनी जान दे दूँगा।"

मैं समय-समय पर यह सुझाव देती रहती थी कि मुस्तफा अपने विचारों को कागज पर स्पष्ट करे ताकि हम परचे छपवाकर उन्हें बँटवा सकें। मेरा पूर्वानुमान था कि इससे वंचितों के खून में उबाल आ जाएगा। लेकिन मुस्तफा ने कहा, "हमारे लोग अनपढ़ हैं। उनकी परचों में कोई दिलचस्पी नहीं है। उन्हें तो एक ऐसा नेता चाहिए जो उनकी माँगों को आवाज दे सके, जो उनकी जरूरतों को महसूस कर सके। तुम्हें उनके बीच में जाकर उन्हीं की भाषा में बात करनी होगी। मैं जो कुछ करना चाहता हूँ अगर उस सबके बारे में लिखूँगा तो सत्ता में बैठे लोग मुझे खत्म कर देंगे। सबसे पहले इस तरफ उन्हीं का ध्यान खिंचेगा। मैं क्यों किसी का ध्यान

खींचूँ? मैं उन पर मैदान में हमला बोलूँगा, कॉलम इंचों में नहीं।''

जब उसने इस तरह इसे स्पष्ट किया, तो मुझे उससे सहमत होना पड़ा। वह रूस-समर्थक, सेना-विरोधी, सामंतवाद-विरोधी, उद्योगपति-विरोधी और नौकरशाही भ्रष्टाचार-विरोधी था। सत्ता में बैठी ताकतें इस तरह के समाजवादी सुधार के मंच को कभी स्वीकार करने वाली नहीं थीं। इसका खाका मुस्तफा के दिमाग में ही रहना ठीक था। आजाद होने और जनता पर पूरा नियंत्रण होने की सूरत में ही वह लोगों को भी इसकी झलक दिखा सकता था। तब तक उसे प्रतिक्रियावादी ताकतों को शांत रखना था।

वह अक्सर भविष्य के बारे में बात करता था, और इस बारे में भी कि जेल के अनुभव ने कैसे हमें हमारी प्राथमिकताओं को फिर से तय करने को बाध्य कर दिया था। भविष्य अब वैसा नहीं रह गया था जैसा यह हुआ करता था। सत्ता अब अपने आप में जेलखाना नहीं रह गई थी। सच तो यह था कि हमारी जो मौजूदा सियासी रणनीति थी उसके तहत सत्ता पर हमारा कब्जा हमें अपनी सामाजिक हैसियत को कम करने को बाध्य कर देता। हमने कसम खाई कि हम सादगी से रहेंगे, खुदा से डरेंगे और अवाम की खिदमत करेंगे। ''हम अपने मौजूदा छोटे-से घर में रहेंगे,'' मुस्तफा ने फैसला किया। ''हमें एक मिसाल कायम करनी है। हमें लोगों के सामने आदर्श स्थापित करना है।'' और मैं उस पर विश्वास कर रही थी।

एक दिन आईने में अपना अक्स देखकर मैं चकित रह गई। मैं सोचने लगी : सफेद कपड़ों में यह कौन औरत है? क्या यह सचमुच मैं हो सकती हूँ? मुस्तफा ने मकसद के बोध से मुझे एक गंभीर व्यक्ति के साँचे में ढाल दिया था। मैंने अपने फैशनेबुल कपड़े उठाकर रख दिए थे और अपने दंभ में कीड़े मारने की गोलियाँ लगा दी थीं। मुझे अपने जूतों के ढेर पर शर्म आती थी, जो इमेल्डा मार्कोस के जूतियों के संग्रह से होड़ लेते लगते थे। मेरे खूबसूरत कपड़ों से मेल खाते हैंडबैग खाली ही रहे और उनका इस्तेमाल बंद हो गया। मैं सबसे गरीब तबके की पाकिस्तानी औरतों की तरह केवल चाँदी के जेवर पहनती थी।

मेरा कायाकल्प मुकम्मिल था। मुस्तफा जानता था कि मैं आकर्षक थी, लेकिन इसके अलावा उसके पास कोई विकल्प भी नहीं था कि वह इस पुरुष प्रधान समाज में मुझे उसकी लड़ाई लड़ने देता। वह अपने विश्वास में तब सुरक्षित हो गया जब उसे यह भरोसा हो गया कि उसने एक ऐसी राजनीतिक शख्सियत पैदा कर दी थी जिसकी वफादारी और मकसद निंदा से परे थे। वह जानता था कि जब तक मैं उसके मकसद की पवित्रता के बारे में आश्वस्त थी, मैं कभी भटकने वाली नहीं थी। उसे प्यार करने के लिए मुझे उस पर विश्वास करना ही था।

और मैंने उस पर विश्वास किया।

मुझे चार-चार बच्चे पालने थे, और वे अभी इतने छोटे थे कि उन्हें यह समझाया नहीं जा सकता था कि उनका बाप जेल में क्यों बंद था। वे नहीं जानते थे कि अपने साथ पढ़ने वाले बच्चों के तानों का कैसे जवाब दें। मैंने अपनी तरफ से पूरी अच्छी तरह से उन्हें यह समझाने की कोशिश की कि एक आम अपराधी और एक राजनीतिक कैदी में क्या फर्क होता है। मैंने उनके सामने उनके पिता का ऐसा शब्द-चित्र पेश करने की कोशिश की कि वह दुष्ट अंधकार से लड़ने वाला नेक उजाला है। मेरी लड़कियाँ बड़ी थीं, इसलिए वे इस बात को मेरे बेटों की अपेक्षा अधिक अच्छी तरह से समझती थीं, लेकिन फिर भी उन्हें अपने दोस्तों को समझाने में बहुत दिक्कत होती थी। उनके दोस्त गैर-राजनीतिक बूर्जुआ और सामंती परिवारों के होने के नाते उन्हें यह समझाना मुश्किल था कि उनके पिता केवल मार्शल लॉ का विरोध करने के कारण जेल में थे। सात साल के अली ने कुछ कतरनें इकट्ठी कर ली थीं और वह उन्हीं के जरिए यह साबित करने की कोशिश करता था कि उसके अब्बा कोई हत्यारे नहीं थे। नन्हा हमजा तो कुछ भी समझ पाने की हालत में नहीं था। जब उसके अब्बा जेल गए तब वह केवल आठ महीने का था। वह तो मुस्तफा को बस एक 'बड़ा आदमी' समझता था जो किसी अबूझ कारण से घर नहीं आ सकते थे। जब भी हम मुस्तफा से मिल कर जेल से लौटते तो हमजा पूछता था, "हम उन्हें घर क्यों नहीं ले जा सकते?"

उन्हें एक बाप चाहिए था जिससे वे अपना नाता जोड़ सकें, जिसे वे प्यार कर सकें। मैंने मुस्तफा के बारे में छोटी-छोटी घटनाएँ बताकर उनके जेहन में उसकी तसवीर बनाने की कोशिश की, लेकिन उसकी संरक्षिका के तौर पर अपनी मौजूदा विचित्र भूमिका को दबा गई। मैंने उन्हें यह समझाया कि मैं तो केवल उनके अब्बा की लड़ाई को आगे बढ़ा रही थी और जब वह जेल से बाहर आएँगे तो वह हम सबको अपना संरक्षण देंगे। बच्चों ने तानाशाह के खिलाफ साहस दिखाने के लिए अपने अब्बा की सराहना करना सीख लिया। धीरे-धीरे, हमजा को भी अपने अब्बा की कैद पर गर्व महसूस होने लगा। वह अदयाला जेल को अपने अब्बा का महल और मुस्तफा को महान राजकुमार समझने लगा जो वहाँ पुलिस की सुरक्षा में रह रहा था।

मुझ पर मुस्तफा को जेल से छुड़ाने का जुनून सवार था। यह वह आदमी था जिसके अनुभवों ने उसे इतिहास के इसी पल के लिए गढ़ा था। उसे एक निर्णयात्मक और महत्त्वपूर्ण भूमिका निभानी थी, ऐसा मेरा सोचना था। ऐसे दिमाग को जेल में सड़ने के लिए नहीं छोड़ा जा सकता था।

मैं एक सामान्य जीवन जीने के लिए भी हताश हो रही थी। हमारी तो पूरी की पूरी विवाहित जिंदगी या तो जलादतन की असामान्यता के आतंक में या फिर जेल की पाबंदियों में बीत गई थी। हम विरोधी राजनीति के तनाव से मुक्त होकर

कभी नहीं रह पाए थे। मैं सोचती थी कि अगर ये दबाव न होते तो मुस्तफा का व्यवहार शायद बहुत फर्क रहा होता। मैं उसके अधिकांश असामान्य व्यवहार के लिए असामान्य परिस्थितियों को जिम्मेदार मानती थी।

नुस्सी से मेरी दोस्ती तब हुई थी जब मुस्तफा से मेरा अलगाव हो गया था, इसलिए वह मुझे उससे, जे. जे. से और मेरे अन्य नए दोस्तों से मिलने की इजाजत नहीं देता था। ''जब मैं बाहर आ जाऊँ तो तुम उनसे फिर मिल सकती हो,'' उसने कहा था, ''तब तक, मैं इसकी इजाजत नहीं दे सकता। यह विषय खत्म हुआ।'' नुस्सी का जिक्र आते ही हालात और बिगड़ जाते थे। और वह मुझे राजनीतिक काम में इतना व्यस्त रखता था कि मुझे लोगों में उठने-बैठने का वैसे भी समय नहीं मिल पाता था।

सार्वजनिक सभाओं में मेरे मुँह से मुस्तफा की आवाज निकलती थी, और मुझे भीड़ का वैसा ही जवाब मिलता था जैसा मुस्तफा को मिला करता था। मेरे माध्यम से, मुस्तफा जेल की दीवारें लाँघ आया था।

मुझे बहुत होशियारी से आगे बढ़ना पड़ रहा था। प्रभावशाली ताकतें मुस्तफा के खिलाफ कतारबद्ध थीं। अगर उन्हें उससे खतरा महसूस होता तो वे लोग उसे खत्म कर सकते थे और कर ही देते।

हमारे पुराने दोस्त ताज-उल-मुल्क ने लाहौर में अपनी हवेली का एक हिस्सा मुझे दफ्तर बनाने के लिए दे दिया था। वहीं एक नाच के दौरान मुस्तफा ने मुझसे शादी का प्रस्ताव रखा था। नेशनल पीपुल्स पार्टी के पंजाबी कार्यकर्ता मुझसे मिलने को झुंड के झुंड आते थे। जैसा कि मुस्तफा ने पहले ही बता दिया था, इन लोगों का जटोई और उनके पिट्ठुओं के नेतृत्व से मोहभंग हो चुका था और वे किसी नए नेतृत्व की तलाश में थे। 1967 से भुट्टो और मुस्तफा दोनों के साथ काम कर चुका साजिद अब मुस्तफा की रणनीतियों को अंजाम देने में मेरी मदद करने के लिए मुल्तान से आ गया था; वह मेरा मुख्य सहायक हो गया। ऐसे और लोग भी हमारे साथ आ गए जो हमारी शादी के शुरुआती दिनों में छात्र नेता रहे थे और अब परिपक्व हो चुके थे।

मैंने अपने साथियों को समझाया कि अब समय आ गया था कि हम समाचार माध्यमों में लंबा और लगातार अभियान चलाएँ। हमने दानशील समर्थकों से संपर्क किया जिन्होंने मुस्तफा की रिहाई के लिए पोस्टर छापने और विज्ञापन निकालने के लिए पैसे दिए। मैंने देखा कि मुस्तफा की तरह ही मैं भी पार्टी कार्यकर्ताओं को अपनी ओर खींच सकती थी, उनकी गतिविधियों को व्यवस्थित कर सकती थी और उनके मनोबल को ऊँचा रख सकती थी।

प्रतिद्वंद्वी पार्टी नेताओं ने मेरी बढ़ती लोकप्रियता से चिढ़ कर मेरे खिलाफ अफवाहें फैलानी शुरू कर दीं। उन्होंने कार्यकर्ताओं को आगाह कर दिया कि मुस्तफा मुझ पर भरोसा नहीं करता था; उन्होंने इस बात के लिए मेरी नुक्ताचीनी की कि मैंने मुस्तफा को छोड़ दिया था और मुझ पर यह आरोप लगाया कि मैंने अपने शौहर को जेल में बंद रखवाने के लिए सेना के साथ साजिश की थी। ''वह तो मुस्तफा की मौत चाहती है,'' उन्होंने मुझ पर आरोप लगाया। ''वह पार्टी पर अपना कब्जा करना चाहती है।'' कुछ कार्यकर्ताओं को इन गंदी टिप्पणियों से बहुत धक्का लगा, लेकिन जब मुस्तफा ने मेरी छवि को दागदार करने के इस अभियान के बारे में सुना तो उसने अखबारों को एक दमदार बयान जारी किया : ''मेरी बेगम मेरा प्रतिनिधित्व करती हैं। वह वही सब कहती और करती हैं जो मैं उनसे कहलवाना और करवाना चाहता हूँ।''

खुदा ने मुस्तफा को अपनी ताकत की एक और झलक दिखाई। उसका भाई गाजी अचानक मर गया। जिया ने मुस्तफा को उसकी मिट्टी में शामिल होने की इजाजत दे दी, और समय क्योंकि सही था इसलिए, वायु सेनाध्यक्ष के सरकारी विमान को भी थोड़ी देर के लिए उसे दे दिया। विमान मुस्तफा को लेकर मुझे ले जाने के लिए लाहौर आया। फिर हम अंतिम संस्कार के लिए मुल्तान रवाना हो गए।

इस यात्रा के दौरान मैंने साफ महसूस किया कि मुस्तफा इस बात से बिलकुल हिल गया था कि मौत अब उसी की पीढ़ी पर हाथ डाल रही थी। उसने मुझसे अपने मन की बात कही, ''मैंने खुदा से बहुत दुआ की है कि वह मुझे तौंसा शरीफ की मजार जाने का एक मौका दे। मुझे नहीं पता कि मेरा बुलावा कब आएगा।'' उसे पता था कि कैद में रहते हुए उसे जियारत का कोई मौका मिलने वाला नहीं था। लेकिन जब हम मुल्तान पहुँचे तो हमें यह जानकर बड़ा अचंभा हुआ कि जनाजा पहले ही उठ चुका था और हमारे लिए हिदायत यह थी कि हम कार से उस शहर पहुँचें जहाँ गाजी ने दफनाए जाने की इच्छा जताई थी—यानी, तौंसा शरीफ में! मुस्तफा ने फौरन जमीन पर लेटकर खुदा को इस चमत्कार के लिए शुक्रिया अदा किया।

मेरा सिर तो ढँका था, लेकिन चेहरा खुला था। तौंसा शरीफ के पवित्र शहर में किसी औरत का अपने जिस्म को पूरा ढँके बगैर प्रवेश करना अपने आप में एक असामान्य बात थी, लेकिन मुस्तफा ने परंपरा को छोड़ दिया। उसने बस इतना कहा कि मैं कार में ही उसका इंतजार करूँ।

मातम मनाने वालों की एक बड़ी भीड़ उस समय जोश में भर उठी जब उन्होंने हमारे सरकारी काफिले के आगमन का ऐलान करती सायरनों की आवाज सुनी। वे आगे की तरफ उमड़ पड़े और उन्होंने हमारी कार को एक तरह से कुचल ही

डाला। मुस्तफा बाहर निकलने में कामयाब रहा और भीड़ में गायब हो गया। मैंने शोक संतप्त भीड़ के उमड़ते रेले के बीच ताबूत की छिटपुट झलक ही देखी। वहाँ खुशी और दुःख था अजीब संगम था; एक दूसरा खर दफनाया जा रहा था, लेकिन उनका नेता उनके बीच था!

मैं सोचने लगी : सूफियों का हिसाब ठीक है। वे मानते हैं कि एक संत की मौत का जश्न मनाना चाहिए, क्योंकि इस पल उसकी रूह परमात्मा से मिलती है। मौत और मिलन जैसे खर कबीले के लोगों के लिए साथ-साथ चलने वाली चीजें थीं।

जब हम मुस्तफा को वापस जेल ले जाने के लिए खड़े विमान की तरफ कार से बढ़े तो मुझे साफ महसूस हो रहा था कि मुस्तफा का यह एहसास अब पहले से कहीं ज्यादा मजबूत हो गया था कि अलौकिक शक्तियाँ उसके पक्ष में थीं। व्यक्त नियति का उसका व्यक्तिगत बोध अब और मजबूत हो गया था।

15

समय बीतने के साथ, अदयाला जेल में मुस्तफा की हालत और भी ज्यादा सुविधाजनक हो गई। वह उनका सबसे खास कैदी था, और—कौन जानता था?—समय आने पर वह जनरलों के लिए काम का आदमी साबित हो सकता था। और इसलिए उसे सात कमरे दे दिए गए। उसकी मुख्य कोठरी उसे झुलसाती गरमियों से बचाने के लिए एयर कंडीशंड कर दी गई थी। एक और कमरे में फ्रिज और डीप फ्रीज था। उसे टीवी रखने की इजाजत मिल गई थी और वह जो कुछ भी और जितना भी चाहे पढ़ सकता था। पढ़ने के मामले में वह उदार था और बड़े आराम से माओ के 'लौंग मार्च' से खलीफ उमर के सुधारों पर पहुँच जाता था। उसने मुझे बताया था कि वह हिटलर के कुछ विचारों को स्वीकार करने को बिलकुल तैयार था। उसने कहा था, ''ऐसा कोई भी कार्यक्रम स्वीकार्य है जिसमें कष्ट तो बढ़ सकता है लेकिन उससे अंत में प्रगति ही हासिल होती है।''

सुबह वह बरामदे में अपने अटूट साथी यानी एक बोलने वाले पालतू तीतर के पास में योग किया करता था। उसे थोड़ी जमीन भी एक छोटे से बाड़े में मिली हुई थी जिसमें उसने मुर्गियाँ पाल रखी थीं। कुछ दूसरे कैदियों को उसके घर को दुरुस्त रखनें और उसकी मुर्गियों की देखभाल करने के काम पर लगाया हुआ था। मुस्तफा अपनी निगरानी में उनसे काम करवाता और फिर सुस्ताने के बाद अपना खाना बनाने में जुट जाता था। वह खाना बनाने में उस्ताद था और बढ़िया से बढ़िया चीजें बना सकता था, लेकिन यहाँ वह दाल-सब्जी जैसे सादे भोजन से संतुष्ट रहता था।

जेल के नियमों के मुताबिक उसे किसी से व्यक्तिगत भेंट करने की इजाजत नहीं थी, लेकिन मैं जब भी उससे मिलने जाती तो वह हाथ के इशारे से संतरी को वहाँ से भेज देता था।

मुझे यह सब बड़ा चकराने वाला लगता था। आंशिक तौर पर मेरा यह मानना

था कि एक सच्चे सियासी नेता को अपने आपको पाक-साफ करने के लिए कष्ट उठाना ही चाहिए, लेकिन अपने कॉन्वेंट स्कूल में मैंने जो सवाल-जवाब का पाठ पढ़ा था उसकी मदद से मैं इन ख्यालों को खारिज करने में कामयाब रही थी। मुझे अपने आपको बस यह याद दिलाना पड़ा था कि मुस्तफा एक राजनीतिक कैदी था, अपराधी नहीं। अधिकारियों को यह बात ध्यान में रखनी ही थी कि आज का राजनीतिक कैदी आने वाले कल का नेता होता है। मुस्तफा का समय आना ही था, और उसे जेल में रखने वालों को भविष्य में होने वाली बदले की कार्रवाई से अपने को बचाना ही था। वह किसी भी तरह की गुस्ताखी बरदाश्त नहीं करता था। उसका अंदाज एक ऐसे बादशाह का था जिसे केवल कुछ ही समय के लिए हटा दिया गया था। सभी को उसके अतीत की याद थी। कोई भी उसके भविष्य की अनदेखी नहीं कर सकता था। और उसका वर्तमान अब महत्त्वहीन हो गया था।

उसके साथ जेल में चार फिलिस्तीनी स्वतंत्रता सेनानी भी बंद थे जिन्होंने सितंबर 1986 में कराची में पैन अमेरिकन वर्ल्ड एयरवेज के एक बोइंग 747 विमान का अपहरण कर लिया था। मुस्तफा वैसे तो उनकी हरकतों से सहमत नहीं था, फिर भी वह उनके मकसद का दीवाना था। यासर अराफात उन नेताओं में थे जो मुस्तफा के प्रेरणा स्रोत थे। इन कैदियों के गुट के मुखिया, अली, ने मुस्तफा को संकट का एक संदेश भेजा। किसी पराए देश में जेल में बंद होना अपने आप में एक त्रासदी थी। फिलिस्तीनी हमारी भाषा नहीं बोल पाते थे और उन्हें जेल के अजाने खाने को भी झेलना पड़ता था, जिसमें पोषक तत्त्व कम होते थे और मसाले ज्यादा। मुस्तफा को उनसे हमदर्दी हो गई और वह अपनी रसोई से उनके लिए खाना भेजने लगा।

मुस्तफा ने इन फिलिस्तीनियों के बारे में जब मुझे बताया तो मैंने उन्हें एक चिट्ठी लिखी। मैंने उन्हें लिखा कि मैं भी उनके मकसद में यकीन करती थी। मैंने अपनी चिट्ठी इस दुआ के साथ खत्म की : "मैं उम्मीद करूँगी कि मेरे बच्चे भी आप लोगों की तरह बहादुर हों और अपनी जान जोखिम में डाल कर भी अपनी मातृभूमि के लिए लड़ें।"

जटोई और दूसरे लोग भी मुस्तफा की रिहाई के लिए जिया पर लगातार दबाव डालते रहे, लेकिन उनकी कोशिशों का कोई नतीजा नहीं निकला।

मुस्तफा के कहने पर, मैंने पाकिस्तान के राजनीतिक पटल पर सक्रिय तमाम नेताओं के साथ भेंट की और उनसे कहा कि वे सभी राजनीतिक कैदियों की रिहाई के लिए काम करें। मुस्तफा एक अकेला नेता था, लेकिन सैकड़ों पार्टी कार्यकर्ता अभी भी जेलों में सड़ रहे थे, और उन्हें एक प्रवक्ता की जरूरत थी। हमने इस मुद्दे पर लाहौर और इस्लामाबाद में सेमीनार किए। उनमें काफी लोगों ने हिस्सा लिया

और अखबारों ने भी उनके बारे में खूब छापा, लेकिन हुक्मरानों पर तो जैसे किसी बात का असर ही नहीं हो रहा था। हम इस नतीजे पर पहुँचे कि हमें कुछ और तमाशा करना होगा।

मुस्तफा और मैं एक महत्त्वपूर्ण फैसले पर पहुँचे। मैं एक मन से यही कामना कर रही थी कि मुस्तफा भी भुट्टो की तरह अपनी लड़ाई को फाँसी के तख्ते तक ले जाए। लेकिन एक मन यह भी मानता था कि एक और शहीद की हमें कोई जरूरत नहीं थी। मैं मानती थी कि हमें मैकियावेली की रणनीति को लेकर चलना होगा—यानी, पहले रिहाई कराओ और फिर व्यावहारिक धरातल पर जनता की सेवा करो। हमने इस मामले पर व्यावहारिक रुख अपनाया और इस बात पर सहमत हुए कि हमें अपने कुछ पिछले और अतिशयवादी सिद्धांतों पर समझौता करते हुए सैनिक नेताओं को पटाने की कोशिश करनी होगी। जिस मुस्तफा ने कभी हिंसा का सहारा लेकर सैनिक शासन का तख्ता पलटने की कोशिश की थी वही अब उसके साथ गुप्त गठबंधन की कोशिश में था।

सन् 1988 के प्रारंभ में मुझे सेनाध्यक्षों की संयुक्त समिति के अध्यक्ष जनरल अख्तर अब्दुर्रहमान से भेंट करने की इजाजत मिल गई। वह जिया के दाहिने हाथ थे और हमारी तख्तापलट की कोशिश के समय आई एस आई के प्रमुख रह चुके थे; वह अफगान मुजाहिदीन की सामरिक रणनीति के प्रभारी भी थे जिसे पूरा का पूरा आई एस आई ही चला रही थी। मुस्तफा ने खूब अच्छी तरह से मुझे सिखा-पढ़ा दिया था। किसी को भी सैनिक शासन के साथ हमारी सौदेबाजी की कोशिश के बारे में पता नहीं चलना चाहिए था; अगर ऐसा हो जाता तो मुस्तफा के न जाने कितने ही समर्थक उससे बिदक जाते।

यह भेंट कड़ी सुरक्षा व्यवस्था के बीच हुई। मुझसे कहा गया कि मैं एक निश्चित तारीख को एक निश्चित समय पर इस्लामाबाद के होटल हॉलीडे इन की लॉबी में काला चश्मा पहनकर पहुँचूँ। वहाँ ब्रिगेडियर खुर्शीद मुझसे मिलेंगे और वही जनरल रहमान से मुझे मिलवाने ले जाएँगे।

जनरल के दफ्तर में हमारी नब्बे मिनट तक बातचीत हुई। यह एक मुश्किल दौर रहा। जनरल लोगों और उनके मार्शल लॉ के प्रति मेरी अरुचि गहरी थी। मुझे जिया या उनके किसी प्रतिनिधि के साथ बातचीत करने का विचार ही पसंद नहीं था। मुझे मुस्तफा की रिहाई के लिए मिन्नत करना बिलकुल भी अच्छा नहीं लग रहा था, और बदले में उन्हें देने के लिए भी मेरे पास बहुत कुछ नहीं था। मैंने यह बात उन लोगों के जेहन में बैठाने की कोशिश की कि मुस्तफा की समझ में यह बात आ गई थी कि राजनीतिक प्रक्रिया में सेना की भूमिका अनिवार्य थी; वह इस नतीजे पर पहुँचा था कि हमारे मुल्क के लिए तुर्की जैसी सरकार ही उपयोगी थी जिसमें राजनीतिज्ञों और सेना की सत्ता में भागीदारी होती है।

जनरल रहमान ने मुझे बीच में टोकते हुए कहा कि भुट्टो ने भी अपने जनरलों से ऐसा ही समझौता किया था, और फिर पलट गए थे। मैं कैसे गारंटी दे सकती थी कि मुस्तफा भी यही सब नहीं करेंगे?

"मुस्तफा कोई भुट्टो साहब नहीं हैं," मैंने कहा। मैंने जनरल रहमान को याद दिलाया कि मुस्तफा ने भुट्टो के कई विचारों का खुलकर विरोध किया था। मैंने यह वादा भी किया कि मुस्तफा जो भी वचन देगा उसका पूरा सम्मान करेगा। फिर मैंने अच्छी तरह से तैयार किया एक भाषण शुरू कर दिया। मुस्तफा ने मुझसे कहा था कि मैं भुट्टो की पीपुल्स पार्टी के मौजूदा नेताओं के इरादों के बारे में सेना की शंकाओं का फायदा उठाऊँ। मैंने जनरल से यह संभावना जताई कि भविष्य में कोई भी चुनाव हुआ तो बेनजीर के नेतृत्व वाली पीपुल्स पार्टी जीत जाएगी, और फिर भुट्टो के मिथक की जज्बाती लहर फिर उठ खड़ी होगी। लोग—खासकर सिंधी और पंजाबी लोग—जिया को समर्थन देने वाली ताकतों से टकराने के मौके का इंतजार कर रहे थे। मैंने उनसे कहा कि इस समय सेना को अपने और अवाम के बीच झोंक सँभालने के लिए एक ऐसे आदमी की जरूरत थी जो पीपुल्स पार्टी के कार्यकर्ताओं को स्वीकार हो और जो उन्हें इस बात के लिए मना सके कि वे सेना के खिलाफ अपना गुस्सा न निकालें। उन्हें एक ऐसे नेता की जरूरत थी जिसकी जड़ें पंजाब में हों, जो सत्ता की राजनीति की वास्तविकताओं को समझता हो, और जिसके पीछे पीपुल्स पार्टी के कार्यकर्ताओं की एक बड़ी तादाद लामबंद हो सके। मैंने उनसे कहा कि यह सब करने की सामर्थ्य केवल एक शख्स में थी, और वह था : मुस्तफा खर।

जनरल ने मुझसे फिर आकर बात करने को कहा, जो इस बात का सबूत था कि मैंने तार छेड़ दिया था। लेकिन इस पहली मुलाकात के बाद मैं कोई अच्छा या बुरा निष्कर्ष लेकर नहीं लौटी। मैं समझ गई कि जनरल को खुफिया विभाग का जो प्रशिक्षण मिला था वह उन्हें अपनी असल भावनाओं को थोड़ा-सा भी व्यक्त करने की इजाजत नहीं देता था। उन्होंने अपने चेहरे पर कोई भाव नहीं आने दिया।

उसके बाद जनरल के साथ मेरी कुछ और बैठकें हुईं। मैं इनमें होने वाली बातों पर मुस्तफा के साथ सलाह-मशविरा करती और फिर नई टिप्पणियों और प्रस्तावों के साथ जनरल के पास लौटती थी। हर बार जनरल और भी ज्यादा बोलते थे। हर बार, मैं उन्हें कम से कम मेरी हालत के बारे में और भी ज्यादा हमदर्द और संवेदनशील पाती थी। मेरी उम्मीदें बढ़ने लगी थीं।

मई 1988 में इस्लामाबाद में ओझरी के हथियार भंडार में विस्फोट हो गया। यह अफगान विद्रोहियों को खुफिया तौर पर हथियार भेजने का आधा गुप्त अड्डा था। आग के शोले चारों तरफ गिरे, जिससे सैकड़ों निर्दोष नागरिक हताहत हो गए। शहर

दुख और आतंक में जड़ हो गया।

जब यह घटना घटी, उसके अगले दिन मुस्तफा के बेटे अब्दुर्रहमान की शादी होनी थी, और मुस्तफा को इसमें शामिल होने के लिए चौबीस घंटे के पैरोल पर छोड़ा गया था। मैंने बच्चों और नुस्सी के साथ लाहौर हवाई अड्डे पर उसका स्वागत किया और उसके साथ चलने वाली सायरन बजाती कारों के काफिले में शामिल हो गई। काफिला दुल्हन के घर की तरफ बढ़ चला।

दुल्हन पारंपरिक लाल जोड़ा पहने थी, रंग-बिरंगी रोशनियाँ जगमगा रही थीं और मेहमानों का आना शुरू हो चुका था कि तभी मुस्तफा ने यह ऐलान करके सबको चौंका दिया कि ओझरी कैम्प में हुए हादसे की वजह से शादी को मुल्तवी करना होगा। उसने कहा कि जब पूरा मुल्क दर्द में डूबा हुआ है ऐसे में खुशियाँ मनाना गलत होगा। हम असमंजस में पड़ गए, सब कुछ उलटा-पुलटा हो गया।

दुल्हन के घर वाले सकते में आ गए। मुस्तफा ने जब गहनों से लदी, शर्माई दुल्हन को यह समझाने की कोशिश की कि वह एक खास परिवार में शादी कर रही है, तो वह संजीदगी से सुनती रही। "मैं एक राजनीतिज्ञ हूँ," मुस्तफा ने कहा। "मेरे लोगों की तरफ मेरी जिम्मेदारियाँ हैं। अगर यह शादी ऐसे मनहूस दिन में हुई तो वे मुझसे इसके बारे में सवाल करेंगे।" समाचार माध्यमों ने मुस्तफा के इंसानी जज्बे की तारीफ की और उसे तानाशाह के मुकाबले में रखा जो अब एक बड़ी भयंकर भूल कर रहा था। ओझरी हथियार भंडार के हादसे को तोड़फोड़ की कार्रवाई माना जा रहा था, और इसलिए उसकी जाँच के डर से जिया ने अपने बैठाए प्रधान मंत्री मुहम्मद खान जुनेजो और संसद के निचले सदन को बर्खास्त कर दिया, और एक अंतरिम सरकार गठित कर दी।

अगस्त में जनरल रहमान के साथ अपनी पाँचवीं बैठक में मैंने चाय की चुस्कियाँ लेते हुए जनरल और उनकी बेगम को बताया कि मुस्तफा इस घटनाक्रम को किस तरह देख रहे थे। मुस्तफा ने कहा था कि मसला हल नहीं हुआ था। जिया ने बस एक शून्य पैदा कर दिया था। अंतरिम सरकार नाकारा साबित होगी और पीपुल्स पार्टी इस खाली जगह में घुस पड़ेगी। मुस्तफा ने सुझाव दिया था कि पीपुल्स पार्टी को बेअसर करने के लिए उसे एक्र आजाद आदमी की तरह अपनी भूमिका निभाने की इजाजत दी जाए। उसे सत्ता की तरफ बेनजीर भुट्टो के बढ़ते कदमों को रोकने के लिए समय चाहिए था।

जनरल ने वादा किया कि वह जनरल जिया से इस बारे में सलाह-मशविरा करेंगे।

मुझे अपने ऊपर और अपनी गुप्त सौदेबाजी की कामयाबी पर गर्व हुआ। मुझे पक्का हो गया कि जिया और उनके सलाहकार अब इस दलील को मंजूर करने को तैयार थे।

उसके एक हफ्ते बाद, 17 अगस्त को सैनिक यातायात विमान सी-130 में बहावलपुर के ऊपर आसमान में विस्फोट हो गया। मुल्क पर ग्यारह साल से हुकूमत करने वाले जनरल जिया इस विमान में सवार थे। खबर सुनते ही सबसे पहले तो मैं बेहद खुश हुई। तानाशाह की मौत हो गई थी! फिर मुझे याद आया कि उस विमान में मेरे परिचय के और लोग भी सवार थे। उनमें से एक थे मेरे नए दोस्त जनरल रहमान, जो मुस्तफा की रिहाई करवाने के इतने करीब दिखाई दे रहे थे। दूसरे थे ब्रिगेडियर खुर्शीद, जो मुझे कई बार बैठकों में ले गए और वहाँ से वापस भी लाए थे।

लेकिन मुझे इस इंसानी त्रासदी के ख्याल को छोड़ना पड़ा। जिया की अचानक मौत ने पाकिस्तानी राजनीति के पूरे समीकरण को ही बदल डाला। सीनेट के अध्यक्ष और जिया के नजदीकी साथी गुलाम इसहाक खान को राष्ट्रपति पद की शपथ दिलवाई गई। ''इस समय हमें ऐसा कुछ नहीं करना चाहिए जिससे सेना भड़क जाए,'' मुस्तफा ने सलाह दी। ''सबसे अच्छा रास्ता होगा कि हम इंतजार करें और देखें।''

हमने तय किया कि हम शांतिपूर्ण ढंग से विरोध के जरिए अपनी परेशानी की तरफ ज्यादा से ज्यादा ध्यान खींचेंगे। हमारे बहादुर पार्टी कार्यकर्ताओं ने सीनेट के सामने भूख हड़ताल शुरू कर दी। उस समय सीनेट का सत्र चल रहा था। अधिकारियों ने भूख हड़तालियों के पहले जत्थे को आत्महत्या के प्रयास के जुर्म में फौरन गिरफ्तार कर लिया।

हमने सीनेट की तरफ बढ़ने की कोशिश की। हमारे हाथों में मार्शल लॉ मुर्दाबाद की तख्तियाँ थीं और हम राजनीतिक बंदियों की रिहाई की माँग कर रहे थे, लेकिन पुलिस ने धावा बोलकर सबको गिरफ्तार कर लिया।

दो सीनेटरों ने मुझे सीनेट भवन के अंदर बुलाया और अपने कई साथियों से मेरा परिचय करवाया। मैंने वहाँ यह आग्रह करके काफी हलचल मचा दी कि कोई तो राजनीतिक कैदियों का मुद्दा उठाए। मैंने एक सीनेटर से कहा, ''अगर आपकी बेगम यहाँ होतीं और मुस्तफा खर आपकी जगह होते तो वह इस मुद्दे को निश्चित तौर पर उठाते।''

हमारी भूख हड़तालें जारी रहीं। समाचार माध्यमों में हमने बहुत दिलचस्पी जगाई लेकिन सरकार अपना काम बदस्तूर करती रही; उस पर कहीं कोई असर नहीं पड़ा। और भी ज्यादा तमाशाई जगह की तलाश में हमने इस्लामाबाद में फैजल मस्जिद को चुना। हमारा मानना था कि जो सरकार लगातार इस्लाम के गुणगान का दिखावा करती रहती है वह मस्जिद के पवित्र परिसर के अंदर भूख हड़तालियों की गिरफ्तारी से हिचकिचाएगी। और अगर वह ऐसा करेगी भी तो अखबारों में उसकी छीछालेदर होगी। जीत दोनों ही स्थितियों में हमारी होगी।

भूख हड़ताली दुआ में बैठे थे कि पुलिस जमा होने लगी। मैंने अधिकारियों का सामना करते हुए उनसे कहा कि वे दुआ में बैठे भूख हड़तालियों को गिरफ्तार

नहीं कर सकते। पुलिस संकोच में पड़ गई और दुआ खत्म होने का इंतजार करने लगी। लेकिन दुआएँ बंद होने का नाम ही नहीं ले रही थीं। भीड़ इकट्ठी हो गई। लोग हैरान थे कि देखें कौन सा पक्ष टूटता है। कार्यकर्ता तो अपना काम करते रहे लेकिन पुलिस का धैर्य टूट गया। आखिरकार वे आगे बढ़कर दुआ पढ़ते कार्यकर्ताओं को घसीटते हुए जेल ले गए। कार्यकर्ता सरकार के खिलाफ और राजनीतिक कैदियों की हिमायत में नारे लगाते रहे। हमारी और अखबार वालों की पूरी कोशिश रही कि तथाकथित इस्लामी सरकार के कारिंदों के हाथों मस्जिद को अपवित्र किए जाने की इस घटना के बारे में पूरे मुल्क को पता चले।

उसके बाद और भी हड़तालें हुईं, और ये सब की सब इस्लामाबाद की सार्वजनिक जगहों पर हुईं : दोबारा सीनेट पर, राष्ट्रपति भवन पर, दूसरी मस्जिदों पर—यहाँ तक कि बाजारों में भी। राजधानी अचानक शांतिपूर्ण विरोध की स्थली बन गई, और मैं उसकी मुख्य पात्र थी।

उस समय तक मैं यह तय कर चुकी थी कि नेता के खुद के परिवार को त्याग करना चाहिए। अब तक बेचारे कार्यकर्ता ही गिरफ्तारी देते आ रहे थे। मैंने मुस्तफा के दो बेटों अब्दुर्रहमान और बिलाल को मनाया कि वे एक भूख हड़ताल में हिस्सा लें। उन्हें सीनेट के बाहर गिरफ्तार कर लिया गया।

हम गतिविधियाँ चला रहे थे, हलचल पैदा कर रहे थे। अखबार वाले बदलाव लाने की हमारी शांतिपूर्ण कोशिशों के बारे में और पुलिस के दमनकारी तरीकों के बारे में हमारे पक्ष में खबरें छाप रहे थे। हमें ज्यादा से ज्यादा एहसास होता जा रहा था कि भीड़ हमारी तरफ थी। लोग हड़तालियों का हौसला बढ़ाते और अधिकारियों को लानत बोलते थे। लेकिन मुस्तफा और हजारों दूसरे राजनीतिक कैदी अभी भी जेलों में सड़ रहे थे।

हम इस गतिरोध को कैसे तोड़ सकते थे?

मैंने मुस्तफा को सुझाव दिया कि मैं खुद भूख हड़ताल करूँगी। बेशक, मुझे पता था कि मेरा यह महत्त्वपूर्ण निर्णय मुझे मौत के मुँह में ले जा सकता है क्योंकि मैं इससे पीछे नहीं हट पाऊँगी, लेकिन मुझे विश्वास था कि मेरी इस कार्रवाई से मुल्क में और मुल्क के बाहर समाचार माध्यमों की ऐसी दिलचस्पी बढ़ेगी कि सरकार को यह महसूस हो जाएगा कि वह मुझे मरने नहीं दे सकती—और वह राजनीतिक कैदियों को छोड़ देगी। मैं जानती थी कि अखबार वाले मेरे साथ हमदर्दी बरतेंगे। अपने पति की आजादी के लिए संघर्ष कर रही एक पत्नी के रूप में मेरी भूमिका ने अखबारों में अच्छा प्रभाव बनाया और रिपोर्टर लोग यह जानने को और भी अधिक उत्सुक हो गए कि मेरा अगला कदम क्या होगा। मेरा नई नस्ल के खासे पढ़े-लिखे पत्रकारों से परिचय हो गया था जो पाकिस्तान में इंसाफ के मकसद के लिए प्रतिबद्ध थे। हालाँकि इस नए जमाने में वे वर्ड प्रोसेसर का इस्तेमाल करते थे, फिर भी उनमें

से किसी ने अपने जैसों के लिए एक उपयुक्त शब्द गढ़ लिया था : 'टाइपराइटर गुरिल्ला'। मैं जानती थी कि वे मेरे पक्ष में खड़े होंगे।

इसके अलावा, मुस्तफा और मैं दोनों ही यह जानते थे कि मेरे अब्बाजान मुझे बचाने के लिए हरकत में आ जाएँगे। सेना और सीनेट में उनके कई प्रभावशाली दोस्त थे; वह निश्चित तौर पर उन पर काफी ज्यादा दबाव बना लेंगे।

हमने जरूरी इंतजाम कर लिए। मेरी गिरफ्तारी के समय डॉक्टरों का एक दल मेरी देखभाल के लिए तैयार रहेगा। मुस्तफा ने इस दल में अदयाला जेल से जुड़े एक फिजीशियन डॉ. सुल्तान को भी रखवा दिया ताकि उसे मेरी हालत की पूरी जानकारी मिलती रहे। डॉ. सुलतान ने मुझे समझा दिया : "चौबीस घंटे के अंदर आपको दबाव महसूस होगा। जैसे-जैसे समय बीतेगा, यह भी हो सकता है कि आपके जिस्म के खास हिस्सों में खराबी आ जाए—जैसे, गुर्दे। अगर यह बहुत लंबी चल गई तो आपके दिमाग को भी नुकसान पहुँच सकता है और आप नीम बेहोशी की हालत में पहुँच सकती हैं।" डॉक्टर ने आगे कहा, "लेकिन हम आपको मरने नहीं देंगे। आपको नसों के जरिए तरल पहुँचाया जाता रहेगा और हम आपको दूध देंगे!"

मैं बहुत डर गई थी, फिर भी अपने फैसले पर अटल थी लेकिन अचानक ही एक नया मोड़ आ गया। मेरी किस्मत रही कि राष्ट्रपति ने कुछ राजनीतिक कैदियों की रिहाई का ऐलान कर दिया। उनमें मुस्तफा का नाम नहीं था, लेकिन सिलसिला तो शुरू हो ही गया था। मेरी भूख हड़ताल रोक दी गई।

मुझे जो भी नेता या जनरल मिल पाया, मैंने उसी से बात की। उनमें से एक ने जो कहा उससे पता चल गया कि वे क्या सोच रहे थे : "मुस्तफा एक गद्दार है! मैं मेरे मुल्क के साथ गद्दारी करने वाले की मदद नहीं कर सकता।"

अफरा-तफरी उस समय और बढ़ गई जब चुनाव का ऐलान किया गया। हमारे पुराने दोस्त मुस्तफा जटोई बिना बताए आई जे आई में शामिल हो गए। आई जे आई उन दलों का गठबंधन था जिन्हें जिया ने खड़ा किया था और जो इस समय सत्ता में था। जटोई ने मुस्तफा के सामने भी यही विकल्प रखा। अगर वह तैयार हो जाए तो उसकी जेल की कोठरी के दरवाजे तुरंत खुल सकते थे। मुस्तफा बाहर निकलने और चुनाव में अपनी भूमिका निभाने को बेताब था; वह सौदेबाजी करने के बारे में विचार करने लगा।

तमाम लोग मेरे पास आकर मुझे मनाने की कोशिश करने लगे कि मैं अपने पति को राजी करूँ कि वह अपने भाग्य को पाकिस्तान के मौजूदा राजनीतिक तंत्र के साथ जोड़ दे। उनमें से एक ने तो मुझे यह चेतावनी भी दे डाली कि अगर वह इस गठबंधन के साथ नहीं जुड़ा तो वह जेल से कभी नहीं छूट पाएगा। "वह जिंदगी भर वहीं पड़े सड़ते रहेंगे," उसने कहा। "आप यह तो नहीं चाहतीं न, क्यों?"

मेरा विकास हो गया था। शादी के उन तमाम सालों के बाद अब मैं मुस्तफा

के चाबी का रोबोट नहीं रह गई थी। अब मैं अपने दिमाग से सोचती और बिना किसी के सहारे के काम करती थी। मैंने मुस्तफा के आई जे आई में शामिल होने की तरफदारी में जो भी दलीलें सुनी थीं उन्हें खारिज कर दिया, और उसे इसकी वजह भी बता दी। अगर वह इस गठबंधन में शामिल हुआ तो वह अपने तमाम सिद्धांतों को ही नकारेगा। ये वे दल थे जो जिया के आगे सिर झुकाकर सत्ता में बने हुए थे। ये अप्राकृतिक राजनीतिक लोथड़े थे जो भुट्टो का खून चूस कर वजूद में रहे थे। आई जे आई के साथ जुड़ने का मतलब उसके लिए मार्शल लॉ के खिलाफ उसकी लड़ाई और लोकतंत्र के लिए उसके लंबे संघर्ष को नकारना होगा। उसके निर्वासन के सालों का कोई महत्त्व नहीं रह जाएगा। इसके अलावा, आई जे आई में शामिल होना अपमानजनक भी होगा क्योंकि इसके अध्यक्ष नवाज शरीफ थे जिन्हें मुस्तफा सार्वजनिक तौर पर एक सियासी बौना बताता रहा था। मैंने अपने शौहर से कह दिया कि अगर उसने अब अपने आपको बेच दिया तो मेरी नजर में उसकी रत्ती भर भी इज्जत नहीं रह जाएगी। मैंने कहा, ‘‘आजाद होकर अपमानित होने से तो अच्छा है तुम हमेशा जेल में सम्मान से रहो।’’

मुस्तफा अपने विकल्पों को तोलता रहा। वह चौबीस घंटे के भीतर जेल से रिहा हो सकता था, या फिर वह अपने सम्मान और अपनी बीवी को बनाए रख सकता था। उसने जटोई के व्यावहारिक प्रस्ताव को ठुकराने का फैसला किया और मेरी सलाह के लिए मेरी बड़ाई की : ‘‘यह तुम्हारी ताकत ही थी जिसके बूते मैं यह फैसला कर सका। मुझे खुशी है कि मैंने यह फैसला किया। सत्ता के लिए छोटे रास्ते अपनाने से बेइज्जती मिलती है।’’

मैंने मुस्तफा की तरफ से अखबार वालों के लिए यह बयान जारी किया कि मुस्तफा ने जटोई का प्रस्ताव ठुकरा दिया है और उनसे संबंध तोड़कर, ‘खर गुट, एन पी पी’ का गठन कर लिया है। मैंने नेलसन मंडेला के शब्दों में ऐलान किया, ‘‘कैदी सौदेबाजी नहीं कर सकते। मुस्तफा एक आजाद व्यक्ति नहीं हैं।’’

हमने तय किया कि मुस्तफा जेल के अंदर से संसद का चुनाव लड़ेगा। पाकिस्तान की चुनावी व्यवस्था के तहत आप राष्ट्रीय और प्रांतीय चुनावों में जितनी भी सीटों से चाहें चुनाव लड़ सकते हैं। बहरहाल, चुनाव के बाद एक निश्चित तारीख को आपको एक के अलावा बाकी सभी सीटों से हटना पड़ता है : आप या तो राष्ट्रीय असेंबली के सदस्य हो सकते हैं या फिर प्रांतीय असेंबली के। आप बाकी जिन सीटों को छोड़ते हैं, उन पर आप अपने उम्मीदवार को नामजद कर सकते हैं, और चुनाव के बाद उन चुनाव क्षेत्रों में एक उपचुनाव होता है। मुस्तफा को राष्ट्रीय असेंबली की दो सीटों और प्रांतीय असेंबली की तीन सीटों के लिए नामांकन पर्चे दाखिल करने थे और फिर चुनावी बुखार के दौरान यह फैसला करना था कि अपने प्रयासों को कहाँ केंद्रित किया जाए। सबसे जोरदार टक्कर लाहौर में होने का अनुमान था,

जहाँ उसका मुकाबला पंजाब के वर्तमान मुख्यमंत्री नवाज शरीफ से होना था। इस ऐलान के साथ ही मुस्तफा एक बार फिर जेल की सलाखों के पीछे से दहाड़ते बहादुर, साहसी पंजाब के शेर की भूमिका में आ गया था।

लेकिन यह टक्कर आसान नहीं होने जा रही थी। मुस्तफा के खुद के भाइयों को लगा था कि वे उसकी गैर-मौजूदगी का फायदा उठा सकते हैं, इसलिए उन्होंने उसके चुनाव क्षेत्र मुजफ्फरगढ़ में उसके खिलाफ़ खड़े होने का फैसला कर लिया। उन्हें प्रभावशाली सरकारी गुटों का समर्थन मिल गया। मैंने मुस्तफा के पाँच चुनाव अभियानों के लिए जरूरी कागजात भर दिए, लेकिन मैं जानती थी कि हमारी जीत आसान नहीं थी।

मैं मुस्तफा के एवज में चुनाव अभियान करने निकल पड़ी। मुझे मुजफ्फरगढ़ में ऐसे लोगों की भीड़ से बात करने का मौका मिला जो खुद असमंजस में थे। मुस्तफा ने अपनी बात कहने के लिए एक औरत को भेजा था? उन्होंने किसी भाई या बेटे को क्यों नहीं भेजा? मुस्तफा को पहले से पता था कि इस तरह की दिक्कत आएगी, इसलिए उसने मुझे पूरी तरह से तैयार करके भेजा था कि मुझे क्या दलील रखनी होगी। मैंने अपना हाथ हिलाकर उनसे कहा, ''इन तमाम इलाकों के सरदार अपनी बीवियों को अपने गाँवों के गरीब, दबे-पिसे लोगों से छिपा कर रखते हैं। वे उन्हें चादर के पीछे रखते हैं ताकि आप लोग जो उन्हीं की मिट्टी से आए हैं, उनकी 'इज्जत' पर नजर न डाल सकें। लेकिन शहरों में वे अपनी औरतों को परदा भी हटा लेने देते हैं और पराए लोगों के साथ उन्हें घुलने-मिलने भी देते हैं। मुस्तफा ने मुझसे आपको यह बताने को कहा है कि वह उन आदमियों में नहीं हैं।''

भीड़ ने जोरदार तालियाँ बजाईं और मुस्तफा के लिए नारे लगाए।

मैंने कहना जारी रखा : ''मुझे आप लोगों के सामने भेजकर उन्होंने इस बात का सबूत दिया है कि आप वे लोग हैं जो उनकी औरत को देख सकते हैं, क्योंकि आपके लिए मैं एक बेटी, एक माँ या एक बहन हूँ। आप उनके परिवार के लोग हैं। वह अपनी औरत को आपसे नहीं छिपाएँगे। वह आज इस झूठी और पाखंडी परंपरा को तोड़ रहे हैं—आपकी खातिर!''

इस दलील ने भीड़ में बहुतों का मन जीत लिया। लोगों ने जोरदार आवाज में अपनी सहमति जताई और मुस्तफा की रिहाई के लिए दुआ की—चुनाव में उसकी जीत के लिए दुआ की।

मुस्तफा के भाई मेरे खिलाफ एकजुट हो गए। वे कहने लगे कि मैंने उनके वालिद की इज्जत को बट्टा लगाया है। कुछ ने कहा कि मैं मुस्तफा को फाँसी के तख्ते पर भेजना चाहती हूँ।

लाहौर में मैंने पार्टी कार्यकर्ताओं के साथ कई बैठकें कीं। वे सारे के सारे मुस्तफा के फैसले से खुश थे, लेकिन हम जानते थे कि उसके पास किसी प्रमुख

राजनीतिक दल का समर्थन नहीं रह गया था। हमने दूसरे गठबंधनों की संभावना के बारे में विचार-विमर्श किया। क्या हमें पीपुल्स पार्टी से फिर से हाथ मिलाना चाहिए? क्या हमें गठबंधन के लिए बर्खास्त प्रधान मंत्री जुनेजो से संपर्क करना चाहिए?

मुस्तफा ने मुझसे बेनजीर भुट्टो से बात करने को कहा। मैंने बेनजीर के एक सहायक से संपर्क करके उससे इस संभावना के बारे में पूछा कि क्या बेनजीर और उनकी पीपुल्स पार्टी मुस्तफा को समर्थन दे सकती हैं? उस सहायक ने यह गोल-मोल संदेश लाकर दिया : ''मेरी समझ में हमें जनाब खर की रिहाई का इंतजार करना चाहिए।''

इस बयान से मुझे लगा कि बेनजीर भुट्टो को मुस्तफा की रिहाई की उम्मीद नहीं थी और वह ऐसे शख्स को समर्थन नहीं देना चाहती थीं जिसके खिलाफ सेना थी। शायद वह चाहती थीं कि उनके बूढ़े 'अंकल' जेल में ही रहें और उनके रास्ते में रुकावट न बन पाएँ?

मुस्तफा के एवज में चुनाव लड़ना मेरे लिए एक बहुत बड़ी जिम्मेदारी थी। मुस्तफा का कहना था कि लाहौर के महत्त्वपूर्ण जिले में उसकी गैर-हाजिरी में काफी समर्थन जुटाने का मेरे लिए एकमात्र तरीका था वहाँ घर-घर जाकर प्रचार करने की पुरानी परंपरा को अपनाना। मुस्तफा की बेगम का लोगों से समर्थन के लिए जाती तौर पर गुजारिश करना लोगों के दिल को छू लेगा। लेकिन मुझे इसमें बड़ी उलझन महसूस हो रही थी। मुजफ्फरगढ़ की जज्बाती, अनपढ़ भीड़ के उलट, लाहौर के मतदाता मुझे ठीक से नहीं जानते थे; उन्होंने बड़ी असमंजस की हालत में मेरा स्वागत किया। मुझे लगा कि जहाँ तक इन लोगों का सवाल था, मैं अपने पति की एवजी के लिए सही व्यक्ति नहीं थी, विशेषकर जब उनका मुकाबला मुख्यमंत्री से उन्हीं के घर में हो रहा था। हमें हर हाल में मुस्तफा को जेल से रिहा करवाने की जरूरत थी, जिससे कि वह इस तरह की जीत के लिए जरूरी प्रभाव बना सके।

मैंने आई एस आई से संपर्क करके इसके प्रमुख जनरल हमीद गुल से मिलने की इच्छा जताई; लेकिन उनके दूसरे नंबर के अधिकारी ब्रिगेडियर इम्तियाज ने कहा कि प्रमुख की जगह वह खुद ही मुझसे मिलेंगे। आई एस आई के मुख्य कार्यालय में हुई हमारी बैठक पाँच घंटे चली। बैठक में बड़ी बारीकी से पूछताछ चली। ब्रिगेडियर के पास मुस्तफा का पूरा चिट्ठा था। उन्हें मुस्तफा के अभागे हिंदुस्तानी संपर्क की भी व्यापक जानकारी थी। इन तमाम सबूतों की रोशनी में, वह मेरे शौहर को एक गद्दार मानते थे। मैंने मुस्तफा को एक अलग किस्म के देशभक्त के रूप में पेश करने की कोशिश की, लेकिन ब्रिगेडियर को तसल्ली नहीं हुई। जब मैंने उन्हें जनरल रहमान के साथ अपनी बैठकों के बारे में बताया तो उन्हें बड़ा ताज्जुब हुआ। आई

एस आई को इस बारे में कुछ भी पता नहीं था!

फिर हमारी कई बैठकें हुईं। आखिरकार मुझे जनरल हमीद गुल से मुलाकात की इजाजत मिल गई, और मैं उनसे मिलने विमान से इस्लामाबाद पहुँच गई। मैं जानती थी कि यह मेरी आखिरी, सबसे अच्छी उम्मीद थी। यह एक मुश्किल बैठक थी। जनरल ने मेरी दलीलों को ध्यान से सुना लेकिन मैं उनका जवाब नहीं भाँप पाई। आखिरकार, हताश होकर मैंने उनसे दरख्वास्त की कि वह मुस्तफा से आमने-सामने बात कर लें। मुझे यकीन था कि मुस्तफा अपनी बात करने की कला का इस्तेमाल करके जेल से बाहर निकलने का रास्ता बना सकता था। मुझे सुखद आश्चर्य हुआ जब जनरल गुल इसके लिए राजी हो गए। मैंने यह भी महसूस किया कि यह इस बात का सबूत था कि हमारा मुल्क बदलावों के एक सिलसिले से गुजर रहा था; इतने ऊँचे ओहदे पर बैठे व्यक्ति का एक कैदी से मिलने जाना बहुत ही असाधारण बात थी।

इसका किसी को भी पता नहीं चला—मुस्तफा को भी नहीं। ब्रिगेडियर मुझे अपने साथ कार में बैठा कर आधी रात को अदयाला जेल ले गए। वहाँ सुपरिंटेंडेंट के दफ्तर में मेरी भेंट जनरल गुल से हुई। फिर मुस्तफा को हमसे मिलवाने के लिए लाया गया। वह बहुत चकित था।

मुझे यह देखकर निराशा हुई कि मुस्तफा बड़ा दबा-दबा और असहज-सा वहाँ आया। मानो उसे यह एहसास था कि उसके सामने बैठा शख्स उसके दिल के सारे राज जानता है। जनरल करिश्माई, बातूनी और मुँहफट था; मुस्तफा औसत दर्जे का मामूली आदमी था। मेरा शौहर, मेरा नेता मेरी आँखों के आगे ही सहम रहा था।

चलो मुस्तफा, मैंने मन में कहा। तुम्हें सही बातें कहनी होंगी। तुम्हें ऐसी बातें कहनी होंगी जिससे ये लोग तुम्हें रिहा कर दें। यह तुम्हारा अकेला और आखिरी मौका है।

लेकिन बैठक खत्म होने पर जनरल के सहायक ने यह जता दिया कि वे फैसला तो पहले ही कर चुके थे। वह मेरी तरफ देखकर सिर हिलाते हुए मुस्कराया और मुस्तफा से बोला, ''आपको इनसे बेहतर दूत नहीं मिल सकता था।''

मुस्तफा ने बड़े भावुक अंदाज में कहा, ''तहमीना के बगैर मैं यह कभी नहीं कर पाता!'' फिर अपने आपको सँभालते हुए, वह सीधे मुझसे बोला, ''अगर कभी मैंने अपनी आत्मकथा लिखी तो मैं यह कहूँगा कि तुम मेरी सबसे होशियार सियासी सलाहकार थीं।''

अगले दिन, अदालत ने मुस्तफा की रिहाई का आदेश जारी कर दिया। वह दो साल से अधिक समय तक जेल में रहा था।

खुशी और गम साथ-साथ आए। ठीक उसी समय मेरी बहनों जरमीना और रुबीना ने फोन पर मुझे यह परेशान करने वाला संदेश दिया : अब्बाजान को एक परायी औरत से प्यार हो गया था! माँ दुःखी थीं। यह औरत साबिहा हसन थी। वह मेरे अब्बाजान के साथ उस दौरान काम करती थी जब वह स्टेट बैंक के गवर्नर थे। मेरी बहनें हमारे वालिदैन के वैवाहिक संबंधों को टूटने से बचाने के लिए परिवार की एक बैठक करना चाहती थीं। माँ इस बात के लिए तैयार थी कि मैं परिवार में लौट आऊँ और इस मुश्किल दौर से उबरने में उसकी मदद करूँ।

मैं खुशी और गम के इस अजीब मेल से हैरान थी जो एक ही घड़ी में साथ-साथ आए थे। मेरी जिंदगी किसी चुलबुले बच्चे के हाथों में लगे एक कैलिडोस्कोप की तरह थी।

16

लाहौर से इस्लामाबाद जाने वाली सुबह साढ़े छः बजे की फ्लाइट में मैं एक साल से भी ज्यादा समय से हर इतवार को सफर करती आ रही थी। लेकिन आज 4 नवम्बर 1988 का दिन बिलकुल अलग था। जब मैं अपने चार बच्चों को लिए हुए हवाई अड्डे के गेट की तरफ बढ़ी तो मैं खुशी में सराबोर थी। कागजात की जाँच और जामा तलाशी से होने वाली खीज को उपलब्धि के एहसास ने नकार दिया।

हवाई अड्डे के कर्मचारियों ने मुस्कराकर हमारा स्वागत किया। जब हम विमान में चढ़ गए तो उसके चालक दल के सदस्यों ने हमें ढूँढ़ कर मुबारकबाद दी। मैं अपनी सीट बेल्ट बाँध कर इत्मीनान से अखबार देखने लगी तो एक यात्री ने मेरी तरफ झुकते हुए कहा, "आपके पति को आप पर सचमुच बहुत घमंड होगा।" मैं शालीनता से मुस्करा दी; मैं जानती थी कि हमारे संघर्ष की अभी शुरुआत ही हुई थी।

सफर के दौरान मैंने खिड़की से बाहर दूर तक नजर दौड़ाई। शून्य में ठहरे आवारा बादल के एक टुकड़े पर जब सूरज की पहली किरनें पड़ीं तो वह जैसे शर्म से लाल हो गया। मैंने अपने रोमांच को बढ़ता महसूस किया। मेरी शादी के दो युग खत्म हो चुके थे। पहले, जलावतन, जिसके साथ आया विश्वासघात और हिंसा; मैंने अपने आपको एक तूफान के केंद्र में घिरा महसूस किया था, और मैं उससे जिंदा बच निकलने को लगातार जूझती रही थी। फिर मुस्तफा की कैद, जिसमें मेरे लिए थी कुंठा, एकाकीपन और थकान, लेकिन इसके साथ मेरा व्यावहारिक राजनीतिक प्रशिक्षण और परिपक्वता, और एक आत्मनिर्भरता भी आई जो मेरे ऊपर आवश्यकता ने डाल दी थी।

अब मैं और मुस्तफा एक नए दौर में प्रवेश कर रहे थे। यह आजादी और भरोसे का दौर था। हम विषम स्थितियों से बच कर निकल आए थे और अब पहली बार सामान्यता से हमारा सामना हो रहा था।

इस्लामाबाद हवाई अड्डे पर जश्न का माहौल था। जिन चेहरों पर मैंने इन तमाम सालों में संकल्प के भाव देखे थे, आज उन्हीं पर मुस्कानें थिरक रही थीं। लोग मेरी तरफ बढ़े और फिर एक सम्मानजनक दूरी पर आकर ठहर गए। मैं उन्हें उनके समर्थन के लिए धन्यवाद देना और गले से लगाना चाहती थी, लेकिन वे सभी मर्द थे और हमें इस्लाम ने दायरे में बाँध रखा था और परंपरा ने रोक रखा था; एक औरत उस मर्द की तरफ अपने स्नेह का प्रदर्शन नहीं करती जो उसका पिता, भाई या पति नहीं है। मैंने शब्दों के माध्यम से उनकी तारीफ करने की कोशिश की, लेकिन शब्द नाकाफी थे।

जल्दी ही हम कार में सवार जानी-पहचानी सड़कों पर बढ़ रहे थे; हमारे पीछे कारों का काफिला चल रहा था। वहाँ जश्न का माहौल था। ड्राइवर लोग अपनी गाड़ियों के भोंपू बजा रहे थे; पैदल चलने वाले हौसला बढ़ाने वाले नारे लगा रहे थे। हम रावलपिंडी सेंट्रल जेल के स्थल के पास से निकले जहाँ भुट्टो को फाँसी दी गई थी। जनरल जिया ने हाल में अपनी मौत से पहले इसे ढहाने का हुक्म दिया था, क्योंकि अब यह एक शहीद की स्मृति के स्मारक का काम कर रही थी।

हम सेना मुख्यालय के पास से गुजरे तो इसके फाटकों के बाहर रखे टैंक को देखकर मेरे होठों पर मुस्कान आ गई। गुजरे समय में, पाकिस्तान में फौजी हुकूमत का प्रतीक यह टैंक मुझमें डर पैदा करता था। आज यह शक्तिहीन दिख रहा था। अवाम की ताकत ने बंदूक की हुकूमत पर जीत हासिल कर ली थी।

हमारा काफिला अदयाला रोड की तरफ मुड़ गया। हजारों दर्शक वहाँ रास्ते में कतार बाँधे खड़े थे, जिससे हमारे आगे बढ़ने में रुकावट पड़ी। हमारी कार उस लंबी पट्टी पर रेंगती हुई आगे बढ़ी जो जेल की तरफ जाती थी। लोग कार की खिड़कियों से मुँह सटाए अंदर झाँकने लगे; उनकी नाकें खिड़कियों के शीशों पर चपटी दिख रही थीं। कुछ लोगों ने दो उँगलियों से जीत का निशान बनाया। कुछ और लोगों ने कार के बोनट पर हाथ मार कर अपनी खुशी जताई। ये जनता के लोग थे जिनके बारे में मैं और मुस्तफा अक्सर ही बातें करते थे। इन्हीं के नसीब को तो आकार देना था हमें। अभी कुछ अरसा पहले ही ये लोग मेरे लिए एक अमूर्त विचार होते थे, बैठक में चलने वाली अंतहीन बहसों के विषय होते थे। आज वही लोग वास्तविक थे; उनका महत्त्व था। वे हम पर निर्भर नहीं थे; हम उन पर निर्भर थे। सदियों से कुचले गए पाकिस्तान के दबे-पिसे आम लोग अब उठने लगे थे, जैसे धूल के गुबार हमारी कार के आस-पास उठ रहे थे।

मुझमें खिड़की खोलने की हिम्मत नहीं हुई। मैं बार-बार पारंपरिक सलाम के अंदाज़ में अपना हाथ अपने माथे तक ले जाती और भीड़ जवाब में हाथ हिलाती थी।

वहाँ जो इंसानी हुजूम इकट्ठा हो गया था, उसके आगे अदयाला जेल बहुत

कमजोर लग रही थी, और अब वह अभेद्य नहीं दिखाई दे रही थी। जो ऊँची-ऊँची दीवारें पहले मेरे मन को अनिष्ट की आशंकाओं से भर देती थीं, वही आज बिलकुल भयभीत नहीं कर रही थीं।

पूरे पाकिस्तान से मुस्तफा के दोस्त और साथी यहाँ जिया की हुकूमत के अवशेषों के खिलाफ अपनी वफादारी का प्रदर्शन करने के लिए जमा थे। उनमें से कइ ने तो जेलों में मुस्तफा से भी कड़ी सजाएँ काटी थीं। अपने सबसे खराब पलों में उन्होंने इसी क्षण का सपना देखा था।

जैसे-जैसे वह क्षण निकट आता गया। भीड़ का उन्माद बढ़ने लगा। कुछ नौजवान पंजाब के सबसे ज्यादा लोकप्रिय नाच भांगड़ा और लुड्डी करने लगे। ढोल-नगाड़ों की थाप तेज हो गई।

तभी अचानक, वह आया जेल से निकल कर : मुस्तफा खर, मजलूमों का समर्थक, साहसी, पंजाब का शेर, सियासी मसीहा।

इस अनूठे पल में भी मेरा दिमाग भटक रहा था। मैं अपने अब्बाजान और माँ की चिंता कर रही थी। मेरी विवाहित जिंदगी फिर से शुरू होने को तैयार थी; उनकी विवाहित जिंदगी टूट कर बिखर रही थी। मैं जेल में बंद कैदियों के लिए भी चिंता कर रही थी, जिनका रक्षक उनसे अलग हो रहा था। जिंदगी इंसाफ नहीं करती, मैंने अपने आप को भाषण पिलाया, और अपना ध्यान वापस मुस्तफा पर लगा दिया जो एक दिन उनके लिए सुधार की खुशखबरी लेकर वापस आएगा। मैंने अक्सर यह सवाल उठाया था कि जब इतने सारे सियासी नेता जेल में बंद रहे और उन्होंने वहाँ के साधारण कैदियों की अमानवीय हालत को इतने नजदीक से देखा भी, तो फिर क्यों किसी ने भी उनके मुद्दों को नहीं उठाया—जब वे सत्ता में आ गए तब भी नहीं। मुस्तफा ने वादा किया था कि वह जेल में बंद रहने को अभिशप्त लोगों की बदहाली को भूलेगा नहीं।

मेरे और बच्चों के लिए भीड़ में से होकर एक रास्ता साफ कर दिया गया था कि हम कार से उतर कर भीड़ की खुशामद के जवाब में हाथ हिलाते मुस्तफा की बगल में पहुँच सकें। हमारे बच्चे आखिरकार मेरे भाषणों का मतलब समझ पा रहे थे : उनके पिता कोई अपराधी नहीं थे; आज वह एक जन-नायक थे। वह आशा का साक्षात् रूप थे। वह एक ऐसे शख्स थे जो नैतिक रूप से दिवालिया एक ऐसे समाज के खिलाफ खड़े हुए थे जहाँ अन्याय, भ्रष्टाचार, कमजोरों का शोषण और भयंकर गरीबी आम बातें हो गई थीं। मुस्तफा ने अपने लोगों के लिए कष्ट उठाए थे। सालों बिताए थे उसने जलावतन में सूर्यास्त देखते हुए। वह जेल में रहा था, लेकिन उसने सिर नहीं झुकाया था।

जब हम धीरे-धीरे एक जीप की तरफ बढ़ रहे थे, तो झुर्रियों वाले बुजुर्ग आदमी भीड़ में से रास्ता बनाते हुए आगे आए और उन्होंने मुस्तफा का हाथ चूमा, उसके

चेहरे को छुआ और रोए। शब्दों की यहाँ जरूरत ही नहीं थी।

हम जीप में खड़े हो गए। हमारे धड़ जीप की खुली छत से ऊपर को निकले हुए थे। जीप धीरे-धीरे रेंगती हुई आगे बढ़ी, और खुशी में डूबी भीड़ हमारा रास्ता छोड़ती गई। चारों तरफ से लोग हाथ बढ़ा कर मुस्तफा को छू रहे थे। हरेक छत और हरेक खिड़की से लोग एक झलक पाने को झाँक रहे थे। गुलाब की पंखुड़ियाँ नीचे आ रही थीं और हमें अपनी महक में भिगो रही थीं।

मुस्तफा अभिभूत हो गया था; वह मेरी तरफ मुड़कर बोला, ''तहमीना, जानती हो, अगर तुम न होतीं तो मैं यहाँ कभी नहीं होता।''

हम रावलपिंडी में नेशनल पीपुल्स पार्टी के मुख्यालय में रुके जहाँ भीड़भाड़ वाली सड़क पर मुस्तफा ने लोगों को संबोधित किया। भावावेश से भरी आवाज में उसने उन कार्यक्रमों का खाका लोगों के सामने रखा जिनके बारे में उसने इन बीते दो सालों में अक्सर ही मेरे साथ विचार-विमर्श किया था। बार-बार उसकी आवाज टूट जाती और लोग फिर से उसके साथ हमदर्दी महसूस करते हुए आँसुओं में डूब जाते थे।

उधर मुस्तफा बोल रहा था, इधर मैं अपने ऑटोग्राफ दे रही थी। कमसिन लड़के कागज, नोटबुक—यहाँ तक कि नगदी नोट भी—मेरे दस्तखत के लिए मेरी तरफ बढ़ा रहे थे। मुझे एहसास हो रहा था कि मेरी खुद की सेना भी तैयार हो गई थी। वे सब के सब इकट्ठे मुझ पर फिदा थे! मैंने उन्हें समझाने की कोशिश की कि वे बातें बनाना छोड़ कर मुस्तफा का भाषण सुनें, लेकिन उनकी उसमें कोई दिलचस्पी नहीं थी।

हम इस्लामाबाद के लिए चल दिए, और आखिरकार मुस्तफा के एक राजनीतिक साथी सिद्दीक बट के घर पहुँचे जो हंगामे वाले पिछले कुछ महीनों में मेरा मुख्यालय रहा था। इस रात यह मकान अनगिनत रोशनियों में जगमगा रहा था। यहाँ एक और भीड़ हमारा इंतजार कर रही थी, और उनके साथ अखबारवालों का एक और झुंड था। मुस्तफा एक बार फिर भाषण करने लगा और भूखी भीड़ को अपने प्रेरित शब्दों से तृप्त करने लगा। उसे पता था कि कल सुबह के तमाम अखबारों में पहले पन्ने पर उसकी खबर होगी।

उस रात हम सोए तो पस्त लेकिन खुशफहमी में थे।

अगले दिन तड़के ही हम फिर आगे बढ़ लिए। हमारी मंजिल लाहौर थी, जहाँ सामान्य हालात में कार से पाँच घंटे में पहुँचा जा सकता था। लेकिन हमें रास्ते में कई जगह रुकना था। बच्चे अलग से विमान में सफर करने की बात भी सुनने को तैयार नहीं थे—यहाँ तक कि नन्हे हमजा ने भी बगावत कर दी। मैं उनकी जिद

के आगे झुक गई। आखिरकार, अपने तबके के और बच्चों के विपरीत ये बच्चे कठोर और असाधारण स्थितियों के अभ्यस्त थे।

गूजर खान का छोटा-सा उनींदा कस्बा आज कारोबार के लिए बंद था। इसकी सड़कों को मुस्तफा के लिए मंच की शक्ल दे दी गई थी। यहाँ के लोग उसे अच्छी तरह से जानते थे और उसे तहे-दिल से चाहते भी थे, लेकिन उनका प्यार अंधा नहीं था। यह राजनीतिक दृष्टि से मँजे हुए लोग थे और वे मुस्तफा को उसी सूरत में समर्थन देने को तैयार थे जब वह पीपुल्स पार्टी के साथ सुलह कर ले। अब तक यह स्पष्ट हो चुका था कि बेनजीर भुट्टो की पार्टी पाकिस्तान में असली ताकत के रूप में उभर रही थी। गूजर खान के लोग मुस्तफा को राष्ट्रीय असेंबली में देखना चाहते थे, लेकिन एक छोटी पार्टी के असंतुष्ट नेता के रूप में नहीं, और भुट्टो की लोकप्रिय बेटी के विरोधी के रूप में भी नहीं। हमारे स्वागत में जो झंडे लहराए गए उनमें पीपुल्स पार्टी, बेनजीर भुट्टो और पंजाब के शेर के समर्थन के नारे थे। लोग हमारी जीप के पायदान पर कूद आए और मुस्तफा से बेनजीर के साथ वापस आ जाने का आग्रह करने लगे।

झेलम में भी इसी तरह की भावनाओं से हमारा सामना हुआ। मुस्तफा ने अपने प्रेरित शब्दों से अपने श्रोताओं को प्रभावित कर दिया, लेकिन उन्होंने भी अपना संदेश स्पष्ट कर दिया। यह साफ था कि लोग मुस्तफ़ा को वापस भुट्टो के गुट में देखना चाहते थे।

जब हमारा काफिला रेंगता हुआ गुजरांवाला में पहुँचा तो अँधेरा हो चुका था, लेकिन हमारा स्वागत चमकदार हुआ। हम वहाँ साढ़े तीन घंटे देर से पहुँचे, लेकिन लोगों ने इस पल के लिए ग्यारह साल इंतजार किया था। मुस्तफा को उन्मादी समर्थकों के एक सैलाब से होकर निकलना पड़ा। ये लोग इसलिए धक्का-मुक्की कर रहे थे कि बस एक बार मुस्तफा को छू पाएँ। आखिरकार, जब वह भाषण-मंच पर पहुँच पाया तो भीड़ खुशी में चिल्ला उठी। जब मुस्तफा अपने श्रोताओं को एक और भाषण देने लगा तो मैं और भी ऑटोग्राफ देने के अपने काम में लग गई। अब तक मैं इस नए शगल की आदी हो चुकी थी।

सड़कों पर दिन भर की गहमा-गहमी के बाद, उस देर रात हम लाहौर शहर में घुसे जहाँ कभी मुस्तफा की हुकूमत चलती थी। यह वह शहर था जो भुट्टो के साथ उसकी अनबन हो जाने पर उसके पीछे एकजुट था। हम थक कर चूर हो चुके थे। मेरे सफेद कपड़े उन ढेरों गुलाब की पंखुड़ियों से लाल हो गए थे जो सारा दिन लोगों ने हम पर डाली थीं। सड़क की धूल हमारे चेहरों के पसीने से मिल गई थी। जब हम वहाँ पहुँचे तो मुस्तफा बच्चों की तरह फूट-फूट कर रोया।

हम एक ट्रक पर सवार थे। लाउडस्पीकर चीख रहे थे। भीड़ की अगुवाई करने वाले मुस्तफा के स्वागत में नारे लगा रहे थे और भीड़ उनके पीछे-पीछे चिल्ला रही

थी। हर तरफ बैनर लगे थे और उस समय तो मेरे चेहरे पर लाली दौड़ गई जब मैंने एक बैनर पर लिखा देखा :

शेरनी—मुबारक हो
आप शेर को छुड़ाने में कामयाब रहीं।

हम सूफी संत दाता गुंझ बख्श की मजार पर रुके; वह एक रहस्यवादी कवि भी थे, और लोगों का विश्वास है कि वह लाहौर शहर की रक्षा करते हैं। वह अपनी मानववादी सोच के कारण सभी धर्मों के लोगों के पूज्य हैं। उनकी शानदार मजार लाहौर के प्रवेश बिंदु के पास रावी नदी के पुराने तट के पास बनी है। यहाँ एक रैली का आयोजन किया गया था, और हमारे चारों तरफ वही जानी-पहचानी माँग गूँज रही थी : 'पीपुल्स पार्टी में वापस आइए। उस तनाव को खत्म कीजिए जो लोगों के दिलों और दिमागों को बाँट रहा है।' मुस्तफा-भक्तों ने भीड़ को रोमांचित करने के लिए उसकी एक बड़ी-सी तसवीर लगा रखी थी, और दूसरे लोगों ने उसके बराबर में उतनी ही बड़ी तसवीर बेनजीर की लगा रखी थी। संकेत साफ था। प्रेस फोटोग्राफर मुस्तफा से जिद करने लगे कि वह बेनजीर की तसवीर अपने हाथों में उठाएँ। मुस्तफा ने जब तसवीर उठाई तो खुशी के नारों से माहौल गूँज गया। मैं मुस्तफा की बेचैनी को समझ रही थी; भीड़ उसे एक छोटी लड़की को अपना नेता मानने को बाध्य कर रही थी जो अभी भी उसे 'अंकल' कहती थी।

वह समझौते के अंदाज में बोला : "मैं उन लोगों के लिए, उन कार्यकर्ताओं के लिए जो भी कर सकता हूँ करूँगा, जिन्होंने मुझे सियासी तौर पर जिंदा रखा है। पीपुल्स पार्टी मेरी पार्टी है। इस पार्टी के कार्यकर्ता मेरे भाई हैं। इस पार्टी या इसके कार्यकर्ताओं के खिलाफ मेरे मन में कुछ भी नहीं है। मेरे पार्टी-नेतृत्व के साथ मतभेद हैं। इन मतभेदों को दूर किया जा सकता है।"

उस रात हमें एक और पवित्र स्थान की यात्रा करनी थी। हमें मेरी नानी के घर के अभ्यारण्य में जाना था। उनकी तबीयत ठीक नहीं थी, लेकिन हमें देखकर उनकी आँखों में चमक आ गई। उन्होंने अपनी अधिकतर जिंदगी मेरी खुशी के लिए दुआ माँगने में बिताई थी; पिछले दो साल में न जाने कितने ही घंटे अपने घर में फर्श पर गिर कर रोते हुए अल्ला से दुआ माँगी थी कि मुस्तफा जेल से छूट जाए ताकि मैं एक सामान्य जिंदगी जी सकूँ। आखिरकार हम घर आ गए थे। मुस्तफा अपने मुल्क में आजाद था। इसके अलावा और किसी बात का महत्त्व नहीं था।

चुनाव में अब केवल बारह दिन बचे थे। अब हम थोड़ा भी समय गँवाने की हालत

में नहीं थे। अगले दिन तड़के ही, मैं और मुस्तफा उस चुनावी इलाके में गए जहाँ मुस्तफा का मुकाबला मुख्यमंत्री नवाज शरीफ से होना था। हमारे आगे इतना बड़ा काम पड़ा था कि मेरी तो हिम्मत ही टूट रही थी। यह वही इलाका था जहाँ मैंने घर-घर जाकर प्रचार करने की कोशिश की थी, लेकिन मुझे कामयाबी नहीं मिली थी। जिन लोगों को मैं लामबंद नहीं कर पाई थी वही अब मुस्तफा को बढ़-चढ़ कर जवाब दे रहे थे।

उसके पहुँचने की खबर गरम मक्खन की तरह फैल गई। लोग जमा हो गए, और मुस्तफा अपने असली रंग में आ गया। वह उनसे इतनी सहजता से बात करने लगा मानो इन मतदाताओं के साथ उसके संबंध में ग्यारह साल का व्यवधान ही न आया हो। उसने उनके साथ आसानी से भाईचारा बना लिया। उसने किसी दंभ, किसी दूरी का संकेत नहीं दिया। उसे लोगों से वोट के लिए कहना नहीं पड़ा; उन्होंने अपने आलिंगन के साथ अपना वोट भी उसे दे डाला। उसके हाथ मिलाने से इस समझौते पर मुहर लग गई।

यहाँ मुस्तफा ने बयान दिया जो बाद में बहुत मशहूर हुआ : कि वह भुट्टो का नौकर है। मुस्तफा जानता था कि इस जिले में पीपुल्स पार्टी के समर्थक भरे पड़े हैं, और खतरा यह था कि उसके और पीपुल्स पार्टी के प्रत्याशी के बीच वोट बँट जाएँगे और उन दोनों के ही दुश्मन नवाज शरीफ चुनाव जीत जाएँगे। मुस्तफा को उम्मीद थी कि उसकी भाषणबाजी से पीपुल्स पार्टी का प्रत्याशी हतोत्साहित होगा, लेकिन जब बेनजीर के कहने पर उन सज्जन ने अपना नाम वापस लेने से इनकार कर दिया तो फिर मुस्तफ़ा ही चुनावी मैदान से हट गया। उसने मुझसे कहा कि वह तो बस शरीफ के साथ अपने अपरिहार्य टकराव को कुछ समय के लिए टाल ही रहा है।

मुस्तफा को अभी भी दूसरी चुनावी दौड़ों के बारे में सोचना था, इसलिए हम मुजफ्फरगढ़ जाने के लिए मुल्तान रवाना हो गए। हम पंजाब के बाहरी दक्षिणी जिलों में चुनाव अभियान पर ध्यान लगाने की सोचे हुए थे।

मुल्तान में, मेरे सामने उसने अखबार वालों से कहा, "मैं इस मुल्क की राजनीति की दिशा बदल दूँगा....मैं लोगों के समर्थन से पंजाब को उस आदमी के चंगुल से छुड़ाना चाहता हूँ जिसने इसे जनरलों से मिले भ्रष्ट पैसे से खरीदा है।"

हम अँधेरे में मुजफ्फरगढ़ पहुँचे। वहाँ हजारों साए लालटेनों और मशालों की कँपकँपाती लौ में नाच रहे थे, तालियाँ बजा रहे थे और खुशी के नारे लगा रहे थे। ये लोग अपनी झुग्गियों से निकल कर अपने फटे-चीथड़ों के नीचे हमें अपना अमीर दिल दिखाने आए थे। मैंने एकदम समझ लिया कि ये निराशा में डूबे वही चेहरे थे जो मेरी पेंटिंग्स से झाँकते थे। मैंने अपनी जिंदगी इन आदमियों, औरतों और बच्चों को दे दी थी; यही भीड़ थी जो पाकिस्तान में, और मुस्तफा के पास, मेरी

वापसी को सही ठहराती थी।

वह सचमुच अपने घर में आ गया था। उसने भीड़ में कई लोगों का नाम लेकर अभिवादन किया। यह बात मेरे दिल को छू गई कि कितनी ही औरतों ने उसका अभिवादन करने के लिए परंपरा को तोड़ दिया। उनके मर्दों ने भी कोई एतराज नहीं जताया; मुस्तफा सभी का पिता, भाई, बेटा था। उनकी मौन सहमति उस संदेश का जवाब थी जो मैं पहले लेकर आई थी।

हमने मुस्तफा के स्वर्गीय भाई गाजी के घर में अपना चुनाव मुख्यालय बनाया, लेकिन मुस्तफा यहाँ अपनी जीत को लेकर इतना आश्वस्त था कि उसने पारंपरिक अर्थों में यहाँ चुनाव प्रचार नहीं किया। इस पूरे इलाके में वह जहाँ कहीं जाता, लोग चारों तरफ से उससे मिलने को दौड़ पड़ते। वह औपचारिक भाषणों से परहेज करता और सीधे-सादे, ईमानदार लोगों के साथ शांत बातचीत पर अपना पूरा ध्यान लगाता था। वह अपने चुनावी इलाके की दूर-दराज की जगहों में भी पहुँचा।

यहाँ तीन प्रत्याशी तो मुस्तफा के अपने ही भाई थे। सीधी टक्कर मुर्तजा से थी, लेकिन रब्बानी और अरबी भी होड़ में थे। मुस्तफा ने मुझे इन तीनों के खिलाफ प्रचार करने के लिए मैदान में उतार दिया। गाँवों में तो भीड़ ने उसी जोश और उमंग के साथ मेरा स्वागत किया जैसा वे मुस्तफा के साथ करते थे। मैं उसकी शेरनी थी, और इसलिए अत्यधिक श्रद्धा की पात्र थी।

मैंने विश्वासघात को अपना मुद्दा बनाया। मैंने मुस्लिम लीग को जिया की बनाई पार्टी बताकर उसकी निंदा की। मैंने लोगों को बताया कि मुस्तफा के भाइयों ने अपने खूनी रिश्तों के साथ विश्वासघात किया है। 1985 में वे दुश्मन के खेमे में चले गए थे। उन्होंने अपने भाई को जेल में डालने वालों के साथ समझौता कर लिया था। मैंने अपने उत्सुक श्रोताओं को बताया कि मुस्तफा के भाइयों ने तो उससे जेल में जाकर मिलने की कभी तकलीफ भी नहीं उठाई थी। यह काम मुझ पर, एक औरत पर, छोड़ दिया गया था कि मैं घर की चारदीवारी से बाहर निकल कर अपने पति की लड़ाइयाँ लड़ूँ। मैंने कहा कि मुस्लिम लीग को डाला गया हर एक वोट उस हुकूमत का समर्थन होगा जिसने मुस्तफा को उसके लोगों से ग्यारह साल तक अलग रखा था।

चुनाव का दिन रहस्य-रोमांच से खाली गया। मैं टीवी पर चुनाव के नतीजे देखने के लिए जागती रही, लेकिन मुस्तफा सो गया। उसे विश्वास था कि वह भारी अंतर से जीतेगा, और यही हुआ भी। वह राष्ट्रीय और प्रांतीय असेंबलियों की जिन चार सीटों पर खड़ा हुआ था, सभी से जीत गया। यहाँ तक कि मुर्तजा के निजी नौकरों ने भी मुस्तफा को वोट दिया।

बहरहाल, एक निर्दलीय प्रत्याशी के तौर पर मुस्तफा की जबरदस्त जीत के बावजूद पंजाब की अधिकांश जनता ने मुस्लिम लीग का ही समर्थन किया। वे यह

पक्का करना चाहते थे कि लाहौर में मुख्यमंत्री का पद नवाज शरीफ के पास ही बना रहे जिन्होंने मुस्तफा की गैर-मौजूदगी में शून्य को भरा था, और जिन्हें पीपुल्स पार्टी का प्रत्याशी हरा नहीं पाया था। लेकिन पीपुल्स पार्टी की उत्तर पश्चिम सीमांत प्रांत और सिंध में भारी बहुमत से जीत हुई—यहाँ तक कि मुस्तफा जटोई भी अपनी सीट नहीं बचा पाए। इसका मतलब यह निकलता था कि इस्लामाबाद की संघीय सरकार का मुखिया एक नया प्रधानमंत्री यानी पाकिस्तान के शहीद नायक की बेटी होगो।

इन चुनावों ने बेनजीर भुट्टो को पाकिसतान की सबसे ताकतवर हस्ती बना दिया। कई लोगों के लिए तो यह ऐसा था मानो जुल्फिकार अली भुट्टो फिर से जिंदा हो गए हों।

मैं पाकिस्तान आने के बाद से अपने वालिदैन के संपर्क में नहीं थी। मेरी माँ ने लंदन में मेरे बेसहारा बच्चों के साथ जो बर्ताव किया था वह मुझे अभी भी साल रहा था। लेकिन अब मैं उम्र भर के दर्द को अपने पीछे छोड़ने की कोशिश में थी। माँ अपने खुद के गहरे दर्द को अनुभव कर रही थीं : पराई औरत की मौजूदगी का दर्द था यह। यह उस औरत के लिए चेहरा छिपाने का सबब था जो चेहरे-मोहरे पर ही जीती थी। मैं गुजरे वक्त में मेरे साथ माँ के लापरवाही भरे रवैये को तो नहीं भुला पाई, लेकिन मेरे दिल के किसी कोने में माफी के लिए जगह थी। मैं उसकी तरफ खिंचाव महसूस कर रही थी। राष्ट्रीय असेंबली की बैठक होने से पहले हमने मेरे परिवार से मिलने कराची जाने का फैसला किया।

रुबीना हमें हवाई अड्डे पर मिली। आदिला और उसका शौहर मतलूब भी अपने बच्चों लीना और मोहनद के साथ वहाँ मौजूद थे। मैंने अपनी सबसे छोटी बहन को उसकी शादी के बाद से नहीं देखा था।

हम मेरी माँ के घर पहुँचे तो उन्हें गमजदा पाया। उसका वह आत्म-विश्वास, वह हुक्मराना अंदाज बिखर चुका था। उसने हमें यह खबर दी कि हमारे अब्बाजान ने उस पराई औरत से शादी कर ली थी।

यह सुन कर हमें बहुत धक्का लगा। हमारे परिवार के तमाम मसलों के बावजूद, हमारे वालिदैन की वैवाहिक जिंदगी हमेशा एक ठोस बुनियाद पर खड़ी दिखाई देती थी। अब हमें महसूस हुआ कि उन्होंने अपने दोषों को हमसे ठीक वैसे ही छिपा कर रखा था जैसे उन्होंने हमारे दोषों को जमाने से छिपाया था।

यह मेरे लिए हमेशा रहस्य ही बना रहा कि माँ की शख्सियत ने कितनी कामयाबी से अब्बाजान की शख्सियत पर काबू कर रखा था। स्नेह करना तो उनका स्वभाव था, फिर भी लगता था कि वह माँ के और हमारे साथ अपनी भावनाओं पर कड़ा नियंत्रण रखने को बाध्य थे। हमारी तरह उन्हें भी माँ के नियमों पर चलना पड़ता

था : रात में देर से नहीं आना, बिना बताए रात में घर से बाहर नहीं रहना—कभी नहीं। अब्बाजान के रिश्तेदार सीधे-सादे लोग थे, और हम सभी उन्हें बेहद पसंद करते थे; एक माँ ही थी जिन्हें वे गंदे लगते थे। उन्हें हमारे यहाँ बहुत थोड़े समय के लिए और औपचारिक तौर पर रहने की इजाजत थी। अपनी वैवाहिक जिंदगी के पूरे अरसे में अब्बाजान ने माँ को बिगाड़ दिया था। माँ को कभी किसी चीज की कमी नहीं रही; सच तो यह था कि वह अब्बाजान की मेहनत की कमाई को फिजूल खर्च करती थी और बदले में उन्हें कुछ भी नहीं देती थी।

इस प्रभावशाली सरकारी अफसर को इस तरह लगातार टोका-टोकी को चुपचाप सहते देखकर मुझे कोफ्त होती थी। कभी-कभी रात को मुझे बंद दरवाजों के पीछे मेरे वालिदैन के बहस करने की आवाज आती थी; ऐसे मौकों पर माँ हमेशा उग्र होती थी और अब्बाजान हमेशा माफी माँगने के लहजे में बोलते होते थे। माँ उनके दफ्तर में काम करने वालों पर भी हुक्म चलाती थी; अगर कभी घर का फ्रिज या एयर कंडीशनर खराब हो जाता तो माँ उनके दफ्तर फोन करके किसी से फौरन आकर उसे ठीक करने के लिए कहती थी। दफ्तर वाले भी हमारी तरह माँ से डरे हुए लगते थे।

एक बार मैंने अब्बाजान के नौकर आमिर खान को उनके लिए एक पेप्सी लाते देखा। उन्होंने जल्दी से इसे खाली कर दिया और एक और पेप्सी मँगवाई। वह कुछ देर के लिए कमरे से बाहर गए तो मैं अपनी उत्सुकता को रोक नहीं पाई। मैंने बची-खुची पेप्सी को चख कर देखना चाहा, तभी अब्बाजान आ गए। मुझे यह देखकर ताज्जुब हुआ कि पेप्सी की बोतल में शराब भरी गई थी। अब्बाजान साजिशाना अंदाज में मुझसे बोले, ''मैं तुम पर भरोसा कर सकता हूँ। तुम माँ से नहीं कहोगी।'' यह सही था, लेकिन यह जान कर मुझे बहुत दुःख हुआ कि ऐसे मजबूत और ताकतवर शख्स को अपने ही घर में छिपाकर शराब पीनी पड़ रही थी।

मुझे विश्वास था कि एक न एक दिन वह इस दबाव से टूट जाएँगे, और अब यही हुआ भी था।

जब मुझे अब्बाजान से इस बारे में बात करने का मौका मिला तो उन्होंने इसके कारण बताए। उन्होंने शिकायत की कि मेरी माँ ने उनकी शख्सियत को दबा कर रख दिया था। उन्होंने बताया कि मेरी माँ के साथ उनकी अपनी जिंदगी लगातार मुखौटों के पीछे बितानी पड़ी थी। व्यंग्य से मुस्कराते हुए उन्होंने बताया कि उनकी नई बेगम साबिहा हसन उन्हें उनके इसी रूप में स्वीकार करती थी। ''उसके आगे मुझे वह 'बड़ा आदमी' नहीं बनना पड़ता जो तुम्हारी माँ ने मुझे बना रखा था,'' उन्होंने कहा था। ''मैं बड़ा आदमी नहीं था।''

मैंने उनकी बातों की सादगी को समझा और इस नतीजे पर पहुँची कि वह जिंदगी के आखिरी दौर के संकट से गुजर रहे थे। बहरहाल, मैंने यही महसूस किया

कि अब जबकि उनका अपना परिवार था और अठारह नाती-पोते थे तो उन्होंने अचानक दूसरी शादी बनाकर गैर-जिम्मेदाराना हरकत ही की थी।

मैंने तमाम सबूतों पर गौर करके स्वाभाविक तौर पर अपनी माँ का ही पक्ष लिया; मैं अन्याय की शिकार एक औरत के साथ इस सच्चाई के बावजूद हमदर्दी जता सकी कि यह ताजा घटनाक्रम खुदाई इंसाफ की अभिव्यक्ति की तरह था। माँ मेरे मुकाबले कुछ ज्यादा खुशकिस्मत रही क्योंकि इस दूसरी औरत ने उसके हाथ से उसके पूरे परिवार को नहीं छीना। फिर भी उसे ठीक मेरी तरह टूटे अहं और सरेआम अपमान के डर का अनुभव तो करना ही पड़ा था। मेरा दिल तो बहुत कर रहा था कि माँ के इस अनुभव के लिए उनकी खिंचाई कर दूँ, लेकिन मैं महसूस कर रही थी कि मैं उसका साथ देना चाहती थी, उसे सही और गलत का फर्क दिखाना चाहती थी।

अब्बाजान पर मेरी भावनाओं का कोई असर नहीं पड़ा। ''तुम चाहती हो कि मैं अपनी जिंदगी के आखिरी कुछ साल एक छवि की खातिर, एक झूठ को जीते हुए बिता दूँ,'' वह बोले। ''आखिरकार मेरे लिए मेरी जिंदगी अहम हो गई है—मेरे बारे में तुम सबका ख्याल नहीं। मैंने साठ साल में केवल एक बार जवाबी कदम उठाया है, तुम जानती हो।''

इस दुःखद कराची आगमन की एकमात्र अच्छी बात रही आदिला का व्यवहार। मैंने उसमें वह छोटी बहन पाई जिसकी मुझे हमेशा चाहत रही थी। उसने मुझ पर अपना स्नेह उँड़ेला और मेरी खुशामद की। वह मुझसे बोली कि वह मेरे उतनी ही नजदीक होना चाहती थी जितनी जरमीना और मीनू थीं। उसने मेरी इस नई छवि पर भौंहें तानीं; उसे यह समझ में नहीं आ रहा था कि मैंने अपने सारे 'प्यारे' कपड़े क्यों रख दिए थे और केवल सूती कपड़े और चाँदी के जेवर ही क्यों पहन रही थी। वह मुझसे जिद करने लगी कि मैं चेहरे पर क्रीम-पाउडर लगाऊँ और नाखूनों को लाल रँगू। मुस्तफा के साथ उसका व्यवहार एक बहन के स्नेह का रहा; उसने बड़ी होशियारी से मुस्तफा से एक मुनासिब दूरी बनाए रखी।

यह एहसास मेरे लिए तरोताजा कर देने वाला था कि मेरे घर वाले मुझे तहमीना खर यानी उस औरत के रूप में देख रहे थे जिसने अपने शौहर को आजाद करवाने के लिए एक निर्मम और अंततोगत्वा सफल लड़ाई लड़ी थी। मैंने एक ऐसी शख्सियत बना ली थी जो उन्हें प्रभावशाली लग रही थी। उन्होंने मुस्तफा में आए बदलाव पर भी गौर किया। उन सबके सामने वह मुझे तारीफ, आदर और प्यार से लादे दे रहा था।

हम मेरे परिवार को उनके नए मसले से जूझने के लिए छोड़कर लाहौर लौट आए। मुख्यमंत्री नवाज शरीफ के साथ अपनी पहली बैठक के बाद मुस्तफा ने उनके बारे

में अपनी राय बताई : "वह मेरी मौजूदगी से बहुत घबराए हुए थे। उन्होंने मुझे सारी नेमत देने की पेशकश की। वे लोग चाहते हैं कि मैं आई जे आई का समर्थन करूँ। उन लोगों को डर है कि मैं पीपुल्स पार्टी में चला जाऊँगा। लेकिन वे लोग मुझे दे क्या सकते हैं? मेरी जिस ओहदे में दिलचस्पी होगी उस पर खुद नवाज शरीफ बैठे हैं। उन लोगों को यह पता भी है।"

सच यह था कि मुस्तफा का झुकाव अब आई जे आई की तरफ हो रहा था। उसका उस 'बचकानी लड़की' में कोई विश्वास नहीं था जो 'अपने कुलनाम के बल' पर प्रधान मंत्री बन गई थी। वह टीवी पर प्रसारित बेनजीर के पहले भाषण पर हँसा था, और उसने भविष्यवाणी की थी : "वह कभी कामयाब नहीं होगी। वह मरहूम प्रधानमंत्री के लिए कोई भी जज्बा उभारने में नाकाम रही है। कितना बढ़िया मौका खो दिया है उसने!"

मैंने उसे इस नजरिए से हटाने की कोशिश की जिसे मैं मौकापरस्ती समझ रही थी। मैंने उसे सुझाव दिया कि वह दोनों पार्टियों से अपने आपको दूर रखे। मैंने उसे सलाह दी कि वह इस समय के प्रासंगिक मुद्दों पर अपना ध्यान लगाए, राजनीतिक ढाँचे के दोषों पर उँगली रखे और दोनों ही पार्टियों के नजरिए की खामियों पर चोट करे। यह स्पष्ट था कि दोनों बड़ी पार्टियाँ टकराव के रास्ते पर जा रही थीं और निर्दलीय के रूप में जीत कर आया मुस्तफा एक सकारात्मक भूमिका निभाने की स्थिति में था। उसे बस इतना करना था कि सच बोले और उस नाकारा और भ्रष्ट व्यवस्था को बदलने के लिए अपने समाधान पेश करे जो अंग्रेजी हुकूमत की विरासत के रूप में अभी भी बनी हुई थी। मैं जानती थी कि यह रुख अपनाकर उसे एक नई लोकप्रियता और एक अटूट विश्वसनीयता मिल जाएगी।

मुझे यह देखकर निराशा हुई कि मुल्क का जमीर बनने में मुस्तफा की कोई दिलचस्पी नहीं थी : उसे केवल सत्ता चाहिए थी, और अभी चाहिए थी।

आम चुनाव के बाद मुस्तफा को अपनी जीती राष्ट्रीय असेंबली की दो सीटों में से एक सीट को खाली करना था, और उसने अपनी कोट अद्दू की सीट से उप-चुनाव में मुस्तफा जटोई को खड़ा करने का फैसला किया। यह सुनकर मुझे बहुत धक्का लगा क्योंकि जटोई आई जे आई के प्रत्याशी थे और हमने हाल में यह चुनाव उस गठबंधन की निंदा करके जीता था। यह संघर्ष मुश्किल होना था। जटोई एक सिंधी थे—पंजाब के लिए बिलकुल बाहरी। मुस्तफा को अपने इस बाहरी दोस्त को वोट देने के लिए मनाने में बहुत मेहनत करनी होगी।

जटोई को प्रत्याशी बनाना साफ तौर पर दबाव की रणनीति थी जिसमें आई जे आई के आकाओं की भी मिलीभगत थी। इसका लक्ष्य पीपुल्स पार्टी की सरकार को अस्थिर करना था। मुझे लगा कि इस तरह से मुस्तफा ने पार्टी नेतृत्व से इस बात का बदला लेने की भी कोशिश की थी कि उन्होंने उसका दोस्ती का बढ़ा हाथ

नहीं थामा था। वह एक संकेत भेज रहा था : मुझमें इतनी सामर्थ्य है कि मैं एक सिंधी को पंजाब से जितवा सकता हूँ; मैं उन्हें संसद में आपके कारगर विकल्प के तौर पर भेज रहा हूँ, सुश्री भु-ट्-टो।

फिर ज्यादा अरसा नहीं बीता था कि मैं अपने प्रति और अपनी नई छवि के प्रति मुस्तफा की चिढ़ को भाँपने लगी। जब कभी कोई रिपोर्टर उससे मेरे बारे में और राजनीति में मेरे भविष्य के बारे में पूछता तो उसके चेहरे पर परेशानी के भाव आ जाते और वह किसी न किसी बहाने से इस सवाल को टाल जाता था। मैं उसके लिए कोई खतरा नहीं थी—मैं तो पृष्ठभूमि में लौट आने में संतुष्ट थी—लेकिन वह तो जैसे हमारी राजनीतिक जिंदगियों को होड़ के अर्थ में लेता था। यह बात एक खास प्रेस कान्फ्रेंस के बाद और भी साफ हो गई जब एक विदेशी पत्रकार ने मजाक में कह दिया, ''आपकी बेगम काफी वाक्पटु हैं। वह तो आपसे भी अच्छी प्रेस कान्फ्रेंस देती हैं, मि. खर।'' अगर आँखों से किसी को बाहर निकाला जा सकता, तो वह रिपोर्टर पहले विमान से पाकिस्तान के बाहर जा चुका होता।

अखबार वालों के साथ अपनी बातचीत में मुस्तफा लगातार उस भूमिका की उपेक्षा कर जाता था जो मैंने उसे छुड़ाने में निभाई थी। वह चाहता था कि मैं राष्ट्र की स्मृति से मिट जाऊँ। इस बात पर केवल मैंने ही गौर नहीं किया था; कई पार्टी कार्यकर्ताओं और पत्रकारों ने भी यह बात कही थी कि मेरा या मेरी उपलब्धियों का कोई जिक्र होते ही वह चिढ़ जाता था।

मैंने तय किया कि मैं मुस्तफा को वह आजादी दूँ जिसकी उसे जरूरत थी। इसलिए, मैं राजनीतिक हलचलों से अपने को गैर-हाजिर रखने लगी। मुझे उसकी शैली में कमियाँ आती दिखाई दीं। उसने खुलेआम समझौता करना शुरू कर दिया था। वह जानता था कि मैं इसके खिलाफ थी। उसके आसपास मौकापरस्तों की गिनती बढ़ने लगी, ये वे लोग थे जो पिछले तेरह सालों में गायब रहे थे। उसके भाई भी अचानक एक बार फिर उसके साथी बन गए थे। ये वही भाई थे जिन्होंने पहले अपने-आपको उससे अलग कर लिया था और फिर उसके खिलाफ बुरी तरह से लड़े थे, और अखबारों को जारी किए अपने कई बयानों में मुस्तफा ने जिनकी तुलना यूसुफ के दुष्ट भाइयों से की थी।

उसने उन तमाम समर्पित कार्यकर्ताओं को दरकिनार कर दिया था जिन्होंने उसे छुड़ाने के अभियान में मेरा साथ दिया था। साजिद, चौधरी हनीफ और हमारी लंबी लड़ाई के कई और पुराने साथी दुःखी होकर अर्थपूर्ण नजरों से मुझसे आँखें मिलाते। हम सबने अपने आपको उस आदमी से दूर रखना शुरू कर दिया जिसके लिए हमने इतने बरसों तक इंतजार किया था।

17

जटोई का चुनाव अभियान बड़ी धूमधाम से शुरू हुआ। राजनीति के नौसिखियों के लिए यह एक देखने लायक खेल था। जटोई को प्रधानमंत्री बेनजीर भुट्टो के शक्तिशाली विरोधी नेता की भूमिका दी गई और मुस्तफा 'राजा बनाने वाले' के तौर पर उभर रहा था। जो लोग इस आतिशबाजी को खुद अपनी आँखों से देखना चाहते थे उनमें मेरी बहन आदिला और उसका शौहर मतलूब भी था, जिसका भाई ससुराल की तरफ से जटोई के रिश्ते में था।

हमारे हाल के समझौते के बावजूद, इस घटनाक्रम ने मुझे बेचैनी में डाल दिया। बहुत सारे लोग आदिला के साथ मुस्तफा के पुराने रिश्ते के बारे में कानाफूसी कर रहे थे—हालाँकि इस विषय में बात करने पर पाबंदी थी। मैं आदिला को मेरी रोजमर्रा की जिंदगी में फिर से नहीं आने देना चाहती थी; मैंने इस बारे में जरमीना से फोन पर बात की और उससे कहा कि अगर वह और उसका शौहर रियाज भी आ जाए तो कुछ मदद हो सकती है। जरमीना बोली कि रियाज इसमें उसकी हिस्सेदारी के खिलाफ था क्योंकि वहाँ बहुत सारे मर्द मौजूद रहेंगे। मैंने जरमीना को सुझाव दिया कि वह इसी दलील को लेकर आदिला को वहाँ से हटाने की कोशिश करे।

लेकिन आदिला ने जिद पकड़ ली। दरअसल, वह इस बात पर अड़ गई कि जरमीना और रियाज भी वहाँ आ जाएँ। उसने कहा कि मर्द लोग तो चुनाव अभियान में लगे रहते हैं और हम तीनों बहनें उस दौरान ढेर सारी बातें किया करेंगे। इसके अलावा, वह टूटी कड़ियाँ जोड़ने में भी समय बिताना चाहती थी। वह मुझे मतलूब और उसके घरवालों के बारे में सब कुछ बताना चाहती थी और मेरे अविश्वसनीय अनुभवों के बारे में और भी ज्यादा जानना चाहती थी। मैं नहीं चाहती थी कि उसके दोस्ती के बढ़े हाथ को थामने की मेरी हिचकिचाहट पर वह गौर करे, इसलिए मैं घबराते हुए इस दबाव के आगे झुक गई।

वह दोपहर में आई। उसके बाल नए ढंग में सँवरे थे और वह शिफॉन पहने

थी। वह रंगीन कांटैक्ट लैंस लगाए थी जिसका उन दिनों खूब फैशन था। मैं उसका चेहरा-मोहरा देखकर दंग रह गई लेकिन मैंने उसे जताया नहीं।

मतलूब जल्दी ही चुनाव-अभियान में व्यस्त हो गया, और जिंदगी एक ढर्रे पर आ गई। मर्द लोग सुबह ही वोट माँगने चले जाते थे। फिर मुस्तफा के बड़े-से कुनबे की कई औरतें हमारे पास आ जातीं, और शादी-ब्याह, बाल-बच्चों और घरेलू संकटों के बारे में बातचीत का अंतहीन सिलसिला शुरू हो जाता था। एक शाम तो हम औरतों ने खूब हँसी-ठट्ठा किया और मजाक-मजाक में यह भी कहा कि क्यों न हम सब अपने-अपने शौहर को एक वेलियम दे दें जिससे हमें रात भर अकेले बात करने का मौका मिल जाएगा।

हर दोपहर बाद, आदिला अपने कमरे में आराम करने चली जाती थी। और फिर, मर्दों के रात के खाने के लिए घर लौटने से ठीक पहले वह सज-सँवर कर कमरे से बाहर आ जाती थी। तब उसके चेहरे पर क्रीम-पाउडर पुता होता, बाल सँवरे होते, और कांटैक्ट लैंस अपनी जगह पर होते थे। वह इस तरह सजती-धजती थी जैसे कहीं बाहर जाना हो, जबकि हमारा रात का खाना घर पर ही बड़े सीधे-सादे ढंग से होता था। पूरी शाम वह मुस्तफा की लल्लो-चप्पो करती रहती थी, जो राजनीतिक किस्सों से और अपने मद में भरा होता था।

मैंने आदिला से कहा कि उसे हमारे रात के खानों के लिए इतना सब करने की जरूरत नहीं थी। ''खाने के लिए कपड़े बदलना अच्छा रहता है,'' उसने जवाब दिया था। ''तुम्हें भी यही करना चाहिए। मुस्तफा के सामने तुम्हें सुंदर बनकर पेश होना चाहिए। तुम बड़ी खाला-जैसी दिखने लगी हो।'' धीरे-धीरे मैं अच्छी दिखने की कोशिश करने लगी। मेरे लिए यह थकाने वाला काम था। मैं इसकी आदी नहीं थी—मैं समझती थी कि मेरी जिंदगी का यह दौर खत्म हो चुका था—लेकिन मैं नहीं चाहती थी कि आदिला मुझसे बाजी मार ले जाए।

एक दिन यूँ ही बातों-बातों में मैंने अपने नए दोस्तों के बारे में आदिला को बता दिया और यह भी कह गई कि उनका जिक्र आते ही मुस्तफा चिढ़ जाता है। ''वह उनसे नफरत करता है,'' मैंने स्वीकार किया। उस शाम मैं साथ के एक कमरे में थी जब मुस्तफा ने हमारी दिन भर की बातचीत के बारे में पूछताछ की। आदिला ने 'मासूमियत' से हमारी बातचीत को दोहरा दिया। बाद में मुस्तफा मुझ पर गुर्राया, तो मुझे अपने जिस्म में एक जानी-पहचानी झुरझुरी महसूस हुई। पुराने दिन लौट रहे थे। मैं इसे भाँप रही थीं।

मुस्तफा ने मेरे डर पर गौर किया और उसका शुरुआती जवाब तसल्ली देने वाला था। ''मैं सोचता हूँ वह हमारे बीच परेशानी खड़ी करने की कोशिश कर रही है,'' उसने बेलाग होकर स्वीकार किया था। ''वह चाहती है कि हममें लड़ाई हो। हमें ऐसा नहीं करना चाहिए।'' लेकिन दिन जैसे-जैसे गुजरते गए, मेरा शक गहराता

गया। आदिला अगर मुस्तफा के दिल की तरफ एक छोटा-सा कदम भी बढ़ाती तो मैं गौर कर लेती थी। फिर मैं मुस्तफा को आदिला के दिल की तरफ छोटे-छोटे कदम बढ़ाते देखती थी। राजनीति और विषम परिस्थिति ने हमारे रिश्तों के लिए जैसे एक मजबूत आधार बना दिया था, लेकिन वही आधार अब टूट रहा था। सिद्धांतों के प्रति और मेरे प्रति भी उसके रवैये ने जो मोहभंग की स्थिति पैदा की थी उसके कारण मैं उसकी महत्त्वाकांक्षाओं में सक्रिय भागीदारी करने से कतराने लगी थी। आदिला ने एक बार फिर हमारी वैवाहिक जिंदगी के एकमात्र बचे हिस्से पर हमला बोला था : यानी, हमारे जाती रिश्ते पर।

मुस्तफा ने मेरे सादे सफेद कपड़ों का मजाक बनाना शुरू कर दिया। मैं इस एहसास से बच नहीं पाई कि आदिला खुलेआम जो प्रेम-जाल उस पर फेंक रही थी उसमें वह पल-पल फँसता जा रहा था। इसके संकेत छिटपुट लेकिन साफ दिखाई देने वाले थे। दूसरों ने भी इस तरफ गौर किया था।

सबसे ज्यादा परेशानी मुझे सुबह होती थी। आदिला रोज सुबह तड़के ही हमारे सोने के कमरे में आ जाती और मेरे साथ बतियाने लगती थी, और वह ऐसे जताती थी मानो कमरे में योग कर रहे मुस्तफा की मौजूदगी की उसे खबर ही न हो। मुझे ऐसा लगता जैसे मैं इस सबसे पहले ही गुजर चुकी हूँ, हालाँकि यह मेरे लिए एकदम नया अनुभव था। मैंने गुजरे समय को भुलाने की बहुत कोशिश की लेकिन यह तो जैसे धीरे-धीरे वर्तमान को अपनी जद में ले रहा था। मैं चिड़चिड़ी, अवसादग्रस्त और हैरान-परेशान हो गई। मैं शांति के लिए ज्यादा से ज्यादा वेलियम पर निर्भर हो गई।

कुछेक मौकों पर हम मर्द लोगों के साथ चुनाव अभियान पर गईं। मैंने मुस्तफा को एक ही मंच पर जिया के पिट्ठू नवाज शरीफ और आई जे आई के प्रत्याशी जटोई के साथ देखा। इन राजनीतिक दुश्मनों के बीच मुस्तफा दबे-पिसे आम लोगों के लिए एक बेहतर भविष्य का वादा कर रहा था। उसने वोटरों से अपील की कि उसकी मान-प्रतिष्ठा रखने के लिए उन्हें चाहिए कि वे "जनाब जटोई को उससे कम वोट नहीं दें जितने आप लोगों ने मुझे दिए थे।" मुझे तो उसके ये शब्द खोखले ही लगे लेकिन भीड़ ने खूब जयघोष किया।

मुस्तफा लगातार मुझे कौंचता रहता था कि मैं महिलाओं को संबोधित करूँ, लेकिन मैं राजनीतिक दृश्यपटल से हट गई। एक बार फिर मैंने चित्रकारी में शरण ली। एक जानी-पहचानी औरत मेरे कैनवासों पर उभरने लगी। मेरे ब्रुश के अचेतन स्पर्श में वह तस्वीर के केंद्र से हट गई और उसने अपने आपको छायाओं के आवरण में ढँक लिया। मैंने चौंक कर यह महसूस किया कि मैंने अपना ही चित्र बना दिया था।

चुनाव के दिन, मेरी इच्छा के विरुद्ध, मुस्तफा जिद करने लगा कि वह हमें अपनी कार से वोटिंग केंद्रों पर ले जाएगा। मतलूब सामने वाली सीट पर उसकी बगल में बैठा; मैं और आदिला पीछे बैठ गईं।

वोटिंग केंद्रों पर मैंने एक अलग ही मुस्तफा को देखा। वह आदिला को दिखाने के लिए अपनी ताकत और करिश्मा का प्रदर्शन कर रहा था, लेकिन वह उस एवजी अभिनेता की तरह कड़ी कोशिश कर रहा था जो एक ही दृश्य में अपना सब कुछ झोंक देना चाहता है। फिर भी, उसकी कोशिश कारगर रही। आदिला की आँखें चमक उठीं, जबकि मेरी आँखों की चमक गायब हो गई। चकाचौंध और रोमांच ने उसे अपनी गिरफ्त में ले लिया; मैं अभी-अभी इसके प्रभाव से आजाद हुई थी। मैं उबाऊ और शक्तिहीन मतलूब के लिए आदिला की हिकारत को भी महसूस कर रही थी।

घर वापसी का सफर कभी न खत्म होने वाला लगा। मैं सिमट कर इस मौजूदा दुनिया की नजरों से ओझल हो जाना चाहती थी जो मुझे अतीत की तरफ खींच रही थी। जैसे ही हम घर पहुँचे और एक पल के लिए अकेले हुए, तो मुस्तफा ने गुस्से से पूछा, "तुम्हें क्या हो गया? तुम्हारा मूड हमेशा खराब ही रहता है। तुम हमेशा भुनभुनाती और शिकायत ही करती रहती हो। तुम कभी खुश ही नहीं रहतीं।"

"यह बात नहीं है," मैंने पलटकर जवाब दिया। "तुम जिस तरह व्यवहार कर रहे थे वह मुझे अच्छा नहीं लगा। मैं कोई बेवकूफ नहीं हूँ। मैं सब समझती हूँ। मैं दुःखी हूँ और इसकी ठोस वजह भी है।"

उसने एक पल मुझे शक की निगाह से देखा और फिर पैर पटकता हुआ कमरे से निकल गया।

रात के खाने का समय आ रहा था। मैं थोड़ी ठीक-ठाक दिखने के इरादे से अपने कमरे में चली गई। लेकिन आईने के आगे खड़े होने के बजाय, जैसा कि मुझे पता था आदिला इस समय कर रही होगी, मैं पलंग पर गिर कर रोने लगी।

ऐसे ही पता नहीं कितना समय निकल गया। आदिला चुपचाप मेरे कमरे में आ गई। मैंने आँख उठा कर देखा, वह साटन की एक नई चटक पोशाक पहने थी। कांटेक्ट लैंस उसकी आँखों में भरे अपराध-बोध पर मुखौटों का काम कर रहे थे। हमें अभी बात करने का मौका भी नहीं मिला था कि मुस्तफा आकर मुझसे गुस्से में बोला कि मेहमान आ गए हैं। मैं उस पर गुर्रा पड़ी। मैंने उससे कहा कि वह मेहमानों से कह दे कि इंतजार करें। फिर मैंने कहा कि वह और आदिला मेरे सोने के कमरे से निकल जाएँ। मुस्तफा ने पलटकर जवाब दिया : तुम्हें किसी को हमारे कमरे से भगाने का कोई हक नहीं है।

"क्यों नहीं है?" आदिला ने ताना मारा। "यह उसका बेडरूम है—" वह नाटकीय प्रभाव छोड़ने के लिए थोड़ी रुकी, और फिर बोली, "है न?"

वे दोनों मुझे घूर कर देखने लगे। सपाट चेहरों के आवरण के पीछे उनकी

खिलखिलाहट साफ देखी जा सकती थी। वे मेरी पीड़ा का उपहास कर रहे थे। इन तमाम सालों की उस तमाम पीड़ा के बाद, इस पल ने मुझे तोड़ कर रख दिया।

मैंने जैसे-तैसे अपने आपको सँभाला और अपने मेहमानों के साथ खाने पर बातचीत करती रही, जबकि मेरे दिल में तूफान मचल रहा था। बादल घनेरे और अनिष्टकारक थे। मेरे आसपास बैठे लोग मेरी मानसिक स्थति से अनजान बने रहे।

खाने के दौरान, अचानक मुझे मुस्तफा की आवाज सुनाई दी : "तहमीना, सच, इन सफेद कपड़ों में तो तुम नन जैसी दिखती हो।" क्या 'नन' शब्द का इस्तेमाल उसने सेक्स के संदर्भ में किया था? क्या वह आदिला से यह कह रहा था : जहाँ तक तहमीना का संबंध है, मैं ब्रह्मचारी हूँ?

जब हमारे मेहमान चले गए तो आदिला हमारी लड़ाई देखने के इरादे से वहीं रह गई। मुस्तफा ने थोड़े बनावटी लहजे में कहा, "तहमीना, अब मैं तुम्हारे साथ और नहीं रह सकता। तुम इस तरह रूठ-रूठ कर मेरी जिंदगी बर्बाद कर रही हो। मैं तुम्हारे साथ दुःखी हो गया हूँ।" यह मुस्तफा का खास अंदाज नहीं था। मैं समझ रही थी कि वह यह सब आदिला के लिए कह रहा था, मेरे लिए नहीं। वह यह संदेश दे रहा था कि वह आदिला के साथ अपने संबंधों को फिर से शुरू करने को तैयार था। इतना कह कर वह कमरे से निकल गया और उसके शब्द हवा में तैरते रह गए।

ढोल-नगाड़े बजने लगे और खुशियों के नारे हवा में गूँजने लगे। जटोई 60,000 वोटों से चुनाव जीत गए थे। ठीक इतने ही अंतर से मुस्तफा ने जीत हासिल की थी। यह इस बात का जबरदस्त सबूत था कि शेर की अपने लोगों पर कितनी पकड़ थी।

थोड़े समय के और बहुत ही अजीब जश्न के बाद, मुस्तफा एक बार फिर मेरे पास आया। उसने ऐसा समय देखा जब आदिला आसपास नहीं थी। अचानक वह गिड़गिड़ाने लगा। "मैं कभी तुम्हारे साथ बदसुलूकी नहीं करूँगा।" वह रोते हुए बोला। "यह तुम्हारा पल था। तुम्हारे बिना इनमें से कुछ भी संभव नहीं होता। तुम्हारे सहारे के बिना मैं कुछ भी नहीं हूँ। जनाब जटोई जीत ही नहीं सकते थे। यह तुम्हारी जीत है। मेरे पास जो कुछ भी है वह तुम्हारी वजह से है। मुझे माफ कर दो। मैं परेशान था। शायद यह आदिला की मौजूदगी की वजह से था। शायद मनहूस अतीत हमारी जिंदगियों में फिर से घुस आया है। हम दोनों को ही इसने उस आतंक की याद दिला दी। हमें इस औरत से छुटकारा पाना होगा—वह दुष्ट है। चलो हम अपनी जिंदगियों को फिर से शुरू करें।"

उसने आदिला को बुलवाया। जब वह आ गई तो मुस्तफा ने मेरे पाँवों पर बैठकर माफी माँगी। फिर आदिला की तरफ मुड़कर वह बोला, "मेरे पास जो कुछ भी है सब तहमीना की वजह से है। मैं इस बात को हरगिज नहीं भूल सकता।"

मैं क्या करती? किस मुस्तफा का विश्वास करती मैं?

मैंने उसी पल फैसला कर डाला। मैंने इस आदमी के साथ कई, कई साल बिताए थे, उसकी बदसुलूकी और उसकी बेवकूफियों को सहा था। मैंने उसके चार बच्चों को जन्म दिया था। मैंने उसे जेल से रिहा करवाने के लिए अथक मेहनत की थी क्योंकि, अगर मेरा इस आदमी में यकीन नहीं था तो मैं उसके संदेश में तो पूरी श्रद्धा के साथ विश्वास करती थी। उस संदेश की तरफ उसकी प्रतिबद्धता तो दिनोंदिन कम होती जा रही थी, लेकिन मैं उसके प्रति अभी भी दृढ़ थी। क्या मैं इस सबको दरकिनार कर सकती थी? क्या मैं अपने बच्चों के भविष्य को खतरे में डाल सकती थी?

इस आखिरी सवाल पर आकर मैं काँप गई। अगर मैंने मुस्तफा को अब—इस सबके बाद—छोड़ दिया, तो बच्चों का क्या होगा? मैं देख चुकी थी कि वह इंग्लैंड के कानून के खिलाफ जाकर क्या कर सकता था, जबकि अब तो हम पाकिस्तान में थे जहाँ के लोग यह मानते हैं कि मर्द का अपने बच्चों पर हक होता है। मेरे चारों तरफ उसकी ताकत के निशान थे। मैंने उम्मीद के आखिरी तिनके को पकड़ा। मैं पूरी कोशिश करूँगी कि मैं इस चिड़चिड़े मुस्तफा पर ही विश्वास करूँ, क्योंकि मैं छोड़ कर जा नहीं सकती थी।

जीत का जश्न मनाकर हम सभी अगले दिन कोट अद्दू से मुल्तान चले गए। मुस्तफा और मैं साजिद के भाई और उसकी बेगम शाहिदा के यहाँ मेहमान बन कर रहे, जहाँ मैं बच्चों के साथ कई महीने रही थी। उस शाम, इसके बावजूद कि आदिला का बच्चा बीमार था और हम एक-दूसरे से काफी मिल-जुल चुके थे, वह फिर हमारे पास आ गई। मैं हमारे सोने के कमरे में एक सोफा पर बैठी थी और मुस्तफा पलँग पर लेटा था कि तभी आदिला अंदर आ गई। वह हरे रंग की साटन को पोशाक पहने थी और गले और कान में उसी से मेल खाते पन्ने के गहने डाले थी। मुस्तफा ने उसकी बढ़-चढ़ कर तारीफ की। ''अब तुम एक औरत दिख रही हो,'' वह बोला।

आदिला ने मुझसे कहा कि बाहर भाभी मेरा इंतजार कर रही हैं।

मैंने आदिला से कहा कि उन्हें अंदर बेडरूम में बुला ले।

आदिला बोली कि उसने भाभी से यही कहा था लेकिन भाभी मुझसे अकेले में बात करना चाह रही हैं।

मैं मुस्तफा और आदिला को सोने के कमरे में इकट्ठा नहीं छोड़ना चाहती थी, लेकिन फिर मैं अपने डर को उजागर भी नहीं करना माँगती थी। मैं बाहर निकली तो मुझे शाहिदा मिल गई, मैंने उसे जल्दी से अंदर कमरे में भेज दिया। लेकिन तब तक बहुत देर हो चुकी थी। इस थोड़ी-सी देर में ही मुस्तफा और आदिला के बीच

कोई बात हो गई थी। शाहिदा के वहाँ पहुँचते ही वे दोनों एकदम चुप हो गए थे।

उसी शाम को बाद में मुझसे कोई चीज गुम हो गई। मुस्तफा ने इस पर वही किया जो वह पहले किया करता था। वह उसी तानाशाही लहजे में ऊँची आवाज में बोलने लगा। वह मुझ पर गालियों की बौछार करने लगा तो मैं सहम गई, लेकिन खामोश रही—कम से कम उस समय।

आदिला के जाते ही मेरा गुस्सा फट पड़ा, लेकिन मुस्तफा बोला कि वह अब मेरी किसी भी 'बेहूदा शिकायत' को सुनना नहीं चाहता। वह चिल्लाया, "मैं बहुत दबाव में हूँ, तहमीना। मुझे बहुत जरूरी काम करने हैं और मैं नहीं चाहता कि कोई उन्मादी औरत मेरे काम में खलल डाले।" उसने पलँग के पास रखे लैंप को बुझाया और करवट बदलकर सो गया।

मेरा दिल टूट गया और मैं बेहद हैरान-परेशान हो गई। मैंने बाथरूम में जाकर दरवा़जा बंद कर लिया और खूब रोई। क्या हो रहा था? मेरी समझ में नहीं आ रहा था कि इस गिरगिट जैसे आदमी से किस तरह से निपटा जाए। मैंने सोचा कि मैं बदल गई हूँ। मैंने सोचा कि हम बदल गए हैं। अब, अचानक, पुराना मुस्तफा वापस आ गया था, और मैं तैयार नहीं थी।

फिर एक शीत युद्ध शुरू हुआ। अगले दिन विमान में लाहौर लौटते समय, मुस्तफा एक बार फिर वही दुःखी पति हो गया। "तुम फिर मुझ पर अविश्वास कर रही हो," उसने शिकायत की। "मैं इस तरह नहीं रह सकता। मैं अपनी बीवी के साथ अमन की जिंदगी चाहता हूँ।"

"तुम्हें अमन की जिंदगी कैसे मिल सकती है जब तुम बिना वजह जज्बात पर चोट करते रहते हो?" मैंने पूछा। "तुम जानते हो मैं दुःखी हूँ। मैं तुम पर भरोसा नहीं कर सकती। तुम मुझे इसका मौका ही नहीं देते। तुम्हारी सारी हरकतें शक पैदा करने वाली होती हैं।"

"तुम मुझ पर भरोसा कर सकती हो," वह मेरा हाथ पकड़कर बहुत प्यार से बोला। "जानती हो कल रात जब तुम कमरे से चली गईं तो आदिला ने मुझसे क्या कहा था?" मैंने मुँह बा कर उसकी तरफ देखा, मुझे खुद पक्का पता नहीं था कि क्या मैं सचमुच जानना चाहती थी। "उसने मुझसे कहा कि मैं तुम्हारी दी हुई कोई चीज न खाऊँ," उसने कहना जारी रखा। "वह कह रही थी कि तुम मुझे जहर देना चाहती हो।"

मैं भौचक्क रह गई। मुस्तफा जब इस बात को विस्तार से बताने लगा तो मेरी समझ में आ गया कि आदिला ने हम औरतों की उस मासूम बातचीत को तोड़-मरोड़ कर पेश किया था जिसमें पतियों को वेलियम देने के बारे में मजाक हुआ था और जिसमें वह खुद शामिल थी। आदिला फिर से अपनी उसी छलिया खूबसूरती का इस्तेमाल कर रही थी, और मुस्तफा कमजोर पड़ रहा था। हम जो मुसीबतें उठा

चुके थे। उसके बाद, मुस्तफा फिर भी उसे अपनी तिकड़म चलाने का मौका दे रहा था। इससे मुझे चिढ़ हुई।

लाहौर वापस आकर मैं अपनी चित्रकारी की छाया में ज्यादा से ज्यादा सिमट गई। ऐसा विशेषकर तब हुआ जब मुस्तफा ने शगुफ्ता को नौकरी से निकालने का फैसला किया क्योंकि दाई आयशा की तरह वह उसकी धौंस में नहीं रहती थी। मैंने उसे कराची में मेरी माँ के यहाँ काम करने भेज दिया। हम सभी के दिल टूट गए थे, विशेषकर नन्हे हमजा का, लेकिन कम से कम मैं यह जानती थी कि शगुफ्ता एक ऐसे घर में जा रही थी जहाँ वह बड़ी शान के साथ सभ्य लोगों में रहेगी।

मेरी माँ का दिल टूटना जारी रहा। मीनू तो लंदन में थी, लेकिन मेरी बाकी बहनों और मैंने तय किया कि हम अपने अब्बाजान की जिंदगी में आई उस दूसरी औरत साबिहा हसन से जाकर मिलेंगी और देखेंगी कि क्या कुछ हो सकता है। जरमीना और मैं विमान से कराची पहुँचीं। जहाँ हमारी मुलाकाम रुबीना से हुई। रुबीना के घर पर जब हम आदिला के आने का इंतजार कर रही थीं तो हम इस बारे में बात करने लगे कि कोट अद्दू में चुनाव-अभियान के दौरान क्या हुआ था। हम सभी आदिला के व्यवहार से चिढ़े हुए थे, लेकिन उसकी पिछली हरकतों को ध्यान करके हमें ज्यादा ताज्जुब नहीं हो रहा था।

हमने अपनी सबसे छोटी बहन का काफी देर इंतजार किया। हमने उसके घर फोन करने की कोशिश की, लेकिन उसका फोन लगातार व्यस्त चल रहा था।

अचानक ही मैंने लाहौर में मुस्तफा का नंबर मिलाने की कोशिश की। उसका फोन भी व्यस्त था।

दो और दो मिल कर चार होते थे।

एक और एक मिलकर एक नापाक जोड़ा बनता था।

फिर भी, हमें अपना काम तो निपटाना ही था। आदिला आ गई और जब हम कार से 'दूसरी औरत' से मिलने के लिए रवाना हुए तो मेरे मन में आया : कैसी विडंबना थी कि मैं मेरी जिंदगी की 'दूसरी औरत' के साथ माँ का मसला हल करने जा रही थी। किसी ने—माँ ने तो सचमुच ही—मेरा मसला कभी नहीं निपटाया था।

साबिहा हसन से मिलकर रुबीना, जरमीना और मैंने बड़ी कूटनीति से उन्हें यह समझाने की कोशिश की कि वह उस घर को तोड़ने की कोशिश कर रही हैं जिसे बनाए रखने के लिए हमारी माँ ने इतने अरसे तक इतनी मेहनत से काम किया था। लेकिन आदिला बड़ी रुखाई से साबिहा को भड़काने की कोशिश करती रही कि वह सख्त रुख अपनाएँ।

रुबीना के घर लौटते समय हम सभी आदिला पर खूब चिल्लाईं। उसका इरादा हमारे सामने और साफ होता जा रहा था : अगर अब्बाजान ने माँ को छोड़ दिया, तो आदिला को भी मुस्तफा के साथ फिर से संबंध बनाने और मेरा घर तोड़ने का बहाना मिल जाएगा। वह इसे बदला बताएगी। वह कहेगी कि हमारे अब्बाजान की तरफ उसकी कोई देनदारी नहीं थी और उस परिवार में उथल-पुथल मचाने की उसकी हरकत सही थी जिसे अब्बाजान ने छोड़ दिया था। अगर अब्बाजान ने खानदान की इज्जत की परवाह नहीं की थी, तो फिर वही क्यों करे? हम जानती थीं कि माँ आदिला की तरफदारी करेगी। वह आदिला के इरादों पर कभी शक नहीं करेगी। आदिला वह अकेली बेटी थी जिस पर माँ हमारे भटके अब्बाजान के खिलाफ एक साथिन के तौर पर भरोसा कर सकती थी। अब्बाजान निशाना होंगे, और मैं बीच में मारी जाऊँगी।

बड़ा अजीब था यह सब। साजिश और धोखेबाजी, चुगली और पीठ में छुरा घोपने की हरकतों से भरा हमारा परिवार तो पाकिस्तानी समाज का एक लघु रूप था। नियम साफ था : आपको जो करना हो कीजिए, बस इसे ढाँक कर रखिए।

सतह के नीचे, सब कुछ आपस में टकराकर बिखर रहा था।

राष्ट्रपति पद के लिए चुनाव हुए। उसके लिए दो प्रत्याशी गुलाम इसहाक खान और नवाबजादा नसरुल्ला खान थे। इनमें से गुलाम इसहाक खान तो कार्यकारी राष्ट्रपति और एक प्रतिक्रियावादी नौकरशाह थे जिनके जिया की ताकतों के साथ लंबे संबंध रहे थे। नवाबजादा नसरुल्ला खान लोकतांत्रिक आदर्शों में विश्वास रखने वाले एक असल प्रगतिवादी थे और मुस्तफा की कैद के दौरान वह उसके जबरदस्त समर्थक रहे थे। जब मुस्तफा वोटिंग से लौटा तो उसने मुझे भरोसा दिलाया कि उसने अपना वोट नवाबजादा के पक्ष में दिया था।

तभी फोन की घंटी बजी। गुलाम इसहाक खान का फोन था। वह मुस्तफा के वोट के लिए उसका शुक्रिया अदा कर रहे थे। मुझसे मुस्तफा ने झूठ बोला था, लेकिन इससे ज्यादा अहमियत इस बात की थी कि उसने एक बार फिर उसूल से समझौता किया था। इस घटना से उसके राजनीतिक दर्शन में मेरा विश्वास और भी टूट गया।

हम जटोई और खर कबीलों के लोगों के साथ पाकिस्तान से सऊदी अरब के लिए रवाना हुए। इस भीड़ में भाइयों और बीवियों की भरमार थी। हमारा मकसद कोट अद्दू के चुनावों में जटोई की जीत का आभार जताने के लिए मक्का जाकर उमरा

करना था।

लेकिन मुझे अपनी अलग से दुआ करनी थी। मैंने मुस्तफा के साथ जारी अपनी परेशानियों के बारे में अल्ला से रो-रोकर दुआ की। मैंने खुदा से कहा कि मुझमें और ज्यादा विश्वासघात और बदसुलूकी सहने की ताकत नहीं है। मैंने उससे रहम की भीख माँगी।

इस जियारत के बाद, मैं और मुस्तफा विमान से लंदन चले गए जहाँ हमें एक मुश्किल मसला निपटाना था। अपहरण के मामले में जिस वकील मि. गैरेट ने मुस्तफा के खिलाफ मेरा मुकदमा लड़ा था वह अपनी फीस के लिए हमें अदालत में घसीट रहे थे। मेरे वालिदैन को उन्हें पैसा देना था, लेकिन जब मुस्तफा से मेरा समझौता हो गया तो वे पलट गए थे। गैरेट ने हमें 50,000 पौंड का बिल थमाया था और यह धमकी भी दी थी कि अगर हमने उनके पैसे नहीं दिए तो वह इंगलैंड में हमारी जायदाद यानी शहरी फ्लैट और देहाती घर को जब्त कर लेंगे।

मुस्तफा तो गैरेट से इस तरह मोल-भाव करने लगा जैसे वह बाजार के व्यापारी हों, और मैं देखती रही। "मैं आपको कुछ नहीं करने के पैसे दे रहा हूँ," मुस्तफा ने पहले कहा। "क्या आपको यह विडंबना दिखाई नहीं देती? आपकी मुवक्किल यहाँ मेरे साथ बैठी है। आप न तो मुझे कार्रवाई के लिए इस सरकार के हवाले करवा सके और न गिरफ्तार करवा सके। न ही आप तहमीना के बच्चों को उसे वापस दिलवा सके। उसे लौट कर मेरे पास आना पड़ा।"

गैरेट अपनी बात पर जमे रहे। उन्होंने मुस्तफा को याद दिलवाया कि कानून उनके पक्ष में था। अगर हमने उनके पैसे नहीं दिए तो वह हमारी जायदाद को बेच सकते हैं। मुस्तफा ने इस आधार पर फीस में कटौती की माँग की कि गैरेट मुकदमा जीतने में 'नाकाम' रहे थे। आखिर में मामला 25,000 पौंड पर तय हुआ।

हालाँकि यह रकम मुस्तफा के साथ मेरी जेब से भी निकली, फिर भी मुझे इस बात में बहुत मजा आया कि मुस्तफा ने जो परेशानी खड़ी की थी उसकी कुछ कीमत उसे भी देनी पड़ रही थी। आखिरकार वह एक तरह से जिम्मेवार ठहराया गया था। अंदर ही अंदर मैं इस बात पर भी हँसी कि उसे अपनी ही गिरफ्तारी के वारंट के लिए खुद पैसा देना पड़ा था!

जब वह चेक काट रहा था तो मैं सोच रही थी : कितनी आश्वस्त करनेवाली थी यह जानकारी कि इस आदमी के लिए मेरी कीमत 25,000 पौंड थी।

पाकिस्तान लौटने पर हमें पता चला कि मेरी नानी फेफड़ों के कैंसर से मर रही हैं। उनके पास जिंदगी के शायद दो महीने बचे थे, और सारे लोग लाहौर में मेरे मामू असद के घर में इकट्ठे हो रहे थे जहाँ परिवार की महिला मुखिया अपनी आखिरी

साँसें गिन रही थीं।

आदिला को इस बात की तमीज नहीं थी कि कैसे मौके पर कैसा व्यवहार करना चाहिए। इधर हमारी नानी जिंदगी की आखिरी घड़ियाँ गिन रही थीं, उधर आदिला अभी भी बनती-सँवरती और अपना ध्यान इस बात पर लगाती थी कि उसके कपड़े और जेवर वगैरह सब मेल खाते होने चाहिए। उसकी मौजूदगी से मैं परेशान होती थी, लेकिन थोड़े समय के लिए मुझे ऐसी कोई खास बात नहीं दिखाई दी जिस पर मैं एतराज करती।

एक दिन, मुस्तफा को शाम को पाँच बजे मुझे असद मामू के यहाँ से ले जाने के लिए आना था, लेकिन उसने फोन करके कह दिया कि एक जरूरी सियासी काम से उसे देरी हो गई थी। तब जाकर मेरा ध्यान इस तरफ गया कि आदिला एक घंटा पहले नानी की कार में कहीं निकल गई थी। जरमीना और मैंने ड्राइवर से इस बारे में पूछा जो उसे छोड़कर वापस आ गया था। उसने बताया कि उसने आदिला को एक किताबों की दुकान पर छोड़ दिया था और आदिला ने उससे इंतजार न करने को कहा था। आदिला ने कहा था कि वह अपने आप वापस आ जाएगी। यह बड़ी अजीब बात थी। हममें से जो लोग लाहौर शहर में रहते थे वे भी कभी गाड़ी के बगैर इधर-उधर आते-जाते नहीं थे। जरमीना की आँखें मुझसे चार हुईं।

मैं बाथरूम में चली गई और मैंने लेक्सोटिनॉल की दो गोलियाँ खा लीं। आदिला शाम को साढ़े सात बजे के करीब लौटी और मुस्तफा उसके कुछ ही देर बाद आया। मैं उनका सामना नहीं कर पाई।

मेरे अब्बाजान ने मुझसे कहा कि मैं ऐसी दिख रही हूँ जैसे मैंने नशा किया है। मेरी बीमार नानी मेरी परेशान हालत को भाँप गईं—अकेली वही तो थीं जो मेरे लाख छिपाने पर भी मेरे जज्बात को समझ जाती थीं—और मुझसे पूछने लगीं कि क्या बात हो गई। "मेरे लिए दुआ कीजिए," मैंने उनसे कहा। "मुझे आपकी दुआओं की जरूरत है। मुझे नहीं पता कि क्या हो रहा है।"

अचानक ही नानी पहले से ज्यादा बूढ़ी और ज्यादा कमजोर लगने लगीं। वह समझ गईं। उन्हें हवा में इसका आभास मिल रहा था—आदिला की वापसी हो गई थी!

मुझे लगा कि मुस्तफा मेरी नानी की मौत का इंतजार कर रहा था। फिर वह इन बरसों में बनी मेरी शख्सियत पर सिलसिलेवार ढंग से हमला करेगा, उसे तबाह करेगा। मुस्तफा खर उस पकी औरत के साथ रह ही नहीं सकता था जो अपनी जिंदगी का जिम्मा अपने हाथों में लेने के काबिल थी। वह एक बार फिर मुझे एक पागल, खौफजदा लड़की बना देगा। आदिला ऐसी मुकम्मिल जवान और आकर्षक जरिया थी जो मुझे वापस अपनी पुरानी स्थिति में चली जाने को बाध्य कर सकती थी। मुझे तोड़ना जरूरी था।

नानी मौत के और नजदीक घिसटती जा रही थीं। मेरी वैवाहिक जिंदगी एक

खात्मे के नजदीक पहुँचती जा रही थी।

नानी को अस्पताल पहुँचा दिया गया। मैं उनके कमरे में बैठी रहती और उन्हें यह जताने की कोशिश करती थी कि मैं उन्हें कितना ज्यादा प्यार करती थी। मैं उन्हें दर्द से जूझते देखती थी। जब मैंने घर फोन किया तो मुझे क्रॉस कनेक्शन मिल गया। मैंने मुस्तफा को किसी से बात करते सुना, लेकिन मैं यह नहीं सुन पाई कि किससे बात हो रही थी। ''कोई फोन पर है,'' मुस्तफा ने उस शख्स से कहा। ''मैं तुम्हें फिर फोन करूँगा।'' मैंने फौरन जरमीना और रियाज को उनके घर भेजा जहाँ मेरी माँ और आदिला ठहरी हुई थीं। उन्होंने दबे पाँव ऊपर जाकर एक्सटेंशन फोन उठा लिया। मैं नानी के पास ही बैठी रही, उनकी पीठ मलती रही, और यह दुआ करती रही कि मेरा शक सच न निकले।

जब जरमीना वापस आई तो मेरे पास बैठ गई और बोली कि फोन पर आदिला नहीं थी। लेकिन उसने फौरन नजरें घुमा लीं और उसका चेहरा पीला पड़ गया। अपनी नानी के पीठ पीछे फुसफुसाते हुए मैंने उससे मिन्नत की कि वह मुझे सच-सच बता दे। ''यह सही है,'' आखिरकार जरमीना ने अपना पेट पकड़ते हुए मेरे संदेह की पुष्टि की। ''वही थी। वे लोग आज शाम को मिलने का इरादा बना रहे थे, जबकि हमारी नानी मर रही हैं।'' फिर जरमीना दौड़कर बाथरूम में गई और उलटी करने लगी।

लेकिन उनके इरादे चौपट हो गए। अपना अंत आया देख नानी ने सारे कुनबे को बुला लिया और सबके सामने कह दिया, ''जो कोई भी तहमीना को पीड़ा पहुँचाएगा, खुदा से मेरी दुआ है कि वह उन्हें ऐसी सजा दे कि उनके दिल पर फोड़े बन जाएँ। उन्हें इतनी तकलीफ उठानी पड़ेगी जिसकी वे कल्पना भी नहीं कर सकते।'' फिर उन्होंने आँखें उठा कर छत को—छत के परे—देखा और चिल्लाईं, ''तहमीना को मैं तुम्हारे हाथों में छोड़ रही हूँ, अल्ला। मुझे निराश मत करना। अब उसे बचाने वाला कोई नहीं रह गया है। यहाँ तक कि मुझे भी वापस बुला लिया गया है और मैं तुम्हारे पास खुशी-खुशी आ रही हूँ, लेकिन मेरी रूह यह भरोसा चाहती है कि तुम उसकी हिफाजत करोगे।''

फिर नानी ने मुस्तफा को इशारे से अपने पास बुलाया और उसका हाथ अपने हाथ में लेकर दो टूक शब्दों में बोलीं : ''तहमीना तुम्हारे साथ बहुत दुःखी रही है, लेकिन जब तुम पर बुरा वक्त आया तो उसने तुम्हारा साथ दिया और जूझती रही। आज मैं तुमसे एक एहसान करने को कह रही हूँ। मेहरबानी करके उसके साथ अच्छा सुलूक करना। अच्छे शौहर बनना। अब वह कभी दुःखी न होने पाए। यह मेरी तुमसे आखिरी इल्तिजा है। यह मेरी इस दुनिया में रहने वाले किसी भी शख्स से आखिरी इल्तिजा है।'' और, आखिरी कुछ शब्द बोलने की कोशिश में उनकी आवाज कमजोर हो गई : ''अगर तुम तहमीना के बगैर अकेले चले, तो तुम यह सोचकर जो भी कदम उठाओगे कि उससे तुम्हें इज्जत मिलेगी, उस हर कदम से तुम्हें बेइज्जती ही

हाथ लगेगी। तुम नाम और ताकत और इज्जत चाहोगे, लेकिन तुम्हें शर्मिंदगी के अलावा और कुछ नहीं मिलेगा। अगर वह तुम्हारे साथ होगी, तो खुदा तुम्हें सब पर हुकूमत देगा। मेरी तुम्हारे लिए यही दुआ है।''

मुस्तफा ने फुसफुसाते हुए जवाब दिया, ''फिक्र न करें। मैं तहमीना की देखभाल करूँगा। मैं वादा करता हूँ।''

फिर नानी नीम बेहोशी की हालत में पहुँच गईं। हम बारी-बारी से उनके पास एक-एक कर बैठे। उस काली रात में यह सिलसिला चलता रहा। हममें से हरेक के पास उनसे कहने के लिए कुछ न कुछ खास था, भले ही वह बेहोशी की हालत में लेटी थीं। जब मेरी बारी आई तो मैंने रोते हुए बड़े प्यार से उनसे कहा, ''इस बार आप नहीं होंगी। इस बार मुझे आपकी दुआएँ नहीं मिलेंगी। इस बार मैं आपके घर नहीं आ पाऊँगी। कहाँ जाऊँगी मैं? कहाँ?'' उनके भावशून्य चेहरे पर कोई जवाब नहीं आया। नानी मुझे इस अकल्पनीय और बेहद पीड़ा की हालत में अकेली छोड़ कर जा रही थीं। मैं जानती थी कि मुझे अपने वालिदेन से कोई भावनात्मक सहारा नहीं मिलेगा; उनका सरोकार तो उनकी बची-खुची सामाजिक प्रतिष्ठा बचाए रखने में रहेगा। मुझे विश्वास नहीं था कि नानी मेरी बात सुन रही होंगी, फिर भी मैं बोलती रही, ''आप मुझसे तब दूर जा रही हैं जब यह फिर से शुरू हो रहा है। मैं बहुत अकेली हूँ। तुम्हारा जाना जरूरी क्यों है? क्यों?'' मैं उन्माद में रोती-चिल्लाती रही।

अचानक, नानी की आँखों से बड़े-बड़े आँसू टपक पड़े। मैं अपना दर्द भूल गई और मुझे यह एहसास होने लगा कि उनके आखिरी लम्हों में मैंने उन्हें और भी ज्यादा दुःख पहुँचाया है। मेरे शब्द उनकी नीम बेहोशी में उनके जेहन में उतर गए थे।

मैंने उन्हें तसल्ली देने की कोशिश की। ''फिक्र मत कीजिए,'' मैंने धीमे से कहा। ''मेहरबानी कर रोइए मत। मैं निपट लूँगी। मैं वादा करती हूँ। मैं मजबूत हूँ। आप जानती हैं मैं मजबूत हूँ।''

धीरे-धीरे मैंने अपने आपको उस अकेले कुनबे से अलग कर लिया जिसे मैं जानती थी।

मेरे बाद आदिला की बारी थी उन्हें अलविदा कहने की। लेकिन मेरी यह सबसे छोटी बहन नानी के साथ कमरे में कुछ ही पल रही थी कि दौड़ती-चीखती बाहर आ गई। ''उन्हें कुछ हो गया है। वह अपना सिर हिला रही हैं। वह जूझ रही हैं। यह भयंकर है। आओ देखो।''

मैं जानती थी क्या हुआ है। नीम बेहोशी में भी नानी आदिला की मौजूदगी को बरदाश्त नहीं कर पाई थीं।

उसके कुछ ही देर बाद वह मर गईं। मैं अपने वालिदैन के जीते-जी अनाथ हो गई।

मैं अपनी पुरानी हालत में लौट आई, और मुझे पता ही नहीं था कि मैं किधर जा रही थी, मेरे दिन फोन-एक्सटेंशन पर बातें सुनते, मुस्तफा की कमीजों पर आदिला के इत्र की खुशबू ढूँढ़ते, और लिपस्टिक के निशान देखने की कोशिश करते बीतने लगे। एक बार फिर मैं दुआ-बंदगी में लौट आई।

मैं मुस्तफा से नफरत करती थी, लेकिन फिर भी मैं उसे अपना बनाए रखने की कोशिश कर रही थी। क्या मेरा दिल टूट रहा था, या फिर मेरा अहं चकनाचूर हो रहा था? शदीद दर्द के बीच मैं इसमें फर्क नहीं कर पा रही थी।

एक दिन इत्तिफाक से आदिला और मैं और घर के दूसरे लोग एक साथ थे। मैंने देखा कि आदिला पहलू बदल रही थी। मुझे शक हुआ कि उसने मुस्तफा के साथ मुलाकात तय की हुई थी। वह कमरे में चहल-कदमी कर रही थी और वहाँ से जाने के लिए एक के बाद एक बहाना बना रही थी। आखिरकार, उसने कहा कि उसकी एक दोस्त 'सैरा' कराची से आ रही है और उसे उससे मिलना है। यह कहकर वह वहाँ से भाग ली।

मैंने आदिला की ननद तसनीम से बात की। आदिला उसी के यहाँ ठहरी हुई थी। "उसने हमसे तो कराची से किसी दोस्त के आने का जिक्र किया नहीं," तसनीम बोली। "दरअसल 'सैरा' नाम की तो एक ही लड़की है जिसका वह अक्सर जिक्र करती है, और वह विदेश में है।" मुझे इस एहसास से आश्चर्य भी हुआ और राहत भी मिली कि मुझे एक साथिन मिल गई थी। तसनीम ने बताया कि उसे पता है कि क्या चल रहा है। "आपके साहब उसे ले जाते हैं और छोड़ जाते हैं," उसने बताया। "मैं अपने भाई से कह नहीं सकती। वह मेरी बात पर यकीन ही नहीं करेंगे।"

मुस्तफा रात में साढ़े दस बजे के बाद आया। वह पसीने में लथपथ था। गुलाबी लिपस्टिक के धब्बे उसकी कमीज पर थे। वह बोला कि वह एक आम सभा में था जहाँ "इतनी गरमी थी कि मेरे जूते तक भीग गए हैं।" यह सफाई देकर वह सो गया।

मैं कुछ देर उसकी बगल में पड़ी जागती रही। मेरी समझ में नहीं आ रहा था कि क्या करूँ। फिर मैंने नीचे जाकर तसनीम को फोन किया और उससे पूछा कि आदिला कब लौटी थी। "करीब साढ़े दस बजे," उसने बताया। "वह भीग रही थी। वह मुझसे बच कर ऊपर भाग गई कि कहीं मुझे कोई शक न हो जाए। लेकिन मैंने मुस्तफा को उसे बीज रंग की पाजेरो में यहाँ छोड़ते देखा था।" हमारी कार थी यह तो!

मैं सुन्न पड़ गई और बिस्तर पर लौट आई।

मुस्तफा सुबह तीन बजे उठा और नहाने चला गया। फिर उसने मुसल्ला बिछाया और नमाज पढ़ने लगा।

उसने यह महसूस नहीं किया कि मैं जाग रही थी—अभी तक...और जब मैंने

यह ताना कसा तो मेरी आवाज ने उसे चौंका दिया, "मैं तो सोच रही थी कि तुम मुझे बुद्धू बना रहे हो, लेकिन ऐसा है नहीं। तुम तो खुदा को बेवकूफ बनाने की कोशिश कर रहे हो।" उसने मेरी बातों को अनसुना कर दिया और नमाज में लगा रहा, लेकिन मेरा गरजना जारी रहा : "तुम खुदा का सामना कर रहे हो जबकि तुमने खुदा के हर हुक्म के खिलाफ काम किया है। तुमने आज ऐसी हरकत की है जिसकी उसने सख्त मनाही की हुई है और जिसके लिए तुम माफी माँग चुके हो। तुमने फिर से उसके साथ गद्दारी की है। अब तुम उससे क्या कह रहे हो, मुस्तफा? कि तुम फिर माफी चाहते हो? क्या तुम सचमुच यह सोचते हो कि तुम उसे बेवकूफ बना सकते हो? क्यों? हुंह? अगर तुम सोचते हो कि तुम उसे बेवकूफ बना सकते हो, तो फिर मैं तो कुछ भी नहीं हुई। मैं तो अब तुमसे और लड़ाई भी नहीं करना चाहती। अब यह लड़ाई उसे लड़नी होगी। मुझसे ज्यादा यह उसकी तौहीन है—"

"—बंद करो यह बकवास!" मुस्तफा अपनी नमाज छोड़ कर बोला। "तुम पागल हो रही हो। मैंने कुछ नहीं किया है। तुम पागल हो गई हो। तुम उल्टे-सीधे ख्याल दौड़ा रही हो।"

मेरी आँखों से आँसू जार-जार बह चले, और मैंने अनायास ही अपने संरक्षक संत हजरत अली की तस्वीर की तरफ हाथ बढ़ा कर उसे पकड़ लिया। यह वही संरक्षक थे जिन्होंने मुस्तफा को उसकी कैद के दौरान सँभाले रखा था। हालाँकि मुस्तफा जेल से छूटते ही बड़े आराम से उन्हें भूल गया था, फिर भी वह जानता था कि मेरी आस्था अस्थायी नहीं थी।

मुस्तफा मेरी तरफ बढ़ा और उसने मेरे हाथों से यह तस्वीर छीन ली। "यह!" वह संत की तस्वीर को नफरत से देखता हुआ गुर्राया। "क्या यह तुम्हें बचा लेगी?" उसने तस्वीर के टुकड़े-टुकड़े कर दिए और दनदनाता हुआ कमरे से निकल गया।

मैंने दुआ पढ़े कागज के उन टुकड़ों को उठाते हुए खुदा से माफी की गुहार की।

उस दिन के बाद से मैं हर समय मुस्तफा के पीछे लगी रही। जब वह चला जाता तो मेरी नुस्सी से फोन पर बात होती। हम सलाह बनातीं कि मुस्तफा को रंगे हाथों कैसे पकड़ा जाए। मुझे तो घर से निकलने की आजादी थी नहीं, और मैं खुद कार भी नहीं चला सकती थी, इसलिए नुस्सी जासूस बन गई। वह बढ़ती कमजोरी को देखकर संतप्त थी; मैं शादी के गठबंधन को तोड़ने के बजाय अपने आपको उसमें खपाए दे रही थी, उलझाए जा रही थी; मैं काँच की किरचों को जोड़ने की बेतहाशा कोशिश किए जा रही थी और इस प्रयत्न में लहूलुहान हो रही थी। जब तक मेरे पास सबूत न हो मैं कर भी क्या सकती थी।

अगर कोई और पति होता और उसे पता होता कि मैं बेहद शक्की हूँ, तो वह होशियार हो गया होता। लेकिन मुस्तफा तो मुस्तफा था। अगली शाम वह घर से सात बजे मुझसे यह कहकर निकल गया कि नौ बजे वापस आ जाएगा। वह जैसे ही घर से निकला मैंने तसनीम को फोन करके अपने शक को पक्का किया कि आदिला का भी सात से नौ बजे तक बाहर रहने का कार्यक्रम था। मैंने थोड़ी देर बाद फिर फोन किया, तो तसनीम ने बताया कि मुस्तफा मेरी बहन को ले गया है।

नुस्सी मुझे नहीं मिल पाई। मैंने जल्दी से एक 'कजिन' से नैतिक मदद माँगी। हमने एक कोने में अपनी गाड़ी खड़ी की जहाँ से तसनीम के घर पर नजर रखी जा सकती थी। पौने नौ बजे एक बीज रंग की पाजेरो उसके घर के सामने आकर रुकी, जिसे मुस्तफा चला रहा था। उसके साथ वाली—मेरी वाली—सीट से आदिला कूद कर उतरी और भागती हुई घर में चली गई। मैंने खिड़की पर तसनीम को देखा, वह एक परदे के कोने से झाँक रही थी।

मैं उस 'कजिन' के साथ फुर्ती से वहाँ से चल दी और मुस्तफा से पहले घर पहुँच गई। उस रात उससे उलझने की मेरी हिम्मत नहीं हुई। मैं उसके मुँह से इनकार सुनना नहीं चाहती थी और उसकी पुष्टि सुनने की मुझे जरूरत नहीं थी।

अगले दिन विमान से हम मेरी नानी के चेहलुम के लिए मेरी माँ के पुश्तैनी गाँव रवाना हो गए। मैंने तय कर लिया कि मैं माँ को सब कुछ बता दूँगी। माँ मेरी बात सुन कर बहुत परेशान हो गई और उसने बाद में आदिला से इस बारे में बात की। उसने आदिला से यह नहीं बताया कि यह जानकारी उसे कहाँ से मिली थी। आदिला ने यह तो माना कि वह तीन बार मुस्तफा के साथ गई थी, लेकिन उसने यह भी कहा कि उनके बीच 'कुछ नहीं हुआ था' और माँ ने उसका विश्वास कर लिया।

जब माँ ने मुझे यह बताया तो मैं गुस्से में फट पड़ी, "कुछ नहीं हुआ था से उसका मतलब क्या है? तुमने उसकी बात मान कैसे ली? वह अपनी बहन के शौहर के साथ मटरगश्ती को सही ठहराती रही और तुम बैठ कर सुनती रहीं? तुमने इसे इतने आराम से और इतनी चुपचाप रहकर कैसे सुन लिया? तुम्हें पता है कि उसका मुस्तफा के साथ चक्कर रह चुका है। तुम्हें पता है यह कहानी फिर शुरू हो चुकी है। और फिर भी तुम उसका विश्वास कर रही हो, मैंने जो सबूत दिया उसके बावजूद? मुझे हैरत हो रही है। उसने एक बार फिर गुनाह किया है और कहती है कि उसने कुछ नहीं किया? अगर साहिबा तुम्हारे शौहर के साथ मटरगश्ती करने चली जाए तो क्या तुम उसका विश्वास कर लोगी?" लेकिन माँ ने अपने लिए अलग पैमाने बनाए हुए थे। यह बात हमेशा साफ रही थी।

मेरे आँसू थमने का नाम ही नहीं ले रहे थे। सभी ने मुझे रोते देखा, लेकिन

उन्होंने सोचा कि मैं नानी के लिए रो रही थी।

आखिरकार माँ के सामने ही मैंने आदिला को घेर लिया। मैंने उससे कहा कि मुझे सब पता था। फिर मैं बोली, "मैं तुम दोनों को यह जताना चाहती हूँ कि तुम उस घर को तोड़ने में कामयाब रही हो जिसे मैंने तुम्हारी कोशिशों के बावजूद बेतहाशा बचाने की कोशिश की है। तुमने केवल मेरा घर नहीं तोड़ा, बल्कि मेरे चार बच्चों का घर तोड़ा है, और मैं तुम दोनों को आगाह कर रही हूँ कि इस बार तुम गलत औरत से अटकी हो। शायद तुम इसी गलतफहमी में हो कि मैं अभी भी वही लंदन वाला कीड़ा हूँ जिसे मसलने में तुमने कोई कसर नहीं छोड़ी थी। 'टीना' और 'तहमीना खर' में बहुत फर्क है, और मैं तुम्हारे अन्याय के खिलाफ लड़ूँगी–भले ही मुझे अपनी जान क्यों न देनी पड़े।

आदिला पर मेरी बातों का कोई असर नहीं हुआ, वह अपने लंबे बालों को बेपरवाही से झटकते हुए बोली, "जानती हो मैंने तुम्हारे लिए क्या किया है? तुम मुझे बहन नहीं कहोगी; तुम मुझे फरिश्ता कहोगी–अगर मैं तुम्हें बता दूँ तो। तुम्हारे घर को टूटने से बचाने के लिए मैं ही जिम्मेदार हूँ।" उसने बताया कि मुस्तफा उसके पीछे पड़ा था और उससे शादी करना चाहता था, लेकिन वह मेरा घर तोड़ने को तैयार नहीं थी।

क्या यह सच हो सकता था? मेरा कहना था कि आदिला को मुस्तफा को अपने पास आने ही नहीं देना चाहिए था। अगर बातचीत करने को कुछ था ही नहीं तो फिर वह बातचीत कर ही क्यों रही थी?

मैंने मुस्तफा को खुदा के खौफ से आगाह करने की कोशिश की। "वह तुम्हें आजमा रहा है, तुम समझ नहीं रहे?" मैंने उससे पूछा। "वह यह देखना चाह रहा है कि तुमने इस पाप के लिए उससे जो रहम की दुआ की थी उसमें कितनी सच्चाई थी। तौबा तो खुदा के साथ भविष्य के लिए किया गया अनुबंध होता है। तुम इसे इतने हलके ढंग से नहीं ले सकते।" मैंने उससे कहा कि वह अपने पैरों पर खुद कुल्हाड़ी न मारे। "तुम अपने आपको बर्बाद कर लोगे, और साथ में उस बीवी को भी जिसे दोबारा हासिल करने के लिए तुमने जद्दोजहद की थी, और उन बच्चों को भी जिनके बारे में तुम कहते हो कि तुम उनसे प्यार करते हो–यहाँ तक कि तुम्हारी सियासत पर भी इसका खराब असर पड़ेगा। सारे लोग मुझे जानते हैं कि तुम्हारी जिंदगी में मेरी क्या भूमिका रही है। वे तुम्हें नहीं छोड़ेंगे।"

लेकिन मुस्तफा पर कोई असर नहीं हुआ। वह न कुछ देख रहा था और न कुछ सुन रहा था। कभी-कभी वह मेरे 'बढ़ते पागलपन' के लिए तसल्ली देता और कभी 'असुरक्षा के दौरों' की बात कह कर मुझे झटक देता था। उसका कहना था कि मैं अधेड़पन के संकट से ग्रस्त थी। "यह उन औरतों के साथ होता है जो बढ़ती उम्र को स्वीकार नहीं कर पातीं," उसने घुन्नेपन से कहा था।

मुस्तफा अपनी जवानी के दिनों में लौट रहा था। वह वापस टी-शर्ट और नीली जीन्स, सफारी सूट और क्रोकोडाइल जूतों में आ गया था।

मैंने आईना देखा तो मैंने भी मन ही मन कहा कि शायद मुझे भी अपने आपको बदलने की जरूरत थी। मुझे भी आदिला की तरह दिखना होगा। उसी की तरह कपड़े पहनने होंगे। मुझे अपनी पूरी शख्सियत बदल कर उसी की तरह बन जाना पड़ेगा। यही एक रास्ता है। शायद तब मेरे शौहर के साथ मेरे रिश्ते ठीक हो जाएँ। इन सफेद कपड़ों और ऊँचे आदर्शों में अपने आपको देखो। तुम मुस्तफा की पसंद नहीं हो सकतीं। आदिला है। और वह फिर भी कहता है कि वह तुम्हें प्यार करता है। वह हर समय यही कहता रहता है।

आईना मुझे घूरता रहा।

मुझे अपने जेहन में मुस्तफा की मनहूस आवाज सुनाई दी : ''तुम्हारी तरह और कोई औरत नहीं हो सकती? लेकिन मैं चाहता हूँ कि तुम सोलह साल की लड़की जैसी बनो। मैं फिर से रोमांस चाहता हूँ।''

मैं सहम गई। मेरे मन में आया, मैं यह नहीं कर सकती। मैं सोलह साल की नहीं हूँ। मैं पाँच बच्चों की माँ हूँ। मैं छत्तीस साल की हूँ। मैं कैसे उस आदमी के साथ रोमांस की बात सोच सकती हूँ जिसका मेरी अपनी ही बहन के साथ चक्कर चल रहा है? कैसे?

मैं खुदा की तरफ मुड़ी। मैं मजारों पर गई। मुझे जो भी तरीके दुआ के पता थे मैंने उन सभी तरीकों से दुआ की : ''मेहरबानी कर मेरे घर को टूटने से बचा लीजिए। मेहरबानी कर मेरे बच्चों को तबाही से बचा लीजिए।'' मैंने रो-रोकर दुआ की थी।

और मेरी दुआओं के जवाब में मुझे खामोशी मिली।

मैंने खुद को झाड़ लगाई, टूटना मत। टूटना मत। मुझे कुछ समय के लिए अलग हटना, थोड़ी दूर से चीजों को देखना होगा।

मैं किसी और औरत को कबूल कर सकती थी। मैं उससे निपट कर और भी मजबूत होकर उभर सकती थी। लेकिन अपनी बहन से नहीं। आदिला से नहीं।

मैं जानती थी कि मुझे मुस्तफा को छोड़ना होगा; लेकिन कैसे और कब, यह मुझे पता नहीं था। मुझे सबूत चाहिए था। मेरे घर वाले सब कुछ जानने के बावजूद मुस्तफा और आदिला की कही बातों को ही सही मानते रहे और मेरे लिए यही कहते रहे कि मैं उन बातों की कल्पना कर रही हूँ जिनका कहीं कोई वजूद नहीं है। वे यही कहे जा रहे थे कि मैं असुरक्षित हूँ और अपना मानसिक संतुलन खो रही हूँ। मैं फिर से गाजर-मूली की श्रेणी में आ गई थी।

एक रात मुस्तफा ने मुझसे शारीरिक संबंध बनाना चाहा। उसके रुख से मैं समझ गई कि वह मानने वाला नहीं था। मुझे समर्पण करना ही था। मैंने अपने आपको उस पल से अलग रख कर अपनी नफरत पर काबू किया। मैं उसके कंधे के ऊपर से शून्य में ताकती रही और खुदा से दुआ करती रही कि उसे सजा दे। यह जिना है, खुदा। आपने मर्द से मना किया है कि वह एक ही समय में दो बहनों के साथ जिस्मानी संबंध न बनाए। यह आपकी कुरान में लिखा है। अगर यह नियम आपने बनाया है, तो आप मेरे साथ दोबारा यह नहीं होने देंगे। इस आदमी को आइंदा मुझे कभी मत छूने देना। कभी वह आपकी हुक्म उदूली करने की गुस्ताखी न करने पाए। मैं कुछ नहीं कर सकती, लेकिन आप तो इसे रोक सकते हैं।

एक चमत्कार हुआ उसके बाद। उस रात के बाद मुस्तफा ने मेरे साथ छेड़छाड़ बंद कर दी। हर रात वह बिस्तर में घुसता और तकिए पर सिर रख कर सो जाता था। यह खुदाई दखल था।

18

चौबीस जून 1989 की बात है। मुस्तफा शिकार पर जाने की तैयारी कर रहा था। मुस्तफा उसी दिन जैसी वेश-भूषा में था जिस दिन मुझे उससे प्यार हुआ था। वही गमबूट में टँकी खाकी पैंट, वही जैकिट और बगल में लटकता कारतूस का थैला, और सिर पर वही माओ कैप। उसने अपनी ढेरों बंदूकों में से एक बंदूक छाँटी। मैं उसे देखती रही। जब वह अलविदा कहने के लिए मेरी तरफ घूम कर मुस्कराया तो मैं खामोश बैठी रही। और मैं तब भी उसे देखती रही जब वह दरवाजे की तरफ बढ़ा और मेरी जिंदगी से बाहर चला गया—जैसे वह इसमें दाखिल हुआ था।

मैंने अपने बच्चों के साथ काफी देर तक दुखदायी बातचीत की। मैंने उन्हें खूब अच्छी तरह से सारी स्थिति समझाई। उनकी इस छोटी-सी जिंदगी में पहले ही काफी नाटक हो चुका था और मैं उन्हें एक और अपहरण से नहीं गुजारना चाहती थी; मैं चाहती थी कि वे इन भयंकर परिस्थितियों में जितना भी हो सके सामान्य जिंदगी जी सकें। जब मैंने उन्हें अपना फैसला सुनाया तो वे दुःखी होकर रोने लगे, और मैं समझ गई कि उन्हें सब कुछ समझने में काफी समय लग जाएगा। मैं यह भी जानती थी कि मुझे तब तक तसल्ली नहीं होगी जब तक वे, और खुद मैं भी, मुस्तफा नाम की इस जेल से बच कर निकल नहीं जाते। लेकिन पहले मुझे जाना था।

मैंने अपने बच्चों को मुस्तफा की भाभी के सुपुर्द किया। फिर जरमीना मुझे लेने आ गई और मैं मुस्तफा खर के घर से चौथी और आखिरी बार निकल आई। आजादी की तरफ बढ़ते हुए अब तक कितनी ही बार बिस्मिल्ला गलत हुई थी। लेकिन इस बार मेरा फैसला अटल था।

एक बार फिर मेरी जिंदगी अखबारों की सुर्खियाँ बन कर रह गई थी। एक बार फिर हर कोई मुझ पर अस्थिर होने का ठप्पा लगा रहा था। अखबार वाले बहुत कुछ जानने को उतावले थे, लेकिन वह इस मुल्क की एक सबसे मशहूर सियासी

शादी के किस्से में आदिला की भूमिका का पता लगाने में नाकाम रहे थे।

मुझे यह जानकर बड़ी निराशा हुई कि मुस्तफा ने मेरी कार्रवाई को पहले ही भाँप लिया था और हमारे मिले-जुले बैंक खाते से उसने सारी रकम निकाल ली थी। मुझे कभी गरीबी का मुँह नहीं देखना पड़ा था। अब अचानक मुझे रिश्तेदारों के दान पर निर्भर होना पड़ा तो मुझे बड़ी शर्मिन्दगी महसूस हुई। मेरी आंटी समर और अंकल अख्तर मुझे अपने घर में ले गए और मुझे उन्होंने वैसा ही सहारा देने की कोशिश की जो मुझे मेरी नानी ने दिया होता।

पहले तो मैं अपनी कमजोर स्थिति के पक्ष में थोड़ा झुकाव पैदा करने में कामयाब रही, लेकिन मेरी माँ की जवाबी हरकत ने पूरे कुनबे को एकजुट कर दिया और वे मुझे मेरा इरादा बदल देने के लिए बाध्य करने की कोशिश करने लगे। मेरे हिमायती एक-एक कर खिसकने लगे, और मैं विश्वासघात, अन्याय, गरीबी और पीड़ा के नरक में और गहरे गिरती चली गई। मेरी बेबसी इतनी भयावह हो गई कि मैं तो जड़ता की हालत में पहुँच गई। यहाँ न कोई वर्तमान था और न कोई भविष्य—सिर्फ अतीत था, जिसने घुसपैठ करके मेरे पूरे वजूद को घेर लिया था।

अब मुस्तफा ने मुझे बच्चों से मिलने से मना कर दिया। पंद्रह दिन बाद वह उन्हें लेकर मेरे वालिदैन से बातचीत करने कराची चला गया। वहाँ आदिला भी थी, और यह जानकर मुझे और भी ज्यादा धक्का लगा कि मेरे वालिदैन ने मुस्तफा के वहाँ पहुँचने पर भी उसे वहाँ से जाने को नहीं कहा। मेरे बच्चे मकान में बदहवास घूमते थे। मुझे यह जानकर बहुत गुस्सा आया कि वे अपनी मौसी आदिला के साथ मासूमियत से खेलते थे, जबकि मुझे उनसे मिलने की मनाही थी। मुस्तफा ने मेरे अब्बाजान को मनाने की कोशिश की कि वे हमारे झगड़े में हस्तक्षेप करें, मुझे उसके पास लौटने को राजी करें। उसने दावे के साथ उनसे कहा कि यह आदिला वाली कहानी मेरी ही गढ़ी हुई है। उसने उनसे कहा कि मैं सिर्फ इसलिए तलाक चाहती हूँ क्योंकि मैं आजादी की अभ्यस्त हो गई थी और मुझ पर उन नए दोस्तों का असर पड़ गया था जो मैंने उसकी कैद के दौरान बनाए थे। माँ के पास इस सारे घटनाक्रम की जानकारी होने के बावजूद उसने मुस्तफा—और आदिला—का ही पक्ष लिया। वह किसी भी कीमत पर तलाक के मुद्दे को टालना चाहती थी, क्योंकि इसके कारण को लेकर कितने ही लोग उँगलियाँ उठा रहे थे। यह बदनामी सिर के ऊपर मँडरा रही थी और इसे टालने के लिए मेरी जिंदगी तो बहुत छोटी कीमत थी—शायद यह कोई कीमत थी ही नहीं।

लेकिन मेरे अब्बाजान बेहतर जानते थे; उन्होंने मुस्तफा से कह दिया कि वह मुझे तलाक देने के बारे में सोचे ताकि यह मामला खामोशी से दफन हो जाए।

नसीबा ने अपने बारहवें जन्म दिन पर मुझे फोन किया। वह रोने लगी और मुझसे मिन्नतें करने लगी कि केक कटने के समय मैं उसके पास जरूर रहूँ। मुस्तफा तो बाहर था, इसलिए मैंने तय कर लिया कि मैं उसके जन्म दिन की पार्टी में जाऊँगी। वहाँ मुस्तफा के कई भाई और दोस्त मौजूद थे; उनके साथ उनके बीवी-बच्चे भी थे। नसीबा बेहद खुश थी, और जब हम दोनों ने मिल कर केक काटा और उसने मेरे हाथ को मजबूती से पकड़ लिया तो मुझे महसूस हुआ कि उसका नन्हा हाथ मुझे छोड़ नहीं रहा था। अपनी मासूमियत में वह एक ऐसे शख्स से मजबूती की उम्मीद कर रही थी जो खुद बहुत कमजोर थी।

तभी मुस्तफा अचानक वहाँ आ गया–कम से कम मेरे लिए तो उसका आना अचानक ही था। हमने शरीफों की तरह आपस में दुआ-सलाम की। उसने मेरे पास आकर खामोशी से कहा, "थोड़ा ऊपर आओगी? मुझे तुमसे कुछ बात करनी है।" उस समय घर में इतने सारे मेहमान थे, और मैं नसीबा के जन्म दिन की पार्टी पर कोई बखेड़ा नहीं करना चाहती थी। मैं यह सोच कर राजी हो गई कि इतने सारे लोगों के होते हुए वह कोई बदसलूकी करने की जुर्रत नहीं करेगा। मैं उसके पीछे-पीछे ऊपर चली गई और उस कमरे में घुसी जो हमारा बेडरूम हुआ करता था। लेकिन जब मैंने अपने पीछे उसके जल्दी से मुड़ने और दरवाजा बंद होने की आवाज सुनी, तब मेरी समझ में आ गया कि मैं फँस गई हूँ।

"अब तुम यहाँ से नहीं जा सकतीं," मुस्तफा ने धमकी भरे अंदाज में मुझसे कहा। "तुम दो महीने मेरे साथ रहोगी, और इस बीच मैं इस बात का पुख्ता इंतजाम कर लूँगा कि तुम हमेशा मेरे पास ही रहोगी। तुम्हारी माँ ने कहा है कि तुम्हें मेरे साथ ही रहना चाहिए। कल मैं तुम्हें वापस गाँव ले जाऊँगा।"

मैं बेहद घबरा गई। पहले उसने मेरे बच्चों को अगवा कर लिया था। अब मेरी बारी थी। कब थमेगा यह पागलपन? मैंने अपने डर को छिपाने की कोशिश करते हुए इस लफंगे का सामना करने की ठानी। "मुस्तफा!" मैंने कहा, "तुम अभी इसी वक्त यह दरवाजा खोल दो, नहीं तो मैं चीख-चीख कर सारे घर को सिर पर उठा लूँगी। तुम यह क्यों भूल जाते हो कि तुम्हारा पाला एक अलग ही किस्म की औरत से पड़ा है?"

"चिल्लाओ, मैं परवाह नहीं करता," वह बोला। "चाहो तो सारा मुल्क ही सिर पर उठा लो।"

मेरे गले से हल्की-सी चीख निकली और फिर मैं खूब जोर-जोर से मदद के लिए चिल्लाने लगी।

वह फौरन मुझ पर झपट पड़ा। उसने मेरी कलाइयाँ पकड़ लीं और मुझे गुसलखाने में धकेल दिया। उसने मुझे अंदर ही बंद कर दिया।

मैंने चीखना नहीं छोड़ा कि मेरी चीखें किसी के जमीर में तो धसेंगी–नौकरों

के, हमारे पड़ोसियों के, मुस्तफा के दोस्तों और घर वालों के।

तभी मुस्तफा की बहू मारिखा भागती हुई ऊपर आई और उसके पीछे-पीछे और लोग भी आए। मैंने सुना वह चिल्ला रही थी, "डैडी, आप यह नहीं कर सकते!"

"निकल जाओ इस कमरे से!" मुस्तफा गरजा। "मेरे जाती मामलों में कोई दखल न दे।" मारिखा भाग गई।

मैंने कुछ पल इंतजार करते हुए अपने आपको सँभालने की कोशिश की। यह एक गंभीर धमकी थी। वह कोट अद्दू के दूर-दराज के गाँव से सटे कबीलाई इलाकों में भेज सकता था और भेज भी देगा, जहाँ मैं उसकी कैदी बनकर तब तक रहूँगी–पता नहीं कब तक? शायद हमेशा-हमेशा। नुस्सी, जरमीना और मीनू के अलावा और कोई मुझे छुड़ाने में दिलचस्पी लेने वाला नहीं था–और वे भी क्या कर सकती थीं? बहुत-सी औरतें थीं जो ऐसी ही कैद और निराशा में जी रही थीं। उस माहौल में वह मुझ पर तलाक का इरादा छोड़ने के लिए आसानी से दबाव बना सकता था। मैंने दृढ़ लेकिन तर्कसंगत रहने की कोशिश करते हुए बंद दरवाजे के पीछे से उससे बात की। "मुस्तफा, तुम मेरे साथ यह सब नहीं कर सकते," मैं चिल्लाई। "मेरा वकील तुम्हें गिरफ्तार करवा देगा।"

"मैं कर सकता हूँ। और मैं करूँगा। तुम्हारे वालिदैन मेरे पीछे हैं।"

"मेरी उनसे बात करवाओ। मेरे मुँह पर उनसे यह कहलवाओ।"

"नहीं।"

उधर मेरे आंटी-अंकल परेशान हो रहे थे कि मैं नसीबा की पार्टी से अभी तक नहीं लौटी थी। अख्तर अंकल ने फोन किया, तो मुस्तफा ने जवाब दिया, "तहमीना वापस नहीं आ रही। उसने यहीं रहने का फैसला कर लिया है।"

अख्तर अंकल को दाल में काला नजर आया। तभी इत्तिफाक से मीनू ने उन्हें लंदन से फोन किया, तो उन्होंने उसे इस ताजा घटना के बारे में बताया। मीनू हरकत में आ गई। उसने मुख्यमंत्री के घर फोन किया कि सरकार इस मामले में हस्तक्षेप करे। फिर उसने अखबार वालों से संपर्क किया। जल्दी ही मेरे 'कैद' में होने की बात मेरी वकील असमा जहाँगीर के कानों में पहुँची। वह इस मामले में किसी भी कार्रवाई को अगली सुबह तक के लिए टालना चाहती थीं; तभी वह मुस्तफा पर अवैध रूप से रोके रखने और अपहरण के प्रयास के आरोप लगा कर उसके खिलाफ वारंट जारी करवा सकती थीं।

मुझे कुछ पता नहीं था कि मुस्तफा के घर से बाहर की दुनिया में क्या हो रहा है। मुझे बस इतना पता था कि उसका बेटा बिलाल अभी भी हमारे कोट अद्दू जाने की तैयारियाँ कर रहा था।

जब मुस्तफा ने गुसलखाने का दरवाजा खोला तो मैं चिड़चिड़ी, सतर्क और डरी हुई थी, लेकिन मैंने ऐसा जताया नहीं। उसने वेलियम 10 की बोतल उठा कर

उसमें से दो गोलियाँ निकालीं और मेरी तरफ बढ़ा दीं। मैंने विरोध की कोशिश की तो उसने वही तरीका अपनाया जो अपने कुत्तों के साथ अपनाया था। उसने मुझे पकड़ लिया और मेरे मुँह में जबरदस्ती गोलियाँ और पानी डालकर मेरी नाक बंद कर दी। गोलियाँ मेरे गले से नीचे उतर गईं।

लेकिन मेरे जोश ने वेलियम को मात दे दी। कुछ ही मिनट में मेरे अंदर नया जोश-खरोश आ गया। लेकिन मुस्तफा को तो इन गोलियों में बहुत विश्वास था। जब उसे यकीन हो गया कि मैं शांत हो गई हूँ तो उसने मुझे मेरी माँ को फोन करने दिया। "उनसे कहो कि तुम मेरे साथ रहने को राजी हो गई हो," उसने हुक्म दिया।

मैंने सिर हिला दिया।

फिर जब मैंने फोन पर माँ की आवाज सुनी तो मैं बिफर पड़ी, "अगर तुमने मुझे इस आदमी के साथ रहने के लिए मजबूर किया, तो मैं खुदकुशी कर लूँगी। कैसी माँ हो तुम? मैं सारी दुनिया से कह दूँगी कि तुमने मुझे मौत के मुँह में धकेला।"

वह बोली, "पता नहीं तुम कह क्या रही हो। वह तुमसे क्या कह रहा है?"

मुस्तफा ने मुझसे फोन छीन लिया और खुद बोलने लगा, "मुझे आपकी मदद चाहिए। मैं उसे यहाँ से ले जाऊँगा तो वह ठीक हो जाएगी।"

फोन के बाद मैंने उसे बैठा कर कड़े शब्दों में समझाने की कोशिश की। "मेरी बात ध्यान से सुनो," मैंने कहा। "मुझ पर ऐसी तरकीबें मत चलाओ जिन्हें तुम पहले भी आजमा चुके हो। मैं जानती हूँ कि इनसे कुछ होने-जाने वाला नहीं है।" अपनी चालें उन पर आजमाओ जिसने ये चालें चली न हों।"

उसने मेरी तरफ देखकर सिर हिलाया और बड़बड़ाया, "तुम क्या हो गई हो, तहमीना?"

मैंने आत्म-विश्वास से मुस्कराते हुए उसे झिड़का, "मैं तुम हो गई हूँ, मुस्तफा।"

तभी दरवाजे पर दस्तक हुई। मुस्तफा ने दरवाजा खोला तो कमरा भाइयों और भाभियों से भर गया। उन्होंने मुस्तफा को समझाने की कोशिश की कि वह मुझे जाने दे। "मेरी शादी के रिश्ते में दखल मत दो," उसने हुक्म दिया।

"कैसी शादी?" मैं चिल्लाई। "तुम्हारी शादी तो कुरान के मुताबिक कई साल पहले उसी समय खत्म हो गई थी जब तुम मेरी बहन के साथ सोए थे। मैं तो तुम्हारे साथ पाप में रह रही थी। हमारा निकाह तो बहुत पहले टूट चुका।"

मुस्तफा फोन सुनने चला गया। वह परेशान हो गया। फोन किसी रिपोर्टर का था जो उससे टेढ़े सवाल पूछ रहा था। हमें पता ही नहीं था कि यह बात फैल कैसे रही थी।

मैं बाहर निकलने को छटपटा रही थी। जिस घर को मैंने बड़े प्यार से सजाया था उसकी किसी भी चीज में मेरी कोई दिलचस्पी नहीं रह गई थी। मैंने अपने देश

के दूर-दराज के इलाकों से इन तमाम बरसों में जो सामान इकट्ठा किया था वही अब मुझे अपने से दूर लग रहा था। इस मकान की हरेक चीज का कुछ न कुछ महत्त्व रहा था, फिर भी मेरे लिए किसी चीज का इतना महत्त्व नहीं था कि उसकी वजह से मेरी वहाँ ठहरने की इच्छा होती—लेकिन फिर, क्या मुस्तफा का महत्त्व नहीं रहा था? उसके साथ ही उस माहौल के लिए भी मेरा प्यार खत्म हो गया था जिसमें मैं उसके साथ रही थी। मैं उस अग्नि-परीक्षा को भूल गई जिसका दौर एक तलाकशुदा औरत की हैसियत से मेरे लिए पहले ही शुरू हो चुका था : यह कहावत मेरे लिए हर पल और भी सच होती जा रही थी कि बाहर बर्तन माँजने से अपने पति के घर के बर्तन माँजना ज्यादा अच्छा है, फिर भी अब इसका इतना महत्त्व नहीं रह गया था। उस वैवाहिक गठबंधन का लेशमात्र भी नहीं बचा था। उस आदमी का लेशमात्र भी नहीं बचा था।

जब मुस्तफा कमरे से बाहर था तो मैंने एक पुरजे पर समर आंटी का फोन नंबर लिखा और उसे मुस्तफा की पिछली बीवी शेरी से उसकी पंद्रह साल की बेटी आमना को पकड़ा दिया। "कहीं से जाकर जरा इस नंबर पर फोन तो कर दीजिए," मैंने उससे विनती की। "उनसे कहिएगा कि हमें यहाँ आकर बचा लें।"

आमना को जासूसी का तजुर्बा नहीं था। वह लड़खड़ाती हुई दरवाजे की तरफ गई, तो इस साजिश से डरी हुई थी और अपराध-बोध से बेहद ग्रस्त भी। मुस्तफा उसे दरवाजे पर ही मिल गया और उसे देखते ही शक हो गया। "क्या छिपा रही हो तुम?" उसने पूछा। उसकी आँखें लड़की की आँखों को बींधने लगीं। उसने लड़की का हाथ आगे खींच कर उसकी बंद मुट्ठी में भिंचे कागज को छीन लिया। उसने एक नजर उस पुरजे पर डाली और अपनी बेटी पर चिल्लाया। उसने सिसकते हुए इस अंदाज से पलट कर मुझे देखा जैसे कह रही हो, "कम से कम मैंने कोशिश तो की ही।"

मेरे अब्बाजान का फोन आया तो मुस्तफा ने रिसीवर मुझे पकड़ा दिया। अब्बाजान ने मुझसे कहा कि उन्हें भयंकर गलतफहमी हो गई थी। मुस्तफा ने उनसे यह कहा था कि अगर उसे एक मौका दिया जाए तो वह मुझे फिर से अपनी बीवी की तरह साथ रहने को मना सकता था। मेरे वालिदैन बस इसी मुद्दे तक उसके साथ थे। मैंने फोन पर चिल्ला कर कहा कि मुस्तफा मेरी मर्जी के खिलाफ रोक रहा है। अब्बाजान ने मुस्तफा को फोन पर बुलाया और उससे कड़े लहजे में कह दिया, "उसे जाने दो अभी।"

मुस्तफा के जवाब से मुझे बड़ी हैरत हुई। वह राजी हो गया।

जब मैं बाहर निकली तो वह अपने घर वालों के साथ कमरे में बैठा किसी का नंबर मिला रहा था। मैं अभी आधी सीढ़ियाँ ही उतरी थी कि मैंने देखा कि हड़बड़ी में अपना बैग मैं कमरे के अंदर ही भूल आई थी। मैंने लौटकर दरवाजा

खोला तो खड़ी की खड़ी रह गई। मुस्तफा मेरी माँ से बात कर रहा था। "आपके साथ उसे कोई भारी परेशानी है," वह बोला। "वह इसलिए असुरक्षित महसूस करती है क्योंकि मैं आपकी बहुत इज्जत करता हूँ। आप और आदिला का भूत उनके सिर पर सवार है। मुझसे इसका कोई लेना-देना नहीं है।"

तभी मैंने कमरे में कदम रखा और यह बातचीत यहीं रुक गई। मैंने अपना हैंडबैग उठाया, मुस्तफा की तरफ मुड़ी और इतनी तेज आवाज में बोली कि फोन पर भी सुनाई दे, "तुम बहुत खतरनाक और बीमार आदमी हो। और मेरी बेचारी माँ, तुमने उसे खूब बेवकूफ बनाया है।"

इससे पहले कि मुस्तफा के साथ मेरा वैवाहिक गठबंधन आदिला पर मुसीबत बनकर टूटता, मेरे अब्बाजान इसे खत्म करने आ पहुँचे। मुस्तफा ने माँग रखी कि वह बच्चों को अपने पास रखेगा और हमारी सारी जायदाद उसी की होगी—इंगलैंड का हमारा देहाती मकान और लंदन वाला हमारा फ्लैट जो हम दोनों के नाम था और लाहौर का मकान भी जो मेरी बेटियों के नाम था। अब्बाजान ने उसकी ये शर्तें मान लीं और उससे दो टूक कह दिया : "उससे पाई-पाई ले लो। उसे तुमसे कुछ नहीं चाहिए। मैं उसका खर्च उठा सकता हूँ।" मेरी जिंदगी से जुड़े इन मर्दों के लिए बराबर अहमियत रखने वाली एक और शर्त यह थी कि मैं अखबारों में यह बयान दूँ कि हमारे तलाक का कारण आपस में निभ न पाना था; हम दोनों ने इस आशय के एक बयान पर भी दस्तखत किए कि हम में से कोई भी अब इस मुद्दे पर आगे कभी बात नहीं करेगा। हमारे करारनामे की आखिरी बात यह थी कि मैं अपने बच्चों से रोज मिल सकूँगी।

अगली सुबह मुस्तफा तलाक के कागजात पर दस्तखत करने आया। मुझे इस बात से बहुत चिढ़ हुई कि उसने हमारे सारे बच्चों को कमरे में बुला लिया और आँसू बहाते हुए उसने बड़ी संजीदगी से कहा, "मैं चाहता हूँ मेरे बच्चो, कि तुम इस बात के गवाह बनो कि मैं नहीं चाहता कि तुम्हारी माँ मुझे छोड़कर जाए। मैं चाहता हूँ वह मेरी बीवी रहे। मैं उसे प्यार करता हूँ। लेकिन वह मुझे छोड़ना चाहती है।"

मैंने मुस्कराते हुए सोचा : बहुत अच्छी ऐक्टिंग कर लेते हो तुम, मुस्तफा।

उसने कागजात पर दस्तखत करके मुझे पकड़ा दिए और बच्चे रोते रहे और मुझसे मिन्नत करते रहे कि मैं हमारा घर न तोड़ूँ। दस्तखत करते समय मेरा चेहरा भावविहीन रहा और मेरी आँखें अश्रुविहीन।

एक बड़ा बोझ मेरे कंधों से हट गया। मैं अब तहमीना खर नहीं रह गई थी।

मैंने मुस्तफा को घूर कर देखा और कहा, "तुमने मुझसे सब कुछ छीन लिया

है। लेकिन आज से, तुम यह कभी नहीं कह पाओगे कि तहमीना तुम्हारी बीवी है। इस सौदेबाजी में तुम मुझे हार गए।''

वास्तव में, तलाक तीन महीने तक पूरी तौर पर लागू नहीं होना था। इस्लामी कानून 'इद्दत' का यह समय इसलिए देता है ताकि दोनों पक्षों को अपने फैसले पर ध्यान से सोचने का मौका मिल जाए और अगर हो सके तो इसे वापस ले लें।

मुस्तफा ने इन तीन महीनों का फायदा उठाते हुए मुझ पर लौटने के लिए दबाव बनाने का एक विधिवत् अभियान छेड़ दिया। उसने फोन पर रोते हुए मुझसे माफी माँगी। ''मैं तुम्हारे बिना नहीं जी सकता,'' उसने कहा। ''मैं पागल था जो तुम्हें हार गया। मैं तुम्हारे सहारे, तुम्हारे सब्र को भूला नहीं हूँ। मुझे इतनी बड़ी सजा मत दो। मुझे एक आखिरी मौका दो।''

''नहीं!'' मैं चिल्लाई। ''अब मैं वैसी औरत नहीं रही जो तुम्हें रास आती हैं। अब मैं शिकार नहीं हूँ। अब यह कभी नहीं चलेगा, एक दिन भी नहीं।''

उसके कुछ ही दिन बाद वह अपने भाइयों और भाभियों का एक पारिवारिक शिष्ट मंडल लेकर समर आंटी के यहाँ आ धमका कि वे मुझे समझाएँ कि मैं बच्चों की खातिर लौट चलूँ। मैंने उसकी आँखों में आँखें डाल कर उससे कहा कि वह अपने घर वालों को मेरे छोड़ने की असली वजह बताए। उसे खामोश तो रहना ही था, सो मैंने पूरी कहानी सुनाई।

''यह तुम्हारा ख्याल है,'' वह बीच में टोक कर बोला।

मैं खड़ी हो गई और दरवाजे की तरफ उँगली करके उससे बोली कि निकल जाए। मेरा गुस्सा बेकाबू हो गया। मैंने कहा, ''अब तभी वापस आना जब तुममें मेरी बहन के साथ तुम्हारे संबंध की एक-एक बात को कबूल करने की हिम्मत हो। नहीं तो, मेरे रास्ते में मत पड़ना। तुम्हें पैरों तले ऐसा कुचलूँगी कि तुम सोच भी नहीं सकते!''

यह कहकर मैं सीढ़ियाँ चढ़ गई और मुस्तफा और उसके कुनबे वाले मुँह बाए देखते ही रह गए।

अखबार वालों ने आदिला के साथ मुस्तफा के संबंधों की कहानी खूब चटखारे लेकर छापी। उन्होंने मेरे हवाले से इसकी तफसील हासिल करने का दावा किया। लेकिन मैंने इसका स्रोत होने की बात से इनकार कर दिया। मैंने आदिला की खातिर एक कष्टप्रद झूठ बोल दिया। मैंने कहा कि मैं अपनी बहन से प्यार करती हूँ और यह महज द्वेषपूर्ण अफवाह थी। मेरा उसका घर तोड़ने का कोई इरादा नहीं था।

माँ हर तरफ से परेशान थी और अपने खानदान की इज्जत बचाने को पागल हो रही थी। उसने मुझसे कहा कि मैं आदिला के शौहर मतलूब और उसके घर वालों

से मिलूँ। और उन्हें यह विश्वास दिलाऊँ कि मैं मुस्तफा को छोड़ने के लिए इतनी बेताब थी कि मैंने आड़ के लिए आदिला वाली कहानी गढ़ी थी। माँ ने मुझे यह चेतावनी भी दी कि अगर मैंने ऐसा नहीं किया तो वह और अब्बाजान मुझे पैसों से मदद नहीं करेंगे। लेकिन मैंने 'मेरी बेचारी बेबी बहन' की खातिर और आगे झूठ बोलने से इनकार कर दिया।

मैं बेघर, बेसहारा और भयभीत थी। इधर मैं जमीन से उठने की कोशिश कर रही थी, तो उधर मुस्तफा और भी मशहूर और ताकतवर होकर उभरने की तिकड़म में लगा था। बेनजीर की सत्ता पर पकड़ ढीली हो रही थी। पंजाब उनकी कमजोरी साबित हो रहा था जिस पर नवाज शरीफ और मुस्लिम लीग का कब्जा था। मुस्तफा ही अकेला ऐसा शख्स था जो पंजाब में अपने जन-समर्थन से नवाज के खिलाफ कोई कारगर अभियान छेड़ सकता था। अब यह मौका आ गया था। प्रांतीय असेंबती में एक सीट खाली हो गई थी और उसके लिए उप-चुनाव की घोषणा कर दी गई थी। पीपुल्स पार्टी हर हाल में चाहती थी कि इस सीट पर उसका ही प्रत्याशो जीते। उन्होंने मुस्तफा पर डोरे डाले। उन्होंने यह इच्छा जताई कि वह इन तमाम सालों के बाद एक बार फिर पार्टी में शरीक हो जाए, चुनाव अभियान की बागडोर अपने हाथों में ले और नवाज को यह संदेश दे कि पंजाब में भुट्टो की विरासत अभो जीवत थी।

मुस्तफा की ढिठाई का आलम यह था कि उसने इस्लामाबाद से फोन करके मुझसे कहा कि मैं उसके लिए दुआ करूँ। वह पीपुल्स पार्टी में अपनी वापसी के फैसले का ऐलान करने वाला था। "इस समय तुम्हें मेरे पास होना चाहिए," उसने कहा। "यह मुझसे ज्यादा तुम्हारी कामयाबी है।" मैंने सचमुच पूरी ईमानदारी और निश्छलता से खुदा से दुआ की कि वह उसे सही रास्ता दिखाए।

मुस्तफा की अपनी पुरानी पार्टी में वापसी की सार्वजनिक घोषणा होते ही लोगों में खुशी की लहर दौड़ गई। पार्टी कार्यकर्ताओं ने 'शेर' की ताकत को अपने खून में महसूस किया। मुस्तफा अब पार्टी का दूसरा सबसे ताकतवर नेता हो गया। बस बेनजीर उससे ऊपर थीं। वह उस जगह पहुँचने में कामयाब हो गया था जहाँ से वह सीधे चोटी पर पहुँच सकता था।

मुस्तफा के समर्थन के बूते पर राष्ट्रीय असेंबली में बैठे जटोई को प्रतिपक्ष का नेता बनाया गया था। आई जे आई ने बेनजीर के खिलाफ एक अविश्वास प्रस्ताव लाने की कोशिश की थी और अगर यह स्वीकार हो जाता तो जटोई संवैधानिक तौर पर चुने गए प्रधान मंत्री हो जाते। लेकिन मुस्तफा ने अपने पुराने सियासी दोस्त को छोड़ दिया और अविश्वास प्रस्ताव अस्वीकार होने में महत्त्वपूर्ण भूमिका निभाई।

इस तरह उसने बेनजीर को सीधे अपना असर और वफादारी दिखा दी।

असद अंकल ने यह कह कर मुझे लौटने को मनाया, ''तुम उसकी तमाम मुश्किल घड़ियों में उसके साथ रही हो। अब उसका फल खाने की तुम्हारी बारी है। तुम्हें बेवकूफी नहीं करनी चाहिए। अपने बच्चों की खातिर, उसके पास लौट जाओ। बुरे दिन बीत चुके हैं।''

लेकिन जैसे मुझे एक गिरे हुए और जूझते आदमी को छोड़ना असंभव लगा था, ठीक वैसे ही अब मुझे एक तरक्की करते आजाद आदमी के पास लौटना असंभव लग रहा था। अब उस गठबंधन में लौटने का कोई औचित्य नहीं रह गया था जिसका सब कुछ खत्म हो चुका था। मैं अपने विश्वासों से चिपकी हुई थी जबकि मेरे आसपास के सभी लोग उन्हें मुझसे छीनने की कोशिश कर रहे थे।

असद अंकल पर जबरदस्त दबाव था। वह यह उम्मीद कर रहे थे कि मुस्तफा के प्रभाव से उन्हें आने वाले उप-चुनाव के लिए पीपुल्स पार्टी का टिकट मिल जाएगा। यह स्थिति उनके लिए उलझन पैदा करने वाली थी कि कुनबे में उनकी तरफ का कोई शख्स मुस्तफा से ज्यादा मुझे तरजीह दे। जब उनका और कोई दाँव नहीं चला तो उन्होंने अपनी बहन यानी मेरी समर आंटी को हुक्म दिया कि वह मुझे अपने घर से फौरन निकाल दें। ''उसे उसके अब्बा के रिश्तेदारों के यहाँ जाने दो,'' उन्होंने कहा। ''बस उसे इसी वक्त निकाल बाहर करो।'' लेकिन अख्तर अंकल ने मना कर दिया। ''मैं तुम्हें एक होटल में कमरा ले दूँगा,'' असद अंकल ने मुझसे कहा। ''मैं नहीं चाहता कि इस मौके पर मेरे खानदान का तुमसे कोई वास्ता रहे।''

''मुझे आपका कोई अहसान नहीं चाहिए,'' मैंने तुनककर कहा, ''आप उस जेहनियत के मर्दों में से हैं जो औरतों को अपाहिज बना कर रखती है। अभी-अभी आपने मुझे वह वजह बता दी कि औरतें नाकामयाब शादियों में घुट कर रहने को क्यों अभिशप्त होती हैं। आपके रवैये से तौहीन की बू आती है।'' और फिर उस संकल्प के साथ, जो अब मुझ पर अधिकार करने लगा था, मैंने आगे कहा, ''यह दौर तो आप जीत गए, लेकिन मैं आपको बता दूँ कि आखिरी दौर मैं जीतूँगी।''

फिर मैंने सोचा कि मुझे अपने मेजबानों को उलझन में नहीं डालना चाहिए। कुछ हफ्तों के लिए मैं अपने एक और अंकल के यहाँ चली गई। इस दौरान मुस्तफा मुझसे मिलने आया। वह मेरे साथ ईमानदारी से कुछ बातचीत करना चाहता था। केवल खुदा, अपने जमीर और मुझको हाजिर-नाजिर मानकर, आखिरकार उसने आदिला के साथ अपने नाजायज संबंध की हकीकत को कबूल कर लिया। उसने मुझसे कहा कि उस पर शैतान सवार हो गया था और वह वासना में बह गया था। उसने रोते हुए मुझसे माफी माँगी। ''खुदा मेरा इम्तिहान ले रहा था कि मैंने जेल में जो तौबा की थी वह खरी थी या नहीं।''

''मैंने तुम्हें माफ कर दिया है,'' मैंने कहा।

"तो फिर मेरे पास आ जाओ न," वह एकदम बोला।

मैंने महसूस किया कि उसके लिए अपने फैलाए रायते को समेटना हमेशा ही कितना आसान रहा है। यह उसका ढर्रा बन गया था : माफी माँगो, जब माफ कर दिए जाओ तो फिर नए सिरे से शुरू कर दो। लेकिन उसके अपराधों का मेरे दिल में ढेर लग गया था और अब आगे कोई गुंजाइश नहीं थी। "मैं कभी नहीं लौटूँगी," मैंने कसम खाई। "चाहे जो भी हो जाए।"

इस बार उसने मेरे चरित्र को लेकर हमला बोला। उसने मेरे घर वालों और दोस्तों के घर जा-जाकर उनसे यह कहा कि मैंने उसे इसलिए छोड़ दिया क्योंकि मैं 'आजाद' औरत बनकर रहना चाहती थी। वह इस झूठी बात को फिर दोहराने लगा कि मैंने आदिला वाली कहानी इसलिए गढ़ी थी जिससे मैं उसकी आड़ लेकर उसे छोड़ सकूँ। यह हरकत उसने तब की जबकि अकेले में वह मुझसे अपनी गलती का इकबाल कर चुका था, इसलिए इस आदमी के लिए मेरे दिल में अगर कोई थोड़ी-बहुत इज्जत रह भी गई थी तो वह भी अब खत्म हो गई।

लेकिन मैं उस असमंजस की स्थिति में तेजी से और गहरे डूबती जा रही थी जो मेरे घरवालों और मुस्तफा ने पैदा कर दी थी। फिर एक दिन आया कि वे सभी मेरे लिए प्रासंगिक नहीं रह गए, और मैंने अपने लिए खुद लड़ने की एक अंदरूनी ताकत पा ली। यह साफ हो गया था कि और कोई मेरे लिए लड़ने वाला नहीं था।

अशरा पर, यानी मुहर्रम के दसवें दिन, मैंने माँ को फोन करके कहा, "मैं आपको यह इत्तिला देना चाहती हूँ कि मैंने यह लड़ाई खुदा पर छोड़ दी है। इस्लाम प्यार और फर्ज की सारी जिम्मेदारी उन वालिदैन के बच्चों को नहीं देता जो उनके साथ घोर अन्याय करते हैं। इस्लाम अन्याय से लड़ता है। अगर तुम सही हो तो तुम बेदाग निकल आओगी। अगर ऐसा नहीं हुआ तो मैं उस कब्र से उठ खड़ी होऊँगी जो तुमने मेरे लिए खोदी है। मैं उन सभी लोगों पर लानत भेजती हूँ जिन्होंने मेरे साथ नाइंसाफी की है और मैं खुदा से दुआ करूँगी कि वह मेरी तरफ से बदला ले जैसा कि उसने इमाम हुसैन के मामले में यजीद के साथ किया था।" मैंने अपने वालिदैन से कह दिया कि मैं अब से उन्हें नहीं जानती।

मैंने मुस्तफा से भी फोन पर कह दिया, "मेरे अब्बाजान ने तुम्हें जो भी कौल दिया है अब से वह खत्म समझा जाएगा। मैं अब किसी जनाब दुर्रानी को नही जानती। मैंने अपने खानदान से नाता तोड़ लिया है। मेरे से संबंधित अगर कोई लेन-देन तुमने उन लोगों से किया है तो वह खारिज माना जाएगा।"

मेरे एक कजिन ने अपना खाली फ्लैट एक महीने के लिए मुझे दे दिया क्योंकि वह बाहर जा रहा था। इस तरह, एक बार फिर मैं एक नए घर में आ गई। मुझे लग रहा था, मैं खानाबदोश हूँ। इस फ्लैट में न कोई फोन था न कोई गाड़ी वगैरह।

शगुफ्ता ने मेरी माँ और आदिला के हाथों मेरे साथ साजिश और नाइंसाफी

होती देखी थी; इसी मौके पर वह अपना सारा सामान छोड़-छाड़कर रेलगाड़ी से मेरे और हमजा के पास लौट आई। घंटी बजी तो हमजा और मैं दरवाजा खोलने गए। एक पल को तो हम हक्का-बक्का होकर खामोश खड़ी रह गईं और फिर हम गले लिपट कर रो पड़ीं। हमजा में नई जान आ गई और मैंने महसूस किया कि कैसे कभी-कभी आपके अपने आपको छोड़ जाते हैं और एक गरीब नौकरानी एक फैसला लेती है और आराम की जिंदगी छोड़ कर इंसाफ के पक्ष में आ खड़ी होती है।

जरमीना के ससुर, सादिक अंकल, को जब मेरी माली हालत के बारे में पता चला तो उन्हें बड़ा अफसोस हुआ। उन्होंने मुझे दस हजार रुपए भेज दिए। मैं मुसल्ले पर बैठ कर रोई और भिखारी की तरह मुझ पर तरस खाने के लिए अंकल का शुक्रिया अदा किया।

मुझे पता चला कि मतलूब मुझे बुरा-भला कह रहा था कि मैंने उसकी बेकसूर बीवी के लिए परेशानियाँ खड़ी कर दी थीं। जाहिर था, इस बदनामी की वजह से वह फैल मचा रही होगी। मेरे पूरे कुनबे ने इस 'बेहद विस्फोटक और महँगी रिश्तेदारी' से अपने आपको अलग कर लिया। मेरी माँ मुझसे बेहद गुस्सा थी और बाकी घर वालों को खुद-ब-खुद उसकी भावनाओं का अनुसरण करना ही था।

मैं बेहद पस्त थी लेकिन अभी आराम के बारे में सोच भी नहीं सकती थी। अभी लड़ाई शबाब पर ही थी, और यह कई सालों से चल रही थी—शायद मेरी जिंदगी की शुरुआत से ही।

इद्दत के दो महीने गुजर गए। मैंने सादिक अंकल के जरिए मुस्तफा को हुक्म दिया कि वह लाहौर का मेरा मकान खाली कर दे। मुस्तफा जानता था कि उसकी स्थिति इस समय कमजोर है और मैं अपने अब्बाजान के इकरारनामे के खिलाफ जीत सकती हूँ। उसने सौदेबाजी करने की कोशिश की। उसने कहा कि वह इंगलैंड की हमारी जायदाद के बदले में ही मुझे लाहौर वाला मकान देगा। लेकिन इन तमाम सालों में मैंने मुस्तफा से बहुत कुछ सीखा था। मैंने उसी का खेल खेला। मैंने इंगलैंड की जायदाद मुस्तफा के सिपुर्द कर देने के करार पर दस्तखत कर दिए लेकिन, उसे ब्रिटिश दूतावास से सत्यापित करने का समय नहीं था और उसके बिना इसकी इंगलैंड की किसी अदालत में कोई अहमियत नहीं होती, इसलिए उसने सादिक अंकल से कहा कि वह गारंटी दे दें। "उसने अपने अब्बाजान के कौल को भी ठुकरा दिया," वह बोला। "वह आपके कौल को तो कभी नहीं मानेगी।"

मैंने सफाई दी, "मैं जरमीना को उलझन में कभी नहीं डालूँगी—तुम जानते हो। अगर मैं अपने कौल को मानने के बारे में इतनी सुनिश्चित न होती तो मैं जरमीना के ससुरालियों को कभी बीच में न लाती।"

सादिक अंकल ने वादा किया कि अगर मैं फिर अपनी बात से पलटी तो वह मुस्तफा को अपना पूरा समर्थन देंगे। "इस बार मैं बीच में हूँ।" वह बोले।

"मैं जरमीना को यह मौका नहीं दूँगा कि वह मुझे उलझन में डाले।" जरमीना और रियाज ने भी सादिक अंकल की सोच-समझ कर दी जाने वाली गारंटी की पुष्टि की। आखिरकार मुस्तफा को तसल्ली हो गई और वह राजी हो गया।

मुस्तफा लाहौर में नहर पर बने हमारे बड़े-से पुराने मकान में चला गया और मुझे मेरा घर वापस मिल गया।

जब मैं दरवाजे से होकर उसमें घुसी तो मुझे महसूस हुआ कि कितनी अच्छी लगती थी उसकी बिंदास, देसी ढंग की सजावट। मैंने एक बार फिर अपने सिर पर एक छत की सुरक्षा का अनुभव किया। हमजा, जरमीना, शगुफ्ता और मैं अपने चेहरों पर आनंद का भाव लिए देखते रहे।

लेकिन हालाँकि मुस्तफा अब इस घर में दिखाई नहीं दे रहा था, उसकी मौजूदगी का मजबूत एहसास अभी भी वहाँ था। मुझे दाई आयशा और अपने दूसरे बच्चों की कमी महसूस हो रही थी।

इद्दत के तीन महीने पूरे हो गए। तलाक लागू हो गया।

मेरे बच्चे अपने बाप के पास रह कर दिन-ब-दिन और दुःखी हो रहे थे। मुस्तफा इस कोशिश में लगा था कि वे इसलिए मुझसे चिढ़ें क्योंकि मैंने उनका घर तोड़ा था और उनके बाप को, और इस तरह से उनको भी, बदनाम किया था। जब मैं उनके साथ होती तो वह समय की ऐसी पाबंदी लगा देता था जिसे निभाना मुमकिन नहीं था। और जब बच्चे मेरे घर में मुझसे मिलने आते तो फाटक के बाहर वह एक संतरी बैठा देता था जो उस दौरान किसी भी मेहमान को अंदर नहीं आने देता था। मुस्तफा की एक नौकरानी हर समय हमारे पास रहती थी ताकि उसे हमारी हरेक बातचीत की जानकारी दे सके।

बच्चों पर तनाव साफ दिखाई देता था और यह देखकर मेरा दिल टूट जाता था कि वे उस जेल में अभी भी फँसे हुए थे जहाँ से मैं भाग आई थी। मुस्तफा ने बच्चों के जरिए मुझे बेड़ियों में जकड़ रखा था। मैं इस लगातार कब्जे को तोड़ने की सख्त जरूरत महसूस करती थी। लेकिन कैसे? इस सवाल का जवाब मैं अभी तक नहीं ढूँढ़ पाई थी।

मेरे पास पैसा भी बहुत कम था, और उसकी जरूरत खाने के लिए पड़ती थी। शगुफ्ता ने कई महीने बिना पगार के काम किया; सच तो यह था कि जब हमें जरूरत होती थी तो वही अपने कामकाजी रिश्तेदारों से पैसे उधार लेकर आती थी।

मैंने कई दोस्तों के जरिए मुस्तफा को यह समझाने की कोशिश की कि बच्चों को उनकी माँ की जरूरत है और हमें उन्हें और भी सामान्य परिवेश देने का हर

संभव प्रयास करना चाहिए। मैंने बताया कि दूसरी शादियों से उसके कुछ बच्चे समाज के साथ तालमेल बैठाने में खुद को असमर्थ पा रहे थे। "मेहरबानी से, उन्हें एक बेहतर जिंदगी का मौका दो," मैंने आग्रह किया। लेकिन मुस्तफा सख्त बना रहा। उसने अभी-अभी मुझ पर से अपना अधिकार छोड़ा था, लेकिन वह बच्चों पर से अपना अधिकार छोड़ने को बिलकुल तैयार नहीं था।

मतलूब को अपनी बीवी की हरकतों पर शक हुआ तो उसने आदिला और मुस्तफा के बीच अपने फोन पर होने वाली कई घंटों की बातचीत को टेप किया। इन बातचीतों में कुछ ढँका-छिपा नहीं था और इससे उन दोनों के बीच गलत संबंध होने का सबूत मिलता था। फिर तो मतलूब आँखों में आँसू लिए अपनी कार में इन टेपों को सुनता पूरे कराची में घूमता रहता था। उसने हमारी माँ के लंदन से लौटने का इंतजार किया, और जब वह और आदिला माँ को हवाई अड्डे से घर लेकर आने लगा तो उसने एक बार फिर से टेप चला दिए। इससे माँ-बेटी को बहुत झटका लगा। फिर वह बदचलनी के इस सबूत को लेकर लाहौर आया और उसने इन टेपों को मुझे और कई रिश्तेदारों को सुनाया। आखिरकार मेरी सही दिमागी हालत का अब एक सबूत तो था।

मतलूब खुद एक सामंती सरदार था, और परंपरा तो यही कहती थी कि वह अपनी इज्जत को बहाल करने के लिए कोई भयंकर कांड कर डालता। लेकिन इसके बजाय उसने एक तरक्की पसंद नजरिया अपनाया और पाकिस्तान में अपनी किस्म का पहला मुकदमा ठोंका जिसमें एक प्रभावशाली सामंती सरदार ने दूसरे सामंतवादी पर व्यभिचार का विधिवत् आरोप लगाया था। इस तरह के मामले हमारे समाज में आए दिन होते रहते थे—सभी लोग इस बात को जानते थे—लेकिन कभी किसी ने उन्हें उजागर नहीं किया था। हमारे वालिदेन ने आदिला को प्रचार के तूफान और गिरफ्तारी से बचाने के लिए अपने लंदन वाले फ्लैट में भेज दिया ।

बदकिस्मती से, इस घटनाक्रम का समय ठीक नहीं रहा। मुस्तफा के समर्थकों ने यह दावा कर दिया कि पंजाब के शेर पर यह आपराधिक मामला उसके नवाज-विरोधी अभियान के बीच उसकी छवि बिगाड़ने की एक घटिया और गंदी साजिश थी। वे खुलेआम कहने लगे कि मतलूब ने पता नहीं कितनी तगड़ी रिश्वत मुस्तफा के राजनीतिक विरोधियों से ली थी। मुस्तफा ने एक बयान जारी करके कहा, "अब मैं अपने विरोधी से एक घायल शेर की तरह लड़ँगा। मैं पहले से ज्यादा खरतनाक हूँ।" इस तरह का जुर्म अगर किसी गरीब आदमी ने किया होता तो क़ोई भी जज उसे जेल में ही डालता, लेकिन मुस्तफा को जमानत दे दी गई, जो पाकिस्तान में मामले से बरी होने के बराबर ही मानी जाती है। मुस्तफा को पीपुल्स पार्टी के नेता

और कार्यकर्ता कंधों पर उठा कर किसी नायक की तरह नारे लगाते हुए अदालत से बाहर ले गए।

पीपुल्स पार्टी उप-चुनाव जीत गई और उसका पूरा श्रेय मुस्तफा को गया। अपने अगले कदम के रूप में उसने राष्ट्रीय असेंबली से इस्तीफा देकर प्रांतीय असेंबली की एक खाली सीट के लिए चुनाव लड़ने की तैयारी कर दी, ताकि वह पंजाब असेंबली में पहुँच कर नवाज का सामना कर सके। उसका मकसद पीपुल्स पार्टी की सरकार का मुख्यमंत्री बनना था।

उधर, मैं सामाजिक और राजनीतिक दृष्टि से बहिष्कृत थी। जिन लोगों की पहले मैं इज्जत करती थी उन्होंने ही मेरी तरफ पीठ फेर ली थी। तलाक के बाद एक औरत—खासकर जिसका पति एक महत्त्वपूर्ण व्यक्ति है—जिस हालत में पहुँच जाती है, उसके एहसास से मैं काँप गई थी। यह बात मुझे और भी ज्यादा समझ में आने लगी कि औरतें अपने शौहरों से संबंध तोड़ने की जुर्रत क्यों नहीं करती हैं। मैं आत्म-विश्वास और आत्म-सम्मान की अपमानजनक कमी को और भी ज्यादा अनुभव करने लगी। लेकिन, हालाँकि रात को बिस्तर में अक्सर मैं रोती थी, फिर भी दिन में एक मजबूत इरादे के साथ मैं अपने आपको सँभाले रहती थी।

मुस्तफा ने अपनी सियासी जिंदगी के शिखर पर, जब वह व्यावहारिक तौर पर और लगभग सभी की नजर में मजबूती से जमे मुख्यमंत्री नवाज शरीफ का एकमात्र विकल्प समझा जाता था, अचानक अपनी सातवीं शादी का ऐलान कर दिया। उसकी यह नई बीवी बाईस साल की एक तलाकशुदा लड़की थी जिससे अभी वह एक महीने पहले ही मिला था। आम लोगों में अपने आपको सही ठहराने के लिए उसने गुस्ताखी की हद तक जाकर अपनी कई शादियों की तुलना पैगम्बर साहब की कई शादियों से कर डाली।

जब उसने यह कहा तो अविश्वास में मैंने सिर हिला दिया था : "वह मुझे तुमसे ज्यादा प्यार करती है।" उसके इस सतहीपन ने मुझे कचोट दिया, क्योंकि मैंने उसे उसकी तमाम बुराइयों के बावजूद प्यार किया था। वह लड़की उसे जानती भी नहीं थी।

मैंने उसके राजनीतिक छिछोरेपन का आकलन किया : उसने भुट्टो को छोड़ा था, भाग कर निर्वासन में चला गया, जनरलों के साथ अपने समझौते से पलट गया, हिंदुस्तानी खुफिया तंत्र के साथ मिल गया, अपने ही मुल्क की सशस्त्र सेना की हार का षड्यंत्र रचा—फिर, बाद में, उनके साथ समझौता कर लिया—बेनजीर के ज्यादा महत्त्व पर रूठ गया, और राजनीतिक पटल पर कई और की पीठ में छुरा भोंका। सारी बातों को उसने कोरी भाषणबाजी और करिश्मे से दबा दिया। अगर उसने अपने

उसूलों से समझौता न किया होता और जलावतन या जेल में बना रहता तो शायद अभी भी मैं उसके साथ होती। लेकिन मैंने सत्ता तक पहुँचने के लिए उतावले मुस्तफा को आसान रास्ते अपनाते देखा था। अपने आदर्शों का इस्तेमाल तो वह केवल चारे की तरह मूर्खों को फाँसने के लिए करता था।

यह बात मेरी समझ में आने लगी कि जिस मुस्तफा खर का समर्थन मैंने किया था वह केवल मेरे नजरिए में था। मैंने उसे एक ऐसे मर्द का रूप दे दिया था जो मेरे अपने आदर्शों के चौखटे में सही बैठता था। किसी वास्तविक रूप में उसका कभी कोई वजूद नहीं रहा था।

मुस्तफा ने मुझे दोपहर के खाने पर बुलाया। वह इस बारे में बातचीत करना चाहता था कि उसकी नई शादी का हमारे बच्चों पर क्या असर पड़ेगा। जब मैं लाहौर के एक खास इलाके में एक बड़ी जमीन पर बने उसके आलीशान मकान के फाटक से अंदर जा रही थी तो मुझे ख्याल आया कि इस मकान के लिए हमारे क्या-क्या सपने थे। हमारे जलावतन में जाने के बाद सेना ने इसे जब्त कर लिया था और यह टूट-फूट गया था। मुस्तफा की रिहाई के बाद मैंने इसे ठीक-ठाक करवाया था। अब मुझे याद आ रहा था वह वादा जो हमने एक-दूसरे से किया था कि हम अपने छोटे-से घर में ही रहते आएँगे। और तमाम कसमों की तरह उसने यह कसम भी तोड़ दी थी।

मुस्तफा आजाद और ताकतवर था। उसके पास सोलह नौकर थे। उसने अपना रुपया-पैसा फिर हासिल कर लिया था और उसकी राजनीतिक हैसियत इतनी मजबूत पहले कभी नहीं रही थी। मैं सब कुछ हार चुकी थी—बच्चे भी। अपने पुराने घर के गलियारों से गुजरते हुए मैं महसूस कर रही थी कि उसने कितनी अच्छी तरह से मुझसे सब कुछ छीन लिया था, आदमी और औरत में यही तो फर्क था।

जब मैं वहाँ पहुँची तो वह फोन पर बेनजीर के शौहर आसिफ जरदारी से बात कर रहा था। वह कोई मजाक कर रहा था, हँस रहा था। बात खत्म करके उसने खाना लगाने का हुक्म दिया। थोड़ी देर तक हम राजनीति के बारे में हलकी-फुलकी बातें करते रहे।

मैंने पूछा, ''मुस्तफा, क्या तुम्हें यह महसूस होता है कि तुमने मुझसे सब कुछ छीन लिया है—तेरह साल, मेरा परिवार, मेरे बच्चे, मेरी जवानी और हर वह चीज जिसमें मेरा विश्वास था? मुझे नए सिरे से शुरुआत करनी होगी।'' मेरी बात वह गौर से सुनता रहा; मैं कहती गई, ''मेरी समझ में नहीं आ रहा कि क्या करूँ। शायद मैं कहीं काम करना शुरू करूँ, समाज कल्याण के काम में लग जाऊँ। जो कुछ मैंने सीखा और महसूस किया है, उसे मैं बेकार नहीं जाने देना चाहती।''

मुस्तफा ने पसरते हुए एक गहरी साँस खींची और छोड़ी और फिर रूखेपन और हिकारत से मुझसे बोला : ''तहमीना, अब तुम कुछ भी नहीं हो। कभी तुम

बेगम तहमीना मुस्तफा खर हुआ करती थीं। अब तुम खाली तहमीना दुर्रानी हो। जब तुम लोगों को फोन करोगी तो तुम्हें अपना परिचय मेरी भूतपूर्व पत्नी के रूप में देना होगा। तुम्हारी अपनी कोई पहचान नहीं है। तुम्हें कोई नहीं जानता। लोग तुमसे इसलिए मिलते हैं क्योंकि तुम्हारे पास मेरे बारे में कहने को कोई दिलचस्प बात होती है। जल्दी ही तुम्हारी कहानियों का भंडार खत्म हो जाएगा, फिर तुम्हारे पास कहने को कुछ नहीं रह जाएगा। उसके बाद तुम्हारे सारे तथाकथित दोस्त तुम्हें छोड़ जाएँगे। वे तुमसे ऊब जाएँगे। औरतें तुम्हें अपने घरों में नहीं घुसने देंगी क्योंकि तुमसे उन्हें घर टूटने का खतरा है। और अगर तुम यह सोचती हो कि तुम सियासी काम कर सकती हो, तब भी तुम्हें दफ्तरों के बाहर घंटों इंतजार करना होगा, क्योंकि तुमने अपने नाम को मेरे नाम से अलग कर लिया है।''

मैं अपने आँसुओं को पी गई और मैंने यही जताया कि मुझ पर कोई असर नहीं हुआ था।

उस शाम जब मैं अपने घर में अकेली थी तो मुस्तफा के कहे शब्द मुझे कचोटने लगे। मैंने अपनी जिंदगी के बारे में फिर से सोचा, अपनी वास्तविकता को समझने की फिर से कोशिश की। अब मैं बेगम मुस्तफा खर नहीं रह गई थी। मैं गन्ने की गंडेरी की तरह चूस कर फेंक दी गई थी। मुझे बर्बाद करने के लिए वह जो कुछ कर सकता था उसने किया था और वह लगभग कामयाब भी हो गया था। अगर मुस्तफा की कुछ और खुराकें मुझे लेनी पड़तीं तो मेरी तो आत्मा ही हमेशा के लिए मर जाती।

कई लोगों ने मुझे सुझाव दिया कि मैं उसके कुलनाम को अपने नाम के साथ जुड़ा रहने दूँ क्योंकि मैं उसी नाम से जानी जाती थी। मुझे इस सुझाव में कोई दिलचस्पी नहीं हुई। वैसे भी मैं उस खंभे पर नहीं टिकना चाहती थी जो मुझे सहारा देने के बजाय मुझ पर गिर पड़ा था। लेकिन अगर मैं बेगम मुस्तफा खर नहीं थी, तो फिर मैं थी कौन? मेरे बचपन की तहमीना दुर्रानी अब मेरे लिए अजनबी थी, एक भ्रमित नन्ही लड़की थी जिसके कद से अब मैं ऊपर निकल चुकी थी। मैं उससे कोई नाता नहीं जोड़ पाती थी। क्या मेरे अंदर कोई नई तहमीना दुर्रानी थी, जो ज्यादा उम्रदराज, ज्यादा दुःखी, लेकिन ज्यादा समझदार भी थी।

अपने बिखरे ख्यालात के साथ अकेली बैठी मैं अनुमान करने लगी कि नियति ने इस यातनापूर्ण मार्ग पर मुझे एक मकसद से रखा है। हमारे बंद समाज में औरतों के लिए यह भद्दा माना जाता था कि वे अपने अंतरंग रहस्यों को उजागर करें, लेकिन क्या खामोशी ज्यादा बड़ा जुर्म नहीं होती? खामोशी तो नाइंसाफी को अनदेखा करती ...ापलूसी को जन्म देती है और एक घातक पाखंड का पोषण करती है। मुस्तफा खर और दूसरे सामंती सरदार खामोशी पर ही फूलते-फलते हैं। मुस्लिम औरतों को अन्याय के खिलाफ अपनी आवाज उठानी सीखनी चाहिए। मेरे लिए, पारंपरिक

राजनीति अब कोई जवाब नहीं रह गया था। पाकिस्तान में व्यवस्था का इस्तेमाल उन लोगों की आँखों में और भी धूल झोंकने के लिए किया जाता है जिनका पहले से ही शोषण हो रहा है। मुझे लगा कि मैं अपने मुल्क और अपने अवाम की इससे बेहतर और कोई सेवा नहीं कर सकती कि इस मुखौटे को उलट दूँ।

मैंने संकल्प कर लिया था कि मैं अपनी जिंदगी के तेरह बरसों को बेकार नहीं जाने दूँगी।

मैंने तय किया कि मैं पाखंड पर पत्थर फेंकूँगी।

मैंने तय किया कि मैं यह किताब लिखूँगी और उस पारंपरिक खामोशी को तोड़ूँगी।

उपसंहार

जब मतलूब कानून की नजरों में मुस्तफा को जवाबदेह नहीं ठहरा पाया तो एक सच्चे सामंतवादी की तरह अपनी परिचित जिंदगी में लौट गया। वह विमान पकड़ कर लंदन पहुँचा, जहाँ उसने आदिला से समझौता कर लिया और उन टेपों के वजूद को ही नकार दिया। मेरे वालिदैन ने उसे माफ कर दिया। उन्होंने और आदिला ने मतलूब की वापसी को आदिला की बेगुनाही का सबूत बताया।

माँ ने आखिरकार हिम्मत जुटा कर अपने बच्चों को यह राज बताया कि हमारे अब्बाजान को शराब पीने से परेशानी हो जाती थी, और इसीलिए उसे मजबूरन उनके व्यवहार पर इस दबंग तरीके से नजर रखनी होती थी। उसे अब्बाजान के साथ इसलिए सख्ती और बेरहमी से पेश आना होता था क्योंकि वह नहीं चाहती थी कि वह खुद को तबाह कर लें। अगर यह सच था तो खानदान की इज्जत बचाने के लिए उनकी कुर्बानी की बात हमारी समझ में आती थी, लेकिन इस कुर्बानी की उसने बहुत बड़ी कीमत चुकाई। जब मेरे अब्बाजान उसे छोड़ कर दूसरी औरत के पास चले गए तब वह साठ की हो चुकी थी और उस उम्र में इस तबाही को रोकना संभव नहीं था।

मेरे अब्बाजान अब कराची में दो घर चलाते हैं और अपनी दोनों बीवियों के साथ बराबर-बराबर समय बिताते हैं।

पीपुल्स पार्टी नवाज से निपटने के बजाय शादी करने के मुस्तफा के फैसले से चिढ़ गई। उसका सियासी सितारा नीचे आ गया और कुछ समय के लिए तो वह आम लोगों की नजरों से गायब हो गया।

आठ अगस्त 1990 को जिया के पिट्ठू राष्ट्रपति गुलाम इसहाक खान ने बेनजीर भुट्टो की निर्वाचित सरकार को भंग कर दिया। मुस्तफा जटोई को पाकिस्तान के अंतरिम प्रधानमंत्री के पद की शपथ दिलाई गई। मैंने टीवी पर यह खबर देखी। मुझे एक गैर-सैनिक तख्ता पलट के हाथों लोकतंत्र की मौत पर दुःख हुआ। कैमरा मंत्रिमंडल के नए सदस्यों के चेहरों को छूता हुआ मनहूसी से एक चेहरे पर आकर ठहर गया। मैं तो जड़ हो गई। मुस्तफा खर को पानी और बिजली का मंत्री बनाया गया था। इस बार उसने पीपुल्स पार्टी की पीठ में छुरा भोंका था और कलाबाजी खाकर वापस जटोई और आई जे आई के खेमे में आ गया था।

बाद में उसने फोन करके मुझे झिड़का, ''तहमीना, तुमने मुझे मुबारकबाद नहीं दी।''

मैंने जवाब दिया, ''मुस्तफा, अगर तुम्हें यही सब चाहिए था तो फिर तुमने जनरल जिया से ही क्यों नहीं समझौता कर लिया था? एक अंतरिम सरकार में दो कौड़ी की मिनिस्ट्री के लिए नौ साल जलावतन में और दो साल जेल में काटना एक बहुत बड़ी कीमत होती है। तुमने अपनी सबसे बड़ी दौलत—पीपुल्स पार्टी के कार्यकर्ताओं—को खो दिया। तुमने अपना समर्थन और अपनी साख खो दी। यह समय है तुम्हारे लिए शोक मनाने का। तुम अभी-अभी राजनीतिक मौत मर गए हो।''

टूटने की प्रक्रिया शुरू हो चुकी थी। मुस्तफा एक के बाद एक भयंकर राजनीतिक भूल करता चला गया। नए चुनावों में वह जीत तो गया लेकिन जो नतीजे आए उनके मुताबिक प्रधानमंत्री की कुर्सी जटोई के बजाय नवाज शरीफ को मिली। एक साल के अंदर ही मुस्तफा और जटोई दोनों को बेनजीर के साथ नारे लगाती भीड़ के बीच इस्लामाबाद की तरफ कूच करते देखा गया। सरकार को गिराने और नवाज से निपटने की यह कामयाब कोशिश रही।

जहाँ तक भुट्टो-पुत्रों का सवाल है, जनरल जिया ने अपने जीते जी यह सुनिश्चित कर दिया था कि इन दोनों का पाकिस्तान में कोई राजनीतिक भविष्य नहीं होगा, और उन्होंने अंतरराष्ट्रीय स्तर पर इन भाइयों की छवि बिगाड़ने का भी इंतजाम कर दिया था। जिया ने शाह नवाज की 1985 में रहस्मय मौत से पहले उसे खूब बदनाम करवा दिया था। मीर को लोकतांत्रिक व्यवस्था कायम हो जाने के बाद और भी आरोपों का सामना करना पड़ा। आजकल (1994) वह जेल में है, उस पर देशद्रोह का आरोप है। उसका मुकदमा उन खास अदालतों में चल रहा है जिन्हें उसकी बहन ने कभी कंगारू अदालतें कहा था। अब विडंबना यह है कि मीर को अभी भी अपने नाम से धब्बे को मिटाना है जबकि उसकी बहन उसी तानाशाह के खिलाफ जूझती हुई प्रधानमंत्री की गद्दी तक पहुँच गई हैं।

अंत में, जब मुस्तफा के यहाँ एक और बेटे का जन्म हुआ, तो उसके बाद मैंने एक और साहसिक कदम उठाने का फैसला किया। मैंने एक प्रेस कान्फ्रेंस बुलाई और उसमें कहा कि मुस्तफा एक गैर-जिम्मेदार बाप है जो चार बच्चों की परवरिश भी उनकी माँ के बिना नहीं कर सकता। मैंने कहा कि मैंने उससे जाती तौर पर मेरे बच्चों को मुझे लौटाने के बारे में बातचीत की थी, लेकिन इस मामले को शांति से निपटाने की मेरी कोशिशों का नतीजा यह हुआ कि मुस्तफा को अपना जंगल का कानून लागू करने की छूट मिल गई। अब मैं उससे सीधे भिड़ रही थी, और बच्चों को पाने के लिए सरेआम लड़ने को तैयार थी। बल्कि, मैंने तो ऐलान कर दिया कि बच्चे अब मेरे ही कब्जे में थे।

बच्चों को मैंने अपने घर में करके फाटकों पर ताला डाल दिया और मुस्तफा से फोन पर कह दिया, "अगर तुमने फिर कभी हमें परेशान किया तो मैं अपनी जान हथेली पर रख कर तुमसे लड़ूँगी। अब तक तुम यह जान ही गए होगे कि मैं अपने विश्वासों के प्रति अपने कौल को हर कीमत पर और किसी भी कीमत पर निभाती हूँ।" वह मेरी चेतावनी को खामोशी से सुनता रहा : "अगर हम लड़े तो हमारी ताकतों में बहुत बड़ा असंतुलन होगा, क्योंकि मैं मरने को तैयार हूँ और तुम जीने को बेताब हो।"

मुस्तफा लड़ाई के मैदान से पीछे हट गया। छः महीने तक हमें उसकी कोई खबर नहीं मिली। फिर उसने मुझे फोन किया और बच्चों से मिलने के अधिकार को चुपचाप स्वीकार कर लिया। बच्चों के अपने बाप के साथ मधुर संबंध फिर जुड़ गए। मुस्तफा के पास इस समय दो छोटे-छोटे बेटे हैं जिनकी देखरेख अभी भी दाई आयशा करती है। दाई को हमसे मिलने की इजाजत नहीं है।

मैंने सादिक अंकल के साथ अपने कौल को निभाने से इनकार कर दिया। वह भी समझ रहे थे कि मुझे किसी मदद या आमदनी के अभाव में बच्चों को पालने में कितनी मुश्किलों का सामना करना पड़ रहा था। जब लंदन से मेरे वकील ने मुस्तफा के सामने अदालत से बाहर समझौता करने का प्रस्ताव रखा तो उसके पास इसे स्वीकार करने के अलावा कोई चारा ही नहीं था। उसने लंदन वाला अपार्टमेंट चुपचाप मेरे नाम कर दिया और देहाती मकान मैंने उसे दे दिया। लेकिन जिन कागजात पर उसने दस्तखत किए वे काफी नहीं थे; उसने सेवा शुल्क या दरों का भुगतान नहीं किया था और जायदाद की इस हद तक उपेक्षा की थी कि वहाँ चूहे कबड्डी खेल रहे थे। उसके बिना मैं इसे बेच भी नहीं सकती थी; वह दस्तखत ही नहीं करता। उसने बच्चों से कह रखा था कि वह इसके बजाय इस जायदाद को प्रबंधन करने वाले एजेंट के हाथों में दे देना अच्छा समझेगा। मुझे एक पाई भी नहीं मिलनी थी,

बस बरसों तक उस आदमी को मनाने की मानसिक यंत्रणा झेलनी थी जिसे नुकसान का कोई मलाल नहीं था। और, मेरे पास इतना पैसा नहीं था कि मैं कम से कम शुल्क का भुगतान करके ही फ्लैट को बचा लेती। अदालत ने इसकी जब्ती के आदेश दे दिए। अब मैं इसे एजेंटों और मुस्तफा से लेने की कोशिश कर रही हूँ। हैसलमेयर अब खंडहर हो रहा है; 1986 से इसमें हमारा जाना नहीं हुआ है।

मेरी सबसे बड़ी बिटिया तान्या अमरीका से हाई स्कूल की पढ़ाई पूरी करके पाकिस्तान लौट आई है। आखिरकार मैं अपने घर में उसका स्वागत करने में कामयाब हो गई। वह अब इस तरह हमारे साथ बस गई है जैसे कभी अलग रही ही नहीं थी। वह एक प्रतिभाशाली चित्रकार है और ग्राफिक डिजाइन को अपना कैरियर बनाना चाहती है।

नसीबा एक राजनीतिज्ञ बनना चाहती है। वह भविष्य में मुस्तफा के चुनाव क्षेत्र से पार्लियामेंट का चुनाव लड़ना चाहती है ताकि वह उन वादों को पूरा कर सके जो उसके बाप ने कोट अद्दू की जनता से किए थे।

निशा अपराध कानून पढ़ने और गरीबों की मदद के लिए काम करने की बात करती है।

''मेरे नन्हे सामंती सरदार', अली की दिलचस्पी गणित और 'शिकार करने' में ज्यादा दिखाई दे रही है।

हमजा सीधा-सादा है। इस नन्हे-मुन्ने को मुस्तफा के साथ बीती जिंदगी की कोई याद नहीं है।

पाँचों बच्चे मेरे मकसद के पक्के समर्थक हो गए हैं।

नुस्सी और जे. जे. अपने बच्चों नाडिया और ओ. जे. के साथ हमारे पास लगातार आते रहते हैं। वे हमारे बढ़े हुए कुनबे के सदस्य हैं और एक पुरातनपंथी समाज में एक नए ढंग का घर बनाने की हमारी कोशिशों में हमारी मदद कर रहे हैं। ये लोग मेरे सबसे मजबूत स्तंभ रहे हैं।

शगुफ्ता ने कार चलानी सीख ली है और वह हमारे परिवार का ही एक अंग बन गई है।

इस किताब का पहला संस्करण पाकिस्तान में 1990 में छपा था। शुरुआती समीक्षाएँ बेहद खराब आईं। कई समीक्षकों ने कहा कि यह फजीहत करने और प्रचार पाने के लिए लिखी गई एक रद्दी किताब है। कुछ ने इसे अश्लील और नग्नता से भरी बताया। बहरहाल, पाकिस्तान में किसी ने भी इसके सही होने पर कोई शक नहीं

जताया।

कुछ समीक्षकों का अनुमान था कि मैंने मुस्तफा के राजनीतिक प्रतिद्वंद्वी नवाज शरीफ से पैसे खा लिए थे। जिस मुल्क में पार्लियामेंट की निष्ठा को सबसे ऊँची बोली लगाने वाले के हाथों बेच दिया जाता है, वहाँ इस तरह की बातों में विश्वास करने वालों को मैं दोषी नहीं बता सकती थी।

मेरे अब्बाजान ने अखबारों को यह लिखित नोटिस दे दी कि उनका मुझसे कोई वास्ता नहीं था और उनकी विरासत में मेरा कोई हक नहीं होगा। उन्होंने मुझे हुक्म दिया कि मैं उनके नाम का इस्तेमाल न करूँ।

इसके जवाब में मैंने खुद एक प्रेस विज्ञप्ति जारी की जिसमें मैंने उनके हाथों अपनी बेदखली को असामान्य व्यवहार का स्वाभाविक परिणाम बताया। इस तरह का अलगाव हमारे समाज में एक औरत की खामोशी का सबब बनता है। लेकिन मैंने अपना नाम छोड़ने से इनकार कर दिया। उसके बाद से मेरे वालिदैन न मुझसे मिले हैं और न ही उन्होंने मुझसे बात की है। सच पूछें तो, मेरे अधिकतर घरवाले मेरी जिंदगी से गायब हो गए हैं। मेरे गर्दिश के दिनों में जो चंद लोग मेरे साथ डट कर खड़े रहे, वे हैं मेरी बहनें जरमीना और मीनू, उनके शौहर रियाज और अली, और मेरी रिश्ते की बहन बीना और उसका शौहर असलम कुरैशी।

इस किताब के छपने के बाद मेरे खिलाफ दो आपराधिक मामले दर्ज किए गए। एक में मुझे गद्दारी का दोषी बताया गया क्योंकि मैंने हिंदुस्तानी खुफिया तंत्र के साथ मुस्तफा की सौदेबाजी में उसकी मदद की थी। इस पर घरों की बैठकों में तो खूब चर्चा हुई लेकिन कार्रवाई कोई नहीं हुई। मुझसे सरकारी जाँचकर्ताओं ने पूछताछ भी नहीं की, और मुस्तफा तो एम पी बना हुआ है जबकि उसकी लिप्तता इस मामले में कहीं ज्यादा गंभीर थी। दूसरा आरोप मुझ पर व्यभिचार का लगाया गया। हदूद के नियमों में इसके लिए पथराव करके मार डालने की सजा निर्धारित है; लेकिन अभी तक तो पहला पत्थर भी किसी ने मुझ पर नहीं फेंका है।

धीरे-धीरे खराब प्रचार धीमा हो गया और मेरी किताब में दिए विवरण को उसकी अभिप्रेत भावना में ही लिया जाने लगा। इसे हमारे मुल्क की सामाजिक-राजनीतिक अव्यवस्था की एक अंतरंग झाँकी के रूप में ही लिया जाने लगा। हालाँकि मैं अजूबा ही बनी रही, फिर भी मुझे स्वीकार किया जाने लगा। अब मेरा नाम पाकिस्तान में सबकी जुबान पर है; सामंतवादी पतियों ने तो अपनी बागी बीवियों को यह कह कर झिड़कना शुरू कर दिया : "तहमीना बनने की कोशिश मत करो।"

मैंने उन अधिसंख्य खामोश लोगों का प्रतिनिधित्व करते हुए उन विवादास्पद मुद्दों को उठाने के लिए जिहाद छेड़ दिया, जिनके बारे में बात करने से अधिकतर लोग डरते हैं। इसने मुझे उस भ्रष्ट राजनीति से मुक्त कर दिया जिसे मैंने अपनी आँखों से देखा था। मैंने उन अयोग्य और स्वार्थी राजनीतिज्ञों और उस सड़ती

राजनीतिक व्यवस्था की मुख्यधारा से अलग और दूर रहने का फैसला किया जो हमारी राष्ट्रीय संपदा को चट किए जा रहे थे और हमारी जनता का शोषण कर रहे थे।

मेरा यह जिहाद सच की विस्मृत भाषा बोलता था : मैंने जवाबदेही की माँग की, मैंने जनमत संग्रह की बात की, और मैंने भूख हड़ताल कर दी।

—मैंने मीर का मुद्दा उठाया और चुनिंदा न्याय के खिलाफ उसे समर्थन दिया; मैन संविधान के खिलाफ जिया की भूमिका को परिभाषित करने और न्याय और मानवता के और अधिक स्पष्ट बोध की माँग की।

—मैंने बेनजीर से सफाई माँगी कि उन्होंने मुस्तफा को एक संवेदनशील मंत्रालय में किस तरह बैठा दिया जबकि उसके ऊपर लगे राष्ट्र-विरोध के गंभीर आरोपों को अभी तक एम आई या आई एस आई ने न तो नकारा है और न ही उनसे उसे मुक्त किया है। मैंने लंदन वाली हमारी जायदाद की भी घोषणा कर दी ताकि मुईन कुरैशी का वह कानून सामने आ जाए जिसके मुताबिक पार्लियामेंट के सदस्यों को अपनी संपत्तियों की घोषणा करनी होती है नहीं तो उन्हें अपनी सीट से हाथ धोना पड़ता है—मुझे पक्का पता है, मुस्तफा ने या और अधिकांश सदस्यों ने ऐसा नहीं किया था।

जैसा कि अपेक्षित था, कुछ भी नहीं हुआ और मुस्तफा और कई दोषों के अलावा कानून तोड़ने का अपराधी होकर भी मंत्री बना हुआ है।

जब इस किताब के लंबित अंतरराष्ट्रीय संस्करण के प्रकाशन से संबंधित एक खबर अखबारों में आई तो मुस्तफा ने मुझे फोन किया। उसने गुस्से में, लेकिन संयत रहते हुए, मुझसे सवाल किया, ''यह किताब के बारे में मैं क्या बकवास सुन रहा हूँ?''

मैं एक दोपहर-भोज पर उसके साथ हुई मेरी एक बातचीत की याद दिलाने का लोभ-संवरण नहीं कर सकी, जिसमें उसने कहा था कि मेरी अपनी कोई पहचान नहीं है और मुझे अपना परिचय मुस्तफा खर की भूतपूर्व पत्नी के रूप में देना होगा। मैंने कहा, ''देखो, मुस्तफा, अब दुनिया जल्दी ही तुम्हें सिर्फ तहमीना दुर्रानी के भूतपूर्व पति के रूप में जानेगी।''

●●●